MAEVE BINCHY

Maeve Binchy est née dans le comté de Dublin en Irlande. Elle y suit des études d'histoire, puis se tourne vers l'enseignement tout en rédigeant des articles pour des journaux irlandais, avant de devenir correspondante à Londres de l'*Irish Times*. Elle écrit alors des pièces de théâtre et des scénarios. De retour dans son pays, elle commence vers quarante ans une carrière de romancière avec *C'était pourtant l'été*, publié en 1983. Elle connaît depuis un succès qui la place en tête du classement des livres irlandais les plus vendus de ce siècle.

Dans *Nos rêves de Castlebay* (1985), *Retour en Irlande* (1987), *Le cercle des amis* (1990), et *Le lac aux sortilèges* (1994) comme dans ses autres romans, Maeve Binchy s'attache à dépeindre l'univers quotidien d'une Irlande provinciale. Ce petit monde, dont l'intimité est dévoilée par un regard plein d'humour, de naturel et de tendresse, a gagné la sympathie de centaines de milliers de lecteurs dans de nombreux pays.

Maeve Binchy vit dans la banlieue dublinoise. À deux pas du pub de Dalkey, vous diront tous ses compatriotes…

COURS DU SOIR

MAEVE BINCHY

COURS DU SOIR

Traduit de l'américain par
Dominique Mainard

PRESSES DE LA CITÉ

Titre original :
Evening Class

© Maeve Binchy, 1996
© Presses de la Cité, 1997, pour la traduction française
ISBN 2-266-12439-0

À mon cher et généreux Gordon,

grazie per tutto.

Avec tout mon amour.

Aidan

Il fut un temps, vers 1970, où ils adoraient les tests.

Aidan en trouvait parfois dans l'édition dominicale du journal.

Êtes-vous un mari attentionné ? Ou encore : *Mesurez vos connaissances sur le show business.* Ils obtenaient des résultats impressionnants aux questions de *Êtes-vous faits l'un pour l'autre ?* et *Comment traitez-vous vos amis ?*

Mais cette époque était révolue.

À présent, quand Nell et Aidan Dunne tombaient sur un test, ils préféraient tourner la page. Il aurait été trop pénible de répondre à *Quelle est la fréquence de vos rapports sexuels ? a) Plus de quatre fois par semaine ? b) Deux fois par semaine en moyenne ? c) Chaque samedi soir ? d) Moins souvent ?* Qui aurait osé reconnaître que c'était bien moins souvent, et qui aurait accepté l'interprétation des sages concepteurs du questionnaire ?

De même ils évitaient tout ce qui concernait l'harmonie dans le couple. Ainsi ils ne risquaient aucune querelle, aucune brouille. Aidan n'avait jamais trompé Nell, et il avait la certitude de la réciproque. Était-il présomptueux de le croire ? Nell possédait en effet un charme certain qui ne devait pas laisser indifférents les autres hommes.

Aidan le savait bien : beaucoup de ces maris qui se déclaraient abasourdis d'apprendre les incartades de leur épouse étaient simplement trop sûrs d'eux, et peu observateurs. Ce n'était pas son cas. Jamais Nell n'aurait fréquenté un autre homme, et encore moins fauté avec lui.

Il l'aurait tout de suite senti. Et puis, où aurait-elle pu rencontrer quelqu'un ? Et où se seraient-ils vus ? Non, c'était vraiment une hypothèse ridicule.

Sans doute tous les hommes pensaient-ils de même, peut-être s'agissait-il là d'un des effets de l'âge contre lesquels personne ne vous met en garde, un peu comme les douleurs dans le dos et les jambes après une longue marche, ou l'oubli des paroles de chansons connues par cœur autrefois. Oui, peut-être s'éloignait-on insensiblement de l'être qui avait toujours le plus compté.

À la réflexion, n'importe quel mari de quarante-huit ans (presque quarante-neuf) devait ressentir la même chose. Sur toute la surface du globe, des hommes devaient désirer que leur femme se montre un peu plus enthousiaste, non seulement dans ses devoirs d'épouse mais aussi pour le reste.

Cela faisait une éternité que Nell ne l'avait pas interrogé sur son travail, ses espoirs et ses rêves concernant l'école où il enseignait. Naguère, elle connaissait le nom de chacun de ses collègues et de la plupart des élèves. Elle discutait volontiers des classes surchargées, des postes à responsabilité, des excursions scolaires et des compétitions sportives entre établissements, ou encore des projets d'Aidan pour le tiers-monde.

Alors qu'aujourd'hui elle ne savait pas grand-chose de ce qui se passait dans l'Éducation. Quand le nouveau ministre avait été nommé, elle n'avait eu que ce commentaire : « Je suppose qu'il ne peut pas être pire que son prédécesseur. » Nell ignorait à peu près tout de l'année de transition, qu'elle se permettait néanmoins de juger comme un luxe inutile. Elle ne pouvait imaginer qu'on accorde aux enfants tout ce temps pour réfléchir, trouver leur voie... au lieu de préparer leurs examens.

Aidan ne lui en voulait pas.

Il était las de toujours expliquer. À ses oreilles, sa propre voix s'était chargée d'inflexions traînantes, et il voyait ses filles lever les yeux au ciel avec l'air de se demander pourquoi, à dix-neuf et vingt et un ans, il leur fallait encore subir ces discours assommants.

Il s'efforçait pourtant de ne pas les ennuyer. Une attitude propre aux enseignants, il en avait conscience. Un professeur face à sa classe a tellement l'habitude d'une audience captive qu'il s'étend parfois démesurément sur son sujet, l'abordant par différents angles jusqu'à être certain que chaque élève a saisi ce qu'il veut dire.

Il faisait aussi de gros efforts pour comprendre et décoder leurs vies.

Mais Nell n'avait jamais rien à raconter sur le restaurant où elle travaillait comme caissière.

— Pour l'amour du ciel, Aidan, ce n'est qu'un boulot comme un autre ! Je reste assise là, et je prends les cartes de crédit, les chèques ou l'argent liquide et je rends la monnaie ou donne un reçu. À la fin de la journée je rentre à la maison, et à la fin de la semaine je touche ma paie. Et c'est ainsi que ça se passe pour quatre-vingts pour cent des personnes actives dans ce pays. Il n'y a pas de drames, pas de problèmes particuliers, pas de luttes de pouvoir ; c'est la routine, rien de plus.

Elle ne disait pas cela pour le blesser ou le rabaisser. Pourtant il recevait cette réponse comme un camouflet. À l'évidence, il avait parlé trop souvent des conflits et des antagonismes entre professeurs. Et l'époque était bien révolue où Nell attendait avec impatience qu'il lui narre les événements de sa journée, pour prendre sa défense et déclarer que les ennemis de son mari étaient aussi les siens. Aidan regrettait la compréhension, la solidarité et la collaboration de jadis.

Mais peut-être cette connivence renaîtrait-elle lorsqu'il serait nommé principal de son établissement ?

À moins qu'il ne se fît des illusions, une fois de plus. La direction d'un collège n'avait peut-être aucune chance de réveiller l'intérêt de sa femme et de ses filles. Car leur foyer ronronnait dans une routine confortable, qu'elles n'avaient nul besoin de modifier. Récemment, il avait éprouvé le sentiment étrange d'être déjà mort et de les voir se débrouiller très bien sans lui. Nell allait au restaurant, en revenait. Une fois par semaine, elle rendait visite à sa mère ; la présence d'Aidan n'était pas vraiment souhaitée lors de ces bavardages insignifiants entre femmes. Par ailleurs la mère de Nell venait chez eux régulièrement, pour voir s'ils allaient bien.

— Et *toi*, est-ce que *tu* vas bien ? avait un jour demandé Aidan avec une pointe de nervosité.

— Tu n'es pas avec tes élèves à faire de la philosophie en amateur ! avait rétorqué Nell. Je vais aussi bien que n'importe qui, je suppose. On peut en rester là, s'il te plaît ?

Aidan ne le pouvait pas. Avec une lourdeur assez déplacée, il avait précisé qu'il ne s'agissait pas de philosophie en amateur mais plutôt d'introduction à la philosophie, comme en classe de transition. Jamais il n'oublierait le regard de Nell à cet instant : celui qu'elle aurait eu pour un clochard assis sur le bord du trottoir, au pardessus mité fermé par une corde, occupé à boire le fond d'une bouteille de piquette. Elle s'était murée dans un silence où Aidan avait cru détecter une pitié distante.

Il remportait le même succès auprès de ses filles.

Grania n'avait pas grand-chose à dire de son emploi à la banque, en tout cas pas à son père. Il la surprenait parfois en grande conversation avec des amies, et elle paraissait alors beaucoup plus animée. C'était pareil avec Brigid. « L'agence de voyages est très bien, Papa ! Arrête de te faire du mouron. Bien sûr que ça va. Je bénéficie de séjours gratuits deux fois dans l'année et la coupure du déjeuner est largement assez longue. Pourquoi est-ce que ça n'irait pas ? »

Grania ne manifestait aucune envie de disséquer le système bancaire, pas plus qu'elle ne se souciait de discuter du problème éthique que soulevait le fait de proposer aux clients des prêts qu'ils auraient les plus grandes difficultés à rembourser. Elle n'avait pas inventé les règles, répétait-elle. Son rôle se limitait à traiter le courrier qu'on déposait sur son bureau chaque jour. Rien de plus simple, non ? Quant à Brigid, peu lui importait que les agences de voyages vendent aux touristes du rêve mensonger. « Papa, si les gens ne veulent pas partir, personne ne les y force. Ils n'ont qu'à ne pas pousser la porte de l'agence et ne pas acheter de billet, voilà tout. »

Son propre aveuglement était pour Aidan une source de culpabilité autant que d'interrogation. À quand donc remontait cette distance ? À peine quelques années plus tôt, lui semblait-il, ses filles s'asseyaient encore près de lui dans leur robe de chambre, le teint rosi par le bain qu'elles venaient de prendre, et l'écoutaient avec ravissement leur raconter une histoire, tandis que de son fauteuil Nell les couvait tous d'un regard attendri. Depuis, ils avaient certes partagé de bons, de très bons moments. Ainsi, pour leurs examens, il les avait aidées en préparant des fiches de contrôle et en leur concoctant le meilleur des programmes de révision. Et elles lui en avaient été si reconnaissantes. Il se souvenait comment ils avaient fêté tous ensemble le certificat de fin de cycle de Grania et, plus tard, son embauche à la banque. Il avait organisé un déjeuner dans un grand hôtel, et le serveur avait pris des photos de la famille réunie. Ç'avait été pareil pour Brigid. Sur ces clichés, ils avaient tout d'une famille heureuse. N'était-ce alors qu'une façade ?

D'une certaine façon, oui. Parce qu'il se retrouvait maintenant dans l'impossibilité de confier ses craintes de ne pas obtenir la place de principal aux personnes qu'il aimait le plus au monde, sa femme et ses deux filles.

Il s'était consacré au Mountainview College sans ménager son temps ni sa peine, et il était hanté par la désagréable prémonition qu'on allait lui préférer quelqu'un d'autre.

Un autre homme ! Un homme qui avait exactement le même âge que lui et toutes les chances de lui ravir ce poste. Tony O'Brien, un professeur qui ne serait jamais resté après les cours pour encourager une équipe de l'école lors d'un match. Un homme qui ne s'était jamais investi dans la refonte du programme d'études ou dans la collecte de fonds pour le projet du nouveau bâtiment. Tony O'Brien qui fumait sans vergogne dans les couloirs alors que c'était interdit, qui déjeunait au pub et ne se cachait pas d'y prendre une pinte et demie de bière et un sandwich au fromage chaque jour. Un célibataire qui méprisait la cellule familiale et qu'on voyait souvent au bras d'une jeune beauté qui aurait pu être sa fille. Et malgré tout cela, cet homme était pressenti pour diriger l'établissement.

Bien des choses déroutaient Aidan depuis quelques années, mais rien autant que la validité de cette candidature. En toute logique, Tony O'Brien aurait dû être écarté de la compétition. Aidan passa une main dans ses cheveux clairsemés. Tony O'Brien, lui, avait une épaisse tignasse brune qui retombait sur ses yeux et dans son cou. Mais le monde n'était quand même pas devenu assez fou pour prendre en considération de tels détails à l'heure du choix d'un nouveau principal ?...

Chevelure abondante : bon pronostic ; début de calvitie : mauvais... Aidan grimaça. S'il parvenait à rire de lui-même aux pires moments de sa paranoïa, peut-être éviterait-il l'apitoiement sur son sort. Et il lui fallait s'exercer à l'autodérision. Parce qu'il n'avait personne avec qui rire, ces temps-ci.

Il vit un test dans l'un des journaux du dimanche : *Êtes-vous tendu ?* Il répondit avec honnêteté. Il obtint un résultat de plus de 75, ce qui n'avait rien d'anodin. Mais il n'était pas préparé au verdict laconique et brutal. Au-dessus de 70, vous êtes comme un poing crispé. Détendez-vous, cher lecteur, ou vous allez exploser.

Nell et lui avaient toujours prétendu que ces tests n'avaient aucun sérieux et que leur seule utilité était de combler les trous de la pagination. C'est ce qu'ils disaient, du moins quand ils obtenaient des résultats inférieurs à ce qu'ils avaient espéré. Mais cette fois, Aidan était seul. Il eut beau se répéter que les rédacteurs en chef faisaient n'importe quoi pour occuper une demi-page, sans quoi le journal eût été truffé de blancs, son résultat l'irritait.

Il le reconnaissait lui-même : il était tendu. Soit. Mais un poing fermé ?... Pas étonnant, alors, qu'ils y réfléchissent à deux fois avant de lui confier la direction de l'école.

Il avait écrit ses réponses sur une feuille volante, afin que personne dans la maisonnée ne risque de découvrir cette mise à nu de son anxiété et son insomnie chroniques.

Le dimanche était bien le jour le plus déprimant pour Aidan. Dans le passé, du temps où ils formaient une vraie famille, une famille heureuse, ils partaient en pique-nique quand c'était l'été et faisaient de grandes balades régénérantes quand le temps virait au froid. Aidan aimait alors à penser que les Dunne ne ressembleraient jamais à ces familles de Dublin qui ne voyaient rien en dehors de leur quartier.

Il emmenait Nell et les filles au sud par le train, et ils gravissaient Bray Head pour contempler le comté voisin de Wicklow ; ou bien ils se rendaient au nord, sur la côte, et visitaient Rush, Lusk et Skerries, de petits villages très typiques qui se trouvaient tous sur la route vers la frontière. Il avait même arrangé des excursions d'un jour à Belfast, afin que ses filles ne grandissent pas en ignorant tout de l'autre partie de l'Irlande.

Ces souvenirs restaient parmi les meilleurs, la combinaison parfaite entre l'enseignant et le père, l'éducateur et l'amuseur. Papa était incollable : il savait quel bus les mènerait au château de Carrickfergus, ou à l'Ulster Folk Museum, où l'on pourrait acheter des frites succulentes avant de reprendre le train.

Aidan se souvenait d'une femme rencontrée dans le train, qui avait complimenté Grania et Brigid pour leur chance d'avoir un père qui leur apprenait autant de choses. Ses deux filles avaient acquiescé d'un air solennel ; Nell avait murmuré à l'oreille de son mari qu'il plaisait à l'inconnue, à l'évidence, mais que celle-ci ne le toucherait pas sans le regretter. Ce jour-là, pendant un instant assurément très bref mais tellement délicieux, Aidan s'était cru l'homme le plus important du monde.

À présent, chaque samedi renforçait un peu plus son sentiment de solitude à l'intérieur de sa propre maison.

Ils n'avaient jamais sacrifié, comme tant de familles irlandaises, au rituel du déjeuner dominical avec rôti de bœuf, mouton ou poulet et garniture généreuse de pommes de terre et autres légumes. En raison de leurs sorties et de leurs aventures, le dimanche était devenu chez eux un jour voué au hasard. Depuis qu'avait sonné la fin de leurs escapades, Aidan était à la recherche de quelque point de repère solide lors de ces journées. Il allait à la messe, et généralement Nell l'accompagnait, mais elle se rendait ensuite chez une de ses sœurs, ou chez une amie. Nombre de boutiques restant ouvertes le dimanche, les buts de promenade ne leur manquaient pas.

Jamais les filles n'assistaient à un office religieux, et rien n'aurait pu les faire venir à l'église. Aidan avait renoncé à les en convaincre quand l'aînée avait atteint dix-sept ans. Elles ne se levaient donc pas avant midi, se préparaient alors des sandwichs, puis regardaient ce qu'elles avaient enregistré au magnétoscope durant la semaine, traînaient en robe de chambre dans la maison, se lavaient les cheveux, faisaient leur lessive, téléphonaient à leurs amies et en invitaient certaines à venir prendre le café.

Elles se conduisaient à la façon de deux jeunes filles habitant avec une propriétaire agréable mais quelque peu excentrique, qu'il convient de ménager. Si Grania et Brigid apportaient leur contribution financière pour le gîte et le couvert, c'était cependant avec une mauvaise grâce non dissimulée, comme si on les avait saignées à blanc. À sa connaissance, elles ne donnaient rien de plus pour le budget domestique. Elles n'auraient jamais pensé à acheter un paquet de biscuits, une glace ou de l'adoucissant textile, mais étaient promptes à la critique si ces petites choses venaient à manquer.

Aidan aurait aimé savoir de quelle façon Tony O'Brien passait, lui, ses dimanches.

Son collègue ne fréquentait guère l'église. Il l'avait très clairement exprimé quand un de ses élèves lui avait posé la question :

— M'sieur, vous allez à la messe le dimanche, vous ?

— Ça m'arrive, quand je me sens prêt à parler au Seigneur, avait répondu O'Brien.

Réplique qui avait fait la joie des garçons et des filles de Mountainview. Certains l'utilisaient depuis comme argument contre quiconque prétendait que manquer l'office du dimanche constituait un péché mortel.

Tony s'était montré très intelligent ; trop, même, aux yeux d'Aidan. Il n'avait pas nié l'existence de Dieu, et avait tourné la difficulté en se présentant comme un vieil ami du Seigneur... Or, les vieux amis ne se voient que de temps à autre, pour bavarder quand ils sont en forme. De la sorte Tony O'Brien tenait la corde tandis qu'Aidan Dunne courait à l'extérieur, puisque lui se posait en humble serviteur du Tout-Puissant. Et ce n'était là qu'un exemple parmi tant d'autres, tout aussi déprimants.

Le dimanche, Tony O'Brien se levait sans doute assez tard... Il habitait ce qu'on appelait maintenant une « maison en ville », c'est-à-dire l'équivalent d'un appartement : une belle pièce et une cuisine au rez-de-chaussée, et une grande chambre avec salle de bains à l'étage. Sa porte donnait directement sur la rue. À plusieurs reprises on l'avait vu sortir le matin en compagnie de jeunes femmes.

Dans les années soixante, quand les enseignants risquaient l'exclusion s'ils entretenaient des relations coupables en dehors des liens du mariage, pareil comportement aurait suffi à ruiner toutes ses chances de promotion. Non que la sanction fût juste. À l'époque ils la contestaient tous avec vigueur. Mais tout de même, pour un homme qui n'avait jamais eu de liaison sérieuse, inviter ouvertement des femmes dans son appartement et demeurer un candidat potentiel à la direction de l'école, qui se devait d'être un exemple pour les élèves... Non, cela n'était pas acceptable.

Que pouvait donc bien faire Tony O'Brien en ce moment, à deux heures et demie, par cette journée pluvieuse ? Peut-être était-il invité à déjeuner chez un autre professeur. Aidan pour sa part n'avait jamais osé le lui proposer, puisque le dimanche les Dunne ne déjeunaient pas. (D'autant que Nell lui aurait demandé pourquoi il leur imposait soudain un individu qu'il critiquait depuis cinq ans.) Ou bien il ronronnait toujours dans les bras de sa conquête de la veille. Son succès, disait-il, devait beaucoup à la civilisation chinoise et en particulier au traiteur asiatique qui se trouvait à trois numéros de son appartement. Il régalait ses conquêtes d'un poulet au citron, de petites bouchées à la viande et de langoustines à la sauce piquante, le tout accompagné d'une bonne bouteille de chardonnay australien. À un âge où il aurait pu être grand-père, cet homme recevait chez lui des filles et mangeait chinois le dimanche...

Mais une fois encore, pourquoi pas ?

Aidan Dunne était un homme tolérant. Il savait reconnaître que chacun disposait du libre choix dans la manière de mener son existence. De plus, Tony O'Brien ne ramenait pas ces femmes chez lui en les tirant par les cheveux, et aucune loi ne l'obligeait à être marié et père de deux filles distantes, comme Aidan. D'une certaine façon on pouvait mettre à son crédit son absence d'hypocrisie.

Tout avait tellement changé... On avait changé les règles et Aidan ne s'en était même pas rendu compte.

Mais comment Tony passerait-il le reste de la journée ?

Ils ne resteraient quand même pas au lit tout l'après-midi ?... Non. Ils iraient se promener, ou bien la fille rentrerait chez elle et Tony passerait le temps en écoutant de la musique, car il parlait souvent de sa collection de CD. La fois où il avait gagné trois cent cinquante dollars au Loto, il avait engagé un menuisier qui travaillait sur le nouveau bâtiment de l'école et lui avait commandé un meuble de rangement pour ses quelque cinq cents disques laser. Tout le monde en avait été très impressionné, et Aidan particulièrement jaloux. Où dénichait-on l'argent pour acheter un tel nombre de disques ? Certes, Aidan savait que chaque semaine son rival faisait l'acquisition d'au moins trois disques compacts. Et quand trouvait-il le temps pour les écouter ? D'autant que Tony se rendait souvent au pub où il bavardait avec ses nombreux amis, quand il n'allait pas au club de jazz, ou au cinéma pour voir un film étranger en version originale.

Apparemment toute cette agitation le rendait intéressant, et lui donnait l'avantage sur les autres. En tout cas sur Aidan, dont les dimanches n'intéressaient personne.

Quand il revenait du dernier office dominical, vers une heure de l'après-midi, et demandait si quelqu'un voulait des œufs au bacon, il ne recevait pour toute réponse qu'un refus dégoûté lancé en chœur : « Mon Dieu, non, Papa ! » ou « Papa, ne parle même pas de ça, s'il te plaît, et puis est-ce que tu pourrais fermer la porte de la cuisine quand tu te fais à manger ? » Si Nell se trouvait à la maison, elle levait les yeux de son roman et disait « Pourquoi ? ». Il n'y avait jamais d'hostilité dans sa voix, seulement de l'incompréhension, comme si Aidan avait proféré la suggestion la plus invraisemblable possible. De son côté, elle se préparait une salade vers trois heures.

Avec mélancolie Aidan se remémorait la table de sa mère, où se tenait une discussion dont nul n'était dispensé sans raison valable. Bien sûr, il avait pris une part active à la suppression de cette tradition par trop rigide. Il avait voulu faire de ses filles des esprits libres, afin qu'elles découvrent tout le comté de Dublin ainsi que les alentours lors de leurs jours de repos. Comment aurait-il pu deviner que ce libéralisme aboutirait à faire de lui un père déplacé et incompris, errant de la cuisine (où chacun se faisait cuire quelque chose au micro-ondes) jusqu'au salon (où il aurait à subir les programmes soporifiques de la télévision), en passant par la chambre où il ne faisait plus l'amour avec sa femme, à tel point qu'il ne supportait plus la vue du lit quand venait l'heure du coucher ?

Et il y avait aussi la salle à manger, avec son mobilier lourd à peine utilisé depuis l'achat de la maison. Même s'ils avaient eu l'habitude de beaucoup recevoir, ce qui était loin d'être le cas, l'endroit aurait été trop petit, trop sombre. Récemment, Nell avait suggéré avec une insistance singulière qu'Aidan en fasse son bureau. Mais il s'y était opposé. Qu'il transforme cette pièce en une copie de son bureau au collège, et il perdrait un peu plus encore son identité de chef de famille, de père, celui pour qui leur foyer avait été le centre du monde.

Et s'il s'installait trop confortablement dans cette pièce, l'étape suivante ne serait-elle pas qu'il y dorme également ? Après tout, le rez-de-chaussée possédait des toilettes, un lavabo et une douche, et sur un plan pratique il serait parfaitement envisageable de laisser l'étage aux trois femmes de la maison.

À aucun prix il ne devait laisser s'instaurer une telle situation. Il lui faudrait se battre, au contraire, pour conserver sa place au sein de sa famille, comme il avait à lutter pour rester présent dans l'esprit des membres du conseil d'établissement, ces hommes et ces femmes appelés à choisir le prochain directeur de Mountainview.

Sa mère n'avait jamais compris pourquoi l'école ne s'appelait pas Saint-Quelque-Chose, comme tous les autres collèges. Il avait été difficile de lui faire admettre que les choses avaient changé ; Aidan lui avait patiemment expliqué que l'établissement comptait toujours un prêtre et une religieuse dans ses instances dirigeantes. Bien entendu ils ne participaient pas à toutes les décisions, mais ils représentaient le rôle que la religion avait tenu depuis toujours dans l'éducation irlandaise.

La mère d'Aidan n'avait pas beaucoup apprécié. Où allait-on, dans une société où prêtres et religieuses en étaient réduits à donner leur avis au sein du conseil qu'ils auraient dû diriger, comme le voulait le Seigneur ? En vain Aidan avait fait allusion à la chute des vocations sacerdotales. Même dans les écoles religieuses de second cycle, à notre époque bien peu d'enseignants étaient dans les ordres. Tout simplement parce que les volontaires manquaient.

Nell lui avait conseillé d'épargner sa salive.

— Dis-lui qu'ils dirigent toujours, Aidan. Ça nous simplifiera la vie. Et c'est vrai que d'une certaine manière ils sont restés aux commandes. Les gens les craignent encore beaucoup, tu le sais bien.

Aidan détestait que sa femme parle de la sorte. Nell n'avait aucun motif de se défier du pouvoir de l'Église catholique. Elle allait à la messe quand elle en avait envie, et très tôt elle avait tourné le dos à la confession et aux recommandations du pape sur la contraception. Pourquoi alors affirmait-elle qu'elle souffrait autant du carcan de la religion ? Aidan se refusait toutefois à la combattre sur ce terrain, et répondait par une attitude calme et compréhensive, comme dans beaucoup d'autres circonstances. Nell, bien que réprimant toute hostilité, estimait qu'elle n'avait pas de temps à gaspiller avec une femme confite en dévotion.

Parfois la mère d'Aidan lui demandait quand ils l'inviteraient à déjeuner le dimanche ; il éludait en disant qu'ils traversaient une période de changements continuels. Il donnait ce prétexte depuis près de vingt ans maintenant, et l'excuse s'était usée. Il n'eût pas été juste d'en blâmer Nell. Ce n'était pas comme si elle-même avait invité sa mère à tout bout de champ, ou quelque chose de ce genre. D'ailleurs la mère d'Aidan avait participé à toutes les fêtes données en l'honneur des filles. Simplement, ils n'avaient rien eu à célébrer depuis très longtemps. Mais, bientôt, s'il était nommé à la tête du Mountainview College...

— Tu as passé un bon week-end ? s'enquit Tony O'Brien alors qu'ils se trouvaient dans la salle des professeurs.

Un peu abasourdi, Aidan le dévisagea un long moment. Depuis quand ne lui avait-on pas posé cette question ?

— Tranquille, un week-end tranquille.

— Eh bien, tu as de la chance, grogna Tony. Moi je suis allé à une soirée et j'en garde encore une migraine carabinée. Enfin, encore trois heures et demie avant de me réhydrater au déjeuner avec une bonne bière !

— Merveilleux... Une telle résistance, je veux dire.

Aidan espérait que l'amertume et la critique n'avaient pas trop percé dans sa voix.

— Pas du tout, reprit Tony. J'ai passé l'âge de ce genre de soirée, tu sais, mais moi je n'ai pas la consolation d'une épouse et d'une famille, comme vous tous.

Son sourire était chaleureux. Si on ne le connaissait pas, qu'on ignorait son style de vie, on pourrait le croire sincère, se dit Aidan.

Ils parcoururent ensemble les couloirs du Mountainview College, que sa mère aurait tant voulu voir baptisé Saint-Kevin ou plutôt Saint-Anthony, lequel aidait à retrouver les objets égarés, car avec l'âge elle le sollicitait de plus en plus. D'après elle, seul ce saint patron lui permettait de remettre la main sur ses lunettes une dizaine de fois par jour. Le moins qu'on pût faire pour le remercier était bien de faire porter son nom à l'école. Mais elle ne perdait pas espoir : quand son fils serait directeur...

Les enfants se hâtaient autour d'eux, et certains leur lançaient un « Bonjour ! » tonitruant tandis que d'autres détournaient la tête. Aidan les connaissait tous, ainsi que leurs parents. Et il pouvait citer le nom de leurs frères et sœurs aînés. Tony O'Brien aurait été incapable d'en identifier plus d'une poignée. Ce monde était vraiment mal fait.

— Tiens, hier soir j'ai rencontré quelqu'un que tu connais, dit brusquement Tony O'Brien.

— À une soirée ? Ça m'étonnerait, répondit Aidan avec un sourire crispé.

— Oh ! si, elle était très affirmative. Quand je lui ai dit que j'enseignais ici elle m'a demandé si je te connaissais.

— Et qui était-ce ? demanda Aidan, intrigué malgré lui.

— Elle ne m'a pas dit son nom. Une gentille fille, en tout cas.

— Une ancienne élève, sûrement ?

— Non, elle aurait su qui je suis.

— Un vrai mystère, donc, conclut Aidan en regardant Tony O'Brien entrer dans sa classe.

Le silence qui s'établit aussitôt défiait toute explication rationnelle. Pourquoi ses élèves le respectaient-ils autant, et craignaient-ils d'être surpris à bavarder ou dans une attitude critiquable ? Tony O'Brien ne se rappelait même pas leur nom, bon sang ! C'est tout juste s'il corrigeait leurs copies, et il n'avait certainement pas perdu une seule heure de sommeil pour la préparation de leurs examens. En résumé, il ne leur portait pas beaucoup d'attention. Et pourtant ces garçons et ces filles de seize ans en moyenne cherchaient à se faire bien voir de lui. Incompréhensible.

Aidan avait entendu dire que les femmes étaient souvent attirées par les hommes qui les maltraitaient. Il éprouva un bref soulagement à l'idée que jamais Nell n'avait croisé le chemin de Tony O'Brien, aussitôt suivi de la conviction déprimante que sa femme l'aurait alors quitté depuis longtemps déjà.

Aidan Dunne s'arrêta sur le seuil de sa classe. Il dut attendre trois bonnes minutes pour qu'un semblant de silence s'établisse.

Peut-être Mr. Walsh était-il passé dans le couloir derrière lui, sans qu'il s'en aperçoive. Quand il y avait le chahut dans votre classe, vous imaginiez toujours que le directeur passait dans le couloir. C'était une réaction que tout enseignant reconnaissait avoir eu un jour ou l'autre. Mais Aidan chassa ces craintes ridicules : le principal avait une trop bonne opinion de lui pour noter que ses élèves se montraient un peu plus bruyants que de coutume. Aidan était sans conteste le professeur le plus digne de confiance de Mountainview. Tout le monde le savait.

Dans l'après-midi, Mr. Walsh le convoqua dans son bureau. Le directeur était un homme usé, qui attendait sa retraite avec une impatience non dissimulée. Cette fois, exceptionnellement, il n'y eut pas de papotage.

— Vous et moi nous trouvons sur la même longueur d'onde à propos de bien des choses, Aidan.

— Je l'espère, Mr. Walsh.

— Oui. Nous avons la même vision du monde. Mais cela ne suffit pas.

— Je ne comprends pas trop ce que vous entendez par là, monsieur.

Il disait la stricte vérité. S'agissait-il d'une amorce de discussion philosophique ? D'un avertissement ? D'une réprimande ?

— C'est le système, voyez-vous. La façon dont il est géré. Le principal n'a pas le droit de vote. Il reste assis là comme un satané eunuque, et c'est à peu près tout.

— Un vote, monsieur ?...

Aidan pensait savoir où conduirait cette discussion, mais il décida de ne rien en laisser paraître.

C'était un mauvais calcul, qui eut pour seul effet d'exaspérer son supérieur.

— Allons, vous savez très bien de quoi je veux parler. La place. Le poste, mon ami.

— Ah oui, bien sûr...

Il se sentit un peu ridicule.

— Je suis membre non-votant du conseil. Je n'ai pas mon mot à dire, voyez-vous. Si je l'avais, croyez-moi, je ferais tout pour que mon poste vous revienne en septembre. Je vous donnerais quelques petits conseils, comme de ne pas être trop tendre avec ces diables de gamins... Je vois en vous un homme qui a le sens des valeurs, de ce qui est bon pour un établissement tel que le nôtre.

— Merci, Mr. Walsh. C'est très agréable à entendre.

— Mon ami, j'aimerais que vous m'écoutiez avant de me remercier... parce qu'il n'y a vraiment aucune raison pour le faire. Je ne peux rien pour vous, voilà ce que j'essaie de vous dire, Aidan.

Le principal eut pour lui le même regard désespéré que s'il s'était trouvé confronté à un élève particulièrement obtus.

Cette attitude ne manqua pas de rappeler à Aidan celle qu'il avait parfois face à lui-même, et cette analogie l'emplit de tristesse. Depuis l'âge de vingt-deux ans, il enseignait aux enfants d'autrui. Cela faisait plus d'un quart de siècle, vingt-six années pour être précis, cependant il ignorait toujours comment bien répondre à un homme qui s'efforçait de l'aider ; il ne réussissait qu'à l'irriter.

Le directeur l'observait avec la plus grande attention. Aidan le croyait capable de lire dans ses pensées et d'y décrypter le constat d'échec qui venait de s'y inscrire.

— Allons, ressaisissez-vous, lui dit Mr. Walsh. Ne faites pas cette tête-là. Je peux me tromper, je peux me tromper sur toute la ligne. On va me mettre au vert, et je suppose... que je cherche juste à me couvrir, pour le cas où la chose n'évoluerait pas dans un sens favorable pour vous.

Aidan comprit que le principal regrettait amèrement d'avoir abordé le sujet.

— Mais non, mais non, j'apprécie vraiment ce que vous faites... répondit-il. Je veux dire, c'est très aimable de votre part de m'expliquer votre position dans tout ce... euh...

Sa phrase finit en un murmure.

— Ce ne serait pas la fin du monde, vous savez... Si l'on ne vous donnait pas le poste.

— Oh, non ! Bien sûr que non.

— Et puis vous avez une famille, et ça c'est une sacrée compensation. Toute cette vie du foyer... Vous n'êtes pas marié à cet établissement, comme je l'ai été pendant si longtemps.

Mr. Walsh était veuf depuis de longues années, et son fils unique lui rendait rarement visite.

— Tout à fait vrai, ce que vous dites, balbutia Aidan. Mais...

— Mais ?

Le vieil homme semblait ouvert, compréhensif.

Aidan répondit d'une voix lente :

— Vous avez raison, ce ne serait pas la fin du monde. Mais j'avais cru... J'avais espéré que ce serait un nouveau départ, que ça animerait mon existence. Les heures supplémentaires ne me dérangent pas, vous savez, travailler ne m'a jamais fait peur. Je passe déjà beaucoup de temps ici. D'une certaine façon je suis, comme vous, marié à Mountainview.

— Je sais, je sais.

Mr. Walsh se voulait aimable.

— Jamais aucune tâche ne m'a rebuté, poursuivit Aidan. J'aime mes classes et en particulier l'année de transition, parce qu'on peut faire un peu sortir les élèves de leur coquille, mieux les connaître, leur apprendre à penser par eux-mêmes. Et j'aime aussi les soirées de réunion de parents d'élèves, que mes collègues détestent en général, parce que je peux ainsi me souvenir de chaque enfant et que... Enfin, je crois que j'aime mon travail dans son ensemble, et l'ambiance de cette école, à part les manœuvres et la manière dont certains jouent des coudes pour assurer leur plan de carrière.

Aidan se tut brusquement. Il avait très peur que sa voix se brise, se reprochant soudain d'en avoir trop dit.

Mr. Walsh gardait le silence.

À l'extérieur du bureau montaient les sons d'une école en pleine sortie de quatre heures et demie : sonnettes de bicyclettes, claquements de portes, voix excitées des élèves qui s'égaillaient comme une volée de moineaux vers l'arrêt du bus. Bientôt le bruit des serpillières et des seaux les remplacerait, puis le ronronnement de la cireuse électrique. C'était si familier, si rassurant. Et jusqu'à cet instant, Aidan avait toujours cru qu'il gardait une très bonne chance de diriger un jour ce petit monde.

— Je suppose que ce sera Tony O'Brien, lança-t-il d'un ton lugubre.

— Il semble avoir leur préférence, en effet, répondit Mr. Walsh. Rien de définitif cependant, pas avant la semaine prochaine. Mais c'est le choix qui paraît le plus probable.

— Je me demande bien pourquoi !

La confusion et la jalousie l'étourdissaient presque.

— Oh ! je n'en sais rien, moi, Aidan. Le gaillard n'est même pas un catholique pratiquant. Il a la moralité d'un coureur de jupons. Il n'aime pas l'établissement, il ne s'en soucie pas comme nous le faisons nous, mais le conseil pense que c'est la personne qui convient le mieux à notre triste époque. Et il a des façons plutôt brutales pour régler les problèmes épineux.

— Comme lorsqu'il a battu comme plâtre un gamin de dix-huit ans à peine...

— Mais tous sont persuadés que c'était un revendeur de drogue, et il est vrai que, depuis, on ne l'a plus revu dans les parages de l'école.

— On ne peut pas diriger un établissement scolaire avec de telles méthodes, fit Aidan.

— Vous ne le feriez pas, et moi non plus, mais il semblerait que notre temps soit révolu.

— Avec tout mon respect, Mr. Walsh, vous avez soixante-cinq ans. Moi je n'en ai que quarante-huit, et je ne pensais pas avoir fait mon temps.

— Et vous n'avez pas à le penser, Aidan. C'est ce que j'essaie de vous faire comprendre. Vous avez une jolie femme, deux filles adorables, une vie en dehors de l'école. Vous devriez construire sur ces bases. Ne laissez pas Mountainview devenir comme une maîtresse pour vous.

— Vous êtes très aimable et j'apprécie beaucoup vos conseils. Oui, vraiment. Je vous suis très reconnaissant de m'avoir prévenu. Ainsi, j'aurai l'air moins idiot quand le moment viendra.

Il quitta la pièce d'une démarche raide.

À la maison, il trouva Nell vêtue de sa robe noire et de son écharpe jaune, l'uniforme qu'elle portait pour aller travailler au restaurant.

— Mais tu n'es pas de service le lundi soir ! s'écria-t-il, stupéfait.

— Ils manquaient de personnel, alors je me suis dit pourquoi pas. De toute façon il n'y a rien à la télévision, ajouta-t-elle avant de remarquer le désarroi d'Aidan et de l'interpréter à sa manière : Allons ! Il y a un beau steak au frigo, et il reste encore des pommes de terre de samedi. Fais-les revenir avec un oignon, ce sera délicieux. D'accord ?

— D'accord...

N'importe, il ne lui aurait rien révélé maintenant. Peut-être valait-il mieux après tout qu'elle s'absente pour la soirée.

— Les filles sont là ? demanda-t-il.

— Grania a pris possession de la salle de bains. Un rendez-vous des plus importants ce soir, si mon instinct de mère ne me trompe pas...

— Quelqu'un que nous connaissons ?

Il ne savait pas pourquoi il posait cette question. Il vit bien qu'elle déplaisait à Nell.

— Et comment pourrait-il s'agir de quelqu'un que nous connaissons ?

— Tu te souviens, quand elles étaient gamines ? Nous connaissions tous leurs amis.

— Oui, et je me souviens aussi qu'elles nous tenaient éveillés toute la nuit avec leurs pleurs, leurs cris et leurs biberons. Bon, j'y vais.

— Euh, oui... Alors bonne soirée.

Sa voix était plate, atone.

— Ça va, Aidan ?

— Quelle différence cela ferait-il si ça n'allait pas ?

— Qu'est-ce que c'est que cette réponse ? Il est vraiment inutile de te poser une question polie si c'est pour recevoir ce genre de réponse.

— Je suis sérieux. Quelle différence cela ferait-il ?

— Écoute, si c'est encore un prétexte pour t'apitoyer sur toi-même, nous sommes tous fatigués, Aidan. La vie est dure pour tout le monde. Penses-tu être le seul à avoir des problèmes ?

— Quels sont donc tes problèmes, à toi ? Tu ne m'en parles jamais.

— Et je n'ai pas l'intention de t'en parler maintenant, alors que mon bus passe dans trois minutes.

Elle sortit précipitamment.

Aidan se prépara une tasse de café instantané et s'assit à la table de la cuisine. Brigid apparut un instant plus tard. Elle était brune, avec un visage constellé de taches de rousseur, comme celui de son père, mais par bonheur — pensait Aidan — moins carré. Sa sœur aînée avait hérité le charme blond de sa mère.

— Papa, ce n'est pas juste, elle occupe la salle de bains depuis près d'une heure ! Elle est rentrée à quatre heures et demie, elle s'y est enfermée à six heures et maintenant il est presque sept heures. Dis-lui de me laisser la place !

— Non, répondit-il avec calme.

— Comment ça, non ?

Sa fille en restait ébahie.

Qu'aurait-il répondu, en temps normal ? Quelque chose de convenablement lénifiant, pour maintenir la paix au foyer ; par exemple, il lui aurait rappelé l'existence de la douche au rez-de-chaussée. Mais ce soir il ne se sentait pas le courage de jouer les casques bleus domestiques. Que ses filles s'écharpent joyeusement, lui ne lèverait pas le petit doigt pour les en empêcher.

— Vous êtes adultes, arrangez-vous, lâcha-t-il avant de passer dans la salle à manger avec sa tasse de café.

Il prit soin de refermer la porte derrière lui.

Un long moment il resta assis, laissant son regard errer sur la pièce. L'endroit semblait symboliser tout ce qui allait mal chez les Dunne. Plus un seul repas de famille heureux autour de la grande table austère. Les amis et les parents éloignés ne tiraient jamais ces chaises de bois sombre pour bavarder avec animation de tout et de rien.

Quand Grania et Brigid invitaient des amies à la maison, elles les faisaient monter dans leur chambre ou s'enfermaient avec Nell dans la cuisine pour papoter sur des sujets typiquement féminins. Aidan était abandonné dans le salon, à regarder des programmes de télévision qu'il ne voulait pas voir. N'aurait-il pas été préférable finalement qu'il dispose de son propre petit appartement, un endroit où il pourrait se sentir en paix ?

Chez un brocanteur, il avait vu un bureau qu'il aurait adoré posséder, un de ces magnifiques meubles avec un abattant qu'on descendait pour écrire. Il mettrait régulièrement des fleurs dans la pièce. Parce qu'il aimait leur beauté, et parce qu'il ne rechignait pas à changer l'eau du vase chaque jour, ce que Nell qualifiait de corvée.

La lumière du jour ici n'était pas si désagréable, après tout. C'était une lumière douce, qu'ils n'avaient jamais appréciée à sa juste valeur. Avec une banquette près de la fenêtre, et d'épais rideaux plissés, il serait très bien pour lire, ou recevoir des amis. Il avait maintenant la conviction que sa vie de famille ne lui apporterait plus rien. Autant se faire une raison dès à présent, au lieu d'espérer un hypothétique changement.

Il garnirait un mur de rayonnages pour les livres, et aussi les cassettes, en attendant de s'acheter un lecteur de disques laser. Non... pas de CD, il n'avait plus à concurrencer Tony O'Brien. Ici et là il accrocherait des reproductions, des fresques de Florence, ou bien ces études de visages aux cous gracieux, par Léonard de Vinci. Il pourrait rester seul, à écouter tranquillement des arias, et lire des articles sur l'opéra dans ses magazines préférés. Mr. Walsh croyait qu'il avait une vie en dehors de Mountainview. Eh bien, il était temps pour lui de la créer. Plus question d'être marié au collège. Aidan plaqua ses mains autour de sa tasse pour les réchauffer. Cette pièce aurait besoin d'un radiateur. C'était faisable. Et il faudrait travailler l'éclairage, en disposant quelques lampes aux endroits stratégiques. Le plafonnier dispensait une lumière trop vive, qui supprimait toute ombre et tout mystère.

On frappa légèrement à la porte. La blonde Grania l'ouvrit. Elle était visiblement habillée pour un rendez-vous amoureux.

— Tout va bien, Papa ? demanda-t-elle. Brigid m'a dit qu'elle t'avait trouvé un peu bizarre, alors je me demandais si tu n'avais pas quelque chose.

— Non, je vais très bien, dit-il.

Mais sa voix lui paraissait venir de très loin. Et si lui avait cette impression, pour Grania ce devait être pire. Il réussit à sourire.

— Tu vas dans un endroit chic ? fit-il d'un ton plaisant.

Elle fut soulagée de le voir plus égal à lui-même.

— Je ne sais pas encore. J'ai rencontré quelqu'un de très bien, mais je t'en parlerai à un autre moment.

Son visage était toute douceur, beaucoup plus avenant qu'il ne l'avait vu depuis très longtemps.

— Parle-m'en maintenant, proposa-t-il avec un sourire de complicité paternelle.

— Euh, non, pas maintenant, Papa. Tu comprends, il faut qu'on voie d'abord comment ça marche entre nous ; et puis s'il est sincère... Mais s'il y a quelque chose à raconter, tu seras le premier dans la confidence, promis.

Il fut repris par sa tristesse insidieuse. Cette enfant dont il avait guidé les premiers pas, qui avait ri de ses plaisanteries et l'avait cru omniscient, cette fille devenue une jeune femme ne cherchait pas à masquer son désir de le quitter au plus tôt.

— Très bien, dit-il à contrecœur.

— Ne reste pas ici tout seul, Papa. Il fait froid dans cette pièce.

Il aurait aimé lui répliquer qu'en ce moment il ressentait le froid et la solitude n'importe où, mais il s'abstint.

— Amuse-toi bien.

Il se rendit dans le salon et s'assit devant la télévision auprès de Brigid.

— Que veux-tu regarder ce soir ? lui dit-il.

— Et toi, Papa ? fit-elle d'une voix douce.

Il avait sans doute plus mal encaissé les paroles de Walsh qu'il ne le pensait, et son visage trahissait son trouble. Sinon ses deux filles n'auraient certainement pas réagi avec ce semblant de prévenance fort inhabituel.

Il se tourna vers Brigid. Ses taches de rousseur et ses grands yeux marron si chers à son cœur lui étaient familiers depuis qu'elle était un bébé dans son landau. D'habitude impatiente avec lui, elle le dévisageait ce soir comme si elle avait découvert un inconnu sur une civière, dans un couloir d'hôpital ; avec cette même compassion qu'on éprouve pour un étranger dans l'épreuve.

Ils restèrent assis côte à côte jusqu'à onze heures et demie, à regarder des programmes télévisés que ni l'un ni l'autre n'appréciaient réellement, mais chacun avec l'impression de faire plaisir à l'autre.

À une heure du matin, quand Nell rentra, Aidan était couché. Il avait éteint la lampe de chevet mais ne dormait pas. Il entendit le taxi s'arrêter devant leur maison ; les patrons du restaurant offraient le trajet de retour à Nell quand elle travaillait de nuit.

Elle pénétra sans bruit dans la chambre, et il décela aussitôt une faible odeur de pâte dentifrice et de talc. Elle s'était donc lavée dans la salle de bains et non au lavabo qui se trouvait dans la pièce, pour ne pas risquer de le déranger. Elle avait une lampe de chevet de son côté, sur la table de nuit, dont l'abat-jour concentrait la lumière sur le roman qu'elle lisait le soir, comme il l'avait si souvent constaté quand, feignant le sommeil, il l'écoutait tourner les pages. Aucun propos entre eux ne serait aussi captivant que ces livres de poche qu'elle dévorait, à l'instar de ses sœurs et ses amies, et qu'il ne lui offrait plus depuis belle lurette.

Même ce soir il fit semblant de dormir. Il avait pourtant le cœur pareil à un lingot de plomb et il désirait plus que tout prendre Nell dans ses bras et pleurer son malheur contre sa peau si douce. Lui parler de Tony O'Brien, un individu qui n'aurait même pas dû être autorisé à nettoyer les tables de la cafétéria mais qui allait devenir directeur car il était tellement dans le coup, quoi que cette expression pût signifier. Il aurait aimé lui dire combien il regrettait qu'elle ait passé des heures derrière une caisse à contempler des richards qui se goinfraient et s'enivraient, parce que c'était bien mieux que tout ce qu'un lundi soir pouvait offrir à un couple marié avec deux filles adultes. Mais il resta couché là, immobile. Au loin, l'horloge de l'hôtel de ville égrenait les heures.

Quand deux coups sonnèrent, Nell posa son livre avec un petit soupir et éteignit. Elle se positionna aussi loin d'Aidan que si elle dormait dans la pièce voisine. Quand l'horloge de l'hôtel de ville annonça quatre heures, Aidan songea que Grania n'en aurait que trois de sommeil avant de se lever pour partir au travail.

Mais il ne pouvait rien faire, ni dire. Il était clair que ses filles vivaient leur vie sans lui demander son avis. À contrecœur il avait fini par accepter qu'elles prennent rendez-vous au planning familial. Elles rentraient à l'heure qui leur convenait et, quand elles découchaient, elles appelaient le lendemain matin, au moment du petit déjeuner, pour assurer que tout allait bien et qu'elles avaient dormi chez une amie. Telle était la version officielle couvrant Dieu savait quoi. Mais, comme aimait à le répéter Nell, c'était souvent la vérité, et elle préférait très nettement que Grania et Brigid soient hébergées par une amie plutôt qu'elles risquent leur vie en étant raccompagnées en voiture par quelque jeune aviné de leur connaissance, ou bien qu'elles ne parviennent pas à trouver de taxi avant l'aube.

Aidan n'en fut pas moins soulagé quand il perçut le déclic de la porte d'entrée qui se refermait et les pas légers qui gravissaient vivement l'escalier. À son âge, Grania survivrait à seulement trois heures de sommeil. Trois heures de plus que ce dont il profiterait lui.

Son esprit se mit à échafauder les plans les plus fous. Il pouvait toujours démissionner de l'école, en signe de protestation. Il trouverait certainement un poste dans un établissement privé où l'on privilégierait le travail intensif. En qualité de professeur de latin, il y aurait sa place. Tant de filières s'offraient aux étudiants, qui nécessitaient une maîtrise relative du latin. Et il pouvait faire appel auprès du conseil. En répertoriant les secteurs où il avait aidé l'école, et en soulignant les heures passées à œuvrer pour qu'elle soit reconnue comme il convenait dans la communauté, ainsi que les liaisons qu'il avait créées avec les instances du troisième cycle afin de donner aux élèves des conseils utiles pour leur avenir.

Avec un peu d'habileté il pourrait les convaincre que Tony O'Brien n'était qu'un élément destructeur, et que le fait d'user de violence envers un ancien élève de l'établissement augurait très mal de la façon dont il dirigerait Mountainview. À moins qu'il n'adresse une lettre anonyme aux membres religieux du conseil, au prêtre si aimable et à la religieuse plutôt revêche, simplement au cas où ils n'auraient pas eu vent du code moral pour le moins relâché de Tony O'Brien. Et s'il persuadait quelques parents responsables de verser dans l'action commando ?... Oui, il disposait encore d'une belle panoplie de moyens d'action.

Ou alors, il acceptait la vision qu'avait de lui Mr. Walsh et se rabattait sur une vie en dehors de l'école. En ce cas il aménagerait la salle à manger pour en faire son ultime rempart contre toutes les déceptions que l'existence lui infligeait.

Quand Aidan se leva. sa tête était comme enserrée dans un étau d'acier.

Il se rasa avec beaucoup de soin. Il était hors de question qu'il arrive à ses cours avec de petits morceaux d'Elastoplaste sur le visage. Il examina la salle de bains comme s'il ne l'avait jamais vue. Des gravures représentant Venise couvraient le moindre centimètre carré de mur libre. C'étaient de grandes reproductions plastifiées d'œuvres de Turner qu'il avait achetées à la Tate Gallery. Quand les filles étaient petites, elles disaient qu'elles allaient à la salle de Venise en parlant de la salle de bains. À présent, elles ne remarquaient certainement même plus ces copies de tableaux célèbres.

Il se demanda s'il retournerait jamais en Italie. Jeune homme, il s'y était rendu par deux fois, et c'est là qu'ils avaient passé leur lune de miel. Il avait montré à Nell *sa* Venise, *sa* Rome, *sa* Florence et *sa* Sienne. Leur séjour avait été merveilleux, mais depuis ils n'étaient jamais retournés en Italie. Après la naissance de Brigid et Grania, et pendant leurs premières années, ils n'avaient ni l'argent ni le temps. Et dernièrement... eh bien... qui l'aurait accompagné ? Un voyage en solitaire aurait constitué une prise de position radicale, qui n'aurait pas manqué d'étonner. Toutefois, il aurait peut-être à s'affirmer de cette façon à l'avenir... et son âme ne s'était pas desséchée au point de rester insensible à la beauté de l'Italie.

À un moment qu'il n'aurait pu situer dans le passé récent, ils avaient tous décidé de ne plus parler pendant le petit déjeuner, et cet accord tacite semblait leur convenir. La cafetière électrique était remplie à huit heures précises, la radio allumée. Chacun se débrouillait sans s'occuper des autres. Un plat italien aux couleurs vives, rempli de pamplemousses, était posé sur la table, ainsi qu'une corbeille à pain et le grille-pain sur le plateau décoré d'une photo sous verre de la fontaine de Trevi, cadeau de Nell pour son quarantième anniversaire. À huit heures vingt, Aidan et les filles quittaient la cuisine après avoir mis bols et assiettes dans le lave-vaisselle.

Aidan songea qu'il n'imposait pas une existence bien désagréable à sa femme. Il avait tenu les promesses qu'il avait faites. La maison n'était peut-être pas luxueuse, mais elle était bien équipée ; trois fois par an il payait pour le nettoyage des vitres, la moquette était shampouinée tous les deux ans, et la façade repeinte tous les trois ans.

« Oublie ces pensées étriquées de petit employé », se morigéna Aidan. Avec un sourire de commande il entama sa retraite de la cuisine.

— Tu as passé une bonne soirée hier, Grania ? dit-il.

— Ça allait, oui.

Aucun signe ne permettait de penser qu'elle allait lui faire des confidences, comme il l'avait cru la veille.

— Bien, bien, fit-il platement avant de se tourner vers Nell. Et toi ?... Il y avait du monde, au restaurant ?

— Pas trop mal pour un lundi soir, mais rien d'exceptionnel.

Elle lui avait répondu d'un ton aimable, mais avec autant de chaleur qu'à un étranger qui l'aurait accostée dans le bus.

Aidan prit son porte-documents et partit pour l'école. Sa *maîtresse*, Mountainview College. Quelle idée farfelue ! Ce matin, l'établissement n'avait certainement pas les allures d'une amante à ses yeux.

Un moment il s'arrêta aux grilles de la cour, là où avait eu lieu la bagarre honteuse entre Tony O'Brien et un adolescent. Ce dernier s'en était tiré avec plusieurs côtes cassées, plus quelques points de suture à une arcade sourcilière et à la lèvre inférieure. La cour était sale, et la brise matinale y faisait voleter des papiers gras et autres sacs de plastique. L'abri à vélos aurait eu besoin d'un bon coup de peinture, et les bicyclettes y étaient massées dans le désordre le plus complet. À l'extérieur des grilles, l'arrêt de bus restait toujours ouvert à tous les vents et à la pluie. Si Bus Eireann refusait de fournir un abri pour les enfants qui attendaient là après les cours, le comité d'éducation professionnel devait y suppléer. Et s'il ne le faisait pas, une association de parents d'élèves pouvait toujours collecter les fonds nécessaires. C'était ce genre d'aménagements qu'Aidan Dunne avait envisagé de lancer dès son installation au poste de principal. Des projets qui ne verraient jamais le jour.

Il salua d'un hochement de tête bougon les enfants qui lui disaient bonjour, au lieu de leur répondre en les nommant comme à son habitude, et il entra dans la salle des professeurs. Il n'y trouva que Tony O'Brien, occupé à regarder se dissoudre son Alka-Seltzer dans un verre d'eau.

— Je me fais trop vieux pour ces soirées, confia-t-il à Aidan.

Au prix d'un effort de volonté fort louable, ce dernier s'abstint de lui demander pourquoi il ne les évitait pas, tout simplement. Ç'eût été aller à l'encontre de la stratégie qu'il entendait appliquer. Tout écart de comportement y aurait été préjudiciable, et il devait garder une parfaite neutralité jusqu'à ce qu'il ait défini un plan d'action précis. En conséquence il se retrancherait derrière une attitude aimable, comme à l'accoutumée.

— Bah, avec tout ce travail et si peu de loisirs... commença-t-il.

Mais Tony O'Brien n'était pas d'humeur à écouter ses platitudes.

— Quarante-cinq ans, c'est un âge qui marque un tournant dans la vie d'un homme. Après tout, c'est la moitié de quatre-vingt-dix, et ça veut bien dire ce que ça veut dire. Même si certains d'entre nous ne le voient pas.

Il avala son verre d'un trait et passa rapidement sa langue sur ses lèvres.

— Ça valait le coup ? reprit Aidan. Je veux dire, hier soir ?

— Qui peut dire si ça vaut jamais le coup... J'ai rencontré une jolie petite nana, mais quel intérêt quand il faut se coltiner ses élèves dans la journée ?

Il secoua la tête à la façon d'un chien qui s'ébroue en sortant de l'eau. Et dire que cet homme allait diriger le Mountainview College durant les vingt années à venir, tandis que le pauvre vieux Mr. Dunne le regarderait faire sans pouvoir réagir.

Tony O'Brien gratifia Aidan d'une claque magistrale sur l'épaule.

— Enfin... *Ave atque vale*, comme vous dites, vous autres latinistes ! Il faut que j'y aille. Plus que quatre heures et trois minutes avant le réconfort d'une bonne pinte, heureusement !

Aidan n'aurait jamais cru que Tony O'Brien connaissait la formule latine pour « bonjour et au revoir ». Lui-même s'interdisait toute citation latine dans la salle des professeurs, car il savait que nombre de ses collègues ignoraient cette langue morte, et il ne voulait pas passer pour un poseur. Mais cette petite découverte démontrait bien qu'il ne fallait jamais sous-estimer l'ennemi.

La journée s'écoula comme n'importe quelle autre, qu'on ait la gueule de bois comme Tony O'Brien ou le cœur lourd comme Aidan Dunne... Puis il y eut une autre journée, et une autre, et Aidan n'avait toujours pas de plan d'attaque. Jamais il ne trouva le moment propice pour annoncer à sa famille que ses espoirs d'être nommé principal partaient en fumée. À la vérité, il avait fini par juger plus simple de ne rien dire avant l'annonce officielle de la décision. Autant qu'elle semble une surprise pour tout le monde.

Il n'avait pas oublié en revanche son projet d'aménagement de la salle à manger. Il revendit la table et les chaises et acheta le bureau qu'il convoitait. Durant cette période, Nell travailla le soir chez *Quentin* et ses filles sortirent, ce qui lui permit de s'asseoir au calme dans cette pièce et d'imaginer tout à loisir sa décoration. Peu à peu il réunit les éléments de son rêve : des cadres d'occasion pour ses reproductions, une table basse près de la fenêtre, et un gros canapé bon marché qui occupait exactement l'endroit prévu. Plus tard il trouverait des housses ocre ou vieil or, une couleur chaude, et une moquette d'une teinte plus vive, orange ou pourpre peut-être.

Sa femme et ses deux filles ne s'intéressaient pas au foyer, aussi ne leur confia-t-il rien de ses idées de décoration. Elles auraient cru à une de ses lubies passagères, comme ses modifications dans le programme de la classe de transition ou son long combat pour la création d'un espace vert dans l'enceinte de Mountainview.

— Rien de neuf au sujet du poste suprême à l'école ? demanda Nell à brûle-pourpoint un soir, alors qu'ils étaient tous quatre attablés dans la cuisine.

Le cœur d'Aidan se serra quand il prononça le mensonge inévitable :

— Rien du tout. Ils doivent voter la semaine prochaine, c'est la seule certitude.

Il avait répondu avec un calme imperturbable.

— Tu auras forcément ce poste, affirma Nell. Le vieux Walsh adore tout ce que tu fais.

— Mais il se trouve qu'il n'a pas le droit de vote. Son soutien ne m'est donc d'aucune utilité.

Aidan ponctua cette triste évidence d'un petit rire nerveux.

— Mais tu le remplaceras sûrement, non, Papa ? fit Brigid.

— On ne sait jamais. Les gens ont chacun leur conception du poste de principal. Je suis du genre calme et sérieux, mais ce n'est peut-être pas ce qu'il faut aujourd'hui.

Il eut un geste de la main pour expliquer que la décision ne lui appartenait pas, mais qu'elle aurait peu d'importance, quelle qu'elle fût.

— Mais qui pourraient-ils nommer, sinon ? s'étonna Grania.

— Si je le savais, je pourrais tenir la rubrique de l'horoscope dans le journal, tu ne crois pas ? Un outsider, peut-être, un autre prof sur qui on ne comptait pas...

Il parlait avec décontraction et avec l'air d'accepter la compétition. Le poste reviendrait à la personne la plus capable, c'était aussi simple que cela.

— Mais tu ne penses quand même pas qu'ils vont te préférer quelqu'un d'autre ? dit Nell.

Il détecta dans la voix de sa femme un quelque chose qui l'horripila instantanément, une sorte d'incrédulité face à l'hypothèse qu'il laisse échapper cette chance. Mais elle ne pouvait pas deviner que la partie était déjà jouée, et perdue.

Il rassembla toute l'assurance qu'il put dans son sourire.

— Me préférer quelqu'un d'autre ? Jamais de la vie ! s'exclama-t-il.

— Je préfère ça, Papa, dit Grania.

Sur cette remarque, sa fille monta s'enfermer dans la salle de bains, où elle ne voyait plus les magnifiques images de Venise mais seulement son visage dans le miroir, avec son désir qu'il soit aussi séduisant que possible pour la soirée à venir.

C'était leur sixième rendez-vous. Grania avait maintenant la certitude qu'il n'était pas marié. Elle lui avait posé assez de questions pour le prendre en défaut. Chaque fois il lui avait proposé de finir la soirée chez lui pour prendre un café, et chaque fois elle avait décliné l'offre. Mais ce soir serait différent. Elle l'appréciait vraiment beaucoup. Il savait tant de choses, et il était bien plus intéressant que les gens de son âge. Lui au moins ne se comportait pas comme un homme mûr qui joue au jeune homme.

Il n'y avait qu'un petit problème. Tony travaillait dans l'école de Papa. Lors de leur première rencontre, elle lui avait demandé s'il connaissait un certain Aidan Dunne, mais sans lui révéler le lien qui l'unissait au professeur de latin. Le dire n'aurait fait que confirmer l'écart entre leurs générations. D'ailleurs il y avait quantité de Dunne dans la région, et Tony ne ferait sans doute pas le rapport. Il n'y avait aucune bonne raison d'en parler à Papa non plus ; du moins pas encore, pas avant que leur relation se développe, si elle le devait. Et si c'était le grand amour alors tout le reste se mettrait au diapason, y compris le fait que Tony travaille dans le même établissement que Papa. Grania fit une grimace au miroir et se dit que Tony se montrerait encore plus charmant avec elle si son père était nommé principal de Mountainview.

Assis au bar, Tony tirait nerveusement sur sa cigarette. C'était un vice qu'il lui faudrait abandonner quand il serait principal, car il était formellement interdit de fumer dans l'enceinte du collège. Et il devrait également limiter sa consommation de bière au déjeuner. On ne le lui avait pas clairement dit, mais il y avait eu quelques allusions transparentes. Et répétées. Mais ça ne posait pas de réel problème. Ces sacrifices étaient minimes au regard d'un poste aussi intéressant. Et ils ne fouineraient pas dans sa vie privée. On vivait toujours dans la Très Catholique Irlande, mais on approchait du vingt et unième siècle et, quand même, les mentalités évoluaient.

De plus, par un hasard extraordinaire et très bénéfique, il venait de rencontrer une jeune femme qui retenait vraiment son attention, et avec qui la relation risquait fort de durer plus que quelques semaines. Une fille intelligente et dynamique nommée Grania, qui travaillait dans une banque. Un esprit acéré, mais sans méchanceté ni dureté. Elle se montrait chaleureuse et généreuse, ce qui n'était pas si fréquent de nos jours. Certes elle n'avait que vingt et un ans, moins de la moitié de son âge, mais elle ne resterait pas éternellement ainsi. Quand il aurait soixante ans elle en aurait trente-cinq, et quand on y réfléchit, trente-cinq est la moitié de soixante-dix. Sous cette perspective, elle ne cesserait de réduire l'écart entre eux.

Il la vit entrer dans le bar et se sentit plus léger et heureux qu'il ne l'avait été depuis longtemps. Avec elle, il avait l'intention de jouer franc-jeu.

— Tu es ravissante ! Je suis flatté que tu te sois mise en frais pour moi.

— Tu le mérites, répondit-elle simplement.

Ils burent un verre ensemble avec la même décontraction que s'ils se connaissaient depuis toujours. Ils bavardèrent, plaisantèrent, s'interrompirent mutuellement dans leur désir de savoir ce que pensait l'autre.

— Il y a plein de choses que nous pourrions faire, ce soir, dit Tony O'Brien. Il y a une soirée Nouvelle-Orléans dans un hôtel de la ville, avec repas créole et jazz ; à moins que nous n'allions voir ce film dont nous avons parlé l'autre fois... Ou alors je te prépare à dîner chez moi, pour te montrer quel cordon-bleu je suis.

Grania eut un rire charmant.

— Faudra-t-il que je fasse semblant de croire que c'est toi qui auras préparé les nems et le canard laqué ? Tu sais, je me rappelle très bien ce que tu as raconté au sujet du restaurant chinois qui se trouve à côté de chez toi.

— Non, si tu viens à la maison je cuisinerai moi-même. Pour te montrer l'importance que j'attache à ta présence. Je ne me contenterai pas de commander le menu A ou le menu B, aussi bons soient-ils.

Tony O'Brien n'avait pas parlé avec une telle franchise depuis bon nombre d'années.

— Alors j'aimerais beaucoup dîner chez toi, Tony, déclara Grania avec une émotion sincère.

Cette nuit-là Aidan dormit par intermittence. À l'approche de l'aube il était parfaitement réveillé, ses idées limpides comme le cristal. Pour l'instant, songeait-il, il n'avait que la confidence d'un principal sénile sur le départ, un homme décontenancé par un monde qu'il ne comprenait plus. Le vote n'avait pas encore eu lieu ; aucune raison donc d'être déprimé de son résultat, et par conséquent aucune excuse à trouver, aucune action à entreprendre, nulle carrière à abandonner. Dès son commencement cette journée s'annonçait bien meilleure, maintenant qu'il voyait la situation telle qu'elle était.

Il décida qu'il irait parler à Mr. Walsh et lui demanderait sans détour si ses remarques de l'autre jour reposaient sur le moindre fondement, ou s'il ne s'agissait que de simples conjectures. Après tout, en tant que membre non votant il avait très bien pu ne prêter qu'une oreille distraite aux délibérations de ses pairs.

Aidan se promit d'être bref. Il avait une fâcheuse tendance à s'étendre inutilement. Mais il ne s'en montrerait pas moins clair. Quelle était déjà cette citation d'Horace ?... Ce poète avait une phrase pour chaque situation. *Brevis esse aboro obscurus fio.* Oui, c'était bien cela : plus je m'efforce d'être bref et plus je deviens obscur. Dans la cuisine Brigid et Nell échangèrent un regard étonné quand elles l'entendirent siffloter. Il ne sifflait pas très bien, mais personne ne se souvenait plus de la dernière fois où il s'y était essayé.

Juste après huit heures, le téléphone sonna.

— Devinez un peu, railla Brigid en prenant un autre toast.

— C'est une fille sérieuse, tout comme toi, dit Nell en décrochant.

Aidan aurait aimé savoir s'il était vraiment sérieux pour une de ses filles de passer la nuit avec un homme décrit par sa sœur comme un flirt voué à l'échec et dont, une semaine plus tôt, Grania ne savait trop que penser, ni même s'il était... sincère. Mais il ne formula pas ses interrogations. Il surveilla les réactions de sa femme.

— Bien sûr, oui, très bien, disait celle-ci au téléphone. Tu as ce qu'il faut comme vêtements pour la banque, ou tu repasseras ici ? Oh ! tu avais emporté un pull-over, quelle chance... D'accord, ma chérie, alors à ce soir.

— Comment t'a-t-elle paru ? s'enquit Aidan.

— Aidan, ne commence pas, s'il te plaît. Nous sommes toujours convenus qu'il était plus sage que Grania dorme en ville chez Fiona plutôt que de risquer un accident de voiture pour rentrer ici après sa soirée.

Il ne put qu'acquiescer. Mais ni lui ni elle n'avaient cru un seul instant que leur fille dormait chez Fiona.

— Pas de problème, alors ? demanda Tony.

— Non, je te l'ai déjà dit... Ils me traitent en adulte.

— Et moi aussi, mais d'une manière un peu... différente.

Il se pencha vers le bord du lit où elle était assise, pour l'enlacer.

— Non, Tony, je ne peux pas, se défendit-elle. Il faut que nous allions travailler. Moi je dois être à l'heure à la banque, et toi à Mountainview.

Il fut heureux qu'elle se souvienne du nom de son établissement.

— Oh ! ils ne diraient rien, tu sais. Ils sont très coulants et ils laissent les professeurs faire un peu ce qu'ils veulent.

Elle éclata d'un rire moqueur.

— Non, ce n'est pas vrai, pas vrai du tout ! Allez, lève-toi et va prendre ta douche, je vais préparer du café. Où est le percolateur ?

— Hélas ! je n'ai que du café instantané.

— Hélas ! ce n'est pas assez sophistiqué pour moi ! Mr. O'Brien. fit-elle en feignant la désapprobation, il faudra améliorer les choses ici, si tu veux que je revienne...

— J'espérais justement que tu accepterais de revenir ce soir, dit-il.

Leurs regards se rencontrèrent. Ils n'y lurent que le désir partagé.

— D'accord, mais seulement si tu peux me proposer du vrai café.

— C'est comme si c'était fait.

Grania se fit des toasts, Tony fuma deux cigarettes.

— Tu devrais vraiment réduire ta consommation, fit-elle. Tu as eu du mal à respirer toute la nuit.

— C'est à cause de la passion, dit-il.

— Non, à cause des cigarettes, répliqua-t-elle avec fermeté.

Peut-être que pour cette femme si vivante et si attirante, il arrêterait de fumer. Leur différence d'âge était déjà assez problématique, et il n'avait aucune envie

46

d'accroître encore ce fossé par une respiration de vieillard.

— Je pourrais changer, tu sais, avoua-t-il calmement. Déjà, il va y avoir de grandes modifications dans mon travail, mais ce qui est plus important, c'est que je t'ai rencontrée et que je crois bien que pour toi j'aurai la force de renoncer à tout un tas de petites mauvaises habitudes.

— Et crois-moi, je t'y aiderai, dit-elle en posant une main sur la sienne. Mais il faudra que tu m'aides, toi aussi. À garder l'esprit alerte, je veux dire. J'ai arrêté de lire depuis que j'ai quitté l'école, et je voudrais reprendre.

— J'estime que pour fêter cet avenir radieux, il convient de nous accorder un jour de congé, dit-il en ne plaisantant qu'à demi.

— Eh ! tu ne vas quand même pas te mettre à évoquer l'année prochaine, j'espère ? dit-elle en riant.

— Pourquoi l'année prochaine ?

Était-elle au courant de sa promotion ? pensa soudain Tony. Personne ne savait, pourtant, en dehors du conseil qui lui avait proposé le poste. Le secret devait être total jusqu'à l'annonce de leur décision.

Grania, quant à elle, ne voulait pas encore révéler à Tony que son père travaillait avec lui, mais... après tout ce qu'ils avaient déjà partagé, décida-t-elle à cet instant, le lui cacher ne s'imposait plus. Il faudrait bien qu'elle le lui dise un jour ou l'autre, et puis elle était si fière de la future promotion de Papa...

— Eh bien, lui répondit-elle, en ce qui concerne l'année prochaine, tu voudras sans doute rester en bons termes avec mon père... Figure-toi qu'il va être nommé principal de Mountainview.

— Ton père va être nommé *quoi* ?

— Principal. C'est un secret jusqu'à la semaine prochaine, mais je pense que tout le monde s'y attend.

— Comment s'appelle ton père ?

— Dunne, comme moi. C'est Aidan Dunne, le professeur de latin. Tu te rappelles, la première fois que nous nous sommes vus je t'ai demandé si tu le connaissais.

— Mais tu ne m'as pas dit que c'était ton père !

— Non, mais il y avait du monde et je ne voulais pas me montrer trop gamine. Et par la suite ça n'avait plus d'importance.

— Oh ! mon Dieu... balbutia Tony O'Brien.

Il ne paraissait pas content du tout.

Grania se mordilla la lèvre inférieure et regretta d'avoir mentionné son père.

— Je t'en prie, ne va pas lui dire que tu es au courant, d'accord ?

— C'est *lui* qui t'a dit ça ? Qu'il allait être nommé principal ? demanda Tony, le visage décomposé. Quand ? Quand te l'a-t-il dit ? Il y a longtemps ?

— Il en parle depuis des semaines, mais il nous l'a encore confirmé hier soir.

— Hier soir ? Non, tu dois faire erreur, ou tu as mal compris.

— Bien sûr que non ! Nous en avons discuté juste avant que je vienne te rejoindre.

— Et lui as-tu dit que tu avais rendez-vous avec *moi* ?

Il était comme fou.

— Non. Tony... Qu'y a-t-il ?

Il lui prit les mains et parla d'une voix très lente, en choisissant soigneusement chaque mot :

— Grania, c'est la chose la plus importante que j'aie eu à dire de toute ma vie. De toute ma longue vie. Tu ne dois jamais, jamais dire à ton père ce que tu viens de me dire. Jamais.

Elle eut un rire un peu tendu et voulut dégager ses mains des siennes.

— Oh ! arrête un peu, on se croirait en plein mélodrame.

— Pour être franc, c'est un peu ça.

— Oh ! parfait ! D'accord : jamais je ne dirai à mon père que je t'ai rencontré, que je te connais, que tu me plais... Mais quel genre de relation aurons-nous donc ?

Elle appuya le reproche d'un regard dur.

— Non... bien sûr que nous le lui dirons. Mais plus tard, juste un peu plus tard. Il y a autre chose que je dois lui dire, avant.

— Raconte !

— Impossible. S'il reste un peu de dignité dans ce foutu monde, elle dépend de la confiance que tu as pour moi en ce moment même, et de ta certitude que je veux le meilleur, vraiment le meilleur pour toi.

— Comment pourrais-je être certaine de quoi que ce soit si tu refuses de m'expliquer ?

— C'est une question de foi, de confiance.

— C'est une façon de me laisser dans le noir, voilà ce que c'est ! Je déteste ça !

— Que risques-tu à me faire confiance, Grania ? Écoute, il y a deux semaines nous ne nous connaissions même pas, et maintenant nous pensons être amoureux l'un de l'autre. Ne peux-tu me laisser un ou deux jours, le temps que j'arrange la situation ?

Il se leva et enfila prestement son veston. Pour un homme qui avait affirmé que Mountainview College était un établissement très permissif avec ses enseignants, où on ne remarquait même pas leurs retards, Tony O'Brien paraissait soudain très désireux d'arriver à l'heure.

Aidan Dunne se trouvait dans la salle des professeurs quand Tony O'Brien y entra. Le père de Grania paraissait quelque peu excité, presque fiévreux. Ses yeux brillaient d'un éclat inhabituel. Soupçonnait-il sa fille bienaimée d'avoir été séduite par un homme de son âge, mais dix fois moins fiable ?

— Aidan, il faut que je te parle. C'est très urgent, lança Tony O'Brien dans un murmure.

— Après les cours, si possible...

— Tout de suite, Aidan. Viens, allons dans la bibliothèque.

— Tony, la cloche va sonner dans cinq minutes.

— Au diable la cloche.

Le traînant presque, Tony le fit sortir de la salle des professeurs. À leur entrée dans la bibliothèque, deux élèves studieuses levèrent les yeux de leur travail d'un air surpris.

— Dehors, commanda Tony O'Brien d'un ton sec.

— Mais nous sommes ici pour travailler, objecta l'une des deux adolescentes. Nous étions en train de chercher...

— Je n'ai pas été assez clair ?

Cette fois le message passa et elles sortirent en hâte.

— Ce n'est pas une façon de traiter les élèves. Nous sommes censés les inciter à venir ici, bon sang ! et pas les jeter dehors à la façon d'un de ces videurs dans les night-clubs que tu fréquentes. Quel exemple donnes-tu là ?

— Nous ne sommes pas ici pour être des exemples, mais pour enseigner. Pour farcir leur cervelle de connaissances. Notre rôle se limite à ça.

Atterré, Aidan regarda fixement Tony avant de lui répondre :

— Je te serais reconnaissant de m'épargner ta philosophie d'après-cuite à cette heure de la matinée, et même à n'importe quel autre moment de la journée. Je retourne à ma classe immédiatement.

— Aidan ! dit Tony O'Brien d'une voix soudain changée, pressante. Aidan, écoute-moi, je t'en prie... C'est moi qui vais être principal à la place de Walsh. Ils voulaient l'annoncer la semaine prochaine, mais je pense qu'il vaut mieux que je leur dise de le faire dès aujourd'hui.

— Que... Que... Pourquoi veux-tu faire ça ?

Aidan eut l'impression d'avoir reçu un coup de poing en plein estomac. C'était bien trop tôt, il n'était pas encore prêt. Et il n'y avait aucune preuve. Rien n'était encore arrêté.

— C'est pour que tu te sortes toutes ces idées délirantes de la tête, pour que tu ne continues pas à croire que le poste te reviendra... Tu ne fais que te rendre malade, et rendre malades les autres... Voilà pourquoi.

Aidan dévisagea son collègue.

— Pourquoi me fais-tu cela, Tony, pourquoi ? Supposons qu'ils te donnent bien le poste, ta première réaction est de me traîner ici et de me mettre le nez dedans : le fait que tu... que toi qui te contrefiches de Mountainview, tu obtiennes ce poste ? Tu n'as donc aucune dignité ? Tu ne peux même pas attendre que le conseil t'offre le job pour la ramener ? Es-tu donc si foutrement sûr de toi, si impatient...

— Aidan ! Tu ne peux avoir cru que ce serait toi. Cette vieille baderne de Walsh ne t'a donc rien dit ? Tout le monde pensait qu'il te mettrait au parfum, et il a lui-même affirmé l'avoir fait.

— Il m'a simplement confié qu'il n'était pas improbable que tu sois choisi, et je peux ajouter qu'il a dit qu'il serait vraiment désolé si c'était le cas.

Un élève passa la tête par la porte entrouverte, et regarda sans comprendre les deux professeurs au visage empourpré qui se faisaient face de chaque côté d'une table.

Tony O'Brien poussa un rugissement qui fit sursauter l'enfant.

— Sors d'ici tout de suite, petit emmerdeur ! Dans ta classe !

Livide, le garçon se tourna vers Aidan Dunne pour confirmation.

— Il est comme ça, Declan. Dis aux autres d'ouvrir le recueil de Virgile, j'arrive dans un instant.

La porte se referma aussitôt.

— Tu les connais tous par leur nom, fit Tony O'Brien d'un ton rêveur.

— Et toi tu n'en connais quasiment aucun, rétorqua Aidan d'une voix blanche.

— Le rôle de principal n'oblige pas à se conduire comme un homme politique qui flatte ses électeurs, tu sais.

— C'est l'évidence même.

Leur colère était retombée aussi brusquement qu'elle avait éclaté.

— Je vais avoir besoin de toi, Aidan, de ton aide, si nous voulons garder cet établissement à flot.

Mais l'humiliation et la déception raidissaient encore Aidan.

— Non, là tu m'en demandes trop. Je veux bien me montrer conciliant, mais je ne peux pas faire ça. Je ne pourrai pas rester ici. Plus maintenant.

— Mais que vas-tu faire, bon sang ?

— Je ne suis pas complètement lessivé, figure-toi, et il existe des établissements qui seront heureux de profiter de mes services, même si celui-ci n'en a pas l'air.

— Ils te font entièrement confiance, ici, idiot. Tu es la pierre angulaire de Mountainview, et tu le sais très bien.

— Mais ils ne veulent pas d'une pierre angulaire pour principal, hein ?

— Il faut que je te le répète ? Le boulot de principal est en pleine mutation. Ce qu'ils veulent à ce poste, ce n'est pas un prêcheur plein de sagesse... Non, ils ont besoin de quelqu'un qui puisse hausser le ton, qui n'ait pas peur de discuter avec le ministère de l'Éducation nationale, qui n'hésite pas à embaucher des surveillants s'il y a du vandalisme ou du trafic de drogue, qui puisse raisonner les parents quand ils se mettent à se plaindre...

— Je ne pourrai pas travailler sous tes ordres, Tony. En tant que professeur, je ne te respecte pas assez.

— Peu importe que tu ne me respectes pas en tant que professeur.

— Si, cela m'importe, à moi. Vois-tu, je ne pourrais pas accepter les choses que tu voudrais, ni celles que tu ignorerais.

— Donne-moi un exemple, un seul exemple, là, tout de suite. À quoi pensais-tu en passant les grilles de l'école... Qu'est-ce que tu aurais fait si tu avais été nommé principal ?

— J'aurais fait repeindre les bâtiments, pour commencer. Ils sont sales, minables...

— D'accord, facile. C'est ce que je ferai aussi.

— Oh ! tu viens de trouver ça tout seul ?

— Non, Aidan, je ne viens pas d'y penser grâce à toi. Mieux, je peux t'expliquer comment je vais m'y prendre, alors que toi tu ne saurais même pas par où attaquer le problème. Je ferai venir un type que je connais dans un journal, avec un photographe, et il pondra un article intitulé « Mountainview College le Magnifique », ou quelque chose d'approchant, et on verra sur le cliché la peinture pelée de la façade, les grilles rouillées et l'enseigne avec les lettres manquantes.

— Non ! Tu n'oserais pas infliger une telle honte à cet établissement ?

— Ce ne serait pas une honte, mais une tactique. Le jour suivant la parution de l'article, je ferai accepter par le conseil une grande opération pour remettre à neuf l'école. Nous pourrons en annoncer les détails, dire que c'était prévu de longue date et que des sponsors locaux vont y prendre part... Nommer qui va faire quoi... Tu sais, les pépinières, les entreprises de peinture, cette firme spécialisée dans le fer forgé, pour les grilles... J'ai déjà une liste longue comme le bras.

Aidan baissa les yeux et contempla piteusement ses mains. Subitement il mesurait toute son incapacité à monter un tel projet, un plan qui réussirait à coup sûr. D'ici un an Mountainview aurait subi un ravalement en grand, chose que lui n'aurait jamais su organiser. Cette constatation le désespérait encore plus que le reste.

— Je ne pourrai pas rester, Tony. Je me sentirais tellement rabaissé, mortifié...

— Mais personne ici n'a jamais cru que tu aurais le poste !

— Moi, je l'ai cru...

— Eh bien alors, l'humiliation dont tu parles n'existe que dans ta tête.

— Et au sein de ma famille, surtout... Ma femme et mes filles croient que c'est dans la poche pour moi... Elles attendent de fêter ma promotion.

Une boule se forma dans la gorge de Tony O'Brien. Il ne doutait pas de l'affirmation d'Aidan. Sa ravissante fille lui avait fait part de sa fierté à voir échoir de nouvelles responsabilités à son père. Néanmoins le moment n'était pas au sentiment, mais à l'action.

— Alors donne-leur autre chose à fêter, suggéra-t-il.

— Et quoi, par exemple ?

— Imagine qu'il n'y ait pas eu de compétition pour obtenir le poste de principal. Imagine que tu puisses occuper une position importante dans l'école, lui apporter un plus... Créer quelque chose... Qu'aimerais-tu faire ?

— Écoute, je sais que tu dis ça pour m'aider, Tony, et je t'en suis reconnaissant, mais je n'ai pas envie de jouer aux « Si... » en ce moment.

— Je suis le prochain principal, tu ne peux pas te mettre ça dans le crâne ? Je peux faire ce que je veux, il n'est pas question de « Si ». Et je te veux à mes côtés, et je veux te voir enthousiaste, et pas dans le rôle de la pleureuse. Tu as le feu vert, alors dis-moi ce que tu ferais, bon sang !

— Bah ! tu n'accepterais pas, parce que ça n'a pas grand-chose à voir avec l'école, mais je pense que nous devrions instaurer des cours du soir pour adultes.

— Quoi ?

— Tu vois, je savais bien que tu refuserais.

— Je n'ai pas dit ça. Quel genre de cours du soir ?

Les deux hommes continuèrent à discuter dans la bibliothèque et, curieusement, leurs classes ne firent pas de chahut. En temps normal, une classe laissée sans professeur ou surveillant parvenait à atteindre un niveau sonore remarquablement élevé. Mais les deux filles studieuses qui avaient été éjectées de la bibliothèque avaient rejoint leurs camarades, et raconté leur éviction en insistant sur l'expression de Mr. O'Brien. De l'avis général, on en avait déduit que le professeur de géographie était sur le sentier de guerre et qu'il valait mieux rester tranquille jusqu'à son arrivée. Tous et toutes l'avaient déjà vu en colère, à un moment ou un autre, et personne ne désirait faire les frais de sa mauvaise humeur.

De son côté, Declan, à qui Aidan avait ordonné de dire à sa classe de sortir Virgile, avait expliqué ce qu'il avait vu sur un ton de conspirateur :

— Je crois qu'ils se disputaient. Ils étaient tout rouges, tous les deux, et Mr. Dunne parlait comme s'il avait un couteau planté dans le dos.

Tous ses camarades l'avaient écouté avec des yeux ronds. Declan n'étant pas réputé pour son imagination débordante, ce devait donc être vrai. Prudemment, ils avaient sorti leur édition de Virgile. Ils n'avaient pas étudié ou traduit de texte, puisque Mr. Dunne n'en avait pas donné l'instruction, mais chaque élève avait ouvert son exemplaire de l'*Énéide* au livre quatrième, comme prévu, et tous surveillaient la porte d'un regard craintif, s'attendant presque à ce que le professeur entre dans la classe en titubant, une large tache de sang entre les omoplates.

L'annonce eut lieu durant l'après-midi, en deux temps.

Un projet expérimental de cours du soir pour adultes démarrerait en septembre sous la supervision de Mr. Aidan Dunne. Et le principal en titre, Mr. John Walsh, ayant atteint l'âge de la retraite, cédait son poste à Mr. Anthony O'Brien, avec l'aval du conseil d'enseignement.

Dans la salle des professeurs, il parut y avoir autant de félicitations pour Aidan que pour Tony. On ouvrit deux bouteilles de mousseux pour l'occasion, et on porta des toasts dans les tasses habituellement réservées au café.

Des cours du soir. L'idée avait déjà été évoquée auparavant, mais toujours abandonnée. Il y aurait eu trop de concurrence alentour avec les autres centres de formation pour adultes, et le chauffage des locaux aurait posé un autre problème, sans parler des heures supplémentaires pour le concierge et de l'autogestion de ces classes. Comment cette idée pouvait-elle refaire surface maintenant ?

— On dirait bien qu'Aidan a réussi à les convaincre, conclut Tony O'Brien en versant encore un peu de vin pétillant dans les tasses.

Il était temps de se séparer.

— Je ne sais pas quoi dire, avoua Aidan à son nouveau principal.

— Nous avons passé un marché. Tu as ce que tu voulais, et maintenant tu dois rentrer directement chez toi et présenter la chose de cette façon à ta famille. Parce que c'est vraiment ce que tu désires. Tu ne voulais pas de tous les emmerdements qui vont avec la charge de principal, à savoir se battre avec une tripotée d'abrutis matin, midi et soir.

— Je peux te poser une question, Tony ? Pourquoi la façon dont je présenterai les choses à ma famille t'importe-t-elle tant ?

— C'est très simple. J'ai besoin de toi, je te l'ai déjà dit. Mais j'ai besoin d'un Aidan Dunne qui soit heureux, qui ait réussi. Si tu te présentes comme un type abattu dont on n'a pas reconnu les mérites, tu vas recommencer à t'en convaincre et te comporter comme tel.

— Ça se tient, oui.

— Et ta famille sera heureuse pour toi que tu aies obtenu ce que tu as toujours désiré.

Alors qu'Aidan franchissait les grilles de l'école, il s'arrêta un moment et passa une main sur la peinture craquelée et les serrures rouillées. Tony avait raison. Jamais il n'aurait su par où commencer un projet tel que celui-là. Puis il tourna son regard vers l'annexe où Tony et lui avaient décidé que se tiendraient les cours du soir. Elle disposait d'une entrée indépendante, de sorte que les adultes n'auraient pas à traverser toute l'école. Il y avait des toilettes, et deux grandes salles de classe. L'idéal.

Tony était vraiment un type bizarre, pas de doute à ce sujet. Aidan lui avait proposé de venir chez lui pour rencontrer sa famille, mais son collègue avait jugé qu'il était encore un peu tôt. Attendons septembre et le début du nouveau trimestre, avait-il insisté.

— Et qui sait ce qui se sera passé d'ici septembre ?

C'étaient ses paroles. Si incongrues qu'elles puissent paraître, elles étaient sans doute de bon augure pour l'avenir de Mountainview.

Dans le bâtiment principal, Tony O'Brien inspira lentement. À partir d'aujourd'hui il ne fumerait plus que dans son bureau, jamais à l'extérieur.

Il observa Aidan Dunne qui caressait la grille d'entrée d'un geste presque tendre. C'était un bon professeur, et un homme estimable. Il méritait le sacrifice des cours du soir, avec tous ces satanés problèmes qui allaient fatalement en découler, les affrontements avec le comité et le conseil, et la fausse promesse d'un autofinancement alors que tout le monde savait qu'il n'y avait aucune chance qu'il en soit ainsi.

Il soupira profondément et espéra qu'Aidan présenterait bien la chose chez lui. Sinon son propre avenir avec Grania Dunne, la première femme avec qui il souhaitait réellement une relation durable, serait des plus incertains.

— J'ai d'excellentes nouvelles, annonça Aidan au souper.

Il leur expliqua le principe des cours du soir pour adultes, le projet expérimental, l'annexe, les fonds à sa disposition et comment il comptait créer un programme de langue et culture italiennes.

Son enthousiasme se révéla contagieux. Nell et les filles l'assaillirent de questions. Pourrait-il décorer les murs d'affiches, de cartes, de vues d'Italie ? Et les lieux ne serviraient-ils qu'aux cours du soir ? Quel genre d'experts inviterait-il pour faire des conférences ? Y aurait-il aussi un cours de cuisine italienne ? Étudierait-on également les arias et les opéras ?

— Ça ne te fera pas trop de travail supplémentaire en plus du poste de principal ? interrogea Nell.

— Oh ! non, je vais m'occuper des cours du soir au lieu de prendre ce poste de principal, répondit-il avec un entrain très convaincant.

Sa femme et ses deux filles parurent trouver l'alternative parfaitement raisonnable. Et curieusement, il commençait à s'en persuader, lui aussi. Peut-être que ce dingue de Tony O'Brien était en fait bien plus intelligent qu'on ne voulait le reconnaître. Ils étaient à présent en train de discuter comme une véritable famille... Quelles matières choisir ? Y aurait-il surtout de l'italien parlé, plus pratique pour le tourisme ? Ou quelque chose de plus ambitieux ? On débarrassa la table et

Aidan commença à jeter des notes sur une feuille de papier.

Plus tard, beaucoup plus tard sembla-t-il, Brigid demanda :

— Mais si tu ne prends pas le poste, qui va être nommé principal ?

— Oh ! c'est Tony O'Brien, le professeur de géographie, un type très compétent. Il sera parfait pour Mountainview.

— J'aurais parié que ce ne serait pas une femme, lâcha Nell d'un ton acerbe.

— Il y avait deux candidates sur les rangs, je crois bien. Mais ils ont donné le poste à la personne la plus qualifiée, tu sais, sans distinction de sexe.

Aidan se servit un autre verre du vin qu'il avait acheté pour fêter ces bonnes nouvelles. Tout à l'heure il se retirerait dans son bureau ; il voulait prendre les mesures pour ses étagères dès ce soir. Un de ses collègues faisait de la menuiserie à ses heures perdues, il lui taillerait les rayonnages ainsi que de petits supports pour ses assiettes italiennes.

Personne ne remarqua Grania qui se levait sans bruit et montait dans sa chambre.

Assis dans le salon, il attendait. Elle allait venir, même si ce n'était que pour lui dire combien elle le détestait. Le carillon tinta et il alla ouvrir. Elle était là, sur le pas de la porte, les yeux rougis par les larmes.

— J'ai acheté une machine à café, dit-il platement. Et un excellent café de Colombie. Ça ira ?

Grania entra dans le salon. Jeune, mais sans plus rien de cette assurance que Tony admirait tant en elle.

— Tu es un vrai salaud. Un salaud et un hypocrite.

— Non, c'est faux, dit-il d'une voix très calme. Je suis un homme honorable. Tu dois me croire.

— Pourquoi devrais-je croire quoi que ce soit de ce que tu racontes ? Tu t'es moqué de moi depuis le début. Tu t'es moqué de mon père. Même cette histoire de machine à café n'est qu'une mauvaise plaisanterie. Eh bien, vas-y, moque-toi autant que tu veux. Je suis venue te dire que tu es l'homme le plus vil qui existe, et j'espère le pire que je rencontrerai jamais. Et j'ai l'intention de vivre très longtemps, et de rencontrer des centaines et des centaines de gens. Ce sera l'expérience la plus dégoûtante de mon existence, d'avoir fait confiance à quelqu'un qui se contrefiche des sentiments d'autrui. Si Dieu existe, alors mon Dieu, faites que cet homme soit le pire que je doive connaître !

Le chagrin de la jeune femme était réellement poignant. Tony n'osa pas tendre la main vers elle.

— Ce matin encore, j'ignorais que tu étais la fille d'Aidan Dunne, tenta-t-il d'expliquer. Ce matin je ne savais même pas qu'Aidan croyait obtenir le poste de principal...

— Mais tu aurais pu m'en parler ! s'écria-t-elle. Tu aurais *dû* m'en parler !

Il se sentit soudain très las. La journée avait été longue et difficile. Mais il répondit posément :

— Non, je ne pouvais rien te dire. Tu me vois t'annoncer : « Ton père se trompe sur toute la ligne, en fait c'est ton bien-aimé qui va décrocher ce boulot. » ? S'il est question de loyauté, alors je peux dire que j'ai été loyal envers lui. Mon devoir était de veiller à ce qu'il ne se rende pas ridicule, à lui éviter toute déception, et à ce qu'il obtienne ce qui lui revenait de droit. Une nouvelle position d'autorité et de pouvoir.

— Oh ! mais bien sûr ! cracha-t-elle. Les cours du soir en guise de lot de consolation !

— Évidemment, si c'est ainsi que tu vois les choses, je ne peux pas espérer te faire changer d'avis, rétorqua Tony avec froideur. Si tu ne vois pas la situation telle qu'elle est, si tu ne comprends pas qu'elle représente pour ton père un défi, une ouverture, et avec un peu de chance le début de quelque chose qui va changer la vie des gens d'ici, alors je suis désolé. Désolé et surpris. Je pensais que tu comprendrais.

— Je ne suis pas une élève de ta classe, Mr. O'Brien ! Et tu ne m'auras pas en prenant des airs contrits pour cacher ta bassesse. Tu t'es moqué de mon père, et de moi.

— Et comment ?

— Il ne sait pas que tu as couché avec sa fille, que tu as eu vent de ses espoirs et que tu lui as piqué le poste. Voilà comment.

— Et lui as-tu appris tout ça pour le réconforter ?

— Tu sais bien que non. Mais peu importe que tu aies couché avec sa fille. S'il y a jamais eu une aventure d'un soir, c'est bien la nôtre.

— J'espère que tu changeras d'avis, Grania. Je suis très attaché à toi. Et sincèrement amoureux.

— Ouais.

— Non, pas « ouais ». Je te dis la vérité. Aussi bizarre que cela puisse te paraître, ce n'est ni ton âge ni ton physique qui me plaisent chez toi. J'ai connu beaucoup de jeunes filles séduisantes et si je voulais de la compagnie à tout prix, je suis certain que je pourrais en trouver une autre sans difficulté. Toi, tu es différente. Si tu me laisses tomber j'aurais perdu quelque chose de très important pour moi. Crois-le ou non, comme tu voudras, mais c'est ce que je pense, ce que je ressens.

Cette fois elle garda le silence. Un moment ils s'affrontèrent du regard, puis Tony reprit la parole :

— Ton père m'a proposé de venir faire la connaissance de sa famille, mais j'ai répondu qu'il valait mieux attendre septembre. Je lui ai dit que la prochaine rentrée était encore loin, et que nul ne pouvait prédire ce qui se passerait d'ici là.

Grania eut un haussement d'épaules.

— Je ne pensais pas à moi en disant cela, Grania, continua-t-il. Je pensais à toi. Soit tu me détesteras encore, et je pourrai toujours choisir un jour où tu seras absente pour honorer l'invitation de ton père. Soit nous continuerons à nous aimer pleinement et sincèrement, et nous saurons alors que ce qui s'est produit aujourd'hui n'est qu'un très malheureux concours de circonstances.

Elle ne répondit rien.

— Nous verrons donc en septembre ? risqua-t-il.

— Exact, fit-elle en tournant les talons pour partir.

— Je te laisse le choix du moment pour reprendre contact, Grania. Je serai ici, et j'attendrai. À toi de décider si nous resterons ensemble. Si tu considères que notre relation n'était qu'une aventure d'une nuit, alors tant pis pour moi. Si je n'éprouvais pas ce que j'éprouve pour toi, je penserais peut-être que c'est trop compliqué, et qu'il vaut mieux arrêter maintenant. Mais je serai là, en septembre, à espérer ton retour.

Elle demeurait impassible.

— Je suppose qu'il ne faudra pas que j'oublie de te passer un coup de fil pour prévenir de ma venue, au cas où tu aurais de la compagnie, lâcha-t-elle.

— Je n'aurai aucune compagnie, répondit-il.

Elle eut un geste de la main.

— Je ne pense pas revenir un jour ici.

— Acceptons au moins de ne jamais dire « jamais ».

Son sourire était accommodant. Il resta sur le pas de la porte à la regarder qui s'éloignait dans la rue, les poings dans les poches de sa veste, la tête baissée. Elle lui semblait si seule, perdue. Il lutta contre l'envie de la rattraper et de la prendre dans ses bras. C'était trop tôt.

Et pourtant il était sûr d'avoir fait ce qu'il convenait de faire. Il n'y aurait pas eu d'avenir possible pour eux autrement. Il se demanda quelles chances un parieur professionnel accorderait au retour de Grania. Cinquante-cinquante, certainement.

Ce qui dépassait de beaucoup les chances que quiconque pouvait accorder à la réussite des cours du soir. Aucune personne saine d'esprit n'aurait parié sur pareil cheval. Ces cours du soir étaient voués à l'échec. Avant même d'avoir commencé.

Signora

Pendant bien des années, du temps où elle vivait en Sicile, Nora O'Donoghue n'avait reçu aucun courrier du pays.

Pleine d'espoir, elle épiait *il postino* qui remontait la petite rue sous le ciel d'un bleu éclatant. Mais il n'y avait jamais de lettre d'Irlande, bien qu'elle écrivît chaque premier du mois pour donner de ses nouvelles. Elle avait acheté du papier carbone, un article difficile à décrire pour elle au papetier. Mais il était indispensable à Nora de pouvoir vérifier ce qu'elle avait déjà dit, afin de ne pas se contredire dans cette correspondance à sens unique. Puisqu'elle s'inventait une vie totalement imaginaire, autant lui garder une certaine cohérence. Jamais les siens ne lui répondraient mais, elle en avait l'intime conviction, ils lisaient ses lettres, se les passaient avec des soupirs désolés et des mines attristées. Pauvre Nora, si stupide et si bornée, qui ne voyait pas qu'elle s'était couverte de ridicule et de honte, et qui refusait de mettre fin à cette indignité en rentrant.

— Elle a toujours été impossible à raisonner, devait dire sa mère.

— On ne peut plus rien pour cette pauvre fille, d'ailleurs elle n'a jamais eu aucun remords, décrétait sans doute son père.

C'était un homme pieux jusqu'à l'excès, et à ses yeux le péché d'avoir aimé Mario en dehors du mariage était bien plus grave que celui de l'avoir suivi jusqu'à ce village perdu d'Annunziata, alors que le Sicilien avait dit à Nora que jamais il ne l'épouserait.

Si Nora avait su qu'ils ne reprendraient pas contact, elle aurait menti et affirmé que Mario et elle étaient mariés. Au moins, son vieux père aurait mieux dormi et n'aurait pas été aussi tourmenté à l'idée de se présenter devant Dieu et de devoir lui expliquer le péché mortel de l'adultère commis par sa fille.

Mais elle se mentait à elle-même : elle n'aurait pu agir ainsi, car Mario avait insisté pour avoir une explication franche avec ses parents.

— De tout mon cœur j'aimerais m'unir à votre fille, avait-il dit et ses grands yeux sombres étaient passés de son père à sa mère, puis inversement. Malheureusement, ce n'est pas possible. Ma famille tient beaucoup à ce que j'épouse Gabriella, dont les parents désirent aussi ce mariage. Nous sommes siciliens ; nous ne pouvons désobéir à la volonté de nos familles. Je suis sûr que c'est très semblable en Irlande.

Il avait plaidé pour un peu de compréhension, de tolérance, un geste de commisération.

Pendant deux ans il avait vécu avec leur fille à Londres. Les parents de Nora s'étaient déplacés pour le mettre devant ses responsabilités. Il estimait s'être comporté avec une honnêteté irréprochable. Qu'exigeaient-ils encore de lui ?

Simplement qu'il disparaisse de l'existence de leur fille, en premier lieu.

Ils désiraient que Nora revienne en Irlande, en priant pour que personne n'ait jamais vent de ce regrettable épisode de sa vie, afin que ses chances de mariage — qui étaient déjà bien minces — ne soient pas réduites à néant.

Envers eux, Nora s'efforçait à l'indulgence avec ardeur. Cela se passait en 1969, mais ils vivaient dans un trou perdu. La simple idée de venir s'installer à Dublin représentait pour eux une véritable épreuve. Qu'avaient-ils pensé de leur visite à Londres, dont la seule finalité était de constater que leur fille vivait dans le péché et d'apprendre qu'elle allait suivre un homme en Sicile ?

La réponse était simple : ils en avaient été bouleversés, et depuis ne répondaient plus à ses lettres.

Elle pouvait pardonner. Oui, une partie d'elle-même leur pardonnait réellement. Mais elle était incapable d'une semblable mansuétude envers ses deux frères et ses deux sœurs. Eux auraient dû comprendre l'amour, même si, à voir leurs conjoints respectifs, on pouvait nourrir quelques doutes à ce sujet... Mais enfin, ils avaient tous grandi ensemble, et lutté pareillement pour se sortir de cette ville reculée où s'était déroulée leur enfance. Ils avaient partagé la même anxiété après l'hystérectomie de leur mère et la chute de leur père sur la glace, qui lui avait laissé des séquelles définitives. Ils s'étaient toujours consultés sur leur avenir, sur ce qu'il adviendrait si Papa ou Maman se retrouvait seul. Aucun des deux ne le supporterait. Ils avaient toujours été d'accord pour vendre alors la petite ferme et acheter un appartement à Dublin, près de chez eux, pour celui de leur parent qui survivrait à l'autre.

Nora comprenait bien que sa fuite en Sicile avait ruiné ce plan à long terme. Elle en avait amputé les chances de réussite de plus de vingt pour cent. Puisqu'elle n'était pas mariée, les autres avaient dû penser en outre qu'elle assumerait seule la charge de leur parent restant. Sous cet angle, elle avait donc invalidé leur plan à cent pour cent. Sans doute était-ce pourquoi ils ne lui donnaient plus de nouvelles. Si Papa ou Maman tombait gravement malade, ou qu'un des deux venait à disparaître, elle supposait quand même qu'ils lui écriraient.

Mais il lui arrivait d'en douter. Elle vivait si loin d'eux, n'était-ce pas un peu comme si elle était déjà morte pour toute sa famille ? Elle avait reporté toute sa confiance sur Brenda, une amie qui avait travaillé autrefois avec elle dans l'hôtellerie. Brenda rendait visite aux O'Donoghue de temps à autre. Il ne lui était pas difficile de se désoler en leur compagnie de la « folie » de Nora. Brenda avait passé des jours et des nuits à tenter de raisonner son amie, à la cajoler, à la mettre en garde et à lui démontrer combien elle serait inconsciente si elle suivait Mario dans son village natal d'Annunziata, s'exposant ainsi à la colère des deux familles.

Brenda était la bienvenue chez les parents de Nora car tout le monde ignorait qu'elle restait en contact avec leur fille et lui rapportait ce qui se passait au pays. C'est donc par elle que Nora avait appris la naissance de ses neveux et nièces, ainsi que la construction d'une dépendance à la ferme, la vente de trois acres de terrain et l'achat de la petite remorque qui restait toujours accrochée à la voiture familiale. Brenda lui écrivait pour lui dire que tous regardaient beaucoup la télévision, ou que ses parents avaient reçu des autres enfants un four à micro-ondes pour Noël.

Brenda avait certes essayé de les convaincre d'écrire une petite lettre à leur fille. Elle avait insisté sur le fait que Nora serait très heureuse d'avoir des nouvelles d'eux ; elle devait se sentir si seule en Sicile. Pour toute réponse, ils avaient ri et dit : « Oh, non ! Dame Nora doit bien s'amuser à Annunziata tandis que tout le village se gausse de sa présence et que sa conduite entache la réputation de toutes les femmes d'Irlande. »

Brenda était mariée à un homme dont Nora et elle s'étaient bien moquées quelques années plus tôt, un homme surnommé Taie d'Oreiller pour une quelconque raison qu'elles avaient oubliée. Ils n'avaient pas d'enfant et travaillaient tous deux dans le même restaurant. Patrick, c'était ainsi que Brenda l'appelait désormais, y était cuisinier et elle-même gérante. Le propriétaire vivait la plupart du temps à l'étranger et était très satisfait de la façon dont tous deux tenaient son établissement. Dans ses lettres, Brenda assurait que c'était aussi agréable que de posséder son propre établissement, avec les soucis financiers en moins. Elle semblait heureuse de son existence, mais peut-être ne disait-elle pas toute la vérité à son amie, elle non plus.

Bien entendu, Nora n'avait jamais révélé à Brenda comment les choses avaient évolué pour elle. Elle taisait l'essentiel de ces années passées dans un endroit plus petit encore que son village irlandais, à aimer un homme qui habitait de l'autre côté de la petite *piazza* et qui ne pouvait venir la voir qu'en usant de subterfuges. Avec le temps, Mario faisait d'ailleurs de moins en moins d'efforts pour en trouver l'occasion.

À longueur de lettres, Nora décrivait plutôt le magnifique village d'Annunziata, avec ses maisons blanches aux balcons décorés de rambardes en fer forgé et de pots de géraniums, qui faisaient de véritables bordures. Elle parlait aussi de l'entrée du village, d'où l'on pouvait contempler toute la vallée, et de l'église avec ses jolies céramiques que venaient admirer des touristes toujours plus nombreux.

Mario et Gabriella dirigeaient l'unique hôtel local, où ils proposaient maintenant à déjeuner aux clients de passage, avec un succès grandissant. Tous les habitants d'Annunziata s'en réjouissaient, car cela signifiait que d'autres personnes arrivaient aussi à vivre du tourisme, comme l'adorable *Signora* Leone qui faisait commerce de cartes postales et de petites gravures représentant l'église, ou encore Paolo et Gianna, des amis de Nora qui tenaient une petite boutique d'objets en terre cuite portant le nom d'*Annunziata*.

D'autres vendaient des oranges ou des fleurs dans la rue. Et même elle, Nora, bénéficiait de cette nouvelle activité. En plus de ses mouchoirs et de ses napperons brodés, elle vendait des petits guides rédigés en anglais. Elle servait en outre de guide pour faire visiter l'église, racontant son historique, et désignant dans la vallée les endroits où s'étaient déroulées des batailles, où les

Romains avaient établi leur campement, où certainement des centaines d'aventures s'étaient déroulées.

Jamais Nora n'avait jugé nécessaire de parler à Brenda des enfants de Mario et Gabriella, qui étaient au nombre de cinq, tous avec de grands yeux sombres qui l'observaient à la dérobée de l'autre côté de la piazza. Ils étaient trop jeunes pour comprendre qui elle était, pourquoi on se méfiait d'elle, mais trop malins déjà pour croire que ce n'était qu'une voisine comme les autres.

Brenda et Taie d'Oreiller, lui semblait-il, n'auraient vu aucun intérêt à apprendre l'existence de ces petits Siciliens si beaux mais qui ne souriaient jamais, et épiaient du seuil de l'hôtel familial la petite chambre où Signora restait assise à broder et à contempler par la fenêtre tout ce qui se passait au-dehors.

C'est ainsi qu'on appelait Nora à Annunziata : Signora, tout simplement. À son arrivée, elle avait prétendu être veuve. Ce surnom ressemblait tant à son prénom qu'elle avait l'impression qu'elle était destinée à être appelée ainsi depuis toujours.

Et même si quelqu'un s'était vraiment intéressé à elle et à sa vie, elle aurait eu bien du mal à expliquer ce qu'était son existence dans ce village. En Irlande, elle aurait critiqué un tel endroit, sans cinéma, dancing ni supermarché, et desservi par un service de cars d'une irrégularité et d'une lenteur insupportables.

Pourtant elle aimait chaque pierre d'Annunziata, parce que c'était là que vivait Mario, là qu'il travaillait et chantonnait dans son hôtel, là qu'il élevait ses enfants et lui souriait quand il passait devant sa fenêtre. Elle lui adressait alors un petit signe de tête gracieux, et le passage du temps ne comptait plus. Depuis, ces années de folie, terminées en 1969, avaient sombré dans l'oubli depuis longtemps, sauf pour Mario et Signora.

Mario devait s'en souvenir avec autant de mélancolie et de regret qu'elle, sinon pourquoi serait-il venu encore se glisser dans son lit au cœur de la nuit, en utilisant la clef qu'elle avait fait faire pour lui ? Quand son épouse était endormie, il traversait la place enténébrée pour rejoindre Nora. La jeune femme savait qu'il ne lui rendrait jamais visite quand la lune était visible. Trop de regards indiscrets auraient risqué d'apercevoir cette silhouette sombre sur la piazza, trop d'habitants en auraient conclu à juste titre que Mario désertait son épouse pour aller forniquer avec l'étrangère, cette femme aux yeux trop grands et à la longue chevelure rousse.

Parfois Signora se demandait s'il y avait la moindre possibilité qu'elle fût effectivement dérangée. C'était assurément ce que pensait sa famille, ainsi qu'une bonne partie du village d'Annunziata.

D'autres femmes auraient sans doute fini par se lasser, auraient pleuré une bonne fois pour toutes sur la perte de leur amour et repris le cours de leur existence. En 1969 elle n'avait que vingt-quatre ans et elle avait passé la trentaine en brodant, en souriant et en parlant italien, mais jamais en public à l'homme de son cœur. Malgré tout le temps qu'ils avaient passé ensemble à Londres, quand il la suppliait d'apprendre sa langue et lui disait combien elle était belle, elle avait à peine appris quelques mots d'italien, sous prétexte que c'était à lui de se mettre à l'anglais afin qu'ils ouvrent un hôtel de douze chambres en Irlande pour faire fortune. Et à cette époque Mario riait et lui répétait qu'elle était sa *principessa* aux cheveux de feu, et la plus jolie femme au monde.

Il y avait dans la mémoire de Signora quelques souvenirs assez désagréables, qu'elle omettait soigneusement d'évoquer quand elle passait en revue les années écoulées.

Elle ne voulait jamais penser à la colère subite de Mario quand elle l'avait suivi à Annunziata et qu'il l'avait vue descendre du bus, ce jour-là. Elle avait immédiatement reconnu le petit hôtel de son père d'après la description qu'il lui en avait faite. Le visage de Mario s'était durci d'une façon qu'elle préférait oublier. Il avait désigné une camionnette garée sur la place et lui avait fait signe d'y grimper. Il avait conduit très vite, négociant les virages comme un fou, puis avait brusquement quitté la route et s'était arrêté dans une oliveraie où personne ne pourrait les voir. Nora avait voulu se rapprocher de lui, comme elle le désirait tant depuis son départ d'Irlande.

Mais il l'avait repoussée sans ménagement. Il avait montré la vallée en contrebas, d'un index accusateur.

— Tu vois ces vignes, avait-il dit, elles appartiennent au père de Gabriella. Et celles-là, à mon père. Depuis toujours tout le monde sait que nous nous marierons ensemble. Tu n'as pas le droit de débarquer ainsi et de venir me pourrir la vie.

— J'ai tous les droits. Je t'aime. Et toi aussi tu m'aimes.

Pour Nora, l'argument possédait la force irrésistible de l'évidence.

Le visage de Mario avait traduit toute l'étendue de son incrédulité.

— Tu ne peux pas dire que je n'ai pas été honnête avec toi. Je t'ai expliqué ce qu'il en était, je l'ai expliqué à tes parents, et jamais je ne t'ai caché que j'étais fiancé à Gabriella.

— Pas au lit. Tu n'as jamais parlé de Gabriella au lit... avait plaidé Nora.

— Personne ne parle d'une autre femme dans ces moments-là, Nora. Sois raisonnable. Va-t'en. Rentre chez toi, en Irlande.

— Je ne *peux* pas rentrer chez moi, avait-elle simplement répondu. Je ne pourrais pas vivre loin de toi. C'est ainsi. Je resterai ici pour toujours.

Et elle resta.

Les années avaient passé et, à force de calme obstination, Signora avait fini par s'intégrer à la vie d'Annunziata. Elle n'était pas vraiment acceptée, parce que personne ne savait très exactement la raison de sa présence. Son amour de l'Italie, qu'elle mettait en avant, ne convainquait pas. Elle habitait un deux pièces dans une maison donnant sur la place. Le loyer était bas car elle s'occupait un peu de ses propriétaires, un couple de vieillards à qui elle apportait des tasses de *caffè latte* fumant le matin et pour qui elle faisait les courses.

Elle ne créait aucun problème dans la petite communauté. Elle ne couchait pas avec les hommes, elle n'allait pas boire dans les bars. Elle enseignait l'anglais chaque vendredi matin à la petite école. Elle brodait des napperons qu'elle allait vendre dans une grande ville chaque trimestre.

Elle apprit l'italien dans un petit livre qui, très vite, se déchira de partout. Inlassablement, elle répétait chaque phrase, se posait les questions inscrites et y répondait. Peu à peu sa douce diction irlandaise maîtrisa le phrasé italien.

De la fenêtre de sa chambre, elle suivit le mariage de Mario et Gabriella sans cesser de broder et surtout sans verser une seule larme sur son ouvrage. Quand les cloches sonnèrent dans le petit campanile, Mario leva les yeux vers elle et cela suffit à Nora. Il marchait en compagnie de ses frères et de ceux de Gabriella, suivant la coutume. La tradition voulait que les familles s'unissent pour conserver les terres. Cela n'avait rien à voir avec l'amour qui unissait Mario et Nora, aussi ne pouvait-elle être affectée par une cérémonie sans réelle signification.

C'est aussi de sa fenêtre qu'elle vit les enfants de Mario qu'on menait à l'église pour leur baptême. Dans cette partie du monde, les familles avaient grand besoin de descendants mâles. Elle n'en concevait nulle amertume. Elle savait que si Mario l'avait pu, il aurait fait d'elle sa *principessa irlandese* devant tous.

Signora s'était rendu compte que nombre d'hommes à Annunziata étaient au courant de sa liaison avec Mario. Mais ils ne paraissaient pas s'en soucier outre mesure, et sans doute Mario lui-même en tirait-il auprès d'eux un surcroît de prestige viril. Elle avait toujours pensé que les femmes, en revanche, ignoraient tout de leur idylle. Elle ne songeait pas à s'étonner qu'elles ne l'invitent pas à se joindre à elles quand elles se rendaient au marché en groupe, quand elles allaient récolter les grappes de raisin impropres à la vinification, ou ramasser des fleurs pour les fêtes. Elles semblaient apprécier les magnifiques linges brodés qu'elle avait confectionnés pour parer le socle de la statue de Notre-Dame.

Elles accueillirent avec le même sourire distant ses efforts pour maîtriser leur langue, puis sa réussite dans ce domaine. Elles avaient depuis longtemps cessé de lui demander quand elle comptait rentrer chez elle, dans son île. On eût dit qu'elles l'avaient longuement observée et qu'elle avait passé avec succès un test muet. Elle ne gênait personne, elle pouvait rester.

Après douze ans de silence, elle reçut enfin des nouvelles de ses sœurs. Ce furent d'abord de brèves lettres de Rita et Helen, sans rapport aucun avec tout ce qu'elle leur avait écrit. Elles ne disaient mot de ses vœux envoyés pour les anniversaires et à Noël, pas plus qu'elles n'avouaient avoir lu toutes les lettres reçues par leurs parents. Mais elles lui parlaient de leur mariage et de leurs enfants, lui disant combien les temps étaient durs, la vie chère et courte, et tout à l'avenant.

Signora espérait depuis si longtemps un lien entre leurs deux mondes qu'elle fut d'abord ravie de recevoir de leurs nouvelles. Les lettres de Brenda remplissaient toujours leur office mais elles n'étaient pas connectées à son propre passé, à sa vie de famille. Elle répondit avec enthousiasme, demanda des détails sur la famille, des nouvelles de leurs parents, et s'ils avaient fini par lui pardonner. Elle n'obtint aucune réponse précise. Elle changea alors de sujet et interrogea ses sœurs sur leur position envers les grévistes de la faim de l'IRA, l'élection de Ronald Reagan à la présidence des États-Unis, les fiançailles du prince Charles et de lady Di. Elles négligèrent également de répondre à ces questions. Dans leurs lettres elles ne faisaient jamais aucune allusion à Annunziata, malgré tous les détails que Nora leur donnait sur le village.

Dans l'une de ses missives, Brenda affirma qu'elle n'était pas du tout étonnée que Rita et Helen aient repris contact avec elle. « Et d'ici peu, je suis sûre que tu auras des nouvelles de tes frères aussi », écrivait-elle. « Il faut que tu saches que la santé de ton père est de plus en plus fragile. Il risque de devoir rester de façon permanente à l'hôpital. Qu'adviendra-t-il alors de ta mère ? Nora, je te le dis brutalement, parce que ce sont des nouvelles brutales et bien tristes. Tu le sais, j'ai toujours pensé que tu étais folle d'aller vivre dans cet endroit perdu dans la montagne, pour regarder l'homme qui prétend t'aimer parader avec sa famille devant toi... Pourtant, je le jure devant Dieu, je ne crois pas qu'il serait bon que tu reviennes pour t'occuper de ta mère. Elle ne te donnerait même pas l'heure, et elle ne répondra jamais à tes lettres. »

La lecture de ces lignes l'attrista beaucoup. Non, Brenda devait faire erreur. Rita et Helen lui écrivaient certainement parce qu'elles voulaient reprendre contact avec elle. Arriva alors une lettre annonçant que Papa allait entrer à l'hôpital et demandant quand Nora reviendrait, afin de prendre la situation en main.

C'était le printemps, et jamais Annunziata n'avait offert un spectacle aussi ravissant. Signora demeurait pourtant pâle et triste. Même les gens qui ne lui faisaient pas confiance s'inquiétèrent de son humeur. La famille Leone, qui vendait des cartes postales et de petites gravures, l'appela même pour l'inviter. Aimerait-elle venir chez eux déguster une *stracciatella*, ce bouillon de viande et de légumes agrémenté d'un œuf battu et de jus de citron ? Elle déclina l'offre en les remerciant. Son visage demeurait blême et sa voix dolente. Ils s'inquiétèrent encore plus pour elle.

De l'autre côté de la piazza, dans l'hôtel, la nouvelle atteignit Mario et Gabriella. Peut-être fallait-il envoyer le *dottore* voir Signora ?

Les frères de Gabriella désapprouvèrent ouvertement cette idée. Quand une femme montrait une fatigue mystérieuse à Annunziata, il ne pouvait y avoir qu'une explication : elle était enceinte.

La même pensée avait déjà traversé l'esprit de Mario. Il affronta ses beaux-frères avec aplomb.

— Impossible, elle a la quarantaine, dit-il.

Néanmoins ils guettèrent avec une certaine impatience le passage du médecin, dans l'espoir qu'il ferait ensuite quelques confidences devant son rituel verre de sambucca, sa petite faiblesse.

— C'est uniquement dans sa tête, affirma celui-ci sur le ton de la confidence. C'est une femme étrange. Physiquement, elle va bien. Elle souffre seulement d'une très grande tristesse.

— Alors pourquoi ne retourne-t-elle pas d'où elle est venue ? demanda le frère aîné de Gabriella.

Depuis la mort du père, il assumait le rôle de chef de famille. Lui aussi avait entendu cette rumeur troublante concernant Signora et son beau-frère. Mais il était persuadé que ce n'était là que médisance. Mario ne pouvait être assez stupide pour agir ainsi sous le nez de tout le monde.

Et les gens du village regardèrent Signora dépérir et ses épaules se voûter sous le poids du chagrin. Pas même les Leone ne purent fournir une explication plausible. Pauvre Signora. Des heures durant elle restait assise devant sa fenêtre, les yeux dans le vague.

Une nuit, alors que sa famille dormait à poings fermés, Mario se risqua jusque dans sa chambre. Signora était couchée.

— Que se passe-t-il ? Tout le monde raconte que tu es malade et que tu es en train de perdre l'esprit !

Il l'enlaça et l'enveloppa du couvre-lit qu'elle avait brodé avec les noms de villes italiennes, Florence, Naples, Milan, Venise, Gênes, chacune d'une couleur différente, au centre d'une petite couronne de fleurs. Une œuvre d'amour, lui avait-elle dit. Quand elle y travaillait, elle pensait à la chance qu'elle avait d'être venue dans ce pays et de vivre tout près de l'homme qu'elle aimait ; tout le monde ne connaissait pas un tel bonheur.

Ce soir, pourtant, elle n'avait pas l'air de respirer le bonheur. Elle soupira lourdement et resta allongée dans son lit comme un cadavre, au lieu de se redresser pour accueillir avec joie l'étreinte de son amant. Et elle ne prononça pas un mot.

— Signora, lui dit Mario. (Il l'appelait par son surnom, comme tout le monde. Il se serait trahi si, en public, il avait montré qu'il connaissait son véritable prénom.) Chère, chère Signora, combien de fois t'ai-je conseillé de partir loin d'ici ? Il n'y a pas de vie possible pour toi à Annunziata. Mais tu as insisté pour rester, et c'est à toi de décider. Les gens ont appris à t'apprécier, et s'inquiètent de ta santé. On m'a dit que tu avais vu le médecin. Je ne veux pas te voir triste, dis-moi ce qui se passe.

— Tu *sais* ce qui se passe, dit-elle d'une voix morne.

— Non. Qu'y a-t-il ?

— Tu l'as demandé au médecin. Je l'ai vu entrer dans l'hôtel en sortant de chez moi. Il t'a dit que je n'étais malade qu'en esprit, je le sais.

— Mais pour quelle raison ? Pourquoi maintenant ? Tu es restée ici si longtemps, sans savoir seulement parler italien, sans connaître personne. C'est alors que tu aurais dû avoir l'esprit malade, et pas maintenant, quand tu fais partie du village depuis dix ans.

— Plus de onze ans, Mario. Presque douze.

— Oui, enfin peu importe.

— Je suis triste, parce que j'avais cru que je manquais à ma famille et qu'ils m'aimaient. Et je viens de me rendre compte qu'ils n'attendent qu'une chose de moi : que je joue l'infirmière auprès de ma vieille mère.

Elle ne s'était même pas retournée vers Mario. Elle gisait dans son lit, froide et comme morte, sans réagir à son contact.

— Tu ne veux pas être avec moi, partager un peu de bonheur comme à chaque fois ? lui dit-il.

Il semblait ne pas la comprendre.

— Non, Mario, pas maintenant. C'est très gentil de ta part, mais pas cette nuit.

Il se leva et contourna le lit pour la voir en face. Il alluma la chandelle fichée dans le petit bougeoir en terre cuite, sur la table, car il n'y avait pas de lampe de chevet dans la chambre. Signora restait immobile, le visage blafard, sa longue chevelure étalée sur l'oreiller, sous ce couvre-lit ridicule avec ses noms de cités italiennes. Mario ne savait plus que dire.

— Il faudra que tu brodes aussi des noms de villes siciliennes, murmura-t-il. Catane, Palerme, Cefàlu, Agrigente...

Elle soupira de nouveau.

Il la quitta très troublé. Mais avec leurs tapis de fleurs fraîchement écloses, les collines qui entouraient

Annunziata possédaient des vertus curatives. Signora s'y promena de longues heures, jusqu'à ce qu'un peu de couleur revienne à son visage.

De temps à autre la famille Leone lui préparait un petit panier avec du pain, du fromage et des olives, et même Gabriella, l'épouse revêche de Mario, lui offrit un jour une bouteille de marsala en lui expliquant que les gens considéraient cette boisson comme un excellent tonique. Un dimanche les Leone l'invitèrent à déjeuner et lui préparèrent des *pasta Norma*, avec des aubergines et des tomates.

— Savez-vous pourquoi on appelle ce plat *pasta Norma*, Signora ?

— Non, signora Leone. Je crois bien que non.

— Parce que c'est si bon que ça atteint presque la perfection de *La Norma* de Bellini.

— Qui était sicilien, évidemment, enchaîna Signora.

Ils lui tapotèrent la main avec affection. Elle en savait tant sur leur pays, leur village. Comment ne pas être ravi de sa compagnie ?

Paolo et Gianna, qui tenaient le petit magasin de poterie, lui offrirent un pichet sur lequel ils avaient inscrit *Signora d'Irlanda*, et qu'ils couvrirent d'une petite pièce de gaze bordée de perles. C'était, dirent-ils, pour qu'elle garde l'eau fraîche la nuit. Aucune mouche ne pourrait y entrer, pas plus que la poussière durant les chaleurs de l'été. Quant à ses vieux propriétaires, des gens venaient désormais chez eux assurer les menues tâches quotidiennes, aussi était-il inutile qu'elle continue à s'occuper d'eux en échange du loyer. C'est dans cette ambiance amicale et discrètement affectueuse qu'elle reprit peu à peu le dessus. Elle comprit qu'ici elle était aimée, d'une certaine façon, si tel n'était pas le cas à Dublin d'où lui venaient de plus en plus souvent des lettres où on lui demandait ce qu'elle comptait faire.

Elle répondait comme dans un rêve et parlait de la vie à Annunziata, disant combien on avait besoin d'elle ici, en particulier le vieux couple de propriétaires qui comptait tant sur elle. La famille Leone se disputait fréquemment et avec une belle ardeur, si bien qu'elle ne pouvait refuser leur invitation du déjeuner dominical, ne fût-ce que pour s'assurer qu'ils n'étaient pas en train de s'entre-tuer. Elle décrivit aussi l'hôtel de Mario, expliqua combien il dépendait du tourisme et comment tout le monde dans le village se débrouillait pour attirer des visiteurs. Son propre travail était de servir de guide, expliqua-t-elle encore, et elle avait défini un trajet très agréable pour emmener les étrangers en promenade jusqu'à une sorte de promontoire d'où l'on pouvait admirer la montagne et les vallées.

C'est elle qui avait suggéré au jeune frère de Mario d'y ouvrir un petit café. Il l'avait baptisé *Vista del Monte*, *Vue de la montagne*, mais n'était-ce pas beaucoup plus joli en italien ?

Elle exprimait aussi toute sa sympathie à son père pour l'épreuve qu'il traversait actuellement, sachant qu'il passait la majorité de son temps à l'hôpital. Et elle félicitait enfin toute la famille : ils avaient eu raison de vendre la ferme pour s'installer à Dublin. Et Maman faisait très bien de chercher un appartement en ville. Ses sœurs lui avaient précisé avec insistance qu'il y aurait là une chambre d'amis... Elle évita de relever cette information lourde de sous-entendus, pour s'enquérir de la santé de ses parents, ainsi que de la fiabilité des services postaux, glissant qu'elle écrivait régulièrement depuis 1969, qu'on était maintenant dans les années 80 et que jamais ses parents n'avaient répondu à une seule de ses lettres. Elle ne voyait qu'une seule explication possible : son courrier s'était égaré...

Quand elle eut connaissance de cette nouvelle attitude, Brenda lui répondit par une lettre enthousiaste : « Très bien joué. Ils sont complètement embrouillés. Je parie que tu recevras une lettre de ta mère d'ici un mois au plus. Mais n'en démords pas. Ne reviens pas pour elle. Elle n'écrirait pas si elle n'avait pas cette idée derrière la tête. »

Quand Signora reçut la lettre de sa mère, son cœur se retourna à la vue de l'écriture familière. Familière même après toutes ces années. Et même si elle savait que chaque mot avait été dicté par Helen et Rita.

Quelques lignes qui éludaient douze années de silence, à refuser obstinément de répondre aux supplications de sa fille isolée à l'étranger. Toute la responsabilité en était rejetée sur « la grande rigidité de ton père quant à la moralité ». Signora eut un sourire triste à la lecture de cette phrase. Si vraiment sa mère avait eu à réprimer son envie de lui écrire depuis tout ce temps, elle n'aurait pas inventé une telle formule.

Le dernier paragraphe disait : « Je t'en prie, Nora, reviens vivre avec nous. Nous ne nous mêlerons pas de la façon dont tu vis, mais nous avons besoin de ta présence. Sinon nous ne la réclamerions pas. »

« Et sinon vous ne m'auriez pas écrit », ajouta Signora pour elle-même. Elle s'étonnait cependant de ne pas concevoir une plus grande amertume à la lecture de cette lettre. C'est qu'elle avait dépassé ce stade. Elle avait cessé de se culpabiliser quand Brenda lui avait écrit que ses parents vieillissants restaient intransigeants et qu'ils ne se souciaient pas le moins du monde d'elle en tant que personne, seulement en qualité de fille qui un jour pourrait prendre soin d'eux.

Ici, dans cette existence paisible, elle pouvait s'offrir le luxe d'être désolée pour eux tous. Comparée à ce que Signora tirait de sa vie, sa propre famille n'avait plus aucune place. Elle répondit avec beaucoup d'artifices aimables qu'elle ne reviendrait pas. S'ils avaient lu ses lettres, ils savaient combien on avait besoin d'elle ici. Et, bien sûr, s'ils lui avaient dit bien avant combien ils tenaient à ce qu'elle soit associée à leur vie, elle aurait

agi de façon à ne pas autant s'impliquer à Annunziata...
Comment aurait-elle pu deviner qu'un jour ils feraient
appel à leur fille honnie ? Jamais ils n'avaient cherché à
renouer le contact avec elle, et pour conclure, elle était
persuadée qu'ils comprendraient sa position.

Les années passèrent.
Du gris apparut dans la rousseur de sa chevelure,
sans pour autant la vieillir, au contraire de ces femmes
brunes qui l'entouraient. Peu à peu Gabriella avait pris
des allures de matrone. Elle restait assise à la réception
de l'hôtel, le visage de plus en plus rond et lourd, les
yeux plus brillants encore que lorsqu'ils jetaient des
éclairs de jalousie vers l'autre côté de la piazza. Ses
enfants avaient grandi et étaient devenus difficiles, sans
plus rien de commun avec les petits anges aux yeux
sombres qui naguère faisaient tout ce qu'on leur
demandait.

Mario avait lui aussi vieilli, bien sûr, mais Signora ne
le voyait pas. Il lui rendait toujours visite en cachette la
nuit, mais moins fréquemment, et souvent pour s'allon-
ger seulement sur le lit et la prendre dans ses bras.

Il n'y avait quasiment plus de place sur la courtepointe pour d'autres noms de villes. Signora y avait
brodé le nom de cités plus petites.

— Tu n'aurais pas dû mettre Giardini-Naxos parmi
les grandes villes. Ce n'est qu'un village.

— Non, je ne suis pas d'accord. Quand j'étais à Taor-
mina, j'ai pris le bus pour aller la visiter, et c'est une
très jolie ville... avec une atmosphère bien à elle, un
caractère propre, et beaucoup de touristes. Non, non,
elle mérite de figurer là.

Parfois Mario soupirait longuement, comme s'il
devait affronter beaucoup trop de problèmes. Il lui parlait de ses ennuis. Son deuxième fils était devenu insupportable. À vingt ans à peine, il voulait partir pour New

York. Il était trop jeune, il se retrouverait fatalement à fréquenter des gens peu recommandables. Rien de bon n'en sortirait.

— Il le fait déjà ici, répondit Signora d'un ton lénifiant. À New York il sera certainement plus timide, moins sûr de lui. Donne-lui ta bénédiction pour son voyage, parce qu'il partira, de toute façon.

— Tu fais preuve d'une très, très grande sagesse, Signora, lui dit Mario. Et il resta immobile un moment, la tête reposant sur l'épaule de sa maîtresse.

Elle ne ferma pas les yeux mais resta à contempler le plafond sombre en se remémorant l'époque où Mario lui disait dans cette même chambre qu'elle était la plus folle des femmes pour l'avoir suivi ici... Les années avaient transformé cette folie en sagesse. Comme le monde était étrange.

Et puis la fille de Mario et Gabriella tomba enceinte. Son amant n'était pas du tout le genre de garçon dont ses parents avaient rêvé pour elle. C'était un jeune paysan qui travaillait comme plongeur aux cuisines de l'hôtel. Mario vint chez Signora et se lamenta de ce nouveau malheur. Sa fille, encore une enfant ! Quel déshonneur, quelle honte...

On était en 1994, lui rappela-t-elle. Même en Irlande ce n'était plus un déshonneur ou une honte. Les choses allaient ainsi, de nos jours. Il fallait accepter. Qui sait ? Peut-être le garçon pourrait-il aller travailler au *Vista del Monte*, pour développer l'endroit. Et plus tard il aurait son propre établissement.

C'était le jour de son cinquantième anniversaire... Signora n'en avait rien dit à quiconque. Elle s'était brodé un petit coussin avec *Buon compleanno, Joyeux anniversaire*, inscrit dessus. Après le départ de Mario, un peu rasséréné au sujet de sa fille, elle le caressa d'une main absente. Elle se demanda si, comme elle l'avait redouté pendant toutes ces années, elle n'avait pas finalement sombré dans une folie douce.

Et de sa fenêtre, elle observa l'union de la jeune Maria et du garçon qui travaillait aux cuisines de l'hôtel, tout comme elle avait regardé Mario et Gabriella entrer dans l'église. Les cloches du campanile avaient toujours le même son, et leur écho se répercutait dans les montagnes comme jadis.

Elle avait du mal à réaliser qu'elle avait cinquante ans. Il ne lui semblait pas avoir un jour de plus que lorsqu'elle était arrivée ici. Elle ne nourrissait pas le moindre regret. Y avait-il beaucoup de gens, dans cette ville ou ailleurs, qui pouvaient en dire autant ?

Et bien sûr, ses prédictions s'étaient révélées exactes. Maria avait épousé l'homme qui n'était digne ni d'elle ni de sa famille, mais qui se mit à travailler jour et nuit au *Vista del Monte*. Et s'il y eut des commérages à son sujet, ils ne durèrent que quelques jours.

Le deuxième fils de Mario partit pour New York et on apprit plus tard qu'il s'y débrouillait fort bien. Il travaillait dans la *trattoria* de son cousin et économisait pour le jour où il reviendrait s'installer en Sicile et y achèterait son propre commerce.

Depuis toujours, Signora dormait avec la fenêtre donnant sur la place légèrement entrouverte, si bien qu'elle fut la première à apprendre la nouvelle quand les frères de Gabriella, des hommes trapus, maintenant dans la force de l'âge, sortirent précipitamment de leur voiture. Elle les entendit d'abord réveiller le dottore. Elle les observa derrière son volet, dans l'obscurité. Il y avait eu un accident, c'était évident.

Elle scruta la nuit pour mieux comprendre ce qui se passait. « Seigneur, faites que ce ne soit pas un de leurs enfants ! », pensa-t-elle. Ils avaient déjà assez de problèmes avec eux.

Puis elle distingua la silhouette solide de Gabriella sur le seuil de l'hôtel, dans sa chemise de nuit, un châle sur les épaules. Elle avait enfoui son visage dans ses mains et ses cris déchirèrent la nuit.

— Mario, Mario...

Le son monta dans les montagnes autour d'Annunziata et envahit les vallées proches.

Et le son entra dans la chambre de Signora et lui glaça le cœur tandis qu'elle voyait le corps de Mario qu'on extrayait de la voiture.

Elle n'aurait pu dire combien de temps elle resta là, dans une immobilité de statue. Mais très vite, alors que la place baignée par le clair de lune s'emplissait de la famille et des amis de Mario, elle se retrouva parmi eux, en larmes. Elle vit son visage tuméfié et sanguinolent. Il revenait en voiture d'un petit village proche et avait raté un virage. Son véhicule avait effectué plusieurs tonneaux.

Elle savait qu'il lui fallait caresser son visage. Rien ne reviendrait à la normale dans ce monde tant qu'elle ne l'aurait pas touché, tant qu'elle ne l'aurait pas embrassé, comme sa femme, ses sœurs et ses enfants le faisaient en ce moment. Sans se soucier des gens qui pouvaient l'épier et oubliant toutes ces années de secret, elle avança vers lui.

Elle était tout près de son corps quand des mains se posèrent sur elle. Des bras zélés s'interposèrent avant de la repousser en douceur. La *signora* Leone, ses amis les potiers, Paolo et Gianna, et, si curieux que cela lui parût plus tard, deux des frères de Gabriella. Ils se contentèrent de l'éloigner, afin que tout Annunziata ne voie pas l'immensité de son chagrin et n'enregistre l'incroyable, la nuit où la *Signora irlandese* avait craqué et admis en public son amour pour l'homme qui dirigeait l'hôtel.

Durant toute la nuit, on la mena dans une succession de maisons où elle n'était jamais entrée. Des gens lui offrirent du cognac, et on lui tapota même la main avec compassion. Elle entendait les gémissements et les prières au-dehors, et voulut à plusieurs reprises se rendre là où était sa juste place, près du corps de Mario. Mais toujours des mains amies l'en empêchèrent.

Le jour des funérailles, elle resta assise à sa fenêtre, pâle et calme dans son deuil, pendant qu'on transportait le cercueil de l'hôtel à l'église. Le glas lugubre du campanile emplit le silence. Personne ne leva la tête vers sa fenêtre, personne ne vit les larmes qui coulaient sur son visage et tombaient sur la broderie couvrant ses genoux.

Par la suite, les gens d'Annunziata estimèrent qu'il était temps pour elle de partir, de rentrer en Irlande, et ils le lui firent discrètement comprendre.

— Avant de retourner chez vous, disait par exemple la *signora* Leone, il faut que vous veniez assister avec moi à la grande procession de la Passion, dans ma ville natale de Trapani... Vous pourrez la raconter à vos amis, en Irlande.

Paolo et Gianna lui firent cadeau d'un grand compotier, « spécialement pour son retour au pays » :

— Vous pourrez y mettre tous les fruits qui poussent en Irlande... Il vous rappellera l'époque où vous viviez ici.

Ils étaient donc convaincus que c'était ce qu'elle devait faire.

Mais Signora n'avait pas de foyer à réintégrer, et elle ne voulait pas partir. Elle avait la cinquantaine et vivait ici depuis presque trente ans. Elle mourrait à Annunziata, et le glas du campanile sonnerait pour elle. Elle avait déjà économisé le prix de ses funérailles, qu'elle gardait dans une petite boîte en bois sculpté.

Elle décida de ne tenir aucun compte des allusions qui se faisaient de plus en plus transparentes, ni des bons conseils que tant de bouches étaient prêtes à lui donner.

Jusqu'au jour où Gabriella vint la voir.

La veuve traversa la place dans ses vêtements sombres. Son visage paraissait soudainement vieilli, marqué par le chagrin. Elle n'était encore jamais venue chez Signora. Elle frappa à la porte comme si elle était attendue. Signora fit de son mieux pour accueillir sa visiteuse. Elle lui offrit du jus de fruits et de l'eau, ainsi que des biscuits secs. Puis elle s'assit et attendit.

Gabriella fit le tour des deux petites pièces de l'appartement. Elle palpa la courtepointe brodée sur le lit.

— C'est exquis, Signora, dit-elle.

— Vous êtes trop aimable, *signora* Gabriella.

Puis il y eut un long silence.

— Comptez-vous bientôt rentrer chez vous ? demanda soudain la veuve.

— Je n'ai personne vers qui revenir, répondit simplement Signora.

— Il n'y a plus personne ici non plus pour qui vous pourriez rester. Plus maintenant, fit remarquer Gabriella avec la même franchise.

Signora acquiesça.

— Mais en Irlande, insista-t-elle, il n'y a personne du tout. Je suis venue ici quand je n'étais encore qu'une jeune femme, et maintenant j'ai plus de cinquante ans. J'approche de la vieillesse et souhaite finir mes jours ici.

Elles s'affrontèrent alors du regard.

— Vous n'avez pas d'amis ici, pas de véritable vie, Signora.

— J'ai pourtant plus que ce que je pourrai jamais trouver en Irlande.

— Vous pourriez recommencer votre vie, là-bas. Vos amis, votre famille seraient heureux de votre retour.

— C'est ce que vous désirez, *signora* Gabriella ? Que je quitte Annunziata ?

La question était abrupte, mais Signora avait besoin d'une réponse nette.

— *Il* a toujours dit que vous partiriez s'*il* venait à mourir. Que vous retourneriez auprès des vôtres et que vous me laisseriez ici, avec les miens, pleurer sa disparition.

Signora considéra Gabriella avec ahurissement. Mario avait donc parlé en son nom.

— A-t-il dit que j'étais d'accord ?

— Il a simplement dit que c'est ce qui se passerait. Et que si moi, Gabriella, je mourais la première, il ne vous épouserait pas car cela causerait un scandale et salirait mon nom. Car tout le monde penserait alors qu'il avait toujours désiré vous épouser.

— Cela vous a fait plaisir ?

— Non, ces propos ne m'ont pas fait plaisir, Signora. Je ne voulais pas envisager la mort de Mario ni la mienne. Mais je suppose que cela m'a donné la dignité dont j'avais besoin. Je n'avais plus aucune raison de vous craindre. Je savais que vous ne resteriez pas ici, enfreignant nos traditions, participant au deuil de l'homme disparu.

De l'extérieur montaient les bruits habituels de la place, la livraison du boucher à l'hôtel, celle d'argile pour le magasin de poteries, les rires et les cris des enfants qui rentraient de l'école. Les chiens aboyaient, les oiseaux pépiaient. Mario avait souvent parlé de l'importance que sa famille et lui apportaient au respect des traditions ainsi qu'au sens de l'honneur.

C'était comme s'il lui parlait maintenant de la tombe. Il lui envoyait un message, l'implorait de rentrer chez elle.

Elle déclara d'une voix très lente :

— À la fin du mois, *signora* Gabriella, je retournerai en Irlande.

Les yeux de la Sicilienne s'emplirent de gratitude et de soulagement. Elle prit les mains de Signora dans les siennes.

— Je suis certaine que vous serez beaucoup plus heureuse là-bas, et beaucoup plus en paix.

— Oui, oui... répondit Signora dans un souffle, et les mots parurent flotter doucement dans l'air tiède de cet après-midi ensoleillé.

— *Sì, sì... veramente.*

Elle avait à peine la somme nécessaire pour payer les frais de son voyage, mais ses amis l'avaient deviné.

La *signora* Leone vint lui mettre dans la main une liasse de lires.

— S'il vous plaît, Signora. S'il vous plaît. C'est pour vous remercier de la vie si agréable que j'ai maintenant, grâce à vous. S'il vous plaît, prenez.

Il en fut de même avec Paolo et Gianna. Leur magasin de poteries ne se serait jamais développé aussi bien sans Signora.

— Acceptez cet argent comme une petite commission sur tous nos bénéfices, lui dirent-ils.

Et le vieux couple propriétaire de l'appartement les imita : Signora avait si bien aménagé leurs deux pièces qu'elle méritait amplement un petit dédommagement pour ses efforts.

Le jour où elle prit le bus avec ses bagages pour l'aéroport, Gabriella sortit sur le seuil de l'hôtel. Elle ne dit rien, et Signora non plus, mais toutes deux se saluèrent d'un hochement de tête, le visage grave et respectueux. Quelques-uns des témoins de cette scène comprirent très bien ce qu'elles se disaient par là. Ils savaient qu'une des deux femmes remerciait l'autre du fond du cœur d'une manière que les mots ne pourraient jamais exprimer, et lui souhaitait bonne chance pour ce qui l'attendait.

Il y avait beaucoup de monde et de bruit en ville, ainsi qu'à l'aéroport ; ce n'était plus l'affairement joyeux et paisible d'Annunziata, mais une cohue nerveuse où chacun évitait de croiser le regard d'autrui. La même atmosphère régnerait sans doute à Dublin. Signora préféra ne pas y penser.

Elle n'avait rien prévu. Elle ferait ce qui lui semblerait adéquat une fois là-bas. Il était inutile de gâcher son voyage en cherchant à planifier ce qui ne pouvait l'être. Elle n'avait averti personne de son retour. Pas même Brenda. Elle prendrait une chambre et se débrouillerait seule, comme toujours, et ensuite elle réfléchirait à ce qu'il convenait de faire.

Dans l'avion, elle tenta d'engager la conversation avec un garçon d'une dizaine d'années, de l'âge d'Enrico, le plus jeune fils de Mario et Gabriella. Par habitude elle lui parla en italien, mais il détourna la tête, l'air gêné.

Signora regarda par le hublot. Jamais elle ne saurait ce que deviendrait Enrico, ou le frère de celui-ci parti à New York, ou leur sœur mariée au plongeur de l'hôtel et installée maintenant au *Vista del Monte*. Elle ne connaîtrait jamais l'identité du locataire qui prendrait sa suite dans le petit deux pièces de la piazza. Et cette personne ignorerait tout de ses longues années passées là.

À Londres, elle changea d'avion. Elle n'avait aucune envie de séjourner dans cette ville. Elle ne voulait pas approcher des lieux où elle avait vécu avec Mario, dans une autre vie. Elle ne voulait pas croiser des visages depuis longtemps oubliés. Non, elle désirait rejoindre Dublin au plus tôt. Pour affronter ce qui l'attendait, quoi que ce fût.

Tout avait tellement changé. L'aéroport était beaucoup plus impressionnant que dans son souvenir. Des vols y arrivaient du monde entier, à présent. Quand elle était partie, la plupart des grands vols internationaux décollaient de Shannon et y atterrissaient. Elle ne s'était pas doutée que tout serait si différent. La route menant à l'aéroport, par exemple. Naguère le bus traversait des lotissements par de petites rues, et à présent une autoroute bordée de fleurs filait vers la ville. Mon Dieu, comme l'Irlande était marquée par les temps modernes !

Dans le bus, une Américaine lui demanda où elle comptait séjourner.

— Je ne sais pas encore, répondit Signora. Je trouverai bien un endroit quelque part.

— Vous êtes du pays, ou vous venez en touriste ?

— Je suis partie d'ici il y a bien longtemps...

— Tout comme moi ! Je viens pour retrouver les traces de mes ancêtres.

L'Américaine s'avoua ravie de consacrer une semaine à la recherche de ses racines. Elle espérait que sept jours suffiraient.

— Oh ! certainement, dit Signora, et elle se rendit compte alors combien il lui était difficile de trouver instantanément le mot juste en anglais. Elle avait failli répondre *certo*, mais l'Américaine aurait pu croire qu'elle cherchait à se donner de grands airs. Elle allait devoir se surveiller.

Elle descendit bientôt du bus, et décida de marcher le long de la Liffey jusqu'à O'Connell Bridge. Tout autour d'elle déambulaient des groupes de jeunes gens souriants, à l'allure assurée. Elle se rappelait avoir lu quelque part un article sur le rajeunissement de la population irlandaise, dont la moitié n'avait pas vingt-quatre ans, mais elle ne s'était pas attendue à en avoir une preuve aussi flagrante. Et ces jeunes gens étaient également bien vêtus. Quand elle était partie pour l'Angleterre, Dublin était encore une ville triste et grise. Un grand nombre de bâtiments avaient été ravalés depuis, et les rues grouillaient à présent de voitures neuves, certaines de luxe, alors que, dans le souvenir de Signora, il y avait des bicyclettes et des véhicules d'occasion. Les magasins paraissaient aussi plus accueillants, et flambant neufs. En passant devant une librairie, elle aperçut des magazines de charme avec de jeunes femmes exhibant leur poitrine nue sur la couverture. Ce genre de publication était interdit du temps où elle vivait ici. Ou bien n'avait-elle pas les pieds sur terre à l'époque ?

Sans raison précise, elle continua de longer la Liffey après O'Connell Bridge. Elle avait l'impression de suivre la foule. Elle atteignit Temple Bar. Le quartier lui rappela la rive gauche, à Paris, qu'elle avait visitée tant d'années auparavant lors d'un long week-end en compagnie de Mario. Rues pavées, terrasses de cafés partout... chaque établissement était empli de jeunes gens qui se hélaient et saluaient d'un signe leurs connaissances.

Personne ne lui avait dit que Dublin serait ainsi. Mais Brenda, qui était mariée à Taie d'Oreiller et travaillait dans un endroit beaucoup plus calme, avait-elle seulement foulé les trottoirs de ces rues ?

Ses sœurs et leurs maris désargentés, ses deux frères avec leurs épouses apathiques n'étaient certainement pas du genre à visiter Temple Bar. S'ils en connaissaient l'existence, ce devait être pour la critiquer.

Signora, elle, trouvait le quartier très agréable. C'était un monde entièrement nouveau, qu'elle ne se lassait pas de découvrir. Elle finit par s'installer à une terrasse et commanda un café.

Une fille d'environ dix-huit ans, à l'opulente chevelure rousse comme l'avait été la sienne, vint lui servir sa consommation. Elle la prit pour une étrangère.

— De quel pays venez-vous ? demanda-t-elle en un anglais lent, articulant bien pour être comprise.

— De Sicile, en Italie, répondit Signora.

— Un très joli pays. Mais je peux vous dire que moi, je n'irai jamais là-bas sans connaître la langue.

— Et pourquoi donc ?

— Eh bien, pour savoir ce que disent les gens. Je ne voudrais pas me lancer dans l'inconnu sans au moins comprendre ce que les gens racontent.

— Je ne parlais pas un mot d'italien quand je suis arrivée en Sicile, dit Signora, et je ne savais certainement pas dans quoi je me lançais. Mais vous savez, tout s'est très bien passé... Non, mieux que ça : tout a été vraiment merveilleux.

— Combien de temps êtes-vous restée là-bas ?

— Longtemps. Vingt-six ans... fit-elle d'un ton rêveur.

La jeune serveuse n'était pas née au moment où Signora s'embarquait dans cette aventure. Elle considéra sa cliente avec étonnement.

— Si vous êtes restée là-bas aussi longtemps, c'est que vous avez dû adorer ça, en effet !

— Oh ! oui. J'ai adoré.

— Et quand êtes-vous revenue ?

— Aujourd'hui même.

Elle soupira, et eut aussitôt l'impression de percevoir un léger changement d'attitude chez la jeune fille, comme si elle venait de dire quelque chose de bizarre. Signora songea qu'elle devait prendre garde à ne pas commettre d'impair. Pas de phrase en italien, pas de soupir, pas de propos qui auraient pu sembler étranges ou décousus.

La serveuse s'apprêtait à tourner les talons.

— Excusez-moi, mais ce quartier de Dublin a l'air d'être très agréable. Croyez-vous que je pourrais y trouver une chambre ?

À présent, la jeune fille pensait manifestement que cette cliente était un peu bizarre. Peut-être ne disait-on plus « chambre » ? pensa Signora. Aurait-elle dû parler d'un appartement ? D'un endroit où séjourner ?

— Quelque chose de très simple, ajouta-t-elle.

Avec un certain désarroi, elle écouta la serveuse lui expliquer que Temple Bar était un des quartiers les plus courus de la ville et que tout le monde rêvait d'y habiter. Ici il y avait surtout des appartements de grand standing, des pop stars y achetaient des hôtels particuliers, des hommes d'affaires investissaient dans les plus belles maisons. Les restaurants fourmillaient. Résider dans Temple Bar était du dernier chic...

— Je vois... (Signora voyait surtout qu'elle avait beaucoup à apprendre sur la ville où elle était revenue.) Alors, s'il vous plaît, pourriez-vous me dire dans quel quartier pas trop cher je pourrais chercher à me loger ? Un endroit qui ne soit pas « du dernier chic » ?

La jeune fille secoua lentement la masse de ses longs cheveux roux. Difficile à dire. Elle semblait chercher à deviner si cette femme avait le moindre argent, si elle devrait travailler pour payer son loyer, et combien de temps elle resterait là où elle atterrirait.

Signora décida de l'aider un peu.

— J'ai ce qu'il faut pour une demi-pension pendant une semaine, mais ensuite il faudra que je trouve un endroit bon marché et un emploi... Garder des enfants, par exemple.

La serveuse eut une moue dubitative.

— En général, les parents préfèrent engager des gens plus jeunes, objecta-t-elle.

— Alors, peut-être dans un restaurant ?

— Non, si j'étais vous je n'aurais pas trop d'espoir pour ça non plus, honnêtement... De nos jours tout le monde recherche ce genre de place, et elles sont très difficiles à dénicher.

Elle était bien gentille, cette serveuse. Bien sûr elle ne dissimulait pas une certaine compassion, mais Signora aurait tout intérêt à s'habituer au plus vite à ce genre de réaction. Elle décida de se montrer directe pour masquer son embarras et ne pas donner l'image d'une femme vieillissante et même un peu gâteuse.

— C'est votre prénom qui est brodé sur votre tablier ? Suzi ?

— Oui. Je crois bien que ma mère était une fan de Suzi Quatro, répondit la serveuse. Voyant l'incompréhension sur le visage de sa cliente, elle ajouta : Vous

93

savez, la chanteuse rock ? Elle était très connue, il y a des années. Mais peut-être pas en Italie...

— Je suis sûre qu'elle était célèbre même en Italie, mais à l'époque je n'écoutais pas beaucoup de musique. Écoutez, Suzi, je ne veux pas vous ennuyer avec mes petits problèmes, mais si vous acceptiez de me consacrer une minute, j'aimerais que vous me disiez dans quel quartier j'aurais le plus de chance de trouver à me loger sans trop débourser.

Suzi lui énuméra alors des endroits qui, un quart de siècle auparavant, faisaient partie de la proche banlieue, quand ce n'étaient pas de petits villages isolés, et qui maintenant semblaient avoir été englobés dans l'expansion de Dublin. La plupart de leurs habitants accepteraient de louer la chambre d'un de leurs enfants ayant quitté le foyer, pour peu que le règlement se fasse en liquide. La serveuse lui déconseillait fortement d'avouer qu'elle se trouvait dans la gêne. Mieux valait se montrer très réservée, les gens appréciaient ce genre d'attitude.

— Vous êtes très gentille de me donner tous ces renseignements, Suzi. Comment savez-vous toutes ces choses, à votre âge ?

— Eh bien, c'est là que j'ai grandi, alors, forcément, je sais comment ça se passe.

— Merci beaucoup de votre aide, vraiment. Quand j'aurai trouvé où m'installer, je reviendrai pour vous faire un petit cadeau.

Elle vit Suzi se figer et mordiller sa lèvre inférieure. Visiblement, la serveuse était en train de prendre une décision difficile.

— Comment vous vous appelez ? demanda-t-elle enfin.

— Je sais que ça va vous paraître un peu curieux : je m'appelle Signora. Je ne voudrais pas vous sembler guindée, mais c'est ainsi qu'on m'appelait en Sicile, et j'aime ce nom.

— Vous êtes sérieuse quand vous dites que peu vous importe le quartier ?

— Absolument.

Le visage de cette cliente respirait l'honnêteté. Il était évident que Signora n'était pas de ces gens qui se soucient avant tout des apparences.

— Écoutez, je ne m'entends pas très bien avec ma famille, et c'est pourquoi je ne vis plus chez mes parents. Et il y a deux semaines encore, ils parlaient de louer ma chambre. Elle est inoccupée depuis mon départ. Ils ne refuseraient pas quelques livres de plus par semaine. En liquide, bien sûr, et si on vous pose des questions il faudra dire que vous êtes une amie de la famille... À cause des impôts, vous comprenez.

— Vous pensez que c'est possible ? dit Signora, les yeux brillants.

— Attendez, fit Suzi, qui désirait que les choses soient claires entre elles. Je vous parle d'une maison très ordinaire, dans un lotissement où toutes les maisons sont identiques, si ce n'est qu'elles sont plus ou moins bien entretenues. Ça n'a rien de joli, ou ce genre de chose. Mes parents regardent la télé tout le temps, ils se disputent souvent, et puis il y a mon petit frère, Jerry. Il a quatorze ans et il est invivable, je vous préviens.

— J'ai seulement besoin d'un endroit où séjourner. Je suis certaine que votre ancienne chambre ferait très bien l'affaire.

Suzi griffonna l'adresse sur une feuille de son calepin et lui précisa quel bus prendre.

— Pourquoi ne pas faire du porte-à-porte dans leur rue en disant que vous cherchez une chambre ? Les voisins n'en ont pas, et comme ça vous sonnerez chez mes parents presque par hasard. Parlez d'abord de l'argent et dites que vous ne resterez pas longtemps. Vous leur plairez parce que vous avez un certain âge : ils vous trouveront comme il faut, respectable, comme ils disent. Ils accepteront de vous louer la chambre, à mon avis, mais surtout ne dites pas que vous venez de ma part.

Signora la regarda un long moment avant de demander :

— Ils n'ont pas apprécié votre petit ami ?

— *Mes petits amis*, corrigea Suzi. Mon père pense que je ne suis qu'une traînée, mais n'essayez pas de le contredire quand il vous dira ça, sinon il comprendra que vous m'avez rencontrée.

Le visage de la jeune fille s'était brusquement durci.

Signora se demanda si son propre visage s'était fermé de la même façon quand elle était partie pour la Sicile, bien des années auparavant.

Elle prit le bus et s'étonna encore du développement de cette ville où elle avait grandi. Le soir tombait mais des enfants jouaient toujours dans les rues, en dépit de la circulation. Le bus traversa un quartier résidentiel aux maisons entourées de jardinets, où des gamins faisaient du vélo.

Signora descendit et sonna aux premières maisons de la rue, comme l'avait suggéré Suzi. Les habitants lui répondirent qu'ils ne disposaient pas de pièce à louer.

— Et vous ne connaissez personne qui pourrait me louer une chambre ? demandait-elle.

— Essayez chez les Sullivan, lui conseilla quelqu'un.

À présent elle avait un prétexte pour sonner chez les parents de Suzi. Cette maison deviendrait-elle son foyer temporaire ? Était-ce sous ce toit qu'elle pourrait espérer guérir du chagrin d'avoir abandonné son existence à Annunziata ?

C'est Jerry, un sandwich à la main et la bouche pleine, qui vint ouvrir. Il était aussi roux que sa sœur.

— Mouais ? lança-t-il.

— Pourrais-je parler à votre mère ou à votre père, je vous prie ?

— À quel sujet ? grommela Jerry.

À l'évidence, il avait déjà accueilli dans cette maison des gens qu'il n'appréciait guère.

— Je me demandais si je pourrais louer une chambre chez vous... commença Signora.

Elle sut qu'à l'intérieur ils avaient baissé le volume sonore du téléviseur pour écouter ce qui se passait à la porte d'entrée.

— Une chambre ici ?

L'incrédulité de Jerry était telle que Signora en fut presque convaincue : c'était une très mauvaise idée. Mais elle avait bâti sa vie sur une succession d'idées mauvaises, ou discutables. Alors pourquoi cesser maintenant ?

— Pourrais-je parler à vos parents ?

Le père de l'adolescent apparut derrière son fils. C'était un homme corpulent, avec des favoris broussailleux qui ressemblaient à des poignées par où on aurait pu le soulever. Il devait avoir à peu près l'âge de la visiteuse, mais le passage des ans avait durement marqué son visage rougeaud. Il s'essuya les mains sur son pantalon, comme s'il s'apprêtait à lui en tendre une.

— Je peux vous aider ? s'enquit-il d'un ton soupçonneux.

Signora lui expliqua qu'elle cherchait à louer une chambre dans le quartier, et que les Quinn qui habitaient au 22 lui avaient indiqué sa maison. Implicitement, elle laissait ainsi entendre qu'elle connaissait les Quinn, ce qui lui donnait une manière d'introduction.

— Peggy, tu peux venir une minute ? lança l'homme par-dessus son épaule.

Un instant plus tard, ils étaient rejoints par une femme aux yeux tristes soulignés de cernes. Ses cheveux raides étaient coincés derrière ses oreilles ; elle fumait et toussait en même temps.

— Qu'est-ce que c'est ?

Ce premier contact n'était pas très encourageant... Signora n'en débita pas moins de nouveau sa petite histoire.

— Et pourquoi vous cherchez une chambre dans le coin ? lui répondit la femme.

— J'ai été absente d'Irlande pendant très longtemps, vous savez. Je ne connais plus beaucoup d'endroits et j'ai besoin de me fixer quelque part. Je n'imaginais pas que la vie serait devenue aussi chère à Dublin et... Je suis venue par ici parce qu'on a une belle vue sur les montagnes.

Cette explication parut leur plaire. Peut-être parce que Signora l'avait exprimée sans volonté de les tromper.

— C'est qu'on n'a jamais eu de pensionnaires, nous, dit la femme.

— Je ne vous causerai aucun dérangement. Je resterai dans ma chambre.

— Et vous ne mangerez pas avec nous ? fit l'homme en indiquant derrière eux une table où étaient posées une assiette emplie de sandwichs fort peu appétissants, une plaquette de beurre dans son emballage et une bouteille de lait.

— Non, merci beaucoup. J'avais pensé que je pourrais acheter une bouilloire et une plaque électrique. Je mange surtout des salades et des soupes.

— Mais vous n'avez même pas vu la chambre, remarqua la femme.

— Seriez-vous assez aimable pour accepter de me la montrer ?

Elle avait parlé d'une voix douce mais assurée.

Les trois adultes gravirent les marches sous le regard de Jerry qui resta au rez-de-chaussée.

La chambre était petite, mais pourvue d'un lavabo. Une armoire vide et une étagère nue, aucun tableau, aucune photo aux murs. Il ne restait pas trace des années passées là par la pétillante Suzi, avec ses magnifiques cheveux roux et son regard si vivant.

La pièce se trouvait à l'arrière de la maison. Par la fenêtre on voyait le crépuscule tomber sur un terrain vague où bientôt s'élèveraient d'autres demeures, mais pour l'instant rien ne gâchait la vue sur les montagnes au loin.

— C'est agréable d'avoir un aussi joli panorama, dit Signora. En Italie on pourrait l'appeler « Vista del Monte », « Vue de la montagne ».

— C'est le même nom que celui de l'école où va le gamin, Mountainview, fit remarquer le père.

Signora le gratifia d'un sourire.

— Si vous m'acceptez, Mr. Sullivan, Mrs. Sullivan... Je crois que j'aurai trouvé là un endroit charmant.

Elle les vit échanger un regard indécis. Cette inconnue était-elle recommandable ? Était-il bien sage de l'accueillir chez eux ?...

Enfin ils lui montrèrent la salle de bains, qu'ils promirent de nettoyer un peu, et lui désignèrent l'endroit où elle pourrait pendre sa serviette.

Revenus en bas, ils s'attablèrent. La gentillesse de Signora leur imposa insensiblement des manières un peu plus civiles. Sullivan débarrassa la table, sa femme écrasa sa cigarette et éteignit le téléviseur. Leur fils s'assit dans un coin de la pièce pour observer avec intérêt cette scène inédite.

Ils expliquèrent à Signora qu'un couple vivant de l'autre côté de la rue gagnait sa vie en dénonçant aux services fiscaux toutes les petites infractions de ses voisins. S'ils faisaient affaire il faudrait donc qu'elle se présente partout comme une parente, afin que ces mouchards ne puissent aller rapporter qu'ils avaient une locataire qui constituait une source de revenus non déclarés.

— Je pourrais me présenter comme une cousine, peut-être ? dit Signora qui semblait ravie de ce subterfuge.

À son tour elle leur raconta qu'elle avait longtemps vécu en Italie et, ayant noté les nombreuses représentations du pape et du Sacré-Cœur qui ornaient leurs murs, elle ajouta que son époux sicilien était décédé récemment, raison pour laquelle elle était revenue finir son existence en Irlande.

— Et vous n'avez pas de famille ici ?

— Des parents éloignés. Je les contacterai en temps utile, répondit Signora qui préférait passer sous silence sa mère, son père, ses deux frères et ses deux sœurs qui habitaient Dublin.

Les temps étaient durs, dirent les Sullivan. Jimmy, le père, avait été contraint de se mettre à son compte comme chauffeur indépendant. Il conduisait tout ce qui se présentait, du fiacre à la camionnette. Quant à Peggy, la mère, elle était caissière dans un supermarché.

Puis la conversation revint à la chambre.

— La pièce était occupée par quelqu'un de votre famille ? fit Signora poliment.

Oui, dirent-ils. Par leur fille, qui avait préféré vivre plus près du centre-ville. Ils ne s'appesantirent pas sur le sujet et passèrent à la question du prix de la location. Signora leur montra son porte-monnaie pour leur prouver qu'elle disposait assez d'argent pour cinq semaines. Voulaient-ils qu'elle leur règle un mois d'avance ?

Les Sullivan se consultèrent du regard avec une méfiance perceptible. Les gens qui dévoilaient le contenu de leur porte-monnaie les rendaient naturellement soupçonneux.

— C'est tout ce que vous possédez ?

— Pour l'instant, mais j'aurai plus dès que je travaillerai, répondit Signora avec un bel aplomb qui ne les rassura pourtant pas totalement. Peut-être désirez-vous que je quitte la pièce pendant que vous réfléchissez ?

Elle sortit dans le petit jardin qui se trouvait derrière la maison, et contempla les montagnes au loin que certains appelaient des collines. Elles n'avaient pas la silhouette déchiquetée et bleuie des montagnes de Sicile.

À Annunziata, les gens vaquaient en ce moment à leurs occupations habituelles. Quelqu'un s'interrogeait-il sur ce qu'il advenait de Signora, et sur l'endroit où elle dormirait ce soir ?

Les Sullivan vinrent à la porte. Ils avaient pris leur décision.

— Puisque vous êtes un peu gênée, et tout ça, je suppose que vous préférez vous installer tout de suite, non ? dit Jimmy.

— Oh ! ce serait parfait, oui.

— Bon, vous pouvez rester une semaine, alors, et plus longtemps si on s'entend bien, dit Peggy.

Les yeux de Signora scintillèrent.

— *Grazie, grazie*, dit-elle avant de s'excuser : Je suis restée si longtemps là-bas, vous comprenez...

Mais ils n'en avaient cure. Ils étaient maintenant convaincus que leur nouvelle pensionnaire était une excentrique inoffensive.

— Montez m'aider à faire le lit, lâcha Peggy.

Le jeune Jerry suivit les deux femmes du regard, mais il ne fit aucun commentaire.

— Je ne vous dérangerai pas du tout, Jerry, lui glissa Signora en passant.

— Comment savez-vous que je m'appelle Jerry ? s'étonna-t-il.

Ses parents avaient certainement parlé de lui... Elle venait de commettre une erreur, mais était passée maître dans l'art de brouiller les pistes.

— Parce que c'est ton prénom, dit-elle simplement, et il parut se contenter de cette réponse.

Peggy apporta des draps et des couvertures dans la chambre.

— Suzi avait l'un de ces dessus-de-lit en chenille de coton, mais elle l'a emporté quand elle est partie.

— Elle vous manque ?

— Elle vient une fois par semaine, toujours quand son père est absent. Ils ne voient pas les choses du même œil, et c'est comme ça depuis ses dix ans. C'est bien triste. Il vaut mieux pourtant qu'elle vive ailleurs, à cause de toutes ces prises de bec qu'ils ont eues tous les deux dans les derniers temps.

Signora déballa la courtepointe brodée des noms de villes italiennes. Elle l'avait enroulée dans une feuille de papier et s'en était servi pour caler une de ses poteries. Elle avait emporté peu de choses, mais elle était heureuse de les dévoiler à Peggy Sullivan afin de lui démontrer qu'elle était une femme irréprochable, à l'existence banale.

Les yeux de Peggy s'étaient arrondis.

— Où diable avez-vous dégotté ça ? C'est d'une beauté ! s'exclama-t-elle.

— Je l'ai brodée moi-même, au fil des ans. J'ajoutais un nom de temps à autre. Regardez : là, Rome, et ici, Annunziata, la petite ville où j'habitais.

Le regard de Peggy s'était embué.

— Et vous et lui vous dormiez sous cette... Quelle tristesse qu'il soit mort !

— Oui...

— Il a été malade longtemps ?

— Non, il est mort dans un accident d'automobile.

— Vous avez une photo de lui ? Vous pourriez la mettre là, fit Peggy en tapotant le haut de la commode.

— Non, je n'ai aucune photo de Mario, mais je le garde dans mon cœur et dans mon âme.

Ces paroles furent suivies d'un moment de silence.

Peggy Sullivan décida de changer de sujet.

— Je vais vous dire une bonne chose : si vous savez broder comme ça, vous trouverez vite du travail. Tout le monde voudra vous commander quelque chose.

— Je n'avais jamais pensé à gagner ma vie en brodant, dit Signora avec une expression lointaine.

— Alors vous comptiez faire quoi ?

— Enseigner, peut-être, ou servir de guide. En Sicile, je brodais en effet de petites pièces de tissu pour les touristes, mais je ne pensais pas que les gens d'ici seraient intéressés.

— Vous pourriez faire des motifs de trèfles, ou de harpes, suggéra Peggy.

Mais elle n'aimait finalement pas plus cette idée que sa pensionnaire. Elles achevèrent de préparer la chambre, puis Signora rangea ses vêtements et se déclara fort satisfaite.

— Merci de m'avoir donné aussi vite un nouveau foyer. Je disais justement à votre fils que je ne vous gênerais pas du tout.

— Ne vous occupez pas de lui, allez, il nous enquine assez, ce fainéant. Il nous a brisé le cœur. Au moins Suzi est intelligente, elle. Mais lui finira dans le ruisseau.

— Je suis sûre que ce n'est qu'une mauvaise période qu'il traverse, dit Signora sur le même ton rassurant et optimiste qu'elle avait eu quand elle parlait à Mario de ses fils ; un ton que les parents inquiets aiment à entendre.

— Alors, c'est une période qui traîne en longueur ! Écoutez, ça vous dirait de descendre boire quelque chose avec nous avant de vous coucher ?

— Non, merci beaucoup. Autant que je prenne de bonnes habitudes et que je ne commence pas à vous importuner. Et puis, je suis un peu fatiguée. Je crois que je vais dormir.

— Mais vous n'avez même pas une bouilloire pour vous faire du thé...

— Merci, mais ça ira très bien, je vous assure.

Peggy s'éclipsa et redescendit au rez-de-chaussée. Jimmy regardait une émission de sports à la télévision.

— Baisse un peu le son, Jimmy. Elle est fatiguée, elle a voyagé toute la journée.

— Dieu tout-puissant ! Est-ce que ça va être comme avec les bébés, pas de bruit, moins fort ?...

— Mais non ! Et tu sais aussi bien que moi qu'on a bien besoin de son argent.

— Elle est quand même bizarre. Tu as réussi à apprendre quelque chose à son sujet ?

— Elle m'a dit qu'elle avait été mariée et que son homme était mort dans un accident de voiture. Enfin, c'est ce qu'elle prétend.

— Et tu ne la crois pas, évidemment ?

— Bah ! elle n'a même pas une seule photo de lui. Et puis elle n'a pas l'air d'avoir été mariée. Et il y a cette courtepointe qu'elle a apportée, brodée de partout, qu'on dirait un vêtement de prêtre. Une femme mariée n'aurait pas eu le temps de faire ça.

— Tu sais quoi ? Tu lis trop de romans et tu regardes trop de films. C'est ça ton problème.

— N'empêche, elle est quand même bizarre, tu l'as dit toi-même.

— Oui, mais elle ne va pas se lever en pleine nuit pour nous découper à la hache, hein ?

— Non, bien sûr... Je me demande si elle n'a pas été dans les ordres, tiens. Elle a ce genre de manières très calmes comme les bonnes sœurs. Je parierais qu'elle l'a été. Si ça se trouve, elle l'est toujours, d'ailleurs. De nos jours on ne peut plus être sûr de rien.

— Possible, maugréa Jimmy, la mine songeuse. Eh bien, si c'est vraiment une bonne sœur, évite de lui parler trop de Suzi. Elle s'enfuirait de la maison dans la minute si elle apprenait ce que fabrique cette petite traînée.

Campée devant la fenêtre, Signora contemplait les montagnes au-delà du grand terrain vague.

Se sentirait-elle chez elle ici, un jour ?

S'avouerait-elle vaincue lorsqu'elle se découvrirait une mère et un père plus faibles et dépendants que lorsqu'elle les avait quittés ? Leur pardonnerait-elle l'humiliation qu'ils lui avaient infligée par leur froideur, ce silence accusateur quand ils avaient compris qu'elle ne reviendrait pas en courant à la maison, comme une enfant obéissante, pour tenir auprès d'eux son rôle de fille célibataire et dévouée ?

Ou bien resterait-elle à jamais dans cette demeure miteuse, avec une famille bruyante au rez-de-chaussée, un garçon maussade, une fille rejetée par ses parents ? Signora savait que sa présence serait bénéfique à ces Sullivan, dont elle avait pourtant ignoré l'existence jusqu'ici.

Elle œuvrerait discrètement à la réconciliation entre la fille et son père. Elle trouverait un moyen d'intéresser le fils rétif à ses études. Et petit à petit, discrètement, elle arrangerait leur intérieur : elle ferait l'ourlet des rideaux, elle raccommoderait les coussins usés du salon. Mais elle agirait sans hâte. Ses années à Annunziata lui avaient appris la patience.

Elle n'irait pas voir ses parents dès le lendemain, mais elle pourrait rendre visite à Brenda et Taie d'Oreiller, qu'elle prendrait soin d'appeler par son prénom, Patrick. Quand ceux-ci apprendraient qu'elle avait déjà trouvé où loger et qu'elle s'apprêtait à chercher du travail, ils n'en seraient que plus ravis de sa visite. Peut-être même auraient-ils une place à lui proposer dans leur restaurant. Elle pouvait très bien faire la plonge et préparer les légumes en cuisine, comme le garçon qu'avait épousé la fille de Mario.

Après un brin de toilette, elle se déshabilla et enfila sa chemise de nuit blanche avec des petits boutons de rose qu'elle avait brodés autour du col. Mario avait toujours beaucoup apprécié cette tenue. Elle gardait le souvenir de ses mains se promenant sur la broderie avant de venir caresser son corps.

Mario qui gisait à présent dans une tombe cernée par les vallées et les montagnes. Dans les derniers temps il avait appris à mieux la connaître, et il était certain qu'elle suivrait son conseil après sa mort, même si elle n'en avait rien fait de son vivant. Pourtant il avait été heureux qu'elle reste, heureux qu'elle vienne vivre dans son village vingt-six années durant, et d'outre-tombe il devait être heureux de voir qu'elle était partie comme il l'avait souhaité, pour préserver la dignité et l'amour-propre de sa veuve.

Elle l'avait si souvent rendu heureux sous cette courtepointe, vêtue de cette seule chemise de nuit... Avec ses gestes mais aussi avec son attention, en l'écoutant formuler ses inquiétudes, en lui caressant les cheveux et en lui donnant des conseils judicieux.

Un moment elle se concentra sur les aboiements des chiens au-dehors, et les cris d'enfants qui s'interpellaient.

Bientôt elle glisserait dans le sommeil, et demain une nouvelle vie commencerait.

Brenda accomplissait chaque jour son tour d'inspection dans la salle du restaurant à midi pile, selon un rituel immuable.

Dans l'église voisine résonnait l'angélus pour des Dublinois qui ne s'accordaient plus que rarement une pause pour prier, comme le faisaient les gens dans la jeunesse de Brenda. Elle portait toujours une robe simple, de couleur unie, avec un col blanc, et son maquillage était impeccable. D'un œil impitoyable elle vérifiait la mise en place de chaque table. Les serveurs savaient fort bien qu'aucun relâchement ne serait toléré, car Brenda avait des exigences très strictes. Mr. Quentin, qui vivait à l'étranger, répétait à l'envi que la réputation attachée à son établissement était entièrement due à Brenda et Patrick. Et Brenda tenait à ne jamais le décevoir.

La plus grande partie du personnel travaillait ici depuis longtemps, et tous s'entendaient bien. La clientèle était surtout composée d'habitués, qui aimaient à être appelés par leur nom. Brenda insistait pour que chaque serveur mémorise les petits détails propres à chaque client régulier. Avaient-ils passé de bonnes vacances ? S'étaient-ils déjà attelés à la rédaction d'un nouveau roman ? Quel plaisir de voir leur photo dans l'*Irish Times*, ou d'apprendre qu'un de leurs chevaux avait gagné à Curragh.

Patrick pensait qu'ils venaient pour la cuisine, mais Brenda était persuadée que la clientèle fréquentait surtout l'établissement pour la qualité de son accueil. Elle avait passé trop d'années à être aimable avec de parfaits inconnus, qui au fil du temps étaient devenus des personnalités dublinoises incontournables, pour ne pas comprendre qu'ils se souvenaient avant tout de l'excellence de l'accueil. C'était ainsi qu'elle s'était assuré une clientèle fidèle, même dans cette période économiquement difficile.

Brenda arrangeait un bouquet de fleurs sur une table près d'une fenêtre quand elle entendit s'ouvrir la porte d'entrée. Personne ne venait déjeuner aussi tôt. Les clients ne s'attablaient jamais chez *Quentin* avant midi et demi, au mieux.

Une femme fit quelques pas hésitants dans la salle. Elle avait la cinquantaine, peut-être un peu plus, et ses longs cheveux roux grisonnants étaient ramenés en arrière par un foulard aux couleurs vives. Elle portait une robe marron tombant jusqu'aux chevilles, et une veste d'une coupe très en vogue dans les années 70. Elle n'était ni pauvrement vêtue ni élégante, seulement... différente. Elle allait approcher Nell Dunne, déjà installée à son poste derrière la caisse, quand Brenda la reconnut.

— Nora O'Donoghue !

Elle avait lancé cette exclamation d'un ton joyeux.

Les jeunes serveurs et Mrs. Dunne semblèrent étonnés de voir leur patronne, l'irréprochable Brenda Brennan, se précipiter à travers la salle pour embrasser cette femme d'allure singulière.

— Mon Dieu ! Tu as donc fini par quitter cet endroit, tu as pris un avion et tu es revenue !

— Oui, je suis revenue, fit Signora en écho.

Brenda se rembrunit soudain.

— Ce n'est pas... parce que ton père est décédé, ou quelque chose comme ça, j'espère ?

— Non. Du moins pas que je sache.

— Tu n'es donc pas encore allée les voir ?

— Oh ! non. Pas encore.

— Magnifique ! Je savais que tu ne céderais pas. Alors, dis-moi, comment va l'amour de ta vie ?

Le visage de Signora se métamorphosa. La couleur et la vie parurent le déserter en un éclair.

— Il est mort, Brenda. Mario n'est plus. Il s'est tué sur la route, dans un virage. Il repose maintenant dans le cimetière d'Annunziata.

Le simple fait de prononcer ces paroles l'avait vidée de toute force, et elle paraissait maintenant sur le point de défaillir. Dans moins de trois quarts d'heure le restaurant serait comble, et Brenda devrait remplir son rôle d'hôtesse dans la salle, pour l'image du restaurant. Elle ne pouvait pleurer sur ce malheur avec son amie retrouvée. Elle réfléchit rapidement. Elle réservait un des boxes aux amoureux ou aux personnes désirant déjeuner le plus discrètement possible. Elle y conduisit Nora, lui commanda un double cognac et un grand verre d'eau glacée. Des boissons qui lui feraient certainement du bien.

Elle modifia en conséquence la liste des réservations, et demanda à Nell Dunne de photocopier cette nouvelle version.

La caissière portait un intérêt presque déplacé aux derniers événements.

— Y a-t-il quelque chose que je puisse faire pour aider... Mrs. Brennan ?

— Oui, Nell, merci. Photocopiez le nouveau plan de table et assurez-vous que chaque serveur en possède un exemplaire. Même chose à la cuisine. Merci d'avance.

Elle avait parlé d'un ton bref, à peine poli. Parfois Nell Dunne l'exaspérait, sans qu'elle sache jamais pour quelle raison précise.

Puis Brenda Brennan, connue par son personnel et la clientèle de *chez Quentin* sous le surnom de La Patronne de Fer, rejoignit son amie dans le box et pleura avec elle la mort de ce Mario dont la femme avait traversé la place pour demander à Nora de rentrer chez elle.

C'était un cauchemar, mais aussi une histoire d'amour. Avec une pointe de mélancolie, Brenda se demanda ce qu'on pouvait ressentir à aimer ainsi, sans limites et sans se soucier des conséquences ni de l'avenir.

Les clients ne verraient pas plus Signora dans le box qu'ils n'apercevaient le Premier ministre quand il venait déjeuner avec son amie, ou les chasseurs de têtes lorsqu'ils invitaient un candidat potentiel d'une firme concurrente. Dans ce coin Signora serait tranquille.

Brenda sécha ses larmes, vérifia que son maquillage n'avait pas coulé, redressa son col et alla travailler. Signora observait la salle par intermittence, et elle vit avec étonnement son amie Brenda qui escortait des gens visiblement fortunés à une table ou une autre, en les questionnant aimablement sur leur famille, leurs affaires... Quant aux prix de la carte !... Avec l'équivalent d'un seul repas ici, une maisonnée entière d'Annunziata aurait pu manger pendant une semaine. Où ces clients trouvaient-ils autant d'argent ?

— Aujourd'hui, le Chef vous propose la barbue avec sa farandole de champignons des bois... Mais je vous laisse faire votre choix. Charles viendra prendre la commande quand vous aurez décidé.

Où Brenda avait-elle appris à parler de la sorte ? À se référer à Taie d'Oreiller en l'appelant « le Chef » ? À se tenir aussi droite ? À montrer une telle assurance ? Alors qu'elle, Signora, avait vécu en s'efforçant d'être déférente envers autrui, se contentant d'avoir un endroit où exister, d'autres personnes avaient affirmé leur place dans la société. C'était ce qu'il lui faudrait apprendre à faire dans sa nouvelle existence, si elle voulait survivre.

Elle se moucha sans bruit et se redressa. Elle n'était plus courbée sur la table, à contempler le menu avec un regard effaré. Elle commanda une salade de tomates suivie d'une pièce de bœuf. Son budget ne lui permettait pas ce genre de luxe, et ne l'autoriserait sans doute jamais. Elle ferma les yeux, étourdie par le prix des plats. Mais Brenda avait insisté. Qu'elle prenne ce qu'elle voulait, c'était son cadeau de bienvenue. Sans que Signora l'ait commandé, on lui apporta une bouteille de chianti. Elle ne voulut pas voir le prix du vin sur le menu. Puisque c'était un présent, elle l'accepterait comme tel.

Dès la première bouchée elle prit conscience de sa faim. Elle n'avait rien pris dans l'avion, se sentant trop énervée. Et elle n'avait rien avalé la veille au soir, chez les Sullivan. La salade de tomates était délicieuse, parfumée de basilic frais. Quand avaient-ils découvert ce genre d'assaisonnement en Irlande ? Le bœuf lui fut servi saignant, avec une garniture de légumes fermes, et non ramollis dans leur jus comme elle les faisait à l'époque où elle n'avait pas encore appris à cuisiner correctement.

Son assiette terminée, elle se sentit beaucoup plus forte.

— Ça va, plus de crise de larmes, annonça-t-elle quand la foule du déjeuner fut repartie et que Brenda vint s'asseoir sur la banquette en face d'elle.

— Tu ne devrais pas aller voir ta mère, Nora. Je ne veux pas m'immiscer dans les histoires familiales des autres... mais quand même, il faut bien reconnaître qu'elle ne s'est jamais conduite en mère quand tu avais besoin d'elle. Alors pourquoi agirais-tu en gentille fille obéissante maintenant qu'elle a besoin de toi ?

— En effet, répondit-elle. Je n'éprouve plus aucun sens du devoir envers eux.

— Dieu soit loué ! fit Brenda soulagée.

— Mais il faut que je trouve un emploi, que je gagne ma vie. Dis-moi, tu n'aurais pas besoin de quelqu'un pour éplucher les pommes de terre en cuisine, pour faire la plonge ou ce genre de choses ?

Avec beaucoup de gentillesse, Brenda expliqua à son amie que cela ne marcherait pas. D'ailleurs ils avaient déjà de jeunes stagiaires. Eux-mêmes avaient bien suivi le même parcours avant... mais c'était avant que tout change.

— Et puis, Nora, tu as passé l'âge de ce genre d'emploi, et tu as d'autres compétences. Tu peux faire tout un tas de choses, travailler dans un bureau, ou enseigner l'italien, par exemple.

— Non, je suis trop vieille. C'est le problème. Je ne sais pas me servir d'une machine à écrire, et encore moins d'un ordinateur. Et je n'ai aucune qualification pour enseigner.

— Tu aurais quand même tout intérêt à t'inscrire, pour toucher un peu d'argent, dit Brenda, toujours pragmatique.

— M'inscrire ? Où donc ?

— Au chômage, pour recevoir les indemnités.

— Je ne peux pas, je n'y ai pas droit.

— Bien sûr que si. Tu es irlandaise, non ?

— Mais j'ai vécu à l'étranger si longtemps ! Je n'ai jamais cotisé ici...

Brenda ne voulut pas encourager cette attitude défaitiste.

— Nora ! Tu ne peux pas être mère Teresa ici, tu t'en doutes bien ! Il faut que tu t'occupes de toi, et que tu acceptes ce qui est dans tes possibilités.

— Ne t'en fais pas pour moi, Brenda, je survivrai. Regarde ce que j'ai traversé en un quart de siècle. La plupart des gens n'auraient pas tenu le coup. Et je n'étais pas revenue à Dublin depuis plus de quelques heures, que j'avais déjà trouvé une chambre. Je dénicherai bien un emploi.

Brenda emmena alors Signora dans la cuisine pour qu'elle salue Taie d'Oreiller, qu'elle eut du mal à appeler Patrick... Il fit preuve d'une courtoisie un peu guindée et lui présenta formellement ses condoléances pour son mari disparu. Croyait-il vraiment qu'elle avait épousé Mario, ou cherchait-il à sauver les apparences devant les jeunes membres de son personnel qui observaient la scène avec gravité ?

Signora les remercia tous pour cet excellent déjeuner et promit de revenir se régaler chez *Quentin* dès qu'elle en aurait les moyens.

— Nous allons organiser une saison de cuisine italienne bientôt. Peut-être pourriez-vous traduire les menus pour nous ? suggéra Patrick.

— Oh ! j'en serais ravie, dit Signora, et son visage s'éclaira.

Ce serait une façon de rembourser en partie ce repas qu'elle n'aurait même pas pu s'offrir avec deux semaines de paie.

— Tout sera fait officiellement, bien sûr, ajouta Patrick. Avec facture, et tout...

Comment avaient fait les Brennan pour devenir aussi affables et sophistiqués ? Elle était bien consciente que, par ce stratagème, ils lui offraient de l'argent sans donner l'impression qu'ils lui tendaient une main secourable.

Sa volonté en fut renforcée.

— Eh bien, nous verrons cela le moment venu, si vous le voulez bien. Je ne veux pas vous retarder, vous avez beaucoup à faire... Je vous promets de vous donner de mes nouvelles la semaine prochaine. De bonnes nouvelles, j'en suis sûre.

Elle les quitta rapidement, sans adieux prolongés. C'était une des choses qu'elle avait apprises au cours des années passées dans son village sicilien : les gens vous gardaient plus aisément leur amitié si vous ne vous attardiez pas.

Elle acheta du thé en sachet et des biscuits, et se permit même le luxe d'un savon très doux.

Ensuite elle se rendit dans nombre de restaurants pour proposer ses services à la cuisine. Mais partout son offre fut poliment refusée. Alors elle tenta sa chance dans un supermarché et chez des marchands de journaux, dans l'espoir qu'elle pourrait être embauchée pour garnir les rayons ou déballer les paquets de magazines et de quotidiens. Elle eut le sentiment qu'on la considérait avec un certain étonnement. Quand on lui demandait pourquoi elle ne passait pas par l'Agence pour l'emploi, elle posait sur son interlocuteur un regard vague, lui confirmant sans le vouloir l'idée qu'elle était peut-être un peu simple d'esprit...

Mais elle ne renonça pas. Jusqu'à cinq heures du soir, elle chercha du travail. Elle prit ensuite un bus qui la mena dans le quartier où vivait sa mère. Chaque appartement était bâti sur un bout de terrain individuel, et possédait ses parterres de fleurs, ses petites haies. La plupart des portes d'entrée possédaient leur propre escalier avec rambarde. C'était une cité construite spécialement pour les besoins des personnes âgées. Avec les grands arbres et les buissons alentour, ces constructions basses en brique rouge avaient un air de solidité et de calme, de sécurité aussi, qualités qui ne pouvaient que satisfaire ceux qui avaient revendu leur maison pour finir leurs jours ici.

Signora s'assit tranquillement derrière le tronc d'un gros arbre. Elle posa sur ses genoux le sac en papier qui contenait ses acquisitions, et contempla la porte du numéro 23 pendant un très long moment. Elle était tant habituée à l'immobilité qu'elle n'avait pas conscience du temps qu'elle passait ainsi. Elle ne portait jamais de montre, aussi se souciait-elle peu des horaires. Elle avait l'intention de rester là jusqu'à ce qu'elle aperçoive sa mère, et si ce n'était pas aujourd'hui ce serait un autre jour, et une fois qu'elle l'aurait vue elle saurait ce qu'il convenait de faire. Elle ne pouvait prendre aucune décision avant d'avoir revu le visage de sa mère. Peut-être éprouverait-elle surtout de la pitié... ou de la nostalgie de leur entente passée... ou l'envie du pardon. Peut-être ne découvrirait-elle qu'une étrangère, une femme qui avait rejeté avec mépris son amour et son affection.

Elle faisait pleinement confiance à ses sentiments. Ils lui dicteraient sa conduite.

Personne cependant n'entrait ni ne sortait du 23. À dix heures, Signora abandonna son poste d'observation et prit un bus pour rentrer chez les Sullivan. Elle gagna sa chambre sans bruit, lançant un « bonsoir » inaudible en passant devant la pièce où rugissait le téléviseur. Jerry était assis là avec ses parents. Il n'y avait rien de très surprenant à ce que ce garçon rate ses études s'il restait éveillé aussi tard devant des westerns.

Les Sullivan lui avaient trouvé une plaque électrique et une vieille bouilloire. Elle se fit un thé et le savoura en contemplant les montagnes.

En trente-six heures, un mince voile était déjà tombé dans son esprit sur les souvenirs d'Annunziata. Toutefois elle se demanda si Gabriella regretterait jamais de l'avoir fait partir. Manquerait-elle à Paolo et Gianna, et à la *signora* Leone ? Elle fit sa toilette avec le savon doux parfumé au bois de santal, puis se coucha. Elle plongea aussitôt dans un sommeil profond, sans entendre les détonations du western.

Quand elle rouvrit les yeux, la maison était vide. Peggy était au supermarché, Jimmy au volant d'un véhicule quelconque et Jerry à l'école. Elle se prépara pour sortir elle aussi. Cette fois elle consacrerait la matinée à épier l'apparition de sa mère, et l'après-midi à chercher un emploi. Elle reprit son guet derrière le gros arbre, et cette fois n'eut pas à attendre longtemps. Au bout de quelques minutes une petite voiture s'arrêta devant le numéro 23. Une femme corpulente, à la chevelure rousse et dense, en sortit. Retenant une exclamation de surprise, Signora identifia sa sœur cadette, Rita. Elle paraissait tellement engoncée dans son personnage, si mûre alors qu'elle n'avait que quarante-six ans... Rita n'était encore qu'une enfant quand Signora l'avait quittée... Mais bien sûr l'exilée n'avait reçu aucune photographie de sa famille. Il faudrait qu'elle se souvienne de cette réalité. Ils n'avaient écrit que lorsqu'ils avaient eu besoin d'elle, quand le confort de leurs vies leur était apparu plus important que l'effort de reprendre contact avec une femme qui s'était avilie en fuyant en Sicile pour suivre un homme marié.

Rita lui sembla raide et tendue.

Elle lui rappelait la mère de Gabriella, une petite femme agressive qui épiait ses proches pour détecter en eux des fautes imaginaires. Elle souffrait des nerfs, disait-on. Mais était-ce vraiment Rita, sa petite sœur, cette femme aux épaules voûtées, aux pieds serrés dans des chaussures trop étroites, qui faisait douze petits pas rapides à la place de cinq enjambées normales ? Éber-luée, Signora continuait à l'observer derrière son arbre. Rita avait laissé la portière de sa voiture ouverte, sans doute parce qu'elle venait chercher sa mère. Signora se prépara à un choc. Si Rita lui paraissait vieillie, à quoi ressemblerait Mère ?

Elle pensa soudain aux personnes âgées d'Annun-ziata. Petites, souvent courbées sur leur canne, elles restaient assises des heures sur les bancs de la place, et regardaient les gens s'affairer avec un sourire bienveil-lant. Souvent, à son passage, elles touchaient sa robe et admiraient ses broderies. « *Bella bellissima* », murmu-raient-elles.

Sa mère sortit. Pour ses soixante-dix-sept ans, elle semblait bien conservée. Elle portait une robe marron sous un cardigan de même couleur. Ses cheveux étaient ramenés en arrière comme toujours, en un chignon peu seyant qu'avait critiqué Mario, tant d'années aupara-vant : « Ta mère serait beaucoup plus jolie si elle adop-tait une coiffure moins sévère. »

Signora songea qu'elle avait maintenant presque l'âge de sa mère à l'époque. Mais cette dernière s'était tou-jours accrochée à des principes religieux auxquels son cœur n'adhérait pourtant pas. Si elle avait pris le parti de sa fille, tout aurait été si différent... Pendant toutes ces années Signora aurait pu garder le contact avec le foyer familial, et peut-être aurait-elle accepté de revenir pour s'occuper de ses parents, même à la campagne, dans la petite ferme qu'ils avaient dû quitter à contrecœur.

Et maintenant ? Sa mère et sa sœur n'étaient qu'à quelques mètres d'elle... Il lui aurait suffi de les héler.

Elle perçut l'irritation de Rita quand Mère lui lança d'un ton acerbe :

— Ça va, j'arrive, pas besoin de me houspiller comme ça ! Un jour tu seras vieille toi aussi, tu verras...

Les deux femmes n'éprouvaient manifestement aucun plaisir à être ensemble. Mère n'affichait aucune gratitude d'être conduite en voiture de chez elle à l'hôpital, et elles ne partageaient visiblement aucune solidarité, aucun sentiment de sympathie à l'idée d'aller voir un vieil homme qui ne pouvait plus vivre à son domicile.

Sans doute était-ce le jour de Rita. Le lendemain Helen prendrait la relève, et les belles-sœurs devaient participer de temps à autre à cette corvée. Leur désir de voir la folle de Sicile revenir n'avait plus rien d'étonnant... La voiture s'éloigna, ses deux occupantes immobiles à l'intérieur, qui n'échangeaient pas un mot. Signora se demanda alors comment elle avait pu être capable d'aimer autant, alors qu'elle était issue d'une famille aussi dépourvue d'amour. La petite scène à laquelle elle venait d'assister balayait toutes ses incertitudes. Tête haute, elle sortit des espaces verts bien entretenus du lotissement. Tout était clair à présent. Elle n'éprouvait plus de regret, et pas une once de culpabilité.

L'après-midi se révéla aussi infructueux que la journée précédente dans sa recherche d'emploi. Elle refusa de se laisser aller au moindre découragement. Quand ses pérégrinations la menèrent au bord de la Liffey, elle se dirigea naturellement vers le café où travaillait Suzi. La jeune fille ne cacha pas son plaisir de la revoir.

— Vous êtes allée là-bas ! Ma mère m'a dit qu'ils avaient accepté une pensionnaire « venue sonner par hasard » !

— La chambre est très jolie. Je voulais vous remercier.

— Non, elle n'est pas très jolie, mais si ça peut vous dépanner...

— Par la fenêtre, je peux voir les montagnes.

— Ouais, et le grand terrain vague où l'on construira bientôt d'autres petites boîtes où entasser les gens.

— C'était exactement ce dont j'avais besoin. Encore merci.

— Ils prétendent que vous avez été bonne sœur... C'est vrai ?

— Non !... Je suis même loin d'être une bonne sœur, je le crains.

— Maman m'a dit que vous avez perdu votre mari.

— D'une certaine façon, c'est la vérité.

— Ah ! vous voulez dire que pour vous c'est comme s'il était mort, ou quelque chose comme ça ?

Signora conservait toujours un grand calme. Il était aisé de comprendre pourquoi les gens la confondaient avec une religieuse.

— Pas exactement. Je veux dire que d'une certaine façon il était mon mari, mais je n'ai pas jugé utile de l'expliquer en détail à vos parents.

— Oh ! ce n'était pas utile, c'est sûr, et c'est même très malin de votre part de ne pas l'avoir fait, dit Suzi en lui servant une tasse de café. Offert par la maison, souffla-t-elle.

Signora sourit intérieurement en pensant que, si elle jouait bien ses cartes, elle parviendrait à manger dans tout Dublin sans bourse délier.

— J'ai déjà déjeuné gratuitement au restaurant chez *Quentin*. Je ne me débrouille pas mal, vous ne trouvez pas ? dit-elle à Suzi.

— C'est là que j'aimerais travailler, lui confia la jeune fille. J'aurais la même tenue que les serveurs, avec le pantalon noir. Je serais la seule femme en salle, à part Mrs. Brennan

— Vous connaissez Mrs. Brennan ?

— À Dublin, c'est une véritable légende, répondit Suzi. Je voudrais travailler chez elle trois ou quatre ans, pour apprendre toutes les ficelles du métier. Ensuite, je pourrais ouvrir mon propre établissement.

Signora poussa un soupir d'envie. Quelle chance de croire ses rêves possibles, plutôt que de n'envisager que des refus quand on se proposait simplement de faire la plonge.

— Dites-moi... D'après vous, pourquoi suis-je incapable de dénicher le moindre emploi, même pour les tâches ménagères les plus simples ? Qu'est-ce qui ne va pas avec moi ? Je suis trop vieille ?

Suzi fronça les sourcils, réfléchissant à la meilleure façon de lui répondre.

— Je crois que c'est parce que vous avez l'air un peu trop bien pour les places que vous demandez. C'est comme chez mes parents. Vous semblez trop chic pour habiter chez eux. Ça met les gens mal à l'aise, ils trouvent ça un peu bizarre. Et les gens se méfient de tout ce qui sort de l'ordinaire, vous savez.

— Alors que devrais-je faire ?

— Visez un peu plus haut. Réceptionniste, ou alors... Ma mère m'a dit que vous aviez une courtepointe brodée vraiment magnifique. Vous pourriez aller la montrer dans les boutiques. Enfin, les boutiques que ça pourrait intéresser, je veux dire.

— Je n'aurai jamais le cran de faire ça.

— Si vous avez vécu en Italie avec un homme sans être mariée jusqu'à aujourd'hui, vous avez tout le cran qu'il faut, à mon avis.

Elles établirent donc une liste des principaux stylistes et des magasins de mode qui pourraient être intéressés par une broderie de qualité. En observant Suzi qui suçotait l'extrémité de son crayon en cherchant le nom des commerces, Signora se sentit envahie d'une idée folle. Et si un jour elle emmenait cette jeune fille rousse à Annunziata, qu'elle la présentait comme sa nièce, puisqu'elles avaient la même teinte de cheveux ? Elle pourrait ainsi montrer aux villageois siciliens qu'elle avait bien une vie en Irlande, et faire savoir ensuite aux

Irlandais qu'elle était un personnage d'importance en Italie. Mais ce n'était qu'un rêve.

Suzi se mit justement à parler de sa chevelure.

— J'ai une amie qui travaille dans un salon de coiffure vraiment très chic, et ils ont tout le temps besoin de volontaires pour les séances d'entraînement. Vous pourriez y aller, et vous faire faire une coupe superbe pour deux livres au lieu de vingt ou trente fois plus en temps normal.

Les gens dépensaient jusqu'à soixante livres pour une simple coupe de cheveux ? Le monde était devenu fou. Mario avait toujours aimé sa longue chevelure. Mais Mario était mort. Si elle considérait qu'il lui avait envoyé un message depuis l'autre monde pour la prier de retourner en Irlande, il n'était pas aberrant de penser qu'il aurait apprécié aussi qu'elle se fasse couper les cheveux.

— Où se trouve ce salon ? demanda-t-elle.

— Jimmy !... Elle s'est fait couper les cheveux, murmura Peggy Sullivan.

Son mari était passionné par l'interview télévisée d'un entraîneur de football.

— Ouais, super, grogna-t-il.

— Non ! sérieusement. Elle n'est pas ce qu'elle prétend être. Je l'ai vue rentrer. Tu ne l'aurais pas reconnue, elle a l'air d'avoir vingt ans de moins.

— Ouais, bien, bien, fit Jimmy en augmentant un peu le volume.

Sa femme lui confisqua la télécommande et coupa le son.

— Un peu de respect, je te prie. Nous acceptons son argent, nous ne sommes pas censés la rendre sourde en prime.

— D'accord. Alors parle plus doucement, s'il te plaît.

Peggy s'assit et se mit à ressasser ses pensées, la mine maussade. Cette Signora, comme leur pensionnaire aimait à se faire appeler, était vraiment très bizarre. Personne ne pouvait avoir aussi peu de moyens et survivre. Personne ne pouvait s'autoriser ce genre de coiffure, laquelle coûtait à l'évidence une fortune. Peggy détestait les mystères. Et c'en était là un d'envergure.

— Vous voudrez bien m'excuser, mais il faut que j'emporte ma courtepointe aujourd'hui. Je tiens à vous le dire parce que je ne voudrais pas que vous pensiez que j'emmène toutes mes affaires, ni rien de semblable, leur expliqua Signora au petit déjeuner le lendemain matin. Voyez-vous, j'ai l'impression que les gens à qui je propose mes services sont un peu déroutés par ma demande... Il faut que je leur prouve mes capacités à faire quelque chose de mes mains. Je me suis également fait couper les cheveux dans un salon où l'on avait besoin de volontaires pour que les employés s'exercent. Vous trouvez que ça me rend plus... normale ?

— C'est très joli, Signora, dit Jimmy Sullivan.

— Ça fait très chic, pas de doute, approuva Peggy.

— Ils vous ont fait une teinture ? demanda Jerry avec intérêt.

— Non, juste un peu de henné. Ils ont dit que j'avais déjà une couleur de cheveux inhabituelle, comme celle d'un animal sauvage, répondit Signora qui ne se sentait aucunement offensée de la question de Jerry ou du verdict des jeunes coiffeurs.

Certes, tout le monde appréciait fort son ouvrage, les broderies entrelacées, l'ensemble original des noms de villes décorés de fleurs. Mais il n'y avait pas de travail pour elle. Les gens prenaient ses coordonnées, s'étonnant quelque peu de son adresse, comme s'ils s'étaient

121

attendus à ce qu'elle vive dans un quartier plus élégant. Ce fut un jour de refus comme les autres, mais d'une certaine façon Signora fut reçue avec plus de respect et moins de méfiance. Des stylistes, les patrons de plusieurs boutiques et de deux théâtres examinèrent la courtepointe avec un intérêt sincère. Suzi avait raison : elle devait viser plus haut.

Oserait-elle proposer ses talents de guide ou d'enseignante, comme elle l'avait fait avec autant d'assurance durant sa vie sicilienne ?

Elle prit l'habitude de bavarder avec Jerry le soir.

Il venait frapper à sa porte et demandait :

— Vous êtes occupée, Mrs. Signora ?

— Non, entre donc, Jerry. C'est agréable d'avoir un peu de compagnie.

— Vous savez, dit-il un jour, vous pourriez descendre au salon. Ils ne diraient rien.

— Non, non, j'ai loué cette chambre à tes parents, je ne veux surtout pas les gêner.

— Que faites-vous, Mrs. Signora ?

— Des robes de bébés, pour une boutique. Ils m'en ont commandé quatre. Il faut que je les réussisse, parce que j'ai dépensé une partie de mes économies pour acheter le tissu, et je ne peux pas me permettre un refus.

— Vous êtes pauvre, Mrs. Signora ?

— Pas vraiment... Mais je n'ai pas beaucoup d'argent.

Cette réponse parut très raisonnable au garçon.

— Pourquoi ne pas venir faire tes devoirs ici, Jerry ? proposa Signora. Tu me tiendrais compagnie et moi, je pourrais t'aider si besoin est.

Durant tout le mois de mai Jerry vint la voir régulièrement le soir, et très vite ils se mirent à discuter à bâtons rompus. L'adolescent lui conseilla de confectionner cinq robes au lieu de quatre, et de prétendre que c'était le nombre commandé. Ce petit mensonge se révéla fort utile : la boutique prit les cinq robes et lui en commanda d'autres.

Signora s'intéressait également beaucoup aux devoirs scolaires de Jerry.

— Relis-moi ce poème, que j'en comprenne bien le sens.

— Ce n'est qu'un vieux poème, Mrs. Signora.

— Je sais, mais il doit bien avoir un sens. Réfléchissons-y ensemble.

Ils récitèrent à l'unisson :

— « Neuf rangées de haricots, je les planterai ici. »

— Je me demande pourquoi il en voulait neuf précisément ?

— Ce n'était qu'un vieux poète, Mrs. Signora. Je crois qu'il ne savait pas très bien ce qu'il voulait.

— « Et je vivrai seul, dans la clairière bruissante d'abeilles. » Tu imagines, Jerry ? Il ne voulait entendre que le bourdonnement des abeilles, et surtout pas le brouhaha de la ville.

— Il était vieux, c'est sûr !

— Qui donc ?

— Yeats... Vous savez bien, celui qui a écrit le poème...

L'esprit de l'adolescent s'ouvrit peu à peu à un grand nombre de sujets.

Signora prétextait des trous de mémoire et, sans cesser de broder, le priait de lui expliquer telle ou telle chose. C'est ainsi que Jerry Sullivan apprit ses poèmes, rédigea ses dissertations et résolut ses exercices de mathématiques. La seule matière à laquelle il restait hermétique était la géographie. Apparemment, le professeur y était pour beaucoup. Mr. O'Brien était quelqu'un de très sympathique, mais il ne parlait que de stratification et d'érosion, avec l'air de vous accuser de ne pas déjà tout savoir sur ces sujets. Les autres enseignants ne s'attendaient pas à vous voir omniscient, là résidait toute la différence.

— C'est lui qui va être directeur, vous savez, l'année prochaine, dit Jerry un soir.

— Ah !... Et les gens de Mountainview sont-ils satisfaits de sa nomination ?

— Ouais, je crois. Le vieux Walsh est un vrai chieur.

Elle tourna vers lui un regard distrait, comme si elle ne comprenait pas. Ce petit stratagème produisait toujours l'effet désiré.

— Mr. Walsh, le vieux directeur en poste en ce moment, précisa Jerry. Il n'est pas bon du tout.

— Ah ! je vois.

L'expression orale de Jerry s'était étonnamment améliorée, confia un jour Suzi à Signora. Mieux encore, un de ses professeurs avait affirmé que le garçon progressait beaucoup dans son travail.

— Ils devraient vous payer pour ce que vous faites, ajouta Suzi. Vous êtes comme une institutrice à domicile. Quel dommage que vous ne puissiez pas trouver une place d'enseignante !

— Votre mère m'a invitée à prendre le thé jeudi, pour que je fasse votre connaissance... dit Signora. Je crois que le professeur de géographie de Jerry viendra aussi. Elle voulait sans doute un peu de soutien.

— C'est un vrai coureur, ce Tony O'Brien, l'avertit Suzi. J'ai entendu deux ou trois histoires sur lui, et je peux vous dire que vous avez intérêt à vous méfier, Signora. Avec votre jolie coupe de cheveux et tout, il pourrait bien vous faire de l'œil.

— Je ne m'intéresserai plus jamais à un homme, répondit Signora avec une calme assurance.

— Oh ! c'est ce que j'ai dit après mon avant-dernier flirt, moi aussi, et puis l'intérêt m'est revenu, vous savez...

Leur réunion autour du thé commença de manière assez singulière.

Peggy Sullivan n'avait pas de grands talents d'hôtesse, aussi Signora orienta-t-elle la conversation en douceur, parlant d'un ton rêveur de tous les changements qu'elle avait notés depuis son retour en Irlande, dont la plupart lui paraissaient bénéfiques.

— Les écoles sont tellement plus jolies et attrayantes maintenant, dit-elle. Jerry m'a d'ailleurs parlé des grands projets que vous avez pour votre cours de géographie. Nous n'avions rien de tel à mon époque !

L'ambiance se détendit à partir de cet instant. Peggy Sullivan avait redouté que la visite du professeur ne se résume à une longue liste de plaintes concernant son fils. Elle n'avait osé espérer que sa fille et Signora s'entendraient aussi bien, et ne s'attendait pas à ce que Jerry dise à Mr. O'Brien qu'il préparait un travail personnel sur le nom des rues de la ville. Jimmy rentra à la maison à ce moment précis, et Signora expliqua alors que Jerry avait de la chance d'avoir un père qui connaissait aussi bien la ville, ce qui était bien mieux que n'importe quel plan.

Ils bavardèrent donc comme une famille normale, bien plus tranquillement que dans bien des foyers déjà visités par Tony O'Brien. Celui-ci avait toujours pensé que Jerry Sullivan faisait partie des élèves irrécupérables. Mais cette femme étrange, Signora, semblait avoir une influence très positive sur toute la maisonnée et en particulier sur le garçon.

— Vous deviez beaucoup aimer l'Italie pour y être restée si longtemps, lui dit-il.

— Oui, beaucoup.

— Je n'y suis jamais allé moi-même, mais un de mes collègues à l'école, Aidan Dunne, ne vit que pour ce pays.

— Mr. Dunne, c'est le professeur de latin, précisa Jerry d'un ton lugubre.

— De latin ? fit Signora les yeux brillants. Tu devrais apprendre cette langue, Jerry.

— Oh ! c'est pour les grosses têtes, ça, pour ceux qui iront à l'université et qui seront médecins ou avocats...

— Non, pas du tout, répliquèrent Signora et Tony O'Brien en même temps.

— Je vous en prie... dit le professeur en l'invitant à poursuivre d'un geste.

— Eh bien, pour ma part, je regrette de ne pas avoir appris le latin, dit Signora avec un enthousiasme non feint. C'est la racine de quantité de langues vivantes, comme le français, l'italien ou l'espagnol. Une fois qu'on connaît le mot latin, on est capable de comprendre tout le reste.

— Bon sang ! Il faut vraiment que vous fassiez la connaissance d'Aidan Dunne, s'exclama Tony O'Brien en riant. C'est exactement ce qu'il dit depuis toujours. Je suis pour que les enfants apprennent le latin, moi aussi, parce que cette langue est d'une grande logique. C'est un peu comme les mots croisés, ça entraîne les élèves à réfléchir ; en outre il n'y a pas le problème de l'accent.

Après le départ du professeur, tous continuèrent de discuter avec animation. Signora sut alors que Suzi allait revenir chez ses parents plus souvent, et qu'elle n'aurait plus à éviter son père. Sans même s'en rendre compte, ils venaient de se réconcilier.

Signora avait rendez-vous avec Brenda pour une petite promenade dans le parc de St-Stephen. Brenda avait apporté du pain rassis pour les canards et elles les nourrirent toutes les deux, sans hâte, sous un soleil réchauffant.

— Je vais rendre visite à ta mère une fois par mois, dit Brenda. Tu veux que je lui dise que tu es revenue ?

— Qu'en penses-tu ?

— Je pense qu'il vaudrait mieux ne rien lui dire... car je crains qu'elle ne réussisse à te persuader de retourner vivre avec elle.

— Tu ne me connais pas du tout, alors. Je sais être inflexible. Dis-moi, est-ce que tu l'apprécies, en tant que personne ? Franchement ?

— Non, pas tellement, avoua Brenda. Au début, j'y allais pour toi, et puis je me suis laissé prendre à son jeu. Elle a l'air si malheureuse, à se plaindre tout le temps de Rita et d'Helen, et de ses « horribles brus », comme elle dit.

— J'irai la voir. Inutile que tu continues à mentir par omission.

— N'y va pas. Tu vas craquer.

— Tu peux me faire confiance, ça n'arrivera pas.

Signora se rendit donc chez sa mère un peu plus tard dans l'après-midi. Sans hésiter, elle appuya sur le bouton de la sonnette du numéro 23.

La vieille femme ouvrit et la dévisagea un moment, interdite.

— Oui ? fit-elle enfin.

— C'est moi, Mère. Nora. Je suis venue te voir.

Pas de sourire, pas de bras qui s'ouvrent, pas un mot de bienvenue. Seulement cette hostilité dans les petits yeux marron qui la regardaient fixement. Elles restèrent immobiles une minute entière, debout sur le seuil de la maison. La mère n'avait pas reculé pour laisser entrer sa fille, et Signora ne le lui demanderait pas.

Elle reprit la parole :

— Je suis venue pour savoir comment tu allais, et pour te demander si Père aimerait ou non que je lui rende visite. Je ferai ce qui sera le mieux pour tout le monde.

Un rictus amer déforma les lèvres minces de sa mère.

— Et depuis quand veux-tu faire ce qui est le mieux pour tout le monde ?

Signora ne se départit pas de son calme. C'était dans de telles circonstances que sa placidité longuement exercée se révélait utile. Après une hésitation interminable, sa mère s'effaça dans l'entrée.

— Entre, puisque tu es là, fit-elle de mauvaise grâce.

À l'intérieur, Signora reconnut quelques bibelots familiers de son enfance. De petits objets en porcelaine et en argent étaient enfermés dans un meuble à la vitrine aussi sale qu'autrefois. Rien aux murs, et aucun livre sur les étagères. Un énorme téléviseur dominait la pièce. Signora remarqua une bouteille pleine de jus d'orange posée sur un plateau, sur la table de la salle à manger, laquelle n'avait pas dû connaître beaucoup de repas. Mais ce n'était qu'un détail. N'avait-elle pas vécu elle-même pendant vingt-six ans dans un deux pièces où personne n'était jamais invité à dîner ? Peut-être venait-elle de découvrir que c'était là un trait de caractère familial...

— Je suppose que tu vas vouloir enfumer toute la maison avec tes cigarettes, lança sa mère.

— Non, Mère. Je n'ai jamais fumé.

— Et comment pourrais-je le savoir, d'abord ?

— En effet, Mère, comment le pourrais-tu ?

Elle conservait un ton calme, sans défi.

— Tu es revenue au pays, ou c'est juste pour des vacances ?

De cette voix posée qui exaspérait tant sa mère, Signora lui expliqua qu'elle était revenue vivre ici, qu'elle avait trouvé une chambre et de petits travaux de couture. Et elle avait l'espoir d'un emploi stable qui lui permettrait de vivre. Quand elle cita le quartier où vivaient les Sullivan, elle ignora le reniflement de mépris de la vieille femme. Elle se tut et attendit poliment une réaction.

— Et il t'a plaquée, ce... Mario, ou je ne sais plus quoi ?

— Tu sais très bien que son prénom est Mario, Mère. Tu l'as rencontré. Et, non, il ne m'a pas « plaquée ». S'il était toujours vivant je serais encore là-bas. Il est décédé de façon tragique, Mère, et je ne doute pas que tu seras désolée de l'apprendre. Il est mort dans un accident de voiture, sur une route de montagne. C'est alors que j'ai décidé de revenir m'installer en Irlande.

De nouveau elle attendit.

— Et je suppose qu'ils ne voulaient plus de toi, une fois qu'il n'était plus là pour te protéger. C'est bien ça ?

— Non, tu te trompes. Ils voulaient le meilleur pour moi, tous.

Sa mère eut un autre reniflement, de doute cette fois, puis un silence lourd s'établit entre elles.

Elle ne se contentait pas de cette explication.

— Et tu vas vivre chez ces gens ?... reprit-elle. Dans ce quartier mal famé, avec tous ces chômeurs et ces criminels, plutôt qu'avec ceux de ton sang ? C'est tout ce que nous devons attendre de toi ?

— Si c'est un foyer que tu m'offres, Mère, c'est très gentil de ta part, mais nous avons été des étrangères l'une pour l'autre trop longtemps. J'ai pris certaines habitudes, et je suis sûre que de ton côté il en est de même. Tu n'as jamais rien voulu savoir de ce que je faisais, et en parler aujourd'hui t'ennuierait sans aucun doute. Mais peut-être pourrais-je vous rendre visite de temps en temps ? Et voudrais-tu me dire si Père serait content de me voir ?

— Oh ! tu peux remballer tes mensonges et tes visites. Personne dans la famille n'a envie de te revoir, la voilà la vérité.

— Si c'était le cas, j'en serais très triste. Je me suis efforcée de garder le contact avec tout le monde, tu le sais bien. J'ai écrit lettre sur lettre. Et je ne sais rien de mes six nièces et de mes cinq neveux. J'aimerais beaucoup faire leur connaissance, maintenant que je suis revenue.

— Eh bien, personne dans la famille ne veut plus rien avoir à faire avec toi, ça je peux te l'affirmer, même si tu es assez idiote pour croire que tu peux réapparaître après tout ce temps et recommencer comme si de rien n'était. Tu aurais pu devenir quelqu'un. Regarde ton amie Brenda : elle c'est quelqu'un de bien. Elle n'est pas partie je ne sais où. Elle est mariée. Elle a réussi. Elle, n'importe quelle mère aimerait l'avoir pour fille.

— Et toi, bien sûr, tu as Helen et Rita, conclut Signora.

Sa mère n'émit qu'un demi-reniflement cette fois, pour montrer que ses deux autres filles ne l'avaient pas satisfaite non plus.

— Enfin, Mère, maintenant que je suis là, je pourrais peut-être t'emmener manger quelque part de temps en temps, ou bien nous pourrions aller prendre le thé en ville l'après-midi. Je vais me renseigner à l'hôpital pour savoir si Père aimerait ou non que je lui rende visite.

Il y eut un silence pesant. La vieille femme n'arrivait pas à le croire : Nora n'avait même pas donné son adresse exacte, seulement le quartier où elle résidait. Ses sœurs ne pourraient pas y rôder pour l'épier... Et cette enfant indigne n'éprouvait en outre aucun remords. Les pensées de Signora n'étaient guère plus chaleureuses. Pendant toutes ces longues années où elle avait imploré un peu d'affection, où un simple geste l'aurait remplie de joie, cette femme qui était pourtant sa mère n'avait pas eu le moindre élan d'amour envers elle, ni la moindre inquiétude pour son bien-être.

Elle se prépara à partir.

— Oh ! tu peux te donner de grands airs, grinça sa mère. Mais tu n'es qu'une femme qui vieillit, et ne va pas croire qu'un seul homme à Dublin aura envie de

t'épouser après tout ce que tu as fait. Je sais, maintenant il y a le divorce et toutes ces horreurs qui ont brisé
le cœur de ton pauvre père, mais il n'empêche qu'aucun
Irlandais ne voudra se mettre avec une femme de cinquante-cinq ans comme toi.

— En effet, Mère, et il est donc heureux que ce ne
soit pas dans mes projets. Je t'enverrai un petit mot et
je passerai te voir dans quelques semaines.

— Semaines ? bredouilla sa mère.

— Oui, et j'apporterai peut-être un gâteau aux cerises
de chez *Bewleys*, et nous pourrons prendre le thé. Mais
nous verrons. Au revoir. Transmets mes meilleurs vœux
de bonheur à Helen et Rita. Dis-leur que je leur écrirai
aussi.

Elle était partie avant que la vieille femme ait pu réagir. Elle savait qu'elle téléphonerait à l'une de ses sœurs
dans la minute. Rien d'aussi dramatique n'avait dû se
produire dans sa vie depuis des années...

Non, elle n'éprouvait pas de tristesse. Elle en avait
épuisé toute sa réserve depuis très longtemps... Elle ne
ressentait non plus aucune culpabilité, convaincue que
sa principale responsabilité maintenant était de se soucier d'elle-même, de sa santé et de son emploi. Elle ne
devait surtout pas se laisser enfermer dans une dépendance insidieuse envers les Sullivan, aussi sympathique
que lui fût leur ravissante fille et malgré tout son désir
d'aider leur fils. Tout comme elle se refusait à devenir
un fardeau pour Brenda et Patrick, dont la réussite était
légendaire pour les Dublinois de leur génération. Quant
à ses revenus, elle savait ne pouvoir compter sur les
boutiques, dont aucune n'était certaine de vendre ses
broderies compliquées.

Il lui restait une solution : trouver un emploi dans
l'enseignement. Peu importait son manque de qualifica-
tions réelles. Elle savait qu'elle était capable d'enseigner

les bases de l'italien à des débutants. Ne l'avait-elle pas déjà fait ? Ce professeur de l'école où étudiait Jerry, celui dont Tony O'Brien avait dit qu'il était amoureux de l'Italie... Il connaîtrait peut-être un groupe ou une structure qui recherchait des cours d'initiation à l'italien. Même mal rétribués, ils lui permettraient de parler encore cette langue magnifique.

Quel était son nom déjà ? Mr. Dunne ?... Oui, c'était bien ça : Mr. Aidan Dunne. Elle ne risquait rien à demander. S'il aimait vraiment l'italien, il chercherait à l'aider.

Elle prit le bus et se rendit à Mountainview College. Quel endroit différent de *Vista del Monte*, où les collines devaient déjà resplendir de cascades de fleurs d'été. Ici elle découvrit une cour bétonnée, un enchevêtrement de vélos sous un abri, des détritus partout, et un bâtiment qui aurait eu grand besoin d'un ravalement complet. Pourquoi n'avaient-ils pas laissé pousser au moins un peu de lierre sur les murs ?

Signora n'ignorait pas qu'un centre universitaire de premier cycle ou un collège ne disposaient pas de fonds, de dons ou de legs pour enjoliver leurs locaux. Mais comment ne pas comprendre que des enfants comme Jerry Sullivan ne soient pas très fiers d'appartenir à un tel établissement ?

— Vous le trouverez certainement dans la salle des professeurs, lui dirent des élèves quand elle demanda Mr. Dunne.

Elle frappa à la porte. Un homme lui ouvrit. Les cheveux bruns et clairsemés, le regard anxieux, il était en bras de chemise mais elle aperçut sa veste sur le dossier d'une chaise derrière lui. C'était l'heure du déjeuner et ses collègues s'étaient absentés. Mr. Dunne était là comme une sentinelle gardant le fort... Signora s'était attendue à un homme âgé, sans doute parce qu'il enseignait le latin. Mais elle réalisa qu'il avait son âge, peut-être même un peu moins. Bien sûr, selon les normes actuelles, c'était toujours « vieux », puisque plus près de la retraite que du début de carrière.

— Je suis venue vous proposer mes services pour d'éventuels cours d'italien, Mr. Dunne, annonça-t-elle.

— Vous savez, j'ai toujours eu la certitude qu'un jour quelqu'un frapperait à cette porte et me dirait cela, répondit Aidan.

Ils échangèrent un sourire franc et comprirent à l'évidence qu'ils s'entendraient très bien. Assis dans la grande salle des professeurs mal tenue, avec ses fenêtres qui donnaient sur les montagnes, ils parlèrent alors comme de vieux amis. Aidan Dunne expliqua à Signora le principe de ces cours du soir qui lui tenaient tant à cœur... Il avait reçu le matin même de très mauvaises nouvelles. Les fonds nécessaires n'étaient pas accordés par les autorités. Jamais ils ne pourraient engager un professeur qualifié. Le nouveau principal avait certes promis d'allouer une petite somme prélevée sur les fonds de l'établissement, mais uniquement pour remettre à neuf les locaux et préparer l'endroit. Aidan avoua qu'il avait redouté l'enterrement de son projet, mais qu'avec la venue de Signora, il reprenait un peu espoir.

Signora lui raconta comment elle avait vécu si longtemps dans les collines siciliennes, et pourquoi elle se sentait capable d'enseigner non seulement la langue mais encore un peu de la culture italienne. Elle pourrait tenir un cours sur les artistes italiens, par exemple, les peintres, les sculpteurs, ou sur la musique italienne, les opéras et les œuvres religieuses. Elle était également capable de parler de la cuisine et des vins, des fruits, des légumes et des *frutti di mare* ; il y avait tant de sujets en dehors des phrases usuelles pour touristes, tant à ajouter à la grammaire et à l'apprentissage de la langue seule...

Ses yeux brillaient. Elle semblait à présent plus jeune que la femme qu'Aidan avait découverte, immobile et tendue, à la porte. Il perçut le brouhaha des enfants qui gagnait les couloirs. L'heure du déjeuner était presque passée... Bientôt les autres professeurs arriveraient et ce moment magique prendrait fin.

Signora parut lire dans ses pensées.

— Je vous empêche de travailler, fit-elle sur un ton d'excuse. Je vais vous laisser à vos occupations. Mais pensez-vous que nous pourrions reparler de tout cela ?

— Nous sortons à quatre heures, répondit Aidan. Ah ! voilà que je parle comme mes élèves...

Elle lui sourit.

— C'est ce qui doit être merveilleux dans le fait de travailler dans une école : vous restez toujours jeune, au contact des enfants.

— J'aimerais que ce soit vrai, fit-il.

— Quand j'enseignais l'anglais à Annunziata, j'aimais regarder les visages de mes élèves et me dire qu'ils ne savaient rien mais qu'après mon cours, ils auraient appris quelque chose. C'est une sensation très agréable.

Elle lut dans les yeux d'Aidan une admiration non dissimulée, tandis qu'il enfilait sa veste pour aller retrouver sa classe. Elle n'avait pas déclenché ce genre de réaction depuis bien longtemps. À Annunziata, ils la respectaient à leur façon. Et bien sûr Mario l'avait aimée, c'était indiscutable. Il l'avait aimée de tout son cœur. Mais jamais il ne l'avait admirée. Il venait la voir dans les ténèbres, il tenait son corps dans ses bras et lui confiait ses inquiétudes, mais il n'avait jamais eu dans les yeux une étincelle d'admiration pour elle.

Signora appréciait cela, comme elle appréciait cet homme bon qui s'efforçait de faire partager son amour d'un autre pays aux gens d'ici. Sa crainte était qu'ils n'aient pas assez d'argent pour rendre ces études profitables.

— Voulez-vous que je vous attende à l'extérieur de l'école ? s'enquit-elle. Nous pourrions reprendre cette discussion après quatre heures.

— Je ne voudrais pas vous retenir...

— Je n'ai rien d'autre à faire, répondit-elle sans chercher à travestir la réalité.

— Vous ne préféreriez pas patienter dans la bibliothèque, plutôt ? proposa-t-il.

— Avec plaisir.

Il l'accompagna dans un long couloir que des hordes d'élèves traversaient en sens inverse. Dans un établissement aussi vaste que Mountainview, il y avait toujours des adultes en visite, et un visage inconnu n'attirait guère l'attention. Sauf, en l'occurrence, celle de Jerry Sullivan, qui marqua un temps d'arrêt à la vue de Signora.

— Mon Dieu, Signora... bafouilla-t-il, éberlué.

— Bonjour, Jerry ! lança-t-elle d'un ton affable et le plus naturellement du monde.

Dans la bibliothèque, elle s'assit à une table et passa au crible la section italienne, composée en majeure partie de livres d'occasion achetés à l'évidence par Aidan Dunne de ses propres deniers. C'était un homme très gentil, pensa-t-elle, qui pourrait peut-être l'aider. Et elle lui rendrait le même service. Pour la première fois depuis son retour en Irlande, elle se sentit vraiment détendue. Elle bâilla et s'étira, se chauffa langoureusement au soleil estival.

Bien qu'elle fût à présent certaine d'enseigner bientôt l'italien, elle ne pensait pas à la Sicile mais à Dublin. Où Mr. Dunne et elle trouveraient-ils des gens intéressés par ses cours ? « Mr. Dunne et elle... » « Aidan et elle... » Elle se ressaisit. Elle devait à tout prix s'empêcher de rêver. C'est ce qui l'avait perdue, on le lui avait souvent dit. Elle se laissait emporter par des idées folles et en oubliait la réalité.

Deux heures passèrent. Aidan Dunne apparut enfin à la porte de la bibliothèque. Il affichait un large sourire.

— Je n'ai pas de voiture, dit-il. Je suppose que vous non plus ?

— J'ai à peine de quoi payer le trajet en bus... répondit Signora.

Bill

Pour Bill Burke, l'existence aurait été certainement beaucoup plus simple s'il avait été amoureux de Grania Dunne.

En premier lieu, sa collègue appartenait à une famille normale, elle : son père enseignait au Mountainview College et sa mère était caissière au restaurant chez *Quentin*. De plus, Grania était jolie et d'un caractère avenant.

Ensemble il leur arrivait de se plaindre à mi-voix de la banque et de s'étonner que tant de gens cupides et égoïstes s'en tirent aussi bien. Si les choses avaient été un peu différentes, sans doute Grania l'aurait-elle aimé, elle aussi.

Il paraît souvent facile de confier ses problèmes sentimentaux à un ami compréhensif. Bill en effet compatissait quand Grania lui parlait de cet homme bien plus âgé qu'elle et qui l'obsédait, malgré tous ses efforts pour l'oublier. Il était aussi vieux que son père, fumait trop, respirait comme un asthmatique et serait probablement mort dans quelques années s'il continuait ainsi ; mais elle n'avait jamais connu quelqu'un qui l'attirât autant.

Or, elle ne pouvait plus rien envisager avec lui, disait-elle, parce qu'il lui avait caché qu'il allait être nommé principal de l'école où travaillait son père, alors qu'il le savait depuis longtemps. Le père de Grania ferait un arrêt cardiaque et tomberait raide mort à la seconde s'il apprenait que sa fille avait fréquenté Tony O'Brien, et même couché avec lui. Une seule fois.

Elle avait certes essayé de sortir avec d'autres hommes depuis, mais sans succès. Elle ne cessait de penser à O'Brien, de voir en esprit les ridules irrésistibles qui se formaient au coin de ses yeux au moindre sourire. Quelle partie de l'esprit ou du corps humain pouvait fonctionner assez mal pour vous laisser croire que vous aimiez follement un homme qui à l'évidence vous convenait aussi peu ?

Bill approuvait avec conviction. Lui aussi était victime de ces errements du cœur. Il aimait Lizzie Duffy, la personne la moins faite au monde pour lui. Lizzie représentait un cas très séduisant et très épineux de cliente ayant contracté des créances irrécouvrables, et elle avait enfreint à peu près toutes les règles bancaires. Pourtant, elle bénéficiait toujours d'un crédit supérieur à quiconque dans sa situation.

Lizzie aimait Bill, elle aussi. Du moins c'est ce qu'elle disait. Ou ce qu'elle croyait. Elle affirmait n'avoir jamais rencontré quelqu'un d'aussi sérieux, honorable et amusant. Et elle lui trouvait une ressemblance « craquante » avec... un hibou. De fait, comparé aux autres amis de Lizzie, il était bien tout cela, hormis bien sûr un oiseau de nuit. La plupart des amis de Lizzie prenaient tout à la légère, n'étaient guère enclins à chercher ou garder un emploi et se consacraient surtout aux voyages et aux loisirs. Pour eux, s'attacher à Lizzie aurait constitué une aberration.

Bill et Grania discutaient souvent avec gravité de ces problèmes en prenant le café, et ils en étaient arrivés à la conclusion que si la vie s'était résumée à aimer la personne adéquate, alors tout aurait été très facile, et très ennuyeux.

Lizzie n'interrogeait jamais Bill sur sa sœur aînée, Olive. Elle la connaissait, bien sûr, pour l'avoir rencontrée une fois, quand elle était venue chez lui. Olive était simplement un peu lente, voilà tout. Elle ne souffrait d'aucun mal, d'aucune affection recensée dans les manuels de médecine, mais à vingt-cinq ans elle se conduisait comme si elle n'en avait eu que huit. Une enfant de huit ans très éveillée, quand même.

Une fois prévenu de cette singularité, on ne rencontrait aucun problème avec Olive. Elle vous racontait des histoires comme n'importe quelle fillette, et s'enthousiasmait pour telle chose vue à la télévision. Elle se montrait souvent bruyante et un peu pataude, mais jamais elle ne faisait de crise ou de caprice. Elle s'intéressait à tout et à tout le monde, et avait la certitude inébranlable que rien n'était plus beau que sa famille. « Ma maman fait les meilleurs gâteaux de toutes les mamans », disait-elle fièrement aux gens, et sa mère opinait d'un air attendri, malgré ses dons de pâtissière très relatifs. « Mon papa dirige le grand supermarché », claironnait Olive, et son père, employé à la découpe du rayon charcuterie, souriait avec indulgence.

« Mon frère est directeur d'une banque » était la formule qui arrachait systématiquement une grimace désabusée à Bill, mais aussi à Grania quand il lui en parlait.

— Je voudrais bien voir ça ! commentait-il.

— De toute façon, ce n'est pas ce que tu veux, ajoutait Grania. Et ça prouverait seulement que tu as capitulé devant le système, que tu as accepté de te compromettre.

Lizzie, en revanche, partageait pleinement l'optimisme d'Olive.

— Il faut que tu arrives à un poste élevé, tu le mérites, disait-elle souvent à Bill. Je ne pourrai épouser qu'un homme qui a réussi. Quand nous nous marierons, à l'âge de vingt-cinq ans, j'espère que tu seras déjà bien engagé sur la voie du succès.

Bien qu'elle accompagnât toujours cet avertissement d'un de ses sourires délicieux qui découvraient ses adorables petites dents blanches et d'une ondulation de sa chevelure bouclée au blond légendaire, Bill savait qu'elle ne plaisantait pas. Jamais elle ne s'unirait à un « raté », disait-elle, car il transformerait leur mariage en un désastre auquel elle ne serait pas étrangère. Elle avait l'intention d'épouser Bill dans deux ans, quand tous deux seraient âgés d'un quart de siècle, car alors elle aurait atteint l'âge qu'elle estimait limite et il serait temps pour elle de s'assagir.

Lizzie s'était vu refuser un prêt au motif qu'elle n'avait pas remboursé le précédent. On lui avait supprimé sa carte Visa et Bill avait lu les lettres de rappel : « À moins d'un règlement complet de votre créance avant demain dix-sept heures, nous n'aurons d'autre solution que de... » Mais curieusement, la banque trouvait toujours une autre solution. Certaines fois Lizzie arrivait en larmes, en d'autres occasions elle affichait une assurance conquérante et l'espoir d'un nouvel emploi pour très bientôt. Quelle que soit la tactique qu'elle adoptait, toujours elle repartait avec de nouveaux délais de remboursement. Et elle restait totalement hermétique à la notion de repentir ou de honte.

— Allons donc, Bill, les banques n'ont ni cœur ni âme. Elles veulent seulement gagner de l'argent, et ne pas risquer d'en perdre. Ce sont elles, l'ennemi.

— Pas pour moi, en tout cas. La mienne est même mon employeur. Non, Lizzie, vraiment... geignait-il quand elle commandait une autre bouteille de vin qu'elle ne pourrait payer.

Avec le temps, le jeune homme supportait de plus en plus mal de devoir régler le montant de ces frivolités.

Il voulait aider sa famille, car son salaire était bien supérieur à celui de son père et ses parents avaient fait beaucoup de sacrifices pour lui permettre d'arriver à la position qu'il occupait maintenant. Mais avec Lizzie, l'économie relevait de l'utopie pure et simple. Bill rêvait aussi de s'offrir une nouvelle veste, mais cette dépense n'était pas à l'ordre du jour. Il aurait aimé que Lizzie

cesse de parler de vacances à l'étranger qu'ils ne pourraient de toute façon s'offrir cette année. Et comment
s'y prendrait-il pour épargner l'argent qui lui assurerait
l'opulence indispensable à leur mariage, dans deux
ans ?

Bill espérait que l'été serait doux. S'il faisait assez
beau, Lizzie tolérerait peut-être de passer les congés en
Irlande. Mais si le temps restait couvert et que toutes
ses amies lui vantaient l'enchantement des îles grecques
ou le coût ridiculement bas d'un séjour d'un mois entier
en Turquie, elle deviendrait impossible à raisonner. Bill
ne pouvait contracter un crédit auprès de sa propre
banque, la règle interne de son établissement l'interdisait. Mais bien sûr, cette possibilité existait ailleurs,
aussi déplaisante qu'elle fût pour lui. Était-il mauvais ?
se demandait-il parfois. Il ne le pensait pas, mais qui
peut se juger avec objectivité ?

— Je crois qu'on n'est que ce que les autres gens pensent qu'on est, dit-il ce jour-là alors qu'il prenait un café
en compagnie de Grania.

— Ce n'est pas mon avis. Sinon, ça pourrait signifier
que nous devons jouer un rôle tout le temps.

— Est-ce que tu trouves que je ressemble à un
hibou ? fit-il soudain.

— Bien sûr que non, répondit Grania.

Et elle réprima un soupir de lassitude, car elle
connaissait la suite.

— Je ne porte même pas de lunettes, se lamenta Bill.
À ton avis, elle dit ça parce que j'ai un visage trop rond,
ou à cause de mes cheveux trop raides ?

— Les hiboux n'ont pas de cheveux du tout, Bill. Ils
ont des plumes.

Mais ces corrections ne faisaient qu'embrouiller un
peu plus son collègue.

— Alors, pourquoi dit-elle que je ressemble à un
hibou ?

À la fin de la journée, la direction organisa une réunion pour exposer ses perspectives de développement. Ils entendirent parler de projets de cours de perfectionnement et de semestres d'études, du désir de la banque de voir son personnel se spécialiser dans différents secteurs, des opportunités offertes par la société aux éléments maîtrisant plusieurs langues et des atouts professionnels diversifiés. Les salaires proposés pour des postes à l'étranger seraient bien évidemment plus élevés puisqu'ils comprendraient une indemnité de déplacement. Des postes se présenteraient d'ici un an environ, et l'on recommandait aux employés intéressés de se préparer dès maintenant, car la compétition s'annonçait rude.

— Tu vas t'inscrire à des cours, toi ? demanda Bill.

Grania parut décontenancée par la question.

— Il y a des choses que j'aimerais bien faire, dit-elle enfin, parce qu'elles pourraient m'aider à sortir d'ici, et que ça me permettrait de ne plus croiser Tony O'Brien. Le problème, c'est que je n'ai pas non plus envie de me retrouver à l'autre bout du monde, en train de penser toujours à lui. Quel est l'intérêt de tout ça ? Autant rester malheureuse ici, où je sais ce qu'il devient, plutôt que de me morfondre à des milliers de kilomètres.

— Et il aimerait que vous vous raccommodiez ? dit patiemment Bill, qui avait déjà entendu toute l'histoire à maintes reprises.

— Oui, il m'envoie une carte postale à la banque, chaque semaine. Tiens, voilà la dernière.

Grania exhiba une carte représentant une plantation de caféiers, au verso de laquelle étaient tracés ces simples mots : « J'attends toujours la dégustation, Tony. »

— Il ne dit pas grand-chose, remarqua Bill.

— Non, mais c'est une sorte de série, expliqua Grania. Une carte précédente disait : « Je reste en ébullition », et une autre : « Je suis toujours prêt. » C'est un message qu'il me laisse le soin de recomposer.

— Un genre de code ? fit Bill, interdit.

— Plutôt une référence à ce que je lui ai dit, à propos du café : que je ne reviendrais pas avant qu'il ait acheté une cafetière électrique digne de ce nom.

— Et c'est ce qu'il a fait ?

— Oui, bien entendu. Mais là n'était pas le vrai problème.

— Ce que vous pouvez être compliquées, vous, les femmes...

— Pas du tout. Nous sommes parfaitement simples et très honnêtes. Pas forcément aussi simples que la délicieuse arriviste dont tu es entiché, mais nous le sommes, pour la plupart.

Grania estimait le cas de Lizzie irrécupérable. De son côté, Bill jugeait que Grania aurait dû retourner auprès de cet O'Brien, accepter son café et tout ce qu'il sous-entendait dans ses messages, parce qu'il était visible qu'elle n'appréciait rien de la vie sans lui.

La réunion avait fait réfléchir Bill. Il s'imagina obtenant un poste à l'étranger. Réussissant et étant choisi pour se rendre sur le continent et œuvrer à la force d'implantation de sa banque... Que de changements ce nouveau statut lui apporterait ! Pour la première fois de sa vie, il gagnerait un salaire confortable. Il bénéficierait d'une liberté d'action inconnue jusqu'alors, ne touchant pas qu'au travail : il n'aurait plus à jouer avec Olive et à relater à ses parents les menus faits du jour en s'efforçant de les présenter sous un angle qui lui soit favorable.

Lizzie pourrait le rejoindre à Paris, ou Rome, ou Madrid. Ils vivraient dans un véritable appartement et dormiraient ensemble tous les soirs ; plus question de se rendre chez elle à la sauvette pour rejoindre le foyer familial ensuite... une habitude qui rendait Lizzie hilare et qui lui convenait finalement assez bien, puisqu'elle se levait rarement avant midi et qu'elle préférait très nettement ne pas être réveillée par quelqu'un qui se préparait à un acte aussi extraordinaire que le départ pour la banque.

Bill se mit à étudier les brochures sur les cours de langues intensifs. Tous étaient très onéreux. Ceux disposant d'un « laboratoire de langues » étaient même hors de prix, et il n'aurait pas l'argent, le temps ou l'énergie nécessaires. Après sa journée de travail à la banque, il était harassé, vidé, et il passait ses soirées comme un légume, dans l'incapacité totale de se concentrer plus d'une minute. Et puisque le but ultime était de gagner assez d'argent pour assurer une existence convenable à Lizzie, il ne pouvait courir le risque de la perdre maintenant par des absences répétées.

Pour la centième fois peut-être, il regretta de ne pas aimer une autre femme. C'était un peu comme la rougeole. Une fois qu'on avait attrapé le virus, il fallait attendre d'être guéri de la maladie. Comme toujours lorsqu'il s'apitoyait sur son sort, il consulta son amie Grania. Mais aujourd'hui, elle avait autre chose à lui répondre que la prédiction d'une catastrophe inévitable s'il s'accrochait à Lizzie.

— Mon père va démarrer des cours du soir d'italien pour adultes à son collège, annonça-t-elle. Ça devrait commencer en septembre, et ils recherchent des gens intéressés.

— Tu crois que ça pourrait être bien ?

— Aucune idée. Je suis censée faire un peu de pub au projet, c'est tout.

Grania faisait toujours preuve d'une franchise scrupuleuse. Elle détestait simuler, et c'était un des nombreux aspects de sa personnalité que Bill appréciait.

— Au moins, ce ne sera pas trop cher, dit-elle. Ils ont mis autant d'argent qu'ils pouvaient dans ce projet, mais s'ils n'ont pas trente élèves au minimum ça capotera. Ce serait vraiment dur pour mon père.

— Tu vas t'inscrire, alors ?

144

— Non. Il m'a dit qu'il se sentirait humilié si je le faisais. Si toute sa famille s'inscrivait, tu imagines, ça aurait l'air pathétique !

— Oui, sûrement. Mais par rapport à la banque, tu penses que ça m'aiderait ? Tu crois que je pourrais y apprendre le vocabulaire technique qui nous concerne ?

— J'en doute fort... On y apprendra comment dire « bonjour » et « au revoir », ce genre de choses, et « comment vont vos parents ? ». Mais je suppose que si tu te retrouves en Italie c'est ce que tu devras être capable de dire aux gens, comme ici.

— Sans doute, fit Bill sans grande conviction.

— Seigneur, Bill ! Quels termes techniques utilisons-nous ici, à part « débit » et « crédit » ? Je parie qu'*elle* te les enseignera.

— Qui ça, « elle » ?

— La femme qu'ils ont embauchée. Une vraie Italienne, d'ailleurs mon père l'appelle Signora. Il dit qu'elle est très bien.

— Et quand doivent débuter les cours ?

— Le 5 septembre, s'ils ont assez d'inscrits.

— Et il faut régler toute l'année d'avance ?

— Seulement par trimestre. Je te passerai un formulaire d'inscription. Si tu veux apprendre l'italien, autant le faire là, Bill. Au moins tu contribueras à garder mon père sain d'esprit.

— Et je verrai Tony, celui qui t'écrit ces interminables lettres vibrantes de passion ? plaisanta Bill.

— Mon Dieu, n'en parle à personne ! C'est un secret que je t'ai confié, fit Grania d'un ton préoccupé.

Il lui tapota la main d'un geste rassurant.

— Je te taquinais. Je sais bien que c'est un secret. Mais je ne pourrai pas m'empêcher de l'observer si je le vois, ne serait-ce que pour te donner mon impression.

— J'espère qu'au moins il ne te déplaira pas.

Brusquement Grania lui paraissait très jeune, et très vulnérable.

— Je suis certain qu'il est tellement super que je me mettrai moi aussi à t'envoyer des cartes postales, pour te féliciter de ton goût.

Et Bill eut son sourire d'encouragement qui comptait tant pour Grania dans un monde ignorant tout de Tony O'Brien.

Le soir même, Bill annonça à ses parents qu'il comptait apprendre l'italien.

Olive en fut très excitée. Elle courut sonner chez les voisins :

— Bill va aller en Italie. C'est mon frère, et il va être chef d'une banque en Italie...

Ils étaient accoutumés au caractère intempestif de la jeune fille.

— C'est une excellente nouvelle, lui dirent-ils gentiment. Et il va te manquer ?

— Il va nous faire venir tous là-bas, en Italie, avec lui, répondit Olive avec une parfaite assurance.

Bill entendit ces paroles et son cœur s'alourdit. Sa mère avait jugé excellente l'idée de ces cours. L'italien, une langue tellement agréable à l'oreille ! Elle aimait entendre le pape la parler, et elle adorait la chanson *O Sole Mio*. Son père, quant à lui, s'était dit très fier que son fils cherche encore à s'améliorer ; il voyait là une preuve supplémentaire qu'il n'avait pas à regretter l'investissement consenti par le ménage pour qu'il obtienne son premier diplôme. D'un ton faussement détaché, sa mère avait demandé si Lizzie s'inscrirait, elle aussi.

Bill doutait fort que Lizzie fût assez disciplinée et organisée pour assister deux fois par semaine à des cours du soir longs de deux heures. Elle préférerait certainement sortir avec ses amis, pour·s'amuser et boire des cocktails multicolores hors de prix.

— Elle n'a pas encore arrêté sa décision, avait-il néanmoins répondu avec aplomb.

Il savait que Lizzie plaisait peu à sa famille. Son unique visite chez les siens n'avait pas été un franc succès. Ils avaient trouvé sa jupe trop courte, son décolleté trop profond, son rire trop facile et sa compréhension de leur mode de vie quasi inexistante. Sur ce dernier point, ses parents n'étaient pas loin de la vérité.

Mais Bill n'avait pas baissé les bras. Lizzie était la femme qu'il aimait, celle qu'il épouserait dans deux ans, quand il aurait atteint le quart de siècle. Il les prévint qu'il n'accepterait aucune remarque désobligeante à son égard, et ils le respectèrent pour cela. Parfois Bill rêvait au jour de son mariage. Ses parents seraient très excités, sa mère parlerait à n'en plus finir du chapeau qu'elle allait acheter, à moins qu'elle n'en prenne toute une collection afin de choisir chez elle, au calme. On discuterait aussi beaucoup de la tenue d'Olive, qui devrait être à la fois discrète et élégante. Son père s'interrogerait sur l'heure de la cérémonie, en espérant qu'elle conviendrait aux horaires du supermarché. Il y travaillait depuis son adolescence, et il avait été témoin de toutes les transformations, sans jamais prendre conscience de ses capacités professionnelles, sans comprendre non plus qu'un changement de directeur risquait de signifier son renvoi. Bill devait résister à l'envie de le prendre par les épaules et de le secouer en lui répétant qu'il valait mieux que tous les autres employés réunis, ce que tout le monde savait hormis lui. Mais son père, qui avait dépassé le cap de la cinquantaine et ne possédait aucun des diplômes de ses jeunes collègues, ne l'aurait jamais cru. Il redouterait toujours la direction du supermarché et lui resterait asservi à jamais.

Quand il pensait au mariage religieux, Bill avait toujours du mal à voir en esprit sa belle-famille dans l'église. Lizzie lui avait révélé que sa mère vivait dans le comté de Cork dont elle préférait le climat, et son père à Galway parce que c'était là que se trouvaient tous ses amis. Lizzie avait également une sœur, installée aux États-Unis, et un frère qui travaillait dans une station de sports d'hiver sur le continent ; elle ne l'avait pas vu depuis des années. Bill éprouvait donc quelques difficultés à les imaginer tous réunis.

Il parla des cours du soir à Lizzie.

— Ça te dirait de t'inscrire aussi ? demanda-t-il plein d'espoir.

— Pour quoi faire ?

Le rire communicatif de Lizzie déclencha son hilarité, sans qu'il sache trop pourquoi.

— Eh bien, comme ça tu pourras parler un peu italien quand nous irons là-bas.

— Ils ne connaissent pas l'anglais ? dit-elle incrédule.

— Certains, si, mais ce ne serait pas mieux de leur parler dans leur propre langue ?

— Et nous apprendrions ça dans une école aussi délabrée que Mountainview ?

— Elle a une bonne réputation, fit Bill par loyauté envers Grania et son père.

— Peut-être, mais tu as vu où elle est ? Il faudrait un gilet pare-balles pour traverser cette zone !

— Le coin est assez déshérité, c'est vrai, mais ils sont pauvres, c'est tout.

— Pauvres ? s'écria Lizzie. Nous sommes tous pauvres, pour l'amour du ciel, et pourtant nous ne vivons pas comme eux !

Une fois de plus, Bill s'interrogea sur le système de valeurs de sa petite amie. Comment pouvait-elle se comparer à des familles entières qui ne subsistaient que grâce aux allocations familiales et au chômage ? Combien de ces foyers ne comprenaient plus un seul membre actif depuis un an ? Sa réaction ne pouvait découler que de son innocence... Et vous n'aimiez pas les gens dans le but de les faire changer. Cela, il le savait depuis longtemps.

— Moi je vais m'inscrire, en tout cas, déclara-t-il. Les cours auront lieu tous les mardis et jeudis soir.

Lizzie referma la brochure.

— Je viendrais bien avec toi pour te soutenir, Bill, mais je n'ai pas d'argent...

Ses yeux lui parurent immenses. Quel délice ce serait de l'avoir auprès de lui, de la voir articuler les mots et apprendre l'italien...

— Je paierai tes cours, décida-t-il.

Bill Burke savait maintenant qu'il devrait contracter un prêt dans une autre banque.

Il fut très bien reçu. L'employé qui l'accueillit avait, comme tous ses collègues, rencontré le même obstacle dans son propre établissement. L'obtention d'un prêt ne posait donc aucun problème.

— Vous pourriez demander plus que cette somme, remarqua-t-il finement, tout comme l'aurait fait Bill à sa place.

— Je sais, mais les remboursements... J'ai déjà trop de traites !

— Ne m'en parlez pas, dit l'autre. Et le prix des vêtements est devenu prohibitif. Tout ce qu'on voudrait acheter coûte la peau des fesses.

Bill pensa à la veste, à ses parents et à Olive. Il serait content de pouvoir leur offrir un petit cadeau à la fin de l'été. Il se décida pour un prêt d'un montant du double de celui qu'il avait en tête en entrant dans la banque.

Grania rapporta à Bill que son père était enchanté qu'elle lui ait trouvé deux recrues de plus. Ils étaient maintenant vingt-deux, et il restait encore une semaine pour les inscriptions. La chose semblait se présenter plutôt bien. Ils avaient décidé d'assurer les cours du soir pendant au moins un trimestre, même s'ils ne parvenaient pas au quota de trente élèves. De la sorte ils ne décevraient pas les bonnes volontés et n'auraient pas à avoir honte du projet avant son commencement.

— Et, une fois les cours débutés, il y aura le bouche-à-oreille, ajouta Bill.

— Il paraît que beaucoup abandonnent au bout de trois ou quatre cours, dit Grania. Mais ne nous laissons pas décourager. Ce soir, je vais essayer de convaincre mon amie Fiona.

— Fiona ? celle qui travaille à l'hôpital ?

Bill soupçonnait fort Grania de le pousser vers son amie. Elle parlait toujours de Fiona en termes flatteurs, et comme par hasard juste après qu'ils avaient discuté de la dernière bévue de Lizzie.

— Oui, c'est bien elle. Une très bonne amie. Brigid et moi, nous pouvons toujours dire que nous dormons chez elle quand ce n'est pas le cas, si tu vois ce que je veux dire...

— Je vois, oui. Mais... et tes parents ?

— Oh ! ils n'y réfléchissent pas beaucoup. Les parents sont ainsi... Ils mettent très vite ces choses-là au second plan de leurs préoccupations.

— Et vous demandez souvent à Fiona de vous servir d'alibi ?

— En ce qui me concerne, pas depuis... pas depuis cette nuit avec Tony, il y a déjà bien longtemps. Vois-tu c'est le lendemain matin que j'ai découvert quel rat c'était, et qu'il avait volé sa place de directeur à mon père. Je ne t'ai pas raconté ?

Elle l'avait fait en détail, et plusieurs fois, mais Bill était d'un naturel très aimable.

— Tu as dit que c'était très mal tombé, si je me souviens bien.

150

— Ça n'aurait pu arriver à un pire moment, ragea Grania. Si j'avais su avant, je ne lui aurais même pas adressé la parole, et si j'avais appris la chose plus tard, peut-être que je me serais retrouvée tellement accrochée à lui que je n'aurais pas pu faire marche arrière.

— Et si tu retournais auprès de lui, tu penses vraiment que ça risquerait d'achever ton père ?

Grania posa sur lui un regard aigu. Bill devait avoir des dons de télépathie pour savoir qu'elle avait passé la nuit à se tourner et se retourner dans son lit en se demandant si elle devait ou non revoir Tony O'Brien. Tony avait lâchement laissé la balle dans son camp, l'avait même encouragée à prendre l'initiative avec ses cartes postales. D'une certaine façon, il était discourtois de ne pas lui répondre. Elle avait longuement réfléchi au préjudice que cela pourrait causer à son père. Il avait eu la conviction que le poste de principal lui reviendrait, et il avait dû ressentir cet échec bien plus cruellement qu'il ne l'avait montré.

— Tu sais que j'y ai beaucoup pensé, dit lentement Grania. Résultat, je crois que je ferais mieux d'attendre encore, le temps que la situation s'arrange un peu pour mon père. Alors, il sera en mesure de supporter ce genre de nouvelle.

— Est-ce qu'il discute de ces sujets avec ta mère ?

— Non, ils ne se parlent presque plus, d'ailleurs. Ma mère ne s'intéresse qu'à son restaurant et à ses visites chez ses sœurs. Papa passe la majeure partie de son temps à s'installer un bureau dans l'ancienne salle à manger. Ces temps-ci il est très solitaire, et je ne me sens pas le courage de lui infliger ça en plus du reste. Mais si ces cours du soir sont vraiment un succès, et qu'on le félicite... Alors je pourrai lui parler de ma liaison. Si elle doit avoir un avenir, évidemment.

Bill regarda son amie sans cacher son affection. Comme lui, elle avait plus confiance en l'avenir que ses parents, et comme lui elle ne voulait pas les contrarier.

— Nous avons tant de points communs, fit-il soudain. Quel dommage que nous ne nous plaisions pas, tu ne trouves pas ?

— Je sais, Bill, répondit Grania avec un soupir désolé. Et tu es pourtant un homme très séduisant ; tu as des cheveux bruns magnifiques, et tu ne seras pas mort, toi, quand j'aurai quarante ans. Oui, c'est vraiment dommage que nous ne nous plaisions pas, mais il faut voir la réalité en face : tu ne m'attires pas. Pas du tout.

— Je sais, dit Bill à son tour. Et tu ne m'attires pas du tout non plus. Quel gâchis, hein ?

En guise de surprise, Bill invita toute sa famille à déjeuner au bord de la mer. Ils prirent le train baptisé le Dart[1].

— Nous allons foncer comme une flèche vers la mer ! dit Olive aux passagers du train, qui lui répondirent par un sourire aimable.

Tout le monde souriait à Olive, elle était si gentille. On lui expliqua que Dart signifiait Dublin Area Rapid Transit, mais elle ne comprit pas.

Ils allèrent se promener sur le port, pour admirer les bateaux de pêche. Il y avait encore quelques estivants, dont beaucoup prenaient des photos. Ils remontèrent ensuite la rue principale de la petite ville, où soufflait un vent violent, et s'extasièrent devant les vitrines des boutiques de souvenirs. La mère de Bill décréta qu'il devait être bien agréable de vivre dans pareil endroit.

— Quand nous étions jeunes, n'importe qui aurait pu s'offrir une petite maison dans un coin comme celui-là, dit le père de Bill. Mais à l'époque, ça paraissait trop éloigné de Dublin où se trouvaient les meilleurs

1. *To Dart* : s'élancer, foncer. *Dart* : javelot, trait, flèche *(N.d.T.)* .

emplois. Alors nous avons renoncé à nous installer par ici.

— Bill habitera peut-être dans une ville semblable quand il aura eu sa promotion, suggéra sa mère, presque effrayée d'oser envisager la réussite de son fils.

Bill tenta de s'imaginer habitant avec Lizzie un des appartements neufs de la ville, ou une vieille maison. Que ferait-elle de ses journées, tandis qu'il serait à Dublin ou dans le Dart ? Aurait-elle des amis, elle qui semblait s'en faire partout ? Auraient-ils des enfants ensemble ? Elle avait dit vouloir une fille et un garçon. Mais cette déclaration était déjà ancienne. Récemment, quand Bill avait abordé la question, elle s'était montrée très vague dans ses réponses.

— Si tu tombais enceinte maintenant, avait-il insisté, il faudrait bien que nous avancions un peu nos projets.

— Erreur sur toute la ligne, mon cœur, avait rétorqué Lizzie. Il nous faudrait *annuler* tous nos projets.

Pour la première fois Bill avait décelé une certaine dureté derrière son sourire. Mais il avait très vite chassé cette impression de son esprit. Il était sûr que Lizzie n'était pas insensible. Comme n'importe quelle femme, elle craignait simplement les dangers et les accidents pour son propre corps. Vraiment, la nature était injuste. Les femmes ne pouvaient jamais aborder l'amour physique avec décontraction, à cause de ce risque toujours existant de se retrouver enceintes, si elles ne prenaient pas de précautions, comme avait tendance à le faire Lizzie.

Olive n'aimait guère marcher et sa mère désirait visiter l'église, aussi Bill et son père les laissèrent-ils pour aller parcourir ensemble Vico Road, une route à la courbe élégante qui longeait la baie souvent comparée à celle de Naples. Nombre de rues portaient ici des noms italiens comme Vico ou Sorrento, de même que beaucoup de villas étaient baptisées *La Scala*, *Milano*, ou encore *Ancona*. Leurs habitants étaient revenus de leurs voyages avec le souvenir de vues balnéaires similaires. De plus, la côte italienne elle aussi était bordée de collines.

Bill et son père admirèrent les jardins et les propriétés, mais sans envie particulière. Si Lizzie avait été présente, elle se serait révoltée à l'idée que des gens puissent posséder de telles villas, avec deux grosses voitures garées à l'extérieur. Mais Bill, qui travaillait dans une banque, et son père, qui passait ses journées à découper du bacon en tranches et à en garnir des pochettes de plastique transparent, étaient capables de voir ces demeures luxueuses sans en éprouver de jalousie.

Sous un soleil radieux, ils profitèrent du spectacle de la mer en contrebas. Quelques yachts étaient de sortie sur le miroir des eaux. Ils s'assirent sur un muret et le père de Bill alluma sa pipe.

— Est-ce que tout s'est produit pour toi comme tu l'espérais, quand tu avais mon âge ? s'enquit Bill.

— Pas tout, bien sûr... mais une bonne partie, oui.

— Par exemple ?

— Eh bien, j'ai trouvé un bon emploi et j'ai pu le conserver malgré tous les aléas de la vie. Si j'avais été joueur, jamais je n'aurais parié un penny là-dessus ! Et puis ta mère a accepté de m'épouser, et c'est une femme merveilleuse, qui s'occupe très bien de notre foyer. Un foyer modèle, je n'hésite pas à le dire. Et il y a Olive, et toi, et vous avez représenté une très grande récompense pour nous.

Bill éprouva une curieuse sensation d'étouffement. Son père vivait dans un monde irréel. Toutes ces choses étaient donc des dons du ciel, et il fallait en être ravi ? Une fille mentalement retardée ; une épouse qui savait à peine cuire un œuf ; et il appelait ça un foyer modèle ? Et son emploi ? Une place que nul autre ayant ses compétences n'aurait acceptée...

— Papa, pourquoi dis-tu que je suis une récompense pour toi ?

— Allons, fiston, tu poses la question pour entendre des compliments, c'est ça ?

Son père souriait, comme si Bill cherchait à le taquiner.

— Non, je suis sérieux. Pourquoi es-tu content de moi ?

— Qui pourrait rêver d'un meilleur fils ? Regarde, tu nous emmènes tous passer une journée au bord de la mer, avec l'argent que tu as durement gagné. Tu contribues largement aux frais de la maison, et tu es toujours si gentil avec ta sœur.

— Tout le monde adore Olive.

— C'est vrai, mais toi tu es tout particulièrement gentil avec elle. Ta mère et moi n'avons aucune crainte, aucun souci en ce qui la concerne. Nous savons bien que, lorsque nous reposerons dans le cimetière de Glasnevin, tu prendras soin d'Olive.

Bill s'entendit répondre d'une voix qui n'était pas la sienne :

— Ah ! tu penses bien qu'elle sera toujours prise en charge. Tu ne te fais quand même pas de souci à ce sujet-là, n'est-ce pas ?

— Je sais bien qu'il y a tout un tas d'institutions et de maisons spécialisées, mais je sais aussi que jamais tu n'enverras ta sœur dans un endroit pareil.

Assis sous le soleil, avec la mer qui scintillait loin en bas sous une petite brise, Bill comprit soudain ce qu'il n'avait jamais réalisé en vingt-trois ans d'existence. Que sa sœur Olive serait son problème à lui aussi, et pas seulement celui de ses parents. Toute sa vie, il devrait prendre soin de sa pauvre sœur... Quand lui et Lizzie se marieraient, quand ils partiraient vivre à l'étranger, quand leurs deux enfants seraient nés Olive ferait également partie de leur famille.

Son père et sa mère pouvaient bien vivre encore vingt ans. Olive n'aurait alors que quarante-quatre ans, et toujours l'esprit d'une enfant. Bill eut très froid tout à coup.

— Allons-y, Papa. Maman a eu largement le temps de réciter trois rosaires dans l'église, et elles doivent déjà nous attendre au pub.

C'est là, en effet, qu'ils retrouvèrent la mère et la fille. Le visage empâté d'Olive s'éclaira quand elle vit entrer son frère.

— C'est Bill, c'est mon frère ! et il dirige une banque ! lança-t-elle à la cantonade.

Dans le pub tout le monde sourit avec indulgence, comme pouvaient le faire tous les gens qui n'auraient pas à s'occuper d'Olive durant une vie entière.

Bill se rendit à Mountainview pour s'inscrire aux cours du soir. Le cœur serré, il se rendit compte de sa chance : son père à lui avait économisé pour l'envoyer dans un établissement plus petit et bien meilleur. Dans l'école de Bill il y avait de vrais terrains de sport, et les parents d'élèves avaient accepté de contribuer à une souscription paradoxalement qualifiée de volontaire afin de maintenir en état certains équipements que ce collège ne posséderait jamais.

Il contempla la peinture écaillée sur les murs et l'abri à bicyclettes délabré. Bien peu des garçons qui étudiaient ici entreraient dans une banque avec la même facilité que lui. Mais ne faisait-il pas preuve de snobisme en pensant ainsi ? Les choses avaient peut-être changé, après tout, et ne se rendait-il pas plus coupable que d'autres en voulant pérenniser en esprit le système qu'il avait connu ? C'était un sujet qu'il évoquerait avec Grania. Son père l'avait sans doute déjà fait avec elle.

Bill ne se risquerait pas à en parler avec Lizzie. D'ailleurs sa petite amie avait fini par s'enthousiasmer pour les cours du soir, ce qui ne laissait pas de le ravir :

— Je dis à tout le monde que bientôt nous parlerons italien ! lui confia-t-elle en riant joyeusement.

Un instant elle lui rappela Olive. Cette même croyance innocente dans le fait qu'il suffisait de formuler une chose pour qu'elle existe, que vous l'ayez réalisée. Mais qui aurait osé comparer une évaporée aux grands yeux comme Lizzie à cette pauvre Olive, cette sœur lente d'esprit et toujours souriante qui serait à sa charge pour toujours ?

Bill se surprit à espérer que Lizzie changerait d'avis à propos des cours du soir. Un renoncement de sa part représenterait une économie de quelques livres, ce qui n'avait rien de négligeable. Il commençait à s'inquiéter du pourcentage de son salaire qui serait prélevé pour rembourser les prêts avant même qu'il ne ramène de l'argent à la maison, en fin de mois. Sa nouvelle veste l'enchantait, certes, mais pas tant que cela. Cette petite folie, il allait la regretter longtemps.

— Quelle magnifique veste ! C'est de la pure laine ? demanda la femme qui l'accueillit à Mountainview.

Elle avait dépassé la cinquantaine, mais son sourire chaleureux la rajeunissait de façon extraordinaire. Bill la laissa palper le bout de sa manche.

— Oui, pure laine, répondit-il. Pas très épaisse, mais apparemment le prix est dans la coupe. Enfin, c'est ce qu'on m'a dit.

— Oui, bien sûr... C'est une marque italienne, n'est-ce pas ?

Elle était irlandaise, mais avec une pointe d'accent indéfinissable, comme les gens qui ont vécu longtemps à l'étranger. Son intérêt semblait sincère. Était-elle enseignante ? Bill avait entendu dire qu'ils auraient un professeur italien.

— C'est vous le prof ? demanda-t-il.

Il n'avait encore rien déboursé. Ce n'était peut-être pas le moment de payer pour Lizzie et lui. Et si tout cela n'était qu'un piège à gogos, comme il y en avait tant ? Avant de donner son argent, il voulait effectuer quelques petites vérifications.

— Oui, c'est moi, répondit la femme. Je m'appelle Signora. J'ai vécu vingt-six ans en Italie, en Sicile pour être précise. Je pense et je rêve toujours en italien. J'espère pouvoir partager tout cela avec vous et tous ceux qui viendront aux cours.

À présent, il lui serait encore plus difficile de faire marche arrière. Bill regretta de s'être montré aussi affable. À la banque, certains de ses collègues auraient su très précisément comment se sortir de cette situation. Les requins... c'est ainsi que Grania et lui les appelaient.

Par association d'idées, l'évocation de son amie l'amena à penser au père de Grania.

— Vous avez assez d'inscrits pour commencer les cours ? s'enquit-il.

Avec un peu de chance, la réponse serait négative et le problème évacué.

Hélas ! Signora arbora une expression enthousiaste.

— *Si, si,* nous avons eu beaucoup de chance. La nouvelle s'est propagée partout, et assez loin ! Au fait, comment avez-vous appris *signor* Burke ?

— Par ma banque, dit-il.

— Par votre banque, répéta-t-elle avec une expression de plaisir si grande qu'il s'en serait voulu de la décevoir. Imaginez ça : ils sont au courant de nos cours du soir jusque dans les banques !

— Pourrai-je apprendre le vocabulaire spécifique aux transactions monétaires ? Qu'en pensez-vous ?

Il se pencha sur la table et plongea son regard dans celui de Signora, à la recherche d'un peu de réconfort.

— Quel vocabulaire, exactement ?

— Vous savez bien, celui qu'on utilise dans les opérations bancaires...

Bill ne pouvait préciser, car il ignorait les termes indispensables pour travailler dans une banque italienne.

— Vous pouvez toujours en faire une liste, et je vous donnerai les équivalences, dit Signora. Mais pour être tout à fait franche, les cours ne seront pas axés sur ce domaine en particulier. Ils auront pour buts principaux l'acquisition du vocabulaire usuel et une approche de la vie quotidienne en Italie. Je voudrais vous faire aimer ce pays, vous le faire connaître, presque, pour que le jour où vous vous y rendrez, vous ayez l'impression que vous rendez visite à un vieil ami. Vous comprenez ?

— Super, dit Bill, et il lui tendit l'argent pour son inscription et celle de Lizzie.

— *Martedi*, déclara Signora.

— Je vous demande pardon ?

— *Martedi* : à mardi. À présent, vous connaissez déjà un mot.

— *Martedi*, répéta Bill.

En rejoignant l'arrêt de bus, il fut submergé par la certitude qu'après l'achat de sa veste en pure laine, il venait de faire une autre dépense parfaitement inutile. Il venait de jeter son argent par la fenêtre.

— Que vais-je donc mettre pour aller à ces cours ? dit Lizzie le lundi soir en sa présence.

Seule Lizzie pouvait se poser ce genre de question. Les autres s'interrogeaient plutôt sur l'opportunité d'apporter un bloc-notes, un dictionnaire ou de se confectionner un badge nominatif.

— Quelque chose qui ne distraira pas tout le monde des études, suggéra Bill.

Mais c'était là un espoir vain, une suggestion inutile. La garde-robe de Lizzie ne comprenait rien de discret. Même maintenant, alors que l'été tirait à sa fin, elle portait une mini-jupe qui dévoilait ses longues jambes bronzées, un chemisier moulant et une veste ample.

— Mais quoi alors ?

Il savait qu'elle ne parlait pas de style mais du choix d'une couleur.

— Le rouge te va très bien, glissa-t-il.

Le regard de la jeune femme s'illumina. Il était décidément très facile de lui faire plaisir.

— Je vais essayer tout de suite.

Elle se changea et mit sa jupe rouge et son chemisier rouge et blanc. Elle était resplendissante, jeune et fraîche, pareille à une publicité pour un shampooing, avec sa magnifique chevelure dorée.

— Et si je mettais un ruban rouge dans mes cheveux ? minauda-t-elle d'un ton hésitant.

Bill éprouva une brusque pulsion protectrice. Lizzie avait vraiment besoin de lui. Aussi semblable à un hibou et obsédé par ses dettes qu'il fût, il lui était indispensable. Sans lui, elle aurait été perdue.

— Ce soir, c'est le grand soir ! dit-il à Grania le lendemain à la banque.

— Tu me diras comment ça s'est passé, promis ?

Grania paraissait très sérieuse. Elle se demandait comment apparaîtrait son père : responsable ou tout bonnement ridicule ?

Bill lui assura qu'il lui ferait un compte rendu précis du cours, tout en sachant que c'était très improbable si cette première soirée tournait au désastre, car il ne se sentirait pas capable de le dire. Il mentirait alors sans doute, et prétendrait que tout s'était bien passé.

À son arrivée, il ne reconnut pas l'annexe poussiéreuse de l'école. L'endroit avait été remis en état. De grands posters décoraient les murs, avec pour sujets la fontaine de Trevi, le Colisée, *la Joconde* et le *David* de Michel-Ange. Il y avait aussi des photos de vignes sauvages et de denrées italiennes. Sur une table ornée d'une nappe en papier crépon rouge, blanc et vert, étaient disposées des assiettes en carton recouvertes de film alimentaire transparent.

Elles semblaient contenir de vrais aliments, petites rondelles de salami et morceaux de fromage. Il y avait également de grandes fleurs en papier, chacune accompagnée d'une grosse étiquette portant son nom en italien. Ainsi les œillets étaient des *garofani*... On s'était visiblement donné beaucoup de mal pour ces préparatifs.

Bill espéra sincèrement que tout se passerait bien. Pour cette femme étrange aux cheveux roux et gris qui se présenta simplement sous le nom de Signora, pour l'homme aimable qui se tenait au fond de la salle et qui devait être le père de Grania, et pour tous ces gens qui s'asseyaient avec une certaine tension, dans l'attente du début du cours. Chacun caressait des espoirs ou un rêve, comme lui. Mais personne d'autre ne semblait envisager une carrière internationale dans la banque.

Signora frappa dans ses mains pour réclamer l'attention.

— *Mi chiamo Signora. Come si chiama ?* demandat-elle à l'homme qui était sans doute le père de Grania.

— *Mi chiamo Aidan*, répondit-il.

Et chacun répéta l'exercice à tour de rôle.

— *Mi chiamo Lizzie !* s'écria celle-ci, et sa fougue déclencha quelques sourires bienveillants.

— Essayons de rendre nos prénoms plus italiens, proposa Signora. Vous pourriez dire : *Mi chiamo Elizabetta.*

Lizzie était aux anges et eut quelques difficultés à cesser de répéter son nouveau prénom.

Ensuite ils écrivirent *Mi chiamo* suivi de leur prénom sur une demi-feuille de papier qu'ils s'épinglèrent sur la poitrine. Et ils apprirent à se demander mutuellement comment ils allaient, l'heure qu'il était, le jour, la date, où ils habitaient...

— *Chi è ?* disait Signora en désignant Bill du doigt.

— *Guglielmo*, répondait la classe à l'unisson.

Très vite ils surent l'équivalent italien du prénom de chacun, et l'ambiance se détendit notablement. Signora distribua des feuilles où étaient notées les phrases qu'ils venaient d'utiliser. À présent elles leur étaient familières, mais ils n'auraient su comment les prononcer s'ils avaient commencé par les lire.

Ils les employèrent encore et encore, quel jour, quelle date, quel est ton nom, et y répondirent tous avec entrain. Plusieurs visages affichaient une fierté quelque peu exagérée, mais réconfortante.

— *Bene*, dit enfin Signora. Il nous reste encore dix minutes... (Il y eut un concert d'exclamations étonnées : les deux heures ne pouvaient déjà s'être écoulées !) Vous avez tous travaillé si dur que vous méritez une petite récompense, mais il faudra prononcer le nom du salami avant de le manger, et celui du *formaggio*.

Comme des enfants obéissants, les trente adultes se servirent le saucisson et le fromage en prononçant le mot italien.

— *Giovedi*, dit Signora.

— *Giovedi* ! reprirent-ils en chœur.

Bill se mit à replier les chaises et à les placer en ordre contre le mur. Signora lança un regard interrogateur au père de Grania, pour savoir si c'était une bonne initiative. Il eut un hochement de tête satisfait. Les autres aidèrent au rangement, et en quelques minutes la pièce fut impeccable. Le concierge n'aurait pas grand-chose à faire.

Bill et Lizzie sortirent ensemble et rejoignirent l'arrêt de bus.

— *Ti amo*, lui dit-elle soudain.

— Quoi ?

— Oh ! allez, c'est *toi* la grosse tête ! railla-t-elle avec un sourire irrésistible. Devine : *Ti*... ça veut dire ?

— *Toi*, enfin je crois.

— Et *amo* ?

— Amour, non ?

162

— Ça veut dire : *Je t'aime !* voyons !

— Comment le sais-tu ? s'étonna-t-il.

— Je l'ai demandé à Signora juste avant qu'on parte. Et elle a dit que c'étaient les deux plus beaux mots du monde.

— C'est vrai, c'est vrai, concéda Bill.

Ces cours d'italien seraient peut-être bénéfiques, après tout.

— C'était vraiment super, dit Bill à Grania le lendemain.

— Mon père est rentré d'excellente humeur, Dieu merci, acquiesça-t-elle.

— Et le professeur est très bon, tu sais. Elle te donne l'impression que tu pourrais parler italien au bout de cinq minutes.

— Alors tu finiras directeur de notre antenne italienne, plaisanta Grania.

— Même Lizzie a aimé le cours. Elle était passionnée, je n'en suis pas encore revenu ! Elle n'arrêtait pas de répéter les phrases dans le bus, et les autres lui faisaient écho.

— Je n'en doute pas, fit Grania d'un ton sec.

— Non, arrête de réagir comme ça, s'il te plaît. Lizzie s'est beaucoup plus investie dans ce cours que je ne l'aurais cru. Elle veut qu'on l'appelle Elizabetta, maintenant !

Bill n'était pas peu fier de cette métamorphose.

— Ça ne me surprend pas du tout, dit Grania d'un air encore plus revêche. Tout comme ça ne m'étonnerait pas qu'elle laisse tomber au bout de trois cours...

La suite donna raison à Grania. Non parce que Lizzie avait perdu tout intérêt pour les cours du soir, mais à cause de la venue très inattendue de sa mère à Dublin.

— Elle n'a pas mis les pieds ici depuis des années et je me dois d'aller la chercher à la gare, s'excusa-t-elle auprès de Bill.

— Tu ne peux pas lui dire que tu seras de retour à neuf heures et demie ? l'implora-t-il.

Il avait la conviction que si la *signorina* Elizabetta ratait un seul cours, c'en serait fini de son engouement. Elle prétendrait avoir un trop grand retard sur le reste de la classe et abandonnerait.

— Non, honnêtement, Bill. Elle ne vient jamais à Dublin. Il faut que je sois là pour l'accueillir.

Il garda un silence désapprobateur.

— Bon sang ! ta mère à toi est assez importante pour que tu vives avec elle, alors pourquoi n'aurais-je pas le droit d'aller chercher la mienne à Heuston Station ? Ce n'est pourtant pas beaucoup demander.

Bill dut bien le reconnaître.

— Tu as raison, fit-il un peu contrit.

— Au fait, tu pourrais m'avancer l'argent pour le taxi ? Ma mère déteste prendre le bus...

— Elle ne paierait pas son taxi ?

— Oh ! ne sois pas aussi mesquin. Mesquin et radin !

— Ce n'est pas juste, Lizzie. Ce n'est pas juste... et ce n'est pas vrai.

— Bon, ça va, soupira-t-elle.

— Que veux-tu dire par là ?

— Que ça va, c'est tout. Profite bien de ton cours, et salue Signora de ma part.

— Tiens, voici l'argent pour le taxi.

— Non, pas comme ça. Pas à contrecœur.

— D'accord. J'aimerais beaucoup que toi et ta mère preniez un taxi à la gare. Ça me ferait très plaisir. J'en serais heureux, et je m'estimerais généreux, et accueillant. Prends cet argent, Lizzie, s'il te plaît.

— Bon, si tu insistes...

Il déposa un baiser sur le front de la jeune femme.

— Est-ce que je ferai la connaissance de ta mère, cette fois ?

— Je l'espère, Bill. C'est ce qui était prévu la dernière fois, mais elle avait tellement d'amis à voir que... Ils lui ont pris tout son temps. Elle connaît tellement de gens, tu comprends...

Bill se dit que si la mère de Lizzie connaissait beaucoup de monde, elle n'avait cependant personne d'assez serviable pour venir la chercher à la gare en voiture ou en taxi. Mais il garda ces réflexions pour lui.

— *Dov'è la bella Elizabetta ?* demanda Signora dès le début du cours.

— *La bella Elizabetta è andata alla stazione*, s'entendit répondre Bill. *La madre di Elizabetta arriva stasera.*

Signora était enchantée.

— *Benissimo, Guglielmo ! Bravo, bravo.*

— Tu as potassé, espèce de fayot, marmonna un jeune homme trapu, au visage chafouin, qui portait « Luigi » épinglé sur sa chemise, et dont le véritable prénom était Lou.

— Mais non. Nous avons appris *andato* la semaine dernière, c'était sur la liste du vocabulaire, et *stasera* au premier cours. Je n'ai utilisé que des mots que nous connaissons.

— Ça va, pas la peine de te mettre en rogne, grommela Lou.

Toute la classe reprit en chœur une phrase signifiant que dans cette *piazza* il y avait beaucoup de jolis immeubles.

— Et on commence par un mensonge, marmonna Lou en jetant un coup d'œil par la fenêtre à la cour et à l'école.

— Il y a du mieux, ils ont commencé le ravalement, remarqua Bill.

— Tu es du style imbécile heureux, toi, dis donc ? lui glissa Lou. Pour toi, tout est toujours vachement génial, on dirait.

Bill aurait aimé pouvoir lui répondre que dans son existence tout était loin d'être génial, qu'il était piégé dans une maison où tout le monde dépendait de lui, qu'il avait une petite amie qui ne l'aimait pas assez pour le présenter à sa mère, et qu'il ne savait pas comment il réglerait ses traites à la fin du mois.

Mais bien sûr, il ne dit rien de tout cela. Il se joignit aux autres et répéta qu'*in questa piazza ci sono molti belli edifici*. Il se demanda où Lizzie et sa mère avaient bien pu aller. Sans grand espoir, il pria pour que la jeune femme n'ait pas décidé de ripailler au restaurant et de payer par chèque. Cette fois, elle aurait vraiment de gros problèmes avec la banque.

Ils goûtèrent de petits bouts de pain couverts d'une sorte de crème que Signora appela *crostini*.

— Et où est le *vino* ? demanda quelqu'un.

— Je voulais apporter du *vino, vino rosso, vino bianco*. Mais nous sommes dans une école, voyez-vous, et il est interdit d'y introduire de l'alcool. Afin de ne pas donner un mauvais exemple aux enfants.

— Il est un peu tard pour trouver des enfants ici, non ? objecta Lou.

Bill le considéra avec curiosité. Il ne comprenait pas pourquoi un tel individu apprenait l'italien. Même si cette question pouvait s'appliquer à tous les participants, dont beaucoup devaient s'interroger sur les motivations de Lizzie par exemple, aucune raison valable ne venait à l'esprit pour expliquer pourquoi Lou, maintenant transformé en Luigi, perdait deux soirées par semaine à suivre des cours qu'il méprisait ouvertement et pendant lesquels il ne cessait d'asticoter tout le monde. Bill décida que Lou constituait un personnage inédit dans la grande galerie de son existence.

Une des fleurs en papier, déchirée, était tombée par terre.

— Je peux la prendre, Signora ? demanda Bill.

— *Certo, Guglielmo.* Est-ce pour *la bellissima Elizabetta* ?

— Non, c'est pour ma sœur.

— *Mia sorella, mia sorella,* ma sœur. Vous êtes quelqu'un de bon et d'attentionné, Guglielmo.

— Mouais... Mais où ça mène d'être bon et attentionné, hein ? soliloqua Bill en sortant de la salle et en se dirigeant vers l'arrêt du bus.

Olive l'attendait à la porte.

— Parle-moi en italien ! s'exclama-t-elle.

— *Ciao, sorella,* dit-il. Tiens, un *garofano.* Je l'ai rapporté tout spécialement pour toi.

Le plaisir qu'il lut sur le visage de sa sœur accrut encore sa tristesse, qui était déjà grande.

Cette semaine, Bill emporterait des sandwichs à la banque pour le déjeuner. Il ne pouvait plus s'offrir le luxe de la cantine.

— Bill, ça va ? s'enquit Grania avec une pointe d'inquiétude. Tu as l'air fatigué.

— Oh ! Nous autres linguistes internationaux devons apprendre à endurer le surmenage quotidien, fit-il avec un faible sourire.

Grania paraissait sur le point de lui demander des nouvelles de Lizzie, mais elle changea d'avis au dernier moment. Lizzie. Où était-elle aujourd'hui ? Avec les amies de sa mère, peut-être, à siroter des cocktails dans un grand hôtel. Ou bien à traîner dans Temple Bar, à la recherche d'un lieu « branché » dont elle lui parlerait la prochaine fois, les yeux brillants. Il aurait aimé qu'elle lui téléphone et se renseigne sur le cours de la veille. Il lui aurait dit qu'elle avait manqué à tout le monde, et qu'on l'avait qualifiée de « belle ». Et il lui aurait répété la phrase qu'il avait réussi à former pour expliquer qu'elle avait dû aller chercher sa mère à la gare. En retour, elle lui aurait raconté sa soirée. Pourquoi donc ce silence ?

L'après-midi fut interminable et ennuyeux. À l'heure habituelle de la sortie, Bill commença à se poser des questions. Jamais Lizzie ne passait une journée sans lui donner de ses nouvelles. Devait-il aller à son appartement ? Mais si elle s'y trouvait avec sa mère, ne jugerait-elle pas sa venue quelque peu déplacée ? Elle avait dit qu'elle souhaitait que sa mère et lui fassent connaissance. Il ne fallait surtout pas brusquer les choses.

Grania travaillait tard, elle aussi.

— Tu attends Lizzie ? dit-elle.

— Non, sa mère est arrivée à Dublin, et elle est sûrement occupée. Je me demande juste quoi faire.

— Je me posais justement la même question. Sympa, de travailler dans une banque, tu ne trouves pas ? À la fin de la journée on est tellement crevé qu'on n'arrive même pas à décider de ce qu'on va faire en sortant du boulot.

Grania rit de ses propres propos.

— Oui, mais toi, tu es toujours à courir à droite et à gauche, Grania, dit Bill d'un ton envieux.

— Eh bien, pas ce soir. Mais je n'ai pas l'intention de rentrer directement à la maison. Ma mère sera en train de se préparer pour partir au restaurant, mon père aura disparu dans son bureau, et Brigid sera invivable parce qu'en ce moment elle est persuadée d'avoir grossi. Elle n'arrête pas de monter sur le pèse-personne, elle prétend que la maison sent la friture et elle parle de régimes alimentaires toute la soirée. Si tu l'entendais, tu finirais avec les cheveux blancs.

— Elle s'en fait tant que ça pour son poids ? dit Bill, toujours prêt à s'intéresser aux problèmes d'autrui.

— Je n'en sais trop rien, à la vérité. Pour moi elle est toujours la même, peut-être un tout petit peu plus ronde, mais ça lui va très bien. Bien coiffée et souriante, elle est aussi jolie que n'importe quelle autre, mais elle est obsédée par ces quelques dizaines de grammes en trop, ou une fermeture Éclair qui a craqué, ou un bas qui a filé. Mon Dieu, elle vous rendrait dingue ! Alors ce soir, je ne rentre pas pour l'entendre pleurnicher, c'est moi qui te le dis !

Il y eut un silence. Bill allait lui proposer de prendre un verre quelque part quand il se remémora l'état catastrophique de ses finances : une excellente excuse pour rentrer et ne pas dépenser un sou.

— Tiens, je t'offre le ciné et un fast-food, si tu veux, dit alors la jeune femme.

— Je ne peux pas accepter, Grania.

— Si, tu le peux. Mieux, tu le dois : en remerciement pour t'être inscrit aux cours du soir. C'était très chic de ta part.

Elle rendait sa proposition acceptable, et il ne put refuser.

Ils examinèrent la liste des films dans un journal du soir et discutèrent amicalement des mérites comparés des dernières œuvres sorties. Il aurait été tellement plus simple de se retrouver amoureux de quelqu'un comme Grania, songea Bill encore une fois. Et il était certain qu'elle pensait de même. Mais quand il n'y avait pas le déclic magique, il était inutile de rêver. Grania continuerait à aimer ce vieux type bizarre, et affronterait tout un tas de problèmes quand son père découvrirait leur liaison. Quant à lui il resterait avec Lizzie, qui lui avait brisé le cœur toute la journée par son silence. Ainsi allait la vie.

Quand il rentra, sa mère l'accueillit avec un visage inquiet.

— Cette Lizzie est passée, annonça-t-elle. Elle a insisté pour que tu ailles la voir chez elle, quelle que soit l'heure à laquelle tu reviendrais.

— Quelque chose ne va pas ? demanda-t-il avec une anxiété non dissimulée.

Rendre visite à la mère de Bill n'était pas dans les habitudes de Lizzie, surtout depuis l'accueil mitigé qu'elle avait reçu ici.

— Oh ! je dirais qu'il y a beaucoup de choses qui ne vont pas chez ton amie... C'est une fille très perturbée.

— Mais était-elle malade, ou t'a-t-elle dit ce qui s'est passé ?

— Perturbée intérieurement, je voulais dire, précisa sa mère.

Conscient qu'il n'obtiendrait d'elle rien de plus qu'une désapprobation à peine voilée, Bill ressortit et prit un bus dans le sens inverse.

Dans l'atmosphère douce de cette nuit de septembre, Lizzie était assise sur les grandes marches en pierre devant la maison où elle louait un studio meublé. Les genoux serrés entre ses bras, elle se balançait lentement d'avant en arrière... Mais au moins, Bill put constater qu'elle ne pleurait pas et ne paraissait pas en crise.

— Où étais-tu ? lui lança-t-elle d'un ton accusateur.

— Et toi ? répliqua-t-il. C'est toi qui as exigé que je ne vienne pas te voir.

— J'étais ici.

— Eh bien moi, j'étais sorti.

— Où es-tu allé ?

— Au cinéma.

— Je croyais que nous n'avions pas d'argent, et que nous ne devions rien faire de normal comme aller au cinéma.

— Je n'ai pas payé. C'est Grania Dunne qui m'a offert la place.

— Ah oui ?

— Oui. Qu'est-ce qui ne va pas, Lizzie ?

— Tout, laissa-t-elle tomber.

— Pourquoi es-tu passée chez mes parents ?

— Je voulais te voir, pour mettre les choses au point.

— Eh bien, tu as réussi à nous effrayer, ma mère et moi. Pourquoi ne pas m'avoir téléphoné à la banque ?

— Je ne savais plus où j'en étais.

— Ta mère est bien arrivée ?

— Oui.

— Et tu es allée la chercher à la gare ?

— Oui, fit-elle de la même voix blanche.

— Bon, alors, qu'est-ce qui ne va pas ?

— Elle a éclaté de rire en voyant mon studio.

— Oh ! Lizzie, non... Tu ne m'as quand même pas fait venir ici presque vingt-quatre heures plus tard pour me dire ça ?

— Bien sûr que si ! dit-elle, et elle éclata d'un rire chargé d'amertume.

— C'est ta façon de faire, c'est la sienne aussi... Les gens comme toi et ta mère rient tout le temps, voilà comment vous êtes.

— Non, pas ce genre de rire.

— Ah !... quel genre, alors ?

— Elle a simplement dit que c'était trop drôle, et puis elle m'a demandé si elle pouvait partir, maintenant qu'elle avait vu où je vivais. Et elle a ajouté qu'elle espérait que je n'avais pas renvoyé le taxi, parce qu'il lui aurait fallu en chercher un autre dans ce quartier pouilleux...

Bill ne put s'empêcher de compatir. Il était visible que Lizzie était choquée de cet affront. Quelle mère indigne ! Elle ne voyait presque jamais sa fille, et pour une fois qu'elle passait quelques heures à Dublin, elle ne pouvait se montrer au moins agréable ?

— Je sais, je sais, dit-il à la jeune femme d'un ton apaisant. Mais les gens disent toujours ce qu'il ne faut pas dire, c'est bien connu. Allez, essaie d'oublier ça. Montons au studio, plutôt... Viens.

— Non. Impossible.

Il allait devoir faire preuve d'un peu plus de persuasion.

— Lizzie, à partir de neuf heures, chaque jour, je reçois des clients qui me disent des choses désagréables. Ils ne le font pas par méchanceté, ils énervent les autres sans s'en rendre compte, c'est tout. Le truc, c'est de ne pas entrer dans leur jeu. Et quand je rentre le soir, ma mère me raconte qu'elle s'est épuisée à verser de la sauce en boîte sur le poulet congelé, et mon père m'énumère toutes les occasions qu'il n'a jamais eues dans sa jeunesse, et Olive répète tout le temps que je suis directeur de banque. Il y a des jours où c'est un peu difficile à supporter, je te prie de le croire... Mais il faut faire avec. C'est la seule solution.

— Pour toi oui, mais pas pour moi.

Elle semblait très abattue.

— Vous vous êtes disputées ? C'est ça ? Ça passera, Lizzie. Les disputes familiales s'oublient, tu sais.

— Non, nous ne nous sommes pas disputées. Enfin, pas exactement.

— Alors quoi ?

— J'avais préparé le repas. Des foies de volaille au xérès, avec du riz. Tout était prêt. Je lui ai montré, et elle s'est remise à rire !

— Eh bien, comme je viens de te le dire...

— Elle n'avait pas l'intention de rester, Bill, elle ne voulait même pas dîner avec moi ! Elle m'a dit qu'elle n'était venue que pour me faire plaisir, mais qu'elle devait se rendre à une exposition, l'inauguration d'une galerie de peinture, ou je ne sais quoi... En fait, elle était passée uniquement pour me prévenir qu'elle rentrerait tard, mais qu'elle essayerait de ne pas faire trop de bruit.

— Euh... oui, et ensuite ?

Bill n'aimait pas du tout ces dernières nouvelles.

— Alors, je n'en pouvais plus.

— Et... Qu'as-tu fait, Lizzie ?

Il s'étonnait presque de garder un tel calme.

— J'ai verrouillé la porte et j'ai jeté la clef par la fenêtre.

— Tu as fait *quoi* ?

— Et je lui ai dit que maintenant elle était forcée de rester et de parler à sa fille. Je lui ai dit « Maintenant tu ne peux plus sortir et fuir comme tu nous as toujours fuis toute ta vie, Papa et tout le reste de la famille ».

— Et comment a-t-elle réagi ?

— Oh ! elle a piqué une crise terrible, tu penses ! Elle s'est mise à hurler et à frapper contre la porte avec ses poings. Elle m'a traitée de folle, m'a dit que j'étais comme mon père... enfin, la litanie habituelle, je t'en ai déjà parlé.

— Non, jamais... Quoi d'autre ?

— Oh ! ce à quoi on peut s'attendre avec quelqu'un comme elle.

— C'est-à-dire ?

— À force elle s'est lassée, et nous avons fini par manger ensemble.

— Elle criait encore ?

— Non, elle s'inquiétait seulement : au cas où la maison brûlerait, nous serions grillées comme des brochettes, et bla-bla-bla... « Réduites en cendres », c'est ce qu'elle a répété cent fois.

L'esprit de Bill fonctionnait au ralenti, mais avec méthode.

— Tu as quand même fini par la laisser partir, n'est-ce pas ?

— Non. Pas du tout.

— Ne me dis pas qu'elle est toujours enfermée là-haut ?

— Si.

— Tu me fais marcher, là, Lizzie ?

La jeune femme secoua plusieurs fois la tête, l'air buté.

— J'ai bien peur que non.

— Mais toi, comment es-tu sortie ?

— Par la fenêtre. Quand elle était dans la salle de bains.

— Elle a dormi ici ?

— Bien obligée. Moi, j'ai dormi dans le fauteuil. Je lui ai laissé le lit pour elle seule, ajouta-t-elle sur la défensive.

— Attends, que je comprenne bien : elle est arrivée ici hier, mardi, à sept heures du soir. Nous sommes aujourd'hui mercredi, il est maintenant onze heures du soir, et elle est toujours là-haut, enfermée contre sa volonté ?

— C'est ça, oui.

— Dieu tout-puissant !... Mais pourquoi ?

— Pour que je puisse lui parler ! Elle n'a jamais eu le temps de me parler. Jamais. Pas une seule fois.

— Alors vous avez parlé ? Je veux dire, depuis que tu l'as emprisonnée dans le studio ?

— Pas vraiment. Enfin, pas d'une façon satisfaisante. Elle dit tout le temps qu'elle est à bout de forces, que je suis malade, instable, ce genre de trucs.

— Je n'arrive pas à le croire, Lizzie. Elle est retenue là-haut depuis hier soir ?

Il en avait le vertige.

— Mets-toi à ma place. Que pouvais-je faire d'autre ? Elle n'a jamais eu un moment à me consacrer, elle est toujours en train de courir... pour aller voir d'autres gens, ailleurs.

— Mais tu ne peux pas agir ainsi, Lizzie ! Tu n'as pas le droit d'enfermer les gens pour les forcer à te parler !

— Je sais que ce n'était peut-être pas la bonne chose à faire... Écoute, je me demandais si tu accepterais de monter et de lui parler... Elle ne m'a pas l'air très raisonnable.

— Moi ? Lui parler ? *Moi ?*

— Eh bien, tu m'as assez dit que tu tenais beaucoup à faire sa connaissance, non ? Bill ! Tu me l'as assez répété !

Il contempla le beau visage troublé de cette jeune femme qu'il aimait. Bien sûr, il désirait rencontrer sa future belle-mère. Mais pas alors qu'elle était emprisonnée dans un meublé... Pas alors qu'elle était séquestrée depuis plus de trente heures et prête à alerter la police ! Cette rencontre allait réclamer des trésors de diplomatie que Bill Burke n'était pas sûr de posséder.

Il se demanda comment des héros de fiction réagiraient dans une telle situation, et fut convaincu aussitôt que personne n'aurait eu le mauvais goût de les fourrer dans pareille chausse-trape.

Lizzie et lui gravirent l'escalier et s'arrêtèrent devant la porte du studio. Aucun son ne provenait de l'intérieur.

— Pourrait-elle s'être échappée ? chuchota Bill.

— Non. Il y a une sorte de barre sous la fenêtre. Elle n'aurait pas pu l'ouvrir.

— Et si elle avait cassé la vitre ?

— Non. Tu ne connais pas ma mère.

Très vrai, songea Bill, mais il n'allait pas tarder à faire sa connaissance, et dans des circonstances pour le moins singulières.

— Elle risque d'être violente, de me sauter dessus ou quelque chose comme ça ?

— Non, bien sûr que non, dit Lizzie avec une pointe d'agacement devant ces craintes.

— Bon. Dis-lui quelque chose, alors... Qui je suis, par exemple.

— Jamais de la vie ! Elle est en pétard après moi. Elle sera plus calme avec quelqu'un d'autre.

La peur agrandissait de nouveau les yeux de Lizzie.

Bill redressa les épaules et se campa devant la porte.

— Mrs. Duffy... commença-t-il avec un peu d'hésitation, je m'appelle Bill Burke et je suis employé de banque. Mrs. Duffy, allez-vous bien ? Pourriez-vous me faire savoir que vous êtes calme, et en bonne santé ?

— Et quelle raison aurais-je d'être calme ou en bonne santé ? répondit une voix à travers la porte. Ma dingue de fille qui est bonne à enfermer m'a emprisonnée ici, et c'est une chose qu'elle va regretter chaque heure de chaque jour jusqu'à la fin de sa vie, vous pouvez me croire !

La voix vibrait de colère et semblait très dynamique, pour ne pas dire plus.

— Écoutez, Mrs. Duffy, si vous voulez bien vous écarter de cette porte, je vais entrer et tout vous expliquer.

— Vous êtes un ami d'Elizabeth ?

— Oui, un très bon ami. En fait, je suis très attaché à elle.

— Alors vous êtes forcément dérangé, vous aussi ! fit la voix.

Lizzie leva les yeux au plafond.

— Tu vois que j'avais raison, souffla-t-elle.

— Mrs. Duffy... Je pense que nous pourrions beaucoup mieux en discuter face à face. Je vais entrer, alors veuillez reculer s'il vous plaît.

— Vous n'entrerez pas ici ! J'ai calé une chaise sous la clenche, au cas où cette folle reviendrait avec des drogués ou des criminels comme vous. Je resterai ici jusqu'à ce que quelqu'un vienne me secourir.

— Mais je suis justement venu vous secourir, plaida Bill.

— Oh ! vous pouvez tourner la clef dans la serrure autant que vous le voudrez, ça ne vous fera pas entrer !

Bill découvrit qu'elle disait vrai. Elle s'était effectivement barricadée de la façon la plus sûre.

— La fenêtre ?... murmura-t-il à l'intention de Lizzie.

— Il faut escalader un peu, mais je vais te montrer.

Bill se rembrunit.

— Je pensais que tu pourrais le faire.

— Impossible, Bill, tu l'as entendue : elle est dans une rage folle, elle me tuerait.

176

— Ah ! et que crois-tu qu'elle me fera si j'arrive à entrer ? Elle me prend pour un drogué !

Les lèvres de Lizzie se mirent à trembler.

— Tu avais promis de m'aider, dit-elle d'une toute petite voix.

— Bon... Montre-moi la fenêtre.

Il lui fallut alors escalader quelques mètres de façade, et quand il arriva au niveau du studio il vit la barre métallique que Lizzie avait coincée sous la fenêtre. Il l'ôta, ouvrit et repoussa le rideau. Une femme blonde d'une quarantaine d'années, le visage taché par son mascara, l'aperçut au moment où il s'introduisait dans la pièce. Elle fonça sur lui, une chaise levée au-dessus de sa tête.

— Arrière ! Reculez ! Espèce de sale petite crapule !

— Maman ! Maman ! criait Lizzie dans le couloir.

— Mrs. Duffy, s'il vous plaît...

Bill avisa une grande boîte à pain, s'empara de son couvercle et le plaça devant lui en guise de bouclier.

— Mrs. Duffy, je ne suis venu que pour vous délivrer. Regardez, voici la clef. Je vous en prie, reposez cette chaise.

C'était bien une clef qu'il avait dans la main, et le regard de la femme parut s'adoucir quelque peu. Elle abaissa lentement la chaise, sans cesser néanmoins de le surveiller avec méfiance.

— Laissez-moi simplement ouvrir, dit Bill. Lizzie pourra entrer et nous parlerons calmement. D'accord ?

Il fit un pas vers la porte. La mère de Lizzie brandit de nouveau la chaise.

— Écartez-vous de là ! Qui sait quel gang de voyous il y a dans le couloir ? J'ai pourtant dit à Lizzie que je n'avais pas d'argent, pas de carte de crédit... Il est inutile de me séquestrer. Personne ne paiera la rançon. Ah ! Vous vous êtes trompé de personne, mon jeune ami !

Sa lèvre inférieure frémissait. Elle ressemblait tant à sa fille que Bill fut saisi du même désir de protection qu'il éprouvait face à Lizzie.

— Il n'y a que votre fille dans le couloir, dit-il posément. Il n'y a pas de gang. Tout cela n'est qu'un énorme malentendu, Mrs. Duffy.

— Vous pouvez raconter ce que vous voulez. Je suis tenue enfermée ici par cette folle depuis hier soir, elle s'est sauvée en m'abandonnant, je me suis demandé ce qu'il y avait de l'autre côté de la porte, et maintenant vous entrez par la fenêtre et vous me menacez avec le couvercle de la boîte à pain. C'est tout ce que je sais !

— Non, non, je n'ai pris le couvercle de la boîte à pain que pour me protéger, quand vous avez brandi cette chaise devant moi. Regardez, je le repose...

Sa voix avait un réel effet calmant. La mère de Lizzie semblait maintenant prête à entendre raison. Après une seconde d'hésitation, elle abaissa la chaise et se laissa tomber dessus, épuisée, apeurée et perdue.

Bill put enfin se remettre à respirer normalement. Il décida de laisser passer un moment avant de prendre le moindre risque. Il déverrouillerait la porte un peu plus tard. Ils s'observèrent avec défiance.

Il y eut soudain un cri à l'extérieur.

— Maman ? Bill ? Que se passe-t-il ? Pourquoi vous ne parlez pas ? Pourquoi vous ne criez pas ?

— On fait une pause ! lança Bill.

Il n'aurait pas parié que c'était la meilleure explication, mais Lizzie parut s'en contenter.

— D'accord, dit-elle plus calmement.

— Est-ce qu'elle a pris de la drogue ? interrogea sa mère.

— Non ! Dieu du ciel ! non, pas du tout.

— Alors qu'est-ce que tout cela signifie ? M'emprisonner en prétendant vouloir me parler sans rien me dire de cohérent ?

— Je crois que vous lui avez beaucoup manqué, dit Bill.

— Et je peux vous jurer que je vais lui manquer encore plus à partir de maintenant ! rétorqua Mrs. Duffy.

Bill l'observa, cherchant à la comprendre. Elle était jeune et mince, et semblait appartenir à une génération différente de celle de sa propre mère. Elle portait une robe flottante semblable à un cafetan, avec un rang de perles en verre autour du cou. Le genre de tenue qu'on voit dans les revues consacrées au New Age, pensa-t-il. Mais elle n'avait ni sandales ouvertes ni cheveux flottants sur les épaules. Ses boucles tombaient en cascade comme celles de Lizzie, marquées cependant de petites traces de gris, ici et là. Si l'on exceptait son visage maculé de mascara, elle aurait pu être sur le point de se rendre à une soirée. Ce qui avait été précisément son intention avant de se retrouver retenue dans ce studio.

— Je pense qu'elle a très mal supporté la distance qui s'est créée entre vous, reprit Bill avec prudence. (Mrs. Duffy eut un grognement méprisant.) Enfin, vous comprenez, vous vivez loin, elle vous voit rarement...

— Pas assez loin, c'est moi qui vous le dis ! l'interrompit-elle. Tout ce que j'ai fait, c'est demander à ma fille de me rejoindre pour boire un verre. Mais elle a insisté pour venir à la gare en taxi et m'amener ici. Alors je lui ai dit que je ne pouvais pas rester parce qu'il fallait que j'aille au vernissage de Chester... Où Chester croit-il que je suis, en ce moment ? Mon Dieu, c'est une catastrophe...

— Qui est Chester ?

— Un ami, pour l'amour du ciel ! Un *ami*, une des personnes qui habitent près de chez moi. C'est un artiste. Nous sommes tous venus à Dublin pour le vernissage de son expo, et personne ne saura ce qui m'est arrivé...

— Ils ne penseront pas à venir vous chercher ici, chez votre fille ?

— Non, bien sûr que non. Pourquoi le feraient-ils ?

— Mais ils savent quand même que vous avez une fille à Dublin ?

— Oui. Enfin peut-être. Ils savent que j'ai trois enfants mais je ne passe pas mon temps à déblatérer sur leur compte. Ils ignorent où vit Elizabeth, et ce genre de détails.

— Mais vos amis, vos véritables amis ?

— Ce sont mes véritables amis ! répliqua-t-elle.

— Tout va bien là-dedans ? fit la voix de Lizzie dans le couloir.

— Laisse-nous un peu de temps, Lizzie, répondit Bill.

— Dieu m'en est témoin, tu paieras pour tout ça, Elizabeth ! lança sa mère.

— Où sont-ils logés, vos amis ? reprit Bill.

— Je n'en sais rien, et c'est bien là le problème. Nous étions convenus de voir ça au vernissage, et peut-être d'aller tous chez Harry. Il habite dans une grange immense, nous y avons déjà dormi. Sinon Chester devait nous trouver de merveilleux petits *Bed and Breakfast* pour presque rien.

— Pensez-vous que Chester ait appelé la police ?

— Pourquoi diable l'aurait-il fait ?

— Parce qu'il s'inquiétait de ce qui aurait pu vous arriver ?

— La police ?

— Eh bien, s'il vous attendait et qu'il ne vous a pas vue...

— Il aura pensé que je me suis éclipsée avec quelqu'un rencontré au vernissage. Ou bien que je ne suis même pas venue. C'est ce qui me met en rage dans toute cette affaire ridicule.

Bill s'autorisa un soupir de soulagement. La mère de Lizzie avait manifestement une réputation d'imprévisibilité auprès de ses amis. Personne ne déclencherait des recherches pour la retrouver. Il n'y aurait pas de voiture de police passant au ralenti dans les rues, ni de regards scrutant la foule pour identifier une femme blonde en cafetan. Lizzie ne risquait pas de passer le restant de la nuit dans une cellule de la Garda[1].

— Pouvons-nous laisser entrer Lizzie ? demanda-t-il en s'efforçant de donner à Mrs. Duffy l'impression qu'ils étaient bien du même bord.

— Pour qu'elle continue à se plaindre que nous ne nous voyons jamais, que nous ne discutons jamais, et toutes ces imbécillités ?

— Non. Je veillerai à ce qu'elle n'aborde pas ces sujets, faites-moi confiance.

— Très bien. Mais n'espérez pas que je sois tout sourire après ce qu'elle vient de me faire subir.

— Non, vous avez tout à fait le droit de lui en vouloir.

Il contourna Mrs. Duffy et alla ouvrir la porte. Lizzie était là, misérable et tremblante, dans le couloir obscur.

— Ah ! Lizzie, fit Bill du ton qu'il aurait employé en découvrant une invitée inattendue mais bienvenue. Entre donc, je t'en prie. Et peut-être que tu pourrais nous préparer un peu de thé ?

La jeune femme trottina vers la cuisine en évitant de croiser le regard de sa mère.

— Attends que ton père soit mis au courant de cette histoire ! menaça celle-ci d'un ton venimeux.

— Mrs. Duffy, vous prenez du lait dans votre thé ? Du sucre ? coupa Bill.

— Ni l'un ni l'autre, merci.

— Nature pour Mrs. Duffy ! lança-t-il comme s'il passait une commande à quelque employé d'hôtel.

Il fit rapidement le tour du petit appartement pour ranger les objets renversés. Il lissa le dessus-de-lit, ramassa quelques bibelots tombés par terre, et rétablit la normalité qui avait momentanément déserté les

---

1. Police irlandaise. *(N.d.T.)*

lieux. Bientôt le trio se retrouva assis devant des tasses de thé fumant.

— J'ai apporté des sablés, dit fièrement Lizzie en tirant de son sac une boîte en fer-blanc décorée d'un motif écossais.

— Cette marque coûte une fortune ! souffla Bill, comme frappé d'horreur devant une telle dépense.

— Je voulais quelque chose de bien pour la visite de ma mère.

— Je n'ai jamais dit que je viendrais ici, c'est toi qui l'as cru, et toi seule. Quelle idée, d'ailleurs...

— N'empêche, ils sont dans une boîte en fer, dit Bill. On peut les conserver longtemps.

— Vous êtes cinglé ou quoi ? lui dit soudain la mère de Lizzie.

— Je ne pense pas. Pourquoi cette question ?

— Parler de sablés à un moment pareil ! Je croyais que vous étiez celui qui prenait les choses en main ?

— Ça ne vaut pas mieux que de vous quereller à propos de visites et de discussions, et de toutes ces choses que vous ne voulez pas aborder ? répondit Bill, vexé par cette critique qu'il estimait imméritée.

— Non, pas du tout. Je trouve ça stupide. Vous êtes aussi dingue qu'elle, voilà la vérité. Je suis tombée dans un repaire de fous...

Elle coula un regard de bête traquée vers la porte et son sac de voyage posé tout près. Allait-elle tenter une échappée ? Ce ne serait peut-être pas plus mal. Mais non, ils étaient déjà allés trop loin, et il fallait régler la situation sans retard. Que Lizzie explique à sa mère ce qu'elle lui reprochait, et que Mrs. Duffy reconnaisse ses torts ou les nie. Le père de Bill lui avait toujours dit qu'il fallait savoir attendre et voir venir. Mais attendre quoi ? Et que verraient-ils venir ? Toutefois son père paraissait toujours satisfait du résultat. La méthode devait donc avoir du bon.

Lizzie était en train de mâchonner un sablé avec application.

— Ils sont délicieux, dit-elle. Pur beurre, ça se sent.

Le regard de Bill passait de l'une à l'autre. Il espérait ne pas se tromper en constatant un léger adoucissement dans l'expression de Mrs. Duffy.

— Par certains côtés, c'est dur d'être une femme seule, tu sais, Lizzie... commença-t-elle.

— Mais tu n'étais pas forcée de vivre seule, Maman. Tu aurais pu nous avoir tous avec toi, Papa, moi, John et Kate.

— Je ne pouvais pas continuer à vivre dans une maison pareille, enfermée toute la journée en attendant l'homme qui devait ramener l'argent. D'ailleurs il est souvent arrivé à ton père de ne pas rentrer avec sa paie, je te signale. Il allait la dépenser sur ses paris... comme il le fait toujours, à Galway.

— Tu n'étais pas obligée de partir.

— Si. Il le fallait, sinon j'aurais fini par tuer quelqu'un, lui, toi, ou même moi. Il est parfois plus sage de prendre un peu le large pour respirer.

— Quand êtes-vous partie ? demanda Bill sur le ton de la conversation.

— Vous ne savez donc pas ? Elle ne vous a pas raconté en détail quelle mère indigne j'ai été, et comment j'ai abandonné tout le monde ?

— Non, Lizzie ne m'en a rien dit. Jusqu'à cette minute, j'ignorais même que vous aviez quitté le domicile familial. Je pensais que Mr. Duffy et vous vous étiez séparés à l'amiable et que vos enfants avaient chacun suivi leur route. Une attitude adulte, qui devrait être la règle dans les familles.

— Que voulez-vous dire par « une attitude qui devrait être la règle » ? dit la mère de Lizzie en fixant sur Bill un regard soupçonneux.

— Eh bien, je vis dans ma famille, avec ma mère, mon père et une sœur handicapée, et en toute honnêteté je ne vois pas comment je pourrais ne pas vivre avec eux, ou proche d'eux. C'est pourquoi j'étais arrivé à la conclusion que la famille de Lizzie était très libre... Et d'une certaine façon, j'admirais ce type de rapports.

Sa franchise était trop évidente pour qu'on pût la mettre en doute.

— Vous pourriez quitter votre famille, suggéra la mère de Lizzie.

— Sans doute, mais si je le faisais je ne me sentirais pas très à l'aise.

— Vous n'avez qu'une vie.

Tous deux ignoraient presque Lizzie à présent.

— Oui, c'est ça, sûrement. Je suppose que si je disposais de plus d'une vie, je ne me culpabiliserais pas autant.

Lizzie tenta de revenir dans la discussion.

— Tu n'as jamais écrit, tu n'as jamais donné de tes nouvelles, lança-t-elle à sa mère.

— Écrire à quel propos, Lizzie ? Tu ne connais pas mes amis, ni moi les tiens, pas plus que ceux de Kate et de John. Je vous aime toujours, tu sais, et je souhaite que tout se passe pour le mieux pour vous, même si nous ne nous voyons pas souvent.

Elle se tut, comme surprise d'en avoir autant dit.

Lizzie ne paraissait pas convaincue.

— Si tu nous aimais, tu viendrais nous voir. Et tu ne te moquerais pas de moi, et du studio où j'habite, et de ma proposition de dormir ici. Tu ne ferais pas ça si tu nous aimais.

— Je crois que ce que Mrs. Duffy voulait dire, c'est... commença Bill.

— Oh ! pour l'amour du ciel, appelez-moi Bernie, comme tout le monde, coupa-t-elle.

L'interruption était tellement inattendue que Bill en perdit le fil de ses pensées.

— Continuez, fit Mrs. Duffy. Que pensez-vous que je voulais dire ?

— Que Lizzie est très importante pour vous, mais que la vie vous a un peu séparées, parce que le comté de Cork est si loin d'ici et... et qu'il vous était difficile de rester ici la nuit dernière à cause du vernissage de l'exposition de votre ami, à laquelle vous vouliez assister pour lui montrer votre soutien. C'est quelque chose comme ça ?

Le visage empreint d'anxiété, il regarda les deux femmes l'une après l'autre. Il se demandait si son explication allait leur apporter la sérénité, ou au contraire réveiller la colère de Mrs. Duffy, qui alors risquerait de vouloir encore alerter la police et couper tout lien avec sa fille...

— C'était quelque chose dans ce goût-là, oui, répondit Bernie. Mais de loin seulement.

C'était néanmoins un bon début, pensa Bill.

— En jetant la clef par la fenêtre, Lizzie a voulu vous faire comprendre combien elle souffrait de toutes ces années passées sans vous voir, et qu'elle voulait avoir une occasion de rattraper le temps perdu, de vous parler, d'apprendre à mieux vous connaître. N'est-ce pas, Lizzie ?

— Oui, c'est tout à fait ça ! affirma la jeune femme avec vigueur.

— Dieu tout-puissant ! quel que soit votre nom, jeune homme...

— Bill, dit-il d'un ton aimable.

— Oui... Eh bien, Bill, admettez que ce n'est pas le comportement d'une personne saine d'esprit de m'attirer ici par la ruse pour me séquestrer.

— Je ne t'ai pas attirée ici par la ruse, protesta Lizzie. J'ai emprunté de l'argent à Bill pour que nous puissions venir de la gare en taxi. Je t'ai invitée ici, j'ai acheté des sablés, du bacon, des foies de volaille et du xérès. J'ai fait le lit pour que tu dormes confortablement. Je voulais simplement que tu restes avec moi une nuit. Était-ce trop demander ?

— Mais je ne le pouvais pas, répondit Bernie Duffy d'un ton proche de l'excuse.

— Tu aurais pu me dire que tu reviendrais le lendemain. Mais non, tout ce que tu as fait, ça a été de te moquer de moi. Je n'ai pas pu le supporter, et puis tu es devenue de plus en plus hargneuse et tu m'as débité des horreurs...

— Je n'étais pas dans mon état normal parce que je ne parlais pas à une personne normale, répliqua la mère. Tu m'as vraiment choquée, Lizzie. Tu donnais l'impression d'avoir perdu la tête, je te jure. Ce que tu disais n'avait aucun sens. Tu répétais que tu avais passé les six dernières années comme une âme en peine...

— C'est exactement ce que j'ai ressenti.

— Tu avais dix-sept ans quand je suis partie. Ton père voulait que tu viennes avec lui à Galway, mais tu as refusé... Tu as dit et répété que tu étais assez grande pour vivre seule à Dublin, et tu as trouvé un emploi dans une blanchisserie. Tu es devenue indépendante financièrement. C'est ce que tu voulais. C'est ce que tu as toujours dit.

— Je suis restée parce que j'espérais que tu reviendrais.

— Revenir où ? Ici ?

— Non, à la maison. Papa a attendu un an avant de la mettre en vente, tu te souviens ?

— Oui. Je me souviens. Ensuite il a parié tout l'argent qu'il en a tiré sur des chevaux qui doivent encore courir à reculons quelque part sur les hippodromes d'Angleterre.

— Pourquoi n'es-tu pas revenue, Maman ?

— Et qu'y avait-il pour m'y inciter ? Ton père ne s'intéressait qu'au tiercé, John était déjà parti en Suisse, Kate à New York, et toi tu traînais déjà tout le temps avec tes amis.

— Je t'ai attendue, Maman.

— Non, ce n'est pas vrai, Lizzie. N'essaie pas de transformer le passé. Si c'est ça, pourquoi ne m'as-tu pas écrit pour m'expliquer ?

Il y eut un silence.

— Tu ne voulais entendre que des bonnes nouvelles de moi, répondit enfin Lizzie, alors je ne t'ai donné que les bonnes nouvelles. Par cartes postales ou lettres, tu as su par exemple que j'étais allée en Grèce. Et je ne t'ai pas dit que j'attendais ton retour, parce que j'ai pensé que cela t'énerverait.

— J'aurais préféré de beaucoup que tu me dises cela tranquillement, plutôt que de me kidnapper et m'emprisonner...

— Et vous vous plaisez dans le comté de Cork ? intervint de nouveau Bill, cherchant toujours à détendre l'atmosphère. J'ai l'impression que c'est un très joli coin, d'après les photos qu'on en voit.

— Je vis dans un endroit très spécial, voyez-vous, et je suis entourée d'esprits libres, de gens qui sont revenus à la terre, qui peignent ou font de la poterie... enfin, qui expriment leur personnalité.

— Et vous-même, pratiquez-vous un art, euh... Bernie ?

Il paraissait s'intéresser à sa vie, et elle ne pouvait s'en offusquer.

— Non, pas vraiment. Mais j'ai toujours aimé les artistes et les lieux qu'ils fréquentent. J'étouffe dès que je me sens cloîtrée quelque part. C'est bien pourquoi toute cette histoire m'a...

— Et vous possédez une maison à vous ? coupa Bill, désireux de l'éloigner des sujets sensibles. Ou bien vous vivez avec Chester ?

— Non, mon Dieu, non ! répliqua-t-elle en riant de ce même rire perlé qui rendait sa fille si séduisante. Non, Chester est homosexuel, il vit avec Vinnie... Non, non. Ce sont bien mes meilleurs amis, ils habitent à environ six kilomètres de chez moi. Mais moi j'ai un appartement, un studio, je suppose qu'on peut l'appeler ainsi. C'est une ancienne dépendance d'une grande propriété.

— Ça doit être agréable. Est-ce près de la mer ?

— Oui, bien sûr. Là-bas on est toujours près de la mer. C'est charmant, j'adore cet endroit. J'y habite depuis six ans maintenant, et je m'y sens vraiment chez moi.

— Et comment vivez-vous, Bernie ? Vous travaillez ?

La mère de Lizzie le toisa, comme s'il venait de proférer la pire des obscénités.

— Je vous demande pardon ?

— C'est parce qu'il travaille dans une banque, Maman, expliqua Lizzie sur un ton d'excuse. Il est obsédé par le revenu des gens.

À ce moment, Bill en eut assez. C'en était trop. Il était assis là, dans ce meublé, en pleine nuit, à s'efforcer de maintenir la paix entre deux femmes déstabilisées, et c'étaient elles qui le jugeaient inconvenant parce qu'il avait un emploi, qu'il payait ses factures et qu'il menait une existence saine. Eh bien, il avait eu son compte. Qu'elles se débrouillent. Il allait rentrer chez lui, dans son foyer ennuyeux, sa triste famille.

Jamais il ne serait muté dans une succursale à l'étranger, même s'il savait dire « Comment allez-vous », « jolis bâtiments » et « œillets rouges » en italien. Et plus jamais il n'essaierait de faire comprendre à des personnes égoïstes qu'il y avait du bon en elles. Un picotement inhabituel irritait son nez et ses yeux, comme s'il allait fondre en larmes.

Quelque chose dans son attitude dut alerter la mère et la fille. Il donnait soudain l'image de quelqu'un qui s'est volontairement replié sur lui-même.

— Je ne voulais pas me moquer de votre question, dit Bernie Duffy. C'est certain qu'il faut que je gagne ma vie. Je fais un peu de ménage dans la propriété où

188

j'ai mon logement, et quand les propriétaires organisent des soirées, j'aide un peu... à ranger. J'aime repasser, j'ai toujours aimé ça, alors je me charge de leur repassage aussi, et en contrepartie ils ne me demandent pas de loyer. Ils me donnent un peu d'argent.

Lizzie contemplait sa mère avec incrédulité. C'était donc cela, la vie de bohème au contact des gens célèbres et riches, des play-boys et de la haute société qui possédait des résidences secondaires dans le sud-ouest de l'Irlande. Sa mère était en somme une domestique.

Bill avait recouvré toute sa maîtrise.

— Ce doit être très gratifiant, dit-il. Vous voyez le meilleur de deux mondes différents, vous vivez dans un endroit agréable, vous êtes indépendante, et vous n'avez pas à vous préoccuper de la façon dont vous pourrez emplir le frigo.

Bernie scruta son visage, cherchant à y déceler la moindre trace de sarcasme, mais n'en trouva aucune.

— C'est exact, fit-elle après un moment. C'est bien la vie que je mène.

Bill songea qu'il devait parler avant que Lizzie ne laisse échapper une remarque qui mettrait le feu aux poudres.

— Un de ces jours, quand le temps sera un peu plus clément, Lizzie et moi pourrions venir vous rendre une petite visite là-bas. J'en serais vraiment enchanté.

Il montrait un enthousiasme presque juvénile, et semblait voir dans ce voyage l'équivalent d'une invitation longtemps repoussée.

— Et tous les deux, est-ce que vous êtes... Je veux dire, vous êtes le petit ami de Lizzie ?

— Oui, et nous avons l'intention de nous marier quand nous aurons vingt-cinq ans, dans deux ans. Nous espérons avoir un emploi en Italie, c'est pourquoi nous suivons des cours du soir pour apprendre l'italien.

— Oui, elle m'en a parlé... au milieu de tout ce qu'elle a dit.

— Que nous allions nous marier ? fit Bill, agréablement surpris.

— Non. Qu'elle apprenait l'italien. Sur le moment, j'ai pensé que ce n'était qu'une ineptie de plus.

Il n'y avait plus grand-chose à ajouter. Bill se leva comme n'importe quel invité qui prend congé à la fin d'une soirée.

— Vous l'avez sans doute remarqué, Bernie, il se fait très tard. Il n'y a plus de bus, et même s'il y en avait vous auriez certainement de grosses difficultés à retrouver vos amis ce soir. C'est pourquoi je me permets de vous suggérer de dormir ici, si bien sûr vous êtes d'accord, et avec la clef sur la porte. Demain, quand vous aurez toutes deux profité d'une bonne nuit de repos, vous pourrez alors vous séparer en bons termes. Quant à moi je pense que je ne vous reverrai pas avant l'été prochain, si nous avons la chance de pouvoir vous rendre visite dans le comté de Cork.

— Ne partez pas ! l'implora Bernie. S'il vous plaît. Ma fille se montre calme et aimable tant que vous êtes là, mais dès que vous aurez passé cette porte elle recommencera à m'accuser de l'avoir abandonnée.

— Non, non. Cela ne risque plus d'arriver, fit-il en mettant autant de persuasion que possible dans ses propos. Lizzie, pourrais-tu confier la clef à ta mère ?... Vous, Bernie, gardez-la sur vous, ainsi vous saurez que vous pouvez partir quand bon vous semble.

— Mais toi, comment vas-tu rentrer ? demanda Lizzie.

Il la considéra sans dissimuler son étonnement. Habituellement, elle ne se souciait pas de savoir s'il devrait fa're cinq kilomètres à pied quand il la quittait en fin de soirée.

— Je marcherai. La nuit est claire et douce.

La mère et la fille le regardaient du même air curieux. Il éprouva le besoin subit d'ajouter quelque chose, pour prolonger la neutralité du moment.

— Hier, au cours du soir, Signora nous a appris quelques termes en rapport avec le temps, par exemple comment dire que nous avions eu un très bel été : *E' stata una magnifica estate.*

— C'est très joli, commenta Lizzie avant de répéter à la perfection : *E' stata una magnifica estate.*

— Eh ! tu as saisi de suite, alors que toute la classe a dû répéter cette phrase plusieurs fois, fit Bill impressionné.

— Elle a toujours eu une excellente mémoire auditive, même toute petite, commenta Bernie. Vous disiez une chose, et Elizabeth s'en souvenait encore des années plus tard.

Elle posait à présent sur sa fille un regard empreint de fierté.

Sur le chemin du retour, Bill s'autorisa un sentiment de satisfaction tout à fait justifié. Bon nombre d'obstacles qui lui avaient paru infranchissables se révélaient maintenant beaucoup moins redoutables. Il n'avait plus de raisons de craindre une mère trop snob vivant dans le comté de Cork, et qui ne verrait en lui qu'un petit employé de banque indigne de sa fille. Plus de raisons non plus de craindre d'être trop fade pour Lizzie. Elle ne recherchait que la sécurité, l'amour et la stabilité. Or, il pouvait lui offrir tout cela. Bien sûr, il y aurait toujours quelques problèmes. Lizzie aurait certainement des difficultés à respecter un budget préétabli. Jamais elle ne changerait d'attitude face à l'argent et aux désirs matériels. Mais il suffirait à Bill de satisfaire ces penchants avec mesure. Et d'orienter Lizzie peu à peu vers le travail. Si sa mère pourtant très évaporée gagnait en fait sa vie comme femme de ménage, alors Lizzie était peut-être susceptible de changer ses vues sur la question.

Toute personne est capable d'évolution, se dit Bill à lui-même.

Et il décida qu'ils se rendraient à Galway pour voir son père. Pour que Lizzie se pénètre de la certitude qu'elle faisait toujours partie de sa propre famille, qu'elle n'avait plus besoin de s'accrocher à des illusions. Et pour qu'elle comprenne que très bientôt, elle ferait également partie de la famille de Bill.

Il marchait dans la nuit d'un pas détendu, comme d'autres conduisent leur voiture ou prennent un taxi. Il ne désirait aucune de ces facilités. Il se sentait heureux. Ainsi donc des gens avaient besoin de lui, et comptaient sur lui. À la réflexion, c'était une très bonne chose, qui prouvait simplement quel genre d'individu il était. Dans quelques années, son fils serait peut-être critique à son égard, et le plaindrait comme lui-même avait plaint son père. Mais peu importait. Cela ne démontrerait qu'une chose : que son fils n'aurait pas compris. Pas encore.

Kathy

Kathy Clarke était l'une des élèves les plus studieuses du Mountainview College. En classe, elle présentait toujours une expression concentrée à la limite de la grimace. Elle décortiquait laborieusement chaque problème et restait en retrait, sauf pour demander des éclaircissements. Elle était même devenue le sujet d'une petite plaisanterie sans méchanceté parmi les professeurs. Dire qu'on « faisait comme Kathy Clarke » signifiait qu'on plissait les yeux d'un air sérieux en lisant quelque chose qu'on ne comprenait pas du premier coup.

C'était une jeune fille de grande taille, assez terne. Elle n'avait pas les oreilles percées, ne portait pas de bijoux bon marché comme ses camarades. Elle n'était pas réellement intelligente non plus, mais compensait cette relative lenteur d'esprit par une volonté d'apprendre qui pouvait être presque gênante pour qui en était régulièrement témoin.

Chaque année scolaire était ponctuée par des réunions avec les parents d'élèves. Mais personne parmi les professeurs ne parvenait à se remémorer qui était venu s'enquérir de la scolarité de Kathy.

— Son père est plombier, déclara un jour Aidan Dunne. C'est lui qui a raccordé les toilettes pour nous. Un travail impeccable, mais il a exigé d'être payé en liquide. Le problème, c'est qu'il ne me l'a dit qu'à la fin... J'avais déjà sorti mon carnet de chèques et il a manqué s'évanouir en le voyant !

— Je me souviens que de toute la réunion sa mère n'a pas retiré une seconde sa cigarette de la bouche, dit Helen, le professeur de gaélique. Elle n'a pas arrêté de demander ce que tout ça apporterait à sa fille, et si ça l'aiderait à gagner sa vie plus tard...

— C'est ce que disent tous les parents, hélas ! intervint Tony O'Brien d'un ton résigné. N'espérez pas que l'un d'eux se mette à philosopher sur les bienfaits de la stimulation intellectuelle...

— Kathy a une sœur aînée qui vient aussi aux réunions, reprit un autre enseignant. Elle est gérante d'un supermarché, et je crois que c'est la seule à vraiment comprendre cette pauvre petite.

— Bon sang, la vie ne serait-elle pas magnifique si nos seuls problèmes ici se rapportaient à des élèves qui travaillent trop dur et font la grimace quand ils se concentrent sur leurs cours ? lâcha Tony O'Brien.

En qualité de nouveau principal, il devait affronter dans son bureau une masse de problèmes quotidiens bien plus ardus que celui-ci.

Et pas seulement dans son bureau.

Parmi toutes les femmes qu'il avait — brièvement — connues, bien peu avaient suscité en lui le désir de s'engager dans une relation de couple, et maintenant qu'il avait enfin rencontré l'oiseau rare, la situation se révélait inextricable. Il aimait la fille de ce pauvre Aidan Dunne qui avait cru dur comme fer qu'il serait nommé directeur du Mountainview College. L'incompréhension et les erreurs d'interprétation qui avaient suivi cette découverte auraient pu constituer la trame d'un mélodrame victorien de la meilleure veine.

À présent, Grania Dunne refusait de le revoir sous prétexte qu'il avait humilié son père. C'était pour Tony un argument aussi vague que faux, mais la jeune fille y croyait. Il lui avait laissé la décision, en affirmant que pour la première fois de sa vie il resterait seul jusqu'à ce qu'elle lui revienne. Il lui avait envoyé une série de cartes postales avec des légendes allusives, pour lui rappeler qu'il l'attendait, mais jusqu'alors il n'avait reçu aucune réponse. Espérer encore était peut-être une belle stupidité. Les femmes ne manquaient pas dans son entourage, et jamais encore il n'avait boudé les chances que pouvait lui offrir l'existence.

Pourtant, aucune de ces conquêtes potentielles ne possédait le charme de cette jeune fille vive, au regard pétillant, dotée d'une énergie et d'un esprit qui donnaient à Tony O'Brien l'impression d'avoir vingt ans de moins. Et elle n'avait pas estimé qu'il était trop vieux pour elle. Du moins pas de toute la nuit qu'ils avaient passée ensemble. C'était juste avant d'apprendre qu'elle était la fille d'Aidan Dunne, cet homme qui avait espéré une place qui jamais ne serait sienne.

La dernière chose à laquelle Tony s'était attendu en qualité de principal du Mountainview College, c'était bien de mener une vie privée proche de la retraite monacale... Certes, cette nouvelle existence ne lui faisait aucun mal. Il sortait peu, buvait moins et se couchait plus tôt. Il s'efforçait même de réduire sa consommation de cigarettes, au cas où Grania déciderait de revenir. Déjà, il était capable de ne pas fumer dès le réveil. Il n'avait plus à tâtonner, les yeux encore lourds de sommeil, pour trouver son paquet de cigarettes sur la table de chevet. Il attendait d'être arrivé dans son bureau ; alors seulement, devant son café matinal, il inhalait la première bouffée du poison. Pour lui, c'était là un progrès indéniable. Il n'osait cependant envoyer à Grania une carte postale avec ces simples mots : « Je ne fume plus. » Elle aurait pu en déduire qu'il avait totalement renoncé à la cigarette, ce qui était loin d'être la vérité. La place que prenait cette femme dans ses pensées devenait vraiment ridicule...

Il n'aurait jamais imaginé à quel point la direction d'une école comme Mountainview pouvait être épuisante, avec les réunions de parents d'élèves et les journées « portes ouvertes », entre autres calamités inévitables.

Il lui restait donc peu de temps à consacrer au cas de Kathy Clarke. Elle quitterait l'école, trouverait un emploi quelque part : sa sœur la ferait peut-être entrer au supermarché. Jamais elle n'atteindrait les études supérieures. Elle ne bénéficiait ni du milieu familial adéquat, ni de l'intelligence nécessaire. Mais elle survivrait.

Aucun d'entre eux n'aurait pu dire à quoi ressemblait la vie familiale de Kathy Clarke. S'ils y avaient réfléchi, ils auraient imaginé un foyer endormi par la télévision et les repas surgelés, trop paisible et trop anodin, avec trop d'enfants et pas assez de revenus. Le tableau habituel, en quelque sorte. Ils ignoraient que la chambre de Kathy possédait un bureau encastré et une petite bibliothèque bien fournie. Fran, sa sœur aînée, veillait là chaque soir jusqu'à ce que Kathy ait terminé ses devoirs. En hiver elles allumaient le chauffage à gaz d'appoint, et c'est Fran qui achetait les recharges au supermarché.

Les parents de Kathy riaient de cette extravagance. Leurs autres enfants n'avaient-ils pas toujours fait leurs devoirs sur la table de la cuisine, et avec succès ? Mais Fran s'élevait contre leur conception du « succès ». Non, disait-elle, elle-même avait dû quitter l'école à quinze ans, sans qualification, et il lui avait fallu des années avant de parvenir à une position sociale enviable. Nonobstant cette réussite, elle souffrait toujours de lacunes graves dans son éducation. Quant aux garçons, ils avaient rencontré les pires difficultés à se débrouiller dans la société. Deux d'entre eux travaillaient en Angleterre, l'autre était *roadie* pour un groupe de musique pop... Fran parlait comme si elle avait été investie de la mission de propulser Kathy plus haut que le reste de la famille.

Parfois Kathy avait l'impression de trahir sa sœur.

— Tu sais, Fran, je ne suis pas très intelligente. Je ne comprends pas aussi facilement que d'autres dans la classe. Tu ne peux pas imaginer combien Harriet comprend vite.

— Mais son père est professeur, alors pourquoi ne serait-elle pas plus éveillée ?

— C'est précisément ce que je veux dire, Fran. Tu es tellement gentille avec moi. Tu devrais être en train de danser et tu es là, à vérifier mes devoirs, et j'ai tellement peur de rater mes examens et de te décevoir après tout ce que tu as fait pour moi...

— Je n'ai pas envie d'aller danser, soupirait Fran.

— Mais tu es sûrement assez jeune encore pour aller dans les discothèques, non ?

Kathy avait seize ans, et était la plus jeune enfant de la famille, alors que Fran, l'aînée, en avait trente-deux. Elle aurait dû être mariée et vivre dans son propre foyer depuis longtemps, comme toutes ses amies. Mais Kathy ne voulait pas que Fran parte. Sans elle, la vie dans la maisonnée deviendrait intenable. Leur mère était souvent partie en ville, pour « faire des courses », selon son expression. En fait, elle allait jouer aux machines à sous.

Heureusement que Fran était là pour suppléer aux manques de leur mère. Grâce à elle, il y avait toujours du jus d'orange au petit déjeuner, et un repas chaud le soir. C'est Fran qui avait acheté l'uniforme de l'école pour Kathy, qui lui avait appris à cirer ses chaussures, à laver ses blouses et ses sous-vêtements chaque soir. Sa mère n'aurait jamais pris cette peine.

Fran lui expliquait tout des problèmes de la vie quotidienne. Elle lui acheta son premier paquet de Tampax. Elle lui conseilla d'attendre de rencontrer un garçon qui lui plairait vraiment, plutôt que de faire l'amour avec n'importe qui sous prétexte que c'était ce que faisaient toutes les jeunes filles.

— Et toi, tu as trouvé quelqu'un que tu aimais suffisamment pour le faire ? demanda innocemment Kathy, alors âgée de quatorze ans.

Fran avait aussi une réponse prête pour cette question.

— J'ai toujours pensé qu'il valait mieux ne pas en parler. Tu sais, la magie de la chose s'en va quand on en parle trop.

Et ce fut tout.

Fran l'emmenait au théâtre, se promenait avec elle dans Grafton Street, la faisait entrer dans les boutiques à la mode.

— Il faut apprendre à tout faire avec un air assuré, disait-elle. Tout est là. Il ne faut pas sembler gênée, ni s'excuser comme si nous n'en avions pas le droit.

Jamais Fran ne formulait la moindre critique sur leurs parents. Mais Kathy se plaignait parfois :

— Pour Maman tu fais partie du décor, Fran. Tu lui as acheté un très joli autocuiseur et elle n'a encore rien préparé dedans.

— Maman est très occupée, éludait sa sœur.

— Papa ne te remercie même pas quand tu ramènes pour lui de la bière du supermarché. Il ne te fait jamais de cadeau, lui.

— Il y a pire, comme père. Il n'a pas une vie très amusante, à se glisser sous les tuyaux et à déboucher les lavabos.

— Tu te marieras, tu crois ? lui demanda Kathy un jour avec un peu d'inquiétude.

— J'attendrai que tu sois adulte, ensuite je m'en occuperai, répondit Fran en riant de ses propres paroles

— Mais tu ne seras pas trop vieille ?

— Absolument pas. Quand tu auras vingt ans j'en aurai trente-six, la fleur de l'âge.

— Je croyais que tu allais te marier avec Ken ?

— Eh bien, non. D'ailleurs il est parti en Amérique, donc il est sorti du tableau.

Ken avait travaillé au même supermarché que Fran. C'était un garçon très entreprenant, et leurs parents étaient persuadés qu'il demanderait la main de Fran. Kathy se garda bien de l'avouer à sa sœur, mais elle fut très contente d'apprendre que Ken était sorti du tableau.

Lors de la réunion de parents d'élèves précédant l'été, le père de Kathy ne put être présent. Il prétendit avoir à travailler tard ce soir-là.

— S'il te plaît, Papa, s'il te plaît ! implora Kathy. Les professeurs souhaitent la présence d'un des deux parents. Maman ne viendra pas, elle ne vient jamais, et tu n'aurais rien à faire, seulement les écouter et leur dire que tout va bien.

— Bon Dieu, Kathy ! je déteste aller dans les écoles, je m'y sens mal à l'aise. Je te l'ai déjà expliqué.

— Mais Papa, ce n'est pas comme si j'avais commis une faute et qu'ils veuillent me juger. Je veux juste qu'ils pensent que tu es intéressé.

— Nous le sommes, ma fille, nous le sommes... Mais ta mère n'est pas dans son assiette ces temps-ci, et sa présence serait plutôt un embarras qu'autre chose. Et tu sais comment ils sont par rapport aux fumeurs... Fran pourrait peut-être y aller une fois de plus. Elle sera plus au courant que nous, de toute façon.

Aussi Fran alla-t-elle parler de sa jeune sœur à des professeurs qui devaient recevoir des légions de parents comme en confession et leur faire passer un message d'encouragement.

— Kathy est trop sérieuse, dirent-ils à Fran. Elle apprendrait mieux si elle se détendait un peu.

— Elle est passionnée par les études, vraiment, protesta la jeune femme. Je reste avec elle quand elle fait ses devoirs, et elle n'en néglige aucun.

— Elle ne joue jamais, n'est-ce pas ?

Le futur principal était d'un abord agréable, même s'il paraissait ne connaître que vaguement les élèves et parlait en termes très généraux. Fran se demanda s'il se rappelait chaque enfant ou s'il répondait au hasard.

— Non, répondit-elle. Elle ne veut pas retirer du temps à ses études, vous comprenez.

— Peut-être qu'elle le devrait.

— Je pense en tout cas qu'elle devrait cesser les cours de latin, dit toujours l'aimable Mr. Dunne.

Le cœur de Fran se serra.

— Mais elle se donne tant de peine... Je n'ai jamais étudié le latin moi-même, et je m'efforce simplement de suivre avec elle dans son livre, mais je peux vous dire qu'elle y consacre des heures.

— Cependant elle ne comprend rien à cette langue, je regrette de devoir vous le dire, fit Mr. Dunne visiblement embarrassé.

— Et si je lui faisais prendre quelques cours particuliers ? Ce serait un atout pour elle de connaître le latin. Voyez toutes les études qui s'ouvriraient à elle si elle maîtrisait cette matière.

— Elle risque de ne pas avoir de résultats suffisants pour entrer à l'université...

— Mais il le faut. Personne dans la famille n'a réussi, et il est indispensable qu'elle prenne un bon départ dans la vie.

— Vous-même avez un très bon emploi, miss Clarke. Je vous aperçois parfois quand je vais au supermarché. Vous ne pourriez pas lui trouver une place là-bas ?

Fran eut un regard dur.

— Kathy ne travaillera jamais dans un supermarché.

— Désolé, dit doucement Mr. Dunne.

— Non, c'est moi qui suis désolée. C'est très gentil à vous de vous intéresser autant à ma sœur. Pardonnez-moi de m'emporter ainsi. Dites-moi seulement ce qui d'après vous serait le mieux pour elle.

— Il faudrait qu'elle fasse quelque chose qui lui plaise, quelque chose qu'elle pourrait accomplir sans effort excessif, répondit Mr. Dunne. Montre-t-elle le moindre goût pour apprendre à jouer d'un instrument de musique ?

— Non, rien de tel. Dans la famille, tout le monde manque d'oreille, même mon frère qui travaille pourtant avec un groupe pop.

— Et la peinture ?

— Je n'arrive pas à l'imaginer là-dedans. Elle s'impliquerait encore trop, pour être sûre de bien faire...

Il était facile de parler avec cet homme compréhensif. Mr. Dunne éprouvait sans doute les pires difficultés à dire aux parents que leur enfant n'était pas assez doué pour suivre des études supérieures. Peut-être ses propres enfants étaient-ils à l'université et souhaitait-il qu'il en soit de même pour les autres. Et il était bon de sa part de désirer que cette pauvre Kathy soit heureuse et plus détendue. Cet homme ne voulait que le bien des adolescents qu'il éduquait. Il devait faire preuve d'une patience remarquable avec ses élèves.

Aidan regardait le visage fin de cette jeune femme qui montrait beaucoup plus d'intérêt pour l'avenir de sa sœur que l'un ou l'autre de ses parents. Il détestait avoir à dire qu'une élève était trop lente, car il en concevait une réelle culpabilité. Depuis toujours il estimait que si l'école avait été plus petite, ou avait disposé de plus de moyens, d'une bibliothèque plus conséquente, de cours de rattrapage, alors peut-être y aurait-il eu moins d'élèves en situation d'échec. Il avait abordé ce point avec Signora quand ils avaient réglé le principe des cours du soir. Pour elle primaient les espérances de chacun. Il faudrait plus d'une génération d'éducation libre pour que les gens cessent de penser qu'ils rencontreraient toujours des obstacles et des barrières sur leur route.

Il en avait été de même en Italie, disait-elle. À Annunziata, elle avait vu grandir les enfants de l'hôtelier local. Le village était pauvre, et ses habitants n'avaient jamais pensé que les enfants qui allaient à la petite école municipale devaient faire mieux que leurs parents. Elle leur avait enseigné l'anglais uniquement pour qu'ils puissent accueillir les touristes, ou travailler comme femmes de chambre et serveurs. Mais en vérité elle souhaitait bien plus pour eux. Elle comprenait donc très bien ce dont rêvait Aidan pour les gens gravitant autour du Mountainview College.

Comme il était agréable de s'entretenir avec Signora ! Quand ils préparaient les cours d'italien, ils prenaient souvent un café ensemble. Elle savait se montrer discrète, ne posait jamais de questions à Aidan sur son foyer et sa famille, et ne disait pas grand-chose de sa vie à elle chez les Sullivan. Aidan s'était pourtant quelque peu confié, du moins au sujet du bureau qu'il aménageait.

— Je ne suis pas très intéressée par le fait de posséder, avait répondu Signora. Mais une jolie pièce, avec le soleil qui entre par la fenêtre, un bon bureau en bois solide, et tous vos souvenirs, vos livres, et des gravures aux murs... Oui, ce doit être très agréable.

Elle parlait comme une personne démunie qui n'aurait jamais osé rêver pour elle d'un tel luxe, mais apprécierait sans réserve que d'autres en profitent.

Il faudrait qu'Aidan lui explique le cas de Kathy Clarke, cette élève au visage éternellement concentré qui travaillait si dur parce que sa sœur la croyait intelligente. Signora aurait peut-être une idée, elle en avait si souvent.

202

Il se força à chasser de son esprit le souvenir de ces discussions agréables pour revenir à la dure réalité du moment. La soirée était encore loin d'être terminée.

— Je suis certain que vous trouverez une solution, miss Clarke, dit-il en regardant la file de parents d'élèves qui s'étirait derrière elle.

— Je vous suis très reconnaissante, à vous tous ici, répondit Fran avec une évidente sincérité. Vous consacrez votre temps à des enfants que vous aimez. Il y a des années, quand j'étais à l'école, ce n'était pas du tout pareil.

Son visage était pâle et grave. La jeune Kathy Clarke avait au moins une grande chance : sa sœur se souciait réellement de son avenir.

Fran regagna l'arrêt du bus, mains dans les poches et tête basse. En chemin elle passa devant une annexe de l'établissement et remarqua une affiche annonçant des cours d'italien dès septembre. Apparemment, il s'agissait d'une introduction à la langue et aux arts de ce pays, et ces cours promettaient d'éduquer en amusant. Fran se demanda si ce genre d'activité pouvait donner de bons résultats. Mais ce n'était pas donné, et elle devait déjà faire face à trop de dépenses. Elle ne pourrait certainement pas régler un trimestre d'avance. Et si Kathy prenait trop à cœur ces cours d'italien, comme elle le faisait pour toute chose, le remède risquait de se révéler pire que le mal. Avec un soupir, Fran s'immobilisa devant l'arrêt du bus.

Peggy Sullivan, l'une des caissières du supermarché, y patientait déjà.

— Épuisantes, ces réunions, pas vrai ? dit-elle.

— Oh ! il y a un peu de bavardage, bien sûr, mais c'est quand même mieux que dans notre jeunesse, quand personne ne savait où nous en étions. Au fait, comment va votre fils ?

En tant que gérante, Fran se faisait un devoir de connaître personnellement le plus grand nombre possible d'employés. Elle savait que Peggy avait deux enfants qui lui donnaient bien du tracas. Sa fille aînée ne s'entendait pas avec son père, et son garçon se refusait à ouvrir le moindre livre.

— Eh bien, Jerry ne va pas le croire, mais on m'a dit qu'il a fait de très nets progrès. Tous ses professeurs me l'ont affirmé. Il est revenu parmi les humains, comme l'a dit l'un d'entre eux !

— Voilà ce qu'on peut appeler une bonne nouvelle.

— Bah !... En fait, tout le mérite en revient à cette femme bizarre qui habite chez nous. Pas un mot à qui que ce soit, miss Clarke, ajouta-t-elle plus bas, mais nous avons accepté une pensionnaire. Elle est à moitié italienne, à moitié irlandaise. Elle prétend avoir épousé un Italien qui serait mort à présent, mais je suis persuadée que c'est faux. Moi, je crois que c'est une bonne sœur déguisée. Enfin, bref, elle a commencé à s'occuper des devoirs de Jerry, et on dirait bien que ça porte ses fruits.

Et Peggy Sullivan continua d'expliquer que, jusqu'à l'arrivée de Signora, son fils n'avait jamais saisi le sens de la poésie. Mais leur pensionnaire avait tout changé. Le professeur d'anglais se disait également très satisfait des progrès du garçon. Et récemment encore, Jerry semblait ignorer que l'Histoire était constituée de faits réels, mais maintenant il en était conscient et cela changeait tout.

Fran songea avec tristesse que sa propre sœur n'avait pas encore compris que le latin était une langue que l'on parlait jadis. Et si cette Signora était capable d'ouvrir des portes à Kathy aussi ? pensa-t-elle soudain.

— Comment votre pensionnaire gagne-t-elle sa vie ? s'enquit-elle.

— Oh ! ça, il vous faudrait une armée de détectives pour le découvrir ! Elle fait un peu de broderie, et je crois qu'elle travaille parfois dans un hôpital. Mais elle va donner des cours d'italien ici à la rentrée, et elle en est tout excitée. Quand vous l'entendez chantonner en italien, vous pourriez croire qu'elle a gagné la Coupe du Monde à elle toute seule ! Elle prépare sans relâche ses cours. C'est la personne la plus gentille que je connaisse, mais elle a un grain, c'est sûr.

Fran prit sa décision à cette seconde précise. Elle s'inscrirait à ces cours du soir avec Kathy, et toutes deux s'y rendraient chaque mardi et chaque jeudi ; elles apprendraient l'italien, et avec plaisir, grâce à cette femme un peu folle qui chantait en italien et se préparait si bien à sa nouvelle tâche. Avec un peu de chance, cette nouvelle activité détendrait un peu la pauvre Kathy et aiderait Fran à oublier Ken qui était parti en Amérique sans elle.

— Ils ont dit que Kathy était une très bonne élève ! annonça-t-elle fièrement à la famille quand ils se retrouvèrent tous attablés dans la cuisine.

Sa mère, déprimée par des pertes sévères aux machines à sous, feignit l'enthousiasme.

— Eh bien, mais pourquoi auraient-ils dit autre chose ? Elle est très douée, nous le savons tous.

— Ils n'ont pas dit de mal de moi ? demanda Kathy.

— Non, rien du tout. Ils ont dit que tu faisais très bien tes devoirs et que c'était un plaisir d'enseigner à une élève comme toi. Tu vois bien !

— J'aurais aimé pouvoir être là, ma grande, mais je ne pensais pas terminer le boulot assez tôt...

Kathy et Fran avaient déjà pardonné à leur père. Son absence n'avait plus d'importance, maintenant.

— Et j'ai une surprise pour toi, Kathy, reprit Fran. Nous allons apprendre l'italien. Ensemble.

Si elle avait proposé un voyage sur la lune, la famille n'aurait pas été plus étonnée.

— Toutes les deux ? dit Kathy rouge de plaisir.

— Et pourquoi pas ? J'ai toujours eu envie d'aller en Italie, et mes chances de séduire un bel Italien seront beaucoup plus grandes si je sais parler sa langue !

— Mais tu crois que je serai capable ?

— Bien sûr que tu seras capable ! Ce sont des cours destinés aux nulles comme moi qui n'ont jamais rien appris ! Tu seras probablement la première de la classe, et en plus ces cours sont censés être très agréables. Le professeur est une femme, elle nous fera entendre des opéras, nous montrera des photos et nous fera goûter la cuisine italienne. Nous allons bien nous amuser !

— Ce n'est pas trop cher, n'est-ce pas, Fran ?

— Pas du tout ! Et imagine les bénéfices que nous en retirerons ! dit Fran avec entrain.

Elle se demandait si elle n'était pas folle d'avoir fait une telle annonce.

Pendant l'été, Ken s'installa dans une petite ville de l'État de New York. Il écrivit à Fran : « Je t'aime, et je t'aimerai toujours. Je comprends tes scrupules envers Kathy, mais pourquoi ne pas me rejoindre ici ? Elle pourrait venir pendant les vacances scolaires, et tu la ferais travailler. Je t'en prie, accepte avant que je ne prenne un meublé. Dis oui et je louerai une petite maison pour nous deux. Elle a seize ans, Fran, et je ne peux pas t'attendre quatre années de plus. »

Fran versa des larmes sur cette lettre. Mais elle se sentait incapable d'abandonner Kathy maintenant. Elle rêvait tant de voir une Clarke accéder à l'université. Certes, Ken lui avait promis qu'une fois que leurs enfants seraient nés ils pourraient tout reconsidérer, et se donner toutes les chances de reprendre des études. Mais elle s'était trop investie avec Kathy. Sa sœur n'était sans doute pas une intellectuelle, mais elle n'était pas non plus stupide. Si elle était née dans une famille aisée elle aurait profité de toutes sortes d'avantages. Elle serait entrée à l'université parce qu'elle aurait eu tout le temps de s'y préparer, qu'elle aurait lu de nombreux livres achetés par la famille et parce que tout le monde l'aurait incitée à poursuivre ce but. Déjà,

Fran avait réussi à susciter l'espoir chez Kathy. Elle ne pouvait partir à présent et l'abandonner à une mère qui ne pensait qu'aux machines à sous, à un père qui, sans méchanceté aucune, serait comblé si elle trouvait un emploi de caissière au supermarché.

Sans elle, Kathy était perdue.

C'était un été particulièrement doux, et les touristes affluèrent en Irlande plus nombreux qu'aucune autre année. Au supermarché, Fran eut l'idée de proposer des paniers-repas que les clients achetaient pour aller pique-niquer dans le parc voisin. Ce fut un franc succès.

Mr. Burke, qui était préposé à la découpe du bacon, avait émis de sérieux doutes quand elle lui avait fait part d'un autre projet : des sandwichs au bacon.

— Je ne voudrais pas vous contredire, miss Clarke, mais ça ne me semble pas très judicieux de poêler ces tranches de bacon pour les mettre ensuite froides dans des sandwichs. Pourquoi ne pas donner aux gens du jambon blanc, comme on le fait d'habitude ?

— Les goûts changent, Mr. Burke, et de nos jours les gens aiment bien manger leur bacon craquant. Surveillez bien la cuisson et garnissez les sandwichs à la commande, vous verrez, ils en redemanderont.

— Mais si j'en découpe et que j'en cuis, et que personne n'en achète ? Qu'est-ce que je ferai du bacon, miss Clarke ?

C'était un homme très gentil, qui poussait la conscience professionnelle jusqu'à s'inquiéter de pertes possibles. Mais la moindre initiative lui faisait peur.

— Faisons un essai de trois semaines, Mr. Burke. Nous aviserons ensuite.

Fran avait vu juste. Les gens raffolèrent immédiatement de ce genre de sandwichs. Certes, le prix de vente très avantageux faisait perdre de l'argent au magasin, mais c'était sans importance : une fois que vous aviez attiré la clientèle au rayon traiteur, judicieusement placé au fond du supermarché, elle ne ressortait pas sans avoir fait d'autres achats.

Fran emmena Kathy au musée d'Art moderne et, un jour de congé, elles firent toutes deux un circuit touristique de trois heures pour visiter Dublin en bus. Juste pour connaître la ville où nous habitons, prétexta Fran. Cette journée les enchanta.

— Tu imagines, nous sommes les seules Irlandaises dans ce car, lui chuchota Kathy avec malice. Toute cette ville nous appartient, les autres ne sont que des visiteurs !

Et sans se montrer trop autoritaire, Fran convainquit sa jeune sœur d'accepter l'achat d'une robe jaune en coton, et une nouvelle coupe de cheveux. À la fin de l'été Kathy était bronzée, souriante, et ses yeux avaient perdu ce voile de tristesse qui d'ordinaire les assombrissait.

Kathy avait bien quelques amies, Fran s'en était rendu compte, mais pas de ces amies exubérantes et très proches qu'elle-même avait connues dans sa jeunesse. Certaines des connaissances de Kathy fréquentaient une discothèque très bruyante, un endroit dont Fran avait entendu parler par les plus jeunes des employés du supermarché.

Elle savait cet endroit fort mal tenu, et qu'il y circulait librement de la drogue. Elle se débrouillait toujours pour passer « par hasard » devant la discothèque vers une heure du matin, et ramenait sa sœur. Barry, un des jeunes livreurs du supermarché, passait la prendre le samedi soir et ils allaient ensemble chercher l'adolescente. À plusieurs reprises il avait affirmé que ce n'était pas un endroit pour Kathy.

— Mais qu'y puis-je ? lui dit-elle un soir. Si je lui conseille de ne pas aller là-bas, elle se sentira brimée. J'ai de la chance que vous acceptiez de me servir d'excuse pour la raccompagner à la maison.

Barry était un garçon très serviable, et un adepte convaincu des heures supplémentaires depuis qu'il avait décidé d'économiser pour s'offrir la moto de ses rêves. Il avait déjà réuni le tiers de la somme ; dès qu'il en aurait la moitié il irait choisir son modèle, et quand il atteindrait les deux tiers il pourrait enfin l'acheter et régler le reste à tempérament.

— Et pourquoi voulez-vous cette moto, Barry ? lui demanda un jour Fran.

— Pour la liberté, miss Clarke. Vous savez bien, la liberté : sentir le vent sur soi, et tout ça...

Fran se sentit soudain très vieille.

— Ma sœur et moi allons apprendre l'italien, lui confia-t-elle un autre soir alors qu'ils attendaient à l'extérieur de la discothèque.

— Ça, c'est très chouette, miss Clarke. J'aimerais bien, moi aussi. Je suis allé en Italie pour la Coupe du Monde, vous savez, et je me suis fait de très bons amis, les gens les plus sympas qu'on puisse rencontrer. Souvent je me dis que nous serions très semblables à eux, d'ailleurs, si nous avions le même climat.

— Peut-être apprendrez-vous l'italien vous aussi, dit Fran d'une voix absente.

Elle scrutait le flot humain qui sortait de la discothèque. Pourquoi Kathy et ses amies aimaient-elles tant venir ici ? Elle pensa à la liberté dont jouissait sa jeune sœur, à seize ans, alors qu'elle, au même âge...

— Je le ferais bien, si j'avais déjà acheté ma moto, parce que l'Italie est une de mes premières destinations sur la liste, répondit Barry.

— Eh bien, les cours auront lieu au Mountainview College à partir de septembre.

Elle parlait d'un ton distrait car elle venait d'apercevoir Kathy, Harriet et leurs amies à la porte de la discothèque. Elle se pencha et actionna l'avertisseur. Immédiatement le groupe d'adolescentes regarda dans leur direction. Le raccompagnement motorisé du samedi soir était devenu une habitude. Mais les parents de ces autres jeunes filles ? songeait Fran. Ils ne s'inquiétaient donc pas ? Ou bien était-ce elle qui jouait à l'enquiquineuse sans s'en rendre compte ? Seigneur, quel soulagement quand les vacances prendraient fin, et avec elles ces sorties nocturnes !

Les cours d'italien commencèrent un mardi à sept heures du soir. Le matin même, Fran avait reçu une lettre de Ken dans laquelle il lui annonçait son installation dans un petit studio. Là-bas, la gestion des stocks commerciaux dans les magasins était totalement différente. On ne pouvait trouver aucun arrangement avec les fournisseurs. Les prix étaient fixes, et on payait ce qu'ils réclamaient sans discuter. Toutefois les gens se montraient amicaux, et Ken avait déjà été invité chez plusieurs personnes. Bientôt ce serait le jour de la Fête du Travail [1] et ils organiseraient un pique-nique qui pour eux marquerait la fin de l'été. Fran lui manquait... Et lui, lui manquait-il ?

Il y avait trente personnes à ce premier cours. Chacun reçut une demi-feuille de papier où inscrire son prénom, mais l'adorable professeur les prévint qu'ils devraient utiliser l'équivalent italien. Ainsi Fran devint *Francesca*, et Kathy *Caterina*. Ensuite, ils jouèrent à se serrer la main et à se présenter. Kathy semblait beaucoup s'amuser. Ces cours finiraient par être utiles, se dit Fran en chassant de son esprit l'image de Ken au pique-nique de la Fête du Travail.

— Eh, Fran, lui dit sa sœur, tu vois ce garçon qui dit *Mi chiamo Bartolomeo* ? Ce ne serait pas Barry, un des livreurs du supermarché ?

C'était bien lui, en effet. Fran fut heureuse de le voir ici. Ses heures supplémentaires lui avaient sans doute

---

1. *Labor Day* : aux États-Unis, le premier lundi de septembre. *(N.d.T.)*

permis de s'acheter sa moto. Ils se saluèrent d'un petit signe à travers la pièce.

Quel extraordinaire assortiment de gens, pensait Fran. Il y avait cette femme élégante, certainement celle qui donnait de grands repas chez elle. Que pouvait-elle bien faire dans un endroit pareil ? Et cette ravissante jeune fille aux boucles dorées, *Mi chiamo Elizabetta*, avec son petit ami très calme, portant une veste de prix. Et aussi *Luigi*, un individu sombre, au regard agressif, et un homme âgé nommé *Lorenzo*. Quel mélange étonnant...

Signora était aux anges.

— Je connais bien votre logeuse, vous savez, lui dit Fran pendant qu'elles dégustaient des amuse-gueules au salami et au fromage.

— Ah !... Mrs. Sullivan et moi sommes vaguement apparentées... je suis une cousine éloignée, répondit Signora avec nervosité.

— Bien sûr. Suis-je bête ! C'est en effet ce qu'elle m'a dit, dit Fran du ton rassurant qu'elle avait appris auprès de son père. Elle m'a dit aussi que vous aviez beaucoup aidé son fils.

Le visage de Signora s'éclaira d'un large sourire. Quand elle souriait ainsi, elle était très belle. Fran ne pensait pas qu'elle pût être dans les ordres. Peggy Sullivan devait se tromper.

Fran et Kathy adoraient les cours du soir. Elles s'y rendaient ensemble par le bus, et riaient comme des gamines de leurs erreurs de prononciation et des anecdotes que racontait Signora. Kathy en parla à ses amies collégiennes, et elles eurent du mal à la croire.

La classe tissa peu à peu un lien invisible et surprenant entre ses participants. Ils auraient tout aussi bien pu se trouver sur une île déserte, avec leur seul espoir d'être secourus dans l'apprentissage de l'italien : ils retenaient tout ce qu'on leur enseignait. Sans doute parce que Signora était convaincue qu'ils étaient capables de prouesses linguistiques, chacun s'était mis à y croire. Elle les implorait d'utiliser les termes italiens à tout propos, même s'ils ne pouvaient formuler une phrase entière, et ils se surprirent à dire qu'ils devaient rentrer à la *casa*, ou que cette *camera* était très confortable, ou bien qu'ils se sentaient *stanchi*, au lieu de « fatigués ».

Signora ne cessait de leur apporter son aide, avec plaisir et sans jamais marquer d'étonnement. Elle n'imaginait pas que quelqu'un se frottant à l'italien pût ressentir autre chose que de l'enthousiasme pour cette langue. Aidan Dunne la secondait brillamment. Ces cours représentaient aussi pour lui un projet très spécial. Signora et lui semblaient s'entendre à merveille.

— Peut-être étaient-ils amis avant le début des cours, dit Fran un soir.

— Non. Il a une femme et deux grandes filles, objecta Kathy.

— Qu'il soit marié ne l'empêche pas d'avoir des amies.

— Oui, mais il pourrait très facilement y avoir un peu plus que de l'amitié entre eux... Ils échangent tout le temps de petits sourires, et d'après Harriet, c'est un signe qui ne trompe pas.

L'amie de Kathy au collège était manifestement très avertie des relations entre hommes et femmes.

Aidan Dunne regardait la classe d'italien s'épanouir avec une satisfaction qu'il n'aurait pas crue possible. Semaine après semaine, les élèves arrivaient à l'école en vélo, en moto, dans des camionnettes ou par le bus, et même à bord d'une BMW luxueuse dans le cas de cette femme étonnante. Aidan aimait à préparer toutes les petites surprises qu'ils concoctaient avec Signora.

Ils fabriquaient des drapeaux en papier, et chacun à son tour brandissait le sien, pour que les autres énumèrent les couleurs. Ils avaient tous l'enthousiasme jovial de jeunes enfants. Et à la fin du cours, ce type aux allures de dur, Lou — ou plutôt *Luigi* —, aidait à nettoyer la salle. C'était pourtant le genre de personne que vous n'auriez jamais imaginé restant après les autres pour ranger les cartons et les chaises.

Signora produisait cet effet sur les gens. Simplement, en attendant le meilleur de chacun, elle l'obtenait. Elle avait proposé à Aidan de lui faire des coussins brodés.

— Il faudrait que vous veniez voir mon bureau, proposa-t-il alors.

— C'est une bonne idée. Quand pourrais-je venir ?

— Samedi matin si vous voulez. Je n'ai pas cours. Vous seriez libre ?

— Je peux me rendre libre n'importe quand, répondit-elle.

Il passa toute la soirée du vendredi à mettre son bureau en ordre. Il sortit le petit plateau avec les deux minuscules verres rouges provenant de Murano, près de Venise. Pour l'occasion, il avait acheté une bouteille de marsala. Ils fêteraient le succès de leur cours du soir.

Signora arriva vers midi avec quelques échantillons de tissu.

— J'ai pensé que ce jaune serait parfait pour ce que vous semblez désirer, fit-elle en brandissant un coupon doré. Il est un peu plus cher au mètre que les autres, mais c'est une pièce pour la vie, n'est-ce pas ?

— Une pièce pour la vie, oui, répéta Aidan rêveur.

— Vous voulez le montrer à votre femme avant que je commence ? demanda-t-elle.

— Non, non. Nell sera sûrement très satisfaite. Et puis, c'est *mon* bureau...

— Oui, bien sûr.

Jamais elle n'insistait quand il s'agissait de son intimité.

Nell n'était pas là ce matin, ni aucune des deux filles. Aidan ne leur avait pas parlé de cette visite, et il était heureux qu'elles soient absentes. Signora et lui portèrent un toast à la réussite de la classe d'italien et de sa « pièce pour la vie ».

— J'aimerais qu'on vous autorise à enseigner dans l'école elle-même, dit Aidan à Signora sans cacher son admiration. Vous savez créer une telle émulation.

— Oh ! c'est seulement parce qu'ils veulent tous apprendre.

— Mais cette jeune fille, Kathy Clarke, on m'a dit qu'elle était devenue très brillante en classe, et cela grâce à ces cours du soir.

— *Caterina...* une gentille fille, oui.

— Elle a raconté à sa classe combien ces cours étaient passionnants, et ils veulent tous s'inscrire.

— N'est-ce pas merveilleux ? dit Signora.

Ce qu'Aidan ne lui précisa pas, pour la simple raison qu'il l'ignorait, c'est que la description faite par Kathy Clarke de la classe d'italien comprenait celle de ses petites attentions pour le professeur, et comment il la couvait d'un regard très révélateur. Harriet, l'amie de Kathy, affirmait qu'elle avait subodoré la chose dès l'annonce des cours. Il fallait toujours se méfier des gens les plus calmes ; ils étaient les plus sujets à la passion.

Miss Quinn enseignait l'histoire et aimait à relier ses leçons au présent, à des repères aisément identifiables pour ses élèves. Leur dire que les Médicis avaient été de grands mécènes eût été inutile, aussi les qualifiat-elle de sponsors, un terme connu de tout le monde.

— Quelqu'un a-t-il une idée des gens qu'ils ont sponsorisés ? fit-elle.

Ses élèves échangèrent des regards interdits.

— Des sponsors ? demanda Harriet. Comme les firmes de soda ou les compagnies d'assurances ?

— Oui ! Vous connaissez certainement le nom de quelques artistes italiens célèbres ?

Parce qu'elle manquait encore de pratique, la jeune femme ignorait la facilité des enfants à oublier, ou à ignorer.

Kathy Clarke se leva sans hâte.

— Un des plus importants a été Michel-Ange. Quand un des Médicis est devenu le pape Sixte Quint, il a commandé à Michel-Ange la décoration de la voûte de la chapelle Sixtine, avec toutes les étapes de la création du monde, jusqu'au déluge.

D'une voix posée elle expliqua à toute la classe le principe des échafaudages construits pour le peintre, les querelles et leurs retombées, les problèmes posés encore maintenant par la conservation des couleurs.

Kathy ne montrait aucune crispation, seulement de l'enthousiasme. Elle avait répondu bien mieux que miss Quinn n'aurait pu l'espérer, et cette dernière jugea le moment venu de mettre un terme à la démonstration.

— Merci beaucoup, Katherine Clarke. À présent, quelqu'un peut-il me donner le nom d'autres artistes de cette période ?

Kathy leva aussitôt la main. Le professeur survola la classe du regard, mais aucun autre élève ne réagissait. Stupéfaits, ses camarades écoutèrent Kathy Clarke parler des cinq mille feuillets de notes prises par Léonard de Vinci, écrites à l'envers, peut-être parce que l'artiste était gaucher, à moins que ce ne fût pour garder secrètes ses découvertes. Puis expliquer comment il proposa ses services au duc de Milan, lui affirmant qu'il pourrait dessiner des vaisseaux résistant aux boulets de canon en temps de guerre et des statues en temps de paix.

Kathy savait tout cela et le racontait comme une histoire familière.

— Jésus Marie Joseph, ces cours du soir sur la culture italienne doivent être quelque chose, dit plus tard Josie Quinn dans la salle des professeurs.

— Que voulez-vous dire ? demanda l'un de ses collègues.

— Aujourd'hui, Kathy Clarke m'a fait un discours incroyable sur la Renaissance italienne !

De l'autre côté de la pièce, Aidan Dunne, qui avait tant rêvé de ces cours du soir, sourit intérieurement. Et c'était un sourire immense.

Ces heures passées dans la classe d'italien rapprochaient encore plus Kathy et Fran. Matt Clarke revint d'Angleterre à l'automne et déclara qu'il allait épouser une certaine Tracey, de Liverpool, mais que ses sœurs n'auraient rien à faire puisqu'ils partaient en voyage de noces aux Canaries. Tout le monde préférait ne pas avoir à se rendre en Angleterre pour le mariage. Il y eut quelques rires complices quand ils apprirent que la lune de miel aurait lieu avant et non après la cérémonie.

Matt estimait la décision très judicieuse.

— Tracey veut être bronzée pour les photos, et puis si, aux Canaries, nous découvrons que nous nous détestons, nous pourrons toujours tout annuler, expliqua-t-il d'un ton jovial.

Matt donna de l'argent à sa mère pour les machines à sous et alla vider quelques pintes de bière avec son père.

— Qu'est-ce que c'est que cette histoire de cours d'italien ? lui demanda-t-il.

— Pas la moindre idée ! répondit son père. Je n'y comprends rien. Fran s'épuise toute la journée au supermarché, et le type avec qui elle sortait est parti aux États-Unis. Je ne saisis pas pourquoi elle prend toute cette peine, surtout depuis qu'on a dit à l'école que Kathy travaillait déjà trop dur. Mais tes sœurs sont folles de ces cours. Elles ont l'intention de continuer l'année prochaine. Grand bien leur fasse...

— Kathy devient un beau brin de fille, n'est-ce pas ? dit Matt.

— Je suppose, oui. Tu sais, je la vois tous les jours, alors je n'avais jamais remarqué, avoua son père avec un peu d'étonnement.

Kathy devenait en effet une jeune fille séduisante. À l'école, son amie Harriet s'intéressait beaucoup à cette métamorphose.

— Tu as un petit ami dans ta classe d'italien ? Tu as l'air différente...

— Non, mais il y a plein d'hommes plus vieux que moi là-bas, c'est vrai, répondit Kathy en riant. Très vieux, certains. La dernière fois, nous avons formé des couples pour proposer à l'autre de sortir avec lui. La crise ! J'étais avec ce garçon qui s'appelle Lorenzo. En vrai, je crois que c'est Laddy, son prénom. Et ce Lorenzo me dit : « *E libera questa sera ?* », et il roule des yeux et il se tortille une moustache imaginaire ! Tout le monde était écroulé de rire !

— Continue... Est-ce que le professeur vous apprend des choses vraiment utiles, comme de dire : « Qu'en pensez-vous ? »

— Oui, dit Kathy en fouillant sa mémoire. Et il y a une phrase que j'ai du mal à me rappeler... Ah oui : « *Deve rincasare questa notte ?* »... « Devez-vous rentrer chez vous ce soir ? »

— C'est cette femme qu'on voit souvent à la bibliothèque, avec les cheveux d'une drôle de couleur ?

— Oui. C'est Signora.

— Eh bien... marmonna Harriet.

Les choses devenaient chaque jour plus bizarres.

— Vous suivez toujours ces cours du soir à Mountainview, miss Clarke ? demanda Peggy Sullivan à sa supérieure en lui tendant sa caisse.

— Oui, Mrs. Sullivan. C'est passionnant, d'ailleurs. Dites-le à Signora, d'accord ? Tout le monde raffole de ses cours. Savez-vous que personne n'a encore abandonné ? Ce doit être exceptionnel.

— Je dois dire qu'elle en parle avec beaucoup de satisfaction. C'est quelqu'un d'extraordinairement discret. Elle prétend avoir été mariée à un Sicilien pendant vingt-six ans, dans un village perdu... Mais elle ne reçoit jamais de courrier d'Italie... et elle n'a même pas une photo de son défunt mari. J'ai appris qu'elle a toute sa famille à Dublin, une mère qui habite un de ces appartements pour riches au bord de la mer, un père dans une maison de santé et des frères et sœurs un peu partout.

— Oui. Eh bien...

Fran ne voulait pas entendre la moindre critique sur Signora.

— C'est quand même bizarre, vous ne trouvez pas ? reprit Mrs. Sullivan. Pourquoi occupe-t-elle une chambre chez nous si elle a tous ces parents éparpillés en ville ?

— Peut-être qu'elle ne s'entend pas très bien avec eux, tout simplement.

— Elle va rendre visite à sa mère chaque lundi, et à son père deux fois par semaine. Elle le sort dans sa chaise roulante et le promène, c'est ce qu'a dit une des infirmières à Suzi. Elle lui fait la lecture sous un arbre et lui il reste là, immobile, à regarder dans le vague, alors qu'il fait toujours un effort pour parler aux autres visiteurs qui, eux, viennent beaucoup plus rarement.

— Pauvre Signora, dit Fran. Elle mérite mieux.

— Maintenant que vous le dites, je trouve que c'est bien vrai, miss Clarke, approuva Peggy Sullivan.

Elle avait de bonnes raisons d'être reconnaissante envers cette étrange pensionnaire, religieuse ou non. Signora avait eu une influence très bénéfique sur la vie des Sullivan. Suzi s'entendait très bien avec elle et venait plus souvent à la maison, et Jerry la considérait comme son professeur particulier. Elle avait confectionné de jolis rideaux et des housses de coussins coordonnées. Elle avait repeint le buffet dans la cuisine, planté des fleurs dans les jardinières aux fenêtres. Sa chambre était toujours immaculée. Peggy Sullivan s'y était introduite à plusieurs reprises, poussée par une curiosité bien légitime chez une logeuse, après tout. Mais Signora ne semblait avoir fait aucune acquisition particulière depuis son arrivée. Oui, c'était une personne peu ordinaire. Et Peggy était finalement heureuse que tout le monde l'apprécie autant.

Kathy Clarke était la plus jeune des élèves de Signora, et de loin. Possédée d'une véritable frénésie d'apprendre, elle posait souvent des questions sur des détails de grammaire que les autres ignoraient naturellement ou à dessein. Avec ses yeux bleus et sa chevelure noire, elle possédait un charme que Signora n'avait jamais rencontré en Italie. Là-bas, toutes les beautés féminines avaient les yeux marron.

Elle se demandait parfois ce que ferait Kathy une fois sortie du collège. À plusieurs reprises elle avait vu l'adolescente attablée dans la bibliothèque, en pleine étude. Elle devait caresser l'espoir d'entrer à l'université.

— Quelle orientation ta mère pense-t-elle que tu devrais prendre, quand tu auras fini à Mountainview ? demanda-t-elle un soir à Kathy, pendant qu'elles rangeaient les chaises ensemble après le cours.

La plupart des participants restaient souvent encore un peu pour bavarder, et personne ne paraissait pressé de partir. Certains allaient ensuite boire un verre dans un pub, d'autres dans un café. Exactement comme Signora l'avait espéré.

— Ma mère ?...

Kathy semblait surprise de la question.

— Oui ! Elle paraît tellement enthousiaste pour tout.

— Oh ! en fait elle ne sait pas grand-chose sur l'école ni sur ce que j'y fais. Elle ne sort pas beaucoup, et elle n'aurait aucune idée de mes possibilités d'études.

— Pourtant elle vient avec toi aux cours, n'est-ce pas ? Et elle travaille bien au supermarché ? Mrs. Sullivan, chez qui j'habite, m'a affirmé que c'était sa patronne.

— Oh ! Vous voulez parler de Fran. C'est ma sœur. Ne lui dites pas que vous pensiez ça, elle en serait malade !...

Signora était visiblement embarrassée.

— Je suis désolée, je n'arrête pas de commettre des bourdes...

— Oh ! c'est une erreur bien compréhensible, dit Kathy qui ne voulait pas la gêner. Fran est l'aînée dans la famille, et moi la plus jeune. Ce n'est pas étonnant que vous ayez cru ça.

Elle n'en parla pas à Fran, bien sûr. Inutile de la précipiter vers le premier miroir pour traquer d'hypothétiques rides. Cette pauvre Signora avait parfois la tête ailleurs, et elle comprenait effectivement beaucoup de choses de travers. Mais c'était un professeur hors pair. Tout le monde dans la classe l'adorait, y compris Bartolomeo, le motard.

Kathy appréciait ce garçon. Bartolomeo avait un sourire charmant, et il lui expliquait patiemment toutes les finesses du football. Il lui demanda où elle allait danser, et quand elle lui parla de la discothèque il lui proposa de l'emmener un jour dans un endroit beaucoup plus agréable.

Elle s'empressa de raconter cela à son amie Harriet.

— Je savais bien que tu ne participais à ces cours que pour les garçons ! répondit Harriet.

Elles éclatèrent de rire.

En octobre, une tempête occasionna une fuite dans le plafond de l'annexe où se tenaient les cours du soir.

Dans un bel élan de solidarité, tous les participants apportèrent des journaux, écartèrent les tables et cherchèrent un seau dans le placard. Pendant tout ce temps ils se lançaient des *Che tempaccio !* et des *Che brutto tempo !* Barry, qui portait une combinaison de pluie, proposa d'aller faire le guet à l'arrêt du bus et de les prévenir tous de l'arrivée du véhicule en faisant clignoter le phare de sa moto. Ainsi personne ne serait trempé.

Connie, la femme aux bijoux dont Luigi prétendait qu'elle possédait tout un immeuble d'appartements, annonça qu'elle pouvait raccompagner quatre personnes. Guglielmo, le sympathique employé de banque, sa ravissante amie Elizabetta, Francesca et la jeune Caterina s'entassèrent dans sa magnifique BMW. Connie déposa d'abord Guglielmo et Elizabetta, et les deux amoureux se hâtèrent sous la pluie dans un concert de *ciao* et d'*arrivederci*.

Puis on se rendit à la maison des Clarke. Assise à l'avant, Fran indiquait le chemin à Connie qui connaissait très mal le quartier. À leur arrivée, Fran aperçut sa mère qui sortait la poubelle, une cigarette coincée entre les lèvres et déjà éteinte par la pluie. Elle portait ses éternelles pantoufles et sa vieille robe de chambre élimée dont elle ne se séparait jamais. Fran eut honte d'avoir honte de sa mère. Qu'elle soit ramenée dans une voiture de luxe ne l'autorisait nullement à changer son échelle de valeurs. Sa mère n'avait pas eu la vie facile, et elle s'était toujours montrée généreuse et compréhensive quand la situation l'exigeait.

— Tiens, Maman est en train de se faire tremper, dit Fran. On n'aurait pas pu sortir les poubelles demain matin ?

— *Che tempaccio, che tempaccio !* déclama Kathy d'un air dramatique.

— Allez-y, Caterina, lui conseilla Connie. Votre grand-mère tient la porte ouverte pour vous.

— C'est ma mère, corrigea Kathy.

L'averse crépitait sur la carrosserie de la voiture, et dans le bruit des volets qui claquaient et des poubelles qui s'entrechoquaient, personne ne prêta plus attention à l'adolescente.

Une fois à l'intérieur de la maison, Mrs. Clarke considéra d'un air écœuré sa cigarette mouillée.

— J'ai été trempée à attendre que vous sortiez de cette limousine ! dit-elle.

— Mon Dieu, je vais faire du thé ! dit Fran en se précipitant sur la bouilloire.

Kathy s'assit lourdement à la table de la cuisine.

— *Due tazze di tè*, déclara Fran dans son meilleur italien. Allez, Kathy : *con latte ? Con zucchero ?*

— Tu sais bien que je ne prends jamais ni lait ni sucre dans mon thé, répliqua Kathy d'une voix atone.

Elle était devenue très pâle. Mrs. Clarke déclara qu'il était inutile qu'elle veille aussi tard si c'était tout ce qu'elle devait entendre. En conséquence, elle allait se coucher et leur demandait de dire à son mari, s'il rentrait du pub un jour, de ne pas laisser la poêle sale jusqu'au lendemain matin.

Elle s'éclipsa en toussant et en maugréant.

— Que se passe-t-il, Kathy ? demanda alors Fran.

Kathy leva les yeux vers elle.

— Est-ce que tu es ma mère, Fran ? lança-t-elle de but en blanc.

Un silence suivit, troublé seulement par le bruit du lavabo à l'étage et le tambourinement de la pluie sur le ciment au-dehors.

— Pourquoi me poses-tu cette question maintenant ?

— Je veux savoir. Tu es ma mère, oui ou non ?

— Oui, Kathy. Tu le sais, d'ailleurs.

À nouveau, un long silence plana dans la cuisine.

— Non Je ne savais pas. Pas jusqu'à tout à l'heure.

Fran s'approcha d'elle, mains tendues.

— Non ! Ne me touche pas, s'il te plaît.

— Kathy... Tu le savais, tu le sentais. Il était inutile de te le dire avec des mots. Je pensais que tu avais compris...

— Est-ce que quelqu'un d'autre est au courant ?

— Comment ça, quelqu'un d'autre ? Les gens qui doivent savoir, c'est tout ! Tu sais combien je t'aime, tu sais que je ferais n'importe quoi pour toi, pour que tu sois heureuse.

— Sauf me donner un père et un foyer. Et un nom.

— Tu as un nom et tu as un foyer, et tu as un autre père et une autre mère en Papa et Maman.

— Non, c'est faux ! Je suis la bâtarde que tu as eue et tu ne m'en avais jamais rien dit.

— Le terme de « bâtarde » n'a plus de sens, Kathy, pas plus que celui d'enfant « illégitime ». Tu as légalement fait partie de la famille dès ta naissance. Ton foyer est ici.

— Comment as-tu pu... commença l'adolescente.

— Kathy, que veux-tu dire ? Que j'aurais dû te faire adopter par des inconnus, et attendre que tu aies dix-huit ans pour faire ta connaissance, si tu l'acceptais ?

— Toutes ces années durant lesquelles tu m'as laissé croire que Maman était ma véritable mère !... Non mais je rêve !

Kathy secoua la tête comme pour s'éclaircir les idées, effacer ces pensées bouleversantes de son esprit.

— Maman s'est comportée en mère avec toi comme avec moi, reprit Fran. Elle t'a acceptée dès ta naissance, elle s'est réjouie d'avoir un nouveau bébé dans la maison. C'est ce qu'elle a dit, et c'est ainsi qu'elle a fait. Et j'étais persuadée que tu avais compris, Kathy.

— Comment aurais-je pu comprendre ? Nous appelons toutes les deux Papa et Maman de la même façon. Tout le monde dit que tu es ma sœur, et que Matt, Joe et Sean sont mes frères. Comment aurais-je pu deviner ?

— C'était assez simple, en fait. Nous vivions tous à la maison et tu n'avais que sept ans de moins que Joe, c'était la solution la plus naturelle.

223

— Les voisins sont au courant ?

— Certains l'ont su, peut-être, mais je suppose qu'ils ont oublié, depuis le temps.

— Et qui est mon père ? Qui est mon véritable père ?

— Papa est ton vrai père, puisqu'il t'a élevée et s'est occupé de nous deux.

— Tu sais très bien ce que je veux dire.

— C'était un garçon qui allait dans une école très chic. Ses parents ne voulaient pas qu'il m'épouse.

— Pourquoi en parles-tu au passé ? Il est mort ?

— Non, mais il ne fait plus partie de nos vies.

— Il ne fait plus partie de la tienne, d'accord, mais il pourrait faire partie de la mienne !

— Je ne pense pas que ce soit une très bonne idée.

— Peu importe ce que tu penses. Où qu'il soit, c'est toujours mon père. J'ai le droit de le connaître, de le rencontrer, de lui dire que je suis Kathy et que j'existe grâce à lui.

— Prends un peu de thé, je t'en prie. Ou au moins, laisse-moi boire le mien.

— Je ne t'en empêche pas, rétorqua Kathy d'un ton glacial.

Fran comprit alors qu'elle aurait besoin de bien plus de diplomatie et de calme qu'il ne lui avait jamais été nécessaire, même au supermarché quand l'un des fils du directeur avait été surpris à chaparder. La situation actuelle était beaucoup plus grave.

— Je te dirai tout ce que tu veux savoir, dit-elle d'une voix aussi assurée que possible. Mais pour le cas où Papa arriverait pendant que nous parlons, je propose que nous poursuivions cette discussion dans ta chambre.

La chambre de Kathy était beaucoup plus spacieuse que la sienne. Elle disposait d'un bureau, d'une bibliothèque et d'un lavabo.

— Tu as fait tout ça parce que tu te sentais coupable, pas vrai ?... Ma chambre, l'achat de mes tenues d'école, l'argent de poche en plus, et même ces cours d'italien ! Tu as payé tout ça parce que tu te sentais coupable envers moi.

— Jamais de toute ma vie je ne me suis sentie coupable envers toi, affirma Fran, et cela suffit à interrompre le début d'hystérie qui gagnait Kathy. Non, il m'est arrivé d'être triste pour toi, parce que tu travailles si dur et que j'espérais être en mesure de t'offrir tous les atouts pour prendre un bon départ dans l'existence. J'ai épargné un peu chaque semaine, tu sais, et j'ai placé ce capital dans une société immobilière. Ce n'est pas énorme, mais c'est pour assurer ton indépendance. Je t'aime depuis le premier jour, et, en toute franchise, j'ai fini par confondre la fille et la sœur. À mes yeux tu es simplement Kathy, et je ne désire pour toi qu'une chose : ce qu'il y a de mieux. Je travaille beaucoup et très dur pour l'obtenir, et j'y pense tout le temps. C'est pourquoi je peux te jurer que je ne ressens pas de culpabilité.

Des larmes noyaient à présent les yeux de Kathy. Fran risqua un geste vers elle et tapota la main qui se crispait autour de la tasse de thé.

— Je sais, murmura l'adolescente, je n'aurais pas dû te dire ça. Mais je suis encore sous le choc, tu comprends.

— Ça va aller, maintenant... Tu peux me demander ce que tu veux.

— Comment s'appelle-t-*il* ?

— Paul. Paul Malone.

— *Kathy Malone*, dit-elle d'un ton pensif.

— Non : Kathy Clarke.

— Et quel âge avait-*il* ?

— Seize ans. Et moi seulement quinze ans et demi.

— Quand je pense à tous les conseils de prudence que tu m'as donnés sur la sexualité...

— Si tu te souviens bien de ce que je t'ai dit, tu verras que je n'ai pas prêché ce que je n'ai pas fait.

— Alors tu étais amoureuse de lui, de ce **Paul Malone** ? dit Kathy avec amertume.

— Oui, très amoureuse. J'étais jeune, mais je croyais savoir ce qu'était l'amour, et lui aussi. C'est pourquoi je ne renie rien.

— Et comment vous êtes-vous rencontrés ?

— Dans un concert pop. On s'entendait si bien à l'époque qu'il m'est arrivé de sécher l'école pour aller au cinéma avec lui. Comme il avait des cours particuliers à domicile, il pouvait se permettre de rater la classe. C'était une période merveilleuse.

— Et puis ?

— Et puis je me suis rendu compte que j'étais enceinte. Paul l'a dit à ses parents, et moi aux miens, et ç'a été la catastrophe.

— Personne n'a parlé de mariage ?

— Non, personne. J'y ai beaucoup pensé dans ma chambre, qui est la tienne maintenant. J'ai souvent rêvé qu'un jour Paul viendrait frapper à la porte, un bouquet de fleurs à la main, pour m'annoncer que nous nous marierions dès que j'aurais seize ans.

— Ce qui ne s'est pas produit, évidemment.

— En effet.

— Et pourquoi n'a-t-il pas voulu rester auprès de toi pour t'aider, même sans mariage ?

— Ça faisait partie de l'accord.

— Un accord ?

— Oui. Ses parents ont dit que puisque notre union n'était pas souhaitable et qu'elle n'aurait de toute façon aucun avenir, il valait mieux pour tout le monde cesser toute relation.

— Ils se sont montrés désagréables ?

— Je ne sais pas, je ne les avais encore jamais rencontrés, pas plus que Paul n'avait rencontré Papa et Maman.

— Alors l'accord était qu'il devait oublier tout ça, y compris qu'il était le père d'un enfant qu'il ne verrait jamais ?

— Ils ont donné quatre mille livres, Kathy. À l'époque cela représentait beaucoup d'argent.

— Ils ont acheté ton renoncement !

— Non, nous n'avons pas vu les choses de cette manière. J'ai placé deux mille livres dans une société immobilière pour toi. Avec l'argent que j'y ai ajouté au fil des ans, ça représente maintenant une grosse somme. Et j'ai donné l'autre moitié à Papa et Maman puisqu'ils allaient devoir t'élever.

— Et Paul Malone a trouvé ça juste ? Donner quatre mille livres pour se débarrasser de moi ?

— Il ne te connaissait pas. Il a écouté ses parents, qui lui disaient qu'à seize ans il était trop jeune pour assumer le rôle de père, qu'il avait une carrière à faire, que tout cela n'était qu'une regrettable erreur, qu'il devait honorer la parole donnée. C'est ainsi qu'ils voyaient les choses.

— Et il a fait carrière ?

— Oui. Il est comptable.

— Mon père est comptable, marmonna Kathy.

— À présent il est marié et a des enfants, sa propre famille.

— Tu veux dire qu'il a d'autres enfants ? fit Kathy en relevant agressivement le menton.

— C'est exact. Deux, je crois.

— Comment le sais-tu ?

— Il y a peu, j'ai lu un article sur lui dans un magazine... tu sais, du genre « Comment vivent les gens riches et célèbres ».

— Mais il n'est pas célèbre !

— Sa femme l'est. Il a épousé Marianne Hayes.

Fran attendit l'effet que produirait cette révélation.

— Mon père est marié à l'une des femmes les plus riches d'Irlande ? articula Kathy.

— Oui.

— Et il a donné quatre mille misérables livres pour se débarrasser de moi ?

— Là n'est pas la question. À l'époque, il ne connaissait pas sa future femme.

— C'est là toute la question, justement ! À présent il est riche, il pourrait donner quelque chose.

— Tu as ce qu'il te faut, Kathy. Nous avons tout ce qu'il nous faut.

— Non ! Bien sûr que je n'ai pas tout ce qu'il me faut ! Ni toi, d'ailleurs !

Ses larmes débordèrent soudain et elle s'écroula en pleurs sur la table. Fran, qu'elle avait prise pour sa sœur durant seize ans, lui caressa les cheveux et les joues avec tout l'amour de la mère qu'elle était vraiment.

Le lendemain au petit déjeuner, Joe Clarke souffrait d'une magnifique gueule de bois.

— Kathy, dit-il, tu peux prendre une canette bien froide de Coca dans le frigo, comme une gentille fille que tu es ? Aujourd'hui j'ai un boulot d'enfer à Killiney, et la camionnette va passer me prendre bientôt.

— Tu es plus près du frigo que moi, remarqua l'adolescente.

— Qu'est-ce que c'est que cette insolence ? s'étonna-t-il.

— Ce n'est pas de l'insolence. C'est une simple constatation.

— Eh bien, je vais te dire une bonne chose : je n'accepterai jamais qu'aucun de mes enfants fasse « une simple constatation » sur ce ton, gronda-t-il, le visage empourpré par la colère.

— Je ne suis pas une de tes enfants, répliqua froidement Kathy.

Ils ne parurent même pas surpris, ses grands-parents, ces vieilles gens qu'elle avait cru être son père et sa mère. La femme continua de lire sa revue en fumant, et l'homme se contenta de grommeler :

— Je suis aussi bon père que n'importe quel autre satané père que tu aies jamais eu ou que tu auras jamais. Allez, donne-moi ce Coca maintenant, pour m'éviter de me lever, tu veux ?

Et Kathy comprit qu'ils ne cherchaient nullement le secret ou le mensonge. Comme Fran, ils avaient toujours pensé qu'elle connaissait les circonstances de sa naissance. Elle regarda sa mère, immobile dans une pose rigide devant la fenêtre.

— D'accord, Papa, dit-elle, et elle lui apporta la canette de soda ainsi qu'un verre.

— Ah ! voilà une bonne fille, fit Joe avec un sourire placide.

Pour lui, rien n'avait changé.

— Comment réagirais-tu si tu apprenais que tu n'es pas la fille de tes parents ? demanda Kathy à Harriet entre deux cours.

— Je serais ravie, ça je peux te l'assurer !

— Pourquoi ?

— Parce que alors je n'aurais pas le menton horrible de ma mère et de ma grand-mère, et je ne serais pas obligée d'écouter Papa compter et recompter des heures durant ses points de retraite !

Le père d'Harriet, un professeur, avait grand espoir qu'elle devienne médecin. Harriet, elle, rêvait de posséder son night-club.

Elles laissèrent là ce sujet.

— Que sais-tu sur Marianne Hayes ? dit Kathy un peu plus tard.

— C'est la femme la plus riche d'Europe, non ? Ou seulement de Dublin ? Et elle est jolie, en plus. Mais je suppose qu'elle a pu se payer tous les trucs comme le bronzage UV et une dentition refaite, sans parler des soins pour les cheveux.

— Oui. Je suis sûre qu'elle l'a fait.

— Pourquoi t'intéresses-tu à elle ?

— J'ai rêvé d'elle la nuit dernière, avoua Kathy.

— Et moi, j'ai rêvé que je faisais l'amour avec un homme incroyablement beau. Tu sais, il faudrait peut-être qu'on se décide, on a déjà seize ans...

— Et c'est toi qui disais que nous devrions nous concentrer sur les études ! se lamenta Kathy.

— Oui, mais c'était avant ce rêve... Dis donc, tu es toute pâle et tu as l'air drôlement fatiguée. Tu devrais éviter de rêver de Marianne Hayes, ça ne te fait aucun bien !

— C'est vrai, approuva Kathy en songeant soudain à Fran, avec son visage sans aucun bronzage, ses traits tirés et aucune perspective de vacances à l'étranger.

Fran qui avait économisé de l'argent chaque semaine pour elle pendant seize années. Et Ken, le petit ami de Fran, qui était parti aux États-Unis, peut-être pour y retrouver une femme très riche, lui aussi ? Une femme qui n'était pas la fille d'un modeste plombier, qui n'avait pas eu à lutter pour se hisser à la gérance d'un supermarché, qui ne se battait pas chaque jour pour faire vivre son enfant illégitime. Ken était certainement au courant. Fran ne donnait pas l'impression d'avoir pris beaucoup de précautions pour garder l'histoire de Kathy secrète.

Comme elle l'avait expliqué la veille, dans beaucoup de foyers dublinois l'enfant le plus jeune était en réalité un petit-enfant... Et Fran avait ajouté que dans bien des cas la véritable mère ne restait pas. Elle préférait partir pour recommencer une autre vie. C'était ainsi.

Cependant Kathy jugeait parfaitement intolérable que Paul Malone ait droit à tous les plaisirs et soit dégagé de toute responsabilité. Trois fois ce jour-là, durant les cours, elle fut rappelée à l'ordre parce qu'elle n'écoutait pas. Kathy Clarke semblait soudain ne plus porter aucun intérêt à ses études. La vérité était qu'elle cherchait la meilleure façon de rendre visite à son père, Paul Malone.

— Parle-moi, lui dit Fran ce soir-là.

— De quoi ? Tu as dit qu'il n'y avait rien à ajouter.

— Rien n'a changé alors ?

Sa mère ne pouvait cacher son anxiété. Elle ne disposait pas de crèmes de beauté coûteuses pour estomper les rides de son visage... Et jamais personne ne l'avait aidée à élever son enfant. Marianne Hayes, à présent Marianne Malone, avait sans doute bénéficié, elle, de toute l'aide imaginable, gouvernantes, bonnes d'enfants, jeunes filles au pair, chauffeurs, professeurs de tennis... Kathy considéra Fran avec calme. Il était bien vrai que son univers était complètement bouleversé, mais elle ne voulait surtout pas augmenter le trouble de sa mère.

— Non, Fran, mentit-elle. Rien n'a changé.

Il lui fut très facile de découvrir où habitaient Paul et Marianne Malone.

Chaque semaine ou presque, on parlait d'eux dans un magazine ou un autre. Tout le monde connaissait leur propriété. Mais Kathy ne voulait pas aller le voir chez lui. Elle irait donc à son bureau, et elle lui parlerait avec la plus grande clarté. Il n'y avait aucune raison d'inclure Marianne Hayes dans cette discussion. Avec sa carte téléphonique, elle entreprit d'appeler les plus grandes firmes de comptabilité. Au second coup de fil elle tomba sur celle de Paul Malone. Installée dans un quartier réputé, elle avait pour clientèle le gotha du cinéma et du théâtre. Ainsi, cet homme avait tout : il gagnait de l'argent en s'amusant, se dit Kathy.

Par deux fois elle se rendit à ses bureaux, mais le courage la déserta avant qu'elle ait osé entrer dans le bâtiment colossal. Certes, elle savait que la firme n'occupait que les cinquième et sixième étages, mais elle manquait soudain de confiance en elle quand elle était devant l'immeuble. Son désir était si fort pourtant de se trouver face à Paul Malone, de lui dire qui elle était et combien sa mère avait travaillé dur et économisé pour son avenir. Elle ne voulait rien mendier, juste exposer librement toute l'injustice de la situation. Mais cet endroit était tellement impressionnant... Elle se sentait écrasée par sa masse. Elle n'osait pénétrer dans le grand hall d'entrée, affronter le portier et les réceptionnistes qui devaient vous demander qui vous vouliez voir avant de vous autoriser à monter dans les étages.

Était-elle seulement vêtue comme il convenait pour franchir le barrage des cerbères en uniforme ? Ils ne laisseraient sans doute pas une collégienne en ensemble bleu marine monter voir un comptable, surtout renommé, en particulier si celui-ci était le mari d'une célèbre milliardaire.

Kathy décida de téléphoner à Harriet.

— Tu pourrais apporter quelques fringues très chic de ta mère, demain, à l'école ? lui demanda-t-elle.

— Seulement si tu me dis pourquoi !

— Je vais avoir une aventure.

— Une aventure sexuelle ?

— Ce n'est pas impossible...

— Tu veux une nuisette et des slips en dentelle, alors ? proposa Harriet, toujours très pragmatique.

— Non. Une veste. Et des gants, peut-être.

— Dieu du ciel ! Ça doit être un truc très bizarre...

Le lendemain les vêtements désirés arrivèrent, un peu froissés dans le sac de sport. Kathy les essaya dans le vestiaire des filles. La veste lui allait très bien, mais la jupe lui parut un peu longue.

— Où aura lieu ton aventure ? s'enquit Harriet, survoltée.

— Dans un bureau. Un bureau très chic.

— Tu pourrais raccourcir un peu la jupe de ton uniforme, alors. Si elle était plus courte, elle ne serait pas mal. C'est *lui* qui va te déshabiller, tu crois, ou tu le feras toi-même ?

— Quoi ? Ah ! oui. Je le ferai moi-même.

— Dans ce cas pas de problème.

Ensemble elles s'évertuèrent à transformer Kathy en une jeune fille émancipée. Elle avait déjà utilisé le fard à paupières et le rouge à lèvres d'Harriet.

— Ne mets pas tout maintenant, lui souffla son amie.

— Pourquoi pas ?

— Eh bien, il faut que tu ailles en cours, d'abord, et si on te voit comme ça tout le monde devinera qu'il se passe quelque chose.

— Je ne vais pas en cours. Et je te demanderai de dire que j'ai la grippe.

— Non ! je n'arrive pas à le croire...

— Allez, Harriet ! Je l'ai bien fait pour toi, quand tu voulais aller voir tes pop-stars favorites.

— Mais où peux-tu bien aller à neuf heures du matin ?

— À *son* bureau, pour l'*aventure*.

— Tu es vraiment un drôle de numéro, tu sais ça ? fit Harriet, la bouche arrondie d'admiration.

Kathy n'hésita pas quand elle se retrouva face à la réceptionniste.

— Bonjour, dit-elle. Je suis venue voir Mr. Paul Malone.

— Qui dois-je annoncer ?

— Le nom ne lui dira rien, mais vous pouvez l'informer que Katherine Clarke désirerait l'entretenir de Frances Clarke, une très ancienne cliente.

Elle avait le sentiment que dans ce genre d'endroit, on n'appelait pas les gens par leur diminutif.

— Je vais contacter sa secrétaire. Mr. Malone ne reçoit jamais sans rendez-vous.

— Alors dites à sa secrétaire que j'attendrai jusqu'à ce qu'il soit libre, déclara Kathy avec une détermination sereine qui eut encore plus d'effet que ses efforts vestimentaires.

La réceptionniste eut un petit haussement d'épaules à l'adresse de sa collègue et recula pour téléphoner à voix basse.

— Miss Clarke, désirez-vous parler à la secrétaire de Mr. Malone ? fit-elle après un moment.

— Certainement.

Kathy s'avança et prit le combiné, en priant pour que sa jupe de collégienne ne dépasse pas sous la veste de la mère d'Harriet.

— Penny à l'appareil, entendit-elle. Que puis-je pour vous ?

— Vous a-t-on communiqué les noms que j'ai donnés ? demanda Kathy.

— Oui, mais... Le problème n'est pas là...

— Ah ! permettez-moi de penser le contraire. Veuillez mentionner ces noms à Mr. Malone, je vous prie, et lui préciser que je ne le retiendrai pas longtemps. Dix minutes tout au plus. Je patienterai ici jusqu'à ce que je puisse le voir.

— Nous ne prenons pas les rendez-vous de cette façon, mademoiselle.

— Transmettez-lui les noms, je vous prie, insista Kathy, que l'excitation du moment étourdissait presque.

Trois minutes passèrent, puis un téléphone sonna.

— La secrétaire de Mr. Malone vous attend au sixième étage, annonça l'une des réceptionnistes en raccrochant.

— Merci beaucoup de votre amabilité, dit Kathy Clarke.

Elle remonta discrètement sa jupe et se dirigea vers les ascenseurs.

— Miss Clarke ?

La secrétaire de Paul Malone semblait sortie tout droit d'un concours de beauté. Elle portait un ensemble crème et des chaussures à talons aiguilles noires. À son cou pendait un épais collier noir.

— En effet, répondit Kathy, qui regrettait déjà de ne pas paraître mieux vêtue, plus jolie et plus âgée.

— Par ici, je vous prie. Mr. Malone vous verra dans la salle de réunion. Puis-je vous offrir un café ?

— Avec plaisir, merci beaucoup.

Elle fut introduite dans une pièce occupée par une grande table de bois clair entourée de huit fauteuils. Aux murs étaient accrochés des tableaux ; non pas des reproductions sous verre comme à l'école, mais de vraies toiles. Et le bord de la fenêtre était décoré de fleurs fraîches. Kathy s'assit et attendit.

Enfin Paul Malone apparut, jeune, séduisant, l'air plus jeune que Fran alors qu'il avait un an de plus qu'elle.

— Bonjour, dit-il avec un large sourire.

— Bonjour.

Silence.

Penny entra soudain avec le café.

— Dois-je laisser le plateau ? s'enquit-elle.

— Oui. Merci, Pen.

— Savez-vous qui je suis ? dit Kathy quand la secrétaire eut quitté la pièce.

— Oui.

— Vous vous attendiez à ma visite ?

— Pour être tout à fait franc, pas avant deux ou trois ans...

Son sourire était agréable, plein d'un charme naturel.

— Et qu'auriez-vous fait alors ?

— La même chose qu'aujourd'hui : écouté.

C'était une réponse très intelligente, qui la laissait libre d'engager la discussion à sa guise.

— Eh bien... Je voulais simplement venir pour vous connaître, dit-elle d'une voix un peu incertaine.

— C'est bien normal.

— Pour savoir à quoi vous ressembliez...

— Voilà qui est fait, donc. Quel est votre verdict ?

— Vous êtes... bien, dit Kathy à contrecœur.

— Vous aussi. Vous êtes très bien.

— Je ne l'ai appris que très récemment, vous comprenez, expliqua-t-elle.

— Je vois.

— C'est pourquoi je voulais venir vous parler.

— Bien sûr, bien sûr.

Il servit deux tasses de café.

— Voyez-vous, jusqu'à la semaine dernière je croyais vraiment être la fille de Papa et Maman. Ça m'a fait un choc d'apprendre la vérité.

— Fran ne vous avait pas dit qu'elle était votre mère ?

— Non.

— Je peux comprendre ce silence.

— Elle était persuadée que j'avais déjà compris, vous savez. Mais elle se trompait. Je croyais seulement avoir une sœur aînée merveilleuse. Je ne suis pas très futée, il faut dire.

— Moi, vous me paraissez très futée, dit Paul Malone, et il semblait sincère.

— Eh bien, je ne le suis pas, en fait. Je travaille dur et j'y arriverai, mais je n'ai pas une grande vivacité d'esprit comme mon amie Harriet. Je serais plutôt une bûcheuse.

— Tout comme moi, alors. Vous tenez donc de votre père pour ça.

C'était un moment extraordinaire qu'elle vivait là, dans cette salle de réunion. Cet homme admettait être son père, sans gêne aucune. Elle n'avait plus aucune idée de ce qu'elle devait faire à présent. Tous ses arguments devenaient inutiles. Elle avait pensé qu'il aurait fulminé, nié tout en bloc et qu'il se serait éclipsé au plus vite. Mais il n'avait rien fait de tel.

— Vous n'auriez pas un emploi comme celui-ci si vous n'étiez qu'un bûcheur, remarqua-t-elle.

— Ma femme est très riche, et moi je suis un charmant bûcheur qui n'irrite personne. D'une certaine façon, c'est pourquoi je suis ici.

— Mais il a bien fallu que vous soyez d'abord comptable, avant de la rencontrer, non ?

— Oui, j'étais déjà comptable, mais pas dans le même quartier. J'espère que vous ferez la connaissance de ma femme un jour, Katherine. Elle vous plaira. Marianne est quelqu'un de très, très gentil.

— Kathy, s'il vous plaît, et pas Katherine. Je ne doute pas que votre femme soit très gentille, mais elle n'aura certainement pas envie de me rencontrer.

— Si. Elle l'acceptera, si je lui dis que c'est important pour moi. Nous agissons souvent pour faire plaisir à l'autre. Si elle me demandait à moi ce genre de chose, je l'accepterais.

— Mais elle ignore jusqu'à mon existence !

— Détrompez-vous. Je le lui ai dit il y a bien longtemps. Je ne connaissais pas votre nom, mais je lui ai dit que j'avais une fille, une fille que je n'avais jamais vue mais que je rencontrerais certainement quand elle serait plus grande.

— Vous ignoriez mon prénom ?

— Oui. Quand c'est arrivé, Fran m'a seulement dit qu'elle me ferait savoir si c'était une fille ou un garçon. C'est tout.

— C'était l'accord ? dit Kathy.

— Vous le dites très bien. Oui, c'était l'accord.

— Fran pense que vous vous êtes très bien conduit dans cette affaire.

— Et quel message m'envoie-t-elle ?

Il était détendu, aimable, sans vigilance excessive.

— Elle ne sait pas que je suis là.

— Où vous croit-elle donc ?

— À l'école. À Mountainview College.

— À Mountainview ? C'est là que vous allez ?

— Quatre mille livres données il y a seize ans, ça ne produit pas assez de dividendes pour m'offrir une scolarité dans un établissement chic, lança Kathy avec une certaine fougue.

— Ainsi donc, vous êtes au courant de cette partie de l'accord ?

— J'ai tout appris en même temps, en une seule nuit. Je me suis rendu compte que Fran n'était pas ma sœur et que vous aviez acheté votre tranquillité.

— Est-ce ainsi qu'elle a présenté les choses ?

— Non. C'est la réalité des faits, mais Fran en parle différemment.

— Je suis réellement désolé. Ça a dû être quelque chose de très dur et de très triste à entendre.

Kathy le dévisagea. Il avait prononcé le mot exact : triste. Elle avait beaucoup réfléchi à l'injustice de cet accord. Sa mère était pauvre, on pouvait donc l'acheter. Son père était issu d'une famille privilégiée et il n'avait pas à payer pour ses plaisirs et leurs conséquences. Elle en avait déduit que le système se retournait toujours contre les gens comme elle. Étrange qu'il ait saisi ce sentiment avec une telle acuité.

— Oui, c'était triste. Et ça l'est toujours.

— Eh bien, dites-moi ce que vous attendez de moi. Dites-le-moi et nous pourrons en discuter.

Elle avait eu l'intention d'exiger de lui tout ce dont elle rêvait pour Fran et elle, et de lui démontrer qu'en cette fin de vingtième siècle les gens riches ne pouvaient plus échapper à leurs erreurs passées. Mais soudain il lui était très difficile de parler de la sorte à cet homme assis en face d'elle, qui était manifestement heureux de la voir.

— Je ne suis pas encore certaine de ce que je voudrais. C'est encore un peu tôt.

— Je comprends. Vous n'avez pas encore eu le temps de décanter vos sentiments.

Il ne paraissait pas soulagé et parlait même avec sympathie.

— C'est déjà difficile pour moi d'être face à vous, vous savez.

— Pour moi aussi.

Il se mettait donc sur le même plan qu'elle.

— Ça ne vous ennuie pas que je sois venue ?

— Non, c'est même tout le contraire. Je suis enchanté que vous soyez venue pour faire ma connaissance. Mais je suis désolé que la vie ait été si dure pour vous, et je suppose que le choc n'a rien arrangé. Enfin, c'est ce qu'il me semble.

Kathy sentit une boule se former dans sa gorge. Ce père n'aurait pu être plus différent de l'image qu'elle s'en était faite. Aurait-il été possible, dans des circonstances différentes, qu'il épouse Fran ? Elle aurait été leur fille aînée...

Paul Malone tira une carte de visite de sa poche et y inscrivit un numéro.

— C'est ma ligne directe. Ainsi vous n'aurez pas à passer par les intermédiaires.

Cela lui parut presque trop aimable. Comme s'il cherchait à éviter toute explication, à tout faire pour que ses employés ne sachent rien de son secret.

— Vous avez peur que je vous téléphone chez vous ? demanda-t-elle, désolée de répondre à sa gentillesse par de l'agressivité mais déterminée aussi à ne pas se laisser duper par lui.

Il tenait toujours son stylo à la main.

— J'allais inscrire également mon numéro personnel. Vous pouvez appeler n'importe quand.

— Et votre femme ?

— Marianne sera heureuse de vous parler, bien sûr. Dès ce soir je lui rendrai compte de votre visite.

— Vous êtes vraiment très décontracté, dit Kathy, partagée entre l'admiration et une pointe d'irritation.

— Je suppose que j'ai l'air calme, mais à l'intérieur je suis très excité. Qui ne le serait à ma place ? Rencontrer pour la première fois sa fille, qui est déjà une jolie jeune femme, et penser que c'est à cause de vous qu'elle a vu le jour...

— Il vous arrive de penser à ma mère ?

— J'ai beaucoup pensé à elle pendant un temps, comme on peut penser à son premier grand amour, et bien sûr un peu plus à cause de ce qui s'est passé et de votre naissance. Mais comme nous ne *pouvions* pas vivre ensemble j'ai fini par penser à d'autres choses et d'autres gens.

C'était la vérité sans fard, et Kathy ne put que l'accepter.

— Comment vais-je vous appeler ? demanda-t-elle subitement.

— Vous appelez votre mère Fran. Pourquoi pas Paul pour moi ?

— Je reviendrai vous voir, Paul, dit-elle en se levant.

— Quand vous le voudrez, je serai là, Kathy, répondit-il.

Ils se tendirent la main. Mais à peine s'effleurèrent-ils que Paul attira Kathy à lui et l'étreignit.

— À partir de maintenant tout va changer, Kathy, murmura-t-il. Tout sera différent, et mieux.

Dans le bus qui la ramenait à l'école, Kathy ôta son rouge à lèvres et son fard à paupières. Puis elle roula la veste de la mère d'Harriet dans le sac de sport et rejoignit enfin sa classe.

— Alors ? lui chuchota Harriet.

— Alors rien.

— Comment ça, rien ?

— Il n'est rien arrivé.

— Tu veux dire que tu as fait tous ces préparatifs, que tu es allée à *son* bureau et qu'*il* ne t'a pas touchée ?

— Il m'a prise dans ses bras.

— À mon avis, il est impuissant, décréta Harriet. Dans le courrier des lecteurs de plein de magazines, il y a des lettres de femmes qui racontent ce genre de trucs. On dirait que c'est un problème très répandu.

— C'est possible, en effet, dit Kathy en ouvrant son livre de géographie.

Mr. O'Brien, qui assurait toujours certains cours de géographie bien qu'il fût maintenant principal, l'observait avec insistance par-dessus ses lunettes.

— Vous avez soudainement guéri de la grippe, Kathy ? fit-il d'un ton soupçonneux.

— Oui, grâce au ciel, Mr. O'Brien.

Elle n'avait pas parlé sur un ton de défi, juste en égale.

Comme elle a changé depuis le début du trimestre ! songea Tony O'Brien. Et il se demanda si cette transformation avait un rapport avec les cours d'italien, lesquels s'étaient révélés une véritable réussite et non l'échec qu'il prédisait.

Maman était aux machines à sous, Papa au pub. Fran était seule à la maison, dans la cuisine.

— Tu rentres bien tard, Kathy. Tout va bien ?

— Mais oui. J'ai eu envie de marcher un peu, c'est tout. J'ai appris toutes les parties du corps pour le cours de ce soir. Tu sais, elle va nous mettre par deux et nous demander : « *Dov'è il gomito ?* », et il faudra toucher le coude de l'autre.

Fran se réjouit de voir Kathy de si bonne humeur.

— Et si je préparais des sandwichs pour nous donner l'énergie nécessaire ?

— Super. Tu sais comment on dit « les pieds » ?

— *I piedi.* J'ai potassé pendant l'heure du déjeuner, confessa Fran avec une petite grimace. Si ça continue, nous allons finir par être les chouchoutes du prof, toi et moi !

— Je suis allée le voir aujourd'hui, dit soudain Kathy.

— Qui ça ?

— Paul Malone.

Fran s'assit.

— Tu n'es pas sérieuse ?

241

— Il a été très gentil, tu sais. Très, très gentil. Il m'a donné sa carte. Regarde, il a même inscrit sa ligne directe au bureau et son téléphone chez lui.

— Je ne pense pas que c'était la chose à faire, dit Fran après un court silence.

— Eh bien, lui semblait plutôt content. D'ailleurs il a dit qu'il était heureux que je sois venue.

— Il a dit ça ?

— Oui. Et que je pouvais passer n'importe quand chez eux pour rencontrer sa femme, si je le voulais.

Le visage de Fran parut se vider, comme si toute vie le désertait, comme si quelqu'un avait coupé un commutateur vital invisible. Kathy en fut déconcertée.

— Ça ne te fait pas plaisir ? Il n'y a pas eu de dispute, et on a bavardé normalement, comme tu l'avais dit. Il a promis qu'à partir d'aujourd'hui tout serait différent. Différent et mieux, ce sont les mots qu'il a employés.

Fran hocha la tête, incapable de parler... Elle acquiesça encore et finit par articuler :

— Oui. C'est très bien.

— Tu n'es pas heureuse ? Je croyais que c'était ce que tu espérais.

— Tu as tout à fait le droit de le voir et de participer à sa vie. Je n'ai jamais voulu t'en empêcher.

— La question n'est pas là !

— La question est là, précisément. Tu as bien raison d'avoir l'impression de t'être fait rouler... quand tu vois un homme comme lui, qui a tout, des courts de tennis, des piscines, et sans doute plusieurs chauffeurs !...

— Ce n'est pas ça que je recherche, protesta Kathy.

— Et ensuite tu reviens dans une maison comme celle-ci, et tu vas à Mountainview, et tu es censée croire que ces satanés cours du soir pour lesquels j'ai économisé livre après livre représentent une aubaine ! Je ne m'étonne pas alors que tu espères que tout devienne... comment as-tu dit... différent et mieux ?

242

Kathy était catastrophée. Fran croyait donc qu'elle lui préférait Paul Malone, qu'elle avait été éblouie par sa rencontre avec cet homme dont elle ignorait encore l'existence quelques jours plus tôt ?

— C'est « mieux », simplement parce que maintenant je sais tout. Mais en dehors de cela, il n'y a rien de changé, tenta-t-elle d'expliquer.

— Bien sûr...

Le visage de Fran s'était fermé, et tout son corps s'était raidi. Elle étalait le fromage sur les tranches de pain d'un geste mécanique. Elle ajouta deux rondelles de tomate à chaque sandwich.

— Arrête, Fran. Tu ne comprends donc pas ? Il *fallait* que je le voie. Tu avais raison, ce n'est pas un monstre, il est même très gentil.

— Alors je suis heureuse de t'avoir tout dit.

— Mais arrête, tu n'as rien compris ! Écoute, appelle-le toi-même, et demande-lui. Je n'ai absolument pas l'intention de vivre avec lui ni de t'abandonner. C'est seulement que je pourrai le voir de temps en temps. C'est tout. Téléphone-lui, et tu verras.

— Non.

— Pourquoi ? Je veux dire : Pourquoi pas ? Maintenant j'ai ouvert la voie, en quelque sorte.

— Il y a seize ans, j'ai conclu un accord avec lui. J'ai promis de ne jamais le contacter, et je ne l'ai jamais fait.

— Mais moi je n'ai pas passé d'accord.

— Est-ce que je te fais le moindre reproche ? Je t'ai dit que tu avais tous les droits. Ce n'est pas ce que j'ai dit ?

Fran lui donna son sandwich et emplit deux verres de lait.

Kathy se sentait horriblement triste. Sa mère avait tant travaillé pour elle, pour s'assurer qu'elle ne manque de rien. Sans elle, il n'y aurait pas eu de verres de lait bien frais quand elle en avait envie, pas de dîners chauds cuisinés avec amour. En outre elle venait d'avouer qu'elle avait dû économiser pour payer les cours d'italien. Il était compréhensible qu'elle se sente trahie et blessée à l'idée que Kathy puisse, après tous ces sacrifices, oublier des années d'amour et d'attentions pour se laisser éblouir par la perspective d'avoir enfin accès à la richesse et au confort.

— Nous devrions aller prendre le bus, dit doucement Kathy.

— Si tu veux.

— Bien sûr que je le veux !

— Alors allons-y.

Fran se prépara pour sortir. Son manteau avait connu des jours meilleurs et ses chaussures n'étaient pas en très bon état. En esprit Kathy revit les mocassins en cuir souple d'Italie que portait son père. Ils avaient coûté très, très cher, elle le devinait.

— *Avanti* ! dit-elle, et elles coururent pour attraper le bus.

Pendant le cours, Fran fit équipe avec Luigi, dont la mine sombre paraissait encore plus sinistre que de coutume.

— *Dov'è il cuore ?* dit-il.

Son accent dublinois était si marqué qu'il était difficile de savoir de quelle partie du corps il parlait.

— *Il cuore*, répéta-t-il avec une pointe d'humeur. *Il cuore*, l'organe le plus important du corps, bon sang !

Fran posa sur lui un regard vague.

— *Non so*, répondit-elle.

— Mais si, bien sûr que vous savez où est votre foutu *cuore* ! grinça Luigi.

Signora vint au secours de Fran.

— *Con calma per favore*, dit-elle en approchant des deux élèves et en prenant la main de Fran pour la poser sur son cœur.

— *Ecco il cuore.*

— Ça lui aura pris du temps pour piger, grommela Luigi.

Signora regarda Fran avec attention. Ce soir, elle était différente. Habituellement elle prenait part à chaque exercice avec enthousiasme et encourageait Kathy à faire de même.

Signora s'était renseignée auprès de Peggy Sullivan :

— Vous m'avez bien dit que miss Clarke était la mère de cette adolescente de seize ans ?

— Oui, elle l'a eue quand elle avait le même âge. Sa mère a élevé la gosse, mais Kathy est la fille de miss Clarke, c'est bien connu.

Signora comprit que Kathy avait vécu en ignorant ses origines réelles. Mais aujourd'hui, tout comme Fran, elle semblait changée. Peut-être avait-elle appris la vérité ? Avec un peu de culpabilité, elle espéra n'avoir été pour rien dans cette révélation.

Kathy attendit une semaine avant de rappeler Paul Malone sur sa ligne directe.

— Le moment ne tombe pas trop mal pour bavarder ? demanda-t-elle en préambule.

— J'ai quelqu'un dans mon bureau en ce moment, mais ne quittez pas...

Elle l'entendit qui se débarrassait de son visiteur. Peut-être quelqu'un d'important, de connu.

— Kathy ?

Sa voix était chaude, amicale.

— Vous étiez sérieux quand vous avez dit que nous pourrions nous voir en dehors de votre bureau ?

— Bien sûr. Veux-tu déjeuner avec moi ?

— Merci. Quand ?

— Demain. Tu connais le restaurant chez *Quentin* ?

— Je sais où il se trouve.

— Parfait. Alors disons à une heure ? Est-ce que cela collera avec tes horaires de cours ?

— Je m'arrangerai pour que ça colle, dit-elle en souriant, et elle avait la conviction que lui aussi souriait.

— Bien. Mais je ne voudrais pas te créer des problèmes au collège...

— Non, tout ira bien.

— Je suis heureux que tu m'aies téléphoné, ajouta Paul.

Ce soir-là Kathy se lava les cheveux, et le lendemain elle revêtit sa meilleure tenue de collégienne.

— Tu vas le rencontrer aujourd'hui, dit Fran en l'observant qui cirait ses chaussures.

— J'ai toujours dit que tu aurais fait carrière à Interpol, répondit Kathy.

— Non, tu n'as jamais dit ça.

— C'est juste pour déjeuner.

— Je te le répète, tu as tout à fait le droit si tu le veux. Où allez-vous manger ?

— Chez *Quentin*.

Elle ne pouvait pas mentir, Fran apprendrait la vérité tôt ou tard. Kathy espéra que Paul n'avait pas choisi un restaurant trop chic, trop éloigné de leur monde si ordinaire.

Fran réussit à trouver des mots aimables :

— Eh bien, ce devrait être très agréable. La cuisine y est très bonne, à ce que l'on dit.

Kathy se rendit soudain compte que « Papa et Maman » semblaient occuper une toute petite place dans leur vie ces derniers temps. Ils restaient à l'arrière-plan. En avait-il toujours été ainsi, et venait-elle seulement de le remarquer ?

Au bureau des absences de l'école, elle annonça au surveillant qu'elle avait un rendez-vous chez le dentiste.

— Il faudra présenter un mot d'excuse, lui rappela-t-il.

— Je sais bien, mais j'ai tellement peur de ce qu'il va me faire que j'ai oublié de prendre mon carnet de correspondance. Je peux l'apporter demain ?

— D'accord, d'accord.

Toutes ces années de travail acharné avaient porté leurs fruits. Kathy ne faisait pas partie des élèves mal notés, qui ne créaient que des problèmes, et elle pouvait maintenant en tirer quelque avantage.

Naturellement, elle ne put s'empêcher d'annoncer à Harriet qu'elle allait sécher les cours.

— Et où vas-tu, cette fois ? Tu vas te déguiser en infirmière pour *lui* ?... voulut savoir son amie.

— Non, on va seulement déjeuner chez *Quentin*, répondit fièrement Kathy.

Harriet en resta bouche bée.

— Tu plaisantes, là...

— Pas le moins du monde. Je te rapporterai le menu cet après-midi.

— Oh ! là, là ! Tu as la vie sexuelle la plus excitante de toutes les personnes que je connais !... s'extasia Harriet.

L'endroit était sombre, frais et très élégant.

Une femme séduisante en tailleur sombre vint vers elle.

— Bonjour, je suis Brenda Brennan et je vous souhaite la bienvenue dans notre établissement. Attendez-vous quelqu'un ?

Kathy aurait aimé être comme cette femme, et que Fran le soit aussi. Sûre d'elle, détendue. La femme de son père devait avoir cette assurance sereine. Une qualité innée, pas quelque chose qu'on pouvait apprendre. Mais on pouvait sûrement apprendre à la simuler.

— J'ai rendez-vous avec Mr. Paul Malone, répondit-elle. Il a dit qu'il retiendrait une table pour une heure, mais je suis un peu en avance.

— Je vais vous montrer la table de Mr. Malone. Désirez-vous boire quelque chose, en attendant ?

Kathy commanda un Coca Light. Il lui fut servi dans un magnifique verre en cristal de Waterford, avec de la glace et des rondelles de citron. Il fallait qu'elle grave chaque détail dans sa mémoire, pour tout raconter ensuite à Harriet.

Paul Malone entra dans la salle et salua d'un signe de tête une personne à une table, une autre ailleurs. Un homme se leva pour lui serrer la main. Quand il eut rejoint Kathy, il avait dit bonjour à la moitié de la salle.

— Tu m'as l'air différente, dit-il, mais toujours aussi jolie.

— Au moins, aujourd'hui, je ne porte pas la veste de la mère de mon amie ni une tonne de maquillage pour passer le barrage de la réception, répondit-elle en riant.

— Faut-il commander tout de suite ? Tu es pressée par le temps ?

— Non, je suis censée être en train de souffrir chez le dentiste, et ses tortures peuvent durer des heures. Et... toi ?

— J'ai tout mon temps.

Ils consultèrent les menus et Mrs. Brennan vint leur expliquer quelles étaient les spécialités du jour :

— Nous avons une très bonne *insalata di mare*, commença-t-elle.

— *Gamberi ? Calamari ?* s'enquit aussitôt Kathy.

Le soir précédent, ils avaient étudié le nom des différents fruits de mer : « *Gamberi*, crevettes, *calamari*, encornets... »

Paul et Brenda échangèrent un regard surpris.

— Oh ! Je fais étalage de mes nouvelles connaissances, excusez-moi. Je suis des cours d'italien...

— Si j'en savais autant, moi aussi j'en ferais étalage, lui affirma Mrs. Brennan en souriant. Il a fallu que mon amie Nora m'apprenne tous ces mots. C'est elle qui nous aide à rédiger les menus quand nous avons des spécialités italiennes.

Les deux adultes semblaient considérer Kathy avec une certaine admiration. Ou bien se faisait-elle des idées ?

Paul prit, comme à son habitude, un verre de vin coupé d'eau minérale.

— Il n'était pas indispensable de m'inviter dans un endroit aussi chic, fit Kathy après un instant.

— Je suis fier de toi. J'avais envie que tout le monde t'admire.

— Oui, mais c'est juste que Fran pense... Je suppose qu'elle est jalouse que je puisse aller dans un restaurant comme celui-là avec toi. Elle n'a jamais pu m'emmener ailleurs qu'au Mc Donald's ou dans des cafétérias.

— Elle comprendra, j'en suis sûr. Je voulais juste déjeuner avec toi dans un endroit agréable, pour fêter l'occasion.

— Elle m'a dit que c'était mon droit, mais je crois qu'au fond d'elle-même elle est un peu irritée.

— A-t-elle quelqu'un d'autre, un petit ami ?

Kathy le regarda avec surprise.

— Je veux dire... reprit Paul. Bien sûr, ça ne me regarde pas, mais je l'espère pour elle. J'aurais aimé qu'elle se soit mariée et qu'elle t'ait donné des frères et des sœurs. Mais si tu ne veux pas me parler d'elle, pas de problème...

— Il y a eu Ken, dit Kathy.

— Et c'était sérieux ?

— Impossible à dire. Enfin, moi je n'en sais rien. Je suis comme ça, vous savez : je ne remarque rien, je ne vois rien. Mais ils sortaient souvent ensemble, et elle paraissait heureuse quand elle voyait sa voiture s'arrêter devant la maison.

— Et où est-il, maintenant ?

— Il est parti aux États-Unis.

— Elle le regrette, tu crois ?

— Vraiment, je ne sais pas. Il lui écrit de temps en temps. Ses lettres étaient plus nombreuses cet été, moins ces derniers temps.

— Aurait-elle pu partir pour le rejoindre ?

— C'est bizarre que tu me poses cette question... Une fois, elle m'a demandé si ça me plairait d'aller vivre dans une petite ville américaine, dans un coin perdu. Pas New York ou une autre grande ville. Alors j'ai dit : « Oh ! non, je préfère encore rester à Dublin, au moins c'est une capitale. »

— À ton avis, elle n'est pas partie avec Ken à cause de toi ?

— Je n'y ai jamais réfléchi. Mais pendant toutes ces années, j'ai cru qu'elle était ma sœur. Peut-être y a-t-il un rapport, oui...

Kathy paraissait soudain troublée et ennuyée.

— Il ne faut pas que tu te culpabilises à ce sujet, lui dit Paul. Si quelqu'un est fautif, c'est bien moi, ajouta-t-il comme s'il lisait dans ses pensées.

— Je lui ai conseillé de te téléphoner, mais elle refuse.

— Pourquoi ? A-t-elle donné une raison ?

— Elle a prétendu que c'était à cause de votre accord... Elle voulait respecter sa parole, et elle espérait que tu respecterais la tienne.

— Elle a toujours été d'une droiture sans faille.

— Il semble donc que vous n'aurez jamais l'occasion de discuter ensemble.

— Ce qui est sûr, c'est que nous n'allons pas nous retrouver pour tomber dans les bras l'un de l'autre, parce que nous sommes deux personnes différentes à présent. J'aime Marianne, et Fran aime Ken, ou si elle ne l'aime pas, elle aimera quelqu'un d'autre. Mais nous discuterons, j'y veillerai. Et maintenant, toi et moi allons nous régaler d'un excellent déjeuner tout en résolvant les grands problèmes de ce monde !

Son père avait raison. Il n'y avait plus grand-chose à dire sur le sujet. Ils bavardèrent donc de l'école, du show business, de ces merveilleux cours d'italien et des deux enfants de Paul, âgés de six et sept ans.

Alors que Paul réglait l'addition à la caisse, l'employée considéra Kathy avec intérêt.

— Excusez-moi... C'est bien un blazer du Mountainview College que vous portez là, n'est-ce pas ? Mon mari enseigne dans cet établissement, c'est pourquoi j'ai identifié votre tenue.

Kathy réprima sa gêne et demanda :

— Vraiment ? Quel est son nom ?

— Aidan Dunne.

— Oh ! Mr. Dunne est très gentil. Il enseigne le latin et c'est lui qui a organisé les cours du soir, expliqua-t-elle à Paul.

— Et vous, comment vous appelez-vous ? demanda la caissière.

— Son identité restera un mystère à jamais, fit Paul Malone en souriant. Les collégiennes qui prennent le temps de déjeuner sur leurs heures de cours ne tiennent pas à ce qu'on aille le rapporter à leurs professeurs...

Le sourire était charmant, mais la voix glaciale. Nell Dunne comprit qu'elle était sortie de son rôle. Elle pria pour que Mrs. Brennan n'ait rien entendu de ce qui venait de se dire.

— Ne me dis rien, fit Harriet en bâillant. Tu as mangé des huîtres et du caviar. C'est ça ?

— Non. *Carciofi* et mouton. Mais la femme de Mr. Dunne tenait la caisse, et elle a reconnu le blazer de l'école.

— Alors là, tu es fichue, ma vieille, glissa Harriet avec une moue malicieuse.

— Mais non ! Je ne lui ai pas dit qui j'étais.

— Elle finira par le savoir. Tu te feras prendre.

— Arrête de répéter ça. Tu ne veux pas que je me fasse prendre, tu veux que je continue à avoir ces *aventures*...

— Kathy Clarke, je peux te dire que même sur le bûcher j'aurais juré que tu étais la dernière personne sur terre à avoir ce genre d'*aventures*.

— Ainsi va le monde, répondit joyeusement Kathy.

— Appel personnel pour miss Clarke, ligne trois, lança la voix du haut-parleur.

Surprise, Fran passa dans le poste de surveillance, l'endroit d'où elle pouvait observer la clientèle sans être vue.

Elle décrocha le téléphone et pressa la touche enclenchant la ligne trois.

— Miss Clarke, j'écoute, dit-elle.

— Paul Malone, fit une voix masculine.

— Oui ?

— Je voudrais vraiment que nous nous parlions. Je suppose que tu ne tiens pas à ce qu'on se rencontre.

— Effectivement, je n'y tiens pas. Sans rancune, mais c'est simplement inutile.

— Fran, puis-je te parler un peu au téléphone ?

— Je suis assez occupée...

— Tout le monde est occupé, par les temps qui courent.

— Comme tu dis.

— Mais y a-t-il plus important que Kathy ?

— Pour moi, rien au monde.

— Elle m'est très importante, à moi aussi, mais...

— Mais tu ne voudrais pas trop t'investir.

— Tu te trompes complètement. J'adorerais m'investir autant que possible, mais c'est toi qui l'as élevée, toi qui as fait d'elle ce qu'elle est, c'est toi qui l'aimes le plus au monde. Et je ne veux pas m'immiscer dans votre vie. Je voudrais que tu me dises ce que tu estimes être la meilleure solution pour elle.

— Crois-tu que je le sache ? Comment le saurais-je ? Je veux qu'elle ait tout, mais je ne peux le lui donner. Si toi tu peux davantage, alors fais-le, donne-le-lui.

— Elle pense le plus grand bien de toi, Fran.

— Il semblerait que tu lui aies beaucoup plu, toi aussi.

— Elle ne connaît mon existence que depuis une semaine ou deux, alors qu'elle vit avec toi depuis toujours.

— Ne lui brise pas le cœur, Paul. C'est une fille merveilleuse, mais elle vient d'éprouver un grand choc. Je pensais qu'elle savait, ou qu'elle avait deviné, d'une façon ou d'une autre. Ce n'est pas une situation exceptionnelle, par ici. Mais le fait est qu'elle ne soupçonnait rien.

— Non. Mais elle fera face, j'en suis sûr. Elle peut faire face à beaucoup de choses, tout comme toi.

— Elle tient aussi de toi.

— Alors qu'allons-nous faire, Fran ?

— C'est à elle de décider.

— Je lui consacrerai tout le temps qu'elle désire, mais je veux que tu saches que jamais je n'essaierai de la détacher de toi.

— Je le sais.

Il y eut un silence, puis Paul reprit :

— Et est-ce que... est-ce que tout va bien ?

— Oui, ça va.

— Kathy m'a dit que vous appreniez toutes les deux l'italien, et d'ailleurs aujourd'hui elle a parlé italien, au restaurant.

— C'est une bonne chose, dit Fran avec une pointe de satisfaction.

— Nous n'avons pas tout raté, d'une certaine façon, n'est-ce pas, Fran ?

— Non, pas tout, répondit-elle, et elle raccrocha avant de fondre en larmes.

— Que sont les *carciofi*, Signora ? demanda Kathy lors du cours suivant.

— Des artichauts, Caterina. Pourquoi cette question ?

— Je suis allée dans un restaurant et il y en avait au menu.

— C'est moi qui ai rédigé ce menu pour mon amie Brenda Brennan, dit Signora non sans fierté. Vous étiez chez *Quentin* ?

— En effet. Mais n'en dites rien à Mr. Dunne ! Sa femme y travaille, et je ne la trouve pas très sympathique.

— Cela ne m'étonne pas, dit Signora.

— Au fait, vous vous souvenez quand vous avez dit que vous pensiez que Fran était ma mère et non ma sœur ?

— Oui, oui... fit Signora, prête à s'excuser.

— Eh bien, c'est vous qui aviez raison, je m'étais trompée, dit Kathy comme s'il s'agissait là de l'erreur la plus naturelle du monde.

— Il vaut mieux avoir tout clarifié, n'est-ce pas...

— Je pense que ça vaut mieux, oui.

— Sans doute, dit Signora avec sérieux. Votre mère est si jeune, si gentille, et vous profiterez d'elle pendant encore bien des années, plus longtemps que si c'était une mère plus âgée.

— Oui. J'aimerais beaucoup qu'elle se marie. Je me sentirais moins responsable envers elle.

— Elle le fera peut-être, au bon moment.

— Je crois que justement, elle a laissé passer sa chance. Son ami est parti vivre aux États-Unis. Et je pense qu'elle est restée ici à cause de moi.

— Vous pourriez écrire à cet homme, suggéra Signora.

Brenda Brennan, l'amie de Signora, était enchantée d'apprendre le succès des cours du soir.

— J'ai eu une de tes élèves comme cliente, l'autre jour. Elle portait un blazer avec l'écusson de Mountainview et elle a dit qu'elle apprenait l'italien.

— Et elle a commandé des artichauts ?

— Comment le sais-tu ? Tu es médium !

— C'est Kathy Clarke... C'est la seule adolescente de la classe, tous les autres sont adultes. Elle m'a dit que la femme d'Aidan Dunne travaillait ici. C'est vrai ?

— Oh ! c'est donc lui le Aidan dont tu parles tant... Oui, Nell est la caissière. Une femme un peu bizarre. Je n'arrive pas trop à la situer, pour être franche.

— Que veux-tu dire ?

— Elle est très efficace, honnête, rapide. Elle a toujours un sourire pour les clients, même s'il est un peu mécanique, et elle se souvient de leur nom. Mais elle me semble toujours être ailleurs.

— Et où donc, d'après toi ?

— Je crois qu'elle a une liaison, dit Brenda après une courte hésitation.

— Tu plaisantes ! Avec qui ?

— Je ne sais pas, elle est très discrète. Mais elle rencontre souvent quelqu'un après le travail.

— Eh bien...

— Bah ! si tu avais l'intention de faire des avances à son mari, n'hésite pas, sa femme ne pourra pas te jeter la pierre.

— Doux Jésus, Brenda, quelle idée ! À mon âge ! Mais dis-moi, avec qui Kathy Clarke a-t-elle déjeuné dans ton très sélect établissement ?

— C'est amusant... Elle était avec Paul Malone. Tu sais bien, ce comptable très séduisant qui a épousé la fortune Hayes. Un homme plein de charme.

— Et Kathy a déjeuné avec lui ?

— Oui... Elle pourrait être sa fille. Mais honnêtement, plus je fais ce métier et moins je m'étonne de ce que je vois.

— Paul ?

— Kathy ! Ça fait une éternité...

— Veux-tu déjeuner avec moi ? Cette fois, c'est moi qui t'invite. Mais pas chez *Quentin*...

— Bien sûr ! Qu'est-ce que tu proposes ?

— À mon cours d'italien j'ai gagné des chèques-repas dans un petit restaurant. Déjeuner pour deux personnes, vin inclus.

— Je ne voudrais pas que tu rates encore l'école.

— Justement, j'allais suggérer samedi, à moins que ça ne te pose un problème.

— Ce n'est jamais un problème, je te l'ai déjà dit.

Elle exhiba ses chèques-repas, et Paul se déclara très flatté qu'elle l'ait choisi pour invité.

— Je voudrais te parler de quelque chose d'important pour moi, lui dit Kathy. C'est en rapport avec l'argent, mais ce n'est pas une aumône.

— Je t'écoute.

Elle lui expliqua qu'il s'agissait du voyage à New York, à Noël. Ken offrait d'en payer la plus grosse partie mais il ne disposait pas de la totalité et n'avait personne à qui emprunter.

— Explique-moi plus en détail...

— Ken a été tellement content que je lui écrive pour lui dire que je savais tout, et que j'étais désolée si j'avais compromis leurs projets... Il m'a répondu qu'il aimait toujours Fran comme un fou et qu'il avait envisagé de revenir en Irlande pour elle, mais qu'il savait que ce serait une erreur. Honnêtement, Paul, je ne peux pas te montrer cette lettre parce que c'est quand même une correspondance très privée, mais elle te plairait, vraiment, et tu serais heureux pour Fran.

— Je n'en doute pas une seconde.

— Bon. Maintenant je vais te dire de combien il s'agit : trois cents livres. Je sais, c'est une somme énorme. Mais je suis aussi au courant de tout l'argent que Fran a placé pour moi dans cette société immobilière. Donc, ce ne serait qu'un prêt. Quand ils seront ensemble, je pourrai te rembourser.

— Mais comment donner cet argent à Fran sans qu'elle comprenne ?

— Tu trouveras bien un moyen.

— Je te donnerai n'importe quoi, Kathy, et à ta mère aussi. Mais on n'a pas le droit de voler l'amour-propre des gens.

— Et si on l'envoyait à Ken ?

— Il risquerait d'être blessé dans son amour-propre, lui aussi.

Ils se turent et réfléchirent à ce problème apparemment insoluble. Le serveur vint leur demander s'ils appréciaient leur déjeuner.

— *Benissimo*, lui répondit Kathy.

— Ma... Ma jeune amie m'a invité ici grâce à des chèques-repas qu'elle a gagnés dans un cours d'italien, expliqua Paul.

— Mes félicitations, dit le serveur. Vous devez être très intelligente !

— Non, mais j'ai une sorte de don pour gagner des prix, répliqua l'adolescente en souriant.

Paul se figea, et une étincelle brilla dans ses yeux.

— Voilà la solution : tu pourrais gagner deux billets d'avion !

— D'accord, mais comment ?

— Tu as bien gagné un repas pour deux ici.

— C'est parce que Signora avait organisé une sorte de tombola pour qu'un des élèves ait un prix.

— Je pourrais sans doute organiser quelque chose d'approchant, pour que quelqu'un de la classe obtienne un autre prix...

— Mais il faudrait tricher.

— C'est mieux que de risquer de vexer ta mère.

— Je peux y réfléchir un peu ?

— Pas trop longtemps, alors, parce qu'il faudra que je mette sur pied ce concours imaginaire.

— Et tu penses qu'il faut en parler à Ken ?

— Non. Et toi ?

— Je pense qu'il n'a aucun besoin de connaître l'intégralité du scénario, répondit Kathy, empruntant une des formules préférées de son amie Harriet.

Lou

Lou avait seize ans quand trois hommes armés de bâtons firent irruption dans la boutique de son père, raflant des cartouches de cigarettes ainsi que le contenu de la caisse. Toute la famille resta recroquevillée derrière le comptoir jusqu'à ce que la sirène d'une voiture de police se fasse entendre au loin.

Rapide comme l'éclair, Lou lança alors au plus corpulent des trois hommes :

— La porte de derrière, et par-dessus le mur !

— Tu gagnes quoi à faire ça, gamin ? souffla l'autre.

— Piquez les clopes, mais laissez l'argent. Allez !

Et c'est très exactement ce qu'ils firent.

Les policiers étaient furieux.

— Comment ont-ils pu savoir pour la sortie de derrière ?

— Ils avaient sans doute reconnu le terrain avant, suggéra Lou d'un ton insouciant.

— Tu les as aidés à s'enfuir ! l'accusa son père après le départ des agents. Les flics les auraient pincés et bouclés si tu n'avais rien fait !

— Sois réaliste, P'pa, rétorqua Lou. Ça aurait donné quoi ? Les prisons sont pleines à craquer, ils auraient été placés en liberté surveillée et ils seraient revenus tout casser ici. Alors que, de cette façon, c'est à eux de nous renvoyer l'ascenseur. C'est comme payer pour une protection !

— On vit dans une foutue jungle, voilà ce que je dis, moi, grommela le père.

Mais Lou avait la certitude d'avoir agi au mieux, et en secret sa mère partageait cette opinion.

« Inutile d'attirer les problèmes. » Telle était sa devise. Or pour elle, livrer des malfrats à la police signifiait clairement s'attirer rapidement de gros ennuis.

Six semaines plus tard, un homme entra dans le magasin pour acheter des cigarettes. La trentaine imposante, il avait le crâne presque rasé. Lou était revenu de l'école et tenait la caisse.

— Comment tu t'appelles ? lui demanda l'inconnu.

Immédiatement, Lou identifia sa voix comme étant celle du malfrat qui lui avait demandé ce qu'il gagnait à les aider à s'enfuir.

— Lou, répondit-il.

— Tu me connais, Lou ?

L'adolescent le regarda droit dans les yeux et répondit :

— Jamais vu de ma vie.

— Tu es un bon gars, Lou, tu auras de mes nouvelles.

Et l'homme qui avait dérobé cinquante cartouches de cigarettes une semaine plus tôt en les menaçant d'une matraque paya bien poliment pour son paquet. Peu après, il revint avec un gros sac en plastique.

— Un gigot d'agneau pour ta mère, Lou, fit-il, et il tourna les talons.

— Nous ne dirons rien à ton père, décida sa mère, et elle cuisina la viande pour le déjeuner dominical.

Le père de Lou aurait certainement dit qu'aucun d'eux n'apprécierait qu'on distribue dans le voisinage la marchandise volée dans leur magasin, à la façon d'un Robin des bois des temps modernes, et il aurait ajouté que le boucher, cambriolé quelques jours plus tôt, était bien placé pour être de cet avis.

Lou et sa mère jugeaient donc plus sage de ne pas provoquer ce genre de discussion. Lou voyait bien en l'homme corpulent une sorte de Robin des bois, et quand il le croisa dans le quartier il le salua d'un bref :

— Comment va ?

L'autre s'esclaffa et répondit :

— Et toi, Lou, ça roule ?

À la vérité, Lou espérait que l'homme l'approcherait de nouveau. Il savait que la dette avait été réglée avec le don du gigot. Mais la seule idée de côtoyer le monde clandestin suffisait à l'exciter. Aussi rêvait-il que Robin lui confie une quelconque mission. Il ne désirait pas du tout accomplir un braquage, ni conduire une voiture volée. Mais il brûlait de participer à une action risquée.

Lou marquait un désintérêt souverain pour les études. À seize ans il se retrouva hors de l'école et invité à fréquenter l'Agence pour l'emploi, sans beaucoup plus d'espoir d'ailleurs. Une des premières personnes qu'il y vit fut « Robin » qui étudiait les affichettes punaisées aux tableaux d'annonces.

— Comment va, Robin ? lança Lou en oubliant que ce surnom n'existait que pour lui.

— Robin ?

— Il faut bien que je t'appelle d'une façon ou d'une autre. Je ne connais pas ton nom, alors j'ai choisi ce pseudo.

— C'est une blague de mauvais goût ? grogna l'homme, qui semblait très susceptible.

— Non, c'est comme Robin des bois, tu sais le type avec ses...

Il s'arrêta net. Il n'osait pas citer les Joyeux Compagnons, de peur que Robin ne s'imagine qu'il le croyait homosexuel, et il ne pouvait pas non plus parler de gang ou de bande... Pourquoi diable avait-il prononcé ce surnom ?

— Tant que ce n'est pas une référence à des mecs qui volent des trucs... dit l'autre.

Lou prit un air dégoûté.

— Oh ! non, mon Dieu, Non !

— Bon, ça va, alors, fit Robin d'un ton plus calme.

— C'est quoi, ton vrai nom ?

— Robin conviendra très bien, maintenant que nous nous sommes compris.

— Sur toute la ligne, Robin, sur toute la ligne.

— Bien. Alors, ça roule pour toi, Lou ?

— Pas terrible. J'avais un boulot dans un entrepôt mais avec leur vacherie d'interdiction de cloper, et...

— Je vois. Bah ! ils sont tous pareils, lâcha Robin, compréhensif.

Il concevait fort bien qu'un gosse soit renvoyé de son premier emploi après une semaine. C'était une histoire qui ressemblait beaucoup à la sienne.

— Tiens, il y a un job, là.

Et il pointa un index épais sur une affichette proposant un poste d'agent d'entretien dans un cinéma.

— C'est pour les nanas, non ? dit Lou.

— L'annonce ne le précise pas, mais de nos jours, va savoir.

— Mais c'est un boulot à se suicider, fit Lou, déçu que Robin ait une si piètre image de lui.

— Il y aurait sans doute des compensations, murmura Robin, le regard dans le vide.

— Comme ?

— Il suffirait de laisser une porte ouverte.

— Chaque soir ? Mais ils le remarqueraient.

— Pas si le verrou était simplement ouvert.

— Et puis ?

— Et puis si d'autres personnes désiraient, disons, entrer et ressortir, elles auraient toute une semaine pour décider du jour.

— Et ensuite ?

— Eh bien, la personne chargée de l'entretien pourrait prendre ses distances peu après. Pas tout de suite, mais une ou deux semaines plus tard. Et cette personne-là trouverait des gens qui lui seraient très reconnaissants.

Lou avait du mal à respirer tant il était excité. Enfin les choses bougeaient pour lui ! Robin lui proposait d'entrer dans sa bande. Sans un mot de plus, le garçon alla prendre un formulaire au guichet et le remplit pour postuler l'emploi dans le cinéma.

— Qu'est-ce qui t'a poussé à prendre un travail pareil ? s'étonna son père un peu plus tard.

— Il faut bien que quelqu'un le fasse, fut la seule réponse de Lou.

Après la dernière séance, il essuyait les sièges et ramassait les détritus. Il nettoyait les toilettes et effaçait les graffitis sans lésiner sur la poudre à récurer. Et chaque soir, il allait ouvrir le verrou de la grande porte arrière. Robin n'avait même pas eu à lui dire quelle issue préparer, c'était la seule disponible, à part l'entrée principale sur la rue.

Le directeur du cinéma était un petit homme agité et tatillon. Il déclara à son nouvel employé que le monde était devenu foncièrement méchant, sans aucun rapport avec celui qu'il avait connu dans sa jeunesse.

— Très vrai, ça, approuva Lou.

Il évitait toute discussion car il ne voulait pas qu'on se souvienne trop bien de lui après ce qui allait arriver.

Cela se produisit quatre jours plus tard. Des voyous s'introduisirent dans le cinéma par effraction, brisèrent la petite caisse et emportèrent la recette de la journée. D'après les premières constatations, on conclut qu'ils avaient sectionné le pêne d'un verrou, sans doute en glissant une lame de scie entre le chambranle et la porte. La police demanda au directeur s'il était possible que la porte n'ait pas été verrouillée. Confirmé dans son opinion d'un monde foncièrement méchant, le petit homme était au bord de l'apoplexie. Néanmoins, il taxa cette hypothèse de ridicule. Tous les soirs il vérifiait en personne les issues, et d'ailleurs ils n'auraient pas scié le pêne du verrou si celui-ci n'avait pas été mis. Lou comprit alors que Robin et ses comparses avaient imaginé cette mise en scène pour le protéger. Personne ne pouvait savoir qu'il avait été leur cheval de Troie.

Histoire de bien prouver qu'il n'était pour rien dans le vol, il continua de travailler dans le cinéma, et chaque soir il verrouillait soigneusement la porte arrière avec la serrure de sécurité flambant neuve. Après deux semaines, il annonça au directeur qu'il avait trouvé un emploi mieux rémunéré.

— Tu n'étais pas le pire, lui dit nerveusement le petit homme.

Lou eut un peu honte, parce qu'il s'estimait justement parmi les pires. Ses prédécesseurs, eux, n'avaient pas ouvert la voie à un cambriolage. Mais la culpabilité n'était plus de mise. Ce qui était fait était fait. À présent, il convenait d'attendre la suite.

Elle ne tarda pas. Un jour, Robin entra dans le magasin pour acheter un paquet de cigarettes et il tendit à Lou une enveloppe. Le père était présent et Lou la prit sans mot dire. Quand il fut seul, il l'ouvrit. Elle contenait dix billets de dix livres. Cent livres pour avoir déverrouillé une porte quatre nuits d'affilée. Comme l'avait promis Robin, des gens lui étaient reconnaissants et le lui prouvaient...

Jamais Lou ne demanda à Robin de lui confier une mission. Il continuait à travailler au magasin paternel, persuadé qu'il serait contacté si l'on avait besoin de ses services. Et il ne revit plus Robin à l'Agence pour l'emploi.

Il aurait parié que c'était sa bande qui avait fait le casse nocturne du supermarché. Le service de sécurité n'y comprenait rien : il n'y avait pas trace d'effraction.

Lou se demanda comment Robin s'y était pris cette fois, et où il avait entreposé tout ce qui avait été volé. Il devait posséder un entrepôt quelque part. Lors de leur première rencontre, Lou n'avait que seize ans. Or, il venait de fêter son dix-neuvième anniversaire, et en tout ce temps Robin ne lui avait confié qu'une mission.

Il le croisa par hasard, dans une discothèque. La musique y était trop forte et Lou n'avait repéré aucune fille à son goût. Pour dire la vérité, il n'avait rencontré aucune fille à qui il ait plu. Il ne comprenait pas pourquoi. Il s'était pourtant montré charmant, tout sourire, et leur avait offert à boire. Mais ces pimbêches ne s'intéressaient qu'à des types à l'allure redoutable, au visage dur et menaçant. C'est alors qu'il aperçut Robin qui dansait avec une fille d'une beauté éblouissante. Plus elle lui souriait et l'aguichait, plus il paraissait se renfrogner. C'était sans doute ça le secret. Lou s'exerça à prendre un air revêche dans le miroir au-dessus du bar. Robin vint le rejoindre après un moment.

— Ça roule, Lou ?

— Content de te revoir, Robin.

— Je t'aime bien, Lou, et tu sais pourquoi ? Parce que tu ne la ramènes pas.

— Pas la peine. Il faut y aller cool, c'est ce que je dis toujours.

— Il paraît qu'il y a eu du grabuge au magasin de ton père, l'autre jour ?

Comment Robin le savait-il ?

— Quelques petites frappes, oui.

— On s'en est occupé... ils ne reviendront pas vous ennuyer. On leur a tanné le cuir pour leur apprendre les bonnes manières. Avec en prime un petit coup de fil anonyme aux flics pour dire où ils avaient caché le butin. Vous devriez tout récupérer demain.

— C'est très sympa de ta part, Robin. Merci.

— De rien, c'était un plaisir... Tu travailles en ce moment ?

— Rien qui ne puisse s'oublier si nécessaire, répondit Lou.

— Mmm... Du monde, ici, hein ? Les affaires marchent bien, on dirait.

Robin désignait d'un mouvement de menton le comptoir où des coupures de dix et de vingt livres changeaient prestement de main.

La recette de la nuit serait à l'évidence substantielle.

— Ouais, répondit Lou. Je parierais qu'ils ont deux gardes armés et un berger allemand quand ils emportent la caisse.

— Pas du tout, laissa tomber Robin, et Lou attendit qu'il poursuive, ce qu'il fit après un petit temps : Ils ont un minibus ordinaire pour raccompagner leur personnel, vers trois heures du matin, et le dernier déposé est le patron. Il rentre toujours chez lui en portant un sac de sport. Avec tout l'argent dedans.

— Et il le met dans un coffre ?

— Non, il le ramène chez lui, simplement. Quelqu'un passe prendre le tout dans la matinée, et ils vont déposer le fric à la banque.

— Un peu compliqué, non ?

— Oui, mais le coin est assez rude, expliqua Robin avec une petite moue faussement désapprobatrice. Personne ne voudrait y venir avec un camion blindé, ce serait trop voyant, trop dangereux...

— Et je suppose que la plupart des gens ignorent tout ça, le patron et le sac de sport ?

— Je crois même que personne n'est au courant.

— Même pas le chauffeur du minibus ?

— Même pas lui.

— Et que faudrait-il faire ?

— Il faudrait que quelqu'un commette une fausse manœuvre devant le minibus, accidentellement bien sûr, et l'immobilise dans la ruelle derrière la boîte cinq petites minutes, pas plus. — Lou acquiesça. — Quelqu'un qui aurait une voiture, un permis sans tache et qui serait connu pour venir ici souvent.

— Ce serait une bonne idée, en effet.

— Tu as une voiture, Lou ?

— Hélas ! non, Robin. Le permis, oui, et je viens souvent ici. Mais pas la voiture.

— Tu pensais en acheter une ?

— Oui, une occasion... J'y ai beaucoup pensé, mais ça n'a pas été possible.

— Jusqu'à maintenant... dit Robin en levant son verre.

— Jusqu'à maintenant, répéta Lou en faisant de même.

Il savait qu'il ne devait rien faire tant qu'il n'aurait pas des précisions par Robin. Il était très flatté que l'homme ait dit l'apprécier. Il regarda d'un air sombre une fille assise non loin, et alors elle vint lui demander s'il voulait danser. Lou ne s'était pas senti aussi bien depuis très longtemps.

Le lendemain, son père lui annonça que c'était à peine croyable mais que la police avait retrouvé tout ce que ces jeunes malfrats avaient volé l'autre jour. N'était-ce pas une sorte de miracle ? Trois jours passèrent, puis une lettre arriva, contenant l'acte d'achat à crédit d'un véhicule, envoyé par un concessionnaire automobile. Mr. Lou Lynch avait déposé une somme de deux mille livres et accepté de régler le reste par mensualités. Une fois que l'heureux acquéreur aurait rapporté le contrat dûment signé, la voiture serait à sa disposition dans les trois jours.

— Je pense à acheter une voiture, annonça Lou à ses parents.

— Bonne idée, dit simplement sa mère.

— Incroyable ce que les gens réussissent à faire avec leurs indemnités de chômage, de nos jours, commenta son père.

— Il se trouve que je ne suis pas au chômage en ce moment, rétorqua Lou, vexé.

267

Il avait en effet trouvé un emploi dans un grand magasin d'électroménager, et déplaçait toute la journée réfrigérateurs et fours à micro-ondes qu'il portait jusqu'aux véhicules des clients. Depuis le premier jour il espérait que Robin passerait le voir là. Comment aurait-il pu deviner que leur rencontre aurait lieu dans une discothèque ?

Il ne se gêna pas pour parader dans sa voiture. Un dimanche matin, il conduisit sa mère à Glendalough, et elle lui avoua que, quand elle était jeune, son rêve était de rencontrer un garçon possédant une automobile, mais qu'elle n'avait jamais eu cette chance.

— Eh bien, ça vient de t'arriver, maintenant, M'man, fit-il avec douceur.

— Ton père pense que tu touches des commissions sur des affaires louches, Lou. Il prétend que tu n'as pas pu te payer cette voiture avec ce que tu gagnes.

— Et toi, M'man, tu penses quoi ?

— Moi, je ne pense rien, mon chéri.

— Moi non plus, M'man.

Six semaines s'écoulèrent avant qu'il ne revoie Robin. Il vint au magasin d'électroménager et acheta un téléviseur grand écran. Lou porta l'appareil jusqu'à son véhicule.

— Tu vas toujours régulièrement à la discothèque ? lui demanda Robin.

— Deux, trois fois par semaine. Ils m'appellent par mon nom, maintenant.

— Pas terrible, comme boîte, hein ?

— Bah ! il faut bien trouver quelque part où danser et boire un coup, dit Lou avec une nonchalance étudiée, car il savait que cette attitude plaisait à Robin.

— Très vrai, ça. Je me demandais si tu y passerais ce soir ?

— Certainement.

— Et peut-être que tu ne boiras rien, pour ne pas risquer un Alcootest positif...

— Oui... je trouve que de temps en temps ça fait du bien de ne boire que de l'eau minérale...

— Il se pourrait que je te montre un très bon endroit où garer ta voiture, ce soir.

— Super.

Il ne demanda pas d'autres détails. C'était là son point fort. Robin paraissait très satisfait de cette absence de curiosité.

Vers dix heures, il gara son automobile à la place indiquée par Robin. Il voyait très bien comment, en avançant de deux mètres seulement, il bloquerait le passage de l'allée reliant l'arrière de la discothèque à la route. Et il constata également qu'il serait parfaitement visible de tous les occupants du minibus. Il faudrait que la voiture cale, et qu'elle refuse de redémarrer malgré tous ses efforts apparents. Mais il restait encore cinq bonnes heures avant l'action.

Aussi entra-t-il dans la discothèque. Et c'est là que, cinq minutes plus tard, il rencontra la première fille qu'il se crut capable d'aimer et avec qui il eut envie de passer le restant de ses jours. C'était une grande rousse flamboyante, qui s'appelait Suzi. Elle venait ici pour la première fois, lui apprit-elle. Elle commençait à sérieusement s'ennuyer chez elle, et ce soir elle avait décidé de se changer un peu les idées.

Et Lou était apparu pour lui changer les idées. Ils dansèrent et bavardèrent, et Suzi lui affirma qu'elle appréciait beaucoup qu'il ne boive que de l'eau minérale alors que tant de garçons se soûlaient à la bière. Il répondit qu'il lui arrivait de prendre une bière de temps à autre, mais rarement.

Elle lui dit qu'elle travaillait dans un café du quartier de Temple Bar. Au fil de la conversation, ils se rendirent compte qu'ils aimaient les mêmes films, la même musique et les mêmes currys, qu'ils n'hésitaient pas à se baigner dans la mer pourtant froide en été et qu'ils espéraient tous deux visiter un jour les États-Unis. En quatre heures et demie on peut en apprendre beaucoup sur quelqu'un, surtout si l'on reste sobre, et tout ce que Lou découvrit sur Suzi lui plut. Dans des circonstances normales, il aurait proposé de la ramener chez elle.

Mais les circonstances de ce soir n'avaient rien de normal, et elles seules justifiaient le fait qu'il eût une voiture à sa disposition...

« Je te raccompagnerais bien en voiture, mais j'ai rendez-vous avec un gars ici, tout à l'heure. » Pouvait-il dire cela sans risquer d'éveiller les soupçons plus tard, quand la police les questionnerait ? Car il n'y couperait pas, c'était évident. Pouvait-il reconduire Suzi chez elle et ensuite revenir ? C'eût été possible, si Robin n'avait pas exigé qu'il soit constamment présent.

— J'aimerais vraiment beaucoup te revoir, Suzi... déclara-t-il.

— Moi aussi.

— Alors, disons demain soir ? Ici, ou dans un endroit plus calme.

— C'est donc fini pour ce soir ? dit effrontément Suzi.

— Pour moi oui, mais demain nous pourrons traîner aussi longtemps que nous le désirerons.

— Tu es marié ? voulut savoir la jeune fille.

— Non, bien sûr. Eh ! je n'ai que vingt ans ! Pourquoi je serais déjà marié ?

— Ça peut arriver.

— Pas à moi. Je te revois demain, alors ?

— Où vas-tu maintenant ?

— Aux toilettes.

— Tu te drogues, Lou ?

— Jamais de la vie ! Qu'est-ce que c'est, un interrogatoire ?

— Non ! Mais tu n'as pas arrêté d'aller aux toilettes de toute la soirée.

C'était exact, mais il l'avait fait dans le seul but d'être remarqué des gens de la discothèque.

— Pas de drogue pour moi, je t'assure. Écoute, mon cœur, nous allons passer une merveilleuse soirée demain, d'accord ? Nous irons où tu veux, et là, je suis sérieux.

— Ouais...

— Non, pas « ouais »... *Je suis sérieux.*

— Bonne nuit, Lou, dit Suzi.

Déçue et blessée, elle prit son blouson et sortit de la discothèque.

Lou dut réprimer une très forte envie de courir après elle. Existait-il moment plus mal choisi que celui-là pour faire la connaissance de la femme de sa vie ? Le hasard était vraiment vicieux parfois.

Les minutes s'égrenèrent avec une lenteur exaspérante jusqu'au moment de l'action. Lou fut le dernier à quitter la discothèque. Il alla attendre dans sa voiture. Quand les phares du minibus s'allumèrent, il passa en marche arrière et vint lui bloquer le passage. Puis il emballa le moteur encore et encore, jusqu'à le noyer et le rendre momentanément inutilisable.

L'opération se déroula sans anicroche. Lou continua de jouer son rôle de conducteur désespéré par la défaillance de son auto. Quand il aperçut les silhouettes qui sautaient le mur, il se tourna en simulant la stupéfaction vers le patron de la discothèque qui arrivait en courant, le visage écarlate. L'homme appelait au secours, demandait la police et paraissait dans un état de panique extrême.

Lou resta tranquillement assis à son volant.

— Je n'arrive pas à la sortir de là, dit-il par la vitre baissée, d'un air des plus désemparé. Ce n'est pourtant pas faute d'essayer !

— Il est avec eux ! rugit une voix.

L'instant suivant, des mains puissantes l'agrippaient et le tiraient hors de sa voiture. Puis quelqu'un le reconnut.

— Eh ! c'est Lou Lynch...

Et on le relâcha.

— C'est quoi, tout ça ? D'abord ma bagnole qui ne veut plus démarrer, et maintenant vous me sautez dessus. Que se passe-t-il ?

— On vient de voler la recette de la soirée, voilà ce qui se passe.

Le patron de la discothèque savait que sa carrière était terminée, et qu'il passerait des heures à répondre à la police.

Un des inspecteurs reconnut l'adresse de Lou.

— Je suis passé là-bas il y a peu. Des petits loubards ont dévalisé le magasin de ton père, n'est-ce pas ?

— Exact, commissaire, et mes parents vous sont très reconnaissants d'avoir tout retrouvé.

Le policier fut flatté d'être publiquement remercié de ce qui n'était en fait qu'un coup de chance exceptionnel et pour tout dire assez inexplicable. Lou s'en tirait avec l'image d'un garçon paisible qui s'était trouvé au mauvais endroit au mauvais moment. Le personnel de la discothèque confirma aux inspecteurs que c'était un client régulier et agréable, pas du tout du genre à tremper dans quelque chose de louche. Le directeur du magasin d'électroménager témoigna qu'il travaillait très bien, et le concessionnaire qui lui avait vendu la voiture qu'il payait les traites en temps et en heure. L'Alcootest se révéla négatif. Lou Lynch était insoupçonnable.

Le lendemain, il n'eut pas une pensée pour Robin, ni pour ce que lui rapporterait le coup de la veille. Son esprit était tout entier occupé par le ravissant visage de Suzi Sullivan. Il devrait lui mentir et lui raconter la version officielle des faits. Il espérait qu'elle ne lui en voulait pas trop pour l'avoir quittée si vite la veille.

À l'heure du déjeuner, il arriva au café de Temple Bar, une rose rouge à la main.

— Pour te remercier de la soirée d'hier, dit-il.

— Elle n'avait rien d'extraordinaire, rétorqua Suzi avec mauvaise humeur. Tu t'es conduit comme une Cendrillon ! À tel point que j'ai préféré rentrer.

— Ce ne sera pas pareil ce soir, fit-il. À moins que tu le veuilles, évidemment.

— On verra, répondit-elle maussade.

Par la suite, ils se virent presque chaque soir.

Lou insista pour retourner à la discothèque où ils s'étaient rencontrés. Il affirma que ce désir n'avait rien à voir avec des raisons sentimentales. En réalité, il voulait que le personnel de l'établissement ne pense pas qu'il ne reviendrait jamais plus après le vol.

Il apprit ainsi tous les détails. Apparemment, quatre hommes armés de pistolets s'étaient introduits dans le minibus et avaient intimé l'ordre aux employés de se coucher sur le plancher. Ils avaient pris les sacs et avaient disparu aussitôt. Ils étaient armés de pistolets. Le ventre de Lou se noua quand il entendit le mot. Il avait pensé que Robin et ses acolytes n'utilisaient toujours que des bâtons. Mais il les avait vus agir cinq ans plus tôt, et bien sûr on évoluait avec le temps. Le patron de la discothèque perdit son emploi, et on changea le système de collecte de la recette. À présent on utilisait une camionnette blindée avec des gardes armés et deux chiens d'attaque. Il aurait fallu un commando surentraîné pour leur dérober l'argent.

Trois semaines plus tard, alors qu'il quittait le magasin d'électroménager après le travail, Lou aperçut Robin dans le parking. Il y eut une autre enveloppe. De nouveau Lou l'accepta sans l'ouvrir.

— Merci beaucoup, dit-il.

— Tu ne regardes pas combien il y a ? dit Robin qui semblait déçu.

— Inutile. Tu as toujours été très correct avec moi, je te fais confiance.

— Mille livres, déclara-t-il.

La réserve de Lou s'évanouit comme par enchantement et il décacheta l'enveloppe pour jeter un œil à la liasse de billets.

— Terrible, dit-il. Terrible !

— Tu es un type bien, Lou, fit Robin avant de démarrer sa voiture.

Un millier de livres dans sa poche et la plus jolie rousse d'Irlande dans son cœur... Lou Lynch n'en doutait plus : il était l'homme le plus heureux du monde.

Sa liaison avec Suzi se développait de la façon la plus agréable. Avec son petit pactole, il pouvait l'inviter au restaurant, l'emmener dans des endroits sélects et lui offrir de jolies choses. Mais elle paraissait s'inquiéter quand il exhibait ses billets de vingt livres.

— Lou, dis-moi, où trouves-tu tout l'argent que tu dépenses ?

— Je travaille, non ?

— Oui, et je sais ce que tu gagnes dans ce magasin. C'est le troisième billet de vingt livres que tu dépenses cette semaine.

— Tu me surveilles, ou quoi ?

— Je t'aime bien, alors je m'intéresse à toi.

— Et qu'est-ce que tu cherches à savoir ?

— J'espère ne pas avoir à découvrir que tu es une sorte de criminel, fit-elle avec son habituelle franchise.

— Je ressemble à un criminel ?

— Ce n'est pas une réponse.

— Il y a des questions sans réponse, rétorqua Lou.

— Bon, alors permets-moi de t'en poser une autre : est-ce que tu es sur une affaire louche en ce moment ?

— Non ! déclara-t-il sans mentir.

— Et si l'occasion se présentait ?

Il y eut un silence.

— Nous n'avons pas besoin de ça, Lou. Tu travailles, moi aussi. Ne nous embarquons pas dans une situation inextricable. D'accord ?

Une fois de plus, il succomba au charme de ces grands yeux vert sombre qui le fixaient, dans l'écrin du visage à la peau laiteuse.

— D'accord. Je ne m'embarquerai plus dans quoi que ce soit de pas très régulier.

Suzi eut le bon sens de ne pas insister. Elle ne le questionna pas non plus sur son passé. Les semaines succédaient aux semaines, et ils se voyaient de plus en plus. Un dimanche elle l'invita à venir déjeuner chez ses parents, pour qu'ils fassent connaissance.

Il fut surpris en apprenant où habitait la famille de Suzi.

— Je croyais que tu venais d'un milieu plus chic que ça, dit-il quand ils descendirent du bus.

— C'est l'impression que j'essaie de donner, pour le boulot.

Son père ne parut pas aussi désagréable à Lou que Suzi le lui avait dit. Il soutenait la bonne équipe de football et avait des canettes de bière au frigo.

Sa mère travaillait au supermarché que Robin et ses amis avaient cambriolé. Elle leur raconta tout le drame, et comment miss Clarke, la gérante, avait toujours pensé qu'il y avait un des voleurs au sein du personnel, qui leur avait donné accès au magasin sans qu'on pût ensuite découvrir son identité.

Lou écoutait avec attention, en secouant la tête d'un air pénétré. Robin devait avoir des complices partout dans la ville, qui déverrouillaient des portes et attendaient dans des voitures à des endroits stratégiques. Il se tourna vers Suzi qui lui souriait. Pour la première fois, il souhaita que Robin ne le recontacte pas.

— Tu leur as plu, lui confia plus tard Suzi sans masquer sa surprise.

— Et pourquoi pas ? Je suis un gars sympa, non ?

— Mon frère a trouvé que tu avais parfois un air très dur, mais je lui ai dit que c'était un tic nerveux et qu'il n'avait pas intérêt à en parler aux parents.

— Ce n'est pas un tic nerveux. C'est fait exprès, pour impressionner, grogna Lou.

— En tout cas, ça ne les a pas empêchés de t'apprécier. Et tes parents à toi, tu me les présentes quand ?

— La semaine prochaine.

Lorsqu'il leur annonça qu'il viendrait déjeuner avec une amie, ils s'affolèrent.

— Je suppose que tu l'as mise enceinte, maugréa son père.

— Pas du tout, et je ne veux pas qu'on aborde ce genre de sujet devant elle.

— Qu'est-ce qu'elle aime, comme plat ? s'inquiéta sa mère.

Lou fit un effort pour se remémorer ce qu'ils avaient mangé chez les Sullivan.

— Du poulet, dit-il enfin. Elle adore le poulet.

— Tu leur as plu, fit-il à Suzi quand ils sortirent de la maison de ses parents, avec la même intonation de surprise qu'elle avait eue huit jours plus tôt à son égard.

— C'est bien.

Elle feignait l'indifférence, mais il savait bien qu'elle était contente.

— Tu es la première, tu sais, ajouta-t-il.

— Ah oui ?...

— Non, que j'amène chez mes parents, je veux dire.

Elle lui tapota le dos de la main en souriant. Oui, il avait beaucoup de chance d'avoir fait la connaissance d'une fille comme Suzi Sullivan.

Aux premiers jours de septembre, il rencontra Robin par hasard. Mais bien sûr il ne s'agissait pas véritablement d'un hasard. La voiture de Robin était garée devant le magasin de ses parents, et il en descendit aussitôt que Lou apparut.

— Une bière bien fraîche pour finir la journée en beauté ? proposa Robin en désignant le pub voisin.

— Avec plaisir, répondit Lou en simulant un enthousiasme qu'il était loin de ressentir.

Il craignait presque que Robin puisse lire ses pensées, et il espérait que le malfrat ne détecte pas son manque de sincérité.

— Ça roule comme tu veux ?

— Super. J'ai rencontré une nana d'enfer.

— Je vois. Une vraie beauté, hein ?

— Mieux que ça. C'est assez sérieux entre nous, je crois bien.

Robin lui décocha un coup de poing à l'épaule. Le geste était censé traduire ses félicitations, mais Lou le jugea un peu appuyé, et il dut se retenir pour ne pas se masser le bras. Il aurait un bleu, sans aucun doute.

— Alors tu vas bientôt avoir besoin d'un apport pour t'acheter un petit nid d'amour ? lâcha Robin, nonchalant.

— Oh ! nous n'en sommes pas là. Elle habite une chambre meublée, et ça nous suffit pour l'instant.

— Mais un de ces quatre, hein ? insista Robin qui ne semblait pas d'humeur à accepter cet argument.

— Oh ! oui, bien sûr. Mais enfin, rien ne presse.

Robin garda le silence. Avait-il compris que Lou voulait cesser leur collaboration ?

— Lou, je t'ai toujours eu à la bonne, tu le sais.

— Oui, et c'était réciproque, je t'assure. *C'est* réciproque, corrigea-t-il en hâte.

— Quand on pense aux circonstances, c'est assez marrant.

— Tu sais comment c'est, parfois on oublie comment on a rencontré les gens...

— Oui, approuva Robin. Lou, poursuivit-il, je suis à la recherche d'un endroit.

— Un endroit où habiter ?

— Non, non. J'ai un endroit où je vis, que nos amis les poulets viennent fouiller régulièrement, d'ailleurs. On dirait que ça fait partie de leur routine.

— C'est du harcèlement ! s'insurgea Lou.

— Je le sais bien, et eux aussi. Ils n'ont jamais rien trouvé, ils le font donc pour me harceler.

— Mais... s'ils n'ont rien trouvé ?...

Lou se demandait où allait le mener cette conversation.

— Ça signifie que je dois entreposer certaines choses ailleurs, ce qui devient de plus en plus difficile, dit Robin.

Par le passé, Lou avait toujours attendu, et il décida de s'en tenir à cette tactique. Robin lui dirait ce qu'il voulait quand il le déciderait.

— Ce qu'il me faudrait, c'est un endroit où il y a beaucoup d'activité deux ou trois fois par semaine, un endroit où on ne prête pas attention aux gens qui vont et viennent.

— Comme l'entrepôt où je bosse ? s'enquit Lou que la nervosité gagnait.

— Non, il y a un système de sécurité là-bas.

— Question place, qu'est-ce qu'il faudrait ?

— Pas beaucoup. De quoi laisser l'équivalent de... disons une demi-douzaine de caisses de vin, tu vois ?

— Ça devrait pouvoir se trouver, Robin.

— Je suis surveillé comme les joyaux de la Couronne... Je passe mon temps à aller parler à tous les gens que je connais et qui n'ont pas de casier, juste pour égarer les poulets. Mais nous allons bientôt effectuer une petite opération, et j'ai vraiment besoin d'un endroit...

Par la porte vitrée du pub, Lou jeta un regard angoissé en direction du magasin de ses parents.

— Je ne pense pas que ce serait possible dans la boutique de la famille, dit-il.

— Non, ce n'est pas du tout ce que je veux, Lou. Il me faut un endroit avec du passage, des allées et venues, fréquenté régulièrement par beaucoup de gens.

— Je vais y réfléchir, promit Lou.

— Bien, Lou. Réfléchis-y avant la fin de la semaine, ensuite je te donnerai les instructions. Ce sera très facile, tu verras, pas de bagnole à conduire cette fois.

— C'est-à-dire... Eh bien, Robin, je voulais t'en parler et... je pense à, euh... raccrocher, quoi, ne plus participer à ces petites activités.

L'expression de Robin se fit terrifiante.

— Quand on a participé une fois, on participe toujours, gronda-t-il. C'est la règle.

— Ah! je vois, balbutia Lou, et il fronça les sourcils pour montrer combien il prenait la chose au sérieux.

Cette nuit-là, Suzi lui annonça qu'elle ne serait pas libre car elle avait promis à cette drôle d'Italienne qui logeait chez ses parents de l'aider à préparer une annexe du Mountainview College pour ses cours du soir.

— Et pourquoi dois-tu faire ça? s'enquit Lou, mécontent.

Il avait prévu d'aller au cinéma et au restaurant, puis de finir la soirée avec Suzi dans son petit meublé. Il n'avait aucune envie de rester seul à ruminer le fait qu'on devait participer toujours quand on avait participé une fois...

— Tu peux m'accompagner, suggéra Suzi. Ce sera plus vite fini.

Lou accepta et ils se rendirent à l'annexe, un bâtiment rattaché à l'école mais un peu à part du corps central. Il était constitué d'un hall, d'une grande salle de classe, de toilettes pour hommes et pour femmes et même d'un petit coin cuisine. Dans l'entrée, une porte ouvrait sur une petite réserve où étaient rangées quelques caisses vides.

— Qu'est-ce que c'est ? demanda Lou.

— Nous essayons d'aménager un peu les lieux, pour que ce soit plus agréable quand les cours commenceront et que ça ressemble moins à une décharge publique, expliqua la femme qu'on appelait Signora.

Lou la trouvait un peu bizarre mais la jugeait inoffensive, et dotée d'une chevelure à la couleur singulière.

— Faut-il jeter ces caisses vides ? s'enquit Suzi.

Lou saisit l'occasion pour intervenir :

— Pourquoi ne pas les nettoyer et les laisser là, bien empilées ? On ne sait jamais quand on peut avoir besoin de quelques caisses.

— Pour des cours d'italien ? fit Suzi incrédule.

Signora vint au secours de Lou :

— Il a raison. Nous pourrions les utiliser comme tables quand nous étudierons la cuisine italienne, comme comptoirs pour simuler un magasin, ou comme voitures dans un garage.

Elle semblait ravie de tous ces usages potentiels.

Lou ne pouvait la quitter des yeux. Elle n'avait sûrement pas toute sa tête, mais à cet instant précis il l'adorait.

— Bien vu Signora ! dit-il, et il entreprit de nettoyer les caisses avant de les empiler dans la réserve.

Il ne savait comment contacter Robin mais ne fut nullement étonné quand celui-ci lui téléphona à son travail.

— Je ne peux pas passer te voir, nos amis de la basse-cour sont trop collants en ce moment... Dès que je fais un pas dehors, j'en ai une escouade aux basques.

— Je t'ai trouvé un endroit, dit Lou.

— Je savais que tu réussirais.

Lou lui situa l'annexe, lui expliqua le principe des cours du soir et lui parla de la trentaine de personnes qui fréquenteraient les lieux le mardi et le jeudi.

— Fantastique, fit Robin. Tu t'es inscrit ?

— Pour quoi faire ?

— Pour participer à la classe !

— Bon sang ! Robin, je parle déjà mal l'anglais, quel intérêt j'aurais à potasser l'italien ?

— Je compte sur toi, l'avertit Robin, et il raccrocha.

Le soir même, une enveloppe l'attendait chez ses parents. Elle contenait cinq cents livres et ce simple mot : « Pour couvrir les frais des cours de langue. » Robin ne plaisantait pas.

— Tu vas faire *quoi* ? lui dit Suzi.

— Ce n'est pas toi qui m'as dit que je devrais améliorer ma condition ? Alors pourquoi pas en apprenant l'italien ?

— Quand j'ai parlé d'améliorer ta condition, je voulais dire que tu pourrais chercher un emploi mieux payé. Je ne parlais pas de te lancer dans des études linguistiques ! Lou, tu dois avoir perdu la tête. Ces cours coûtent assez cher et toi, d'un coup, tu décides de t'inscrire. Je n'arrive pas à te comprendre.

Lou la gratifia de son expression la plus virilement renfrognée.

— La vie ne serait pas drôle si tout le monde se comprenait, déclara-t-il.

Lou se rendit à son premier cours avec l'entrain d'un condamné à mort pénétrant dans le quartier des exécutions... Sa scolarité avait été pour le moins cahotique, et il ne voyait devant lui que la perspective de nouvelles humiliations. Mais à sa grande surprise, la soirée se déroula de manière plutôt agréable. Tout d'abord l'étrange Signora leur distribua des feuilles où ils inscrivirent l'équivalent italien de leur prénom.

Ainsi Lou devint Luigi. Le prénom lui plaisait, il sonnait bien.

— *Mi chiamo Luigi*, disait-il en regardant les autres de son air dur, et ils semblaient impressionnés.

La classe était constituée de gens très différents, dont une femme couverte de bijoux que nul être sain d'esprit n'aurait portés pour venir à Mountainview College, surtout en BMW. Lou espérait que les amis de Robin ne lui voleraient pas sa voiture, car la femme était sympathique, et elle avait le regard triste des gens discrètement malheureux.

Il y avait aussi un vieil homme affable, un portier d'hôtel qui s'appelait Laddy, ou plutôt Lorenzo, ainsi qu'une mère et sa fille, et une blonde superbe prénommée Elizabetta, accompagnée de son petit ami, un type à l'air sérieux portant cravate. Et d'autres personnages encore, qu'on ne se serait jamais attendu à retrouver dans un cours du soir comme celui-ci. Dans le fond, Lou passerait plus facilement incognito ici qu'ailleurs. Personne ne lui demanderait pourquoi il participait à ce cours.

Pendant deux semaines il se posa cette question à lui-même puis il finit par avoir des nouvelles de Robin. Quelques caisses seraient livrées mardi, vers sept heures et demie, au moment où tout le monde arrivait. À lui de s'assurer qu'elles soient immédiatement stockées dans la réserve.

Posté à l'entrée, il ne reconnut pas l'homme à l'anorak qui conduisait la camionnette. Il y avait tant de gens qui garaient leur bicyclette, leur moto, sans compter la femme dans sa BMW et deux filles dans une Toyota Starlet, qu'un véhicule de plus ne risquait d'attirer l'attention de personne.

Quatre caisses furent déchargées et rangées dans la réserve en un temps record. L'homme à l'anorak et sa camionnette disparurent aussitôt dans la nuit.

Le jeudi soir, Lou plaça les quatre caisses près de la porte, pour qu'elles soient enlevées aussi vite que possible. L'opération prit une minute tout au plus. Lou s'était fait une spécialité de déguiser les caisses vides pour la classe. Parfois il les recouvrait de papier crépon rouge et les autres disposaient des couverts dessus.

— *Quanto costa il piatto del giorno ?* demandait Signora, et tous répétaient encore et encore chaque phrase, jusqu'à ce qu'ils soient capables de désigner chaque objet, ou de lever un couteau en disant : « *Ecco il coltello !* »

Aussi puéril que cela pût sembler, Lou aimait ces exercices. Il s'imaginait même avec Suzi, tous deux attablés dans un restaurant italien, et lui commandant un *bicchiere di vino rosso* avec indolence.

Un soir, Signora voulut soulever l'une des caisses envoyées par Robin.

Lou dissimula son appréhension et dit très vite :

— Écoutez, Signora, pourquoi ne me laissez-vous pas m'occuper des caisses ?

— Mais qu'y a-t-il dans celle-ci ? Elle est si lourde...

— Laissez faire l'homme !... Qu'allons-nous apprendre, aujourd'hui ?

— Le vocabulaire en rapport avec les hôtels, *alberghi : Albergo di prima categoria, di seconda categoria...*

Lou était heureux de comprendre ces choses.

— Peut-être que j'étais simplement un peu fainéant à l'école, confia-t-il plus tard à Suzi. Ou alors, je suis tombé sur de mauvais profs.

— Ce n'est pas impossible, convint-elle.

Elle semblait préoccupée. Son frère Jerry posait des problèmes. Ses parents avaient été convoqués par le principal de Mountainview. D'après eux, la situation était sérieuse. Et juste au moment où il progressait si bien dans ses études. Il ne pouvait s'agir d'un vol, Suzi l'aurait juré. Mais personne n'avait pu ou voulu lui donner de détails sur ce qu'on reprochait à son frère.

Un des attraits du travail de serveuse était d'écouter les conversations des clients. Suzi répétait souvent qu'elle aurait eu matière à écrire un livre sur Dublin avec tout ce qu'elle entendait.

Les gens parlaient de leurs week-ends secrets, de leurs flirts, s'expliquaient mutuellement comment frauder le fisc, commentaient le dernier scandale impliquant des hommes politiques, des journalistes ou des personnalités médiatiques... Tout cela n'était peut-être qu'un ramassis d'inexactitudes et de ragots, mais Suzi éprouvait de délicieux frissons à surprendre ces confidences. La plupart du temps toutefois, les conversations les plus ordinaires se révélaient les plus fascinantes. Ainsi cette fille de seize ans qui se déclarait déterminée à tomber enceinte afin de quitter le foyer parental, de bénéficier d'une allocation et d'un appartement à loyer modéré. Ou ce couple qui confectionnait de faux papiers d'identité et qui avait longuement évoqué le coût d'une machine à plastifier. Lou priait pour que Robin et ses amis ne viennent jamais discuter affaires dans le bar où travaillait Suzi. Mais l'établissement était sans doute un peu trop haut de gamme pour eux, et Lou devait s'inquiéter sans raison.

Suzi pouvait passer plusieurs minutes à essuyer une table voisine de celle où des gens échangeaient des propos intéressants. Ainsi cet homme d'un certain âge qui entra en compagnie de sa fille, une jolie blonde portant l'uniforme d'une banque. L'homme avait des traits énergiques et les cheveux un peu longs. Difficile de deviner sa profession. Suzi hésitait entre poète et journaliste. Tous deux semblaient sortir d'une dispute, et la serveuse trouva à s'affairer non loin.

— Je n'ai accepté de te rencontrer que parce que j'ai une demi-heure de battement et que je préfère un bon café plutôt que cette lavasse qu'on sert à la cantine, prévint la jeune fille.

— J'ai une cafetière toute neuve et quatre sortes de cafés différents qui attendent le moment où tu te décideras, répondit l'homme.

Il ne parlait pas du tout comme un père, mais bien plutôt en amoureux. Pourtant, avec une telle différence d'âge entre eux... Fascinée, Suzi continua d'essuyer une table proche pour entendre la suite.

— Tu veux dire que tu l'as essayée ? dit la fille.

— Je m'entraîne tous les jours, en rêvant de celui où tu reviendras et où je pourrai te préparer un Blue Mountain ou un Costa Rica.

— Alors il te faudra beaucoup de patience.

— Je t'en prie, ne peut-on au moins discuter calmement ?

L'homme devenait presque implorant. Pour son âge, il était plutôt séduisant, estima Suzi.

— C'est ce que nous faisons, Tony, remarqua la fille.

— Je crois que je t'aime, murmura-t-il.

— Non, tu ne m'aimes pas, tu aimes seulement un souvenir que tu gardes de moi, et tu ne peux tout simplement pas supporter que je ne te revienne pas en rampant comme toutes les autres.

— Je n'ai *plus* personne d'autre.

Il y eut un silence, puis il ajouta :

— Avant toi, je n'avais jamais dit à une femme que je l'aimais.

— Tu n'as pas dit que tu m'aimais, tu as dit que tu *croyais* m'aimer. C'est très différent.

— Laisse-moi le découvrir. J'en suis déjà quasiment certain, fit-il en souriant.

— Serais-tu en train de me proposer que nous couchions ensemble pour en être sûr ? répliqua-t-elle d'une voix vibrante d'amertume.

— Non, pas du tout. J'aimerais seulement que tu acceptes d'aller dîner quelque part avec moi, pour que nous puissions bavarder comme nous le faisions avant.

— Jusqu'à l'heure d'aller se coucher... et alors tu recommenceras ton cinéma pour me culbuter.

— Nous n'avons fait l'amour qu'une fois, Grania. Et je ne parle pas du tout de ça, tu le sais bien.

Suzi était captivée. L'homme lui semblait plutôt agréable, et à son avis cette Grania devait lui donner sa chance, juste le temps d'un repas. Elle mourait d'envie de le lui conseiller, mais elle était trop professionnelle pour commettre une telle bévue.

— Alors d'accord pour le dîner, mais rien de plus, dit Grania.

Ils échangèrent un sourire et se prirent les mains.

Ce n'était jamais le même homme, le même anorak ni le même véhicule. Le contact restait toujours furtif, et l'opération très rapide.

Le temps s'était mis à la pluie et Lou dénicha un grand portant pour que les participants au cours puissent y accrocher leurs manteaux et blousons dégoulinants d'eau. Ainsi ils ne les empileraient pas dans la réserve.

Les semaines passèrent. Les caisses arrivaient le mardi pour repartir le jeudi suivant. Lou préférait ne pas penser à ce qu'elles pouvaient contenir. Pas des bouteilles, il en était certain. Si Robin avait été impliqué dans un trafic d'alcool, il ne se serait pas limité à quelques litres par semaine. Lou ne pouvait plus se voiler la face : il ne pouvait s'agir que de drogue. Sinon, pourquoi Robin se serait-il montré aussi nerveux ? Quel autre trafic se limitait à un livreur et un collecteur ? Mais par le ciel, introduire de la drogue dans une école... Robin devait avoir perdu la tête.

Le hasard voulut que Lou entende parler de cette histoire qui était arrivée au frère de Suzi, un jeune gaillard roux à l'allure impudente. Il avait été surpris avec des garçons plus âgés sous l'abri à bicyclettes. Jerry avait juré qu'il n'était que leur livreur, qu'ils lui avaient seulement demandé de prendre quelque chose aux grilles de l'établissement parce que le principal les avait à l'œil.

Mais Mr. O'Brien, qui en réalité les terrorisait tous, faillit bien arracher la tête à toute la famille de Suzi.

Seules les suppliques de Signora réussirent à éviter le renvoi de Jerry. Il était si jeune, et toute sa famille s'engageait à ce qu'il ne traîne plus dans les environs de l'école après ses cours, mais rentre aussitôt pour faire ses devoirs à la maison. Parce que son travail s'était beaucoup amélioré et que Signora s'en était personnellement portée garante, Mr. O'Brien accepta de le garder à Mountainview.

Les élèves plus âgés avaient été expulsés le jour même de l'incident. Tony O'Brien avait déclaré qu'il se contrefichait de savoir ce qui leur arriverait. Il ne leur prédisait pas un avenir très brillant, et il ne voulait surtout pas que Mountainview College fasse partie de leur itinéraire.

Lou se demanda alors quel cataclysme se déclencherait si l'on découvrait que l'annexe servait à entreposer de la drogue chaque mardi, avant qu'elle ne soit distribuée aux revendeurs le jeudi... Le contenu d'une de ces caisses était sans doute passé entre les mains du jeune Jerry Sullivan, qu'il considérait comme son futur beau-frère.

Suzi et lui avaient décidé qu'ils se marieraient l'année suivante.

— Jamais je n'aimerai autant quelqu'un d'autre, de toute façon, lui dit Suzi.

— Tu parles comme si tu en avais marre d'être célibataire, et que j'étais simplement le moins mauvais du lot ! fit Lou.

— Non, tu te trompes.

Suzi avait appris à mieux l'apprécier depuis qu'il suivait les cours d'italien. Signora parlait souvent de sa serviabilité envers toute la classe.

— Il a beaucoup de côtés surprenants, c'est vrai, avait répondu Suzi.

Et elle ne mentait pas. Elle aimait entendre Lou réviser ses leçons dans le petit meublé, quand il énumérait les différentes parties du corps en italien. Il se montrait très appliqué dans ses efforts, à la manière d'un petit garçon studieux. Un si gentil petit garçon...

C'est précisément le jour où il se mit à vouloir offrir une bague à Suzi que Robin réapparut.

— Peut-être qu'un joli bijou ferait plaisir à ta rouquine, Lou, dit celui-ci.

— Euh... Oui, Robin. J'avais justement l'intention de lui en acheter un. Je voulais l'emmener dans une boutique pour qu'elle puisse choisir et...

Lou ignorait s'il pouvait espérer une rétribution supplémentaire pour son travail à l'annexe. D'un côté, c'était si simple qu'il n'estimait pas mériter plus que ce qu'il avait déjà eu ; de l'autre, il se disait que ce qu'il faisait était tellement dangereux qu'on aurait pu le payer beaucoup plus. Pour compenser le risque, lui semblait-il.

— Si tu allais faire un tour dans la grande bijouterie de Grafton Street pour lui choisir une bague ?... Tu n'aurais qu'à laisser un acompte. Le reste serait réglé.

— Ça lui mettrait la puce à l'oreille, Robin. Je ne lui ai jamais rien dit, tu sais.

Robin eut un sourire bienveillant.

— Je sais bien que tu ne lui as rien dit, Lou. Mais elle ne se doutera de rien. Le type derrière le comptoir te présentera un échantillon de très belles pièces, sans mention de prix, et elle portera quelque chose de très joli au doigt. Et à la régulière, puisque la différence ne t'incombera pas.

— Je ne crois pas que ce soit une très bonne idée, Robin. C'est très gentil de ta part, bien sûr, mais je pense que...

— Pense qu'un jour tu auras des gosses, coupa Robin. La vie est dure de nos jours, tu seras heureux d'avoir un jour rencontré un certain Robin qui t'aura fourni l'acompte pour ton foyer, et tu seras heureux de voir ta femme avec au doigt une bague d'une valeur de dix mille livres.

Dix mille livres ? Lou en eut le vertige. Et Robin venait d'évoquer un acompte pour la maison. Il aurait fallu être le dernier des imbéciles pour refuser une telle aubaine !

Avec Suzi, ils se rendirent à la bijouterie. Lou demanda George, comme le lui avait indiqué Robin.

George apporta un plateau recouvert de velours.

— Celles-ci sont dans votre fourchette de prix, dit-il aimablement à Lou en désignant les bagues.

— Mais elles sont énormes ! souffla Suzi. Lou, tu ne peux pas te permettre ce genre de dépense.

— S'il te plaît, ne me gâche pas le plaisir, dit-il avec un regard triste et un peu fixe.

— Écoute-moi, Lou. Chaque semaine nous mettons de côté vingt-cinq livres avec difficulté. La plus petite de ces bagues doit en valoir au moins deux cent cinquante, ce qui représente dix semaines d'économies. Je t'en prie, prenons quelque chose de moins cher.

Elle était si gentille qu'il se jugeait parfois indigne d'être avec elle. Et elle était en train de contempler de vraies pierres précieuses sans même s'en douter.

— Laquelle préfères-tu ? insista-t-il.

— Ce n'est pas une vraie émeraude, n'est-ce pas, Lou ? demanda-t-elle en prenant l'une des bagues.

— C'est une pierre *du genre* émeraude, dit-il d'un ton solennel.

Suzi glissa l'émeraude à son doigt et fit jouer sa main. La bague étincelait dans la lumière. La jeune fille rit de bonheur.

— Mon Dieu, on jurerait que c'est une vraie ! dit-elle à George, qui resta imperturbable.

Lou suivit le vendeur dans un coin et lui remit un peu plus de deux cent cinquante livres. Sur la facture qu'il signa, il vit que neuf mille cinq cents livres avaient déjà été versées pour l'achat d'une bague ce jour par un dénommé Lou Lynch.

— Tous mes vœux de bonheur, monsieur, dit George sans l'ombre d'un changement dans la neutralité de son expression.

Que savait-il ? George avait-il participé à une opération naguère, et se sentait-il à présent obligé de continuer à participer, comme Lou ? Robin était-il venu en personne dans cette respectable bijouterie pour remettre tout cet argent en liquide ? Lou restait ébahi de ce qui venait de se passer.

— Elle est très, très belle, dit Signora en admirant la bague que Suzi lui présentait à la fin du cours.

— Ce n'est que du verre teinté, mais on dirait une véritable émeraude, vous ne trouvez pas ?

Signora, qui avait toujours adoré les bijoux mais n'en avait jamais possédé d'aussi somptueux, avait su au premier coup d'œil qu'il s'agissait bien d'une vraie pierre. Sertie sur une monture de prix. Elle commença vraiment à s'inquiéter pour Luigi.

Le lendemain, la jolie blonde prénommée Grania entra à nouveau dans l'établissement où travaillait Suzi. La serveuse aurait aimé savoir comment s'était passée sa soirée avec l'homme plus âgé qu'elle. Comme toujours, elle brûlait d'envie de lui poser des questions mais ne se le permit pas.

— Une table pour deux ? s'enquit-elle poliment.

— Oui, j'attends quelqu'un.

Suzi fut déçue en découvrant que ce n'était pas l'homme de l'autre jour, mais une jeune fille de petite taille avec des lunettes énormes. À l'évidence, elles étaient très amies.

— Il faut que je t'explique, Fiona. Il n'y a encore rien de fixé, rien du tout, mais il se pourrait que je dorme chez toi, dans quelque temps, si tu vois ce que je veux dire.

— Oh ! je vois très bien. Ça fait longtemps que tu ne m'as pas demandé ce service, répondit Fiona.

— Eh ! c'est qu'avec ce type... Enfin, c'est une très longue histoire. Il me plaît vraiment beaucoup, mais il y a quelques problèmes.

— Parce que c'est presque un vieillard, c'est ça ? dit Fiona.

— Oh ! Fiona, si tu savais... Son âge est le cadet de nos problèmes.

— Vous, les Dunne, vous menez tous des existences très mystérieuses, lâcha Fiona d'un ton rêveur. Tu sors avec un type et tu ne fais même pas attention à son âge. Et Brigid est obsédée par ses cuisses qu'elle trouve trop grosses, alors qu'elles me paraissent tout à fait bien, à moi...

— C'est à cause des dernières vacances. Elle est allée à la plage, près d'un camp de nudistes, expliqua Grania. Un idiot quelconque a dit que si une femme pouvait tenir un crayon sous ses seins et qu'il ne tombait pas, ça signifiait qu'elle avait la poitrine tombante, et que dans ce cas elle ne devait surtout pas ôter le haut de son maillot.

— Et alors ?

— Brigid lui a répondu qu'elle pouvait tenir un *annuaire* sous les siens sans qu'il tombe.

Elles s'esclaffèrent.

— Bah ! si c'est elle qui l'a dit... fit la jeune fille aux énormes lunettes.

— Oui, mais le hic c'est que personne n'a protesté, et maintenant elle fait un complexe gros comme une maison !

Suzi réprima son envie de rire et leur servit un autre café.

— Eh ! vous avez une bague drôlement belle, dit Grania.

— Je viens de me fiancer, expliqua Suzi en rougissant de plaisir.

Les deux jeunes filles la félicitèrent et la serveuse leur laissa essayer sa bague.

— C'est une véritable émeraude ? voulut savoir Fiona.

— Certainement pas. Ce pauvre Lou travaille comme emballeur dans un grand magasin d'électroménager. Non, c'est une imitation, mais très réussie, n'est-ce pas ?

— Elle est magnifique. Où l'avez-vous eue ?

Suzi leur donna le nom du bijoutier.

Quand elle se fut éloignée, Grania se pencha vers son amie et lui glissa dans un chuchotement :

— C'est curieux, ils ne vendent que de vraies pierres dans cette bijouterie. Je le sais, parce qu'ils ont leur compte dans la banque où je travaille. Je te parie que ce n'est pas du toc, mais une véritable émeraude.

On préparait la fête de Noël dans la classe d'italien. Les participants ne se verraient pas durant deux semaines, et Signora avait prié chacun d'apporter quelque chose pour marquer la fin de l'année comme il se doit. De grandes banderoles marquées *Buon Natale* et d'autres souhaitant la bonne année, étaient accrochées aux murs. Tout le monde avait revêtu une tenue de circonstance et même Guglielmo, l'employé de banque si réservé, s'était mis au diapason et avait apporté une collection de chapeaux colorés en carton.

Connie, la femme aux bijoux et à la BMW, vint avec six bouteilles de frascati trouvées, expliqua-t-elle, dans le coffre de la voiture de son mari. Elle ajouta qu'il les aurait certainement emportées « quelque part » pour les vider avec sa secrétaire, et qu'en conséquence elle préférait en faire profiter ses camarades de cours. Personne ne savait s'il fallait la prendre au sérieux, et un peu plus tôt dans l'année le directeur de l'établissement avait rappelé l'interdiction de tout alcool dans l'enceinte scolaire. Mais Signora leur affirma qu'elle avait abordé le sujet avec lui et qu'une permission exceptionnelle lui avait été accordée.

Elle ne crut pas utile de rapporter les propos exacts de Tony O'Brien à ce sujet. Puisque la drogue semblait circuler librement dans le collège, avait-il dit, il estimait très anodin le fait que des adultes responsables vident quelques verres de vin pour fêter Noël.

— Qu'avez-vous fait l'année dernière à Noël ? demanda Lou à Signora, pour la seule raison qu'il se retrouvait assis auprès d'elle pendant qu'ils échangeaient nombre de *salute*, de *molto grazie* et de *va bene* entre eux.

— Je suis allée à la messe de Noël et j'ai contemplé mon mari Mario et ses enfants du fond de l'église.

— Et pourquoi vous n'étiez pas avec eux ?

— Ça n'aurait pas été correct, répondit Signora avec un sourire.

— Et ensuite il s'est tué en voiture ? dit Lou.

Suzi l'avait renseigné sur Signora, qui se disait veuve, bien que la mère de Suzi soupçonnât en elle une religieuse en civil.

— C'est exact, Lou. Ensuite il s'est tué en voiture.

— *Mi spiace*, marmonna Lou. *Troppo triste*, Signora.

— Vous avez raison, Lou, mais la vie n'est clémente pour personne.

Il allait approuver, quand une pensée horrible le tétanisa.

On était jeudi, et il n'y avait pas eu d'homme en anorak, pas de camionnette. Or, l'école serait fermée pendant quinze jours, avec dans la réserve plusieurs caisses au contenu plus que suspect.

Que fallait-il faire ?

Signora venait de leur distribuer les paroles italiennes d'un chant de Noël, et la soirée tirait à sa fin. Lou était dans tous ses états. Il ne disposait pas d'un véhicule et, en admettant qu'il puisse faire venir un taxi, quelle explication donnerait-il pour quatre lourdes caisses qu'il demanderait à transporter ? De plus, il n'avait aucun moyen de revenir ici avant la première semaine de janvier. Robin allait le tuer.

Mais Robin aussi était fautif. Il n'avait laissé aucun numéro où le contacter, indiqué aucune position de repli en cas d'urgence. Quelque chose avait dû arriver à la personne censée venir collecter le chargement. C'était là le point faible de la chaîne. Lou n'y était pour rien, et personne ne pourrait l'accuser. Mais il était payé, et bien, pour penser vite et juste dans ce genre de situation. Que fallait-il faire ?

Le nettoyage fut rapide, puis tous se souhaitèrent de bonnes fêtes avant de se séparer.

Lou offrit de sortir les grands sacs poubelles.

— Je ne peux pas vous laisser tout faire, Luigi, dit Signora, vous en faites déjà beaucoup.

Guglielmo et Bartolomeo l'aidèrent. En toute autre circonstance, Lou n'aurait pas sympathisé avec ces deux personnes, un employé de banque très strict et un camionneur. Ensemble ils transportèrent les sacs pleins de détritus jusqu'aux grandes poubelles de l'école.

— Elle est drôlement gentille, cette Signora, vous ne trouvez pas ? dit Bartolomeo.

— Lizzie pense qu'elle a une liaison avec Mr. Dunne, vous savez, le prof qui a mis ces cours sur pied, murmura Guglielmo sur un ton de conspirateur.

— Oh ! c'est une blague ? intervint Lou.

Mais les deux autres paraissaient y croire.

— Bah ! si c'était vrai ce serait très bien pour eux, non ?

— Mais quand même, à leur âge... marmonna Guglielmo avec une moue déconcertée.

— Quand nous atteindrons leur âge, peut-être que nous trouverons la chose très naturelle, fit Lou.

Sans trop savoir pourquoi, Lou voulait défendre Signora.

Mais son esprit restait obnubilé par le problème des caisses. Il savait qu'il allait devoir faire quelque chose qu'il détesterait : tromper cette femme adorable. Quand il revint dans la classe, il alla vers Signora.

— Comment allez-vous rentrer ? lui demanda-t-il. C'est Mr. Dunne qui viendra vous chercher ?

— Oui, il m'a laissé entendre qu'il passerait me prendre.

Lou crut discerner une certaine roseur à ses joues. Le vin, la réussite de la soirée ou l'audace de sa question ?

Signora se dit que si Luigi, qui n'était pas l'élève le plus éveillé de sa classe, avait remarqué quelque chose entre elle et Aidan Dunne, alors tous les autres devaient avoir les mêmes soupçons. Elle aurait détesté être considérée comme sa petite amie. Après tout, ils ne partageaient ensemble que des points de vue et une certaine camaraderie. Mais si l'épouse d'Aidan découvrait le sentiment général de la classe, ou même une de ses deux filles... Si Aidan et elle devaient devenir le sujet de ragots dont Mrs. Sullivan aurait forcément l'écho, comme de ceux qui traînaient sur Luigi et sa fille, ce serait une catastrophe.

Pour avoir vécu dans la discrétion pendant bien des années, Signora redoutait plus que tout d'avoir à sortir de ce rôle auquel elle s'était toujours tenue. D'autant que ce serait sans fondement réel. Aidan Dunne ne voyait en elle qu'une amie sincère, rien de plus. Mais des gens plus... comment dire... simples, comme l'était Luigi, risquaient de penser autrement.

Le jeune homme la considérait d'un air perplexe.

— Bon, dit-il. Vous voulez que je ferme la classe pour vous ? Allez l'attendre près de la route, je vous rejoindrai. Nous sommes un peu en retard, ce soir.

— *Grazie, Luigi. Troppo gentile*. Mais assurez-vous de bien tout verrouiller. Comme vous le savez, il y a un veilleur de nuit qui fait sa ronde une heure après notre départ. Mr. O'Brien est très pointilleux sur ce chapitre. Jusqu'ici, nous ne sommes jamais partis sans avoir tout fermé, et je ne voudrais pas que nous commettions un oubli à notre dernier cours de l'année.

Il était donc impossible à Lou de laisser ouverte la porte d'entrée pour revenir un peu plus tard, comme il l'avait envisagé. Il était obligé de verrouiller cette maudite annexe. Il prit la clef, qui restait accrochée à un gros anneau afin que personne ne l'égare ou ne croie à tort l'avoir dans son sac.

Aussi vite que possible, il ôta la clef de Signora et la remplaça par une autre qu'il sortit de sa poche. Ensuite il ferma la porte de l'annexe, rattrapa Signora et glissa le porte-clefs dans son sac. Elle n'en aurait pas besoin avant la rentrée, au trimestre suivant, et il parviendrait bien à trouver un subterfuge pour opérer l'échange avant. Le principal était qu'elle rentre avec la conviction de posséder la bonne clef.

Pas plus ce soir que les autres il ne vit Mr. Dunne sortir de la nuit et prendre Signora par le bras, mais cette idée ne laissait pas de l'amuser. Il faudrait qu'il en parle à Suzi. Ce qui lui rappela qu'il aurait tout intérêt à dormir chez elle cette nuit... Il venait de donner la clef de la maison de ses parents à Signora.

— Ce soir je dors chez Fiona, annonça Grania.

Brigid leva les yeux de son assiette de tomates.

— Très bien, fit Nell Dunne sans cesser sa lecture.

— Je vous reverrai demain soir, donc, ajouta Grania.

— Parfait, ma chérie, dit sa mère, toujours plongée dans son roman.

— Oui, parfait, marmonna Brigid avec mauvaise humeur.

— Tu pourrais faire pareil si tu le voulais, Brigid. Tu n'es pas obligée de rester là, à soupirer sur tes tomates. Il y a plein d'endroits où tu pourrais aller toi aussi, y compris chez Fiona.

— Oh ! oui, c'est vrai qu'elle a une propriété assez grande pour recevoir tout le monde, siffla Brigid.

— Allons, Brigid, demain c'est le réveillon de Noël. Souris un peu.

— Moi je n'ai pas besoin de m'envoyer en l'air pour sourire, murmura-t-elle.

Grania coula un regard inquiet en direction de sa mère, mais celle-ci ne semblait pas avoir entendu.

— C'est pareil pour tout le monde... dit Grania à voix basse. Mais ce n'est pas une raison pour agresser les autres sur la taille de tes cuisses qui, soit dit en passant, sont tout à fait normales.

— Qui t'a parlé de mes cuisses ? fit aussitôt Brigid sur la défensive.

— Une foule de gens ont défilé à la banque aujourd'hui pour les critiquer ! Oh ! Brigid, arrête un peu, tu veux bien ? Tu es très jolie, alors cesse de jouer à l'anorexique.

— Anorexique ? répéta Brigid avec un rire bref. Tout à coup tu es la douceur et la compréhension mêmes parce que ton amoureux a refait surface, hein ?

— Quel amoureux ? Allez, vas-y, qui ? Tu ne sais rien !

Grania ne pouvait plus retenir sa colère.

— Je sais bien que tu as passé tes journées à te morfondre et à te plaindre, lui dit perfidement sa sœur. Tu peux dire que je soupire sur mes tomates, toi tu soupires pour n'importe quoi et tu sursautes dès que le téléphone sonne ! Qui que ce soit, il est marié, et tu culpabilises à fond !

— Tu te trompes sur tout depuis que tu es née ! répliqua Grania. Mais tu ne t'es jamais trompée autant que maintenant. *Il* n'est pas marié, et je suis prête à parier avec toi qu'il ne le sera jamais.

— Ah ! C'est le genre de débilités que les gens sortent quand ils rêvent d'une bague de fiançailles ! lâcha Brigid en retournant sans enthousiasme les rondelles de tomates dans son assiette de la pointe de sa fourchette.

— Bon, moi j'y vais, annonça sa sœur. Dis à Papa que je ne rentrerai pas et qu'il peut fermer la porte à clef.

Leur père ne participait presque plus jamais au repas du soir dans la cuisine. Il avait sans doute déjà battu en retraite dans son bureau qu'il continuait de décorer... ou bien il se trouvait encore à l'école, pour les cours du soir.

Aidan Dunne s'était rendu à Mountainview dans l'espoir d'y voir Signora. Mais l'annexe était déjà verrouillée. Il savait que Signora n'allait jamais seule au pub. Quant au petit café proche, il serait bondé par les chalands qui venaient de terminer leurs achats de Noël. Jamais encore Aidan n'avait téléphoné chez les Sullivan, et il ne pouvait commencer aujourd'hui.

Mais il désirait ardemment la revoir avant Noël, ne fût-ce que pour lui offrir un petit cadeau. Il avait déniché un médaillon décoré à l'intérieur d'un portrait de Léonard de Vinci. Ce n'était pas un objet de très grand prix, mais il lui avait paru parfait pour Signora. Il aurait aimé qu'elle l'ait pour Noël. Le présent était enveloppé dans un papier doré où étaient imprimés les mots *Buon Natale*.

L'offrir après les fêtes n'aurait pas la même signification... et puis il avait grande envie de lui parler un peu.

Elle lui avait confié qu'à l'extrémité de la rue où elle logeait se trouvait un muret sur lequel elle venait souvent s'asseoir pour contempler les montagnes. Alors elle songeait aux bouleversements récents dans sa vie, et combien la *vista del monte* renvoyait pour elle à l'école, à présent. Peut-être Aidan la trouverait-il là-bas ce soir.

Il traversa le lotissement à pied. Des lumières multicolores scintillaient derrière les fenêtres des habitations, et des cartons de bière récemment livrés attendaient devant les portes d'entrée. Tout devait paraître si différent à Signora en comparaison de ce qu'elle avait connu l'année précédente, en Sicile.

Elle était effectivement assise sur le muret, dans une immobilité de statue. L'arrivée d'Aidan ne sembla pas la surprendre. Il prit place à côté d'elle.

— Je vous ai apporté un petit cadeau de Noël, dit-il.

— Moi aussi, répondit Signora en lui tendant un gros paquet.

— Nous les ouvrons maintenant ?

— Pourquoi pas ?

Elle découvrit le médaillon, et Aidan un grand plat italien coloré de jaune, d'or et de pourpre qui serait parfait pour son bureau. Ils se remercièrent mutuellement et se félicitèrent pour leur bon goût. Puis ils restèrent assis là, un peu gauches, comme deux adolescents qui n'ont nulle part où aller.

Le froid de la nuit les enveloppait peu à peu. Ils se levèrent en même temps.

— *Buon Natale*, Signora, fit Aidan d'une voix enrouée, et il déposa un baiser furtif sur sa joue.

— *Buon Natale*, Aidan, *caro mio*, dit-elle.

C'était le soir du réveillon de Noël. On travaillait très dur au magasin d'électroménager. Pourquoi donc les gens attendaient-ils le dernier moment pour décider d'acheter un couteau électrique, un magnétoscope ou une bouilloire électrique ? De toute la journée Lou n'avait pas eu une minute de répit, et l'heure de la fermeture approchait quand Robin se présenta au guichet de la réserve avec un certificat de paiement. Lou ne fut pas surpris de sa visite.

— Joyeux Noël, Lou.

— *Buon Natale*, Robin.

— Qu'est-ce que ça veut dire ?

— La même chose, en italien. C'est toi qui m'as poussé à aller à ces cours du soir, rappelle-toi, et maintenant j'ai presque du mal à penser autrement que dans cette fichue langue.

— Eh bien, je suis venu t'annoncer que tu pouvais cesser de jouer à l'étudiant.

— Quoi ?

— Comme je te le dis. On a trouvé un autre endroit pour stocker la marchandise. Mais mes associés te sont très reconnaissants d'avoir tout organisé sans la moindre anicroche.

— Pas pour la dernière livraison, se plaignit Lou.

— Il y a eu un problème ?

— Elle est toujours là-bas, avoua Lou.

— Ne plaisante pas sur ce sujet avec moi, d'accord ?

— Tu crois que je plaisanterais là-dessus ? Personne n'est venu jeudi. Personne n'a enlevé la marchandise.

— Dépêche-toi d'aller chercher son article à monsieur ! lança le contremaître dans son dos, impatient de fermer.

— File-moi ta facture, grinça Lou.

— C'est un téléviseur pour toi et Suzi.

— Je ne peux pas accepter. Elle devinera qu'il a été volé.

— Il n'est pas volé, crétin, je viens de le payer, non ? fit Robin avec humeur.

— Tu comprends très bien ce que je veux dire. Je vais aller le mettre dans le coffre de ta voiture.

— Je pensais te raccompagner à son studio avec le téléviseur comme petit cadeau de Noël pour vous deux.

Comme Lou l'avait deviné, c'était le modèle le plus cher de tout le magasin. Un téléviseur haut de gamme. Suzi Sullivan n'accepterait jamais quelque chose d'aussi coûteux.

— Écoute, dit-il à Robin, nous avons des problèmes beaucoup plus graves que cette télé. Attends-moi là. Je vais chercher ma paie et ensuite nous verrons ce que nous pouvons faire pour cette livraison.

— Je suppose que tu as déjà prévu quelque chose.

— Oui, mais rien ne prouve que ça marchera.

Lou ferma le guichet et rejoignit les autres employés dans la réserve. On leur donna leur salaire de la semaine avec un petit surplus, ils burent un verre et, après ce qui lui parut une éternité, il put rejoindre Robin dans son break. Le téléviseur était déjà rangé à l'arrière.

— J'ai la clef de l'annexe, dit Lou, mais Dieu sait quel genre de barjots ils emploient pour faire des rondes et vérifier les portes à n'importe quelle heure. Le principal est un maniaque de la sécurité.

Il exhiba la clef qu'il gardait toujours sur lui depuis qu'il l'avait subtilisée à Signora.

— Tu es un malin, Lou.

— Plus malin que certains qui ne me disent pas quoi faire si ce foutu type en anorak ne vient pas...

Il en voulait à Robin, et il était effrayé. Il se retrouvait assis en compagnie d'un criminel dans un véhicule garé en plein centre du parking de la firme qui l'employait, avec un téléviseur gigantesque qu'il ne pouvait accepter. Il avait dérobé une clef et laissé une livraison de drogue à l'intérieur d'un établissement scolaire. Non, il ne se sentait pas malin, mais plutôt piégé.

— Bien sûr, il y a parfois des problèmes avec les gens, dit Robin, conciliant. Certains vous font faux bond au plus mauvais moment. Quelqu'un nous a laissés tomber, Lou. Il ne travaillera plus jamais pour nous.

— Que va-t-il lui arriver ? demanda Lou avec anxiété.

Il imaginait l'homme à l'anorak jeté dans la Liffey, les pieds pris dans un bloc de ciment.

— Comme je te l'ai dit, il ne travaillera plus jamais.

— Peut-être qu'il a eu un accident de voiture ?... ou qu'un de ses enfants a été conduit d'urgence à l'hôpital ?...

Pourquoi défendait-il l'inconnu qui les avait tous mis dans ce pétrin ?

Sans lui, Lou aurait pu être enfin tranquille. Les acolytes de Robin avaient trouvé un nouveau local pour leurs livraisons. Contre toute attente, il se sentait l'envie de poursuivre les cours du soir. Il y avait pris goût. Peut-être même participerait-il au voyage en Italie que prévoyait Signora pour l'été prochain. Pourtant il n'avait aucun besoin de rester dans la classe. On ne pouvait rien prouver contre lui, et la réserve de l'annexe s'était révélée un endroit très sûr pour stocker les caisses.

— Pour punition, il ne travaillera plus jamais, répéta Robin, le visage fermé.

Lou voyait enfin la lumière au bout du tunnel. Il suffisait de faire capoter une opération pour être rayé des listes de Robin. S'il l'avait su plus tôt, tout aurait été plus simple. Il était trop tard pour l'affaire des livraisons, mais il pourrait profiter de ce renseignement dès la prochaine sollicitation.

— Robin, est-ce que cette voiture t'appartient ?

— Non, évidemment. Tu t'en doutes bien. Je l'ai empruntée à un ami juste pour transporter le téléviseur.

Il avait pris une expression boudeuse, presque enfantine.

— Les flics ne vont donc pas te surveiller dans cette voiture, dit Lou. J'ai une idée. Bien sûr, elle peut échouer, mais je ne vois pas d'autre solution.

— Explique.

Et Lou lui exposa son plan.

Il était près de minuit quand il arriva en voiture devant Mountainview College. Il gara l'automobile en marche arrière juste devant l'entrée de l'annexe. Après avoir scruté les alentours pour s'assurer qu'il n'était pas observé, il s'introduisit dans le petit bâtiment.

Retenant sa respiration, il passa dans la réserve. Les caisses s'y trouvaient, au nombre de quatre comme toujours, aussi anodines d'aspect que si elles contenaient douze bouteilles de vin, sans aucune mention extérieure. Avec un grand luxe de précautions, Lou les transporta une à une près de la porte. Ensuite il alla chercher le téléviseur et, non sans mal, le rangea dans un coin de la réserve. L'engin possédait un magnétoscope incorporé du dernier cri. Lou avait déjà rédigé en lettres de couleurs différentes le mot qu'il colla sur l'écran : « *Buon Natale a Lei, Signora, e a tutti.* »

Ainsi l'école disposerait d'un téléviseur... et les caisses étaient récupérées. Il les transporterait dans la voiture de Robin à un lieu de rendez-vous convenu, où un comparse en prendrait livraison et les emporterait en lieu sûr.

Lou s'interrogeait sur le mode de vie des gens disponibles un soir de réveillon. Il espérait ne jamais être comme eux.

Il se posait également d'autres questions, plus pressantes. Comment réagirait Signora en découvrant le téléviseur ? Serait-elle la première à le voir ? Et si c'était ce fou de Tony O'Brien, qui était bien capable d'écumer l'endroit même en pleine nuit ? De toute façon, n'importe qui se poserait des questions. Lou avait pris soin d'effacer le numéro de série. Le téléviseur pouvait provenir d'une vingtaine de magasins.

L'emballage ne révélait rien de ses origines. Si l'on menait une enquête, on se rendrait très vite compte qu'il n'avait pas été volé. À moins d'une enquête très poussée, ce qui était assez improbable, on s'interroge-rait en pure perte. Quant au mystère de l'apparition d'un téléviseur dans la réserve de l'annexe, le temps le diluerait. Après tout, rien n'avait été dérobé ici, et il n'y avait eu aucun acte de vandalisme.

Avec le temps, même quelqu'un d'aussi soupçonneux que Mr. O'Brien finirait par laisser tomber.

Et ils disposeraient d'un téléviseur et d'un magnéto-scope très performants que l'école pourrait utiliser, en particulier pour les cours du soir d'italien, puisque c'était dans leurs locaux qu'ils auraient été trouvés.

Quant à la prochaine fois où Robin lui confierait une mission, le jeune homme avait l'intention de commettre une bévue telle que son étrange ami devrait lui annon-cer à regret que leur collaboration s'arrêtait là... Alors Lou reprendrait une vie normale, sans plus d'inquiétude.

Au matin de Noël, Lou était épuisé. Il passa tout de même chez les parents de Suzi pour goûter au gâteau et au thé rituels. Il vit Signora, à l'écart, qui jouait tran-quillement aux échecs avec Jerry.

— Tu te rends compte, ils jouent aux échecs ! lui murmura Suzi incrédule. Jerry est capable d'assimiler le mouvement des pièces et la tactique. Je n'en reviens pas...

— Signora ! lança Lou.

— Bonjour, Luigi, fit-elle sur un ton joyeux.

— Vous savez, j'ai reçu un porte-clefs pareil que le vôtre.

Le modèle était assez commun, il n'y avait donc pas de quoi s'en étonner.

— Oh ! comme le mien... c'est amusant, dit Signora.

— Eh oui ! Vous voulez bien me montrer le vôtre, que je compare ?

Sans la moindre hésitation, elle sortit son trousseau de clefs de son sac et le lui donna. Pendant qu'il feignait d'examiner les deux anneaux, Lou procéda prestement à l'échange des clefs. D'un coup il fut soulagé. Il n'avait plus rien à craindre à présent. Et personne ne se souviendrait de cette brève conversation.

Toutefois, par simple précaution, il se lança dans un petit discours sur la qualité et le choix des cadeaux de Noël.

— Seigneur ! J'ai cru que Lou ne s'arrêterait jamais de parler, ce soir, déclara Peggy Sullivan tandis qu'elle faisait la vaisselle avec Signora. Connaissez-vous cette vieille expression qui dit que certaines personnes sont vaccinées avec une aiguille de Gramophone ? Bien sûr, ça ne dit plus rien aujourd'hui, avec ces lecteurs de disques laser...

— Oui, je me souviens bien de cette expression. Une fois j'ai tenté de l'expliquer à Mario, mais comme pour beaucoup d'autres sujets je n'ai pas su traduire l'idée avec exactitude, et il n'a pas saisi ce que je voulais dire.

Le moment était aux confidences. Peggy ne se permettait jamais de poser à sa locataire une question trop personnelle, mais Signora semblait avoir baissé sa garde.

— Et l'envie de vous retrouver avec vos amis siciliens ne vous taraude pas, à Noël ? s'enquit-elle.

Signora répondit avec le même naturel qu'elle mettait à répondre aux interrogations de Jerry.

— Non, ce serait maintenant artificiel, vous comprenez... J'ai vu ma mère et mes sœurs, et aucune d'elles n'aurait apprécié que je retourne là-bas pour l'occasion... Non, vraiment, une telle réaction aurait constitué une erreur. Et je suis heureuse ici, avec votre famille.

Elle se tenait là, calme, sûre d'elle. Elle portait un nouveau pendentif. Personne n'avait osé lui demander d'où il lui venait.

— Et nous sommes très heureux que vous soyez chez nous, déclara Peggy Sullivan avec une maladresse touchante.

Les cours reprirent le premier jeudi de janvier. C'était une soirée très froide, mais des trente inscrits en septembre, aucun ne manquait.

Le principal de Mountainview College, Mr. Tony O'Brien, était là également, ainsi que Mr. Dunne. Tous arboraient une expression ravie. Un événement extraordinaire s'était produit : on avait offert un cadeau magnifique à la classe. Signora était comme une enfant. C'était tout juste si elle ne tapait pas des mains de bonheur.

Qui leur avait fait ce cadeau ? Quelqu'un de la classe ? L'auteur de ce don se ferait-il connaître, qu'on puisse le remercier ? Tout le monde pensait bien sûr à Connie.

— Je regrette que ce ne soit pas moi, dit-elle. J'aurais vraiment aimé en avoir eu l'idée.

Connie semblait réellement s'en vouloir de n'être pas l'auteur du cadeau.

Le principal se déclara enchanté, mais inquiet pour la sécurité des lieux. Si ce n'était pas un membre de la classe qui avait déposé ce cadeau dans l'annexe, alors il faudrait changer toutes les serrures car cela signifiait que quelqu'un d'étranger au cours possédait la clef. En effet, on n'avait pas relevé la moindre trace d'effraction.

— À la banque, on ne réagirait pas de la sorte, commenta Guglielmo. Ils recommanderaient de ne rien faire, en espérant se voir offrir une chaîne haute fidélité la fois d'après !

Lorenzo, c'est-à-dire Laddy, le portier d'hôtel, assura que le nombre de clefs qui circulaient dans Dublin et qui pouvaient ouvrir plusieurs portes était impressionnant. Signora fixa soudain son regard sur Luigi. Il détourna les yeux.

Pourvu qu'elle ne dise rien ! pensa-t-il. Pourvu qu'elle comprenne que ça ne donnera rien de bon si elle le fait ! Lou n'aurait pu dire s'il priait Dieu ou se marmonnait la chose à lui-même, mais il y croyait.

Et sa ferveur parut avoir l'effet désiré. Signora ne lui adressa pas une parole.

La classe commença. C'était un cours de révision. Ils avaient certainement beaucoup perdu, expliqua Signora, et ils devraient travailler dur s'ils désiraient toujours faire le voyage en Italie l'été prochain. Un peu embarrassés, tous se frottèrent aux phrases qui leur venaient si aisément aux lèvres avant cette coupure de deux semaines.

Lou voulut s'éclipser dès la fin du cours, mais Signora veillait.

— Vous ne m'aidez pas à ranger les caisses ce soir, Luigi ?

Son regard était direct et perçant.

— *Scusi*, Signora. Où sont-elles ?... J'ai oublié.

Ils transportèrent les caisses dans la réserve qui était à présent parfaitement anodine, et où plus jamais on ne remiserait de marchandises dangereuses.

— Est-ce que... hum, Mr. Dunne va vous raccompagner chez vous, Signora ?

— Non, Luigi. Mais vous, de votre côté... Je crois savoir que vous sortez avec Suzi, la fille des gens chez qui je loge... C'est bien cela ?

Elle l'observait d'un air sévère.

— Oui, Signora. Nous sommes fiancés.

— Oui. Je voulais justement vous en parler. Cette bague... *Un anello di fidanzamento*, comme on dit en italien.

307

— Oui, oui, une bague de fiançailles, quoi, fit Lou avec un peu d'impatience.

— Est-ce une émeraude, Luigi ? Une véritable émeraude ? C'est ce qui m'étonne beaucoup...

— Allons donc, Signora ! Une véritable émeraude ? Vous plaisantez ! Ce n'est que du verre coloré...

— *C'est* une émeraude. *Uno smeraldo*. Je connais bien ces pierres.

— Vous savez, ils font des imitations de plus en plus réussies, au point qu'on ne peut plus différencier une vraie d'une fausse...

— Cette bague a coûté une fortune, Luigi, trancha-t-elle.

— Signora, écoutez...

— Quant au téléviseur, il vaut des centaines de livres... Peut-être plus d'un millier.

— Que dites-vous ?...

— Et vous, Luigi, qu'avez-vous à me dire ?

Aucun professeur n'avait jamais réussi à le rendre aussi honteux. Ni sa mère ni son père n'avaient jamais pu le forcer à obéir, pas plus que le prêtre, et soudain il était terrifié à l'idée de perdre le respect de cette femme.

— Je voulais vous dire... commença-t-il, et elle attendit avec cette étrange immobilité qui le mettait si mal à l'aise. Je voulais vous dire que *tout* est terminé, quoi qu'il y ait eu. Ça ne se reproduira plus.

— Ce sont des choses volées, l'émeraude et le poste de télévision ?

— Non, non, pas du tout. Elles ont été achetées. Pas vraiment par moi, mais par les gens pour qui je travaillais.

— Mais pour qui vous ne travaillez plus ?...

— Oui, je le jure.

Il désirait désespérément qu'elle le croie, et tout dans son attitude le proclamait.

— Alors, plus de pornographie ?

— Plus de *quoi*, Signora ?

— J'ai ouvert ces caisses, bien entendu, Luigi. Je m'inquiétais tant de ce trafic de drogue à l'intérieur de l'école, avec Jerry, le jeune frère de Suzi... Je craignais que vous n'en entreposiez dans la réserve.

— Alors ? fit Lou en s'efforçant de paraître détaché.

— Alors j'ai trouvé ces cassettes vidéo grotesques, si j'en juge par les photos sur les emballages. Et dire que vous avez pris toutes ces précautions pour les faire entrer et sortir de l'annexe... Tout ça à destination de jeunes personnes impressionnables, je suppose ?

— Vous les avez visionnées, Signora ?

— Non, je ne possède pas de magnétoscope. Et même si j'en avais un...

— Vous n'avez rien dit à personne ?

— Vous savez, j'ai vécu pendant des années en gardant le silence sur bien des choses... C'est devenu une habitude.

— Et vous aviez compris, pour la clef ?

— Pas jusqu'à ce soir, et puis je me suis souvenue de tout ce discours sans queue ni tête que vous aviez débité à propos des porte-clefs, à Noël. Pourquoi aviez-vous besoin de cette clef ?

— Il y avait quelques caisses qui étaient restées ici par accident, juste avant les fêtes.

— Et vous n'auriez pas pu les laisser ici jusqu'à la rentrée, plutôt que de voler une clef pour les récupérer ?

— C'était un peu compliqué, dit Lou d'un ton embarrassé.

— Et le téléviseur ?

— C'est une longue histoire.

— Racontez-moi.

— Il m'a été donné en cadeau pour, heu... pour avoir stocké les caisses de cassettes ici. Et je ne voulais pas l'offrir à Suzi parce que... Vous comprenez, je ne pouvais pas. Elle aurait deviné, ou au moins elle aurait eu des soupçons.

— Mais maintenant elle ne risque plus de découvrir quoi que ce soit.

— En effet, Signora, fit-il en baissant la tête.

Il avait l'impression d'être âgé de quatre ans et de se faire sermonner pour une grosse bêtise.

— *In bocca al lupo*, Luigi, conclut Signora.

Elle referma la porte derrière eux et pesa de l'épaule sur le panneau en abaissant la clenche, pour s'assurer que l'annexe serait bien verrouillée.

Connie

Constance O'Connor avait quinze ans quand sa mère cessa de servir des desserts à la maison. Il n'y eut plus de gâteaux au dîner, une pâte à tartiner allégée remplaça le beurre à table, les bonbons et le chocolat furent interdits de séjour.

Devant les protestations de Constance, sa mère avait rétorqué :

— Tu deviens un peu trop hippy, ma chérie... Tes leçons de tennis et les endroits chic qu'on fréquente, tout ça ne te servira pas à grand-chose, si tu as un gros derrière !

— À grand-chose pour quoi ?

— Pour attirer un mari convenable, avait répondu sa mère en riant, ajoutant avant que Connie ait eu le temps de poursuivre : Je sais de quoi je parle, crois-moi. Je ne dis pas que c'est juste, mais c'est comme ça, alors autant jouer le jeu quand on connaît les règles, non ?

— C'était peut-être les règles de ton temps, maman, dans les années quarante, mais tout a changé depuis...

— Crois-moi. (C'était une des formules préférées de sa mère, elle était toujours à dire aux gens qu'il fallait la croire.) Rien n'a changé : que ce soit dans les années quarante ou les années soixante, les hommes veulent toujours une femme svelte et séduisante. C'est une question de classe. En tout cas, le genre d'homme que *nous* recherchons, *nous*, veut une femme qui fasse de

311

l'effet. Estime-toi heureuse de le savoir, alors que tant de tes camarades de classe l'ignorent !

Connie avait interrogé son père :

— Est-ce que tu as épousé Maman parce qu'elle était mince ?

— Non, je l'ai épousée parce qu'elle était charmante, délicieuse et chaleureuse, et parce qu'elle était soignée. Je savais qu'une femme qui sait prendre soin d'elle saurait en faire autant pour moi, pour toi quand tu viendrais au monde et pour la maison. Voilà, c'était aussi simple que ça.

Connie fréquentait une école de jeunes filles fort coûteuse. Sa mère insistait toujours pour qu'elle invite ses amies à dîner ou pour les week-ends.

— Comme ça, elles t'inviteront chez elles et tu pourras faire la connaissance de leurs frères et de leurs amis.

— Oh ! maman, c'est stupide ! Ce n'est pas comme dans la haute société où il faut que chacune soit présentée à la Cour ! Je rencontrerai les garçons que je dois rencontrer, et ce sera très bien comme ça.

— Non, ce ne sera pas très bien comme ça, avait protesté sa mère.

Il s'avéra en fait que quand Connie eut dix-huit ans, les garçons avec qui elle sortait étaient exactement du genre que sa mère souhaitait pour elle : des fils de médecins ou d'avocats, des jeunes gens dont les pères avaient fort bien réussi. Certains parmi eux étaient très sympathiques, d'autres beaucoup moins, mais Connie savait que tout s'arrangerait quand elle serait à l'université. C'est là qu'elle pourrait rencontrer vraiment les gens. Elle pourrait se faire ses propres amis sans avoir à les prendre dans le cercle restreint des relations que sa mère jugeait convenables.

Juste avant son dix-neuvième anniversaire, elle avait déposé une demande d'inscription à l'University College de Dublin. Elle était allée plusieurs fois faire un tour sur le campus et assister à des cours ouverts au public, afin de ne pas avoir trop le trac à la rentrée d'octobre.

Mais, en septembre, l'incroyable était arrivé : son père était mort. C'était un dentiste qui passait une bonne partie de son temps au golf et dont la réussite avait beaucoup à voir avec le fait qu'il était actionnaire dans l'entreprise de son oncle. Il aurait pourtant pu faire un centenaire. C'est en tout cas ce que tout le monde avait dit. Il ne fumait pas, ne buvait qu'un petit verre de temps en temps par convivialité, et faisait énormément d'exercice. Sa vie n'était pas stressante.

Mais c'était ignorer sa passion pour le jeu. On apprit qu'il avait des dettes. Qu'il faudrait vendre la maison. Qu'il n'y aurait pas assez d'argent pour que Connie et ses frères puissent poursuivre leurs études.

Leur mère fut parfaite à l'enterrement. Elle invita tout le monde à venir à la maison partager un buffet de salades arrosées de bon vin.

— C'est ce que Richard aurait voulu, dit-elle.

Les rumeurs allaient déjà bon train mais elle gardait la tête haute. Ce n'est que lorsqu'elle se retrouvait seule avec Connie, et uniquement dans ces moments-là, qu'elle baissait le masque.

— S'il n'était pas déjà mort, je le tuerais ! répétait-elle sans cesse. Oser nous faire une chose pareille ! Je lui ferais rendre son dernier souffle en l'étouffant de mes propres mains !

— Pauvre papa ! disait Connie qui avait le cœur plus tendre. Il faut vraiment qu'il ait été mal dans sa peau pour gaspiller de l'argent à miser sur des chiens et des chevaux. Il devait chercher quelque chose...

— Il saurait ce qu'il cherchait, s'il était encore là ! tu peux me croire.

— Mais s'il n'était pas mort si brutalement, il se serait expliqué, il aurait peut-être réussi à regagner cet argent, il nous en aurait parlé !

Connie voulait conserver une bonne image de ce père gentil et doué d'un bon caractère. Il ne faisait pas autant d'histoires que sa mère, il n'était pas toujours à vouloir vous imposer toutes sortes de règles et de lois...

— Ne sois pas si bête, Connie ! trancha sa mère. On n'a plus de temps à perdre, maintenant. Notre seul espoir, c'est que tu fasses un bon mariage.

— Voyons, maman ! Ne sois pas ridicule ! Je n'ai pas l'intention de me marier avant des lustres. J'ai mes années de fac devant moi, ensuite je veux voyager. Je compte bien attendre les abords de la trentaine avant de me fixer.

Sa mère la regarda d'un œil dur :

— Que ce soit bien clair une fois pour toutes : tu peux dire adieu à la fac. Qui financera tes études, hein ? et tes dépenses quotidiennes ?

— Mais qu'est-ce que tu veux que je fasse, alors ?

— Tu feras la seule chose possible : tu logeras dans la famille de ton père. Ses oncles et ses frères ont affreusement honte de sa faiblesse... Certains étaient au courant de son vice, d'autres pas. De toute façon ils sont d'accord pour t'héberger pendant un an, le temps que tu suives un cours de secrétariat. Après quoi tu chercheras du travail, et dès que possible tu épouseras quelqu'un de convenable.

— Mais, maman... Je vais préparer un diplôme, tout est déjà organisé ! Tu sais bien que ma candidature a été acceptée.

— Eh bien plus maintenant.

— Ce n'est pas possible, maman ! Ce n'est pas juste !

— Parles-en à feu ton père ! C'est sa faute, pas la mienne !

— Je pourrais peut-être trouver un travail et suivre les cours à la fac en même temps ?

— Ça ne marche pas comme ça, Connie. Sans parler de la famille de ton père, qui ne voudrait pas te loger si tu travaillais comme femme de ménage ou comme vendeuse. Car c'est bien la seule chose que tu puisses espérer trouver !

Rétrospectivement, Connie s'était dit qu'elle aurait peut-être dû se défendre avec plus d'énergie. Mais c'était si difficile pour elle, à l'époque, étant donné l'état de choc et de consternation dans lequel ils se trouvaient tous. Sans compter la peur qu'elle éprouvait à l'idée d'aller habiter chez des cousins qu'elle ne connaissait pas, tandis que sa mère et les jumeaux partiraient à la campagne dans la famille maternelle. Sa mère disait que c'était la pire des choses : devoir retourner vivre dans la petite bourgade qu'elle avait quittée triomphalement des années plus tôt.

— Je suis sûre qu'ils seront gentils avec toi, parce qu'ils sont navrés de ce qui t'arrive, avait dit Connie.

— Je n'en veux pas, de leur pitié et de leur gentillesse ! Ce que je veux, c'est ma fierté. Et *il* me l'a enlevée. Ça, je ne le lui pardonnerai jamais.

Au cours de secrétariat, Connie avait retrouvé Véra, une ancienne compagne de classe.

— Je suis tellement désolée que ton père ait perdu tout ce qu'il avait ! s'était-elle écriée.

Connie en avait eu les larmes aux yeux.

— C'est épouvantable, tu sais. Pas seulement le fait de perdre son père... mais cette impression qu'il était quelqu'un d'autre, quelqu'un qu'on ne connaissait pas.

— Mais si, je suis sûre que toi tu le connaissais. C'est juste que tu ne savais pas qu'il aimait tant jouer aux courses. Et il ne l'aurait sans doute jamais fait s'il avait pensé qu'il allait vous causer tant de peine.

Connie fut réconfortée de rencontrer quelqu'un d'aussi gentil et compréhensif. Et, bien que Véra et elle n'aient pas été très intimes à l'école, elles devinrent dès lors de grandes amies.

Connie écrivit à sa mère : « Si tu savais comme ça fait du bien d'avoir quelqu'un qui compatit. C'est comme un bon bain chaud. Je suis sûre qu'autour de toi les gens feraient de même, si tu leur en laissais l'occasion. »

La réponse de sa mère fut tranchante et directe : « Je t'en prie, aie la décence de ne pas aller pleurnicher à droite et à gauche pour t'attirer la sympathie du premier venu. Ce n'est pas la pitié qui t'aidera, ni les paroles lénifiantes. Ta dignité et ta fierté, voilà les seules choses dont tu as besoin pour parvenir à t'en sortir. Je prie pour que tu ne sois pas flouée, comme je l'ai été moi-même. »

Jamais un mot sur son père décédé. Sur le gentil mari et le bon père qu'il avait été. Les photos avaient été retirées de leurs cadres et ceux-ci avaient été vendus aux enchères. Connie n'osait même pas demander si l'on avait gardé les photos de son enfance.

Connie et Véra travaillaient beaucoup à l'école de secrétariat. Elles apprenaient la sténo et la dactylo, la comptabilité et toutes les matières nécessaires à une formation complète. Les cousins qui hébergeaient Connie, touchés par son triste sort, lui laissaient plus de liberté que sa mère ne lui en eût donnée.

Connie goûtait enfin le plaisir d'être jeune et de vivre à Dublin. Véra et elle allaient danser dans des bals où elles rencontraient des gens qu'elles trouvaient formidables. Il y avait un dénommé Jacko qui aimait bien Connie et dont le copain, Kevin, avait un faible pour Véra, si bien qu'ils sortaient souvent tous les quatre ensemble. Mais ni Véra ni Connie ne prenaient ces amourettes au sérieux, contrairement aux garçons, qui les pressaient ardemment de coucher avec eux. Connie avait refusé mais Véra était d'accord.

— Pourquoi tu le fais, si tu n'aimes pas ça et qu'en plus tu as peur de tomber enceinte ? lui avait demandé Connie, perplexe.

— Je n'ai pas dit que je n'aimais pas ça, protestait Véra. J'ai seulement dit que ce n'est pas aussi fantastique que ce qu'on raconte, et que je ne vois pas à quoi ça sert de se démener et de souffler comme des locomotives. Mais je n'ai pas peur de tomber enceinte, car je vais prendre la pilule.

La contraception était encore officiellement interdite dans l'Irlande du début des années soixante-dix, mais on pouvait se faire prescrire la pilule en cas d'irrégularité du cycle. Rien d'étonnant, dans ces conditions, qu'on ait diagnostiqué ce genre de trouble chez une partie importante de la population féminine... Connie songea que ce serait peut-être une bonne chose pour elle. Un jour, peut-être bientôt, elle aurait envie de faire l'amour, et ce jour-là, ce serait dommage d'avoir à attendre que la pilule ait fait son effet.

Elle ne dit rien à Jacko. Lui espérait qu'elle finirait par se rendre compte qu'ils étaient faits l'un pour l'autre, comme Kevin et Véra. Il échafaudait des tas de projets susceptibles de lui plaire, pensait-il. Ils iraient visiter l'Italie ensemble, après avoir appris l'italien dans des cours du soir ou avec des disques. Et, une fois là-bas, ils pourraient échanger des *Scusi* et des *Grazie* avec les gens du cru. Jacko était beau garçon et complètement fou de Connie. Mais Connie restait ferme : elle ne voulait pas d'une vraie liaison ni d'un engagement affectif. Sa décision de prendre la pilule n'était qu'une manifestation de son sens pratique.

La pilule que prenait Véra ne lui convenait pas, elle dut en changer et c'est alors qu'elle se retrouva enceinte.

Kevin était aux anges.

— De toute façon, on a toujours eu l'intention de se marier, affirma-t-il à plusieurs reprises.

— J'aurais quand même voulu un peu mener ma vie avant, disait Véra en larmes.

— Tu as *déjà* un peu mené ta vie. Maintenant, c'est la *vraie* vie qu'on va connaître, toi, le bébé et moi.

Kevin était ravi de ne plus devoir habiter chez ses parents : ils allaient pouvoir avoir leur propre toit.

Un toit qui ne serait guère confortable, en réalité. Les parents de Véra n'étaient pas très aisés, et plutôt fâchés que leur fille s'apprête à jeter par les fenêtres — selon leur expression — l'enseignement privé et la formation de secrétaire qui leur avaient coûté si cher. Et ce, avant même d'avoir travaillé un seul jour.

De plus, ils étaient très critiques au sujet de la famille dont Véra allait faire partie. Certes, les parents de Kevin étaient des gens tout à fait bien mais sûrement pas du niveau que les parents de Véra avaient rêvé pour leur fille.

Véra n'eut pas besoin d'expliquer ces tensions à Connie, dont la propre mère serait devenue folle de rage en pareille situation. Elle se l'imaginait parfaitement en train de hurler : « Son père est peintre en bâtiment ! Et le fils va rejoindre le père dans "l'affaire", comme ils disent. Tu parles d'une *affaire* ! » Véra eût pu objecter que le père de Kevin était patron d'une petite entreprise de matériaux de construction et de décoration qui avait des chances de prendre de l'importance avec le temps, mais c'eût été peine perdue de toute façon.

Kevin gagnait sa vie depuis l'âge de dix-sept ans. Il en avait vingt et un à présent, et il était fier comme Artaban de devenir père. Il avait repeint la chambre qu'ils destinaient au bébé dans leur petite maison de trois pièces (salon et cuisine au rez-de-chaussée, deux chambres et salle de bains à l'étage). Il voulait que ce soit parfait pour l'arrivée de l'enfant.

Au mariage de Véra, où Jacko était le témoin du marié et Connie celui de son amie, Connie prit une décision.

— Il ne faut plus qu'on sorte ensemble à compter d'aujourd'hui, dit-elle à Jacko.

— Tu plaisantes, non ? Qu'est-ce que j'ai donc fait ?

— Tu n'as rien fait, Jacko, si ce n'est d'être toujours charmant et formidable, mais je n'ai pas envie de me marier. Je veux travailler et partir à l'étranger.

L'incompréhension la plus totale se peignit sur le visage ouvert et honnête du garçon :

— Mais je te laisserais libre de travailler ! et on irait en vacances en Italie tous les ans.

— Non, Jacko. Je t'aime beaucoup, mais c'est non.

— Moi qui croyais qu'on pourrait annoncer la nouvelle ce soir même, fit-il, les traits crispés par la déception.

— On se connaît à peine, toi et moi.

— On se connaît au moins autant que les mariés, et regarde le bout de chemin qu'ils ont déjà fait ensemble ! ajouta-t-il avec envie.

Connie s'abstint de remarquer qu'elle trouvait son amie Véra bien déraisonnable de s'être engagée à vie avec Kevin. Véra se lasserait vite de cette vie-là. Véra aux yeux noirs et rieurs devant lesquels dansait toujours sa frange sombre d'écolière, Véra qui allait être mère. Elle avait le cran de faire bonne figure face à la mine renfrognée de ses parents, le cran de forcer tout le monde à s'amuser à son mariage. Il fallait la voir, là, au piano, avec son ventre rond déjà bien visible, entraînant les autres à chanter *Hey Jude*. Et bientôt tout le monde reprenait en chœur : « *La la la la, Hey Jude.* »

Elle avait juré à Connie que c'était bien la vie qu'elle voulait. Et, le plus extraordinaire, c'est effectivement ce qui s'avéra être le cas. Elle termina sa formation, après quoi elle se mit à travailler dans l'affaire du père de Kevin. En un rien de temps, elle réorganisa leur comptabilité, jusque-là plutôt rudimentaire. Elle créa un vrai fichier à la place des bouts de papier piqués sur des pointes, elle instaura un carnet de rendez-vous où chacun devait inscrire ce qui le concernait. De sorte que l'arrivée de l'inspecteur des impôts cessa de les terroriser. Tout doucement, Véra les avait conduits vers un autre niveau.

Le nouveau-né était un ange. Un petit bébé aux yeux noirs et avec des cheveux de jais, comme Véra et comme Kevin. Pour la première fois, au baptême, Connie éprouva une pointe d'envie. Jacko et elle étaient parrain et marraine. Jacko avait une autre amie maintenant, petite et délurée, habillée d'une jupe trop courte qui ne convenait guère pour la circonstance.

— J'espère que tu es heureux, lui murmura Connie pendant la cérémonie.

— Je serais prêt à te revenir dès demain. Ce soir, même, souffla-t-il.

— Non seulement il n'en est pas question, mais c'est ignoble de ta part.

— Elle, c'est juste pour m'aider à t'oublier, plaida-t-il.

— Elle y arrivera peut-être.

— Elle ou les vingt-sept autres qui suivront... mais j'en doute.

L'hostilité de la famille de Véra vis-à-vis de Kevin avait disparu. Comme c'est si souvent le cas, la présence d'un innocent petit être en robe de baptême qu'on se repasse de bras en bras avait tout changé. On s'employait à retrouver chez le bébé le nez, les oreilles ou les yeux de telle ou telle personne. Véra n'avait plus besoin de chanter *Hey Jude* pour les dérider. Ils étaient déjà heureux.

Les deux amies n'avaient pas perdu le contact. Véra avait demandé à Connie :

— Tu veux savoir à quel point Jacko se languit de toi ?

— Non, je t'en prie. Ne me parle pas de lui.

— Et qu'est-ce que je vais lui dire, moi, quand il me demandera si tu sors avec un autre ?

— Dis-lui la vérité : que ça m'arrive de temps en temps, mais que tu as l'impression que je ne m'intéresse pas tellement aux garçons et, en tout cas, que je n'ai pas du tout envie de me fixer pour l'instant.

— Bon, d'accord, promit Véra. Mais rien qu'à moi, dis-moi si tu as rencontré quelqu'un d'autre qui te plaise, depuis Jacko ?

— Quelques-uns qui me plaisent à moitié, je suppose.

— Et tu es allée jusqu'au bout avec eux ?

— Je ne saurais parler de ces choses-là avec une respectable épouse et mère.

— Ce qui veut dire non ! conclut Véra, et elles éclatèrent de rire telles deux gamines, comme du temps où elles apprenaient ensemble à taper à la machine.

L'allure de Connie et sa réserve lui étaient des atouts lors des entretiens qu'elle passait pour trouver du travail. Jamais elle ne se laissait aller à se montrer intéressée, et l'on ne pouvait rien déceler de hautain dans son attitude. Elle avait refusé un travail assez intéressant dans une banque parce qu'il n'était que temporaire.

Ce qui avait étonné et plutôt impressionné celui qui était chargé de l'interroger.

— Mais pourquoi avez-vous posé votre candidature si vous n'aviez pas l'intention de prendre ce travail ?

— À voir le libellé de votre annonce, il n'y a rien qui suggère que le poste en question ne soit qu'un remplacement.

— Mais, une fois que vous auriez un pied dans la banque, miss O'Connor, ce serait naturellement un avantage pour vous.

Connie ne s'était pas troublée.

— Si je devais entrer dans la banque, je préférerais que ce soit par la voie d'un recrutement normal, pour pouvoir m'intégrer au système.

L'homme se souvint d'elle et en parla ce soir-là à deux de ses amis, au club de golf.

— Vous vous souvenez de Richard O'Connor, ce dentiste qui a perdu jusqu'à sa dernière chemise ? Eh bien, sa fille est venue me voir, une vraie petite Grace Kelly, avec la tête froide. J'avais envie de lui donner le boulot, par correction envers ce pauvre vieux Richard, mais elle n'en a pas voulu. Futée comme tout, par-dessus le marché.

L'un des deux hommes était propriétaire d'un hôtel.

— Est-ce qu'elle serait bien à la réception ?

— Exactement ce que tu cherches, même un peu trop classe pour toi, je dirais.

C'est ainsi que le lendemain, Connie fut convoquée pour un nouvel entretien.

— C'est un travail très simple, miss O'Connor, lui expliqua le propriétaire de l'hôtel.

— En effet, mais que pourrais-je y apprendre ? Je n'ai pas envie de faire un travail qui ne m'oblige pas à me dépasser.

— C'est un poste à pourvoir au sein d'un nouvel hôtel de toute première catégorie, et il peut devenir ce que vous en ferez.

— Pourquoi pensez-vous que je puisse faire l'affaire ?

— Pour trois raisons : vous avez de l'allure, vous vous exprimez bien et je connaissais votre père.

— Je n'ai pas fait la moindre allusion à mon défunt père au cours de notre entretien.

— En effet, mais je sais qui il était. Ne soyez pas bête, jeune fille, prenez ce boulot. Votre père serait content de savoir qu'on s'occupe de vous.

— Eh bien, à supposer que oui, il n'a en tout cas pas fait grand-chose dans ce sens-là de son vivant.

— Ne parlez pas comme ça, il vous aimait tous beaucoup.

— Qu'en savez-vous ?

— Au golf, il n'arrêtait pas de nous montrer des photos de ses enfants. Les gosses les plus futés du monde, nous disait-il.

Connie sentit un picotement dans ses yeux.

— Je ne veux pas qu'on me donne du travail par pitié, Mr. Hayes.

— Si vous étiez ma fille, je serais content qu'elle réagisse comme vous, mais je ne voudrais pas qu'elle en fasse une affaire d'orgueil. C'est un péché capital, vous savez, mais le pire, c'est que ça vous fait une bien piètre compagnie, les soirs d'hiver. Il faut le savoir.

Il était l'un des hommes les plus riches de Dublin, et il avait la même vision des choses qu'elle.

— Merci, Mr. Hayes, j'apprécie votre conseil. Voulez-vous que je réfléchisse ?

— J'aimerais que vous vous décidiez tout de suite. Il y a une douzaine d'autres jeunes femmes qui attendent ce poste. Prenez-le, et faites-en quelque chose de formidable.

Connie téléphona à sa mère, ce soir-là.

— Je vais travailler au *Hayes Hotel* à partir de lundi. Le jour de l'ouverture, on va me présenter comme la première réceptionniste, triée sur le volet parmi des centaines de candidates. Voilà ce qu'ont dit les gens des relations publiques. Imagine un peu : je vais avoir ma photo dans les journaux du soir !

Mais sa mère n'était guère impressionnée par son enthousiasme.

— Ils veulent juste donner de toi l'image d'une espèce de petite blonde écervelée, tu sais, qui minaude devant les photographes.

Connie sentit son cœur se durcir. Elle avait suivi les instructions de sa mère à la lettre : elle avait pris des cours de secrétariat, habité chez ses cousins, et s'était trouvé du travail. Alors elle n'allait pas se laisser insulter et traiter de la sorte.

— Si tu te rappelles, maman, ce que je voulais, *moi*, c'était faire des études universitaires et devenir avocate. Puisque ça n'a pas pu se réaliser, je fais de mon mieux. Je suis très déçue que tu en aies une si piètre opinion. Je croyais que tu serais contente.

Sa mère se confondit en excuses.

— Pardonne-moi, je suis vraiment navrée. Si tu savais comme je deviens mauvaise langue... Ici, on dit que je ressemble à notre grand-tante Katie : tu te souviens de la légende familiale...

— Ce n'est pas grave, maman.

— Oh ! si, j'ai honte. Je suis très fière de toi. Si je dis des choses si dures, c'est parce que je ne supporte pas d'avoir à éprouver de la reconnaissance envers des gens comme ce Hayes, avec qui ton père jouait au golf. Il sait certainement que tu es la fille de ce pauvre Richard et il est évident qu'il t'a donné ce travail par charité...

— Non, je ne crois pas, maman, fit Connie.

— Tu as peut-être raison, au fond comment s'en souviendrait-il ? Ça fait bientôt deux ans, ajouta tristement sa mère.

— Je t'appellerai pour te raconter, maman.

— Oui, s'il te plaît, ma chérie, et ne fais pas trop attention à moi. Tu sais, mon orgueil, c'est tout ce qui me reste. Ce n'est pas aux gens d'ici que je risque de faire des excuses, car je garde la tête haute, plus que jamais.

— Je suis heureuse que tu sois contente pour moi, conclut Connie. Embrasse les jumeaux de ma part.

Elle savait qu'elle serait désormais de plus en plus une étrangère pour les deux garçons de quatorze ans qui fréquentaient l'école des Frères, au lieu du collège privé tenu par des jésuites où ils auraient dû aller.

Son père n'était plus là, et sa mère serait incapable de l'aider. Elle était seule. Elle suivrait le conseil de Mr. Hayes et ferait un succès de ce premier poste. On se souviendrait d'elle au *Hayes Hotel* : comme de la première et la meilleure des réceptionnistes.

Mr. Hayes se félicitait d'avoir choisi Constance O'Connor. Elle ressemblait tant à Grace Kelly... combien de temps faudrait-il pour qu'elle rencontrât son prince ?

De fait, il fallut deux ans. Non qu'elle ne reçût en abondance des propositions. Les hommes d'affaires qui séjournaient régulièrement à l'hôtel mouraient d'envie de sortir avec à leur bras l'élégante miss O'Connor de la réception, de l'emmener dans un des restaurants chic de la ville ou dans un des night-clubs qui commençaient à s'ouvrir un peu partout. Mais Connie restait très détachée : souriante et chaleureuse, elle répondait qu'elle ne mélangeait pas travail et plaisir.

— Mais on n'est pas obligés d'y mêler le travail ! s'écria un jour un certain Teddy O'Hara, au bord du désespoir. Écoutez, je suis prêt à descendre dans un autre hôtel si vous acceptez de passer une soirée avec moi.

— Ce serait une curieuse façon de ma part de remercier le *Hayes Hotel* de m'avoir engagée à ce poste, fit Connie en lui souriant. Envoyer les clients chez la concurrence...

Elle parlait de tous ces messieurs à Véra qu'elle allait voir toutes les semaines, ainsi que Kevin et Deirdre, le bébé, qui ne serait bientôt plus le seul.

— C'est Teddy O'Hara qui t'a invitée à sortir ? s'exclama Véra, les yeux agrandis par la surprise. Oh ! je t'en prie, Connie, épouse-le : on pourra récolter tous les contrats de peinture et de décoration de ses boutiques ! On sera tranquilles pour le restant de nos jours ! Vas-y, épouse-le donc, fais ça pour nous !

Connie éclata de rire. Mais elle se rendit compte aussi qu'elle n'avait rien fait pour envoyer des clients à ses amis, alors qu'elle l'aurait pu. Le lendemain, elle informa Mr. Hayes qu'elle connaissait une excellente petite entreprise de peinture et de décoration qu'il voudrait peut-être ajouter à la liste de leurs fournisseurs. Mr. Hayes répondit qu'il laissait tout cela au responsable concerné mais qu'il avait besoin de quelques travaux dans sa maison de Foxrock.

Kevin et Véra furent intarissables sur la taille et la splendeur de cette maison, et sur la gentillesse des Hayes qui avaient eux-mêmes une fillette prénommée Marianne. Kevin et son père avaient justement refait la chambre de l'enfant : un nid douillet et luxueux, avec sa propre petite salle de bains toute rose.

Jamais les commentaires de Véra et Kevin n'étaient empreints de jalousie. Au contraire, ils redisaient toujours à quel point ils étaient reconnaissants de cette impulsion qu'avait donnée Connie à leur entreprise. Satisfait des travaux effectués chez lui, Mr. Hayes l'avait recommandée à d'autres personnes, et l'on vit bientôt Kevin au volant d'une camionnette beaucoup plus pimpante. Véra et lui envisageaient même de trouver une maison plus grande pour l'arrivée du nouveau bébé.

Le couple était resté ami avec Jacko, qui travaillait comme électricien. Je pourrais peut-être aussi lui envoyer des clients, avait songé Connie. Véra s'étant chargée de tâter le terrain, elle reçut pour toute réponse : « Tu peux dire à cette garce qu'elle peut se les mettre quelque part ses faveurs ! » Véra, qui aimait cultiver la paix autour d'elle, résuma simplement ces propos à Connie en disant que Jacko « n'avait pas l'air très chaud ».

À l'époque de la naissance de Charlie, le second bébé de Véra et Kevin, Connie fit la connaissance d'Harry Kane. C'était le plus bel homme qu'elle eût jamais vu. Grand, avec des cheveux bruns et drus qui bouclaient sur ses épaules, fort différent des hommes d'affaires qu'elle côtoyait d'ordinaire. Le sourire facile, il avait l'allure de ceux qui ont l'habitude d'être bien accueillis partout. Les portiers se précipitaient pour lui ouvrir les portes, la vendeuse de la boutique lâchait les autres clients pour aller lui chercher son journal. Et même Connie, qui passait pour une princesse de glace, levait les yeux pour lui adresser un aimable sourire.

Elle fut particulièrement contente qu'il fût témoin, un jour, de l'efficacité avec laquelle elle s'occupa d'un groupe de représentants de commerce extrêmement désagréables.

— Vous êtes une vraie diplomate, miss O'Connor! releva-t-il d'un ton admiratif.

— Toujours un plaisir de vous revoir ici, Mr. Kane. Tout est prêt dans votre salle de réunion.

Harry Kane dirigeait, avec deux associés plus âgés, une nouvelle compagnie d'assurances très florissante qui avait attiré une bonne partie de la clientèle de sociétés plus anciennes. Certains considéraient ces nouveaux venus avec suspicion : une boîte qui a grandi trop vite, disait-on, va forcément au-devant d'ennuis. Cependant, la compagnie n'en donnait aucun signe. Les associés opéraient à Galway et à Cork et se retrouvaient au *Hayes Hotel* tous les mercredis. De neuf heures à midi et demi, ils travaillaient dans leur salle de réunion avec une secrétaire, après quoi ils déjeunaient avec des invités.

C'étaient parfois des ministres, des magnats de l'industrie ou des responsables de gros syndicats. Connie se demandait toujours pourquoi ils ne tenaient pas leur réunion dans leurs bureaux de Dublin. Harry Kane avait en effet de grands bureaux prestigieux où travaillaient une douzaine de personnes. Ce doit être pour pouvoir parler plus librement, avait-elle fini par conclure, et pour ne pas être dérangés. Car l'hôtel avait reçu des consignes strictes : on ne devait transférer aucun appel dans la salle de réunion, le mercredi. De toute évidence, la secrétaire était au courant de tous leurs secrets, de tous les dessous de leurs affaires. C'est avec le plus grand intérêt que Connie la regardait entrer et sortir de la salle de réunion avec eux, chaque semaine. Portant toujours une serviette pleine de documents, elle ne restait jamais déjeuner avec les associés, bien qu'elle dût être une confidente en qui ils avaient toute confiance.

Connie aurait adoré faire ce genre de travail. Pour Harry Kane, par exemple. Elle entreprit peu à peu de parler à la secrétaire, usant de tout le charme et de tout le doigté dont elle était capable.

— Avez-vous trouvé tout à votre satisfaction dans la salle de réunion, miss Casey ?

— Certainement, miss O'Connor, sinon Mr. Kane vous l'aurait signalé.

— Nous venons juste d'acquérir toute une gamme de nouveaux équipements audiovisuels, au cas où cela pourrait vous être utile lors de vos réunions.

— Je vous remercie, mais nous n'en aurons pas besoin.

Miss Casey avait toujours l'air pressée de partir, comme si elle transportait de l'argent brûlant dans sa serviette... Ce qui était peut-être le cas, d'ailleurs. Connie et Véra en parlaient pendant des heures.

— Je te dis qu'elle est fétichiste, c'est évident ! suggérait Véra tandis que les deux amies faisaient sauter Charlie sur leurs genoux, tout en assurant Deirdre qu'elle était bien plus jolie que son petit frère et qu'on l'aimait bien plus que lui.

— *Comment ça ?* s'étonnait Connie, qui ne voyait pas du tout de quoi parlait Véra.

— Sado-masochisme, tu vois ce que je veux dire... Elle les fouette à mort, ou presque, tous les mercredis ! Voilà ce qu'il y a dans la fameuse serviette : des fouets !

— Oh ! Véra, si tu la voyais !

Connie riait aux larmes à l'idée de miss Casey dans ce rôle. Mais en même temps une pointe de jalousie montait en elle : et si l'élégante miss Casey avait bel et bien des rapports intimes avec Harry Kane ?... Connie avait si peu d'expérience dans ce domaine.

— *Il* te plaît, constata un jour Véra avec lucidité.

— Seulement parce qu'il ne me regarde pas. C'est comme ça, tu sais bien.

— Qu'est-ce qui t'attire en lui ?

— Il me rappelle un peu mon père, répondit Connie de but en blanc, au moment même où elle en prenait conscience.

— Raison de plus pour le surveiller de près, alors ! ajouta Véra. (Elle seule pouvait se permettre de faire allusion aux problèmes de jeu de feu Richard O'Connor sans déclencher la colère de sa fille.)

Connie réussit à en savoir un peu plus sur le compte d'Harry Kane. Frisant la trentaine, il était célibataire ; ses parents étaient de petits agriculteurs. Il était le premier de la famille à percer dans les affaires à grande échelle. Il vivait dans un appartement donnant sur la mer, fréquentait beaucoup les premières de spectacles et les vernissages, toujours accompagné de nombreux amis.

Son nom apparaissait parfois dans les journaux, mais toujours dans le contexte d'un groupe de gens, ou lorsqu'il partageait une tribune privée, aux courses, avec de grands noms du pays. Le jour où il se marierait, ce serait pour entrer dans une famille comme celle de Mr. Hayes. Mais, Dieu merci, sa fille n'était encore qu'une écolière.

— Si tu venais à Dublin en train un mercredi, maman, et que tu invites quelques amies à déjeuner au *Hayes* ? Je m'arrangerais pour qu'on te soigne comme un coq en pâte !

— Oh ! Mais je n'ai plus d'amies à Dublin.

— Mais si, répliqua Connie en lui en citant quelques noms.

— Je ne veux pas de leur pitié.

— Qu'est-ce que cela a à voir avec la pitié si c'est *toi* qui les invites à se régaler d'un excellent déjeuner ? Allons, essaie donc ! Et la prochaine fois, c'est *elles* qui lanceront l'invitation. Tu sais que tu peux prendre un aller-retour au tarif excursion de vingt-quatre heures.

Sa mère finit par accepter à contrecœur.

Ces dames se retrouvèrent à une table voisine de celle de Mr. Kane, qui comptait parmi ses convives un pro-priétaire de journal et deux ministres. Elles appréciè-rent leur déjeuner et le fait qu'on semblait les chouchouter encore plus que les importantes personna-lités assises à la table voisine.

Elles se déclarèrent d'une seule voix enchantées du déjeuner, comme Connie l'avait espéré, et l'une d'elles annonça que la prochaine fois, ce serait elle qui invite-rait. La date choisie était encore un mercredi, à un mois de là. C'est ainsi que les déjeuners se succédèrent et que la mère de Connie reprit peu à peu confiance en elle. Elle avait retrouvé sa gaieté, puisque personne ne par-lait de son mari décédé, sauf pour dire parfois « Pauvre Richard ! », comme on l'eût fait en parlant du défunt époux de n'importe quelle veuve.

Connie s'arrangeait toujours pour passer à leur table et leur faire servir un verre de porto qu'elle leur offrait, signant la note devant tout le monde, pour qu'on sache bien que c'était à ses frais. Elle en profitait pour adres-ser un sourire à la tablée de Kane.

Au bout de la quatrième fois, Connie se rendit compte que sa présence ne passait pas inaperçue aux yeux de Kane.

— Vous êtes très gentille avec ces dames, miss O'Connor, releva-t-il.

— Il s'agit de ma mère et de quelques-unes de ses amies. Elles adorent venir déjeuner ici et ça me fait plaisir de voir maman : elle habite à la campagne, voyez-vous.

— Ah ! bon... Mais où habitez-*vous* ? s'enquit-il, la fixant attentivement en attendant qu'elle réponde.

Il espérait sans doute qu'elle réponde : « J'ai un appartement en ville » ou « Je vis seule ». Mais Connie lui dit :

— Eh bien, naturellement j'habite Dublin, Mr. Kane, mais j'espère avoir l'occasion de voyager un peu. J'aimerais beaucoup visiter d'autres grandes villes, fit-elle, sans rien livrer de plus de sa vie personnelle.

Elle vit que Mr. Kane avait l'air intéressé.

— Un désir parfaitement légitime, miss O'Connor. Êtes-vous déjà allée à Paris ?

— Malheureusement, non.

— J'y vais justement le week-end prochain, voudriez-vous m'y accompagner ?

Elle eut un petit rire amusé : un rire qui ne se voulait pas moqueur mais semblait indiquer qu'elle partageait la bonne plaisanterie qu'il venait de faire.

— Ça serait fantastique... Mais je crains que ce soit impossible. En tout cas, je vous souhaite d'y passer un excellent séjour.

— Et si je vous invitais à dîner à mon retour, pour vous raconter ?

— Ça me ferait grand plaisir.

Et c'est ainsi que se nouèrent des rapports amoureux entre Connie O'Connor et Harry Kane. Connie se rendait bien compte qu'elle s'attirerait la haine de Siobhan Casey, la fidèle secrétaire de Kane. Ils veillaient à ne pas divulguer la nature de leur relation mais ce n'était pas facile. Quand Harry était invité à l'opéra, il avait envie d'y emmener Connie plutôt que d'être accompagné d'une bande de célibataires spécialement choisis à son intention. Il ne fallut pas longtemps pour que les gens commencent à associer leurs deux noms. Un journaliste fit allusion à « la blonde amie » de Kane.

— Ça ne me plaît pas du tout ! s'écria Connie en lisant l'article dans un journal du dimanche. J'ai l'impression de passer presque pour une putain !

— D'être présentée comme mon amie ? s'étonna-t-il en haussant les sourcils.

— Oh ! tu vois très bien ce que je veux dire... le mot « amie » et tout ce qu'il suggère.

— Eh bien, ce n'est en tout cas pas ma faute s'ils ont tort sur ce point ! (Il la pressait toujours de coucher avec lui et elle s'y refusait obstinément.)

— Je crois qu'on devrait cesser de se voir, Harry.

— Tu ne parles pas sérieusement.

— Ce n'est pas ce que je veux, mais je crois que ce serait le mieux. Écoute, je n'ai pas envie de vivre une simple amourette avec toi, pour me faire plaquer ensuite. Tu m'es trop cher pour ça. Je pense tout le temps à toi.

— Et moi à toi, dit-il avec sincérité.

— Alors, ne vaut-il pas mieux arrêter tout de suite ?

— Quelle est donc la formule, déjà ?...

— « Quitter le navire à temps », suggéra-t-elle avec un sourire.

— Mais je n'ai pas envie de le quitter !

— Moi non plus. Mais ce sera encore plus difficile après.

— Veux-tu m'épouser ?

— Écoute, je ne cherche pas à te mettre le couteau sous la gorge. Je ne te pose pas un ultimatum, je le dis pour notre bien à tous les deux.

— Eh bien, moi je te le mets, le couteau sous la gorge : épouse-moi !

— Pourquoi ?

— Parce que je t'aime.

La réception du mariage devait absolument avoir lieu au *Hayes Hotel*. Tout le monde insista : Mr. Kane faisait pratiquement partie de la famille et miss O'Connor avait été le cœur même de l'établissement depuis son ouverture.

La mère de Connie n'eut rien à débourser, si ce n'est pour s'acheter une tenue. Elle put inviter ses amies, les dames avec qui elle déjeunait régulièrement. Elle convia même d'anciennes ennemies. Ses jumeaux furent garçons d'honneur à ce mariage considéré comme le plus chic qu'on eût vu à Dublin depuis des années. Sa fille était une beauté qui épousait le meilleur parti d'Irlande... Ce jour-là, la mère de Connie aurait presque pu pardonner à ce pauvre Richard : s'il avait été encore vivant, elle n'aurait peut-être pas cherché à l'étouffer de ses propres mains... Elle avait fini par accepter son sort.

Connie et elle dormirent dans la même chambre, la veille du mariage.

— Je ne peux pas te dire toute la joie que ça me fait de te voir si heureuse, déclara-t-elle à sa fille.

— Merci, maman, je sais bien que tu as toujours souhaité mon bonheur, répondit Connie, très calme.

Elle avait convoqué une coiffeuse et une esthéticienne dans leur chambre, le lendemain matin, pour sa mère, Véra et elle. Véra, première demoiselle d'honneur, était éblouie par la splendeur de l'événement.

— Tu *es* heureuse, hein ? s'inquiéta soudain sa mère.

— Oh ! maman, je t'en prie ! répliqua Connie, tâchant de maîtriser sa colère.

Pourquoi sa mère essayait-elle toujours de tout gâcher ? N'y avait-il pas de grande occasion, de moment privilégié ou de cérémonie qui échappât à cette règle ? Connie la regarda, mais ne vit que de la bonté dans son visage soucieux.

— Je suis très, très heureuse, répondit-elle. J'ai juste peur de ne pas lui suffire, tu sais. C'est quelqu'un qui cumule les succès. Je n'arriverai peut-être pas à suivre.

— Tu as bien réussi à suivre jusqu'à présent, non ?
remarqua sa mère, avec sagacité.

— Oui, mais c'était affaire de tactique. Je n'ai pas
couché avec lui, à la différence de toutes les autres,
d'après ce que je sais. Je n'ai pas cédé, mais ce ne sera
peut-être plus pareil quand je serai sa femme.

Sa mère alluma une cigarette.

— Souviens-toi juste de ce que je vais te dire maintenant : il faut que tu fasses en sorte qu'il mette de l'argent à ton nom. Place-le, garde-le. Afin que, quoi qu'il
arrive en fin de compte, ce ne soit pas pour toi un
désastre.

— Oh, maman ! s'exclama Connie, et elle posa un
regard plein de douceur et de pitié sur sa pauvre mère
trahie... Une femme qui avait vu sa vie bouleversée par
l'inconséquence de son époux.

— Les choses auraient-elles été si différentes, avec de
l'argent ?

— Tu ne sauras jamais à quel point ! Mais je prie
pour que tu n'aies jamais à le savoir.

— Je vais réfléchir à ce que tu m'as dit, conclut
Connie, reprenant une formule dont elle usait beaucoup dans son travail, quand elle n'avait pas la moindre
intention de réfléchir aux propos de tel ou tel.

Le mariage fut magnifique. Les deux associés d'Harry
et leurs épouses affirmèrent que c'était le plus beau
auquel ils eussent jamais assisté. Mr. Hayes, le patron
de l'hôtel, prit la parole : « Le père de la mariée n'étant,
hélas ! plus des nôtres, je me permets de dire que
Richard serait heureux et fier d'être là aujourd'hui, et
de voir sa ravissante fille si rayonnante de bonheur.
C'est une grande chance pour le groupe des hôtels
Hayes que Connie Kane — car tel est désormais son
nom — ait accepté de continuer à travailler chez nous

jusqu'à ce que des circonstances particulières l'en empêchent... »

L'idée que l'épouse d'un homme aussi riche continue à travailler comme réceptionniste jusqu'à ce qu'elle attende un bébé avait sans doute de quoi surprendre...

Ils passèrent leur lune de miel aux Bahamas. Deux semaines dont Connie s'était fait une joie : ce serait certainement le meilleur moment de sa vie. Elle aimait discuter et rire avec Harry, se balader avec lui sur la plage, faire des châteaux de sable au bord de l'eau sous le soleil matinal, se promener au crépuscule, main dans la main, avant d'aller dîner et danser.

Mais elle n'éprouvait aucun plaisir à faire l'amour avec lui. Voilà bien la dernière chose à laquelle elle se serait attendue ! Harry se montrait brusque et impatient. Il se fâchait quand il voyait qu'elle ne réagissait pas. Quand elle eut compris ce qu'il voulait, elle feignit d'éprouver une excitation qu'elle ne ressentait pas, mais il ne fut pas long à s'en apercevoir.

— Arrête, Connie ! Cesse donc ces halètements et ces gémissements ridicules ! C'est parfaitement grotesque !

Jamais elle ne s'était sentie plus vexée ni plus seule. Certes, Harry avait tout essayé : la douceur, la cajolerie, la flatterie. Et même de la tenir simplement dans ses bras en la caressant. Mais il suffisait qu'approchât le moment de la pénétration pour qu'elle fût gagnée par la tension et une volonté évidente de résistance, quoi qu'elle fît pour se persuader qu'elle le désirait autant que lui.

Elle restait parfois éveillée dans la nuit chaude, à écouter la stridulation des cigales et les bruissements nocturnes des Caraïbes. « Est-ce que toutes les femmes éprouvent la même chose ? » se demandait-elle. Et s'il s'agissait d'une gigantesque conspiration à travers les siècles, les femmes simulant le plaisir alors que tout ce à quoi elles aspiraient, c'était les enfants et la sécurité ? Était-ce cela que sa mère avait voulu lui dire en lui conseillant d'exiger cette sécurité ? Une sécurité qui n'existait pas automatiquement pour les femmes dans ce monde des années soixante-dix. Les hommes pouvaient quitter le foyer sans faire figure de salauds, ils pouvaient dilapider toutes leurs économies au jeu, comme l'avait fait son père, et malgré tout laisser un souvenir correct.

Pendant ces longues et chaudes nuits d'insomnie, où elle n'osait bouger de peur de réveiller Harry et que tout recommence, Connie repensait aussi aux paroles de son amie Véra :

— Allons, Connie ! Couche donc avec lui maintenant, pour l'amour du ciel ! Tu verras si ça te plaît. Suppose que non... et imagine-toi une vie entière comme ça...

Elle avait dit non. Sachant qu'elle avait refusé d'avoir des rapports sexuels jusque-là, ç'aurait été de la triche à ses yeux que d'y consentir, à peine la bague de fiançailles au doigt, comme un prix qu'on décerne au gagnant. Harry avait respecté son désir de se marier vierge. Pourtant, elle s'était plusieurs fois sentie excitée en sa présence, au cours des derniers mois. Alors pourquoi n'avait-elle pas sauté le pas au lieu d'attendre ? D'attendre ce désastre. Une déception qui allait les marquer profondément à vie, tous les deux.

Après huit jours et huit nuits qui auraient dû être une fête pour deux jeunes gens en bonne santé, mais qui tournaient de plus en plus au cauchemar dans leur cas, Connie décida de redevenir la jeune femme à la tête froide qu'Harry avait trouvée si séduisante. Elle le héla un matin depuis la terrasse où elle était attablée devant une cafetière de porcelaine et une corbeille de fruits, dans sa robe blanche et jaune citron, sa plus belle :

— Harry ! lève-toi et prends une douche, veux-tu, il faut qu'on se parle, tous les deux.

— C'est la seule chose que tu aies toujours envie de faire, marmonna-t-il dans son oreiller.

— Dépêche-toi, Harry, le café ne va pas rester chaud éternellement !

À sa surprise, il lui obéit et vint la rejoindre à la table du petit déjeuner, le cheveu en bataille, superbe dans son peignoir blanc. C'est un crime, songea-t-elle, de ne pas pouvoir satisfaire un tel homme et de ne pas éprouver de plaisir avec lui. Il fallait trouver une solution.

Elle prit la parole après la seconde tasse de café :

— Si on était en Irlande et que tu rencontres un problème dans ton travail ou moi dans le mien, on s'assiérait ensemble pour en discuter, tu ne crois pas, non ?

— Qu'est-ce que c'est que cette histoire ?

La réponse était peu engageante.

— Tu m'as parlé de la femme de ton associé qui buvait trop et qui parlait de vos affaires à tort et à travers. Si bien que vous avez dû vous arranger pour qu'elle ne sache rien d'important. C'était une stratégie... Vous avez pris l'habitude de lui confier des choses sans importance aucune, prétendument sous le sceau du secret. Elle s'en est trouvée parfaitement heureuse et l'est toujours. Et vous êtes arrivés à ça grâce à la stratégie que vous avez mise au point, tous les trois. Vous vous êtes réunis en vous disant : on ne veut pas la blesser, on ne peut pas lui en parler directement, alors que peut-on faire ? Et vous avez résolu le problème.

— Oui ? fit-il, ne voyant pas où elle voulait en venir.

— Et dans mon travail, on a eu un problème avec le neveu de Mr. Hayes. Bête comme un balai. Mais qu'on était censés préparer à assumer une position de responsabilité. Alors que même un vétérinaire armé d'un outil de tanneur n'aurait pas réussi à le dégrossir ! Mais comment dire ça à Mr. Hayes ? On était trois à vouloir trouver une solution, on s'est réunis et on en a discuté : que faire ? On s'est aperçus que ce jeune gars ne voulait pas du tout devenir gérant d'hôtel mais musicien. Alors on l'a employé pour jouer du piano dans un des salons il y a amené tous ses amis et ça a parfaitement fonctionné.

— Mais à quoi rime tout ce discours, Connie ?

— On a un problème, toi et moi. Et je ne comprends pas : tu es magnifique, tu es un amant expérimenté et je t'aime. Ça doit être ma faute, il faudrait peut-être que je consulte un médecin ou un psy. En tout cas, je tiens à trouver une solution. On ne pourrait pas en parler sans se disputer, sans bouder ni se fâcher ?

Elle était si jolie, si désireuse d'arranger les choses, abordant des questions difficiles et délicates. Pourtant, Harry avait du mal à répondre.

— Oh ! dis *quelque chose* Harry, dis-moi qu'on ne va pas baisser les bras après huit jours et huit nuits ! Il y a un nouveau bonheur qui est là, qui m'attend. Dis-moi que tu sais que ça va s'arranger. (Le silence se prolongeait. Pas un silence accusateur, mais stupéfait.) Enfin, dis quelque chose ! supplia-t-elle. Dis-moi simplement ce que tu veux.

— Je veux un bébé conçu pendant notre lune de miel, Connie. J'ai trente ans et je veux un fils qui puisse reprendre mes affaires quand j'en aurai cinquante-cinq. Pour les années qui viennent, je veux une famille qui soit toujours prête à m'épauler quand j'en aurai besoin. Mais, tout ça, tu le *sais* déjà, non ? On a passé des soirées entières à parler de nos ambitions et de nos rêves. Avant que je sache... (Il s'arrêta.)

— Non, continue, souffla-t-elle presque à voix basse.

— Bon, avant que je sache que tu étais frigide, fit-il. (Il y eut un silence.) Voilà, tu m'as *obligé* à lâcher le mot. Je ne vois pas à quoi ça sert de parler de ces choses-là, ajouta-t-il, l'air fâché.

Elle gardait son calme.

— Tu as raison, je t'ai obligé à le dire. Et tu crois vraiment que je le suis ?

— Bon, tu as dit toi-même que tu aurais peut-être besoin d'un psy, d'un médecin ou quelque chose. C'est

peut-être un truc de ton passé, Seigneur, que sais-je !
Et ça me rend malheureux comme les pierres parce que
tu es absolument ravissante. Ça me rend fou que tu ne
sois capable d'éprouver aucun plaisir.

Elle était bien décidée à ne pas pleurer, à ne pas crier,
à ne pas s'enfuir, mais elle en mourait d'envie. Elle
s'était toujours tirée d'affaire en restant calme. Il fallait
persévérer dans cette voie.

— Bon, sur beaucoup de points nous voulons la
même chose. Moi aussi, je veux un bébé conçu pendant
notre lune de miel. Allons, ce n'est pas si difficile que
ça. Des tas de gens y arrivent, on n'a qu'à persévérer,
conclut-elle en le gratifiant d'un sourire plein de bonne
volonté, avant de l'entraîner dans leur chambre.

Quand ils furent de retour à Dublin, elle l'assura
qu'elle allait s'occuper de régler le problème. Gardant
le sourire, elle déclara que ce serait effectivement de
bon sens d'aller consulter des spécialistes. Elle
commença par prendre rendez-vous avec un éminent
gynécologue, un homme courtois et charmant qui lui
présenta des illustrations des organes reproducteurs
féminins en lui montrant les endroits susceptibles de
présenter des blocages ou des occlusions. Connie étudia
les planches avec intérêt. Mais ç'aurait pu être les plans
d'un nouveau système de climatisation de l'hôtel, tant
cela lui paraissait sans rapport avec ce qu'elle ressentait
dans son corps. Elle écoutait les explications du médecin en faisant oui de la tête, rassurée par son attitude
naturelle et discrète qui semblait suggérer que tout le
monde ou presque connaissait de tels problèmes.

Mais c'est lors de l'examen physique que les difficultés commencèrent. Elle était si tendue que le médecin n'arrivait pas à l'examiner. Il se tenait à ses côtés,
atterré, la main gantée de plastique, avec une expression bienveillante en même temps qu'impersonnelle.

Elle ne le percevait pas comme une menace, au contraire : quel soulagement ce serait de découvrir une membrane, quelque part, qu'il suffisait de retirer ! Mais tous les muscles de son corps demeuraient contractés.

— Je pense qu'il faudrait que nous procédions à un examen sous anesthésie, suggéra le médecin. Ce serait bien plus commode pour vous comme pour moi. Vous devez vraisemblablement avoir besoin d'un curetage. Après quoi tout devrait rentrer dans l'ordre.

Elle prit rendez-vous pour la semaine suivante. Harry se montra très affectueux et la soutint beaucoup. Il l'accompagna à la clinique.

— Tu es tout ce qui compte pour moi, lui assura-t-il. Je n'ai jamais connu de femme comme toi.

— Je parie que non, en effet ! lança Connie qui tentait de plaisanter. Ton problème, avec les autres, c'était plutôt de les tenir à distance... pas comme avec moi !

— Tout ira bien, Connie.

Il était si doux, si beau, si soucieux d'elle. Si elle n'arrivait pas à témoigner son amour à un tel homme, son cas était désespéré. Et si elle avait cédé aux avances d'autres hommes de son passé, comme Jacko, s'en serait-elle trouvée mieux ou plus mal ? Bah ! elle ne le saurait jamais, maintenant.

L'examen révéla l'absence de toute anomalie physique chez Mrs. Constance Kane. Connie savait, par expérience professionnelle, que quand on explore une piste et qu'on tombe dans une impasse, il faut revenir au point de départ et recommencer ailleurs. Elle prit donc rendez-vous avec un psychiatre. Une femme très aimable, avec un vrai sourire, et qui savait dédramatiser les choses. Il était facile de lui parler, elle posait de brèves questions qui appelaient de longues réponses. Connie était plus habituée à écouter qu'à parler, de par son travail, mais elle s'ouvrit peu à peu sous l'effet des questions — jamais indiscrètes — de la psychiatre, et de l'intérêt que celle-ci lui manifestait.

Elle n'avait jamais subi d'expériences sexuelles désagréables, assura-t-elle, pour la bonne raison qu'elle n'en avait eu aucune avant son mariage. Non, elle n'avait pas eu l'impression d'un manque, elle n'avait éprouvé ni curiosité ni frustration par rapport à l'acte sexuel. Non, elle ne s'était jamais sentie attirée par quelqu'un du même sexe qu'elle, elle n'avait jamais eu de relation affective passionnée au point d'évacuer toute tendance hétérosexuelle. Elle parla de sa grande amitié avec Véra, assurant qu'il n'y avait pas eu le moindre soupçon d'attirance physique ou de dépendance affective là-dedans, qu'elles aimaient surtout beaucoup rire ensemble et échanger des confidences. Elle raconta d'ailleurs que cela avait commencé parce que Véra était la seule personne à considérer la triste histoire de son père comme une chose normale, qui peut arriver à tout le monde.

La psychiatre, qui manifestait beaucoup de compréhension et d'empathie, l'interrogea plus avant sur son père et sur la déception qu'elle avait éprouvée après sa mort.

— Je crois que vous accordez trop d'importance à l'histoire de mon père, fit remarquer Connie.

— C'est possible, en effet. Mais racontez-moi comment cela se passait à la maison quand vous rentriez de l'école tous les jours. Votre père s'occupait-il de surveiller vos devoirs et vos leçons, par exemple ?

— Je vois où vous voulez en venir : vous pensez peut-être qu'il m'a touchée, ou quelque chose dans ce genre-là. Mais ce n'est absolument pas le cas.

— Non, ce n'est pas du tout ce que je voulais dire. Qu'est-ce qui vous le fait penser ?

Elles finirent par tourner en rond. Connie pleura à plusieurs reprises.

— J'ai l'impression de trahir mon père en parlant comme ça.

— Mais vous n'avez rien dit contre lui, vous n'avez fait que souligner qu'il était gentil, bon et affectueux, et qu'il montrait votre photo à ses partenaires de golf.

— J'ai pourtant le sentiment qu'on l'accuse de quelque chose, qu'on le rend responsable de mes difficultés sexuelles.

— Vous ne l'en avez pas accusé.

— Je sais, mais j'ai l'impression que l'idée est dans l'air.

— Et pourquoi donc ?

— Je ne sais pas. Je suppose que c'est parce que je me suis sentie trahie par sa mort, que j'ai dû revoir tous mes projets de vie. Il ne nous aimait pas, finalement. Comment l'aurait-il pu, puisqu'il s'intéressait plus aux chevaux ou aux chiens qu'à nous ?

— Est-ce ainsi que vous voyez les choses, maintenant ?

— Jamais il ne m'a touchée, je ne le répéterai jamais assez. Je n'ai pas refoulé ça, ni quoi que ce soit d'autre.

— Mais il a failli à ses devoirs envers vous, il vous a déçue.

— Ça ne peut tout de même pas être aussi simple que ça, non ? J'aurais peur de tous les hommes sous prétexte qu'un homme a failli envers moi et ma famille ? fit Connie en riant à cette idée.

— Est-ce si invraisemblable que cela ?

— J'ai affaire à des hommes tous les jours, je travaille avec eux. Jamais je n'ai eu peur d'eux.

— Mais jamais vous ne les avez laissés devenir intimes avec vous.

— Je vais réfléchir à ce que vous avez dit.

— Réfléchissez plutôt à ce que *vous* avez dit, répondit la psychiatre.

— Elle a trouvé quelque chose ? demanda Harry avec espoir.

— C'est un tissu d'âneries... Sous prétexte que mon père n'était pas fiable, tous les hommes le seraient aussi peu à mes yeux, lâcha Connie avec un petit rire dédaigneux.

— Il se pourrait que ce soit vrai, constata Harry à son grand étonnement.

— Mais Harry, comment cela se pourrait-il ? Nous sommes si ouverts l'un à l'autre, jamais tu ne me délaisserais !

— J'espère que non, répondit-il si gravement qu'elle sentit un grand frisson lui parcourir l'échine.

Au bout d'une semaine, les choses ne s'étaient pas améliorées. Connie s'agrippait à Harry en le suppliant :

— Ne renonce pas, je t'en prie ! Je t'aime, j'ai tellement envie de porter notre enfant. Je serai peut-être plus décontractée après sa naissance. Je me mettrai peut-être à aimer faire l'amour, comme tout le monde.

— Chut, chut, disait-il en lui caressant le visage.

Tout n'était pas que répugnance ou douleur pour elle quand ils faisaient l'amour, mais cela lui était très difficile. Elle aurait pu se trouver enceinte, maintenant. Connie pensait à toutes ces femmes qui tombent enceintes alors qu'elles ont cherché à l'éviter par tous les moyens ! La nuit, quand elle ne dormait pas, elle se demandait si le destin pouvait avoir, en plus, décidé qu'elle fût stérile. La suite, heureusement, ne confirma pas ce doute. Quand elle vit qu'elle n'avait pas ses règles, elle attendit d'être certaine avant d'annoncer à Harry la nouvelle.

Son visage s'illumina :

— Tu n'aurais pas pu me rendre plus heureux ! Jamais je ne te délaisserai.

— Je le sais, fit-elle.

En fait, elle n'en savait rien : elle était convaincue qu'il y avait toute une partie de la vie d'Harry qu'elle ne pouvait pas partager, et qu'il finirait tôt ou tard par partager avec quelqu'un d'autre. Mais, en attendant,

elle devait faire son possible pour lui apporter son soutien dans les domaines qu'elle pouvait partager.

Ils sortaient beaucoup ensemble et Connie insistait
toujours pour qu'on la présentât sous le nom de
Mrs. Constance Kane du *Hayes Hotel*, plutôt que
comme la femme de Harry. Elle s'était jointe aux
épouses d'autres hommes en vue pour collecter des
dons en faveur de deux associations caritatives. Elle
recevait dans leur magnifique maison neuve, entièrement décorée par les soins de la famille de Kevin.

Elle n'avait pas soufflé mot de ses problèmes à sa
mère mais avait tout dit à Véra.

— Après la naissance du bébé, lui conseilla celle-ci,
pars donc un peu et offre-toi une petite amourette avec
un autre homme. Tu te mettras peut-être à aimer ça...
Ensuite, rentre au bercail et repars sur un bon pied
avec Harry.

— Je vais y réfléchir, répondit Connie.

La chambre du bébé était prête. Connie avait cessé
de travailler.

— Aucun espoir de vous persuader de revenir chez
nous, même à mi-temps, quand le bébé sera assez
grand pour être confié à une nurse ? lui demanda
Mr. Hayes.

— On verra, dit-elle.

« Elle est plus calme et plus maîtresse d'elle-même
que jamais, songea Mr. Hayes. Le mariage avec un
homme de la trempe d'Harry Kane ne lui a rien fait
perdre de son caractère. »

Connie s'était fait un devoir d'entretenir des contacts
réguliers avec les parents d'Harry. Elle était allée les
voir plus souvent en un an que leur fils ne l'avait fait en
dix ans. Elle les tenait au courant de l'évolution de sa
grossesse : un premier petit-enfant, c'est un événement
important, disait-elle. C'étaient des gens tranquilles,

impressionnés par la réussite fracassante d'Harry. Ils étaient ravis, bien qu'un peu gênés aussi, qu'on les intègre ainsi au cercle de famille et qu'on sollicite leur avis au sujet du prénom à donner au bébé.

Connie avait également veillé à entretenir des relations avec les associés et leurs épouses. Elle prit l'habitude de les recevoir le mercredi soir pour une légère collation. Les associés n'avaient guère envie d'un repas pantagruélique puisqu'ils faisaient à midi un copieux déjeuner bien arrosé. Ainsi, chaque semaine, les attendaient quelques mets délicieux. Rien qui puisse les faire grossir, car l'un d'eux était au régime, et pas trop d'alcool non plus, puisqu'un autre avait tendance à forcer sur la boisson.

Connie posait des questions et écoutait attentivement les réponses. Elle rapportait aux dames qu'Harry avait une si haute opinion de leurs maris qu'elle en était presque jalouse. Elle se souvenait des détails les plus insignifiants au sujet de leurs enfants, ou des nouveaux aménagements de leurs maisons, ou encore de leurs vacances et des vêtements qu'elles avaient achetés. Ces femmes, âgées d'une vingtaine d'années de plus qu'elle, qui s'étaient montrées désagréables et méfiantes à son égard dans les premiers temps, lui étaient totalement acquises, six mois après son mariage. Elles affirmaient à leurs maris qu'Harry Kane n'aurait pu trouver meilleure épouse. Heureusement qu'il n'avait pas épousé cette Siobhan Casey au masque glacé, qui avait placé tant d'espoirs en lui !

Mais ces messieurs n'aimaient guère qu'on dise du mal de l'admirable Siobhan. La discrétion et la solidarité masculine leur interdisaient d'expliquer que les espérances de miss Casey n'auraient pas obligatoirement débouché sur le mariage. Il était cependant manifeste que l'idylle qui avait existé entre elle et Harry à une époque avait repris. Les associés n'y comprenaient rien. Pourquoi Harry allait-il chercher ses plaisirs ailleurs alors qu'il venait d'épouser une belle femme comme Connie ?

Celle-ci reçut un choc terrible lorsqu'elle se rendit compte de la situation. Elle ne s'attendait pas à une chose pareille, pas si tôt... Il n'avait pas fallu longtemps pour qu'Harry la trahisse. Il n'avait pas donné de vraie chance à leur couple. Il y avait sept mois qu'ils étaient mariés, trois qu'elle était enceinte, et elle était parfaitement entrée dans son rôle. Aucun homme n'aurait pu souhaiter meilleure compagne ou vie plus confortable. Connie avait investi dans leur maison tout ce qu'elle avait appris dans l'hôtellerie. C'était une demeure élégante et confortable, pleine de gens, de fleurs et de fêtes si Harry en éprouvait l'envie, mais calme et paisible lorsqu'il le souhaitait. L'ennui, c'est qu'il voulait plus.

Elle aurait à la rigueur pu supporter des trahisons d'une nuit, lors d'une conférence ou d'un voyage à l'étranger. Mais cette femme, qui à l'évidence l'avait toujours convoité ! Quelle humiliation de la voir le récupérer ! Et aussi vite.

Harry inventait de grossières excuses.

— Je serai à Cork lundi, je crois que j'y coucherai...

Et ce lundi-là, son associé de Cork avait justement téléphoné et demandé à lui parler. Connie n'avait pas fait d'histoires, feignant même d'accepter l'explication désinvolte de Harry :

— Ce type-là, il ne serait pas fichu de se souvenir de son propre nom s'il n'était pas gravé sur sa serviette ! J'ai bien dû lui répéter trois fois que je passerais la nuit à l'hôtel. Voilà les méfaits de l'âge !

Peu de temps après, alors qu'il devait se rendre à Cheltenham, l'agence de voyage avait envoyé le billet chez eux, et Connie avait pu voir qu'il y en avait un aussi pour Siobhan Casey...

— Je n'avais pas réalisé qu'elle y allait aussi, releva-t-elle d'un ton léger.

346

Harry haussa les épaules :

— On y va pour prendre des contacts, pour assister aux courses et rencontrer des gens. Il faut bien qu'il y ait quelqu'un qui reste sobre et qui prenne des notes.

Après cela, il prit l'habitude de s'absenter de la maison au moins une nuit par semaine. Plus deux soirs où il rentrait si tard qu'il était clair qu'il avait passé la soirée avec quelqu'un. Il suggéra de faire chambre à part pour ne pas déranger Connie, pour qu'elle puisse profiter de tout le sommeil nécessaire à son état. C'est alors qu'elle mesura à quel point elle était seule.

Ils se parlèrent de moins en moins, au fil des semaines. Harry se montrait cependant toujours courtois et ne tarissait pas d'éloges à l'égard de sa femme. Particulièrement à propos de ses dîners du mercredi : ils avaient vraiment contribué à cimenter l'alliance entre ses associés et lui, remarqua-t-il. Du point de vue de Connie, cela sous-entendait qu'Harry passait les mercredis soir à la maison, mais elle s'abstint de lui dire que c'était précisément le but qu'elle visait. Elle retenait toujours des taxis pour raccompagner les associés et leurs épouses au *Hayes Hotel*, où on leur réservait des suites à un tarif préférentiel.

Une fois tout le monde parti, elle passait un moment avec Harry à discuter de ses affaires, mais sans parvenir à s'intéresser vraiment à leur conversation. Elle pensait trop à Siobhan Casey : quand Harry était chez elle, s'asseyait-il ainsi pour parler de ses succès et de ses échecs ? Ou bien Siobhan et lui étaient-ils emportés par une vague de désir si violente qu'ils se précipitaient l'un sur l'autre pour se déshabiller, à peine franchi le seuil de la porte, et qu'ils se jetaient sur le tapis parce qu'ils ne pouvaient attendre d'être arrivés dans la chambre ?

Un mercredi soir, Harry caressa son ventre arrondi, les larmes aux yeux.

— Je suis désolé, dit-il.

— Pourquoi ? fit-elle, le visage sans expression.

Il marqua une pause, comme s'il se demandait s'il fallait parler ou pas. Alors, Connie reprit la parole. Elle ne voulait pas d'aveux ; il ne fallait rien reconnaître, rien accepter.

— À quel propos es-tu désolé ? dit-elle. On a tout, ou presque, et ce qu'on n'a pas, on l'aura sans doute le moment venu.

— Oui, oui, bien sûr, dit-il en essayant de se ressaisir.

— Et notre bébé qui va naître bientôt... poursuivit Connie d'un ton apaisant.

— Tout ira bien pour nous, ajouta Harry sans conviction.

Leur fils vit le jour au terme de dix-huit heures de travail. Un enfant en parfaite santé qu'on baptisa du nom de Richard. Connie expliqua que le choix s'était imposé tout naturellement, puisque c'était le prénom de son père et de celui d'Harry. Personne ne releva le fait que Mr. Kane père avait répondu au nom de Sonny Kane toute sa vie.

Ils donnèrent une réception chez eux pour le baptême, qui fut simple mais élégante. Connie, debout, accueillait les invités. Une semaine après son accouchement, elle avait apparemment déjà retrouvé sa ligne. Sa mère était là, trop habillée pour l'occasion mais heureuse, et les enfants de son amie Véra, Deirdre et Charlie, étaient les invités d'honneur.

Le prêtre de la paroisse, un grand ami de Connie, était là également. Ah ! Si tous ses paroissiens avaient pu être aussi généreux et charmants que cette jeune femme ! Était présent aussi un homme d'âge mûr, ami du père de Connie et membre éminent du barreau, un des plus grands avocats, réputé ne jamais perdre un procès.

En voyant Connie dans son élégante robe de soie bleu marine à parements blancs, tenant leur fils dans ses bras, entre le prêtre et l'avocat, Harry ressentit un frisson, comme une alarme. Couvait-il la grippe ? Il espérait bien que non, avec tout le travail qui l'attendait dans les semaines à venir. Mais il n'arrivait pas à décoller son regard de cette scène, comme si elle avait un sens caché. Comme si une sorte de menace planait sur lui.

Il s'approcha d'eux, presque à son corps défendant.

— Quel joli tableau ! s'écria-t-il avec sa désinvolture habituelle. Mon fils entouré du clergé et de la justice, le jour de son baptême : que lui faut-il de plus pour démarrer dans la vie sur cette terre de la sainte Irlande !

Ils sourirent. Connie prit la parole.

— Je disais justement au père O'Hara et à Mr. Murphy que tu devrais être un homme comblé, aujourd'hui. Je leur ai raconté ce que tu avais dit, huit jours après notre mariage.

— Ah oui, et qu'est-ce que c'était ?

— Tu as dit que tu voulais un bébé conçu pendant notre lune de miel, qui puisse prendre ta suite dans les affaires quand tu aurais cinquante-cinq ans, et une famille toujours prête à t'épauler quand tu en aurais besoin.

Pour les autres, le ton de sa voix pouvait paraître plutôt chaleureux et admiratif, mais Harry, lui, y sentait quelque chose de dur comme l'acier. Ils n'avaient plus jamais évoqué cette ancienne conversation. Comment aurait-il pu se douter que Connie lui rappellerait ces propos dont il se souvenait avoir pensé à l'époque qu'ils étaient peut-être inconsidérés ? Jamais il n'aurait imaginé qu'elle pût les répéter en public. S'agissait-il d'une menace de sa part ?

— Je suis sûr que j'ai dû y mettre plus d'affection en le disant, Connie, releva-t-il en souriant. Ça se passait aux Bahamas, quand nous étions jeunes mariés.

— Ce sont en tout cas tes paroles, et je disais justement au père O'Hara et à Mr. Murphy que, sans vouloir tenter le sort, on dirait que, jusqu'à présent, tout est à peu près sur la bonne trajectoire.

— Espérons que Richard aimera les assurances !

Il y avait bien de la menace dans l'air. Harry le savait, mais il avait du mal à voir d'où elle venait.

Des mois plus tard, un notaire lui demanda de passer le voir à son étude.

— Est-ce pour que nous vous soumettions un plan de prévoyance pour votre étude ? s'étonna Harry.

— Non, c'est tout à fait privé, une affaire personnelle, et je serai assisté d'un conseil juridique, précisa le notaire.

À l'étude se trouvait T.P. Murphy, l'ami du père de Connie. Il resta silencieux, affable et souriant, tandis que le notaire expliquait qu'il avait été sollicité par Mrs. Kane pour effectuer un partage des biens matrimoniaux, aux termes de la loi sur le droit de propriété des femmes mariées.

— Mais Connie sait qu'elle possède la moitié de ce qui m'appartient ! s'écria Harry.

Jamais il n'avait éprouvé un tel choc de sa vie. Certes, il avait parfois eu des surprises de la part de personnes qui participaient avec lui à des opérations financières, mais jamais à ce point-là.

— En effet, mais il y a certains autres facteurs à considérer, répondit le notaire.

L'avocat distingué restait silencieux, se contentant de poser son regard sur l'un puis sur l'autre.

— Tels que ?...

— Tels que l'élément de risque que comporte votre profession, Mr. Kane.

— Il y a un élément de risque dans n'importe quelle fichue profession, y compris la vôtre ! rétorqua-t-il vivement.

— Vous devez reconnaître que votre compagnie a démarré très vite et qu'elle a connu une croissance très rapide. Il se pourrait qu'une partie de ses actifs ne soient pas aussi sûrs qu'il y paraît sur le papier.

« Bon Dieu ! pensa Harry. Cette garce leur a parlé du groupe, et de la seule partie de l'affaire qui me donne du souci... »

— Si ma femme casse du sucre sur le dos de notre compagnie dans le but de s'approprier une partie de l'actif, elle va avoir affaire à moi ! lança-t-il.

C'est à ce moment-là que l'avocat se pencha légèrement en avant et se mit à parler d'une voix polie.

— Mon cher Mr. Kane, nous sommes choqués de voir à quel point vous vous méprenez sur les intentions de votre épouse et ses préoccupations à votre sujet. Vous connaissez sans doute un peu son histoire personnelle : les placements de son père se sont avérés tout à fait insuffisants le jour où...

— Mais c'était une tout autre situation ! Un vieux cinglé de dentiste qui misait sur un cheval ou un chien tout ce qu'il avait récolté en plombant des dents ! (Il y eut un silence dans l'étude. Harry Kane se rendit compte qu'il aggravait son cas tandis que les deux hommes de loi échangeaient un regard.) Oh ! un homme bien par ailleurs, malgré tout, concéda-t-il à regret.

— En effet, un homme très bien, comme vous le dites. Un de mes meilleurs amis de fort longue date, commenta T.P. Murphy.

— Oui, oui, bien sûr.

— Et, d'après ce que Mrs. Kane nous a dit, vous attendez un autre enfant pour dans quelques mois, non ? poursuivit le notaire sans lever le nez de ses papiers.

— Oui, c'est vrai. Et nous en sommes ravis tous les deux.

— Et Mrs. Kane a évidemment renoncé à la carrière qu'elle menait avec succès au *Hayes Hotel* pour s'occuper de ses enfants et de ceux que vous pourriez éventuellement avoir par la suite.

— Écoutez, ce n'est jamais qu'un petit boulot de réceptionniste : il suffit de donner leurs clefs aux gens et de leur souhaiter un agréable séjour. Pas de quoi parler d'une « carrière » ! Elle est mariée avec *moi*, elle peut avoir tout ce qu'elle veut. Est-ce que je lui refuse quoi que ce soit ? Est-ce qu'elle dit ça dans son cahier de doléances ?

— Je suis vraiment content que Mrs. Kane ne soit pas là pour entendre vos propos, dit T.P. Murphy. Si vous saviez à quel point vous vous méprenez sur la situation ! Il n'y a pas de cahier de doléances, il n'y a que l'énorme souci qu'elle a de vous, de votre société et de la famille que vous avez tellement désiré fonder. Elle ne s'inquiète que pour vous. Elle craint que s'il arrivait quelque chose à la compagnie, vous vous retrouviez privé de ce train de vie que vous avez acquis en travaillant si dur et que vous maintenez en continuant à le faire, ce qui vous oblige d'ailleurs à voyager beaucoup et à vous absenter souvent du foyer familial...

— Et que suggère-t-elle ?

On en venait aux choses concrètes : les hommes de loi de Connie voulaient que tout fût mis à son nom, la maison et un certain pourcentage — élevé ! — des bénéfices bruts. Elle formerait une société avec ses propres directeurs. Il y eut un remue-ménage de papiers : visiblement, les noms étaient déjà choisis.

— Je ne peux pas y consentir, protesta Harry.

Il n'avait pas l'habitude de mâcher ses mots.

— Et pourquoi pas, Mr. Kane ?

— De quoi cela aurait-il l'air, pour mes deux associés, qui ont monté cette affaire avec moi ? Il faut peut-être que je leur dise : « Écoutez, les gars, je suis un peu inquiet au sujet de notre boîte, alors je vais mettre ma part au nom de ma femme pour que vous ne puissiez rien tirer de moi si jamais on se casse la gueule et qu'on se retrouve dans la merde ! » Quelle impression ça leur ferait, hein ?

T.P. Murphy prit la parole. Il parlait doucement, mais avec une grande efficacité. On l'entendait à peine et pourtant, chaque mot était parfaitement distinct, clair comme du cristal.

— Je suis sûr que cela ne vous dérange en rien que vos associés disposent de leur part des bénéfices comme bon leur semble, Mr. Kane. Celui-ci aura peut-être envie d'investir les siens dans un élevage d'étalons de l'Ouest, celui-là préférera acheter des œuvres d'art et recevoir des foules de personnalités du monde du cinéma et des médias. Et vous ne discuterez pas leurs choix. Alors pourquoi devraient-ils discuter le vôtre, si vous investissez votre part de bénéfices dans la société de votre épouse ?

Connie était allée leur raconter tout ça ! Mais comment l'avait-elle donc appris ?... Mais oui, bien sûr : les épouses de ces messieurs, lors des fameuses soirées du mercredi ! Harry décida aussitôt d'y mettre un point final.

— Et si je refuse ?

— Je suis sûr que vous ne le ferez pas. La loi n'autorise peut-être pas le divorce, mais nous avons des tribunaux qui veillent au droit des familles et je peux vous assurer que n'importe quel avocat qui représenterait Mrs. Kane pourrait lui faire obtenir des sommes considérables. L'ennui, évidemment, c'est que ça provoquerait une méchante publicité, et vous savez combien l'exercice de la profession d'assureur est lié à la bonne foi et à la confiance du public...

Harry Kane signa les documents. Puis il prit sa voiture et rentra directement chez lui, dans sa belle demeure confortable. Le jardinier, qui venait tous les jours, était en train de transporter des plantes dans une brouette, vers un mur exposé au sud. Harry entra par la porte principale et regarda autour de lui : des bouquets de fleurs dans l'entrée, des peintures impeccables, des murs ornés de tableaux qu'il avait choisis avec Connie. Il jeta un œil sur le vaste salon qui pouvait recevoir facilement quarante invités lors d'un cocktail, sans qu'il fût nécessaire d'ouvrir les portes à deux battants qui donnaient sur la salle à manger. Des cristaux de Waterford brillaient dans des vitrines. Les bouquets de la salle à manger étaient de fleurs sèches puisqu'on n'y mangeait que lorsqu'on avait des invités. Harry gagna ensuite la cuisine inondée de soleil : Connie était en train de donner des petites cuillerées de compote de pommes à Richard, leur bébé, et elle riait de la maladresse de son petit bonhomme qui l'enchantait. Elle portait une jolie robe de grossesse en tissu fleuri, à col blanc. On entendait ronfler un aspirateur à l'étage. La camionnette de livraison du supermarché ne tarderait pas à arriver.

C'était vraiment une maison tenue à la perfection, même aux yeux de l'observateur le plus exigeant. Jamais Harry n'avait à se soucier des contingences de la vie matérielle. On se chargeait de prendre ses vêtements pour les nettoyer et on les remettait dans son armoire et dans ses tiroirs. Il n'avait jamais besoin d'acheter de chaussettes neuves ou de sous-vêtements, se réservant seulement de choisir ses costumes, ses chemises et ses cravates.

Il regarda sa superbe femme et son adorable enfant. Ils en auraient bientôt un deuxième. Connie était vraiment parfaite dans son rôle. Dans un sens, elle avait raison de vouloir protéger son capital.

Elle ne l'avait pas vu, et sursauta légèrement quand il avança. Il nota que sa première réaction avait été une expression de plaisir.

— Oh ! c'est chouette, tu as pu faire un saut à la maison ! Je te fais un café ?

— Je *les* ai vus, annonça-t-il.

— Qui ça ?

— Ta bande d'hommes de loi ! lança-t-il d'un ton acerbe.

Elle n'en parut pas affectée.

— C'est plus facile de leur laisser faire la paperasse... Tu dis toi-même qu'il ne faut pas perdre de temps à ça, qu'il vaut mieux payer des experts en la matière.

— Les compétences de T.P. Murphy risquent de nous coûter cher, à en juger par la coupe de ses costumes et la marque de sa montre.

— Je le connais depuis longtemps, tu sais.

— Oui, c'est ce qu'il a dit.

Elle chatouilla Richard sous le menton.

— Dis bonjour à papa, Richard ! Ce n'est pas souvent qu'il est à la maison dans la journée pour te voir.

— Est-ce que ça va être comme ça tout le temps : des remarques acerbes, des allusions voilées au fait que je ne suis pas à la maison ? Lui et le prochain, ils vont grandir en entendant parler de leur vilain papa, ce papa qui les néglige ?... C'est comme ça que ça va se passer ?

Elle eut l'air désolée. Et elle paraissait sincère, d'après ce qu'il croyait connaître d'elle.

— Harry, je t'assure que je n'avais pas la moindre intention de faire une remarque acerbe. Je te jure que non. J'étais contente de te voir et je bêtifiais un peu avec le bébé pour *lui* dire d'être content aussi. Crois-moi, tu n'auras jamais à subir de remarques acerbes. Je déteste ça chez les autres, ça n'arrivera donc pas chez nous.

Il y avait des mois qu'elle n'avait pas fait le premier pas vers lui, qu'elle n'avait pas eu de geste affectueux à son égard. Mais en le voyant là, avec l'air malheureux, elle sentit son cœur s'ouvrir et s'approcha de lui.

— Harry, je t'en prie, ne sois pas comme ça ! Tu es si gentil avec moi, nous avons une si belle vie. On ne pourrait pas en profiter et s'en réjouir, au lieu d'être toujours méfiants et sur nos gardes.

Il ne fit pas un geste pour l'enlacer, bien qu'elle lui eût passé les bras autour du cou.

— Tu ne me demandes pas si j'ai signé ? lâcha-t-il.

Elle se détacha de lui.

— Je sais que tu l'as fait.

— Et comment le sais-tu ? Ils t'ont appelée dès que j'ai eu le dos tourné ?

— Non, évidemment. Ils ne feraient jamais ça, rétorqua-t-elle d'un ton réprobateur.

— Et pourquoi pas, une fois leur mission accomplie ?

— Je suis sûre que tu as signé parce que c'était équitable et parce que tu as compris que c'était pour ton bien, en fin de compte.

Il l'attira contre lui et sentit son ventre volumineux contre le sien. Un autre enfant, un autre Kane pour former la dynastie qu'il voulait établir dans cette belle maison.

— Si seulement tu m'aimais ! soupira-t-il.

— Mais je t'aime.

— Pas de la façon qui compte, répondit-il avec une infinie tristesse.

— J'essaie. J'essaie, tu sais que je suis là tous les soirs si tu as besoin de moi. J'aimerais que nous dormions dans le même lit, dans la même chambre. C'est toi qui as voulu faire chambre à part.

— J'étais dans une colère noire en rentrant tout à l'heure, Connie. Je t'en voulais à mort d'avoir manigancé comme ça dans mon dos, en me prenant jusqu'à mon dernier sou. Je me suis dit que ton nom t'allait parfaitement : Connie, « la filoute[1] ». Oui, une vraie

---

1. En jouant sur les mots, Connie peut se rattacher au verbe *to con* qui signifie escroquer, blouser, filouter. *(N.d.T.)*

filoute... Je t'aurais dit des choses horribles... (Elle restait impassible, attendant la suite.) Mais, franchement, je crois que tu as fait une aussi grosse bêtise que moi. Tu es aussi malheureuse que je le suis.

— Je suis plus seule que malheureuse.

— Appelle ça comme tu voudras, fit-il en haussant les épaules. Te sentiras-tu moins seule maintenant que tu as ton argent ?

— J'imagine que j'aurai moins peur.

— Mais de quoi as-tu donc peur ? Que je perde tout comme ton vieux bonhomme de père, et que tu te retrouves condamnée à la pauvreté ?

— Non, c'est totalement faux, répondit-elle sans l'ombre d'une hésitation, et Harry sentit qu'elle disait la vérité. Non, ça ne m'a jamais gênée d'être pauvre. Je pouvais gagner ma vie, ce dont ma mère était incapable. Mais j'avais peur de devenir aussi amère qu'elle, peur de te haïr si je devais reprendre un travail que tu m'avais fait quitter, peur d'avoir à tout recommencer en bas de l'échelle. Je ne supportais pas l'idée que les enfants grandissent dans l'attente d'un avenir prometteur, et qu'ils se retrouvent un jour obligés de mener une tout autre vie. Je connais ça pour l'avoir vécu, et c'est bien pour ça que ça me faisait peur. Nous avons tant d'atouts, tous les deux, nous nous sommes toujours si bien accordés sur tant de plans, à part le lit... Je voulais que ça continue jusqu'à la fin de nos jours.

— Je vois.

— Tu ne veux pas être mon ami, Harry ? Je t'aime et je ne veux que ce qu'il y a de mieux pour toi, même si je ne suis apparemment pas capable de te le montrer.

— Je ne sais pas, fit-il en ramassant ses clefs de voiture pour repartir. Je ne sais pas. J'aimerais bien être ton ami mais je ne crois pas que je puisse te faire confiance, et on doit pouvoir faire confiance à ses amis. Toi, mon petit bonhomme, ajouta-t-il à l'adresse de Richard dans sa chaise de bébé, sois gentil avec ta maman. Elle a peut-être l'air d'avoir la vie douce et facile, mais ce n'est pas si épatant que ça pour elle non plus.

Après son départ, Connie pleura toutes les larmes de son corps, au point qu'elle crut que son cœur allait se briser.

Le nouveau-né était une fille qu'on appela Véronica. Un an plus tard naissaient des jumeaux. Connie fut folle de joie quand l'échographie révéla deux embryons. Il y avait toujours eu des jumeaux dans la famille. Elle pensa que Harry serait ravi, lui aussi.

— Je vois que tu es contente, déclara-t-il froidement. Eh bien, ça fait quatre, maintenant. Le contrat est rempli. Rideau sur toutes ces répugnantes histoires de lit. Quel soulagement, non ?

— Tu peux être vraiment très cruel.

C'était le couple idéal, aux yeux des autres. Mr. Hayes, dont la fille Marianne était devenue une jeune beauté fort recherchée par les jeunes chasseurs de dot de Dublin, avait gardé un lien d'amitié avec Connie, auprès de qui il prenait souvent conseil à propos de la gestion de l'hôtel. Et s'il lui trouvait parfois le regard triste, il s'abstenait de commentaires.

Il avait entendu des rumeurs selon lesquelles Harry Kane ne serait pas d'une fidélité irréprochable. On l'avait vu çà et là avec d'autres femmes. Et il y avait sa malheureuse secrétaire si dévouée qui le suivait toujours partout... Mais au fil des ans, l'attentif Mr. Hayes en vint à penser que le couple avait dû trouver une sorte d'arrangement.

L'aîné des enfants, Richard, travaillait bien en classe et jouait dans la meilleure équipe de rugby de son école. La fille, Véronica, avait décidé de faire médecine et n'avait d'autre but dans la vie depuis l'âge de douze ans. Les jumeaux étaient de beaux gamins turbulents.

Les Kane donnaient toujours de splendides réceptions et on les voyait souvent ensemble en public. Connie traversa la trentaine avec plus d'élégance que n'importe quelle autre femme bien habillée de sa génération. Elle avait toujours l'air parfaitement soignée, sans pour autant passer son temps à se documenter sur la mode ou à s'acheter des ensembles griffés, qu'elle aurait pu d'ailleurs facilement s'offrir.

Mais elle n'était pas heureuse. Elle savait bien, cela dit, que des tas de gens passent leur vie à espérer des lendemains qui chantent, que tout s'illumine, que le film en noir et blanc se transforme en Technicolor.

« Peut-être est-ce ainsi que les gens vivent, peut-être que toutes ces histoires de bonheur sont pour les petits oiseaux ? » se disait-elle. Pour avoir longtemps travaillé dans un hôtel, elle savait combien les gens sont seuls et manquent de confiance en eux. Elle avait décelé beaucoup de choses chez les clients. Et puis, dans les différents comités d'associations caritatives auxquelles elle participait, elle constatait que bien des membres ne venaient là que pour combler le vide de leurs journées : ceux qui suggéraient la multiplication des réunions matinales autour d'un café le faisaient car ils n'avaient rien d'autre pour remplir leur vie.

Elle lisait énormément, voyait toutes les pièces de théâtre qui l'intéressaient et faisait de temps en temps une petite escapade à Londres ou à Kerry.

Harry n'avait jamais le temps de prendre des vacances en famille, prétendait-il. Connie se demandait si leurs enfants se rendaient compte que les associés partaient en vacances avec femme et enfants. Mais les enfants ne sont pas toujours observateurs... Les autres femmes partaient à l'étranger avec leur mari, Connie jamais. Pourtant, Harry voyageait souvent. Pour le travail, disait-il. Quel genre de travail pouvait le conduire dans le sud de l'Espagne, ou dans une station balnéaire des îles grecques ? songeait Connie avec ironie. Mais toujours elle se taisait.

Harry ne partait que pour le sexe. Il adorait ça. Puisqu'elle était incapable de le lui donner, il eût été injuste de l'empêcher de se le procurer ailleurs. Elle n'était pas jalouse de son intimité physique avec Siobhan Casey ou les autres. Une de ses amies avait pleuré toutes les larmes de son corps parce que son mari lui était infidèle : la seule pensée qu'il fît à une autre ce qu'il lui faisait à elle la rendait presque malade. À la différence de Connie, que ça ne gênait absolument pas.

Mais elle aurait tant aimé qu'à la maison il soit un ami affectueux. Elle aurait été heureuse de partager sa chambre, ses projets, ses espérances et ses rêves. Était-ce donc si déraisonnable de sa part ? Cela lui paraissait un châtiment démesuré que d'être mise à l'écart de tout, sous prétexte qu'elle n'était pas capable de lui donner du plaisir. Après tout, elle lui avait fait quatre beaux enfants et il devait admettre que cela représentait quelque chose.

Connie savait que certains estimaient qu'elle aurait mieux fait de quitter Harry. Véra, par exemple, qui ne le disait pas directement mais par allusions voilées. Tout comme Mr. Hayes, le propriétaire de l'hôtel. Ils supposaient tous deux que Connie ne restait avec son mari que par souci de sécurité. Ils ignoraient qu'elle s'était parfaitement organisée sur le plan financier, et qu'elle aurait très bien pu quitter la maison et avoir les moyens de vivre en toute indépendance.

Alors pourquoi restait-elle ?

Parce que c'était mieux pour la famille. Parce que les enfants avaient besoin de leurs deux parents. Parce qu'il aurait fallu bouleverser la vie qu'elle s'était construite, sans aucune garantie de se retrouver plus heureuse ailleurs. Et puis, on ne pouvait pas dire que cette vie était *pénible*. Harry savait se montrer courtois et agréable quand il était à la maison. Elle avait des foules de choses à faire et aucune difficulté à remplir les heures de la journée qui avaient vite fait de se changer en semaines, en mois, en années.

Elle allait régulièrement voir sa mère et les parents d'Harry. Elle recevait toujours les associés et leurs épouses. Elle ouvrait les portes de la maison familiale aux amis de ses enfants. Chez eux, on entendait toujours un bruit de fond causé par les balles de tennis sur le court ou la musique dans les chambres des enfants. La maison des Kane était particulièrement appréciée de la jeune génération parce que Mrs. Kane ne faisait pas d'histoires et que Mr. Kane n'était pratiquement jamais là — deux choses que les jeunes apprécient chez les parents de leurs amis.

Richard Kane avait dix-neuf ans — l'âge de Connie lorsque son père était mort en laissant la famille sans le sou — quand Harry Kane rentra un jour à la maison en leur expliquant que le beau rêve était terminé. Sa société allait être liquidée le lendemain avec un maximum de scandale et un minimum de ressources. Ils laissaient d'énormes dettes partout dans le pays : des tas de gens avaient perdu l'argent qu'ils avaient placé chez eux, les économies d'une vie. On avait dû empêcher un des associés de se suicider et l'autre de quitter le pays.

Connie, Richard et Véronica étaient assis dans la salle à manger, sans les jumeaux, partis en voyage avec leur école. Ils écoutaient en silence tandis qu'Harry leur expliquait ce qu'ils allaient devoir affronter. Sept ou huit colonnes à la une des journaux, des reporters à la porte, des photographes se battant pour attraper quelques images du court de tennis, du train de vie luxueux de cet homme qui avait escroqué le pays. On étalerait des noms de politiciens qui les avaient appuyés, des détails sur les voyages à l'étranger. De grands noms jadis liés aux Kane nieraient toute relation proche avec eux.

Et quelle était la cause de ce désastre ? On s'était montré trop expéditif, on avait pris des risques, acceptant des concours financiers que d'autres auraient jugés trop peu sûrs. On avait omis de poser des questions quand cela s'imposait. On n'avait pas remarqué des anomalies que des sociétés mieux établies auraient détectées.

— On va devoir vendre la maison ? demanda Richard.

Il y eut un silence.

— Restera-t-il assez d'argent pour qu'on aille en fac ? s'enquit Véronica.

Nouveau silence.

Puis Harry reprit la parole :

— Il faut quand même que je vous explique que votre mère m'a toujours dit que ça risquait d'arriver. Elle m'a mis en garde et je ne l'ai pas écoutée. Alors, souvenez-vous-en quand vous repenserez à ce que nous vivons aujourd'hui.

— Oh ! papa, ça ne fait rien ! protesta Véronica, exactement comme l'eût fait Connie si son propre père avait été en vie quand sa débâcle financière avait éclaté au grand jour.

Connie vit qu'Harry avait les larmes aux yeux.

— Ça pourrait arriver à n'importe qui, affirma bravement Richard. Voilà ce que c'est, les affaires !

Connie se sentait rassérénée : ils avaient élevé des enfants généreux, pas des petits chiots gâtés s'attendant à ce que tout leur tombe du ciel. Elle sentit que le moment était venu de prendre la parole :

— Quand votre père a commencé à me faire part de ces mauvaises nouvelles, je lui ai demandé d'attendre que vous soyez là. Je voulais qu'on apprenne ça tous ensemble et qu'on l'assume en famille. Dans un sens, c'est une bénédiction que les jumeaux soient absents ; je m'occuperai d'eux plus tard. Ce que nous allons faire maintenant, c'est partir d'ici, ce soir même. Chacun va préparer une petite valise, juste ce qu'il faut pour une semaine. Je vais demander à Véra et Kevin d'envoyer des camionnettes pour nous chercher : comme ça, s'il y a déjà des journalistes dehors, ils ne verront pas sortir nos voitures. On va laisser un message sur le répondeur pour dire que toutes les questions doivent être adressées à Siobhan Casey. Je suppose que c'est bien ça, Harry ?

— Oui, fit-il, médusé.

— Vous, mes enfants, vous irez chez ma mère, à la campagne. Personne ne sait où elle est, elle ne sera pas ennuyée. Une fois chez elle, téléphonez à tous vos amis et dites-leur que les choses vont s'arranger, mais que vous allez rester un peu hors circuit jusqu'à ce que la tempête se calme. Dites-leur que vous serez de retour d'ici à une dizaine de jours. Un scandale ne reste jamais si longtemps à la une.

Ils la regardaient, bouche bée.

— Soyez sans crainte, poursuivit-elle, vous ferez des études universitaires, et les jumeaux aussi. Nous vendrons probablement la maison, mais pas tout de suite, pas en obéissant aux desiderata de la première banque venue.

— Mais on ne sera pas obligés de payer les dettes ? demanda Richard.

— Cette maison n'appartient pas à votre père, répondit simplement Connie.

— Mais, même si elle est à toi, ne devras-tu pas ?...

— Elle n'est pas à moi. Elle a été achetée il y a fort longtemps par une autre société dont je suis le directeur.

— Oh ! papa, tu es vraiment génial ! s'écria Richard.

Un ange passa.

— Oui, votre père est un homme d'affaires extrêmement avisé et quand il fait un marché, il va jusqu'au bout de ses engagements. Il ne veut pas que les gens y perdent des plumes. C'est pourquoi je suis certaine qu'on ne fera pas figure de malpropres quand toute cette histoire sera terminée. Mais pendant un moment ça va être dur, et nous allons tous avoir besoin du maximum de courage et de confiance dont nous sommes capables.

Le reste de la soirée se passa dans une sorte de flou, à préparer les affaires de chacun et à téléphoner. Ils quittèrent la maison sans être vus, dans des camionnettes de peintre.

Kevin et Véra accueillirent Connie et Harry chez eux. Comme il n'y avait guère lieu d'échanger des banalités ou de pleurer sur l'irréparable, les Kane montèrent directement dans la chambre qu'on leur avait préparée, la meilleure chambre d'amis, avec un grand lit double. Une collation et une Thermos de soupe chaude les y attendaient.

— À demain, leur dit Véra en les quittant.

— Comment les gens font-ils pour trouver les mots qu'il faut ? s'étonna Harry.

— Je suppose qu'ils se mettent à notre place, répondit Connie en lui versant un petit bol de soupe. (Il fit non de la tête.) Prends-le, Harry, insista-t-elle, tu risques d'en avoir besoin demain.

— Est-ce que Kevin a toutes ses assurances chez nous ?

— Non, aucune, dit calmement Connie.

— Comment ça se fait ?

— Je le leur avais suggéré, juste au cas où.

— Qu'est-ce que je vais faire, Connie ?

— Tu vas assumer. Dire que ça a capoté, que tu n'as pas voulu ce qui est arrivé, que tu vas rester ici et travailler là où tu pourras.

— Ils vont me mettre en pièces !

— Ça ne durera qu'un temps. Ensuite, la page sera tournée.

— Et toi ?

— Je vais reprendre mon travail.

— Et tout cet argent que tes hommes de loi ont planqué pour toi ?

— Je garderai ce qu'il faut pour assurer l'avenir des enfants, et je laisserai le reste pour rembourser ceux qui ont perdu leurs économies.

— Bon Dieu, tu ne vas pas en plus jouer les martyrs chrétiens, non ?

— Et que me suggérerais-tu de faire de cet argent qui, après tout, m'appartient ? lança-t-elle, le regard dur.

— De le garder ! Remercie ta bonne étoile d'avoir sauvé cet argent du naufrage et ne le remets pas dans l'affaire.

— Tu n'es pas sérieux, non ? On en reparlera demain.

— Mais si, je suis sérieux. Il s'agit d'affaires, pas d'un match de cricket entre gentlemen. C'est exactement à quoi sert une société à responsabilité limitée : on ne peut lui prendre que ce qu'elle a à l'actif. Toi qui as pris ta part, à quoi cela t'aura servi, dis-le-moi, si tu remets tout dedans ?

— On verra demain, répéta Connie.

— Cesse donc de faire cette tête de sainte nitouche coincée, Connie, et pour une fois dans ta putain de vie, essaie d'être un peu normale ! Arrête ton cinéma cinq minutes et oublie tes conneries sur la nécessité de rembourser ces pauvres épargnants ! Ils savaient ce qu'ils faisaient, on le sait toujours. Comme ton père quand il a parié l'argent de vos études sur un vulgaire canasson qui court encore...

Blanche comme un linge, Connie se leva et se dirigea vers la porte.

— Sa majesté le prend de haut ! persifla Harry. C'est ça, prends la fuite pour échapper à la discussion... Descends voir ton amie Véra pour parler de la pure méchanceté des hommes. C'est avec elle que tu aurais dû faire ta vie !... C'est peut-être une femme qu'il te faudrait pour t'exciter, non ?

Le geste n'était pas prémédité, mais Connie lui envoya une forte gifle en pleine figure. Parce qu'il hurlait des horreurs sur Véra sous son propre toit, alors qu'elle et Kevin les avaient secourus, sans poser de questions. Harry n'agissait plus en homme, on aurait dit un animal sauvage.

Les bagues de Connie laissèrent une estafilade sanguinolente sur la joue d'Harry, une longue trace rouge. Elle s'étonna de constater qu'elle n'était pas choquée à la vue du sang et qu'elle n'éprouvait aucune honte.

Elle referma la porte de la chambre et descendit. Attablés dans la cuisine, ses amis avaient manifestement entendu les éclats de voix venus de l'étage, peut-être même saisi ce qui se disait. Connie, restée si calme et maîtresse d'elle-même au cours des heures précédentes, jeta un regard circulaire dans la pièce. Il y avait là Deirdre aux yeux de jais, la fille de Véra, et Charlie qui avait rejoint l'entreprise familiale de peinture et décoration.

Et, entre Kevin et Véra, devant une bouteille de whiskey[1], elle reconnut Jacko. Le col de chemise déboutonné, les yeux rouges, le regard fou. Jacko avait bu et pleuré, et il était loin d'en avoir fini. Connie comprit en un éclair qu'il avait perdu jusqu'au dernier sou dans la compagnie de son mari. Lui, son premier petit ami, qui l'avait aimée en toute simplicité et sans complications ; qui, le jour de son mariage avec Harry, était resté planté devant l'église dans l'espoir qu'elle ne donnerait pas son

1. Le *whiskey* est la version irlandaise du *whisky* d'Écosse, seul autorisé à porter cette appellation ainsi orthographiée. *(N.d.T.)*

consentement. Maintenant il était là, assis à la table de cuisine de ses amis, et il n'avait plus un sou vaillant. Comment tout cela a-t-il bien pu arriver ? songea Connie, la main à la gorge, debout et muette face à lui, pendant un moment qui lui parut une éternité.

Elle ne pouvait pas rester là. Ni remonter dans la chambre où l'attendait Harry, tel un lion enragé, prêt à cracher des insultes et à hurler son dégoût de lui-même. Elle ne pourrait plus affronter le monde, elle serait à jamais incapable de regarder les gens dans les yeux. Y a-t-il des êtres qui attirent la malchance et suscitent des comportements négatifs chez les autres ? La probabilité d'avoir à la fois un père et un mari qui un jour perdent tout doit être infime, statistiquement. Sauf à en conclure que quelque chose dans votre personnalité vous poussait à chercher chez un mari le même genre de faiblesse que chez votre père.

Elle repensa à la psychiatre, cette femme sympathique au visage ouvert, qui lui avait posé tant de questions sur son père. Et s'il y avait du vrai, là-dedans ? Connie avait l'impression d'être debout dans cette cuisine depuis des heures... Mais en réalité cela ne faisait guère plus que quelques secondes... C'est alors que Jacko se mit à parler d'une voix empâtée par l'alcool :

— J'espère que tu es satisfaite, maintenant.

Les autres se taisaient.

Connie répondit d'une voix aussi claire et assurée que d'habitude.

— Non, Jacko. C'est bizarre de dire ça, mais je n'ai jamais connu la satisfaction, jamais de toute mon existence. J'ai connu vingt ans de prospérité qui auraient dû me rendre heureuse. Mais, franchement, ça n'a pas été le cas. J'ai été très seule et je n'ai fait que jouer un rôle pendant la majeure partie de ma vie d'adulte. De toute façon, ça ne t'est pas d'une grande utilité de savoir cela à l'heure qu'il est.

— Tu parles !

367

Sa fureur se lisait sur son visage. Il était toujours beau et dynamique. Son couple était un échec, Connie l'avait appris par Véra. Sa femme était partie en emmenant leur fils. Sa petite affaire était tout pour lui et voilà qu'il la perdait aussi.

— Tu seras intégralement remboursé, déclara Connie.

— Ah oui ? lança-t-il dans un rire qui sonnait plutôt comme un aboiement.

— Oui. Il reste de l'argent.

— Ça, je t'en fiche mon billet qu'il en reste. À Jersey ou aux îles Cayman, ou peut-être au nom de Madame ! ironisa Jacko.

— Il y en a *en effet* une bonne partie au nom de Madame.

Véra et Kevin la dévisageaient, bouche bée. Jacko n'avait pas encore digéré la nouvelle.

— Alors comme ça, je serais verni parce que je suis un ancien petit ami de Madame, c'est ça que tu cherches à me dire ? fit-il, ne sachant pas s'il devait ou non saisir cette bouée de sauvetage.

— Ce que j'essaie de te dire, c'est qu'il y a des tas de gens qui vont être « vernis » grâce à Madame. Si Harry a retrouvé ses esprits demain matin, je le conduis à la banque pour y tenir une conférence de presse.

— Mais s'il est à toi, cet argent, pourquoi tu ne le gardes pas ? s'étonna Jacko.

— Parce que je ne suis pas une salope intégrale, quoi que tu en penses. Véra, ajouta-t-elle, je peux dormir ailleurs ? peut-être sur le divan du petit salon où se trouve la télévision ?

Véra l'y accompagna et lui prêta une couverture.

— Tu es la femme la plus forte que j'aie jamais vue, lui dit-elle.

— Et toi, la meilleure amie que j'aie jamais eue.

Elle eut la vision fugitive du couple qu'elle aurait formé avec Véra, vivant en parfaite entente dans des jardins fleuris et s'engageant peut-être ensemble dans une petite affaire d'artisanat. La pensée fit flotter un pâle sourire sur ses lèvres.

— Qu'est-ce qui te fait donc rire au milieu de tout ça ? s'étonna son amie.

— Rappelle-moi de te le dire, un jour... répondit Connie en enlevant ses chaussures avant de s'étendre sur le divan.

Elle dormit, contre toute attente, et ne se réveilla qu'en entendant le tintement d'une tasse sur une soucoupe. C'était Harry, pâle, la joue balafrée d'une longue marque rouge sombre. Elle avait déjà oublié cet incident.

— Je t'ai apporté du café, dit-il.

— Merci, répondit-elle sans tendre la main pour le prendre.

— Je suis tellement navré !

— Oui.

— Je suis affreusement navré, Connie. Je suis devenu fou, hier soir. Tout ce que j'ai toujours voulu, c'est devenir quelqu'un, tu comprends. J'y suis presque arrivé mais j'ai tout fichu en l'air.

Il s'était bien habillé et s'était rasé, évitant soigneusement la balafre. Il était prêt à affronter le jour le plus long de son existence. Connie le regarda comme si elle le découvrait, comme le regarderaient les gens qui le verraient à la télévision, tous ces inconnus qui avaient perdu leurs économies et tous ceux qui avaient eu l'occasion de le rencontrer dans le cadre des affaires ou de mondanités. Un bel homme aux dents longues qui ne voulait qu'une chose — être quelqu'un — et qui pour y parvenir s'interdisait tout état d'âme.

C'est alors qu'elle s'aperçut qu'il pleurait.

— J'ai désespérément besoin de toi, Connie ! Toute ta vie, tu as été à mes côtés, pourrais-tu prolonger juste encore un peu et faire comme si tu m'avais pardonné ? Je t'en prie, Connie, j'ai besoin de toi. Toi seule peux m'aider.

Il posa sa tête sur les genoux de Connie et se mit à sangloter comme un enfant.

Elle ne garda pas de souvenir clair de ce fameux jour. C'était un peu comme un film d'horreur qu'elle aurait tenté de reconstituer bien qu'ayant cessé à plusieurs reprises de le regarder pour se boucher les yeux, ou comme les images d'un cauchemar récurrent. Une partie s'était déroulée à l'étude du notaire, qui avait expliqué à Harry les dispositions du fidéicommis que Connie avait décidé pour financer l'éducation de ses enfants. L'argent avait été judicieusement investi, il suffirait largement. Le reste ayant été également fort bien placé, Constance Kane demeurait très riche. Elle avait été consciente du mépris que le notaire avait pour son mari, d'autant qu'il ne se donnait guère la peine de le dissimuler. T.P. Murphy, le vieil ami de son père, était là, silencieux, le cheveu argenté, le visage sombre. Étaient aussi présents un comptable et un gestionnaire de placements. Ils se conduisaient avec le grand Harry Kane comme ils l'eussent fait avec un vulgaire escroc, qu'il était sans doute à leurs yeux. Hier encore, à la même heure, ces gens-là l'auraient traité avec respect, avait songé Connie. Que les choses changent vite, en affaires !

Ils s'étaient ensuite rendus à la banque. Jamais il n'y eut banquiers plus étonnés à la vue d'un argent qui semblait sorti de nulle part. Connie et Harry restèrent silencieux tandis que leurs conseils signifiaient à la banque qu'il n'y avait pas d'obligation légale de leur verser un sou de cet argent et qu'il ne leur serait donné qu'à condition que la banque s'engage à trouver un arrangement global qui assurerait, entre autres, le remboursement des épargnants.

À midi, un accord était conclu. Les associés d'Harry furent convoqués et priés de garder le silence pendant la conférence de presse au *Hayes Hotel*. Il fut convenu que les épouses n'y assisteraient pas mais en regarderaient la retransmission à la télévision, dans une des chambres de l'hôtel. Le nom de Connie ne fut pas mentionné, on déclara simplement qu'un fonds de secours avait été prévu spécialement pour parer à une telle éventualité.

Quand arrivèrent les informations télévisées de treize heures, les gros titres des journaux du matin étaient déjà dépassés. Un des journalistes questionna Harry Kane sur sa balafre. Était-elle due à la vindicte d'un créancier ?

— C'est quelqu'un qui ne comprenait pas ce qui se passait, qui n'avait pas compris que nous étions prêts à remuer ciel et terre pour sauvegarder les intérêts de ceux qui nous ont fait confiance, répondit Harry en regardant droit vers la caméra.

Connie se sentit envahie par une vague de nausée. De quoi n'était-il pas capable s'il savait mentir de la sorte ? Elle distingua, parmi ceux qui assistaient à la conférence de presse dans le grand salon de l'hôtel, Siobhan Casey, assise au fond. Elle se demanda jusqu'à quel point celle-ci était au courant et si on puiserait dans son argent pour la dédommager. Elle ne le saurait sans doute jamais. La banque se chargeant d'organiser toute l'opération, Connie avait assuré les directeurs qu'il ne lui paraissait pas nécessaire de contrôler elle-même les versements. Elle savait que l'argent serait attribué en toute justice et sagesse. Il ne lui revenait pas de décider de ne pas rembourser les actions de Siobhan Casey parce que celle-ci était la maîtresse de son mari.

Connie et les siens purent bientôt rentrer à la maison. Une semaine après, ils commençaient à respirer. Trois mois plus tard, les choses avaient presque retrouvé leur cours normal.

Véronica avait plusieurs fois interrogé son père sur sa fameuse balafre.

— Oh ! ça restera toujours là pour rappeler à ton papa à quel point il a pu être bête, répondait-il, et Connie était témoin des regards affectueux qu'il échangeait alors avec sa fille.

Richard aussi n'était visiblement qu'admiration pour son père. Les deux aînés trouvaient que celui-ci avait mûri à la faveur de cette expérience.

— Il passe bien plus de temps à la maison maintenant, n'est-ce pas, m'man ? remarqua un jour Véronica comme si elle quêtait l'approbation de Connie.

— Oui, c'est vrai, constata celle-ci.

Harry était absent une nuit par semaine et, les autres jours, ne regagnait sa chambre que tard le soir. Connie savait que ce serait désormais leur façon de vivre ensemble. Elle éprouvait le désir de changer les choses, mais se sentait si lasse. Lasse de tant d'années de faux-semblants. Et elle ne connaissait pas d'autre vie.

Un jour, elle décida de téléphoner à Jacko.

— Je suppose que je suis censé tomber à genoux pour te remercier, dit celui-ci avec méfiance.

— Non, Jacko. Je me suis juste dit que tu aimerais peut-être qu'on se voie.

— Pour quoi faire ?

— Je ne sais pas, moi. Pour parler, aller au cinéma... Finalement, tu as appris l'italien ?

— Non, j'ai été bien trop occupé à gagner ma croûte. (Comme elle se taisait, il dut avoir un peu honte de sa froideur.) Et toi ? ajouta-t-il plus aimablement.

— Moi, j'ai été bien trop occupée à *ne pas* gagner ma croûte.

Il rit.

— Connie, ça ne servirait à rien de se revoir. Je ne ferais que retomber amoureux de toi, et je te poursuivrais de nouveau jusqu'à ce que tu acceptes de coucher avec moi.

— Jacko !... Ne me dis pas que tu es *encore* porté là-dessus ?

— Et pourquoi pas ? Ne suis-je pas dans la force de l'âge ?

— Oui, c'est vrai.

— Connie ?

— Oui ?

— Connie... Je veux dire... merci. Enfin, tu sais...

— Oui, Jacko, je sais.

Des mois passèrent. Rien n'avait changé en apparence. Mais à y regarder de plus près, on pouvait s'apercevoir que Connie Kane n'affichait plus son dynamisme coutumier.

Véra et Kevin en discutèrent ensemble. Ils étaient deux des rares personnes à savoir que c'était Connie qui avait sauvé son mari de la déconfiture, et ils trouvaient que celui-ci ne se montrait guère reconnaissant. Il était de notoriété publique qu'on le voyait beaucoup avec son ex-assistante, l'énigmatique Siobhan Casey, devenue l'un des directeurs de la compagnie.

La mère de Connie, qui se rendait compte elle aussi que sa fille avait perdu beaucoup de son entrain, essayait de lui redonner courage :

— Ce n'est pas irréversible, le tort que te fait Harry, pas comme dans mon cas. Et puis, il avait tout de même prévu ce fonds de sécurité, alors que ton père...

Connie ne cherchait pas à la détromper. En partie par une sorte de loyauté envers Harry, mais surtout parce qu'elle ne voulait pas avouer que sa mère avait eu raison de lui conseiller, tant d'années auparavant, d'assurer ses arrières.

Les enfants ne remarquèrent rien. Pour eux, maman était égale à elle-même, merveilleuse, toujours là quand on avait besoin d'elle. Elle avait l'air bien dans sa peau et voyait souvent ses amis.

Richard avait obtenu son diplôme d'expert-comptable et Mr. Hayes lui avait trouvé un poste en or dans l'entreprise de son gendre. Sa fille unique et adorée avait épousé en effet un jeune homme fort charmant du nom de Paul Malone, que sa personnalité et l'argent des Hayes avaient aidé à parvenir rapidement en haut de l'échelle. Richard se plaisait beaucoup dans ses fonctions.

Véronica faisait de brillantes études de médecine et songeait à entreprendre une spécialisation en psychiatrie car, disait-elle, les ennuis de santé ont souvent pour cause une situation conflictuelle vécue par le malade, ou liée à son passé.

Les jumeaux avaient fini par trouver chacun leur identité individuelle : l'un était entré aux Beaux-Arts, l'autre dans la fonction publique. La grande maison familiale était toujours au nom de Connie : finalement, on n'avait pas eu besoin de la vendre pour rassembler les fonds destinés à dédommager les épargnants. Cependant, les notaires de Connie lui conseillaient vivement de faire établir un nouveau document légal, avec des dispositions semblables à celles de l'ancien, afin de lui garantir sa part des bénéfices. Mais elle n'y tenait pas.

— Tout ça remonte à l'époque où je voulais assurer l'avenir des enfants, objectait-elle.

— Théoriquement, il faudrait le refaire. En cas de problème, le tribunal pencherait presque certainement en votre faveur, en vertu de l'esprit de la législation, mais...

— Quel genre de problème pourrait se poser maintenant ? avait demandé Connie.

Le notaire, qui avait souvent vu Mr. Kane dîner chez *Quentin* avec une dame qui n'était pas son épouse, n'osait pas en dire plus.

— Je préférerais vraiment que ce soit fait, se contenta-t-il de répéter.

— Bon, d'accord, finit par admettre Connie, mais sans grand fracas, sans rien qui puisse l'humilier. Le passé est le passé.

— Ce sera fait avec un minimum de fracas, Mrs. Kane, l'assura-t-il.

Il n'y eut pas de confrontation : les documents furent envoyés au bureau d'Harry pour qu'il les signe. Ce jour-là, il rentra à la maison le visage dur. Le connaissant bien, Connie savait déceler ses humeurs à son expression. Il n'aborderait pas le sujet directement, elle le savait, mais trouverait moyen tôt ou **tard** d'y faire allusion.

— Je vais m'absenter quelques jours, lui annonça-t-il ce soir-là sans explication ni prétexte.

Elle était en train de préparer à manger, tout en étant sûre qu'il ne resterait pas pour dîner. Les vieilles habitudes ont la vie dure, et Connie avait tellement l'habitude de feindre quand plus rien n'allait entre eux... Elle continuait à retourner sa salade de tomates et de fenouil avec une grande attention, comme si ç'avait été une activité nécessitant énormément de soin et de concentration.

— Ça risque d'être fatigant ? s'enquit-elle, se gardant bien de demander où Harry allait, avec qui et pourquoi.

— Pas vraiment, fit-il d'une voix cassante. J'ai décidé de combiner ça avec quelques jours de repos.

— C'est une bonne chose.

— C'est aux Bahamas, ajouta-t-il, et un silence s'installa.

— Ah, bon...

— Pas d'objection ? Je veux dire, tu ne considères pas cette destination comme une sorte de chasse gardée, pour nous deux ? (Connie s'abstint de répondre et sortit sa quiche au lard du four.) De toute façon, tu pourras toujours te consoler de mon absence avec tes placements, tes parts et tes droits... lâcha-t-il, si furieux qu'il arrivait difficilement à articuler.

Dire qu'à peine quelques années plus tôt il avait pleuré de gratitude, la tête sur ses genoux, déclarant qu'il ne la méritait pas et jurant qu'elle n'aurait plus jamais à subir une seule heure de solitude ! Aujourd'hui il était là, les lèvres blanches de rage à l'idée que Connie puisse encore vouloir protéger ses droits, alors que le passé avait amplement démontré la nécessité de la chose.

— Tu sais bien que ce n'est qu'une formalité, dit-elle.

— Mon voyage d'affaires, aussi, ce n'est qu'une formalité, rétorqua Harry avec un sourire narquois avant de monter préparer ses bagages.

Elle comprit qu'il allait passer la nuit chez Siobhan et qu'ils partiraient ensemble le lendemain matin. Elle s'assit et dîna seule — elle en avait l'habitude... C'était une belle soirée d'été. On entendait les oiseaux dans le jardin, le ronron étouffé des voitures sur la route, derrière les murs de la propriété. Il y avait des dizaines d'endroits où Connie pourrait aller, ce soir, si l'envie lui en prenait.

Ce qu'elle aurait aimé faire, c'était retrouver Jacko et aller au cinéma avec lui. Arpenter O'Connell Street pour voir ce qui se donnait et discuter ensemble du film qu'ils iraient voir... Mais c'était une idée folle de sa part. Jacko avait raison : ils n'avaient plus rien à se dire, maintenant. Elle aurait l'air de se moquer du monde si elle se rendait dans son quartier ouvrier au volant de sa BMW et se mettait à klaxonner devant chez lui. Il n'y a que les imbéciles pour penser qu'ils auraient pu être plus heureux s'ils avaient fait d'autres choix dans la vie et qui passent le reste de leur existence à regretter, se dit elle. Elle n'aurait peut-être pas été plus heureuse si elle avait épousé Jacko et il était fort possible qu'elle eût également détesté faire l'amour avec lui. Mais peut-être aurait-elle été moins seule...

Elle lisait le journal du soir lorsque Harry redescendit avec deux valises. Il avait dû prévoir de sacrées vacances aux Bahamas ! Il paraissait à la fois soulagé et dépité qu'elle ne lui eût pas fait de scène.

Connie leva les yeux et lui sourit :

— Quand dois-je dire que tu rentreras ?

— Dire ? À qui as-tu besoin de le dire ?

— Eh bien, à tes enfants, pour commencer, quoique je ne doute pas que tu le leur dises toi-même. Et puis aux amis et à ceux qui pourraient le demander : des gens de ton bureau ou de la banque.

— Le bureau sera au courant.

— Parfait. Alors, devrai-je dire aux gens de s'adresser à Siobhan ? s'enquit-elle d'un air innocent.

— Siobhan vient aux Bahamas, tu le sais bien.

— Alors je leur dis de s'adresser à quelqu'un d'autre ?

— Je ne serais pas parti du tout, Connie, si tu avais été raisonnable, au lieu de jouer les inspecteurs des impôts, à toujours vouloir me coincer ou me mettre en cage.

— Mais si c'est un voyage d'affaires, tu es bien obligé d'y aller, non ?

Il sortit en claquant la porte. Elle tenta de poursuivre la lecture du journal. Elle n'en avait que trop vécu, des scènes comme celle-ci : lui qui part, elle qui reste. En larmes. Ce n'était pas une vie.

Elle lut dans le journal une interview d'un professeur du secondaire qui allait organiser des cours du soir d'italien à Mountainview College, une école située dans un quartier un peu difficile. Le quartier de Jacko. « Je pense que les gens du voisinage aimeraient bien en savoir plus sur la vie et la culture italiennes », déclarait Mr. Aidan Dunne. La Coupe du Monde de football avait suscité chez les gens de Dublin un énorme intérêt pour l'Italie. Ce cours d'italien offrirait un programme très varié. Connie relut l'article. Il était fort possible que Jacko s'inscrive. À défaut, elle tenait là un prétexte pour se rendre dans son quartier deux soirs par semaine. Il y avait un numéro de téléphone : elle allait s'inscrire tout de suite, avant de changer d'avis.

Naturellement, Jacko ne s'était pas inscrit. Ce genre de chose ne se produit que dans les rêves. Mais Connie aimait bien les cours. Signora était une femme formidable qui avait un talent naturel de pédagogue. Elle captivait l'attention de ses élèves sans jamais avoir à élever la voix. Elle ne les critiquait pas mais attendait simplement d'eux qu'ils apprennent leurs leçons.

— *Constanza !* Vous ne savez pas dire l'heure comme il faut, je le crains, en dehors de *sono le due, sono le tre...* Ça pourrait peut-être aller si on tombait toujours sur des heures pile, mais il faut bien aussi être capable d'indiquer la demie et le quart...

— Excusez-moi, Signora, répondait Mrs. Constance Kane, décontenancée. J'ai été un peu occupée, je n'ai pas pu apprendre ma leçon.

— La semaine prochaine, vous la saurez sur le bout des doigts, l'encourageait Signora.

Et Connie se retrouvait chez elle à ânonner *sono le sei e venti*, les doigts dans les oreilles. Par quel drôle de hasard fréquentait-elle cette école aux allures de caserne, à des kilomètres de chez elle ? À répéter des paroles, à chanter, à identifier des tableaux, des statues et des édifices célèbres, à goûter des plats italiens, à écouter de l'opéra italien, assise dans une classe avec trente inconnus ? Et à adorer ça, par-dessus le marché !

Elle avait tenté d'en parler à Harry quand il était rentré des Antilles, bronzé et moins amer. Mais il n'avait guère eu l'air intéressé.

— Qu'est-ce qui t'attire dans ce quartier paumé ? Tu devrais faire attention à tes enjoliveurs quand tu vas là-bas ! avait-il déclaré en guise de commentaire.

Véra ne voyait pas cela d'un très bon œil non plus.

— C'est un quartier chaud, Connie, c'est tenter le sort que d'y aller dans ta belle voiture. Et, pour l'amour du ciel, enlève donc ta montre en or quand tu y vas !

— Je n'ai pas l'intention de traiter ce quartier en ghetto, ce serait pure arrogance de ma part.

— Je ne sais vraiment pas ce qui t'attire là-bas : n'y a-t-il pas des tas d'endroits, plus près de chez toi, où tu pourrais apprendre l'italien ?

— Ce cours-là me plaît, et je nourris toujours un vague espoir d'y rencontrer Jacko, finit-elle par avouer avec un sourire espiègle.

— Seigneur Jésus ! Tu n'as pas eu assez d'ennuis comme ça dans l'existence pour n'avoir pas besoin d'en chercher davantage ? s'écria Véra en levant les yeux au ciel.

Véra était toujours très occupée : elle tenait le secrétariat de Kevin et s'occupait en plus de son petit-fils. Car Deirdre, jeune maman d'un superbe bébé, avait déclaré qu'elle n'entendait pas se laisser enchaîner par les vieilles notions de mariage et de devoir de la femme.

Connie aimait bien ses condisciples du cours d'italien : le sérieux Bill Burke, alias Guglielmo, et sa spectaculaire petite amie, Elizabetta. Il travaillait à la banque qui avait organisé le règlement du passif d'Harry et de ses associés, mais il était trop jeune pour connaître l'histoire. En admettant même qu'il fût au courant, comment aurait-il fait le rapprochement avec Constanza ? Et puis il y avait Caterina et Francesca, deux jeunes femmes courageuses et de bonne compagnie, dont on ne savait pas bien si elles étaient sœurs ou mère et fille.

Il y avait aussi le grand Lorenzo, un type honnête avec des mains comme des battoirs, qui jouait le rôle d'un client au restaurant quand Connie faisait la serveuse.

Una tavola vicina alla finestra, disait Lorenzo, et Connie déplaçait une boîte en carton jusqu'à l'emplacement d'une fenêtre, dessinée sur du papier, où Lorenzo était censé s'asseoir. Et elle attendait pendant qu'il réfléchissait aux plats qu'il allait commander. Car Lorenzo avait appris toutes sortes de noms de plats nouveaux, tels qu'« anguilles », « foie d'oie » et « oursins ». Signora le réprimandait : il fallait s'en tenir aux noms de la liste qu'elle leur avait fournie.

— Vous ne comprenez pas, Signora : les gens que je vais voir en Italie ne sont pas de vulgaires marchands de pizza, mais de fines gueules !

Il y avait aussi l'effrayant Luigi avec son air renfrogné et sa façon bien à lui de massacrer l'italien. Voilà quelqu'un que Connie n'aurait jamais été amenée à côtoyer mais avec qui elle faisait parfois équipe, comme le jour où ils avaient joué aux médecins et aux infirmières, utilisant des stéthoscopes improvisés et disant en italien : « Respirez profondément. » *Respiri profondamente per favore, Signora !* criait Luigi, l'oreille collée au bout d'un tuyau de caoutchouc. *Non mi sento bene*, répondait Connie.

Et peu à peu, ils se sentirent moins intimidés et plus unis par ce rêve fou de partir ensemble en vacances en Italie l'été suivant. Connie, qui aurait pu offrir le voyage à toute la classe sur un vol régulier, participait à la discussion générale : comment trouver un parrainage et obtenir une réduction sur un billet de groupe en versant un acompte. Si le voyage avait lieu, elle irait, sans aucun doute.

Elle remarqua que l'école prenait meilleure allure, au fil des semaines : on repeignait, on plantait des arbres, on nettoyait la cour de récréation, on réparait les garages à vélos bien endommagés.

— Vous êtes en train de tout rénover ! dit-elle d'un ton approbateur au directeur, Mr. O'Brien, un bel homme à la chevelure fournie, qui venait de temps en temps féliciter les participants au cours d'italien.

— Ce n'est pas sans peine, Mrs. Kane ! Si vous pouviez dire un mot en notre faveur à ces financiers que vous côtoyez, vous et votre mari, nous vous en serions tellement reconnaissants...

Manifestement, il savait qui elle était. Mais il manifestait une agréable absence de curiosité quant aux raisons qui la poussaient à assister à ces cours.

— Il y a des gens sans cœur, Mr. O'Brien. Qui ne comprennent pas que les écoles sont l'avenir d'un pays.

— À qui le dites-vous ! soupira-t-il. Je passe la moitié de mon temps à remplir des formulaires dans les banques ! J'en ai presque oublié mon métier d'enseignant.

— Avez-vous une femme et des enfants, Mr. O'Brien ?

Connie ne savait pas pourquoi elle lui posait une question aussi personnelle, ça ne lui ressemblait pas du tout de se mêler des affaires des autres. Elle avait appris dans l'hôtellerie qu'il est plus sage d'écouter que de poser des questions.

— Non, répondit-il.

— C'est peut-être mieux, si vous êtes en quelque sorte marié à votre école. Je pense qu'il y a des tas de gens qui ne devraient jamais se marier. Mon propre mari par exemple...

Il releva un sourcil. Connie se rendit compte qu'elle était allée trop loin.

— Excusez-moi, fit-elle en riant. Je ne joue pas le numéro de la femme esseulée, je ne faisais qu'une constatation.

— J'aimerais bien être marié, c'est un fait.

Connie apprécia cette confidence. Elle lui en avait fait une, et il avait la courtoisie de rendre la pareille.

— L'ennui, c'est que je n'ai jamais rencontré une femme qui me donne envie de l'épouser, poursuivit-il. Jusqu'au jour où je suis devenu trop vieux pour...

— On n'est jamais trop vieux pour ça, non ?

— Je le suis par rapport à la personne en question, qui est comme une enfant. C'est la fille de Mr. Dunne, d'ailleurs, fit-il en désignant de la tête le bâtiment où Aidan Dunne et Signora disaient bonsoir aux élèves.

— Et elle vous aime ?

— Je l'espère, je le crois. Mais je ne suis pas ce qu'il lui faut, je suis bien trop vieux pour elle. Je ne suis *vraiment* pas ce qu'il lui faut. Et il y a d'autres problèmes.

— Qu'en pense Mr. Dunne ?

— Il ne le sait pas, Mrs. Kane.

Connie retint son souffle avant d'expirer lentement.

— Je vois ce que vous voulez dire quand vous parlez de problèmes ! Eh bien, je vais vous laisser vous en dépêtrer, Mr. O'Brien.

Il lui sourit, lui sachant gré de s'en tenir là.

— Votre époux est fou d'être marié à son travail !

— Merci, Mr. O'Brien, dit-elle, remontant en voiture pour rentrer chez elle.

Que de choses extraordinaires Connie apprenait sur les autres depuis qu'elle suivait ces cours ! Cette fille étonnante aux cheveux bouclés, Elizabetta, lui avait confié que Guglielmo devait diriger une banque en Italie l'an prochain, quand il maîtriserait la langue. Luigi le renfrogné lui avait posé une question : l'homme de la rue serait-il capable de voir que quelqu'un portait une bague qui coûtait douze briques ? Aidan Dunne lui avait demandé si elle savait où l'on pouvait acheter des tapis d'occasion de couleurs vives. Quant à Bartolomeo, il désirait savoir si elle avait connu des candidats au suicide : recommençaient-ils toujours quand ils avaient raté ? C'est juste pour un ami, avait-il précisé plusieurs fois. Caterina — sœur ou fille de Francesca, c'était impossible à dire — lui avait raconté qu'elle avait déjeuné chez *Quentin*, un jour, et que les artichauts y étaient délicieux. Lorenzo répétait sans cesse que la famille chez laquelle il allait séjourner était si riche qu'il espérait ne pas commettre d'impair. Et maintenant, c'était Mr. O'Brien qui lui racontait qu'il avait une liaison avec la fille de Mr. Dunne... Dire que deux mois auparavant, elle ne connaissait pas ces gens-là et ignorait tout de leur vie.

Les jours de pluie, il lui arrivait d'en raccompagner certains chez eux, pas systématiquement cependant, car elle ne voulait pas devenir le taxi de service. Elle avait un faible pour Lorenzo qui devait prendre deux bus pour regagner l'hôtel de son neveu, où il logeait et travaillait comme homme à tout faire et concierge de nuit. Les autres rentraient tous chez eux pour se coucher ou regarder la télévision, ou bien ils allaient au pub ou au café après le cours. Lorenzo, lui, partait travailler. Depuis le jour où il lui avait avoué qu'elle lui avait incroyablement facilité la vie en le ramenant, Connie le raccompagnait en priorité.

Son vrai nom était Laddy, apprit-elle. Mais au cours, ils s'appelaient tous par leur nom italien, ça facilitait les choses. Des Italiens avaient invité Laddy à venir les voir à Rome. Cet homme simple et enjoué, frisant la soixantaine, ne semblait pas trouver étrange de se faire conduire à son travail de concierge de nuit par une femme qui possédait une voiture luxueuse.

Il lui arrivait de parler de son neveu, Gus, le fils de sa sœur, un jeune homme qui s'était tué au travail mais qui, maintenant, risquait de perdre son hôtel.

Il y avait eu une alerte, peu de temps auparavant : la faillite d'une société d'assurances et de placements. Mais les choses s'étaient redressées au dernier moment et ils avaient tous retrouvé leur mise, en fin de compte. La sœur de Lorenzo, qui était hospitalisée à l'époque, avait bien failli en avoir le cœur brisé. Cependant Dieu s'était montré bon et elle avait vécu assez longtemps pour savoir que Gus, son fils unique, ne ferait pas faillite. Après quoi, elle était morte sereine. Connie se mordit la lèvre en entendant ce récit. Elle avait reconnu les gens qu'Harry aurait abandonnés à leur triste sort si elle-même n'était pas intervenue.

Mais quel était donc le nouveau problème qui se posait ? Eh bien, c'était lié à l'ancien. La société qui avait été en difficulté, mais qui avait finalement honoré ses dettes et remboursé ses créanciers, les avait tous obligés à réinvestir une grosse somme chez elle. Comme s'ils devaient la remercier de les avoir soutenus alors qu'elle eût pu ne pas le faire. Lorenzo comprenait mal ce qui se passait mais il était extrêmement préoccupé : Gus était au bout du rouleau, il avait exploré toutes les solutions possibles. L'hôtel avait besoin de travaux de rénovation, les services sanitaires ayant déclaré qu'il y avait un risque d'incendie, mais il n'y avait pas de quoi les financer. Tout l'argent de Gus était immobilisé par le nouveau placement. Il semblait qu'il y eût une loi, aux Bahamas, qui vous obligeait à donner un préavis démesurément long avant que vous puissiez disposer de votre argent.

À ces mots, Connie stoppa sa voiture.

— Lorenzo, pouvez-vous me répéter ce que vous venez de dire, s'il vous plaît ? demanda-t-elle, livide.

— C'est que je ne suis guère expert en matière de finances, Constanza.

— Pourrais-je parler à votre neveu ? Je vous en prie.

— Il ne sera peut-être pas très content de savoir que je vous ai raconté tout ça... Lorenzo s'arrêta, regrettant presque de s'être confié à cette femme sympathique.

— Lorenzo, je vous en prie ! insista Connie.

Elle dut demander un cognac au cours de la conversation qu'elle eut avec Gus. C'était une histoire si répugnante, si minable. Depuis cinq ans que la compagnie avait remboursé les placements, elle l'avait persuadé, et sans doute des quantités d'autres épargnants comme lui, de replacer son argent dans deux sociétés entièrement distinctes, basées l'une à Freeport, l'autre à Nassau.

Connie eut les larmes aux yeux quand elle lut le nom des directeurs : Harold Kane et Siobhan Casey. Gus et Lorenzo la regardaient sans comprendre. Elle commença par sortir son chéquier et fit à Gus un chèque substantiel, après quoi elle leur donna l'adresse d'entrepreneurs du bâtiment et de peintres-décorateurs qui étaient de bons amis à elle et qui feraient du bon travail, assura-t-elle. Elle écrivit aussi le nom d'un électricien, suggérant cependant qu'il vaudrait mieux ne pas s'adresser à lui de sa part.

— Mais pourquoi faites-vous tout ça, Constanza ? s'écria Gus, abasourdi.

Connie désigna alors du doigt les noms qui figuraient sur le papier à en-tête de la compagnie :

— Cet homme-là est mon mari, cette femme-là est sa maîtresse. Depuis des années, je ferme les yeux sur leur liaison. Je me *fiche* pas mal qu'il couche avec elle, mais qu'il se serve de mon argent pour gruger d'honnêtes gens, ça, non !

Elle eut conscience que la colère risquait de l'égarer, et s'efforça de retrouver son calme.

Gus reprit avec douceur :

— Je ne peux pas prendre cet argent, Mrs. Kane, c'est impossible. C'est beaucoup trop...

— À mardi, Lorenzo, coupa-t-elle avant de s'éclipser.

Souvent, en rentrant chez elle le jeudi soir, elle espérait qu'Harry serait là. Mais c'était rarement le cas, et ce soir ne faisait pas exception. Malgré l'heure tardive, Connie téléphona au vieil ami de son père, l'avocat T.P. Murphy. Puis au notaire. Rendez-vous fut pris pour le lendemain matin. Il était onze heures du soir quand la conversation s'acheva.

— Qu'allez-vous faire, maintenant ? demanda-t-elle

— Appeler Harcourt Square, fut la réponse du notaire. (C'était le siège de la Brigade d'investigation des fraudes.)

Harry ne rentra pas ce soir-là. Connie ne ferma pas l'œil de la nuit. Elle réalisa que ç'avait été ridicule de garder une si vaste maison si longtemps, alors que les enfants avaient chacun leur appartement.

Le lendemain matin, elle se rendit en voiture au siège de la compagnie. Elle se gara, et prit une profonde inspiration avant de gravir les marches menant au bureau de son mari, où devait se tenir la réunion. Une réunion qui allait mettre fin à la vie qu'Harry avait menée jusqu'alors.

Connie avait été informée par ses hommes de loi qu'il y aurait énormément de publicité, en majeure partie négative, et qu'elle-même serait éclaboussée par le scandale. Ils lui avaient suggéré de se trouver un autre domicile. Elle avait acheté un petit appartement, des années plus tôt, au cas où sa mère aurait un jour envie de venir habiter Dublin. C'était un rez-de-chaussée, situé non loin de la mer, ce serait l'endroit idéal. Il lui suffirait de quelques heures pour y déménager ses affaires.

— C'est à peu près tout le temps dont vous disposerez, lui dirent ses conseillers.

Connie demanda à voir Harry seule à seul. Assis dans son bureau, il assistait à la saisie des fichiers et des programmes informatiques.

— Tout ce que je voulais, c'était devenir quelqu'un, lui dit-il.

— Tu me l'as déjà dit, Harry.

— Eh bien, je te le répète. Ce n'est pas parce qu'on dit une chose deux fois qu'elle n'est plus vraie.

— Mais tu étais quelqu'un, tu as toujours été quelqu'un. Ce n'est pas ça que tu voulais. Tu voulais tout avoir.

— Tu n'avais pas besoin de faire ça, tu sais, tu étais une femme bien.

— Mais j'ai toujours été une femme bien.

— Non. Tu étais une salope frigide et jalouse, et tu le restes.

— Je n'ai jamais été jalouse de ce que Siobhan Casey pouvait t'apporter, jamais, répondit-elle avec simplicité.

— Alors, pourquoi as-tu fait ça ?

— Parce que ce n'était pas juste. Tu as déjà eu un avertissement, et on t'a tiré d'affaire. Ça ne suffisait pas ?

— Tu ne connais rien aux hommes, Connie. Rien ! lança-t-il avec violence comme s'il crachait ses paroles. Non seulement tu ne sais pas leur donner de plaisir, mais tu t'imagines en plus qu'on peut être un homme, un vrai, et accepter ton argent et ta condescendance.

— Ce serait mieux pour les enfants, si tu pouvais garder ta dignité.

— Arrête, Connie !

— Ils ont continué à te soutenir de leur amour, la dernière fois. Maintenant, ils ont chacun leur vie. Mais tu restes leur père. Si tu n'as guère eu de sentiments pour ton père, toi, la plupart des gens en ont, eux.

— Tu me détestes vraiment ? Tu seras contente de me voir derrière les barreaux ?

— Non, pas du tout. Et tu n'y resteras sans doute pas longtemps, à supposer même que tu ailles en prison. Tu réussiras à t'en tirer, comme toujours, conclut-elle avant de quitter son bureau.

Elle aperçut le nom de Siobhan Casey sur la plaque d'une porte voisine. On avait également commencé à sortir de ce bureau les fichiers et les programmes informatiques. Apparemment, Siobhan n'avait pas de famille ou d'amis venus la soutenir. Elle était assise, seule avec des banquiers, des inspecteurs de la Brigade des fraudes et des avocats.

Le pas de Connie ne trahit aucune faiblesse tandis qu'elle sortit de l'immeuble et appuya sur la télécommande de déverrouillage central de sa voiture. Elle se mit au volant et partit en direction de son nouvel appartement du bord de mer.

Laddy

Quand Signora choisissait un nom italien pour ses élèves, elle s'attachait plus à conserver une initiale qu'à se montrer puriste dans la traduction. Ainsi, l'une des élèves s'appelait Gertie, un diminutif de Margaret qui littéralement aurait dû donner Margaretta. Mais, pensant que Gertie ne se reconnaîtrait pas dans un nom pareil, Signora l'avait rebaptisée Gloria. Un prénom qui, de fait, avait tellement plu à l'intéressée que celle-ci était tentée de l'adopter définitivement.

Un grand bonhomme à l'air enthousiaste déclara qu'il s'appelait Laddy. Signora marqua un temps de réflexion. Inutile pour elle d'essayer de retracer les origines de ce nom. Elle en choisit un que l'homme aurait plaisir à faire sonner haut et clair.

— Lorenzo ! s'écria-t-elle.

Laddy s'en montra enchanté.

— C'est comme ça qu'on appelle les gens du nom de Laddy, en Italie ?

— Oui, Lorenzo, répondit Signora, faisant de nouveau sonner le prénom.

— Lorenzo ! Qui l'eût cru ? fit Laddy. Et à plusieurs reprises, il répéta : *Mi chiamo Lorenzo*...

John Matthew Joseph Byrne : tel était le nom que Laddy avait reçu sur les fonts baptismaux dans les années trente. Mais on ne l'avait jamais appelé autre-

388

ment que « Laddy[1] ». Seul garçon après cinq filles, sa venue au monde signifiait que l'avenir de la petite ferme de ses parents serait assuré, car il y aurait un homme pour la reprendre.

Mais les choses ne tournent pas toujours comme on s'y attendait.

Laddy rentrait un jour de l'école, faisant deux kilomètres à pied à travers les flaques d'eau et sous les arbres ruisselants, quand il aperçut ses sœurs qui venaient à sa rencontre. Il comprit tout de suite qu'il était arrivé un malheur. Il pensa d'abord à Tripper, le colley qu'il adorait : celui-ci s'était peut-être blessé à la patte, ou fait mordre par un rat ?

Il voulut courir à toutes jambes, sans attendre ses sœurs qui pleuraient, mais elles le retinrent et lui expliquèrent que papa et maman étaient partis au ciel... Désormais, ce seraient elles qui s'occuperaient de lui.

— Mais, ils n'ont pas pu partir tous les deux en même temps ?

Laddy avait huit ans, et il savait des choses : que les gens s'en vont au ciel un par un, et que tout le monde s'habille alors de noir et pleure à chaudes larmes.

Mais c'était bel et bien arrivé. Ses parents avaient trouvé ensemble la mort à un passage à niveau : la charrette qu'ils poussaient s'était coincée dans les rails, et le train leur avait foncé dessus avant qu'ils aient eu le temps de le voir venir. Laddy savait que le bon Dieu avait voulu les rappeler à Lui, que leur heure était venue, mais une question ne cessa de le travailler au fil des ans : pourquoi Dieu avait-Il choisi de le faire de cette façon-là ?

Ç'avait été terriblement traumatisant pour tout le monde. Le conducteur du train n'avait jamais retrouvé ses esprits, et avait terminé ses jours à l'asile. Les gens qui avaient trouvé papa et maman n'avaient jamais osé

1. Surnom affectueux signifiant « petit gars ». *(N.d.T.)*

raconter ce qu'ils avaient vu à quiconque... Laddy demanda un jour à un prêtre pourquoi Dieu n'avait pas plutôt envoyé une mauvaise grippe à ses parents s'Il tenait à les faire passer de vie à trépas. Le prêtre déclara que c'était un mystère. Si l'on comprenait tout ce qui se passe sur cette Terre, dit-il, on serait aussi sage que Dieu Lui-même, ce qui est évidemment impossible.

Rose, la sœur aînée de Laddy, qui était infirmière dans un hôpital du coin, donna sa démission et rentra à la maison pour s'occuper de la famille. Commença alors pour elle une existence solitaire. Le garçon qui la courtisait jusque-là laissa mourir leur idylle quand il se retrouva dans l'obligation de faire deux kilomètres à pied pour venir la voir, dans une maison pleine d'enfants tous dépendants d'elle.

Rose leur fit un bon foyer : elle surveillait leurs devoirs, le soir à la cuisine, lavait et raccommodait leurs vêtements, faisait la cuisine et le ménage, cultivait des légumes et élevait des poules. Tout cela avec l'aide de Shay Neil qu'elle employait pour les travaux de la ferme.

Shay s'occupait du bétail et veillait à ce que tout tourne rond. Il se rendait aux foires et aux marchés et concluait des affaires. Il vivait tranquillement dans une ancienne remise aménagée, séparée de la ferme. Car on ne pouvait risquer d'équivoque aux yeux des visiteurs qui n'auraient guère apprécié l'idée d'un homme vivant sous le même toit qu'une tripotée de jeunes filles.

Cela dit, les filles Byrne ne s'attardèrent pas à la ferme. Rose veilla à ce qu'elles réussissent leurs examens et les encouragea à prendre leur envol. Chacune partit à son heure, l'une pour devenir infirmière, une autre pour suivre une formation de maîtresse d'école, une autre comme vendeuse à Dublin, et la dernière pour prendre un poste dans la fonction publique.

Rose et les bonnes sœurs avaient fait du beau travail avec les filles Byrne, tout le monde en convenait. Et la grande sœur avait joliment relevé le défi d'élever le jeune Laddy, devenu à présent un grand garçon de seize ans qui avait presque perdu le souvenir de ses parents. Comme s'il n'avait jamais vécu autrement qu'avec Rose. Rose, patiente et drôle et qui ne l'accusait jamais d'être bête.

Elle passait des heures avec lui sur ses livres, à lui faire répéter une chose jusqu'à ce qu'il la sût par cœur, sans se fâcher s'il arrivait qu'il l'eût oubliée le lendemain matin. En comparaison de ce que les camarades d'école de Laddy lui racontaient, Rose semblait meilleure que n'importe quelle mère.

Il y eut deux mariages, l'année des seize ans de Laddy, et c'est Rose qui se chargea de cuisiner et de recevoir la noce de ses deux cadettes. Ce furent de grands moments, comme en témoignaient les photos accrochées au mur : des photos prises devant la maison que Shay avait fraîchement repeinte pour l'occasion. Shay était de la fête, bien sûr, mais pas au premier plan. Il ne se mêlait pas vraiment à la famille, il n'était qu'un employé.

Et puis la sœur qui travaillait en Angleterre déclara qu'elle allait se marier elle aussi, mais sans manières. Ce qui voulait dire qu'elle était enceinte et qu'elle passerait uniquement devant monsieur le maire. Rose lui écrivit pour lui dire que Laddy et elle seraient heureux de venir si elle le souhaitait. La réponse arriva, pleine de gratitude mais aussi de franchise : non, elle ne le souhaitait pas du tout.

La sœur infirmière, quant à elle, partit en Afrique. Ainsi, toutes les filles Byrne étaient « casées », et Rose continuait à s'occuper de la ferme jusqu'à ce que ce pauvre Laddy fût assez grand pour prendre sa suite, si tant est qu'il le pût un jour... Car tout le monde — en dehors de Rose et de lui-même — pensait que Laddy n'était pas très vif d'esprit.

Maintenant qu'il avait seize ans, il aurait dû être en pleine période de préparation de son brevet, avec tout l'affairement que cela suppose. Mais, apparemment, on n'en parlait pas.

— Seigneur, ils sont vraiment très décontractés à l'école des Frères ! dit un jour Rose à Laddy. On s'attendrait à ce qu'ils donnent toutes sortes de révisions, de plans de travail et d'étude mais ils n'en ont pas soufflé mot.

— Je ne crois pas que je vais passer mon brevet cette année, dit Laddy.

— Oh ! mais bien sûr que si, puisque tu es en troisième. Sinon, quand le passerais-tu ?

— Frère Gerald ne m'a rien dit du tout, fit-il, l'air soudain inquiet.

— Je vais régler ça, Laddy.

Rose avait toujours tout réglé. Approchant de la trentaine à présent, c'était une belle femme aux cheveux noirs, gaie et de caractère agréable. Nombre de jeunes gens s'étaient intéressés à elle au fil des ans, mais elle n'avait jamais répondu à leurs avances. Il fallait qu'elle s'occupe de sa famille, il serait temps de penser à ses amours plus tard, déclarait-elle avec un air enjoué, réussissant à ne pas fâcher ses prétendants par ce refus systématique, qu'elle leur faisait avant qu'ils aient eu le temps de tomber trop amoureux.

Rose alla trouver frère Gerald, un petit homme affable dont Laddy disait toujours du bien.

— Oh ! Rose, vous devriez ouvrir les yeux ! s'écriat-il. Laddy est le meilleur gamin qui ait jamais usé ses semelles dans notre école mais le pauvre diable n'a pas plus de cervelle qu'un petit oiseau !·

Rose se sentit rougir sous l'effet d'une certaine irritation.

— Je ne crois pas que vous compreniez bien, mon frère. Laddy est très enthousiaste, il veut vraiment apprendre. C'est peut-être que la classe est trop nombreuse.

— Il ne peut pas lire sans suivre les mots du doigt et encore, avec difficulté...

— Ce n'est qu'une habitude. On peut la lui faire perdre.

— Il y a dix ans que j'essaie et que je n'arrive à rien...

— Bah ! tout est encore possible. Il n'a encore raté aucun examen, ni obtenu de mauvais résultats à aucune épreuve. Il aura bien son brevet, non ?

Frère Gerald ouvrit la bouche comme pour parler, mais marqua une pause et se ravisa.

— Non, je vous en prie, mon frère, il ne s'agit pas de se disputer à propos de Laddy. Nous ne voulons tous les deux que son bien. Alors dites-moi les choses ouvertement.

— Il n'a jamais échoué à aucune épreuve, Rose, pour la bonne raison qu'il n'en a jamais passé. Je ne voudrais pas lui imposer pareille humiliation. Pourquoi l'exposer à être toujours dernier ?

— Et que faites-vous de lui quand les autres passent une épreuve ?

— Je le charge de messages de ma part. C'est un bon gamin, vous savez. Il est fiable.

— Quel genre de messages, mon frère ?

— Oh !... porter des cartons de livres, entretenir le feu dans la salle des professeurs, aller déposer quelque chose à la poste...

— Alors, je paie les frais d'école pour que mon frère vous serve de domestique. C'est bien cela que vous êtes en train de me dire ?

— Rose Byrne, répondit le frère avec des yeux pleins de larmes, cessez donc de vous méprendre. De quels frais parlez-vous ? Quelques livres par an... Laddy est heureux chez nous, vous le savez bien. N'est-ce pas ce qu'on peut faire de mieux pour lui ? Il n'est aucunement question de le présenter au brevet, pas plus qu'à n'importe quel autre examen, il faut que vous l'admettiez. Ce garçon est en retard, je suis obligé de vous le dire.

— Mais que vais-je faire de lui, mon frère ? J'avais pensé qu'il pourrait aller dans un lycée agricole, pour apprendre à s'occuper de la ferme.

— Ça le dépasserait complètement, Rose, en admettant même qu'il y entre, ce qui est impossible.

— Mais comment fera-t-il tourner la ferme ?

— Ce n'est pas lui qui le fera, mais vous. Et vous l'avez toujours su.

Non, elle ne l'avait pas toujours su. Il y a une minute encore, elle aurait juré le contraire.

Elle rentra chez elle le cœur gros. Shay Neil, fourche en main, entassait du fumier. Il la salua comme d'habitude, d'un signe de tête un peu sec. Le vieux chien de Laddy, Tripper, l'accueillit d'un aboiement, et Laddy lui-même sortit sur le pas de la porte.

— Frère Gerald t'a dit quelque chose contre moi ? s'enquit-il, inquiet.

— Il m'a dit que tu étais le garçon le plus aimable qu'il ait jamais vu à l'école.

Sans même s'en rendre compte, elle avait failli se mettre à lui parler comme à un bambin, à user de ces paroles réconfortantes qu'on a pour les tout-petits. Elle ne voulait surtout pas céder à cela.

Laddy, lui, n'avait rien remarqué. Un immense sourire éclairait son visage.

— Il a dit ça ?

— Oui, il a dit que tu étais formidable pour entretenir le feu, pour porter des livres et des messages, reprit sa sœur en tâchant de dissimuler son amertume.

— C'est vrai, il y en a pas beaucoup à qui il fait confiance comme à moi, affirma Laddy avec fierté.

— J'ai un peu mal à la tête, Laddy. Tu sais ce qui serait formidable ? que tu me fasses une tasse de thé et me l'apportes dans ma chambre avec une tranche de pain, et qu'ensuite tu prépares le casse-croûte de Shay.

— Je lui coupe deux tranches de jambon et une tomate ?

— C'est ça, Laddy, ce sera parfait.

Elle monta dans sa chambre et s'étendit sur son lit. Comment avait-elle pu ne pas s'apercevoir que son frère était arriéré ? Est-ce que les parents étaient comme ça, cherchant à trop protéger leurs enfants ?

De toute façon, elle ne le saurait jamais. Elle ne risquait plus de se marier. Elle allait continuer à vivre ici, entre un frère simple d'esprit et un sinistre valet de ferme. Elle n'avait plus rien à attendre de l'avenir. Ce serait la même chanson, jour après jour. Comme si quelqu'un avait dérobé la lumière qui éclairait jusqu'à présent sa vie.

Chaque semaine elle écrivait à l'une de ses sœurs, de sorte que chacune reçoive des nouvelles d'elle une fois par mois. Elle leur parlait généralement de la ferme et de Laddy. Mais à partir de ce jour, elle eut du mal à écrire. Ses sœurs se rendaient-elles compte que Laddy était arriéré ? Était-ce justement parce qu'elle lui avait consacré sa vie qu'elles se montraient si reconnaissantes et pleines d'éloges à son égard ?

De fait, Rose n'avait pas eu conscience de se sacrifier. Elle s'était juste dit qu'à cause de l'accident, il lui faudrait renoncer à une partie de sa jeunesse et interrompre son activité d'infirmière. Mais maintenant, elle en voulait à ses parents : pourquoi avaient-ils poussé leur charrette sur les rails, et surtout pourquoi ne l'avaient-ils pas abandonnée là pour avoir la vie sauve ?

Elle avait préparé une carte d'anniversaire pour l'envoyer à l'une de ses nièces avec un billet de dix livres, et en la mettant dans l'enveloppe, elle songea que ses sœurs devaient se dire que sa peine était grassement rétribuée. Elle avait la ferme et les terres. C'était pourtant bien la dernière chose qu'elle souhaitât posséder ! Ah ! si les gens avaient pu savoir combien elle aurait aimé s'en débarrasser, la donner au premier venu, pourvu qu'il fût capable d'assurer un toit et une vie heureuse à Laddy pour le restant de ses jours...

Il y avait un carnaval en ville, chaque été. Rose y emmena Laddy et ils montèrent dans les autotamponneuses et sur le manège aux avions. Ils firent un tour de train fantôme : Laddy s'agrippait à sa sœur en criant d'effroi mais, à la fin, il lui demanda un autre shilling pour refaire un tour. Elle rencontra plusieurs personnes de la ville qui la saluèrent toutes avec chaleur. Rose Byrne était une femme qu'on admirait. Et elle comprenait pourquoi, maintenant. On la louait parce qu'elle s'était engagée à vie...

Son frère s'amusait comme un fou.

— On peut dépenser l'argent des œufs ? demanda-t-il.

— Une partie, mais pas tout.

— Mais qu'est-ce qu'on pourrait en faire de mieux que de le dépenser au carnaval ?

Elle le regarda se diriger vers le stand du jeu des anneaux où il gagna une statue du Sacré Cœur de Jésus qu'il lui rapporta, tout gonflé de fierté.

— Je la rapporterai à la ferme, ça vous évitera de vous en encombrer toute la journée, fit une voix à côté de Rose — c'était celle de Shay Neil. Je peux la mettre dans ma sacoche de vélo.

C'était gentil de sa part : la lourde statue, grossièrement enveloppée dans du papier journal, aurait été difficile à porter.

Rose lui sourit, reconnaissante.

— Shay, vous êtes vraiment un chic type, toujours là quand on a besoin de vous.

— Merci, Rose.

Sa voix avait d'étranges inflexions, comme s'il avait bu. Elle le regarda attentivement. Oh ! et puis pourquoi pas ? C'était son jour de congé, il avait le droit de boire si ça lui faisait plaisir. Lui non plus, il n'avait pas une vie très drôle, logé dans la remise, retournant le fumier et trayant les vaches. Elle ne lui connaissait pas d'amis ni de famille. Alors, quelques whiskies un jour de sortie, n'était-ce pas un brin de réconfort pour lui ?

Poursuivant son chemin, Rose entraîna Laddy vers la diseuse de bonne aventure.

— Et si on essayait ? proposa-t-elle.

Laddy était ravi qu'elle reste un peu au carnaval ; il avait craint qu'elle veuille rentrer à la maison.

— Oh, oui ! j'aimerais bien qu'on me dise la bonne aventure, dit-il.

Ayant longuement observé sa main, Ella la Bohémienne lui prédit de grands succès dans le sport et les jeux, une longue vie, et un bon travail qui lui ferait rencontrer beaucoup de gens. Et des voyages. Des voyages au-delà de la mer. Rose soupira : jusque-là, tout allait bien ; pourquoi fallait-il qu'elle se mît à parler de voyages ? Laddy n'irait jamais à l'étranger, à moins qu'elle ne l'y emmenât. Ce qui paraissait fort peu vraisemblable.

— Maintenant, à toi, Rose, lança-t-il.

Ella la Bohémienne releva les yeux.

— Mais, Laddy, on le connaît déjà, mon avenir.

— Ah bon ?

— Oui, c'est m'occuper de la ferme avec toi.

— Mais moi, je vais rencontrer des gens et je vais voyager au-delà de la mer !

— Oui, c'est vrai, acquiesça Rose.

— Eh bien, Rose, fais-toi donc lire les lignes de la main, toi aussi, fit son frère avec impatience.

Ella la Bohémienne dit que Rose se marierait dans l'année, qu'elle aurait un enfant et qu'elle serait très heureuse.

— Et je voyagerai au-delà de la mer ? ajouta-t-elle, plutôt par politesse qu'autre chose.

Non, pas de voyages en vue pour elle, répondit Ella la Bohémienne. Elle voyait quelques ennuis de santé, mais pas avant longtemps. Rose lui donna deux demi-couronnes puis acheta des glaces pour Laddy et elle avant de rentrer. Le chemin du retour lui parut long ce soir-là. Heureusement, elle n'avait pas la statue à porter.

Laddy n'en finissait plus d'évoquer la merveilleuse journée, prétendant qu'il n'avait pas eu vraiment peur dans le train fantôme. De retour à la maison, Rose resta à regarder danser les flammes du feu en songeant à Ella la Bohémienne : quelle drôle de façon de gagner sa vie, que d'aller de ville en ville avec le même groupe de forains ! Peut-être était-elle l'épouse de l'homme des autotamponneuses.

Laddy alla se coucher en emportant les illustrés que sa sœur lui avait achetés, tandis que Rose essayait d'imaginer ce que faisaient les gens restés au carnaval. On ne tarderait pas à fermer. On éteindrait les lumières multicolores, et les forains rejoindraient leurs caravanes. Le chien Tripper ronflait doucement, couché près du feu. Là-haut, dans sa chambre, Laddy avait dû s'endormir. Dehors il faisait nuit. Rose songea au mariage, à l'enfant qu'on lui avait prédit et aux ennuis de santé quand l'âge viendrait. On aurait dû interdire ce genre d'attractions : dire qu'il y avait des badauds assez bêtes pour croire à de telles fariboles !

Elle se réveilla dans l'obscurité, avec l'impression de suffoquer. Un grand poids pesait sur son corps. Elle se débattit, sentit la panique l'envahir. Était-ce l'armoire qui lui était tombée dessus ? Une partie du toit qui s'était écroulée ? Elle s'apprêtait à appeler, quand une main la bâillonna. Elle sentit une odeur d'alcool...

Dieu ! c'était Shay Neil qui était là dans son lit, couché sur elle !

Elle se débattit, tentant de se libérer de la main qui lui couvrait la bouche.

— Shay, je vous en prie, murmura-t-elle, ne faites pas ça ! Shay, je vous en supplie !

— Ça fait longtemps que tu n'attends que ça ! grogna-t-il en essayant de l'obliger à écarter les jambes.

— Non, pas du tout, Shay. Je ne veux pas de ça. Sortez tout de suite, et nous n'en parlerons plus.

— Pourquoi tu murmures, alors ? fit-il en chuchotant lui aussi.

— Pour ne pas réveiller Laddy, pour ne pas l'effrayer.

— Non ! C'est pour qu'on puisse le faire. Voilà pourquoi tu ne veux pas le réveiller.

— Je vous donnerai ce que vous voudrez.

— Non, c'est moi qui vais te donner quelque chose, et tu vas voir quoi !

Il était brutal, lourd comme du plomb, beaucoup trop fort pour elle. De deux choses l'une : ou bien elle appelait Laddy à la rescousse (mais tenait-elle à ce qu'il la vît ainsi, clouée sur le lit, sa chemise de nuit déchirée ?), ou bien elle laissait Neil faire son affaire le plus vite possible.

Rose opta pour la deuxième solution.

Le lendemain matin, elle lava toute sa literie, brûla sa chemise de nuit et ouvrit en grand les fenêtres de sa chambre.

— Shay a dû monter dans les chambres cette nuit, remarqua Laddy au petit déjeuner.

— Qu'est-ce qui te fait dire ça ?

— La statue que j'ai gagnée pour toi, elle est là, sur le palier, il a dû la monter, constata Laddy avec satisfaction.

— C'est ça, il a dû la monter, approuva Rose.

Elle se sentait endolorie, pleine de bleus. Elle allait ordonner à Shay de quitter la ferme. Laddy poserait des questions, il faudrait qu'elle invente une histoire plausible pour lui, et pour les voisins aussi. Soudain, une vague de colère la submergea : et pourquoi serait-elle forcée d'inventer toutes sortes d'excuses, d'histoires et d'explications, alors que c'était elle, Rose, qui était parfaitement innocente dans tout ça ! C'était la plus cruelle injustice qu'elle ait vue de sa vie.

La matinée s'écoula, pareille à tant d'autres qu'elle avait connues. Elle prépara les sandwiches de Laddy qui partait à l'école rendre de menus services aux professeurs, elle le savait maintenant. Elle ramassa les œufs et donna du grain aux poules. Pendant ce temps-là, draps et taies d'oreiller claquaient au vent, suspendus à la corde à linge. La couverture séchait aussi, étendue sur une haie.

D'ordinaire, le matin, Shay déjeunait chez lui de pain beurré et de thé. Quand l'angélus sonnait en ville, il se lavait les mains et la figure à la pompe dans la cour et venait prendre le repas de midi à la ferme. Il n'y avait pas de viande tous les jours, quelquefois seulement de la soupe. Mais toujours un plat de grosses pommes de terre farineuses, une cruche d'eau sur la table et une pleine théière à la fin du repas. Shay emportait alors son assiette et ses couverts à l'évier et les lavait.

Le déjeuner était généralement assez morne. Parfois Rose lisait, Shay n'étant pas très doué pour la conversation. Ce jour-là, elle ne prépara rien à manger. Quand Shay viendrait, elle lui dirait qu'il fallait qu'il parte. L'angélus sonna, et Shay ne vint pas. Rose savait qu'il était au travail, elle l'avait entendu rentrer les vaches pour la traite, elle avait vu les bidons prêts pour le ramassage de la laiterie.

Elle commençait à avoir peur : et s'il allait de nouveau s'attaquer à elle ? Peut-être avait-il pris pour un encouragement le fait qu'elle ne l'eût pas renvoyé dès le matin. Voire le fait qu'elle fût restée passive, la nuit précédente, alors qu'elle ne voulait qu'épargner à Laddy un spectacle qu'il ne pourrait pas comprendre. Que d'ailleurs aucun gamin de seize ans ne comprendrait, s'agissant de sa sœur.

Deux heures ayant sonné, elle se sentait de plus en plus mal à l'aise. Shay n'avait jamais manqué le déjeuner. L'attendait-il quelque part, prêt à l'agresser de nouveau ? Si cela se reproduisait, Seigneur, cette fois elle se défendrait ! Dehors, près de la porte de la cuisine, il y avait un bâton muni de clous recourbés dont on se servait pour enlever les brindilles et les branches d'arbre tombées sur le chaume du toit. Un instrument parfait, à garder à portée de main. Elle alla le chercher puis s'assit à la table de la cuisine pour réfléchir.

Elle n'eut pas le temps de réagir : déjà la porte était ouverte, et Shay Neil était dans la cuisine. Rose esquissa le geste d'attraper le bâton, mais il le renversa d'un coup de pied. Il était pâle, Rose voyait sa pomme d'Adam monter et descendre dans sa gorge.

— Ce que j'ai fait hier soir, dit-il, ça n'aurait jamais dû se produire. (Rose l'écoutait, tremblante.) J'étais soûl, je n'ai pas l'habitude des boissons fortes. C'est l'alcool qui m'y a poussé.

Rose cherchait les mots adéquats pour lui ordonner de quitter les lieux, les paroles qui convenaient pour le renvoyer sans l'irriter, afin qu'il ne risque pas de se jeter sur elle encore une fois. Mais elle se rendit compte qu'elle était incapable de parler. Oh ! ils avaient l'habitude des silences. Que d'heures, de jours et de semaines de son existence avait-elle passés dans cette cuisine avec Shay Neil sans qu'un seul mot fût prononcé ! Mais c'était autre chose, aujourd'hui. La peur et le souvenir des grognements et des obscénités de la nuit pesaient lourd entre eux.

— Si seulement ça n'était pas arrivé... déclara-t-il finalement. Mais comme c'est arrivé...

C'était le moment de lui dire ce qu'elle avait à lui dire, de le renvoyer définitivement de la ferme.

— Mais comme c'est arrivé, reprit-il, je ne crois pas que je devrais continuer à venir manger chez vous. Je me ferai ma propre cuisine dans mon coin. Ça sera mieux comme ça, désormais.

Ainsi, il avait la ferme intention de rester chez elle après ce qui s'était passé ! Après avoir abusé d'elle de la pire des façons — car la plus intime et la plus effrayante —, il s'imaginait qu'on pouvait simplement classer l'affaire en modifiant légèrement l'organisation des repas ! Il était fou, à n'en pas douter.

Alors elle parla, doucement et en pesant bien ses mots. Surtout ne pas lui laisser entendre la peur dans sa voix...

— Non, Shay, je ne crois pas que ça suffise, dit-elle. Je pense qu'il vaudrait mieux que vous partiez. Ce serait trop difficile d'oublier ce qui s'est passé. Il vaut mieux que vous preniez un nouveau départ ailleurs.

Il la regarda, incrédule.

— Mais je ne peux pas partir !

— Vous trouverez une autre place.

— Je ne peux pas partir... je vous aime.

— Ne dites pas de bêtises ! cria-t-elle, irritée et affolée. Vous ne m'aimez pas, vous n'aimez personne. Ce que vous avez fait n'a aucun rapport avec l'amour.

— Je vous ai dit que ça, c'était la boisson. Mais je vous jure, je vous aime.

— Il faut que vous partiez, Shay.

— Je ne peux pas vous laisser : que deviendrez-vous, vous et Laddy, si je m'en vais ? lança-t-il avant de tourner les talons et de quitter la cuisine.

— Pourquoi Shay n'est pas venu déjeuner ? s'étonna Laddy le samedi suivant.

— Il dit qu'il préfère manger seul, c'est quelqu'un qui n'est pas très bavard, répondit Rose.

Elle n'avait plus reparlé à Shay. Le travail continuait à se faire comme à l'accoutumée. Il avait réparé la clôture du verger et posé un nouveau verrou sur la porte de la cuisine pour que Rose pût s'enfermer de l'intérieur, le soir.

Tripper, le vieux colley, était à l'article de la mort. Laddy était bouleversé. Il restait là, à caresser la tête du chien, à essayer de le faire boire à la petite cuillère. Il se mettait de temps en temps à pleurer, les bras autour du cou de l'animal.

— Remets-toi, Tripper. Je ne peux pas supporter de t'entendre respirer comme ça.

— Rose ? fit Shay, lui adressant la parole pour la première fois depuis des semaines.

Elle sursauta :

— Oui ?

— Je crois que je ferais mieux d'emmener Tripper dans le champ et de lui tirer une balle dans la tête Qu'est-ce que vous en pensez ?

Ensemble, ils examinèrent le chien qui respirait péniblement.

— On ne peut pas faire ça sans le dire à Laddy.

Laddy était parti à l'école ce jour-là en promettant d'acheter un petit morceau de steak pour Tripper, dans l'espoir de lui redonner des forces. Il passerait chez le boucher en rentrant. Bien sûr, le chien était incapable de manger quoi que ce fût, mais Laddy ne voulait pas le croire.

— Je lui demanderai ? s'enquit Shay.

— D'accord.

Ce soir-là, Laddy creusa une tombe pour Tripper et ils le portèrent jusqu'au champ, derrière la maison. Shay mit le canon du fusil contre la tête du chien. Une seconde plus tard, tout était terminé. Laddy fit une petite croix en bois et ils restèrent en silence, tous les trois, autour de la petite tombe. Puis Shay regagna sa remise.

— Tu es bien silencieuse, Rose, fit remarquer Laddy. Je crois que tu l'aimais bien, Tripper, autant que je l'aimais, moi.

— C'est vrai, Laddy.

Mais ce qui rendait Rose si songeuse, c'était qu'elle n'avait pas eu ses règles. Ce qui ne lui était encore jamais arrivé de sa vie.

La semaine suivante, Laddy se mit à s'inquiéter pour sa sœur : il y avait quelque chose qui n'allait pas. Ça ne pouvait pas être simplement le fait que Tripper lui manquait. Il y avait sûrement autre chose.

Dans les années cinquante, trois possibilités s'offraient à une Irlandaise dans la situation de Rose. Avoir le bébé et rester à la ferme, à jamais déshonorée et en butte aux cancans des villageois. Ou bien vendre la ferme et partir ailleurs avec Laddy pour recommencer une nouvelle vie dans un endroit où personne ne la connaissait. Ou encore, amener Shay Neil devant le curé et l'épouser.

Les trois solutions lui paraissaient bancales. Pour la première, Rose ne supportait pas l'idée de déchoir ainsi après tant d'années en devenant la mère célibataire d'un enfant qu'aucun père n'aurait reconnu. C'en serait fini de ses rares plaisirs, tels que d'aller en ville, de prendre un café à l'hôtel ou de bavarder à la sortie de la messe. Elle deviendrait l'objet de toutes sortes de conjectures, une pauvre femme qu'on aurait en pitié. Les gens hocheraient tristement la tête sur son passage. Laddy n'y comprendrait plus rien. Pour la seconde solution, pouvait-elle vendre la ferme et partir, vu les

circonstances ? Dans un sens, la propriété leur appartenait à tous, elle, Laddy et leurs quatre sœurs. Et le jour
où celles-ci apprendraient que Rose avait empoché le
produit de la vente pour partir vivre à Dublin dans un
quelconque meublé avec Laddy et un enfant illégitime,
qu'en penseraient-elles ?

Alors il lui fallait épouser Shay Neil. Ce qu'elle fit.

Laddy était ravi. Et fou de joie à l'idée de devenir
oncle.

— Est-ce que le bébé m'appellera oncle Laddy ?

— Si tu veux, répondit Rose.

Les choses n'avaient guère changé à la ferme, mis à
part le fait que Shay dormait maintenant dans la
chambre de Rose. Celle-ci allait moins souvent qu'avant
à la ville. Peut-être était-elle fatiguée par l'attente du
bébé, ou bien elle n'avait plus envie de voir des gens ?...
Laddy n'était pas très sûr. Et elle écrivait moins à ses
sœurs, bien qu'elle reçût davantage de lettres d'elles,
que son mariage avait stupéfiées. Tout comme le fait
qu'il n'y ait pas eu de grand repas de noce, tel que ceux
que Rose avait organisés pour elles. Elles étaient venues
à la ferme et elles avaient serré la main de Shay, un peu
gênées. La conversation de leur aînée, normalement si
extravertie, ne leur avait fourni aucune explication
plausible.

Et puis le bébé était né, un enfant sain dont Laddy
était le parrain, et la marraine Mrs. Nolan — la propriétaire de l'hôtel. L'enfant fut baptisé Augustus,
mais on l'appelait Gus. Rose retrouvait le sourire en
tenant son fils dans ses bras. Laddy adorait le petit
et ne se lassait jamais de jouer avec lui. Shay restait
taciturne et peu communicatif, qu'il s'agît du bébé ou
de n'importe quoi d'autre. Ainsi vivaient les membres
de cette étrange maisonnée. Laddy prit bientôt du
service à l'hôtel, chez Mrs. Nolan qui déclara n'avoir
jamais été aussi bien aidée. On serait tout perdus,
sans lui, disait-elle.

Le jeune Gus avait appris à marcher et suivait les poules dans la cour d'un pas mal assuré, sous l'œil admiratif de Rose. Shay était plus morose que jamais. Parfois, la nuit, Rose l'observait à la dérobée : il restait souvent étendu, les yeux ouverts. À quoi pensait-il ? Était-il heureux ?

Ils avaient eu très peu de relations sexuelles. Au début, Rose ne voulait pas, à cause de sa grossesse. Mais après la naissance de Gus, elle avait parlé à Shay avec franchise :

— Nous sommes mari et femme, maintenant, le passé est oublié. On devrait avoir une vie conjugale normale.

— C'est vrai, avait-il répondu sans grand enthousiasme.

Rose avait été étonnée de s'apercevoir qu'elle n'éprouvait ni dégoût ni peur à son égard. Les moments où ils faisaient l'amour ne réveillaient pas de souvenirs de la fameuse nuit de violence. En fait, c'étaient les seuls moments où il y eût un peu d'intimité entre eux. Shay était un homme compliqué et introverti. Il n'avait pas la parole facile, quel que fût le sujet de conversation.

Il n'y avait jamais d'alcool chez eux, à part la demi-bouteille de whiskey qu'on gardait sur le rayon du haut, dans le placard de la cuisine, en cas d'urgence ou pour en imbiber du coton si quelqu'un avait mal aux dents. Ils n'avaient jamais évoqué la soûlerie de la fameuse nuit dont Rose avait relégué les événements aussi loin que possible de ses pensées. Sans jamais se dire qu'ils étaient cause de la naissance de son petit Gus adoré, cet enfant qui lui avait apporté plus de bonheur qu'elle eût cru possible.

Aussi eut-elle un choc, le jour où Shay rentra de la foire ivre et violent, tellement soûl qu'il pouvait à peine articuler une parole. Rendu fou par les reproches de Rose, il prit sa ceinture de pantalon et se mit à la battre.

406

Apparemment excité par cette correction qu'il lui infligeait, il la força à lui céder, exactement comme la fameuse nuit que Rose avait réussi à évacuer de sa mémoire. Alors un déluge de souvenirs la submergea, lui inspirant dégoût et terreur. Ce fut affreux pour elle, bien que maintenant elle connût ce corps qu'elle accueillait volontiers contre le sien. Elle se retrouva couverte de bleus, la lèvre fendue.

— Et demain, tu ne pourras pas jouer à la grande dame offusquée qui m'ordonne de faire mon baluchon et de partir ! Pas cette fois-ci. Pas maintenant que je fais partie de la famille ! fit Shay avant de se retourner et de s'endormir.

— Mais qu'est-ce qui t'est donc arrivé, Rose ? s'inquiéta Laddy.

— Je suis tombée du lit à moitié endormie et me suis cogné la tête contre la table de nuit, expliqua-t-elle.

— Tu veux que je demande au médecin de venir te voir quand je serai en ville ? proposa Laddy, impressionné par ses bleus.

— Non, Laddy, ça va, fit-elle.

Elle avait rejoint les rangs de celles qui préfèrent accepter la violence, jugeant que c'est plus facile que de l'affronter.

Rose avait espéré avoir un autre enfant, une petite sœur pour Gus, mais cela n'arriva pas. Elle avait du mal à admettre qu'une grossesse pût être le fruit du viol d'une nuit, alors que des mois de rapports conjugaux consentis s'obstinaient à ne rien produire.

Mrs. Nolan, la propriétaire de l'hôtel, signala son étonnement au Dr. Kenny :

— C'est bizarre... On dirait que Rose tombe et se fait mal à tout bout de champ.

— Je sais, je l'ai vue, dit le docteur.

— Elle prétend qu'elle est devenue maladroite, mais je ne sais pas...

— Je ne sais pas non plus, Mrs. Nolan. Mais que puis-je y faire ?

Il avait assez vécu pour savoir que quantité de femmes racontent qu'elles sont devenues maladroites et qu'elles tombent. Et, étrange coïncidence, cela arrivait souvent après la foire ou les jours de marché en ville... Si cela n'avait tenu qu'à lui, le Dr. Kenny aurait fait interdire l'alcool dans les foires. Mais qui écoute un vieux médecin de campagne qui ramasse les morceaux et à qui l'on dit rarement la vérité ?...

Laddy aimait bien les filles, mais n'avait guère de succès auprès d'elles. Il confia à Rose qu'il aimerait bien avoir les cheveux gominés et des chaussures à bout pointu, parce que alors les filles s'intéresseraient à lui. Sa sœur lui acheta donc une paire de chaussures pointues et essaya de lui gominer les cheveux. Mais sans résultat.

— Tu crois que je me marierai un jour, Rose ? lui demanda-t-il un soir.

Shay était en déplacement dans une autre ville pour acheter des bêtes, Gus dormait car il entrait à l'école le lendemain, ce dont il était ravi. Il n'y avait donc que Rose et Laddy au coin du feu, comme dans le temps.

— Je ne sais pas, Laddy. Tiens, regarde, moi je ne croyais pas du tout me marier, mais tu te souviens... cette diseuse de bonne aventure qu'on était allés voir il y a des années ? Eh bien, elle m'avait dit que je me marierais dans l'année, et c'est bien arrivé. Pourtant je ne m'y attendais pas, pas plus que d'avoir un enfant que j'adorerais. Toi, elle t'avait dit que tu ferais un travail qui te ferait rencontrer beaucoup de gens, et tu es dans un hôtel. Elle t'avait prédit aussi que tu voyagerais au-delà de la mer et que tu serais très fort en sport... Ça, c'est encore devant toi, ajouta Rose avec un grand sourire.

Elle se plaisait à lui rappeler les bonnes choses et celles qui restaient à accomplir, mais omit délibérément de signaler les ennuis de santé qu'Ella la Bohémienne lui avait prédits, à elle, pour plus tard.

Quand le drame arriva, ce fut tout à fait inattendu. On n'était pas un jour de foire, il n'y aurait donc pas de grandes beuveries au whiskey, entre hommes qui risquaient de perdre tout contrôle sous l'emprise de la boisson. Rose n'avait donc aucune raison d'appréhender le retour de Shay ce soir-là. D'où le choc qu'elle éprouva en le voyant soûl, les yeux dans le vague et la bouche tordue.

— Ne me regarde pas comme ça, lança-t-il.

— Je ne te regarde pas.

— Mais si, mais si, bon sang de bois !

— Tu as trouvé des génisses ?

— Je t'en ficherai, des génisses, riposta-t-il en enlevant sa ceinture.

— Non, Shay, non ! Je ne te critique pas, je te parle, tout simplement. Non ! hurla Rose.

Ce soir elle criait, au lieu de le supplier à voix basse pour éviter que son frère et son fils sachent ce qui se passait.

Les cris semblèrent l'exciter encore plus.

— Tu es une pute ! Une pute de bas étage. Tu n'en as jamais assez, ça t'a toujours travaillé, avant même que tu sois mariée. Tu es répugnante ! cria-t-il en levant le bras.

La ceinture s'abattit sur les épaules de Rose, puis sur sa tête. Au même moment, le pantalon de Shay tomba à ses pieds et il arracha la chemise de nuit de sa femme. Elle tenta d'aller se mettre à l'abri derrière la chaise de leur chambre mais il s'en empara, la souleva, la cassa sur le montant du lit et fondit sur elle en brandissant ce qui en restait.

— Non, Shay, au nom du ciel, ne fais pas ça ! hurla Rose.

Tout d'un coup, à la porte, derrière Shay, elle aperçut la petite silhouette d'un Gus mort de peur, main sur la bouche pour contenir sa terreur, accompagné de Laddy. Tous deux réveillés par les cris et sidérés par ce spectacle. Avant même de pouvoir s'en empêcher, Rose cria : « Au secours, Laddy, au secours ! » Et elle vit Laddy passer un bras puissant autour du cou de Shay pour l'immobiliser et l'obliger à reculer.

Gus, terrifié, se mit à hurler. Rose, sans se soucier du sang qui dégoulinait sur son front, s'enveloppa dans les restes de sa chemise de nuit en lambeaux et s'élança vers son fils qu'elle prit dans ses bras.

— Il n'est plus lui-même, expliqua-t-elle à Laddy. Il ne sait plus ce qu'il fait, il faut qu'on l'enferme quelque part.

— Papa ! cria Gus.

Shay réussit à se dégager et se dirigea vers la mère et l'enfant, un pied de chaise toujours à la main.

— Laddy, pour l'amour du ciel ! implora Rose.

Shay s'arrêta pour regarder Laddy, ce grand garçon au visage rouge et baigné de transpiration, debout dans son pyjama, l'air soudain hésitant et apeuré.

— Eh bien ! Madame Rose, quel fameux protecteur vous avez là, hein ! L'idiot du village en pyjama, voilà un joli spectacle, non ? L'idiot du village qui protège sa grande sœur ! persifla-t-il, ses yeux allant de l'un à l'autre, provoquant Laddy. Voyons, mon grand, frappe-moi donc, va ! Frappe-moi, espèce de gros tas ! Vas-y ! criait-il en brandissant le pied de chaise, que la pointe acérée laissée par la cassure transformait en une arme redoutable.

— Frappe-le donc, Laddy ! supplia Rose, et le gros poing de son frère s'abattit sur la mâchoire de Shay.

Shay tomba à la renverse, sa tête heurta le marbre du lavabo. Il y eut un fracas et il s'affala par terre, les yeux ouverts. Rose posa calmement Gus sur le plancher, il avait cessé de pleurer. Le silence qui suivit leur sembla une éternité.

— Je crois qu'il est mort, lâcha finalement Laddy.

— Tu as fait ce que tu devais, lui dit Rose.

Il la regarda, incrédule, convaincu, lui, qu'il avait fait une chose épouvantable. Il avait frappé trop fort, la violence du coup avait tué Shay. Rose le lui disait souvent : « Tu ne connais pas ta force, Laddy, vas-y doucement ! » Mais cette fois, pas l'ombre d'une réprimande de la part de sa sœur. Il n'arrivait pas à croire ce qu'il voyait. Il détourna le regard du corps aux yeux fixes.

Rose lui dit alors très posément :

— Maintenant, Laddy, tu vas t'habiller, prendre ton vélo et aller en ville prévenir le Dr. Kenny que ce pauvre Shay est tombé et qu'il s'est cogné la tête. Le docteur avertira le père Maher, et tu reviendras avec eux en voiture.

— Et est-ce que je dirai ?...

— Tu diras que tu as entendu des cris, que Shay est tombé et que je t'ai demandé d'aller chercher le médecin.

— Mais, il est pas... Je veux dire, est-ce que le Dr. Kenny pourra ?...

— Le Dr. Kenny fera ce qu'il pourra, et puis il fermera les yeux de ce pauvre Shay. Allez, habille-toi et vas-y, Laddy. Tu es un bon garçon.

— Et toi, ça ira, Rose ?

— Ça ira, et Gus aussi.

— Ça va, fit Gus, un doigt toujours dans la bouche et s'agrippant à la main de Rose.

Laddy pédala à toute allure dans le noir, la lumière du phare de sa bicyclette oscillant à travers les ombres et les formes terrifiantes de la nuit.

Le Dr. Kenny et le père Maher mirent le vélo sur le toit de la voiture du docteur. Quand ils arrivèrent à la ferme, Rose était très calme : elle avait enfilé un cardigan et une jupe sombre, bien nets, ainsi qu'une blouse blanche. Elle avait ramené ses cheveux légèrement sur son front pour dissimuler la coupure. Il y avait un bon feu dans l'âtre, elle avait rajouté du bois et brûlé la chaise cassée, à présent réduite en cendres. Personne ne saurait jamais qu'on s'en était servi comme arme.

Cependant, Rose était pâle. Elle avait mis de l'eau à bouillir pour le thé et préparé des bougies pour les derniers sacrements. Le prêtre récita les prières, Laddy et Gus se joignant à Rose pour le répons. Le médecin rédigea le certificat de décès : manifestement une mort accidentelle consécutive à un état d'ébriété.

Des femmes viendraient au matin faire la toilette du mort. On sacrifia au rituel des condoléances, de pure forme en l'occurrence, car le médecin comme le prêtre savaient qu'il s'agissait d'un mariage forcé, le valet ayant fait un enfant à la propriétaire de la ferme. Et il était de notoriété publique que Shay Neil ne tenait pas la boisson.

Le Dr. Kenny n'était guère enclin à s'interroger sur la façon dont Shay était tombé, pas plus qu'à questionner Rose sur le sang qu'elle avait au visage. Profitant d'un moment où le prêtre était occupé, il prit sa serviette et, sans attendre que Rose le lui demande, examina rapidement la blessure et y appliqua un antiseptique. « Ça va aller, Rose », lui dit-il, et elle comprit qu'il ne parlait pas seulement de sa coupure au front, mais de tout le reste aussi.

Après l'enterrement, Rose invita toute la famille à la ferme et tout le monde s'attabla à la cuisine où elle avait préparé un bon repas. Les rares parents de Shay présents aux funérailles ne furent pas conviés.

Rose avait une proposition à faire à ses sœurs : la ferme n'étant plus associée pour elle qu'à de tristes événements, elle souhaitait la vendre et aller habiter Dublin avec Gus et Laddy. Elle en avait discuté avec un agent immobilier qui lui avait donné une idée assez précise du prix qu'elle pourrait en tirer. Quelqu'un avait-il une objection à la vente ? Ou bien l'une de ses sœurs préférerait-elle habiter la ferme ? Non, personne n'en avait envie et ils seraient tous contents de vendre.

— Parfait, fit Rose, laconique.

Y avait-il des souvenirs que ses sœurs aimeraient conserver ?

— Maintenant, tout de suite ? demandèrent-elles, s'étonnant de sa hâte.

— Oui, dit Rose, aujourd'hui même.

Elle avait l'intention de mettre la maison en vente dès le lendemain.

Gus fréquentait une école de Dublin et Laddy, armé des chaleureuses recommandations de Mrs. Nolan, se trouva un travail de concierge dans un petit hôtel. Les propriétaires ne tardèrent pas à le considérer comme un membre de la famille et lui proposèrent de loger sur place, ce qui convenait à tout le monde. Ainsi s'écoulèrent de paisibles années.

Rose reprit son métier d'infirmière. Gus, qui avait été bon élève à l'école, s'inscrivit ensuite dans un cours de gestion hôtelière. La quarantaine mûrissante, Rose restait une belle femme qui aurait pu trouver des occasions de se remarier à Dublin. Un homme, devenu veuf d'une femme dont Rose s'était occupée, semblait beaucoup s'intéresser à elle, mais Rose ne se laissa pas fléchir. Un mariage sans amour, cela lui suffisait. Elle ne recommencerait que pour un homme qu'elle aimerait vraiment. Elle n'avait pas l'impression de manquer d'amour : la plupart des gens n'avaient pas la chance de connaître ce qu'elle trouvait auprès de Laddy et Gus.

Gus aimait son travail. Il était prêt à faire les plus longues journées et à assumer les tâches les plus dures afin d'apprendre le métier de l'hôtellerie. Laddy l'avait toujours emmené voir des matches de football et de boxe et évoquait parfois la prédiction de la diseuse de bonne aventure :

— Peut-être qu'elle a voulu dire que j'allais m'intéresser au sport, expliqua-t-il un jour à Gus. Elle ne voulait peut-être pas dire que je serai bon sportif moi-même, mais que je m'y intéresserai.

— Peut-être bien, acquiesça Gus qui aimait beaucoup cet oncle bonhomme au grand cœur, qui s'occupait si gentiment de lui.

Aucun d'eux n'avait jamais reparlé de la nuit de l'accident. Il arrivait parfois à Rose de se demander si Gus en conservait le souvenir. Il avait six ans à l'époque, un âge suffisant pour qu'on se rappelle tout. Mais, apparemment, le reste de son enfance n'avait pas été troublé par des cauchemars et, plus tard, il ne manifesta aucune gêne particulière s'il arrivait qu'on mentionne son père. Il ne posait cependant guère de questions à son sujet, ce qui était significatif en soi, car il eût été normal qu'un garçon cherche à en savoir plus long sur son père. Mais peut-être Gus en savait-il assez...

L'hôtel où travaillait Laddy appartenait à un couple âgé. Laddy fut catastrophé le jour où ils annoncèrent qu'ils allaient se retirer des affaires : depuis tant d'années que l'hôtel était son foyer ! Cependant Gus, de son côté, venait justement de rencontrer celle qui allait partager sa vie, une jeune fille intelligente et vive du nom de Maggie : elle avait une formation de chef cuisinier avec, en prime, tout l'humour et l'aplomb des habitants d'Irlande du Nord. Rose la trouva idéale pour son fils : elle lui apporterait certainement tout le soutien dont il avait besoin.

— Moi qui m'étais toujours dit que je serais jalouse, le jour où Gus prendrait femme ! Or, il n'en est rien, je suis ravie pour lui.

— Et moi qui m'étais toujours dit que ma belle-mère risquait d'être une harpie infernale, je suis tombée sur vous ! répondit Maggie.

Le rêve des deux jeunes gens était d'avoir un hôtel à gérer ensemble. Peut-être pourraient-ils racheter une petite affaire qui avait périclité et la relancer petit à petit ?

— Vous ne pourriez pas racheter « mon » hôtel ? suggéra alors Laddy.

C'était tout à fait ce qu'ils auraient aimé, mais ils n'en avaient naturellement pas les moyens.

— Si vous me donnez une chambre où loger, je vous l'offre, proposa Rose.

Quel meilleur usage faire de ses économies et de l'argent de la vente de l'appartement de Dublin, quand elle le quitterait ? L'hôtel serait un toit pour Laddy et Gus, une base solide pour le jeune couple. Et, pour elle, un endroit où se poser quand viendraient les ennuis de santé qu'on lui avait prédits. Oh ! bien sûr, c'était un péché et une bêtise de croire les diseuses de bonne aventure... mais le jour de sa rencontre avec Ella la Bohémienne restait inscrit dans sa mémoire.

N'était-ce pas, après tout, ce jour terrible où Shay avait abusé d'elle ?

Les débuts furent difficiles. Ils passaient des heures à relire les comptes : les dépenses excédaient les rentrées.

Laddy comprenait bien que les affaires n'étaient pas brillantes :

— Je peux vous monter plus de charbon dans les chambres, proposait-il, tant il avait envie de les aider.

— Ça ne servirait pas à grand-chose, Laddy, puisqu'il n'y a personne dans les chambres, répondait Maggie, toujours gentille avec l'oncle de son mari, à qui elle essayait toujours de donner un sentiment d'importance.

— Et si on allait dans la rue, Rose, et que je faisais l'homme-sandwich avec le nom de l'hôtel, pendant que tu distribuerais des prospectus aux passants ? suggérat-il encore.

— Non, Laddy. Cet hôtel appartient à Gus et Maggie, c'est eux qui vont trouver des idées et qui vont le faire redémarrer. Ils ne tarderont pas à avoir un grand nombre de clients, autant qu'ils pourront en loger.

Et c'est ce qui finit par arriver. Travaillant jour et nuit, le jeune couple réussit à se faire peu à peu une clientèle d'habitués. Parmi eux beaucoup de gens du Nord, grâce au bouche à oreille. Et quand des étrangers descendaient chez eux, venus d'Europe, Maggie leur donnait une carte où était écrit : « Nous avons des amis qui parlent français, allemand et italien. »

Ce qui était vrai. Ils connaissaient un Allemand qui était relieur, un Français qui enseignait dans une école de garçons, et un Italien qui tenait un magasin de *fish and chips*. En cas de besoin, on téléphonait à l'intéressé qui servait d'interprète.

Gus et Maggie eurent deux enfants, deux fillettes angéliques. Rose, qui se considérait comme la femme la plus heureuse d'Irlande, emmenait ses petites-filles donner du pain aux canards du parc Saint-Stephen, le matin, quand il faisait beau.

Désireux de satisfaire un client de l'hôtel qui avait demandé s'il y avait une salle de *snooker*[1] dans le quartier, Laddy en avait trouvé une.

1. Sorte de jeu de billard aux règles compliquées. *(N.d.T.)*

— Faites donc une partie avec moi, proposa le client, un homme d'affaires de Birmingham qui se trouvait seul à Dublin.

— Malheureusement, je ne sais pas jouer, monsieur, répondit Laddy sur un ton d'excuse.

— Eh bien, je vais vous montrer.

Et c'est alors que fut réalisée la prédiction de la bohémienne : Laddy se révéla doué du coup d'œil qu'il fallait pour ce jeu. Le client de Birmingham n'arrivait pas à croire qu'il n'eût jamais joué. Laddy apprit l'ordre dans lequel jouer les billes : jaune, vert, brun, bleu, et noir. Il gagna aisément, et même avec un certain style. Les gens faisaient cercle autour de la table pour regarder.

Ainsi, Laddy était bel et bien doué pour un sport, comme on le lui avait prédit. Des gens se mirent à parier sur lui, mais il ne misait jamais d'argent sur ses propres jeux, conscient qu'il travaillait dur pour gagner sa vie et que toute la famille avait besoin de sa contribution : Rose, Gus, Maggie et les petites. Mais il gagnait des tournois et il avait sa photo dans le journal. On l'invita à entrer dans un club et il devint une petite célébrité dans le monde du snooker.

Rose était ravie : son frère, enfin reconnu comme une personne d'importance ! Elle n'aurait même pas besoin de demander à son fils de s'occuper de Laddy quand elle ne serait plus de ce monde. Elle savait que Laddy vivrait avec Gus et Maggie jusqu'à la fin. Elle fit un album dans lequel elle conservait la trace de toutes ses victoires au snooker, et souvent ils le feuilletaient ensemble.

— Tu crois que Shay aurait été fier de tout ça ? lui demanda Laddy un soir.

Laddy, un homme d'âge mûr à présent, n'avait pratiquement jamais reparlé du défunt Shay Neil, l'homme qu'il avait tué une nuit d'un coup violent.

Rose sursauta et lui répondit lentement :

— Je crois qu'il aurait peut-être été content. Quoique, tu sais, c'était difficile de savoir ce qu'il pensait. Il ne disait pas grand-chose, et qui sait ce qu'il pensait au fond de lui ?

— Pourquoi l'as-tu épousé, Rose ?

— Pour fonder un foyer pour nous tous, répondit-elle simplement.

Une explication qui parut satisfaire Laddy. Il n'avait plus, quant à lui, repensé au mariage ou aux femmes, autant que Rose le sût. Il devait pourtant, comme tout homme, éprouver des désirs et des besoins sexuels, qui ne trouvaient aucune expression. Aussi le snooker semblait-il être un excellent exutoire.

Quand Rose apprit que l'hystérectomie qu'elle avait dû subir n'avait pas résolu ses problèmes gynécologiques, elle comprit qu'elle n'aurait plus à se soucier de l'avenir.

Le médecin qui s'entretint avec elle n'avait pas l'habitude de voir accepter aussi calmement un pronostic fatal.

— Nous ferons en sorte de réduire la douleur à un minimum, lui dit-il.

— Oh ! je le sais. Maintenant, ce que j'aimerais, c'est rester à l'hôpital, si vous êtes d'accord.

— Mais vous avez une famille qui vous aime, ils vont vouloir s'occuper de vous, objecta le médecin.

— Sans doute, mais ils ont un hôtel à faire tourner. Je préfère ne pas y rester, pour la bonne et simple raison qu'ils me consacreraient trop de temps. Je vous en prie, docteur, je serai une patiente facile, je ferai mon possible pour aider.

— Je n'en doute pas, madame.

Bien sûr, Rose avait ses moments de rage et de colère, comme tout le monde. Mais elle ne les partageait ni avec les siens, ni avec les autres patients du service. Elle passait beaucoup moins de temps à s'appesantir sur la cruauté du destin qu'à élaborer des projets pour les mois qui lui restaient à vivre.

Quand les siens venaient la voir, elle ne leur disait pratiquement rien de ses douleurs et de ses nausées mais leur parlait en détail de l'hôpital et du travail qui s'y faisait. L'ambiance était bonne, c'était un endroit ouvert aux idées et à la nouveauté. Alors elle voulait les inciter à investir leur énergie dans quelque chose de concret et d'utile pour cet hôpital, plutôt que de les voir se soucier de lui apporter des bonbons ou des liseuses. Voilà ce que Rose attendait de sa famille.

Ils s'organisèrent. Laddy installa une table de snooker et donna des leçons, Gus et Maggie vinrent faire des démonstrations de cuisine. Et les mois passèrent ainsi, tranquilles et heureux. Rose était très maigre à présent et marchait plus lentement, mais elle prétendait ne pas souffrir et ne voulait pas de commisération, juste de la compagnie et de l'enthousiasme. Au moins, j'ai bon moral, disait-elle.

Presque trop bon, hélas ! aux yeux de Gus et Maggie, qui se demandèrent s'ils devaient lui cacher la catastrophe qui leur était tombée dessus : la société qui les avait assurés et chez qui ils avaient placé tout leur argent venait de faire faillite. Ils allaient perdre l'hôtel, leurs espérances, leurs rêves et leur avenir. Peut-être réussiraient-ils à cacher la vérité à Rose, et elle mourrait sans savoir ce qui leur était arrivé. D'ailleurs, elle était si fragile à présent qu'ils ne pouvaient plus la ramener à l'hôtel, le dimanche, pour déjeuner avec les enfants, comme les premiers mois. La seule chose qu'ils pussent faire pour elle maintenant, c'était de la laisser ignorer la perte de cet argent qu'elle avait investi pour eux.

Mais elle ne fut pas dupe.

— Il *faut* que vous me disiez ce qui se passe, insista-t-elle auprès de Gus et Maggie. Vous ne quitterez pas cette chambre sans m'avoir dit ce qui se passe. Pour les quelques semaines qu'il me reste à vivre, vous n'allez pas me laisser me tourmenter sans arrêt, à essayer de deviner ce que vous me cachez. À imaginer des choses peut-être pires que la vérité.

— Quel est le pire que vous puissiez imaginer ? demanda Maggie.

— Quelque chose qui ne va pas chez l'une des petites ? dit Rose. (Ils firent non de la tête.) Ou chez l'un de vous ? Ou chez Laddy ? Une maladie ? (Non, dirent-ils.) Eh bien, le reste, ça peut s'assumer, conclut-elle avec un sourire sur son visage émacié, son regard vif et intense posé sur eux.

Alors, ils lui racontèrent toute l'histoire. On avait annoncé dans les journaux que la société avait perdu tout son capital, qu'il ne restait rien pour satisfaire les demandes de remboursement. Mais Harry Kane, un homme d'une certaine crédibilité, avait déclaré à la télévision que personne ne perdrait son argent, que les banques rembourseraient les placements. Toutefois, tant que cela n'était pas fait, les épargnants restaient dans l'angoisse d'avoir tout perdu.

Des larmes baignèrent alors le visage de Rose. Ella la Bohémienne ne lui avait pas parlé de ça. Pauvre imbécile que je suis ! pensa-t-elle, pestant contre elle-même et sa crédulité : allez croire aux fariboles d'une diseuse de bonne aventure ! Et elle pesta contre Harry Kane et tout ce qui lui appartenait : cet homme cupide, ce voleur ! Gus et Maggie ne l'avaient jamais vue si en colère.

— Je savais bien qu'on n'aurait pas dû te le dire, déclara Gus tristement.

— Mais si, bien sûr que si ! Et jurez-moi que, dorénavant, vous me tiendrez au courant du moindre détail. Mais si vous me racontez que tout va bien alors que ce n'est pas vrai, je le saurai et je ne vous le pardonnerai jamais.

— Je te montrerai chaque page des documents qu'on reçoit, m'man, promit-il.

— Et s'il ne le fait pas, ce sera moi, renchérit Maggie.

— Et, m'man, à supposer que la société sombre *malgré tout* et qu'on soit obligés de retrouver du travail, tu sais bien qu'on prendrait Laddy avec nous.

— Bien sûr qu'elle le sait, renchérit Maggie sur le ton de l'évidence.

Au fil des jours, ils lui communiquèrent les lettres de la banque : il y avait manifestement un plan de sauvetage en route. Leurs placements avaient été certes en danger, mais ils n'étaient pas perdus. Rose lut attentivement toutes les clauses en petites lettres pour s'assurer que rien ne lui avait échappé.

— Est-ce que Laddy se rend compte que nous avons été à deux doigts de tout perdre ? demanda-t-elle.

— Il réalise à sa manière, répondit Maggie.

Rose se sentit soulagée d'un grand poids : quoi qu'il arrive quand elle ne serait plus là, Laddy était entre de bonnes mains, puisqu'on le comprenait.

Et elle s'éteignit paisiblement.

Rose ne saurait jamais qu'une dénommée Siobhan Casey allait venir ensuite à l'hôtel, expliquer que Gus et Maggie devaient maintenant réinvestir dans la société une somme importante, en contrepartie du sauvetage financier dont ils avaient bénéficié. Miss Casey souligna que, d'ordinaire, en cas de faillite d'une société à responsabilité limitée, les actionnaires ne recouvrent pas leurs placements. L'argent que les Neil avaient reçu pour leur hôtel venait de fonds personnels de Mr. Kane, et tous ceux qu'il avait sauvés de la déconfiture, affirma-t-elle, lui apportaient à présent leur concours pour soutenir sa nouvelle compagnie.

Cette opération exigeait une certaine discrétion, une certaine « confidentialité »... Les contrats avaient l'air sérieux, mais on demandait aux clients de ne pas les faire apparaître dans la comptabilité, à l'inverse de ce qui se pratique normalement. C'était un *gentleman's agreement*, pas une affaire de comptables.

Bien que relativement peu importante, la somme suggérée au départ fut augmentée par la suite. Gus et Maggie s'en inquiétèrent. Mais ne les avait-on pas *bel et bien* sauvés du naufrage alors qu'ils croyaient avoir tout perdu ? Peut-être était-ce pratique courante dans ce milieu changeant et fluctuant qu'est le monde des affaires ? Miss Casey parlait de ses associés avec déférence, comme s'il s'agissait d'hommes de pouvoir, de ceux qu'il vaut mieux éviter de contrarier.

Gus savait très bien que si sa mère avait été encore en vie, elle aurait refusé. Pourquoi ai-je la naïveté de me laisser faire ? se demandait-il avec anxiété. Ils n'avaient rien dit à Laddy et se contentaient de faire des économies sur tout. On n'avait pas remplacé la chaudière qui en avait pourtant besoin, ni la moquette du hall d'entrée dont on recouvrit la partie usée avec un tapis bon marché. Laddy s'était cependant rendu compte que quelque chose n'allait pas, et s'inquiétait. Ce n'était pas le manque de clientèle, il y en avait beaucoup. Mais les « plantureux breakfasts à l'irlandaise » étaient moins plantureux qu'avant, et Maggie lui avait dit que ce n'était plus la peine d'aller acheter des fleurs au marché car elles coûtaient trop cher. En outre, une serveuse qui était partie n'avait pas été remplacée.

Il y avait un certain nombre de clients italiens maintenant et Paolo, du magasin de *fish and chips*, s'épuisait à venir sans cesse faire l'interprète.

— L'un de vous devrait apprendre l'italien, suggéra-t-il à Gus. Je veux dire, on est tous des Européens, vous ne vous donnez même pas la peine d'essayer.

— J'avais espéré qu'une des filles s'intéresserait aux langues, mais aucune n'en prend le chemin, avait répondu Gus sur un ton d'excuse.

Un homme d'affaires italien était descendu à l'hôtel avec sa femme et ses deux fils. Ce monsieur passant ses journées dans les bureaux de l'Office du commerce irlandais, sa femme occupait les siennes à faire les boutiques, à palper la douceur du tweed irlandais et à essayer des bijoux. Comme les deux fils, des adolescents, s'ennuyaient manifestement, Laddy proposa de les emmener jouer au snooker. Pas dans une salle publique où il y aurait des gens qui fument, qui boivent et qui parient de l'argent, mais au sein d'un club de garçons catholique où ils ne risqueraient rien. Leurs vacances s'en trouvèrent transformées.

Laddy avait une liste de mots écrits par Paolo — *Tavolo da biliardo, sala da biliardo, stecca da biliardo* — et les deux frères apprenaient à chaque fois le mot anglais correspondant : table de billard, salle de billard, queue de billard, et ainsi de suite.

Leur famille était fortunée. Et ils habitaient Rome, c'est tout ce que Laddy avait pu apprendre. Au moment de quitter Dublin, ils s'étaient fait photographier devant l'hôtel avec lui avant de monter dans un taxi pour rejoindre l'aéroport. Le taxi démarrait quand Laddy avait aperçu un paquet de billets irlandais, en rouleau serré, maintenu par un élastique. Il releva les yeux pour voir le taxi disparaître au loin : ils ne sauraient jamais où ils avaient perdu ces billets, ils ne s'en apercevraient peut-être pas avant d'être arrivés chez eux. Ils étaient riches, cela ne leur manquerait sûrement pas. La dame avait dépensé une fortune à Grafton Street chaque fois qu'elle y mettait les pieds...

Cet argent, ils n'en avaient pas besoin, se répétait Laddy.

Alors que Maggie et Gus, eux, avaient cruellement besoin de tant de choses. Des porte-menu neufs, par exemple, les leurs étant tachés et usés. Et une nouvelle enseigne au-dessus de la porte... Après quelques minutes de réflexion, Laddy eut un grand soupir puis monta dans le bus qui menait à l'aéroport, afin de leur rendre l'argent qu'ils avaient perdu.

Il les trouva en train de faire enregistrer leurs bagages, tous en beau cuir souple. Il eut de nouveau un instant d'hésitation mais se hâta de tendre sa main malhabile vers eux, avant de changer d'avis.

Alors les Italiens le serrèrent dans leurs bras, louant à haute voix la générosité des Irlandais, des gens merveilleux. Comme jamais ils n'en avaient rencontrés. Puis ils prirent quelques-uns des billets du rouleau pour les glisser dans la poche de Laddy. Mais il y avait encore autre chose.

— *Può venire alla casa. La casa a Roma*, entendit-il.

— Ils vous invitent à venir les voir chez eux à Rome, traduisit un voyageur, ravi de constater un tel enthousiasme à l'égard d'un de ses concitoyens.

— Je sais, répondit Laddy, les yeux brillants. Et qui plus est, je vais y aller. On m'a dit la bonne aventure, il y a des années, et on m'a annoncé que je voyagerais de l'autre côté de la mer !

Les Italiens l'embrassèrent encore une fois et il partit reprendre son bus. Il brûlait d'envie d'annoncer la bonne nouvelle à Gus et Maggie.

Ceux-ci en parlèrent en tête à tête le soir même.

— Dans quelques jours, il aura peut-être oublié, dit Gus.

— Pourquoi ne se sont-ils pas contentés de lui donner un pourboire ? s'interrogeait Maggie.

Gus et elle savaient au fond d'eux-mêmes que Laddy allait s'imaginer que ces gens l'avaient invité à venir chez eux à Rome, qu'il ferait tous les préparatifs nécessaires et qu'il serait en définitive cruellement déçu.

— Je vais avoir besoin d'un nouveau passeport, vous savez, annonça Laddy le lendemain.

— Mais... Il ne faudrait pas que tu apprennes l'italien, d'abord ? suggéra Maggie, sous le coup d'une inspiration soudaine.

Pour peu qu'on arrive à remettre l'expédition à plus tard, on pourrait peut-être faire comprendre à Laddy que cette histoire de voyage à Rome n'était qu'un rêve.

Au club de snooker, Laddy se renseigna auprès des gens qu'il connaissait. Jimmy Sullivan, un chauffeur de camionnette, raconta qu'une femme formidable du nom de Signora, venue habiter chez lui, allait justement commencer un cours d'italien à Mountainview College.

Laddy s'y rendit un soir et s'inscrivit.

— Je n'ai pas fait beaucoup d'études, vous pensez que je pourrai tout de même suivre ? demanda-t-il à la fameuse Signora tandis qu'il payait son droit d'inscription.

— Oh ! pas de problème de ce côté-là. Si ça vous plaît, vous aurez vite fait de parler, le rassura-t-elle.

De retour à la maison, c'est sur le ton du plaidoyer qu'il annonça à Gus et Maggie :

— J'aurai juste besoin de deux heures de liberté, le mardi et le jeudi soir.

— Prends tout le temps que tu voudras, pour l'amour de Dieu, Laddy ! Tu dois bien faire tes cent heures par semaine, non ?

— Vous aviez raison de me conseiller de ne pas débarquer là-bas comme ça. Signora dit qu'elle saura me faire parler en un rien de temps !

Maggie ferma les yeux. Quelle mouche l'avait piquée d'ouvrir la bouche et de suggérer à Laddy de prendre des leçons d'italien ! L'idée même de ce pauvre Laddy suivant des cours du soir était insensée...

Comme il était très intimidé, le premier soir, Maggie l'accompagna. Le petit groupe d'élèves entra dans une cour d'école plutôt sinistre. La salle de classe était toute décorée de photos et d'affiches, et il y avait même des plateaux de fromage et de charcuterie qu'ils dégusteraient sans doute plus tard. La responsable du cours distribuait des cartons marqués au nom de chacun, leur proposant au fur et à mesure une version italienne de leur prénom.

— Laddy, dit-elle, voilà qui est difficile. Avez-vous un autre prénom ?

— Je ne crois pas, répondit Laddy d'un ton craintif et comme s'il s'excusait.

— Bon... Essayons de trouver un joli prénom italien qui sonne un peu pareil. Tenez : Lorenzo ! Qu'en dites-vous ? (Laddy avait l'air incertain, mais ça plaisait à Signora.) Lorenzo, répéta-t-elle plusieurs fois en faisant sonner le mot. Je crois que c'est le nom qui vous convient, et il n'y en a pas d'autre dans la classe.

— C'est comme ça qu'on appelle les gens du nom de « Laddy », en Italie ? demanda-t-il, curieux.

Maggie attendait en se mordant la lèvre.

— Oui, Lorenzo, confirma la dame à la chevelure étrange et au sourire chaleureux.

Maggie rentra à l'hôtel : « C'est quelqu'un de gentil, cette femme, dit-elle à Gus. Il n'y a pas de risque qu'elle ridiculise notre pauvre Laddy ou qu'elle le mette mal à l'aise. Mais je ne lui donne pas trois leçons avant qu'il ne soit obligé de renoncer. »

Gus soupira. Comme s'il n'avait pas déjà assez de raisons de soupirer, en ce moment...

Maggie et Gus n'auraient pas pu se tromper davantage : Laddy adorait ses cours d'italien. Il apprenait par cœur les expressions qu'on leur donnait à travailler à la maison, chaque semaine, comme si sa vie en dépendait. Quand des clients italiens arrivaient à l'hôtel, il les saluait chaleureusement dans leur langue, ajoutant fièrement « *Mi chiamo Lorenzo* », comme si les gens pouvaient s'attendre à ce que le concierge d'un petit hôtel irlandais portât un tel nom. Des semaines s'écoulèrent.

Souvent, quand il pleuvait, on voyait Laddy se faire reconduire à l'hôtel dans une belle BMW.

— Tu devrais inviter ton amie à venir boire un verre, Laddy, dit un jour Maggie qui avait plusieurs fois jeté un coup d'œil et entr'aperçu une belle femme, de profil, au volant de la voiture.

— Oh, non, Constanza doit rentrer chez elle, elle habite loin d'ici.

Constanza ! Comment la femme qui donnait les cours avait-elle réussi à fasciner une classe entière au point de leur faire endosser ces rôles qu'ils jouaient ? Avait-elle un pouvoir magique ?... Laddy avait même manqué un tournoi de snooker qu'il aurait sûrement remporté, sous prétexte qu'il ne pouvait pas rater un cours. On étudiait les parties du corps, cette semaine-là, et Francesca et lui auraient à montrer à toute la classe la gorge, les coudes ou les chevilles. Laddy avait appris tous ces mots-là : il disait *la gola* en posant la main sur son cou, *i gomiti* en touchant ses coudes, et *la caviglia* en se penchant vers ses chevilles. Francesca ne lui pardonnerait jamais de ne pas venir. Bah ! s'il manquait un tournoi de snooker, il y en aurait un autre plus tard, alors que la leçon sur les parties du corps ne se répéterait pas. C'est vrai qu'il serait furieux, *lui*, si Francesca manquait le cours parce qu'elle devait participer à une compétition.

Gus et Maggie se regardaient, stupéfaits. Ils finirent par conclure que tout cela lui faisait du bien. Autant y croire, tout le reste était tellement sombre, en ce moment ! Il y avait des travaux urgents à effectuer, mais ils n'avaient pas de quoi les payer. Bien qu'ils eussent averti Laddy de ces problèmes, celui-ci ne semblait pas avoir intégré la chose. Ils essayaient de s'en sortir au jour le jour. Au moins Laddy était-il heureux, pour l'instant. Au moins Rose était-elle morte en pensant que tout était réglé...

Laddy avait parfois du mal à retenir le vocabulaire. Il n'avait pas pris l'habitude d'apprendre par cœur à l'école, puisque les frères ne semblaient pas attendre cela de lui. Mais dans cette classe-là, on s'attendait à ce qu'il suivît comme les autres.

Quelquefois il s'asseyait sur le mur de la cour d'école en se bouchant les oreilles et répétait des mots. En essayant de se souvenir de la bonne intonation. Pour dire : « *Dov'è il dolore ?* », par exemple, il fallait prendre un ton interrogatif. C'était le genre de question que le médecin poserait si on se retrouvait à l'hôpital. Et lui n'avait pas envie de passer pour un parfait crétin ne sachant pas dire où il a mal. Alors il fallait qu'il se rappelle la question. « *Dov'è il dolore ?* » répétait Laddy.

Mr. O'Brien, le directeur de l'école, s'était un jour assis près de lui.

— Comment allez-vous ? avait-il demandé.

— *Bene, benissimo*, avait répondu Laddy, car Signora leur avait bien recommandé de répondre toujours en italien.

— Formidable... Et ça vous plaît, les cours ? Comment vous appelez-vous, déjà ?

— *Mi chiamo Lorenzo.*

— Ah, oui, bien sûr ! Eh bien, Lorenzo, vous trouvez que vous en avez pour votre argent avec ce cours ?

— Je ne sais pas vraiment combien ça coûte, *Signor*. C'est la femme de mon neveu qui a payé.

Tony O'Brien sentit l'émotion lui nouer la gorge. Aidan Dunne avait eu raison de se battre pour qu'aient lieu ces cours. Qui semblaient marcher comme sur des roulettes. Toutes sortes de gens s'y côtoyaient. L'épouse de Harry Kane, aussi incroyable que cela pût paraître, et des gangsters comme ce type au front bas, assis un peu plus loin.

Tony avait fait part de ces réflexions à Grania, mais elle pensait qu'il disait cela pour rentrer dans ses bonnes grâces en louant les efforts de son père. Et s'il se renseignait sur un point précis, afin de prouver à Grania qu'il s'intéressait vraiment aux cours ?

— Qu'étudiez-vous aujourd'hui en classe, Lorenzo ?

— Eh bien, cette semaine, on fait les parties du corps, au cas où on aurait une crise cardiaque ou un accident en Italie. La première chose que le docteur dira quand on nous amènera sur une civière, c'est : « *Dov'è il dolore ?* » Vous savez ce que ça veut dire ?

— Non, je ne suis pas les cours ! Ainsi, le médecin vous dirait : « *Dov'è il dolore ?* »

— Oui. Ça signifie : « Où avez-vous mal ? » Alors, il faut lui dire où.

— « *Dov'è* » veut dire « où », c'est ça ?

— Oui, ça doit être ça, parce qu'on dit : « *Dov'è il banco ?* », « *Dov'è l'albergo ?* » Alors, vous devez avoir raison : *Dov'è* doit vouloir dire « où est ? », conclut Laddy, ravi de cette découverte, comme s'il venait à peine d'établir le rapport entre les mots.

— Vous êtes marié, Lorenzo ?

— Non, *Signor*, je ne serais guère doué pour... Ma sœur m'a recommandé de me concentrer sur le snooker.

— Mais l'un n'exclut pas l'autre, mon vieux. On peut faire les deux !

— C'est possible, si on est très intelligent et qu'on dirige une école, comme vous. Mais moi, je ne serais pas capable de faire plusieurs choses à la fois.

— Moi non plus, Lorenzo, concéda Mr. O'Brien, l'air triste.

— Alors, vous n'êtes pas marié non plus ? Je vous aurais imaginé avec des enfants déjà grands.

— Eh bien, non, je ne suis pas marié.

— Peut-être que l'enseignement est une profession dans laquelle les gens ne se marient pas, suggéra Laddy. Mr. Dunne, qui s'occupe de notre classe, il n'est pas marié non plus.

— Ah bon ? s'étonna Tony O'Brien, intéressé par la nouvelle.

— Non, mais je crois qu'il a une amourette avec Signora ! souffla Laddy en regardant autour de lui pour être sûr qu'on ne pouvait pas l'entendre — c'était si osé de dire une chose pareille à haute voix.

— Je ne suis pas sûr que ce soit le cas, répondit Tony O'Brien, ébahi.

— C'est l'impression qu'on a *tous*. On en parlait justement l'autre jour, Francesca, Guglielmo, Bartolomeo et moi. Ils rient beaucoup ensemble, tous les deux, et ils prennent le même chemin pour rentrer, après la classe.

— Ça, par exemple ! s'exclama Tony O'Brien.

— Ce serait bien pour eux, non ? remarqua Laddy qui aimait bien que les gens se réjouissent des bonnes choses de la vie.

— Oui, ce serait très bien, approuva Tony O'Brien.

Lui qui avait voulu s'informer un peu pour pouvoir ensuite parler à Grania, il ne s'attendait certes pas à pareille nouvelle qui le laissa dubitatif. Était-ce une interprétation simpliste de la part de ce pauvre homme, ou était-ce la vérité ? Dans ce dernier cas, ses propres perspectives s'en trouveraient nettement améliorées : Aidan Dunne ne pourrait guère se montrer trop critique s'il était lui-même engagé dans une relation pas tout à fait conventionnelle — c'était le moins qu'on puisse dire ! Il ne pourrait se prévaloir des grands principes pour lui faire la morale. Car, après tout, Tony O'Brien n'était qu'un célibataire faisant la cour à une célibataire, une situation parfaitement transparente et sans complications comparée à ce que semblait être la relation entre Aidan et Signora.

Mais il ne pouvait pas encore en parler à Grania. Ils s'étaient revus mais la conversation avait été malaisée, chacun s'efforçant d'être poli et de ne pas aborder les questions délicates.

— Tu vas passer la nuit ici ? avait-il demandé.

— Oui, mais je ne veux pas faire l'amour, avait-elle affirmé sans coquetterie, sans aucun jeu de sa part.

— On dort dans le même lit ou veux-tu que je prenne le divan ?

Elle avait paru décontenancée. Si jeune... Il mourait d'envie de la prendre dans ses bras, de la caresser en la rassurant : tout allait s'arranger, tout finirait bien. Mais il n'osa pas.

— C'est moi qui devrais dormir sur le divan. On est chez toi, ici.

— Je ne sais pas quoi te dire, Grania. Si je te supplie de coucher dans mon lit, je fais figure d'animal en rut qui veut se jeter sur toi. Et si je ne dis rien, j'ai l'air de m'en moquer. Tu vois un peu mon dilemme ?

— S'il te plaît, laisse-moi dormir sur le divan, pour cette fois.

Il l'avait bordée et embrassée sur le front. Le lendemain matin, il lui avait fait un café du Costa Rica. Elle avait l'air fatigué, de grands cernes marquaient ses yeux.

— Je ne pouvais pas dormir, j'ai feuilleté quelques-uns de tes livres. Tu en as d'incroyables dont je n'ai jamais entendu parler.

Il aperçut *Catch 22* et *On the Road* à son chevet : de toute évidence, Grania n'avait jamais lu ni Heller ni Kerouac. Peut-être y avait-il *vraiment* trop de décalage entre eux. Elle était également sidérée par sa collection de disques de jazz classique. Ce n'était qu'une enfant...

— Je serais ravie de revenir dîner, avait-elle déclaré en partant.

— Tu fixes la date, et je te ferai la cuisine.

— Ce soir ?... C'est trop tôt ?

— Non, ce soir ce serait formidable, mais un peu plus tard qu'hier, parce que j'aime bien aller voir ce qui se passe au cours d'italien. Et, avant qu'on recommence à se disputer à ce sujet-là, je préfère te dire tout de suite que j'y vais parce que ça me plaît. Rien à voir avec toi ou avec ton père.

— Entendu ! fit-elle, mais son regard s'était troublé.

Tony était donc passé chez lui, dans la soirée, et avait tout préparé. Les blancs de poulet macéraient dans une marinade au gingembre et au miel, la table était mise. Il y avait des draps propres dans le lit et une couverture sur le divan, pour parer à toute éventualité.

Il avait espéré revenir de sa visite au cours d'italien avec des nouvelles moins fracassantes que la rumeur d'une liaison entre le père de Grania et cette Signora à l'allure si étrange. Enfin, il allait assister à ce cours d'italien, ne fût-ce que pour avoir quelque chose à raconter à Grania.

— *Dov'è il dolore ?* lança-t-il en guise d'au revoir à Lorenzo.

— *Il gomito !* lui cria Lorenzo en se tenant le coude.

— Bien vu ! répondit Tony O'Brien.

Vraiment, tout ça devenait de plus en plus fou...

Tony assista à la leçon sur les parties du corps. Il se retint de rire en voyant les élèves pointer le doigt les uns vers les autres en s'écriant : « *Eccola !* » Mais il fut surpris de constater qu'ils avaient appris beaucoup de vocabulaire dont ils semblaient user sans aucune timidité.

Cette femme était un bon professeur, revenant sans transition aux jours de la semaine ou à la façon de commander à boire dans un bar.

— On ne va quand même pas passer tout notre temps à l'hôpital pendant notre *viaggio* à Rome, non ?

Tony O'Brien était médusé, lui qui était pourtant de taille à faire face au ministère de l'Éducation, aux syndicats de professeurs, aux exigences des parents, aux dealers de drogue et aux vandales, aux élèves les plus difficiles et issus des milieux les plus défavorisés. Il éprouvait cependant un certain vertige à la pensée du voyage projeté.

Il était sur le point de dire à Aidan Dunne qu'il partait quand il vit Aidan et Signora qui riaient, penchés sur des boîtes en carton qui allaient cesser d'être des lits d'hôpital pour devenir des banquettes de train. Ils avaient cette façon de se tenir l'un à côté de l'autre qu'on remarque chez les gens qui s'entendent particulièrement bien. Une certaine intimité sans pourtant qu'il y eût de contact physique. Seigneur Dieu ! pensa Tony, et si c'était vrai ?

Il attrapa son manteau et retourna à ses projets : dîner avec la fille d'Aidan Dunne, déguster un bon vin avec elle et si tout allait bien, passer la nuit dans les bras l'un de l'autre.

Cela allait si mal à l'hôtel que Gus et Maggie avaient de la peine à s'intéresser aux préoccupations linguistiques de Laddy. Il avait la tête pleine de mots, se plaignait-il, et certains se mélangeaient allégrement.

— Ne t'en fais pas, Laddy ! Apprends ce que tu peux, répondait Gus, du ton qu'employaient autrefois les frères, quand ils lui disaient de ne pas trop forcer.

Mais Laddy ne l'entendait pas de cette oreille :

— Vous ne comprenez pas ! Signora a dit qu'on en était au stade où il faut avoir confiance en soi, cesser d'ânonner et d'hésiter. Il y a encore une leçon sur les parties du corps, mais je les oublie sans arrêt. S'il vous plaît, écoutez-moi, je vous en prie !

Deux clients étaient partis ce jour-là, se plaignant que les chambres n'étaient pas conformes aux normes, et l'un d'eux comptait écrire à l'Office du Tourisme. On aurait à peine de quoi payer les employés, cette semaine. Et voilà qu'au milieu de tout ça, Laddy insistait pour qu'on lui fasse répéter sa leçon d'italien. L'inquiétude lui déformait les traits.

— Je n'aurais pas de problèmes si je savais que j'allais être avec Constanza, elle m'aide un peu, elle. Mais on ne peut reprendre le même partenaire. Je peux me retrouver avec Francesca ou avec Gloria. Mais il y a des chances pour que ce soit Elizabetta, alors vous pouvez me faire réviser, s'il vous plaît ?

Maggie prit la feuille de papier.

— Où est-ce qu'on commence ? demanda-t-elle, bientôt interrompue par le boucher qui voulait savoir quand il serait payé. Je m'en occupe, Gus, dit-elle.

Gus prit la feuille de papier à son tour.

— Bon, Laddy. Je fais le médecin ou le malade ?

— Est-ce que tu peux faire les deux, Gus, jusqu'à ce que je me remette les sons en tête ? Tu peux me dire les mots, comme la dernière fois ?

— Bien sûr. Bon, j'arrive chez le médecin et j'ai un problème. Toi, tu es le médecin, alors qu'est-ce que tu me demandes ?

— Il faut que je te demande : « Où avez-vous mal ? » Elizabetta fera la malade, je ferai le médecin.

Gus ne savait jamais comment il se débrouillait pour ne pas perdre patience. Il serrait les dents : « *Dov'è il dolore ?* » réussit-il à dire. « *Dov'è le fa male ?* » Et Laddy répétait après lui, encore et encore. « Tu sais, Elizabetta était un peu fofolle au début, elle n'apprenait pas ses leçons, mais Guglielmo l'a forcée à prendre ça au sérieux et, maintenant, elle aussi elle travaille à la maison. » Quelle comédie !

En plus, ce soir-là, ils virent que Laddy avait invité Constanza ! La dame la plus élégante qu'ils aient jamais vue, mais si soucieuse... De toutes les soirées de l'année, il fallait que Laddy eût choisi celle-ci ! Alors qu'ils venaient de passer trois heures dans le bureau à vérifier et revérifier des colonnes de chiffres, tentant de nier l'évidence : ils allaient être obligés de vendre l'hôtel. Et voilà qu'ils allaient devoir entretenir un bavardage insignifiant avec une femme à demi cinglée...

434

Mais il n'y eut pas de bavardage insignifiant. Jamais ils n'avaient vu quelqu'un dans un tel état de colère. Elle était l'épouse d'Harry Kane — le nom qui figurait sur tous leurs documents et leurs contrats — et Siobhan Casey était la maîtresse de son mari.

— Je ne vois pas comment ça se pourrait, vous êtes tellement plus belle, remarqua Maggie spontanément.

Constanza la remercia brièvement et sortit son chéquier, leur donna le nom d'amis auxquels elle souhaiterait qu'ils fassent appel pour leurs travaux. Ils ne doutèrent pas un instant de sa sincérité. Elle ajouta que, sans eux, elle n'aurait jamais eu les renseignements et le courage nécessaires pour faire ce qu'elle s'apprêtait à accomplir. Plusieurs vies allaient être bouleversées. Ils devaient considérer que cet argent leur revenait de droit et qu'elle-même en serait remboursée quand la justice aurait fait son devoir.

— Est-ce que j'ai bien fait d'en parler à Constanza ? demanda Laddy en les regardant craintivement.

Comme il n'avait jamais parlé de leurs affaires à quiconque, il avait éprouvé une certaine appréhension en arrivant avec Constanza à ses côtés, craignant soudain que Gus et Maggie ne se montrent guère accueillants. Mais maintenant, autant qu'il pouvait en juger, tout semblait aller bien. Bien mieux qu'il ne l'aurait espéré.

— Oui, Laddy, tu as bien fait, répondit Gus.

Il parlait bas mais Laddy sentait que ces simples mots exprimaient une profonde appréciation. On avait l'impression que tout le monde respirait mieux, maintenant. Gus et Maggie étaient si tendus, quelques heures auparavant, quand ils l'aidaient à réviser sa leçon. Le problème, quel qu'il fût, paraissait résolu à présent. Bon, il fallait qu'il leur dise qu'il avait excellé en classe, ce soir :

— Ça a drôlement bien marché, au cours, vous savez. J'avais peur de ne pas me rappeler les mots, mais je n'ai eu aucun problème ! déclara-t-il, rayonnant.

Maggie opina du chef, gardant le silence, car elle n'était pas sûre de pouvoir maîtriser son émotion. Ses yeux brillaient.

Constanza décida de ranimer la conversation :

— Savez-vous que nous avons fait équipe ensemble, ce soir, Laddy et moi ? Nous avons été excellents !

— Le coude, la cheville et la gorge ?... fit Gus.

— Oh ! et bien plus encore : le genou et la barbe ! précisa Constanza.

— *Il ginocchio e la barba !* s'écria Laddy.

— Est-ce que vous savez que Laddy espère aller voir des amis à Rome ? dit Maggie.

— Oh ! nous sommes tous au courant, bien sûr. Et nous les verrons sûrement l'été prochain, quand nous ferons ce voyage. Signora a tout organisé.

Constanza repartit.

Et ils restèrent ensemble, eux trois qui ne seraient jamais séparés, Rose en avait été certaine.

Fiona

Fiona travaillait à la buvette d'un grand hôpital de la ville. Aussi dur que le travail d'infirmière, disait-elle, souvent, mais sans les bons côtés, sans la satisfaction d'aider les gens à se rétablir. Elle voyait les pâles figures inquiètes de patients attendant leur rendez-vous, des visiteurs venus voir un malade qui n'allait pas mieux, des enfants bruyants et turbulents qui sentaient que quelque chose autour d'eux ne tournait pas rond sans savoir exactement quoi.

Il arrivait malgré tout de temps en temps de bonnes choses. Comme le jour où un patient était sorti de son rendez-vous en s'exclamant : « Je n'ai pas le cancer, je n'ai pas le cancer ! » Il avait embrassé Fiona et fait le tour de la pièce en serrant les mains d'inconnus. Naturellement, c'était formidable pour lui, et tout le monde s'en réjouissait. Mais certains, ici, avaient réellement le cancer, *eux*, et cet homme-là n'y avait visiblement pas pensé. Et ceux des cancéreux qui étaient en voie de guérison oubliaient presque en le voyant qu'ils connaîtraient le même soulagement et lui enviaient ce sursis du destin.

Les gens devaient payer le thé, le café et les biscuits que fournissait la buvette, mais Fiona savait bien qu'on ne harcèle pas quelqu'un qui est en état de choc. À ceux-là, elle mettait même d'office une tasse de thé sucré dans les mains. « Ah ! si seulement j'avais autre chose à leur offrir que des gobelets en carton, » pensait-elle souvent, mais ç'aurait été impossible de laver toutes les tasses et les soucoupes nécessaires au nombre de gens qui défilaient là chaque jour. Beaucoup connaissaient son prénom et bavardaient avec elle, histoire de se changer les idées.

Fiona était toujours vive et gaie — exactement ce qu'il leur fallait. C'était une petite jeune fille aux allures de fée, avec d'énormes lunettes qui agrandissaient encore ses yeux et une queue-de-cheval ornée d'un gros ruban noué sur la nuque. Il faisait chaud dans la vaste salle d'attente, aussi Fiona portait-elle toujours des tee-shirts sur une jupe courte. Elle s'était acheté une série de tee-shirts dont chacun était marqué d'un jour de la semaine et elle avait vu que ça plaisait aux gens. « Je ne sais jamais quel jour on est tant que je n'ai pas regardé la poitrine de Fiona ! » disaient-ils. « Heureusement qu'il n'y a pas seulement le jour à voir, sur son tee-shirt », plaisantaient d'autres. C'était toujours un sujet de conversation, Fiona et ses jours de la semaine.

Il arrivait à Fiona de rêver qu'un des séduisants médecins s'arrêtait pour plonger son regard dans ses yeux immenses, lui déclarant qu'elle était celle qu'il cherchait depuis toujours.

Mais ça ne se produisait pas. Et ça ne risquait pas de se produire, elle en était consciente. Les médecins avaient leurs propres amis : des confrères, et donc des filles de confrères, tous des gens chic. Alors, quant à regarder dans les yeux une fille en tee-shirt qui distribuait du café dans des gobelets en carton...

À vingt ans, Fiona était plutôt désillusionnée sur le chapitre des relations avec les garçons. Ce n'était pas tellement son fort. À la différence de ses amies Grania et Brigid Dunne : il suffisait qu'elles mettent le pied dehors pour rencontrer des garçons, avec qui il leur arrivait de passer la nuit. Fiona le savait parce qu'elles lui demandaient souvent de servir d'alibi : « Je vais chez

Fiona », telle était l'excuse qu'elles fournissaient à leurs parents.

La mère de Fiona n'en savait rien. Elle eût désapprouvé la chose, étant de celles qui ont la ferme conviction que « les jeunes filles bien attendent d'être mariées ». Fiona, elle, n'avait guère d'opinion arrêtée sur la question, elle s'en rendait compte. Théoriquement, elle était d'avis que si l'on aime un garçon et qu'il vous aime, eh bien, autant avoir de vrais rapports avec lui. Mais elle n'avait pas eu l'occasion de mettre sa théorie à l'épreuve des faits, puisque la situation ne s'était jamais présentée.

Parfois, elle examinait son reflet dans le miroir : elle n'était *pas mal*, quand même. Peut-être un peu petite, et les lunettes n'arrangeaient rien. Beaucoup de gens lui disaient pourtant qu'ils les *aimaient bien*, qu'elle était mignonne avec. Était-ce par pure gentillesse ? Ou bien avait-elle l'air bête ? Bien difficile de le savoir.

« Ne sois pas idiote, lui disait Grania Dunne, tu es *bien*. » Mais Grania n'avait pas une minute à elle en ce moment, elle était follement amoureuse d'un type qui aurait pu être son père ! Là, Fiona ne comprenait plus. Grania aurait pu choisir qui elle voulait, alors pourquoi ce vieux barbon ?

Brigid, elle, trouvait Fiona superbe, avec une silhouette fantastique. Pas comme elle qui prenait du poids dès qu'elle mangeait un sandwich. Alors, comment se faisait-il que Brigid aux hanches rembourrées ne se retrouvait jamais sans garçon pour sortir ? Et pas juste des gens qu'elle aurait rencontrés à l'agence de voyages où elle travaillait. Elle prétendait même que, dans son travail, elle ne voyait jamais personne qui lui plaise. Ce n'étaient que des foules de filles venant s'inscrire pour des vacances au soleil, de vieilles dames partant en pèlerinage ou de jeunes couples qui vous donnaient la nausée à les entendre évoquer leur future lune de miel. D'ailleurs, ce n'était pas comme si Grania et Brigid couchaient avec *tous ceux* qu'elles rencontraient, ce n'était pas ça qui expliquait leur succès auprès des hommes. Enfin, tout cela intriguait énormément Fiona.

Elle avait été très occupée ce matin-là, sans cesse à courir à droite et à gauche. Sa poubelle était si pleine de sachets de thé et d'emballages de biscuits qu'il fallait déjà aller la vider. Fiona se débattait pour traîner le gros sac plastique jusqu'à la porte. C'est alors qu'un jeune homme se leva et la débarrassa du sac.

— Laissez-moi donc porter ça, proposa-t-il.

Il était brun, plutôt joli garçon à part sa coiffure hérissée, et portait son casque de moto sous le bras, comme s'il craignait de l'abandonner un seul instant.

Elle poussa la porte du couloir où étaient alignées les poubelles et la tint ouverte pour lui.

— L'une ou l'autre conviendra parfaitement, dit-elle, attendant courtoisement qu'il eût fini. C'est très gentil de votre part.

— Ça m'évite de penser à autre chose, répondit-il.

Il n'est pas malade, j'espère, songea Fiona. Elle lui trouvait en tout cas l'air en pleine forme. Mais, des gens en bonne santé et en pleine forme, elle en avait vu arriver quelques-uns dans la salle d'attente, pour s'entendre annoncer de mauvaises nouvelles.

— En tout cas, c'est un excellent hôpital, remarqua-t-elle.

De fait, elle n'en savait rien. Elle le supposait. Mais elle disait toujours ça aux gens pour leur remonter le moral et leur donner de l'espoir.

— Ah bon ? fit le jeune homme. Je *l*'ai amenée ici simplement parce que c'était l'hôpital le plus proche.

— Oh ! il a une grande réputation, ajouta Fiona qui n'avait pas envie que la conversation en reste là.

Le jeune homme désigna le tee-shirt de Fiona :

— *Giovedi*, commenta-t-il.

— Pardon ?

— C'est jeudi en italien, expliqua-t-il.

— Ah oui ? Vous parlez italien ?

— Non, mais je prends des cours du soir d'italien, deux fois par semaine.

Il avait l'air d'en être très fier et son enthousiasme était évident. Il lui plaisait, elle avait envie de poursuivre la conversation.

— Qui avez-vous amené ici, disiez-vous ?

Autant tirer les choses au clair dès le départ. Ce n'était pas la peine d'aller plus loin s'il avait une femme ou une petite amie.

— Ma mère, répondit-il en se rembrunissant. Elle est aux urgences, on m'a dit d'attendre ici.

— Elle a eu un accident ?

— En quelque sorte, oui.

Il n'avait pas envie d'en parler. Alors Fiona revint aux cours d'italien. C'était dur ? Où cela avait-il lieu ?

— À Mountainview, la grande école du quartier.

— Ça alors, pour une coïncidence ! s'étonna Fiona. Le père de ma meilleure amie est prof là-bas ! ajouta-t-elle, y voyant l'amorce d'un lien.

— Ça, on peut dire que le monde est petit, remarqua le jeune homme.

Elle eut le sentiment de l'ennuyer et se dit que des gens devaient l'attendre pour s'acheter un thé ou un café.

— Bon, merci de m'avoir aidée à porter ce sac, c'était vraiment gentil de votre part.

— Je vous en prie.

— Je suis sûre que ça va bien se passer pour votre mère. Ils sont formidables, aux urgences.

— Oui, j'en suis sûr aussi.

Fiona servait les clients avec le sourire. Sa compagnie était-elle ennuyeuse ? Ce n'est pas le genre de chose dont on est forcément conscient.

— Est-ce que je suis rasoir ?... demanda-t-elle à Brigid ce soir-là.

— Toi ? Non, tu es marrante comme tout. Tu devrais avoir ton propre show à la télévision, répondit Brigid qui était en train de constater sans plaisir que la fermeture de sa jupe avait craqué. Tu sais, poursuivit-elle, elles sont fabriquées n'importe comment, de nos jours. Je ne peux pas l'avoir fait craquer parce que je suis trop grosse, non ? Impossible !

— Bien sûr que c'est impossible ! mentit Fiona qui comprit alors que Brigid avait dû en faire autant à son sujet. Mais, c'est *vrai* que je suis rasoir ! s'exclama-t-elle dans un éclair de lucidité.

— Fiona ! Je te dis que tu es mince ! N'est-ce pas notre rêve à toutes dans ce fichu monde ? Arrête de raconter que tu es rasoir ! Tu ne l'as jamais été avant de te mettre à pleurnicher là-dessus.

Brigid n'était guère encline à supporter les lamentations des autres quand elle se trouvait face à l'indiscutable évidence : elle avait encore grossi...

— J'ai rencontré un garçon, et au bout de deux minutes, il s'est mis à bâiller et à vouloir filer, raconta Fiona, un peu bouleversée.

Brigid céda :

— Où l'as-tu rencontré ?

— Au boulot. Sa mère était aux urgences.

— Eh bien, évidemment ! Sa mère venait de se faire renverser ou autre chose, et qu'est-ce que tu aurais voulu qu'il fasse ? Qu'il papote avec toi comme dans une soirée, peut-être ? Réveille-toi un peu, Fiona, vraiment !

Fiona n'était qu'à moitié convaincue.

— Il apprend l'italien à l'école où travaille ton père.

— Parfait. Remercions le ciel qu'il y ait des élèves, ils craignaient qu'il n'y en ait pas assez. Mon père s'est démené comme un fou tout l'été.

— C'est la faute de mes parents, bien sûr, reprit Fiona. Comment pourrais-je ne pas être rasoir, ils ne parlent jamais de rien ! Il n'y a jamais le moindre sujet de discussion chez nous ! Alors, qu'est-ce que tu veux que je trouve à dire après des années d'un tel régime ?

— Oh ! tu vas arrêter, Fiona ! Tu *n'es pas* rasoir et les parents n'ont *jamais* rien à dire. Les miens, il y a des lustres qu'ils n'ont pas eu une conversation. Papa monte dans son bureau après dîner et y passe ses soirées. Ça m'étonne même qu'il n'y couche pas. Il s'assied à son bureau, feuillette ses livres, et regarde les assiettes italiennes et les photos accrochées aux murs. Quand il fait beau, le soir, il se met sur le canapé devant la fenêtre et regarde droit devant lui. Dans le genre rasoir, on ne fait pas mieux, non ?

— Qu'est-ce que je vais lui dire si je le revois ?

— Mon père ?

— Non ! Le garçon aux cheveux hérissés.

— Mon Dieu ! Je suppose que tu pourrais lui demander comment va sa mère... Est-ce qu'il faut que j'aille m'asseoir près de toi, comme si tu étais une marionnette à qui il faut dire quand parler, quand faire un signe de tête ?

— Ça ne serait peut-être pas une mauvaise idée... Est-ce que ton père a un dictionnaire d'italien ?

— Il doit en avoir une vingtaine, pourquoi ?

— J'ai envie de chercher le nom des jours de la semaine, dit Fiona comme si c'était une évidence...

— Je suis passée chez les Dunne, ce soir, annonça Fiona en rentrant à la maison.

— Ah ! c'est bien, commenta sa mère.

— Il ne faudrait tout de même pas y aller trop souvent, tu pourrais avoir l'air d'habiter chez eux, remarqua son père.

Que veut-il dire ? se demanda Fiona. Il y a des semaines que je n'y ai pas mis les pieds. Ah ! s'ils savaient le nombre de fois où les filles Dunne ont prétendu avoir passé la nuit *ici, chez eux* ! Là, pour le coup, il y aurait des problèmes.

— Est-ce que vous trouvez Brigid Dunne jolie ? interrogea-t-elle.

— Je ne sais pas, c'est difficile à dire, répondit la mère.

Le père lisait son journal.

— C'est vraiment si difficile à dire que ça ? Suppose que tu la rencontres dans la rue, tu dirais que c'est une jolie fille ou pas ?

— Il faudrait que je réfléchisse.

Une fois couchée, Fiona passa une bonne partie de la nuit à y réfléchir.

Comment Grania et Brigid Dunne avaient-elles acquis tant d'assurance et de confiance en elles ? Leur milieu familial était pourtant le même que le sien, elles avaient fréquenté la même école. Mais Grania était d'une hardiesse peu commune : ça faisait une éternité qu'elle avait une liaison avec un homme, bien plus âgé qu'elle. Ils se voyaient en secret, mais c'était sérieux. Elle avait l'intention de mettre ses parents au courant, de leur annoncer qu'elle allait vivre avec lui et même l'épouser.

Le problème, c'est que cet homme-là était le patron de Mr. Dunne. Qui ne l'aimait guère. Grania hésitait : valait-il mieux raconter que leur liaison venait de commencer, afin de donner à son père le temps de s'habituer à cette idée, ou lui avouer toute la vérité ? Son amant estimait, lui, que c'était mieux de dire la vérité en bloc, que les gens étaient souvent bien plus capables de la regarder en face qu'on ne le croyait.

Mais Grania et Brigid avaient des doutes. Surtout Brigid. L'ami de sa sœur lui paraissait vraiment trop vieux.

— Tu seras veuve en un rien de temps ! objectait-elle.

— Eh bien, je serai une riche veuve, c'est pour ça qu'on se marie. Je toucherai sa retraite ! avait répliqué Grania en riant.

— Tu auras envie d'autres garçons, tu lui feras des infidélités, il se mettra à ta recherche, te trouvera dans le lit d'un autre, et ça fera un double massacre, imaginait Brigid que l'idée semblait presque réjouir.

— Non, Brigid, pas du tout. Je n'ai jamais tenu à quelqu'un comme ça. Le jour où ça t'arrivera, tu comprendras, lâcha Grania sur un ton d'autosatisfaction insupportable.

Fiona et Brigid avaient levé les yeux au ciel. Ah ! que c'était donc fatigant de regarder l'amour avec un grand « A » ! Les paroles de Grania leur donnaient le sentiment d'en être exclues, elles. Quoique pour Brigid, ce n'étaient pas les propositions qui manquaient !

Couchée dans le noir, Fiona repensait à ce sympathique garçon aux cheveux hérissés qui lui avait souri avec tant de chaleur. Ne serait-ce pas merveilleux d'être le genre de fille capable de plaire à un tel garçon ?

Elle ne le revit qu'une semaine plus tard.

— Comment va votre mère ? s'enquit-elle.

— Comment êtes-vous au courant ? répliqua-t-il, l'air un peu fâché et inquiet qu'elle l'interroge là-dessus.

Au temps pour la brillante suggestion de Brigid !

— La semaine dernière, souvenez-vous, vous m'avez aidée à sortir le sac d'ordures et vous m'avez dit que votre mère était aux urgences.

— Ah ! oui, bien sûr, excusez-moi, répondit-il, et son visage s'éclaira. Eh bien, à vrai dire, ça ne va pas très fort. Elle a refait le coup.

— De se faire renverser ?

— Non, de prendre une overdose.

— Oh, je suis vraiment navrée. Navrée, répéta Fiona avec une entière sincérité.

, — Je n'en doute pas.

Il y eut un silence. Puis, désignant son tee-shirt, Fiona énonça fièrement :

— *Venerdi.* C'est comme ça que ça se prononce ?

— Oui, c'est ça, répondit-il, répétant ensuite le mot avec un accent plus italien qu'elle tenta de reproduire. Alors, vous apprenez aussi l'italien ? demanda-t-il avec intérêt.

Fiona répondit sans réfléchir :

— Non, j'ai juste appris les jours de la semaine, au cas où je vous reverrais.

Elle rougit jusqu'aux oreilles.

Ah, mourir de honte, là, tout de suite, à côté des machines à thé et à café !

— Je m'appelle Barry, dit aussitôt le jeune homme. Ça te dirait d'aller au cinéma, ce soir ?

Ils se retrouvèrent dans O'Connell Street. Les cinémas étaient bondés.

— Qu'est-ce que tu as envie de voir ? s'enquit-il.

— Et toi ?

— Ça m'est égal, franchement.

— Moi aussi, répondit-elle, pour se reprendre vite en croyant voir passer une expression d'impatience sur le visage de son compagnon. Peut-être celui où la file d'attente est la plus courte, non ?

— Mais c'est un film d'arts martiaux, objecta-t-il.

— Ce sera parfait, fit-elle stupidement.

— Ah ? Tu aimes les arts martiaux ? s'étonna-t-il.

— Et toi ?

Pas très prometteur, comme début. Après quoi ils allèrent voir un film qui ne leur plut pas. Puis ce fut un autre problème : que faire à présent ?

— Ça te dirait, une pizza ? proposa-t-il.

— Oh ! ça serait chouette, fit-elle en soulignant son approbation d'un geste de la tête.

— Ou bien tu préférerais peut-être aller dans un pub ?

— Ça serait bien aussi, non ?

— Bon, allons manger une pizza, trancha-t-il du ton de celui qui a compris qu'on n'arriverait à rien s'il ne décidait pas.

Ils s'assirent et se regardèrent. Ç'avait été un vrai cauchemar de choisir une pizza : Fiona ayant dit oui pour une *pizza margherita* mais aussi pour une *napoletana*, Barry avait fini par commander une *quattro stagioni* pour chacun. C'était une pizza avec quatre garnitures différentes dans chaque quart. Plus de choix à faire, il n'y avait qu'à tout manger.

Il lui raconta que Signora, le professeur du cours d'italien, avait apporté des pizzas en classe, un soir. Il dit qu'elle devait sûrement dépenser tout ce qu'elle gagnait en cadeaux pour la classe. Ils s'étaient donc installés pour les déguster tous ensemble, scandant en chœur le nom des différentes pizzas, et ç'avait été formidable. Barry avait l'air si gamin et si enthousiaste... Fiona aurait bien aimé se sentir aussi vivante, avoir autant de choses à raconter.

Naturellement, c'était la faute de sa mère et de son père. Des gens bien gentils, mais qui n'avaient rien à dire à personne. Son père prétendait qu'il aurait fallu tatouer sur le bras des gens à leur naissance : « Moins je parlerai, moins j'aurai d'ennuis », de façon à leur éviter de dire trop de bêtises. Résultat : son père n'ouvrait pratiquement jamais la bouche. Quant à sa mère, elle aussi avait sa propre règle de vie : ne pas se laisser emballer par les choses. Elle le répétait toujours à Fiona, dès que celle-ci manifestait le moindre enthousiasme pour quelque chose — le cours de danse irlandaise, les vacances en Espagne... Voilà pourquoi, pensait-elle, elle n'avait pas d'opinions ni de préférences.

Elle était devenue le genre de personne incapable de décider quel film voir, quelle pizza manger et même quoi dire. Devait-elle évoquer les tentatives de suicide de la mère de Barry, ou le laisser profiter de l'occasion de se changer un peu les idées ? Fiona se concentrait tellement sur ce problème qu'elle en fit la grimace.

— Oh ! pardon ! dit-il. Je dois te casser les pieds, avec mon cours d'italien.

— Non, pas du tout ! se récria-t-elle. C'est formidable de t'entendre parler de tout ça. Tu vois, j'adorerais me passionner pour les choses comme vous le faites. Je t'envie, toi et tous ceux qui se donnent le mal de suivre des cours du soir, et je me sens un peu terne à côté.

C'est souvent quand elle s'y attendait le moins qu'elle disait des choses qui semblaient plaire aux gens.

Barry sourit jusqu'aux oreilles et lui tapota la main :

— Mais non, voyons, tu n'es pas terne du tout, tu es charmante. Et rien ne t'empêche de prendre aussi des cours du soir, non ?

— Non... je suppose que non. Ton cours est complet ?

Elle regretta une fois de plus d'avoir ouvert la bouche. Elle avait sûrement l'air trop empressée, comme si elle voulait lui courir après et qu'elle ne fût pas capable de se trouver toute seule un cours du soir. Elle se mordit la lèvre en voyant Barry faire non de la tête.

— Ça ne servirait à rien de venir à notre cours maintenant, c'est trop tard, on a pris bien trop d'avance, affirma-t-il catégoriquement. Les gens sont tous là pour des raisons bien particulières, tu sais. Ils avaient tous *besoin* d'apprendre l'italien. Enfin, c'est l'impression que ça donne.

— Et toi, pourquoi en avais-tu besoin ?

Barry sembla un peu gêné.

— Eh bien, c'est parce que j'ai assisté à la Coupe du Monde de football. J'y suis allé en bande mais j'ai rencontré des tas d'Italiens sympathiques, et je me suis senti comme un idiot de ne pas pouvoir leur parler.

— Mais la Coupe du Monde ne se tiendra plus là-bas, non ?

— Non, mais les Italiens y seront toujours, eux ! J'aimerais me retrouver avec eux et pouvoir discuter de foot, fit-il, le regard lointain.

Fallait-il lui parler de sa mère ? Fiona finit par décider que non. Il l'aurait fait lui-même, s'il l'avait voulu. C'était le genre de sujet qui peut être trop personnel, trop intime. Ce garçon était vraiment très, très sympathique et elle avait envie de le revoir. Comment se débrouillent les filles qui ont du succès avec les garçons ? Fallait-il faire un mot d'esprit ? Ou au contraire ne rien dire ? Ah, si elle savait comment s'y prendre ! Que dire pour faire comprendre à ce garçon qu'il lui plaisait bien et qu'elle recherchait son amitié ? Et plus, le moment venu... N'y avait-il pas moyen de lui faire un signal ?

— Je suppose qu'il faudrait songer à rentrer, dit alors Barry.

— Oui, bien sûr, acquiesça Fiona, persuadée qu'il en avait assez d'elle.

— Je te raccompagne jusqu'à l'arrêt de bus ?

— Ce serait sympa, merci.

— Ou bien tu préfères que je te ramène en moto ?

— Oh ! ce serait fantastique ! s'écria-t-elle.

Elle s'aperçut qu'elle venait d'accepter les deux propositions. Il allait vraiment la prendre pour une imbécile !

Elle décida de s'expliquer :

— Je veux dire que quand tu m'as proposé de me raccompagner jusqu'au bus, je ne savais pas que tu pourrais me ramener en moto. Mais je préférerais ça, à vrai dire, déclara-t-elle, choquée par sa propre audace.

Il parut ravi.

— Formidable ! Il faudra bien t'accrocher à moi, alors. Promis ?

— Promis, répondit Fiona en lui souriant derrière ses grosses lunettes.

Elle lui demanda de la déposer au bout de sa rue parce que c'était un endroit tranquille où ne passaient guère de motos. Allait-il demander à la revoir ?

— Bon, à la prochaine, dit Barry.

— Oui... ça serait bien, fit-elle, espérant ne pas avoir l'air trop suppliant.

— Eh bien, tu me verras peut-être au supermarché.

— Comment ? Ah oui, bien sûr. Il y a des chances.

— Ou peut-être à l'hôpital, ajouta-t-il.

— Oui. Oui, bien sûr, si tu passes par là, conclut-elle tristement.

— Je vais y passer tous les jours, précisa Barry. Ils ont gardé ma mère en observation. Merci de ne pas avoir parlé d'elle... Je n'en avais pas envie.

— Non, non, bien sûr que non.

Fiona poussa un soupir de soulagement : dire qu'elle avait été à deux doigts de se pencher vers lui, à la pizzéria, pour aborder le sujet...

— Bonne nuit, Fiona.

— Bonne nuit, Barry, et merci.

Elle resta longtemps éveillée dans son lit. Il l'aimait bien. Et il appréciait qu'elle ne se soit pas mêlée de ses affaires. Bon, d'accord, elle avait fait quelques bêtises... Mais il avait bien *dit* qu'ils se reverraient.

Brigid fit un saut à l'hôpital pour voir Fìona.

— Tu peux nous rendre service, passer à la maison ce soir ?

— Bien sûr. Pourquoi ?

— C'est le grand jour. Grania va leur parler de son vieux type... Il risque d'y avoir des pleurs et des grincements de dents.

450

— Mais, à quoi ça servira que je sois là ? demanda Fiona, un peu inquiète.

— Ça les calmera peut-être, s'il y a quelqu'un d'étranger à la famille. *Peut-être*, répéta Brigid, l'air dubitatif.

— Et il sera là, le vieux ?

— Il sera devant la maison, dans sa voiture, au cas où on aurait besoin de lui.

— Besoin de lui ? lança Fiona avec appréhension.

— Bon, tu sais : besoin de lui pour être accepté comme gendre ou pour venir à la rescousse de Grania si papa se met à la battre comme plâtre.

— Il ne ferait pas ça, non ? s'exclama Fiona horrifiée.

— Non, bien sûr, Fiona. Tu prends tout au premier degré !... Tu n'as donc pas d'imagination ?

— Non, je ne crois pas, confirma-t-elle tristement.

Ce jour-là, Fiona se renseigna sur l'état de Mrs. Healy, la mère de Barry. C'est Kitty, une infirmière qu'elle connaissait et qui travaillait dans le service où elle se trouvait qui lui donna des nouvelles. On lui avait fait un sérieux lavage d'estomac, le second. Elle semblait bien décidée à parvenir à ses fins. Kitty n'avait pas de temps à perdre avec des gens comme elle : qu'ils en finissent une fois pour toutes, s'ils y tenaient tant ! Pourquoi leur consacrer tant de temps et d'argent, et s'escrimer à leur répéter qu'on les aime et qu'on a besoin d'eux ? Ce qui n'était sans doute pas vrai. Ah ! s'ils avaient pu voir tous les vrais malades, de braves gens qui ne le faisaient pas exprès, eux, eh bien, peut-être qu'ils y auraient réfléchi à deux fois, non ?

Kitty n'éprouvait pas la moindre commisération pour les candidats au suicide, mais elle recommanda bien à Fiona de ne le dire à personne. Elle n'avait pas envie d'avoir la réputation d'être dure comme une pierre. Sans compter qu'elle s'occupait quand même de cette satanée Mrs. Healy, qu'elle lui donnait ses médicaments, qu'elle était aussi gentille avec elle qu'avec les autres patients.

— Quel est son prénom ? lui demanda Fiona.

— Nessa, je crois.

— Comment va-t-elle à présent ?

— Oh !... Elle reste faible, elle est en état de choc. Elle passe son temps à surveiller la porte de la salle dans l'espoir de voir arriver son mari.

— Et il vient la voir ?

— Jusqu'à présent, non. Son fils, oui, mais ce n'est pas ce qu'elle attend. C'est son mari qu'elle veut voir. C'est pour ça qu'elle a fait ce qu'elle a fait.

— Comment tu le sais ?

— C'est pour ça qu'elles le font toutes, affirma Kitty d'un ton sentencieux.

Toute la famille Dunne était attablée à la cuisine. Il y avait un plat de macaronis au gratin sur la table, mais personne ne mangeait, ou presque. Mrs. Dunne avait son livre de poche à côté d'elle, posé face contre la table, pour le garder ouvert. Elle donnait plus l'impression d'attendre un départ dans un aéroport que d'être installée chez elle.

En principe, Brigid ne mangeait rien — comme d'habitude — mais picorait des petits morceaux qu'elle détachait du bout du plat et sauçait du jus renversé avec du pain beurré... Elle finissait d'ailleurs par manger plus que si elle avait pris une part normale. Grania était pâle et Mr. Dunne s'apprêtait à monter dans son cher bureau.

— Papa, attends une minute, fit Grania d'une voix étranglée. J'ai quelque chose à te dire. À vous dire à tous, en fait.

La mère de Grania leva les yeux de son livre, Brigid baissa les siens sur la table, Fiona se sentit rougir et prit un air coupable. Seul Aidan Dunne sembla ne pas se rendre compte que quelque chose d'important venait d'être dit.

— Oui, bien sûr, répondit-il en se rasseyant, presque content à l'idée d'une conversation avec toute la famille.

— Vous allez avoir du mal à digérer la nouvelle, je le sais, alors je vais essayer de l'expliquer aussi simplement que possible. Voilà... J'aime quelqu'un et je veux me marier.

— Ah ! mais, c'est formidable ! s'exclama son père.

— Te marier ? s'étonna sa mère comme si c'était la chose la plus bizarre qu'on pût envisager quand on aimait quelqu'un.

Brigid et Fiona gardèrent le silence, se bornant à émettre une série d'exclamations de surprise et autres grognements approbatifs qui n'étaient pas du tout des réactions plausibles à cette nouvelle — n'importe qui s'en serait rendu compte.

Avant que son père pût lui demander qui était l'heureux élu, Grania prit les devants et le lui annonça :

— Bon, ça ne va guère te plaire au début, tu vas dire qu'il est trop vieux pour moi et des tas d'autres choses... Il s'agit de... Tony O'Brien.

Le silence qui s'ensuivit fut pire encore que ce qu'elle avait craint.

— C'est une blague ? finit par lâcher son père.

— Non, papa.

— Tony O'Brien ! Excusez du peu ! lança sa mère avec un petit rire forcé.

Fiona ne pouvait plus supporter la tension qui régnait :

— Il paraît qu'il est très bien, dit-elle sur le ton d'un plaidoyer.

— Et d'où tiens-tu ça, Fiona ? répliqua Mr. Dunne dans son plus pur style maître d'école.

— Eh bien, les gens le disent, répondit timidement Fiona.

— Il n'est pas si mal que ça, papa. Et il faut bien qu'elle épouse quelqu'un, remarqua Brigid, croyant faire avancer les choses.

— Eh bien, si tu t'imagines que Tony O'Brien va t'épouser, tu n'es pas au bout de tes peines ! lança Aidan Dunne, le visage marqué soudain par un pli dur et amer.

— On voulait d'abord te mettre au courant parce qu'on pense se marier le mois prochain, poursuivit Grania, tâchant de maîtriser le tremblement de sa voix.

— Grania ! Chaque année, ce type-là promet à trois filles au moins qu'il va les épouser, après quoi il les amène dans son lit pour faire d'elles ce qui lui plaît. Bah... je suppose que tu le sais déjà, tu as dû t'y trouver plus souvent qu'à ton tour, en fait chaque fois que tu nous racontes que tu vas passer la nuit chez Fiona !

L'intéressée se fit toute petite : sa supercherie était démasquée.

— Non, ce n'est pas ça, papa. Ça fait longtemps que ça dure, je t'assure, c'est dans l'air depuis longtemps. J'ai cessé de le voir quand il est devenu principal, parce que j'avais l'impression qu'il nous avait trahis, toi et moi, mais depuis il m'a convaincue du contraire et nous pensons tous deux que maintenant, il n'y a plus de problèmes.

— Ah ! bon, il a dit ça ?

— Oui. Il t'aime bien, tu sais, il a beaucoup d'admiration pour toi et pour la manière dont marche le cours du soir.

— Je connais un garçon qui y va, il dit que c'est formidable ! s'écria Fiona qui lut dans le regard des autres que son intervention n'était pas des plus utiles.

— Il lui a fallu un temps fou pour me convaincre, papa. J'étais de ton côté, je ne voulais rien entendre. Et puis il m'a expliqué qu'il n'y avait pas de *côté* à choisir, que vous étiez tous les deux dans le même bateau et pour les mêmes raisons...

— Oh ! oui, je suis sûr qu'il lui a fallu un temps fou pour te convaincre ! En général, c'est trois jours, il s'en vante ! Il se vante de persuader les filles de coucher avec lui. Voilà le genre de type qui dirige Mountainview !

— Plus maintenant, papa. Plus maintenant. Je parie qu'il ne s'est vanté de rien ces temps-ci, réfléchis un peu.

— Seulement parce qu'il n'est plus dans la salle des profs ! Seulement parce que Monsieur trône dans sa petite tour d'ivoire de pacotille, le bureau du principal, comme il dit !

— Mais, papa, ça ne s'appelait pas déjà le bureau du principal, du temps de Mr. Walsh ?

— Ah ! mais c'est différent ! Cet homme-là méritait son poste.

— Et Tony ne le mérite pas, lui ? Il n'a pas fait repeindre l'école, il ne l'a pas entièrement retapée ? Ce n'est pas lui qui a lancé des tas d'innovations, qui t'a octroyé des fonds pour ton jardin de plantes sauvages, qui a organisé le cours d'italien, incité les parents à faire campagne pour un meilleur service d'autocars scolaires ?

— Oh ! il t'a bien endoctrinée, à ce que je vois !

— Qu'est-ce que tu en penses, m'man ? fit Grania en se tournant vers sa mère.

— Qu'est-ce que j'en pense ? Comme si ça avait de l'importance. De toute façon tu n'en feras qu'à ta tête.

— J'aimerais que vous compreniez que ce n'est pas facile pour lui non plus. Il y a longtemps qu'il voulait vous en parler, car il n'aime pas du tout ce secret, mais je n'étais pas prête.

— Ah oui ! ricana son père avec un profond mépris.

— C'est vrai, papa. Ça lui a été pénible de te côtoyer en sachant qu'il te cachait quelque chose mais qu'il devrait tôt ou tard t'en parler face à face, il me l'a dit.

— Oh ! mon Dieu, le pauvre homme ! la pauvre petite âme rongée de soucis !

Elles n'avaient jamais vu leur père aussi amer et sarcastique. Le mépris lui déformait le visage.

Grania redressa les épaules :

— Comme a dit m'man, de toute façon j'ai plus de vingt et un ans, je peux faire ce que je veux et je le ferai. Mais j'avais espéré que ce serait avec... eh bien, avec tes encouragements.

— Et où est-il donc, ce noble gentilhomme qui n'a pas osé venir nous parler en personne ?

— Il est dehors, dans sa voiture, papa. Je lui ai dit que je l'inviterais à entrer si la situation s'y prêtait.

Grania se mordait la lèvre, sachant qu'on ne l'inviterait pas à entrer.

— Et elle ne s'y prête pas ! Non, Grania ! ne compte pas sur moi pour te donner ma bénédiction ou mes encouragements ! Comme dit ta mère, tu n'en feras qu'à ta tête, alors qu'y pourrons-nous ?

Il se leva et quitta la table, au comble de la fureur. On entendit claquer la porte de son bureau.

Grania regarda sa mère. Nell Dunne haussa les épaules.

— À quoi t'attendais-tu ? dit-elle.

— Mais Tony m'aime, protesta Grania.

— Oh ! peut-être bien que oui, peut-être bien que non... Mais crois-tu que ça ait la moindre espèce d'importance aux yeux de ton père ? Il a fallu que, parmi les milliards d'hommes au monde, tu choisisses justement le seul qu'il ne puisse jamais accepter ! Jamais.

— Mais toi, tu comprends ? implora Grania qui recherchait désespérément un soutien.

— Je comprends que cet homme est ce que tu veux actuellement... Qu'y a-t-il d'autre à comprendre ?

Les traits de Grania se figèrent, tel un masque de pierre.

— Merci de ton aide fabuleuse; fit-elle avant d'ajouter à l'intention de sa sœur et de son amie : Et merci aussi à vous deux, quel formidable soutien !

— Mon Dieu, qu'est-ce qu'on pouvait faire ? Tomber à genoux et dire qu'on avait toujours su que tu étais faite pour lui ? s'exclama Brigid, piquée au vif par l'injustice d'une telle accusation.

— J'ai bien essayé de dire qu'il avait bonne réputation, chevrota Fiona.

— En effet.

Grania, l'air sombre, se leva de table, le visage dur.

— Où vas-tu ? N'essaie pas de suivre papa, il ne changera pas d'avis, conseilla Brigid.

— Non. Je vais prendre quelques affaires avant de partir chez Tony.

— Il sera encore là demain, s'il est aussi fou de toi que ça ! objecta sa mère.

— Je ne veux plus rester ici. Je ne le savais pas jusqu'à il y a cinq minutes, mais je n'ai jamais été vraiment heureuse ici.

— Qu'est-ce que ça veut dire, « heureuse » ? demanda Nell Dunne.

Dans le silence qui suivit, on entendit Grania monter dans sa chambre et faire sa valise.

Dehors, dans une voiture, un homme se contorsionnait pour tenter d'apercevoir ce qui se passait dans la maison. Quelqu'un bougeait dans une des chambres : était-ce bon signe ou non ?

C'est alors qu'il vit sortir Grania, une valise à la main.

— Je vais t'emmener chez nous, mon petit cœur, lui dit-il.

Elle se mit à pleurer sur son épaule et contre sa veste, comme elle avait pleuré dans les bras de son père, il n'y avait pas si longtemps, quand elle n'était encore qu'une enfant.

Fiona passa des heures à réfléchir à ce qui s'était passé. Grania n'avait qu'un an de plus qu'elle, comment faisait-elle pour tenir tête à ses parents de la sorte ? Les petits soucis de Fiona lui parurent bien légers devant le drame qui se jouait dans la vie de Grania. Il fallait qu'elle trouve moyen de renouer avec Barry. Elle y réfléchirait en arrivant à son travail, demain matin.

Quand on travaille à l'hôpital, la fleuriste vous cède facilement un bouquet à prix réduit en fin de journée, quand les fleurs ne sont plus de la première fraîcheur. Fiona acheta un petit bouquet de freesias, écrivit sur une carte : « Prompt rétablissement, Nessa Healy » et, profitant d'un moment où personne ne regardait, déposa les fleurs sur le bureau des infirmières du service concerné. Après quoi elle se hâta de revenir à la buvette.

Il y avait deux jours qu'elle n'avait pas vu Barry quand il arriva en annonçant gaiement :

— Ça va beaucoup mieux, elle va rentrer à la maison à la fin de la semaine.

— Ah, je suis contente... Alors, elle s'est remise de... de ce qui la retenait ici ?

— Bah, c'est grâce à mon père, tu sais. Elle pense, ou plutôt elle pensait qu'il ne viendrait pas la voir, puisqu'il avait dit qu'il refusait de se laisser avoir par le chantage au suicide. Et elle était très déprimée, au départ.

— Et maintenant ?

— On dirait qu'il a cédé : il lui a envoyé des fleurs. Un bouquet de freesias. Maintenant qu'elle sait qu'il n'est pas indifférent, elle rentre à la maison.

Fiona sentit son sang se glacer :

— Il n'est pas venu la voir... en apportant les fleurs ?

— Non, il les a juste déposées dans le service et il est reparti. Mais ça a suffi.

— Et qu'est-ce qu'il dit de tout ça, ton père ? s'enquit Fiona d'une voix à peine audible.

— Oh ! il ne cesse de répéter qu'il ne lui a jamais fait envoyer de fleurs, mais c'est toujours comme ça, entre eux, expliqua-t-il, l'air un peu soucieux.

— Les parents sont des gens très bizarres, mon amie me le disait encore l'autre jour. Impossible de comprendre ce qui se passe dans leurs têtes, dit Fiona, qui se sentait inquiète.

— Une fois qu'elle sera tranquillement réinstallée à la maison, on pourra de nouveau sortir ensemble ?

— Ça, j'adorerais ! s'écria-t-elle, ajoutant tout bas : « Mon Dieu, faites que personne ne découvre l'histoire des fleurs... Qu'ils se contentent de la version qui arrange tout le monde !... »

Barry l'emmena voir un match de football. Non sans lui avoir expliqué au préalable qu'il y avait une bonne et une mauvaise équipe, et une règle de hors-jeu. L'arbitre avait été nul lors de ses précédents matches et on espérait qu'il serait meilleur cette fois.

Au match, Barry rencontra un homme râblé, aux cheveux noirs et au teint mat.

— Salut, Luigi. Je ne savais pas que tu étais supporter de cette équipe-là !

Luigi n'aurait pas pu se montrer plus ravi de cette rencontre :

— Salut, Bartolomeo ! Bien sûr que je soutiens ces gars-là, depuis que le monde est monde !

Là-dessus, ils se mirent à parler italien : « *Mi piace giocare a calcio.* » Ce qui les fit rire comme des fous, et déclencha aussi le rire de Fiona.

— Ça veut dire : « J'aime jouer au football », traduisit Luigi.

Fiona le crut sur parole car elle n'y connaissait rien.

— On dirait que vous vous débrouillez drôlement bien en italien, non ? fit-elle.

— Oh ! excuse-moi, Luigi : je te présente mon amie, Fiona.

— Tu as drôlement de la chance que ta petite amie vienne avec toi au match ! Suzi dit qu'elle aimerait autant ça que de regarder de la peinture sécher sur un mur.

Fallait-il expliquer à ce drôle de gars à l'accent de Dublin et au nom italien qu'elle n'était pas *vraiment* la petite amie de Barry ? se demanda Fiona. Elle décida de ne pas le détromper. Et pourquoi appelait-il Barry par ce drôle de nom ?

— Si tu dois retrouver Suzi tout à l'heure, on pourrait peut-être prendre un verre tous ensemble ? suggéra Barry.

Luigi trouva l'idée excellente et ils se mirent d'accord sur un pub.

Pendant tout le match, Fiona s'efforça de bien comprendre, afin de crier et s'enthousiasmer au bon moment. « C'est formidable, songeait-elle. Voilà ce que font les autres filles, elles vont au match avec un garçon, celui-ci en rencontre d'autres et tout le monde se retrouve après, avec les petites amies de chacun. » Elle se sentait merveilleusement bien.

Bon, il allait falloir se rappeler ce qui déclenche un tir au but, un corner, ou une remise en touche. Mais, plus important encore : se rappeler de ne pas questionner Barry au sujet de sa mère et de son père et du mystérieux bouquet de freesias.

Suzi était une superbe rousse qui travaillait comme serveuse dans un des endroits chic de Temple Bar.

Fiona eut l'air de s'excuser quand elle lui expliqua qu'elle-même servait des cafés à l'hôpital.

— Pas tout à fait le même genre d'établissement...

— Mais c'est bien plus important, affirma Suzi. Toi, tu sers des gens qui en ont besoin, moi je fais ça pour des gens qui viennent là uniquement pour être vus.

Contents de voir les filles bavarder ensemble, les garçons les laissèrent poursuivre pour se consacrer au commentaire du match dans ses moindres détails. Après quoi ils se mirent à parler du fameux voyage en Italie.

— Est-ce que Bartolomeo, lui non plus, n'arrête pas de parler de ce *viaggio* ? s'enquit Suzi.

— Pourquoi tu l'appelles comme ça ? lui demanda Fiona à mi-voix.

— Mais c'est comme ça qu'il s'appelle, non ? répondit Suzi, vraiment étonnée.

— En fait, il s'appelle Barry.

— Ah ! bon. Ça doit être une idée de Signora, une femme fantastique qui loue une chambre chez ma mère. C'est elle qui donne les cours et Lou, elle l'appelle Luigi. C'est plutôt mieux, dans son cas, et il m'arrive de l'appeler comme ça moi-même... Mais tu y vas, toi ?

— Où ça ?

— À Rome ! dit Suzi en roulant le *R* et en faisant rouler ses yeux.

— Je ne suis pas sûre. Je ne connais pas encore très bien Barry. Mais si ça se passe bien entre nous, je pourrai peut-être venir. On ne sait jamais...

— Commence donc à mettre de l'argent de côté, on va s'amuser comme des fous. Lou veut qu'on se marie là-bas ou, au moins, que ce soit notre voyage de noces, expliqua Suzi en montrant son annulaire où brillait une superbe bague de fiançailles.

— Elle est magnifique ! s'écria Fiona.

— Ouais. C'est du toc, mais un ami de Lou a pu l'avoir à un prix irrésistible.

— Imagine : passer sa lune de miel à Rome... dit Fiona, songeuse.

— Le seul hic, c'est que je vais partager ma lune de miel avec cinquante ou soixante autres personnes !

— Comme ça, tu n'auras besoin de le chouchouter que le soir !

— *Le* chouchouter, *lui* ? Et *moi*, alors ? Je m'attendais plutôt à ce que ce soit lui qui me chouchoute !

« J'aurais mieux fait de me taire », se dit Fiona une
fois de plus. C'était naturel qu'une fille telle que Suzi
raisonne comme ça, qu'elle s'attende à ce que Luigi soit
aux petits soins pour elle. Ce n'était pas elle qui aurait
passé son temps à essayer de lui plaire et à craindre de
l'ennuyer — comme Fiona. Ce serait merveilleux d'avoir
une telle confiance en soi, non ? Évidemment, si on
avait l'allure de Suzi, avec sa merveilleuse chevelure
rousse, et qu'on travaille dans un endroit chic, il devait
y avoir des légions de garçons tels que Luigi qui se
bousculaient pour vous offrir d'énormes bagues ruti-
lantes... Fiona poussa un profond soupir.

Suzi la regarda d'un air compréhensif :

— C'était très rasoir, le match ?

— Non... Je n'étais encore jamais venue. Mais je ne
suis pas sûre d'avoir compris le hors-jeu. Et toi ?

— Seigneur, non ! Et je n'ai pas la moindre intention
de le faire. Parce que alors je serais bonne pour me
retrouver à geler sur les tribunes, au milieu de gens qui
hurlent à vous crever les tympans ! Les garçons, il faut
les rejoindre après, voilà ma devise.

Suzi savait tout. Fiona la regarda avec une admiration et une envie non dissimulées.

— Comment as-tu fait pour devenir... euh, comme tu
es, sûre de toi ? Est-ce que c'est juste parce que tu es
jolie ?

Suzi la regarda avec étonnement : mais non, elle ne
plaisantait pas, cette fille au visage ouvert et aux
énormes lunettes, elle était sincère.

— Je n'ai pas idée de l'allure que j'ai, répondit Suzi
qui disait vrai. D'après mon père, j'ai l'air d'une pute, et
ma mère n'est pas loin de partager son avis. Là où je
suis allée pour chercher du boulot, on m'a trouvée trop
maquillée, et les types qui veulent coucher avec moi me

disent que je suis superbe. Alors, comment veux-tu que je sache où est la vérité ?

— Oh ! je sais ce que c'est, acquiesça Fiona.

Sa mère lui trouvait l'air bête avec ses tee-shirts, alors que les gens de l'hôpital adoraient ça. Certains disaient que ses lunettes étaient un plus : elles lui agrandissaient les yeux. D'autres lui demandaient si elle ne pouvait pas s'offrir des lentilles. Quant à elle, parfois elle aimait bien ses cheveux longs, parfois elle se trouvait l'air d'une écolière attardée.

— Alors, je suppose qu'en fin de compte, j'ai compris que j'étais adulte et que je n'arriverais jamais à plaire à tout le monde, expliqua Suzi. Donc, j'ai décidé de me plaire à moi-même. Et comme j'ai des jambes pas mal, je mets des jupes courtes, mais pas ridiculement courtes, et j'ai freiné un peu sur le maquillage. Et maintenant que je ne m'en soucie plus, on ne fait plus de remarques.

— Tu crois que je devrais me faire couper les cheveux ? chuchota Fiona, confiante.

— Non, je ne crois pas que tu devrais les couper ou les laisser longs, parce que je n'ai pas à croire quoi que ce soit. Ce sont *tes* cheveux, c'est *ton* visage : c'est à *toi* de faire ce que *tu* veux. Ne prends de conseils de personne, pas plus de moi que de Bartolomeo ou de ta mère, sinon tu seras toujours une gamine. Enfin, c'est ma façon de voir.

Ah ! elle avait beau jeu de parler comme ça, la belle Suzi ! Fiona se sentait comme une petite souris à grosses lunettes. Une souris à poil long. Mais si elle se débarrassait des lunettes et du poil, elle ne serait plus qu'une souris bigleuse à poil ras... Qu'est-ce qui pourrait l'aider à mûrir et à savoir prendre des décisions, comme tout le monde ? Peut-être arriverait-il un jour quelque chose qui la rendrait forte ?

Barry avait passé une bonne soirée. Il reconduisit Fiona en moto et, chemin faisant, tandis qu'elle s'agrippait à son blouson, elle se demanda ce qu'elle dirait s'il l'invitait à un autre match. Fallait-il être courageuse et dire, comme Suzi, qu'elle préférait le retrouver après le match ? Ou bien valait-il mieux l'accompagner, après s'être fait expliquer la règle du hors-jeu par un collègue de travail ? Quelle était la meilleure solution ? Si seulement elle avait pu savoir ce qu'elle préférait, elle ! Mais elle n'avait pas la maturité de Suzi, elle était une personne sans opinions.

— C'était sympa de rencontrer tes amis, dit-elle en descendant de moto au bout de sa rue.

— La prochaine fois, on fera quelque chose que tu choisiras, toi. Bon, je passerai te voir demain : c'est demain que je ramène ma mère à la maison.

— Oh ! je la croyais déjà rentrée !

Barry lui ayant dit qu'ils sortiraient ensemble quand sa mère serait de retour à la maison, Fiona avait évidemment supposé que Mrs. Healy était rentrée chez elle. Elle n'avait pas osé aller rôder du côté de son service, pour ne pas risquer d'être reconnue comme celle qui avait apporté les freesias.

— Non, dit Barry. On avait pensé qu'elle serait suffisamment remise, mais elle a fait une rechute.

— Oh ! Je suis désolée d'apprendre ça.

— Elle s'était mis dans la tête que mon père lui avait envoyé des fleurs. Bien sûr qu'il ne l'avait pas fait, et quand elle l'a compris, elle a rechuté.

Fiona avait chaud et froid en même temps.

— Mais c'est affreux ! s'écria-t-elle, ajoutant d'une toute petite voix : Qu'est-ce qui lui a fait penser que c'était lui qui avait envoyé les fleurs ?

Barry haussa tristement les épaules :

— Qui sait ! Il y avait *bel et bien* un bouquet de fleurs à son nom, mais les médecins pensent que c'est elle-même qui l'a fait livrer.

— Qu'est-ce qui le leur fait penser ?

— Parce que personne d'autre ne savait qu'elle était là, répondit simplement Barry.

Une autre nuit d'insomnie pour Fiona. Il s'était passé trop de choses. Le match, les règles du jeu, la rencontre avec Luigi et Suzi, l'éventualité d'un voyage en Italie, les gens qui la prenaient pour la petite amie de Barry. L'idée que quand on est adulte, on sait quoi faire, qu'on est capable de réfléchir et de décider seul. Et cette terrible prise de conscience : elle avait fait empirer l'état de la mère de Barry avec ses fleurs ! En croyant faire plaisir à cette pauvre femme, elle avait sérieusement aggravé la situation.

C'est pâle et fatiguée que Fiona arriva à son travail. En plus, elle s'était trompée de tee-shirt dans la pile et en avait pris un qui ne correspondait pas au jour de la semaine, si bien que la confusion régnait. « Je croyais qu'on était vendredi », disaient certains, tandis que d'autres lui demandaient si elle s'était habillée dans le noir. Une dame était même repartie avant l'heure de son rendez-vous, croyant s'être trompée de jour en voyant « lundi » sur la poitrine de Fiona. Fiona avait fini par aller au vestiaire mettre son tee-shirt devant derrière, s'arrangeant ensuite pour que personne ne la voie de dos.

Barry arriva vers l'heure du déjeuner.

— Miss Clarke, ma chef, m'a permis de prendre deux heures, elle est vraiment gentille. Elle vient aussi au cours d'italien. C'est amusant : là-bas, je l'appelle Francesca, et au travail c'est Miss Clarke !

Fiona commençait à avoir l'impression que la moitié des habitants de Dublin suivaient ces cours et paradaient sous des noms d'emprunt. Mais elle n'avait pas le temps d'envier ces gens qui jouaient à des jeux infantiles dans l'école du quartier chaud de Mountainview, car elle avait d'autres préoccupations : il fallait obtenir des nouvelles de la mère de Barry sans avoir l'air de poser de questions.

— Tout va bien ? demanda-t-elle.

— Non, pas vraiment. Ma mère ne veut pas rentrer à la maison, mais elle ne va plus assez mal pour qu'ils la gardent ici, alors ils vont la transférer dans une clinique psychiatrique, expliqua-t-il, l'air sombre.

— Mais c'est terrible, Barry ! s'exclama Fiona, les traits tirés par le manque de sommeil et l'angoisse.

— Oui. Il va falloir que je me débrouille d'une manière ou d'une autre. Je voulais juste te dire une chose : j'avais dit que la prochaine fois qu'on sortirait ensemble, ce serait toi qui choisirais ce qu'on ferait...

— Je n'ai pas vraiment eu le temps de décider...

— Non, je veux dire qu'on devrait peut-être remettre à plus tard, mais ce n'est pas parce que je sors avec quelqu'un d'autre ou que je n'en ai pas envie... dit-il, bégayant presque tant il voulait la convaincre de sa sincérité.

Et Fiona comprit qu'il tenait à elle, après tout ! Le fardeau qu'elle avait sur le cœur s'allégea considérablement.

— Je comprends parfaitement, Barry ! Tu me donneras de tes nouvelles quand la situation se sera un peu éclaircie, non ? fit-elle avec un immense sourire, oubliant momentanément ceux qui attendaient leur thé ou leur café.

Barry lui rendit son sourire et repartit tranquillisé.

Fiona apprit les règles du hors-jeu, mais elle ne parvint pas à comprendre comment on pouvait s'assurer qu'il y ait toujours deux joueurs entre soi et le but. Personne ne put lui donner de réponse satisfaisante.

Elle appela son amie Brigid Dunne.

Ce fut le père de Brigid qui répondit :

— Ah ! Je suis content de cette occasion de te parler Fiona, je crains de m'être montré plutôt discourtois quand tu es venue chez nous, la dernière fois. Je te prie de m'en excuser.

— Ce n'est rien, Mr. Dunne, vous étiez contrarié.

— Oui, en effet, et je le suis encore. Mais ce n'est pas une raison pour se montrer grossier envers un invité. Je te prie d'accepter mes excuses.

— En fait, je n'aurais pas dû venir ce soir-là.

— Bon, je vais appeler Brigid.

Celle-ci était en pleine forme : elle avait perdu un kilo, trouvé une veste fantastique qui lui faisait une silhouette longiligne et elle partait pour Prague, tous frais payés. Pas vers ces horribles plages pleines de gens à moitié nus, où l'on est obligé d'exposer sa cellulite.

— Comment ça se passe, pour Grania ? lui demanda Fiona.

— Je n'en ai pas la moindre idée.

— Tu veux dire que tu n'es pas allée la voir ? s'exclama Fiona, choquée.

— Ah ! oui, la riche idée ! Allons donc faire un tour au Passage de l'Adultère, ce soir ! On verra peut-être aussi son vieux barbon !

— Chut, ne dis pas ça, ton père pourrait t'entendre !

— C'est ce qu'il dit lui. l'expression est de lui ! s'exclama Brigid.

Elles décidèrent d'aller voir Grania ensemble, et se donnèrent rendez-vous devant chez Tony O'Brien. C'est Grania qui leur ouvrit la porte, en jean et long pull-over noir, visiblement sidérée de les voir là.

— Ça alors, je n'en reviens pas ! s'écria-t-elle, ravie. Entrez donc. Tony ! viens voir la surprise ! ajouta-t-elle.

Tony vint à la porte, souriant, bel homme, mais vraiment trop vieux aux yeux des deux jeunes filles. Fiona se demanda comment Grania pouvait envisager son avenir avec cet homme-là.

— Ma sœur Brigid et notre amie Fiona, dit celle-ci.

— Entrez ! Vous n'auriez pas pu mieux choisir votre moment, je voulais ouvrir une bouteille quand Grania a dit qu'on buvait trop. Ce qui voulait dire que « je » buvais trop... Mais maintenant, on est obligés d'en ouvrir une !

Il les fit entrer dans une pièce remplie de livres, de cassettes et de CD. On entendait de la musique grecque.

— C'est la danse de Zorba ? s'enquit Fiona.

— Non, mais c'est du même compositeur. Vous aimez Théodorakis ? fit-il, le regard brillant à l'idée qu'il avait peut-être trouvé un amateur de musique de son époque.

— Qui ? dit Fiona tandis que s'évanouissait le sourire de Tony...

— C'est drôlement bien arrangé, remarqua Brigid en regardant autour d'elle avec une admiration réticente.

— N'est-ce pas ? Tony a fait faire tous les rayonnages par le menuisier qui a fait ceux de papa. Au fait, comment va-t-il ? demanda Grania, vraiment avide de nouvelles.

— Oh ! tu sais, toujours pareil, fit Brigid, évasive.

— Il est toujours en train de pester et de tempêter ?

— Non, ce serait plutôt geindre et soupirer.

— Et m'man ?

— Tu la connais, elle se rend à peine compte que tu es partie.

— Merci ! Tu sais vraiment donner l'impression que les gens tiennent à vous !

— Je ne te dis que la vérité.

Fiona tentait de faire la conversation à Tony pour qu'il ne saisisse pas tous ces détails intimes concernant la famille Dunne. Bien que, sans doute, il les connût déjà...

Tony leur versa un verre de vin à chacune.

— Je suis ravi de vous voir, les filles, mais j'ai du travail qui m'attend à l'école et vous avez à parler, alors je vous abandonne.

— Tu n'es pas obligé de partir, mon chéri, lui dit Grania très naturellement.

— Je sais, mais je le ferai tout de même, dit-il, ajoutant à l'intention de Brigid : Si vous parlez avec votre père, dites-lui... euh... dites-lui... (Brigid le regardait, attentive, mais les mots ne venaient pas facilement à Tony O'Brien.) Dites-lui qu'elle va bien ! lança-t-il enfin d'une voix bourrue avant de sortir.

— Eh bien ! dit Brigid. Comment tu interprètes ça ?

— Il est complètement retourné, expliqua Grania. Écoute, papa ne lui adresse plus la parole à l'école, sort d'une pièce quand Tony y entre, et c'est vraiment dur pour lui, là-bas. Tout comme c'est difficile pour moi de ne pas pouvoir rentrer à la maison.

— Tu ne peux pas rentrer ? s'étonna Fiona.

— Pas vraiment, ça ferait une scène et j'aurais de nouveau droit à son grand numéro du « je-ne-veux-pas-que-ma-fille... ».

— Ce n'est pas sûr, il s'est un peu calmé, remarqua Brigid. Il râlera peut-être les premières fois, et après, il redeviendra normal.

— Je déteste l'entendre dire du mal de Tony, rétorqua Grania.

— L'entendre évoquer son passé douteux, tu veux dire, fit Brigid.

— C'est cela, mais dans ce cas-là, moi aussi j'ai un passé ! J'espère bien que si j'avais son âge, j'aurais aussi un fameux passé derrière moi. Il se trouve juste que j'ai vécu moins longtemps que lui.

— Tu en as de la veine d'avoir un passé ! releva Fiona, songeuse.

— Oh, tais-toi, Fiona ! Toi qui es maigre comme un clou, tu dois avoir un passé fracassant, ironisa Brigid.

— Je n'ai jamais couché avec personne, jamais fait l'amour, jamais sauté le pas, avoua Fiona.

Les sœurs Dunne la considérèrent avec curiosité.

— Mais si, forcément, répliqua Brigid.

— Pourquoi « forcément » ? Je m'en souviendrais, quand même !... Le fait est que ça ne m'est jamais arrivé.

469

— Et pourquoi donc ? demanda Grania.

— Je ne sais pas. Le garçon était soûl ou moche, l'endroit ne s'y prêtait pas, ou quand je finissais par me décider, c'était trop tard. Vous me connaissez... soupira-t-elle avec l'air de regretter, de s'apitoyer sur elle-même. (Grania et Brigid étaient médusées.) Mais maintenant, j'aimerais bien ! reprit-elle d'un ton enthousiaste.

— Dommage qu'on ait laissé partir l'étalon du siècle, ironisa Brigid, désignant de la tête la porte par laquelle était sorti Tony O'Brien.

— Je tiens à ce que tu saches que je ne trouve pas ça drôle du tout, protesta Grania.

— Moi non plus, renchérit Fiona d'un ton désapprobateur. Je ne parlais pas de faire ça avec n'importe qui mais avec un garçon dont je suis amoureuse.

— Ah ! bon, excuse-moi, fit vivement Brigid.

Grania leur versa un autre verre de vin.

— Ne nous disputons pas, dit-elle.

— Qui se dispute ? demanda Brigid en lui tendant son verre.

— Souvenez-vous, quand on était à l'école, on s'amusait à devoir choisir entre la franchise et l'audace. Il fallait dire aux autres leurs quatre vérités ou oser un truc complètement fou.

— Toi, tu prenais toujours l'audace, se rappela Fiona.

— Mais ce soir, choisissons la franchise, proposa Brigid.

— Bon : qu'est-ce que je dois faire ? Dites-le-moi, vous deux.

— Rentre à la maison et parle avec papa. Tu lui manques vraiment, répondit Brigid.

— Parle-lui de tas de trucs : de banque, de politique, du cours du soir qu'il organise, mais pas de choses qui lui rappellent... euh... Tony. Pas avant qu'il se soit un peu fait à cette idée-là, conseilla Fiona.

— Et m'man ? Elle s'en fiche vraiment ?

— Non, j'ai dit ça pour t'embêter. Mais tu sais, elle a quelque chose qui la turlupine, le boulot ou la ménopause, je ne sais pas... En tout cas, tu n'es pas numéro un sur la liste de ses préoccupations, pas comme pour papa.

— Bon, ça se comprend, dit Grania. Maintenant, passons à Brigid.

— Je crois qu'elle devrait arrêter de nous bassiner les oreilles au sujet de sa graisse, déclara Fiona.

— Parce qu'elle n'est pas grosse, elle est sexy. Les gros seins et les grosses fesses, n'est-ce pas exactement ce qu'adorent les hommes ? ajouta Grania.

— Avec une taille de guêpe entre les deux, précisa Fiona.

— Elle nous embête, avec ses calculs de calories et ses fermetures Éclair ! lança Grania dans un sourire.

— Facile à dire quand on est comme un manche à balai ! protesta l'intéressée.

— Rasoir et sexy, quelle drôle de combinaison, constata Grania.

Un timide sourire se dessina sur les lèvres de Brigid qui voyait que les deux autres étaient sincères.

— Bon, d'accord. Maintenant, à Fiona, proposa Brigid, visiblement encouragée.

Les sœurs marquèrent un temps d'arrêt : il était plus facile de jouer au jeu de la franchise avec un membre de sa famille.

— Attendez que je boive un autre petit coup pour me préparer ! leur demanda Fiona à leur grand étonnement.

— Je pense que Fiona est trop modeste, commença Brigid.

— Toujours à s'excuser pour un oui, pour un non, poursuivit Grania.

— Qu'elle n'a d'opinion sur rien.

471

— Qu'elle n'est pas capable de se faire ses propres idées sur quoi que ce soit.

— Qu'elle n'a jamais vraiment grandi ni compris que c'est à chacun de prendre ses propres décisions.

— Qu'elle risque de rester une gamine toute sa vie.

— Répète-moi ça ! interrompit Fiona brutalement.

Grania et Brigid se demandèrent si elles n'avaient pas poussé le jeu un peu trop loin.

— C'est juste que tu es trop gentille avec les gens et que personne ne sait jamais ce que tu penses, *toi*, précisa Grania.

— Ou même *s'il t'arrive* de penser, ajouta Brigid d'un air sombre.

— Et cette histoire de gamine ? fit Fiona, revenant à la charge.

— Bon... Je suppose que j'ai voulu dire qu'on est bien forcé de prendre des décisions, non ? Sinon, les autres le font à notre place et c'est comme si on restait un gosse. C'est tout ce que j'ai voulu dire, conclut Grania qui craignait d'avoir vexé cette drôle de Fiona.

— C'est extraordinaire ! Tu es la deuxième personne qui me dit ça. Suzi, une fille que j'ai rencontrée, me l'a dit aussi quand je lui ai demandé s'il fallait que je me fasse couper les cheveux. Incroyable !

— Alors, tu crois que tu vas le faire ? demanda Brigid.

— Faire quoi ?

— Te faire ta propre opinion sur les choses, coucher avec ton copain, te faire couper les cheveux, avoir des idées à toi ?

— Et toi, tu arrêteras de pleurnicher sur tes calories ? lança vivement Fiona.

— Ouais, d'accord, si c'est si rasoir que ça.

— Bon, alors marché conclu ! déclara Fiona.

Grania décréta qu'elle irait chez le Chinois chercher des plats à emporter, à condition que Fiona promette de ne pas hésiter des heures sur son choix et que Brigid ne se plaigne pas que les mets frits font grossir. Fiona et Brigid promirent de respecter ces règles si Grania s'engageait à aller voir son père le lendemain.

Elles ouvrirent une autre bouteille de vin et rirent ensemble jusqu'au retour du « vieux » Tony, qui prétendit qu'il devait les chasser parce qu'à son âge, il avait besoin d'un sommeil régulier.

Mais elles comprirent, à sa façon de regarder Grania, que le sommeil était le cadet de ses soucis.

— Eh bien, on a drôlement bien fait d'aller les voir ! s'exclama Brigid dans le bus qu'elles avaient pris pour rentrer, convaincue que c'était elle qui en avait eu l'idée.

— Grania a l'air d'être très heureuse, remarqua Fiona.

— Mais Tony est tellement vieux...

— Oui, mais c'est lui qu'elle veut, affirma Fiona.

À son grand étonnement, Brigid abonda dans son sens.

— Et c'est ce qui compte ! Peu importe que ce soit un martien aux oreilles pointues, si c'est lui qu'elle veut. Le monde se porterait mieux si plus de gens avaient assez de cran pour faire ce qu'ils veulent vraiment, dit-elle à voix haute, peut-être sous l'effet du vin.

Il y eut des rires de passagers du bus qui l'avaient entendue, et même des applaudissements. Mais Brigid les fusilla du regard.

— Oh ! allons, Sexy, fais-nous un petit sourire ! quémanda un garçon.

— Ils m'ont appelée Sexy, glissa Brigid, aux anges, à l'oreille de Fiona.

— Qu'est-ce qu'on t'a dit, hein ?

Fiona décida qu'elle serait une autre quand Barry Healy l'inviterait de nouveau à sortir avec lui. Comme cela ne pouvait manquer d'arriver.

Le temps lui avait semblé long, bien qu'il ne se fût écoulé qu'une semaine quand Barry réapparut.

— Ça va, chez toi ? s'enquit-elle.

— Non, pas vraiment. Ma mère ne s'intéresse à rien, elle ne fait même pas la cuisine. Avant, elle vous rendait fou à toujours vous faire des petits plats et à vouloir vous gaver. Maintenant, il faut que je lui achète des plats tout prêts au supermarché, sinon elle ne mangerait rien.

Fiona compatissait.

— Qu'est-ce que tu vas faire ? demanda-t-elle.

— Franchement, je n'en ai pas la moindre idée. Je suis en train de devenir encore plus fou qu'elle... Tu as décidé ce que tu aimerais faire pour notre prochaine sortie ?

Fiona se lança :

— J'aimerais venir dîner chez toi.

— Non, ce n'est pas une très bonne idée, objecta-t-il, stupéfait.

— Tu m'as demandé ce qui me plairait, voilà la réponse. Ta mère serait obligée de se remuer un peu pour préparer quelque chose si tu lui disais que tu comptes inviter une fille à dîner, et je pourrais me montrer aimable et gaie, et parler de choses et d'autres, tout à fait normalement.

— Non, Fiona. Pas encore.

— Mais n'est-ce pas justement le moment où ça pourrait l'aider ? Comment arrivera-t-elle à penser que les choses sont revenues à la normale si tu ne lui donnes pas l'impression que c'est le cas ?

— Bon, je suppose que tu as raison, admit-il, dubitatif.

— Alors, quel soir veux-tu ?

C'est avec de sérieux doutes que Barry fixa une date. Il s'attendait ensuite à voir Fiona hésiter quant au menu et lui dire que tout conviendrait, que ça n'avait pas d'importance. Quelle ne fut pas sa surprise de l'entendre déclarer qu'elle serait fatiguée après une longue journée de travail et qu'elle apprécierait un plat consistant, comme des spaghettis ou du hachis Parmentier ! Un bon plat familial. Barry n'en revenait pas, mais il fit passer le message à sa mère.

— Je serai incapable de préparer quoi que ce soit, rétorqua-t-elle.

— Voyons, m'man, tu es une fameuse cuisinière, pas vrai ?

— Ce n'est pas l'avis de ton père, lâcha-t-elle.

Barry sentit son cœur se changer en plomb, une fois de plus. Il faudrait bien autre chose que la visite de Fiona pour sortir sa mère de l'ornière. Si seulement il n'avait pas été fils unique et qu'il ait eu six frères et sœurs avec qui partager cette épreuve ! Si seulement son père se décidait à dire les paroles que sa mère voulait entendre : qu'il l'aimait, que ses tentatives de suicide lui brisaient le cœur et qu'il jurait de ne pas la quitter pour une autre ! Après tout, son père était drôlement vieux, pas loin de la cinquantaine ! Il n'allait certainement pas quitter sa mère pour une autre. D'abord, qui voudrait de lui ? Et à quoi cela rimait-il, de prendre les tentatives de suicide pour un chantage auquel il ne céderait pas ? C'était bien la seule opinion arrêtée que Barry lui connût. Qu'il y eût des élections ou un référendum, et son père soupirait et se replongeait dans la lecture de son journal, plutôt que d'exprimer une opinion. Alors, pourquoi avoir des idées tellement arrêtées sur cette seule question ? Ne pouvait-il pas simplement dire à sa mère les paroles qui lui feraient plaisir ?

Cette idée lumineuse de Fiona était vouée à l'échec, il en était sûr.

— Bon, d'accord, m'man. Je suppose que je pourrais faire quelque chose moi-même. Je ne suis pas un as, mais je peux essayer. Et on dira que c'est toi qui l'as fait. Après tout, je ne voudrais pas que Fiona ait l'impression que tu n'es pas contente de la recevoir.

— Non, je ferai le dîner, répliqua sa mère. Tu ne serais même pas capable de faire à manger à Cascarino !

C'était leur gros chat borgne, ainsi nommé à cause de Tony Cascarino qui jouait pour l'équipe d'Irlande, bien que le chat fût loin d'être aussi agile que le footballeur.

Fiona apporta une petite boîte de chocolats pour la mère de Barry.

— Oh ! vous n'auriez pas dû, ça va me faire grossir, lui dit-elle.

Pâle, en robe d'un brun terne, elle avait les yeux fatigués, le cheveu plat et sans ressort.

Mais Fiona la regardait avec admiration :

— Oh ! mais vous n'êtes pas grosse, Mrs. Healy. Vous avez des pommettes superbes, c'est à ça qu'on voit si une femme est prédisposée à grossir ou pas. Aux pommettes.

Barry vit sa mère se passer la main sur le visage, l'air incrédule.

— Ah bon, c'est vrai ?

— Mais oui, c'est un fait établi. Regardez donc toutes les stars qui ont de belles pommettes...

Et elles se mirent à les énumérer gaiement : Audrey Hepburn qui n'avait jamais pris un gramme, Ava Gardner, Meryl Streep... Puis elles passèrent aux autres femmes dites belles mais n'ayant pas les pommettes saillantes.

Il y avait des semaines que Barry n'avait pas vu sa mère si animée. Mais il s'inquiéta un peu en entendant Fiona mentionner Marilyn Monroe qui n'aurait peut-être pas si bien résisté à l'épreuve du temps si elle s'était donné une chance de vieillir. Il craignait de voir la conversation glisser vers les gens qui se suicident.

Sa mère s'empara du sujet, évidemment.

— Mais ce n'est pas pour ça qu'elle s'est tuée, dit-elle. Pas à cause de ses pommettes...

Barry vit une rougeur monter au visage de Fiona qui réussit malgré tout à la dominer.

— Non, je suppose qu'elle l'a fait parce qu'elle croyait ne pas être assez aimée. Seigneur ! heureusement qu'on ne raisonne pas tous comme ça, sinon le monde aurait vite fait de se dépeupler ! lança-t-elle d'un ton si léger et si naturel que Barry en retint son souffle.

Contre toute attente, c'est d'une voix tout à fait normale que sa mère répondit :

— Peut-être espérait-elle qu'on la retrouverait à temps et que l'homme qu'elle aimait se repentirait.

— Moi je dirais qu'au contraire, ça risquait plutôt de le monter encore plus contre elle, remarqua gaiement Fiona.

Barry la regarda avec admiration. Elle semblait avoir plus de vivacité que d'habitude. Il n'arrivait pas exactement à cerner la chose, mais elle n'attendait plus tout le temps qu'il prît l'initiative. Finalement, ç'avait été une excellente idée de sa part d'insister pour venir dîner chez eux. Il était en train d'assister à l'incroyable : Fiona — oui, Fiona — disant à sa mère qu'elle avait des pommettes superbes !

Cela se passait beaucoup mieux qu'il aurait jamais osé l'espérer. Il s'autorisa à se détendre un peu, se demandant de quoi elles allaient parler, maintenant qu'on avait traversé le terrain miné du suicide de Marilyn Monroe...

Barry fit défiler une liste de sujets dans sa tête, mais ne trouva rien qui convienne. Il ne pouvait pas dire que Fiona travaillait à l'hôpital sans que tout le monde repense au lavage d'estomac et au séjour là-bas. Il ne pouvait pas de but en blanc se mettre à parler du cours d'italien, du supermarché ou de sa moto, on verrait bien qu'il essayait d'orienter la conversation vers des sujets moins délicats. Il songea à évoquer les tee-shirts de Fiona mais se ressaisit à l'idée que ça ne plairait guère à sa mère, d'autant que ce serait peut-être trahir Fiona qui s'était bien habillée, avec un joli corsage rose sous sa veste.

Sur ces entrefaites arriva le chat qui fixa son œil unique sur Fiona.

— J'aimerais te présenter Cascarino, fit Barry qui n'avait jamais tant aimé le gros matou caractériel qu'à cet instant-là.

Pourvu que Cascarino ne fasse pas ses griffes sur la jupe neuve de Fiona, ou ne se mette pas à lécher ses mâles attributs devant tout le monde !...

Mais le chat posa sa tête sur les genoux de Fiona et ronronna bientôt aussi fort qu'un petit moteur.

— Vous avez un chat, chez vous ? demanda la mère de Barry.

— Non. J'aimerais bien, mais mon père dit qu'on ne sait jamais quels ennuis ils risquent de vous causer.

— C'est dommage. Je les trouve d'un grand réconfort. Cascarino n'est peut-être pas bien beau, mais il est très compréhensif... pour un mâle.

— C'est vrai, renchérit Fiona. C'est bizarre, non, comme les hommes sont difficiles ! Je crois franchement qu'ils ne le font pas exprès, ils sont juste faits comme ça.

— Ce sont des êtres sans cœur ! s'écria Mrs. Healy, les yeux dangereusement brillants. Oh, bien sûr, ils ont quelque chose qui bat dans leur poitrine et fait circuler leur sang, mais ce n'est pas un *cœur*. Regardez le père de Barry : il n'est même pas là ce soir, alors qu'il savait que Barry aurait une invitée. Il le savait et, pourtant, il n'est toujours pas rentré.

C'était soudain pire que tout ce que Barry aurait pu imaginer. Il ne s'était pas douté qu'il faudrait moins d'une demi-heure pour que sa mère en arrive au vif du sujet.

Mais, comme par miracle, Fiona ne semblait pas avoir de difficultés à faire face à la situation.

— C'est ça, les hommes ! Le jour où j'inviterai Barry à la maison pour qu'il fasse la connaissance de ma famille, mon père aussi me fera faux bond. Oh ! pour être là, il sera là — il est toujours à la maison. Mais je parie qu'en moins de cinq minutes, il aura dit à Barry que c'est de la folie de se déplacer en moto, dangereux de conduire la camionnette du supermarché, et stupide d'aller à des matches de football. Et s'il peut trouver à redire sur les leçons d'italien, il ne s'en privera pas. Il ne voit que le mauvais côté des choses, jamais le bon. C'est vraiment déprimant.

— Et que dit votre mère dans tout ça ? s'enquit la mère de Barry, intéressée, semblant momentanément oublier l'attaque menée contre son mari.

— Eh bien, je crois qu'au fil des ans, elle a fini par être d'accord avec lui. Ils sont vieux, voyez-vous, Mrs. Healy, bien plus âgés que vous et le père de Barry. Je suis la plus jeune d'une famille nombreuse. Ils ont leurs habitudes, on ne les changera pas.

Fiona avait l'air si pleine de vie, avec ses lunettes aux verres étincelants et ses beaux cheveux brillants, retenus par un gros ruban rose noué sur la nuque. N'importe quelle mère aurait été ravie que son fils rencontrât une jeune fille aussi chaleureuse.

Barry constata que sa mère commençait à se détendre.

— Barry, sois gentil, veux-tu aller à la cuisine mettre la tourte au four, et occupe-toi de ce qu'il reste à faire.

Il les laissa toutes les deux, et s'affaira dans la cuisine avant de revenir à pas de loup vers la porte du salon, pour écouter ce qui s'y disait. Elles parlaient à voix basse, il ne pouvait pas comprendre. « Mon Dieu, faites que Fiona ne raconte pas de bêtises, et que ma mère ne déballe pas toutes ses hypothèses sur papa et sa prétendue liaison ! » Il repartit à la cuisine en soupirant et mit le couvert pour trois. Il en voulait à son père de ne pas être rentré. Après tout, il faisait son possible pour tenter de rétablir une situation normale. Son père aurait tout de même pu faire un effort. Ne comprenait-il pas que son comportement ne faisait que nourrir les soupçons de sa femme ?

Qu'est-ce qui l'empêchait de rentrer à la maison et de jouer le jeu, pour un soir ? Enfin, sa mère avait fait une tourte au poulet, et une tarte aux pommes pour le dessert, c'était déjà un beau progrès.

Le dîner se passa assez bien. Fiona mangea avec appétit, et déclara au dessert qu'elle aurait adoré faire de la pâtisserie. Elle ne savait pas cuisiner. Et soudain, elle eut une idée :

— Mais *voilà* ce que je pourrais faire ! Prendre des cours de cuisine ! s'écria-t-elle. Barry m'a demandé l'autre jour ce que j'aimerais bien apprendre, et en voyant toutes ces bonnes choses, je viens de comprendre que c'est ça qui me plairait.

— Quelle bonne idée ! s'exclama Barry, ravi de la voir complimenter la cuisine de sa mère.

— Assurez-vous de trouver quelqu'un qui ait la main légère pour vous enseigner la pâtisserie, conseilla celle-ci.

Bien sûr, il faut toujours qu'elle aille chercher la petite bête, songea-t-il.

Mais Fiona ne parut pas rebutée.

— Oui, je sais, d'autant plus que... on est en milieu de trimestre... Écoutez... Non, je ne peux pas demander ça... Mais, peut-être... fit-elle pleine d'espoir, en regardant la mère de Barry.

— Dites-le donc ! De quoi s'agit-il ?

— Je ne sais pas si le mardi ou le jeudi, quand Barry est à son cours du soir, vous voudriez bien me montrer comment faire ? Vous savez, m'apprendre quelques trucs ?

Devant son silence, Fiona voulut faire machine arrière :

— Excusez-moi, c'est bien moi, ça. Il faut toujours que je parle sans réfléchir.

— Je serais ravie de vous apprendre à cuisiner, Fiona ! répondit la mère de Barry. Commençons donc mardi prochain par le pain et les *scones*.

Brigid Dunne était très impressionnée.

— Décider sa mère à t'apprendre la cuisine, eh bien, ça, c'est très fort ! déclara-t-elle, admirative.

— Bah ! c'est sorti tout seul, je l'ai dit tout naturellement, expliqua Fiona encore stupéfaite de son audace.

— Et c'est toi qui racontes que tu ne sais pas t'y prendre avec les hommes ! Alors, quand est-ce que tu nous le présentes, ce Barry ?

— Bientôt... Je ne veux pas l'effrayer avec toutes mes amies, surtout celles qui sont sexy et trop sûres d'elles, comme toi.

— Tu as changé, Fiona, constata Brigid.

— Grania ? Ici Fiona.

— Ah ! c'est toi Fiona ? Super. Je croyais que c'était le bureau de la direction. Comment vas-tu ?... Alors, c'est fait ?

— *Fait* quoi ?

— Oh ! tu sais bien...

— Non, pas encore, mais ça ne saurait tarder. Ça roule, et je t'appelais juste pour te dire merci.

— Mais pourquoi donc ? .

— Pour m'avoir dit que j'étais un peu tarte...

— Je n'ai jamais dit ça, Fiona, protesta Grania, piquée au vif.

— Non, bien sûr. Mais tu m'as dit de me prendre un peu en main et ça m'a réussi. Barry est fou de moi, tu sais, et sa mère aussi. Ça ne pourrait pas mieux se passer !

— Eh bien, je suis ravie, fit Grania, sincère.

— Je voulais aussi te rappeler que tu as promis d'aller voir ton père.

— J'ai essayé, Fiona, mais je me suis dégonflée au dernier moment.

— Grania ! tempêta Fiona.

— Hé, toi ! tu me sermonnes ?

— Je sais... mais on s'est promis de veiller à ce que chacune respecte ses engagements de l'autre soir.

— C'est vrai.

— Et depuis, Brigid n'a plus reparlé de sucrettes ni de produits à basses calories et moi j'ai fait preuve d'un courage surhumain. Et toi alors ?

— Oh ! zut et flûte, Fiona ! J'irai voir papa ce soir, promit Grania.

Grania prit une profonde inspiration et frappa à la porte. Ce fut son père qui ouvrit. Impossible de déchiffrer son expression.

— Tu as toujours ta clef, non ? Tu n'as pas besoin d'attendre qu'on t'ouvre, dit-il.

— Je n'ai pas voulu arriver comme une fleur, comme si j'habitais toujours ici.

— Personne n'a dit que tu ne pouvais pas habiter ici.

— Je sais, papa.

Ils restaient plantés dans l'entrée, figés dans un silence gêné.

— Mais où sont maman et Brigid ? reprit Grania. Elles sont à la maison ?

— Je l'ignore.

— Voyons, papa. Tu dois bien le savoir !

— Non. Il se pourrait que ta mère soit en train de lire à la cuisine et que Brigid soit dans sa chambre. Moi, j'étais dans mon bureau.

— Ça avance, là-haut ? demanda-t-elle, tâchant de meubler la solitude ambiante.

La maison n'était pourtant pas très grande, en tout cas pas assez pour que son père ignore si sa femme et sa fille étaient là ou pas.

— Ça avance, répondit-il.

— Tu me montres ?

C'était à peu près aussi facile de parler avec son père que d'arracher des dents. En serait-il toujours ainsi ?

— Oui, bien sûr.

Il la fit entrer dans son bureau. Et là Grania eut le souffle coupé : le soleil entrait abondamment par la fenêtre, sous laquelle était installée une banquette dont les jaunes et les ors renvoyaient la lumière. Les rideaux pourpre et or évoquaient une scène de théâtre. La bibliothèque était pleine de livres et de bibelots et le bois du petit bureau brillait sous les feux du couchant.

— Oh ! papa, c'est magnifique ! Je ne savais pas que tu pouvais créer un pareil décor !

— Il y a beaucoup de choses que nous ignorons l'un de l'autre.

— S'il te plaît, papa, laisse-moi un peu admirer ton bureau, c'est tellement beau ! Et regarde ces fresques, elles sont merveilleuses !

— Oui.

— Et toutes ces couleurs ! On se croirait dans un rêve.

Son enthousiasme était si réel qu'Aidan ne pouvait pas conserver sa froideur.

— C'est un peu comme un rêve, tu as raison, Grania. J'ai toujours été un idiot de rêveur.

— Alors, j'ai hérité ça de toi...

— Non, je ne crois pas.

— Pas sur le plan artistique, non : je serais incapable de créer un décor pareil, même après des siècles de travail ! Mais j'ai aussi des rêves, ça oui.

— Ce ne sont pas des rêves qui te conviennent, Grania. Vraiment pas.

— Je vais te dire une chose, papa : je n'avais encore jamais aimé quelqu'un, à part maman et toi — avec, franchement, une préférence pour toi. Je tiens à le dire, parce que tu risques de ne plus m'en donner l'occasion. Maintenant, je sais ce que c'est que l'amour : c'est vouloir le bonheur d'un autre être, tenir plus au bonheur de l'autre qu'au sien. Non ?

— Oui, souffla son père d'une voix sans timbre.

— Tu as dû ressentir ça pour maman, à une époque... Je veux dire, c'est probablement encore le cas.

— Je crois que ça change quand on vieillit.

— Mais, pour moi, l'amour n'aura pas le temps de vieillir. Il y a presque vingt-cinq ans que vous êtes ensemble, maman et toi, mais Tony sera mort et enterré dans vingt-cinq ans. Il fume et il boit, c'est sans espoir. Tu le sais, ça. J'aurai de la chance si on a dix ans à vivre ensemble.

— Tu pourrais faire tellement mieux, Grania !

— On ne peut pas faire mieux que d'être aimé par la personne qu'on aime, papa. Je le sais et tu le sais aussi.

— Il n'est pas fiable.

— J'ai une absolue confiance en lui, papa. Je remettrais ma vie entre ses mains.

— Attends qu'il te laisse seule avec un enfant privé de père ! Alors tu repenseras à ce que tu viens de dire.

— Avoir un enfant de lui, voilà ce que je veux le plus au monde.

— Bon, eh bien, fais-le. Puisque rien ne peut t'arrêter.

Grania se pencha pour examiner des fleurs sur le bureau.

— Tu les as achetées toi-même, papa ?

— À ton avis, qui d'autre m'en achèterait ?

Grania avait les larmes aux yeux.

— Moi. Je t'en achèterais si tu me laissais faire. Je viendrais te voir, je m'assiérais ici avec toi, et si je t'avais déjà donné un petit-fils ou une petite-fille, je l'amènerais avec moi.

— Es-tu en train de me dire que tu es enceinte ?

— Non, pas du tout. J'ai les moyens de décider de l'être ou non, et je ne ferai pas d'enfant avant d'être sûre que tout le monde est prêt à l'accueillir.

— Tu risques d'attendre longtemps ! lâcha-t-il, mais aussitôt des larmes jaillirent dans ses yeux. Grania s'en aperçut.

— Papa ! souffla-t-elle.

Lequel des deux fit le premier pas ? Impossible à dire... Ils se retrouvèrent dans les bras l'un de l'autre, et pleurant l'un et l'autre.

Brigid et Fiona allèrent au cinéma ensemble.

— Alors, tu as couché avec lui ? s'enquit Brigid.

— Non, rien ne presse, les choses suivent leur cours, répondit Fiona.

— Le cours le plus long qu'on ait vu depuis la nuit des temps, grommela Brigid.

— Non, crois-moi, je sais ce que je fais.

— Je suis contente qu'il y ait au moins une personne qui le sache ! Papa et Grania nous font le grand numéro de l'émotion : elle passe des heures à parler avec lui dans son bureau, comme s'ils n'avaient jamais été fâchés !

— Et ce n'est pas une bonne chose ?

— Oui, évidemment que c'est bien, mais c'est le mystère total, se plaignit Brigid.

— Et qu'en dit ta mère ?

— Rien. Un mystère de plus ! Moi qui ai toujours cru que nous étions la famille la plus rasoir, la plus ordinaire de tout le monde occidental ! Maintenant, j'ai plutôt l'impression de vivre dans un asile de fous. Et toi, qui semblais ne trouver ta place nulle part, te voilà dans les petits papiers de la famille Healy ! Pendant que tu apprends à devenir cordon-bleu avec la mère, tu te prépares à mettre le fils dans ton lit. Comment est-ce que tout ça est arrivé ?

Les leçons de cuisine se passaient très bien. Il arrivait que le père de Barry fût à la maison. C'était un grand brun attentif qui faisait bien plus jeune que sa femme, ne fût-ce que parce qu'il était moins tourmenté qu'elle. Il travaillait chez un maraîcher-pépiniériste et livrait des légumes et des fleurs aux restaurants et aux hôtels de la ville. Bien que très aimable avec Fiona, il ne lui manifestait aucun intérêt particulier. Il ne témoignait d'aucune curiosité à son égard et donnait plutôt l'impression d'être de passage que d'habiter là.

Barry rentrait parfois de son cours d'italien pour goûter le résultat de leurs efforts culinaires, mais Fiona ne voulait pas qu'il se dépêche de rentrer spécialement pour ça. De toute façon, ça faisait trop tard pour dîner et puis, il aimait bien parler aux autres après le cours. Elle pouvait prendre le bus pour rentrer. Après tout, ils se voyaient tous les autres soirs, non ?

Elle apprit petit à petit l'histoire de la Grande Infidélité. Elle voulut d'abord ne rien savoir :

— Ne me racontez pas tout ça, Mrs. Healy, s'il vous plaît. Vous risqueriez de le regretter quand vous serez de nouveau en bons termes avec Mr. Healy.

— Non, je ne le regretterai pas et puis, vous êtes mon amie. Émincez donc ça un peu plus fin, Fiona, il ne faut pas qu'on retrouve de gros morceaux là-dedans... Oui, je veux que vous soyez au courant, il faut que vous sachiez quel genre d'homme est le père de Barry.

Tout était bien allé pendant de nombreuses années. Enfin, façon de parler. Son mari avait toujours eu des horaires difficiles, elle avait dû apprendre à s'y faire. Il était parfois debout aux aurores pour la tournée de quatre heures et demie du matin, parfois pris tard le soir. Mais il avait aussi du temps libre. Quelquefois à des heures formidables, en plein milieu de la journée : elle se souvenait d'une époque où ils allaient au cinéma à la séance de deux heures, après quoi ils prenaient le thé avec des brioches. Elle était enviée de toutes les femmes qui, elles, n'avaient jamais l'occasion d'aller voir un film en matinée avec leur mari. Et, à cette époque, il ne voulait pas qu'elle travaille, disant qu'il gagnait bien assez pour eux deux et le petit. Elle n'avait qu'à s'occuper de la maison, faire la cuisine et être là pour partager ses moments de liberté. Comme ça, c'était la belle vie.

Mais tout était changé depuis deux ans. Il avait rencontré une femme avec qui il avait entamé une liaison.

— Vous ne pouvez pas en être sûre, Mrs. Healy, objecta Fiona en pesant les raisins secs pour le cake aux fruits. Il pourrait s'agir de n'importe quoi, vous savez : une charge de travail accrue, la circulation qui a empiré... Avec tous ces gens qui se pressent aux heures de pointe !

— Ce n'est pas une heure de pointe à quatre heures, quand il rentre à la maison, fit Mrs. Healy, le visage sombre.

— Mais ce ne sont pas tout simplement ces horaires déments ?

— J'ai vérifié auprès de la société : il travaille vingt-huit heures par semaine, mais il est absent de la maison près du double de ce temps-là.

— Les temps du trajet ? suggéra Fiona en désespoir de cause.

— Il y a à peu près dix minutes de route jusqu'à son travail.

— Peut-être a-t-il juste besoin d'un peu d'espace ?

— Ah ! pour ça, il n'en manque pas ! Il dort dans la chambre d'amis.

— Pour ne pas vous réveiller, peut-être ?

— Ou pour ne pas être près de moi...

— Et si cette autre femme existe, qui croyez-vous qu'elle soit ? murmura Fiona.

— Je ne sais pas, mais je le découvrirai.

— Vous croyez que c'est quelqu'un de son travail ?

— Non, je les connais toutes, là. Il n'y a personne qui soit susceptible de convenir. Mais c'est quelqu'un qu'il a dû rencontrer dans le cadre de son travail, et ça pourrait concerner la moitié de Dublin !

C'était très pénible de l'écouter déverser tant de misères. Des misères qui n'existaient que dans sa tête, à en croire Barry.

— Est-ce qu'elle t'en parle ? avait demandé Barry à Fiona.

Fiona estimait qu'il y avait quelque chose de sacré dans ces conversations partagées au-dessus de planches enfarinées et de casseroles mijotantes, ou en buvant un café ensemble, après la leçon de cuisine, quand elle s'asseyait sur le divan et que l'énorme Cascarino à demi aveugle venait ronronner sur ses genoux.

— Oh ! un peu, par-ci, par-là, prétendait-elle.

Nessa Healy considérait Fiona comme une amie et ce n'eût pas été bien amical d'aller divulguer ses confidences.

Barry et Fiona se voyaient beaucoup. Ils allaient aux matches de football, au cinéma et, quand le temps se fit plus clément, ils partirent aussi se promener en moto à Wicklow ou à Kildare, visitant des endroits que Fiona n'avait jamais vus.

Il ne lui avait pas demandé de se joindre à lui pour le voyage à Rome, le *viaggio* comme ils disaient tous. Espérant qu'il le ferait un jour ou l'autre, Fiona avait déposé une demande de passeport. Au cas où...

Ils sortaient parfois à quatre, avec Suzi et Luigi qui les avaient invités à leur mariage à Dublin, à la mi-juin. L'idée d'un mariage romain avait été abandonnée

— heureusement, racontait Suzi, dont les parents avaient dit non, comme ceux de Luigi. Tous ceux de leurs amis qui n'allaient pas au cours d'italien désapprouvaient cette idée. Alors, Rome, ce serait pour leur lune de miel.

— Et toi, tu apprends l'italien ? demanda Fiona à Suzi.

— Non. Si on veut me parler, on n'a qu'à le faire dans ma langue, déclara cette belle fille au superbe aplomb, qui aurait trouvé normal que les Esquimaux apprennent l'anglais si elle était passée par le pôle Nord.

Il devait y avoir une grande fête pour collecter l'argent nécessaire au voyage. Les trente élèves devaient assurer le repas, la boisson étant fournie gracieusement par divers magasins de vins et spiritueux et par le supermarché. Quelqu'un connaissait un groupe qui voulait bien jouer gracieusement pourvu qu'on publie sa photo dans le journal local. Chaque élève devait inviter un minimum de cinq personnes qui paieraient 5 livres par tête pour assister à la fête, ce qui donnerait 750 livres pour le *viaggio*. On avait aussi prévu une grande loterie avec des lots importants, et cela devait rapporter encore 150 livres, voire davantage. L'agence de voyages leur consentait des prix très intéressants et ils avaient déjà leurs réservations dans une *pensione* romaine. Il y aurait aussi une excursion à Florence où l'on passerait une nuit dans une auberge, pour visiter Sienne ensuite, avant de rentrer à Rome.

Barry cherchait à réunir ses cinq convives pour la fête.

— J'aimerais bien que tu viennes, papa. C'est important pour moi, et souviens-toi que maman et moi, on est toujours venus aux sorties organisées par ta société.

— Je ne suis pas sûr d'être libre, fiston. Mais si je le suis, je viendrai. Je ne peux guère te dire mieux.

Barry amènerait Fiona, sa mère, un collègue de travail et un voisin. Fiona aurait proposé à ses amies Grania et Brigid de venir mais elles avaient déjà décidé d'y aller, à cause de leur père. Suzi irait avec Luigi. Ça promettait d'être une belle fête !

Les leçons de cuisine se poursuivaient. Fiona et la mère de Barry allaient confectionner un dessert très exotique pour la soirée, un *cannoli* : un chausson de pâte légère et frite, fourré aux raisins secs, aux noisettes, aux amandes et au fromage *ricotta*.

— Vous êtes sûres que ce n'est pas le nom d'un plat de pâtes ? s'enquit Barry, inquiet.

— Non, les pâtes, ce sont des *cannelloni*, le rassurèrent-elles, tu n'y connais rien.

Elles lui recommandèrent de vérifier auprès de Signora qui confirma que les *cannoli alla siciliana* étaient un des plats les plus délicieux au monde. Elle en avait l'eau à la bouche à l'idée d'en déguster bientôt.

Fiona et Nessa Healy continuaient à échanger des confidences. Fiona confia qu'elle aimait beaucoup Barry, que c'était un garçon généreux et bon mais qu'elle ne voulait pas le presser car elle ne le croyait pas prêt à prendre des engagements à long terme.

Et la mère de Barry avoua qu'elle se sentait incapable de renoncer à son mari. Il y avait eu un temps où elle aurait peut-être pu dire qu'elle ne l'aimait pas et le laisser partir vers l'objet de sa flamme. Mais·· plus maintenant.

— Et pourquoi ça ? s'enquit Fiona.

— Quand j'étais à l'hôpital, la dernière fois, après ma « bêtise », il m'a apporté des fleurs. Un homme n'a pas ce geste-là s'il ne se soucie pas de vous. Il a apporté un bouquet de freesias qu'il a déposé à mon intention. Il a beau râler et prétendre qu'il ne veut pas se laisser manipuler, il éprouve malgré tout des sentiments pour moi, Fiona. Et c'est à ça que je me raccroche.

Assise sur sa chaise, les yeux agrandis derrière ses lunettes, les mains pleines de farine, Fiona s'en voulait à mort : comment avait-elle pu être si bête ! Si elle devait dire la vérité, c'était maintenant ou jamais. Fallait-il la dire ?

Mais en voyant tout l'espoir et la vie qui animaient le visage de Nessa Healy à cette seule pensée, elle sut qu'elle n'en ferait rien. Comment avouer à cette femme que c'était elle, la jeune fille qui servait le café dans la salle d'attente de l'hôpital, qui avait livré ces satanés freesias ! Elle, Fiona, qui n'était même pas censée être au courant de sa tentative de suicide — le sujet n'avait jamais été abordé. Si elle voulait trouver moyen d'effacer le tort qu'elle avait causé à Mrs. Healy, ce ne serait sûrement pas en la privant de cet espoir, de cette flamme de vie en elle. Il faudrait s'y prendre autrement.

« Autrement », se répétait Fiona désespérément au fil des jours, en écoutant celle qui était peut-être sa future belle-mère lui dire que l'amour n'est pas mort tant qu'on est capable d'envoyer des fleurs.

Suzi aurait su quoi faire, elle. Mais pas question de lui en parler ! Elle risquait d'en parler à Luigi qui le raconterait à Bartolomeo, alias Barry. Sans compter que Suzi la mépriserait sûrement, ce que Fiona voulait éviter.

Brigid et Grania Dunne ne pouvaient lui être d'aucun secours dans une telle situation. Elles se contenteraient de dire que Fiona retombait dans ses anciennes habitudes et « perdait les pédales » pour rien. Il y avait un vieux professeur à l'école qui disait souvent : « Ne perdez pas les pédales, les filles », déclenchant de tels fous rires chez les élèves que celles-ci s'étouffaient presque en essayant de les réprimer... Mais Brigid et Grania avaient décrété par la suite que l'expression convenait bien pour décrire le tempérament de Fiona, toujours inquiète et soucieuse au point d'en avoir le vertige, quelquefois. Alors, pourquoi leur confier tout ce que ça avait de paniquant d'être en train de « perdre les pédales » cette fois, sinon pour les entendre répliquer que c'était sa propre faute ? Car, bien sûr, ça l'était.

— Vous m'aimez bien, Fiona ? lui demanda Mrs. Healy alors qu'elles terminaient de confectionner une tarte au citron meringuée.

— Oui, beaucoup, répondit-elle vivement.

— Et vous me diriez la vérité ?

— Oh ! oui, souffla-t-elle d'une voix altérée, attendant que le couperet tombe.

Et si l'on avait finalement fait le rapport entre les fleurs et elle ? Ce serait peut-être pour le mieux, en fin de compte.

— Pensez-vous que je devrais me faire faire mes couleurs ?

— Vos couleurs ?...

— Oui. On va voir une conseillère qui vous indique les couleurs qui vous vont bien et celles qui vous affadissent le teint. C'est assez scientifique, apparemment.

Fiona s'efforça de recouvrer l'usage de la parole.

— Et ça coûte cher ? parvint-elle enfin à articuler.

— Oh ! j'ai l'argent pour le faire.

— Bon, je ne suis pas très calée sur ces questions-là mais j'ai une amie très élégante, je vais lui demander. Elle saura si c'est une bonne idée ou pas.

— Merci, Fiona, répondit Mrs. Healy qui pouvait avoir quarante-cinq ans mais en paraissait soixante-quinze, et qui s'imaginait que son mari l'aimait — à cause de la bévue de Fiona.

Suzi décréta que c'était une excellente idée.

— Quand est-ce que tu y vas ?

Fiona n'avait pas eu le courage d'avouer que ce n'était pas pour elle qu'elle se renseignait. Ça la froissait un peu que Suzi puisse penser qu'elle avait besoin de conseils esthétiques. Mais elle se donnait tant de mal pour devenir adulte et ne plus hésiter qu'elle répondit avec assurance : bientôt, elle irait bientôt.

Nessa Healy fut ravie de l'information.

— Vous savez, une autre chose que nous devrions faire, toutes les deux ? fit-elle sur le ton de la confidence. Je crois qu'on devrait s'offrir une séance chez un grand coiffeur et changer complètement d'allure.

Fiona se sentit défaillir : tout l'argent qu'elle avait si péniblement mis de côté pour le *viaggio* — au cas où — allait fondre comme neige au soleil pour réaliser ces grands changements que la mère de Barry projetait.

Heureusement, Suzi vint à la rescousse : elle connaissait une école de coiffure.

Et, au fil des semaines, Mrs. Healy cessa de s'habiller de brun et ressortit des vêtements de couleurs pastel qu'elle portait avec de jolis foulards dans des tons plus soutenus. Elle s'était fait teindre et couper les cheveux et ne paraissait plus soixante-quinze ans mais cinquante.

Fiona, quant à elle, avait une jolie coupe courte qui mettait en valeur ses beaux cheveux noirs, brillants et drus, qui tombaient droit avec une frange. Tout le monde la trouvait superbe. Elle portait des rouges vifs et des jaunes, et un ou deux internes de l'hôpital avaient gentiment flirté avec elle. Ce qui l'avait fait bien rire, alors qu'autrefois, elle se serait imaginé qu'ils voulaient l'épouser.

Le père de Barry était un peu plus souvent à la maison, bien qu'encore très rarement, et se montrait toujours aimable quand Fiona était là.

Mais visiblement, ni les couleurs ni le changement de coiffure ne réussiraient à rétablir la relation qu'il entretenait avec son épouse avant la liaison, survenue deux ans plus tôt.

— Tu fais un bien fou à ma mère, elle est superbe en ce moment, remarqua Barry.

— Et moi, alors, je ne le suis pas ?...

— Toi, tu l'as toujours été. Mais, écoute, ne lui dis jamais que je t'ai parlé du suicide. Elle me fait souvent jurer que je ne t'en ai jamais rien dit. Elle serait trop malheureuse de risquer de perdre ton estime.

Fiona avala sa salive. Jamais elle ne pourrait dire la vérité à Barry non plus. Il y avait des gens obligés de vivre à jamais avec un mensonge. Elle devait pouvoir y arriver. Ce n'était même pas un gros mensonge, mais il avait suscité de faux espoirs.

Rien n'avait préparé Fiona à la révélation qui lui fut faite ensuite. Elle était avec Mrs. Healy, toutes deux séparaient les blancs des jaunes d'œuf pour monter les blancs en neige afin de meringuer une tarte.

— J'ai trouvé où *elle* travaille, annonça soudain la mère de Barry.

— Qui ça ? s'étonna Fiona.

— La bonne femme. La bonne femme de Dan, sa maîtresse ! déclara Mrs. Healy avec une certaine satisfaction, comme après une enquête bien menée.

— Et où est-ce ?

Cela voulait-il dire que la mère de Barry allait subir une autre dépression nerveuse et faire une nouvelle tentative de suicide ? Fiona avait du mal à cacher son inquiétude.

— Dans l'un des restaurants les plus chic de Dublin, apparemment. Chez *Quentin*, excusez du peu. Vous en avez entendu parler ?

— Oui, on en parle souvent dans les journaux...

— Et on risque d'en entendre reparler, ajouta Mrs. Healy d'une voix sinistre.

Elle ne comptait tout de même pas aller faire une scène à cette femme chez *Quentin* ?

— Êtes-vous bien sûre que c'est là qu'elle travaille ? Je veux dire, comment le savez-vous au juste, Mrs. Healy ?

— Je l'ai suivi ! proclama-t-elle, triomphante.

— Vous l'avez suivi ?

— Dan est parti avec sa camionnette, hier soir. Comme souvent le mercredi. Il passe la soirée à la maison, à regarder la télévision et, une fois minuit sonné, il dit qu'il doit partir, qu'il travaille tard. Il ment, je le sais. Je l'ai toujours su, pour le mercredi : il n'y a pas de travail de nuit et, de toute façon, il sort tiré à quatre épingles, les dents brossées, une chemise propre sur le dos. Le grand jeu, quoi.

— Mais comment avez-vous fait pour le suivre, Mrs. Healy ? Il n'est pas parti en camionnette ?

— Si, bien sûr, mais j'avais un taxi qui m'attendait, tous feux éteints, et on l'a suivi.

— Un taxi qui attendait, durant tout ce temps ? Jusqu'à ce qu'il soit prêt à partir ? s'étonna Fiona, plus frappée par l'extravagance de la manœuvre que par la chose même.

— Non. Comme je savais qu'il serait à peu près minuit, je l'avais réservé pour moins le quart, au cas où il partirait un peu en avance. Je suis donc montée, et on l'a suivi.

— Seigneur Dieu, Mrs. Healy ! Qu'a dû penser le chauffeur ?

— Il a pensé à la coquette somme qu'il aurait au compteur, voilà à quoi il a pensé.

— Et que s'est-il passé ?

— Eh bien, Dan est parti dans la camionnette et, finalement, il s'est engagé dans la petite rue qui se trouve derrière chez *Quentin*.

Elle marqua une pause. Elle n'avait pas l'air trop bouleversée. Fiona l'avait souvent vue plus tendue. Qu'avait-elle donc pu découvrir lors de cette extraordinaire équipée ?

— Et ensuite ? s'enquit Fiona.

— Eh bien, on a attendu. Je veux dire qu'il attendait de son côté et qu'on attendait dans le taxi, le chauffeur et moi. Et puis une femme est sortie. Je n'ai pas réussi à la voir, il faisait trop sombre. Elle est montée dans la

495

camionnette comme si elle s'attendait à la trouver là, et ils sont repartis si vite qu'on a perdu leur trace.

Fiona éprouva un profond soulagement. Mais Mrs. Healy ne s'avouait pas vaincue aussi facilement.

— On ne les perdra pas mercredi prochain, affirma-t-elle, décidée.

Fiona ne réussit pas à la dissuader d'entreprendre une seconde expédition.

— Et l'argent que ça vous coûte ? Vous pourriez vous offrir une jolie jupe pour le prix de la course.

— Je prends ça sur l'argent du ménage, Fiona. Quand j'ai fait des économies, je tiens à en faire l'usage qui me plaît.

— Mais supposez qu'il vous voie, qu'il découvre que vous l'avez suivi ?

— Ce n'est pas moi qui fais des choses inavouables, je fais simplement un tour en taxi.

— Mais si vous la voyez, elle ? Qu'est-ce que ça changera ?

— Je saurai quelle tête elle a, la femme qu'il *croit* aimer.

Elle était donc certaine que Dan Healy *croyait* seulement en aimer une autre. Une certitude qui glaça le sang de Fiona.

— Ta mère ne travaille pas chez *Quentin* ? demanda Fiona à Brigid.

— Si, pourquoi ?

— Tu crois qu'elle connaît celles qui sont de service le soir : les serveuses, les jeunes ?

— Je suppose que oui, depuis le temps qu'elle y est. Pourquoi ?

— Si je te donnais un nom, tu pourrais l'interroger dessus, sans lui dire pourquoi tu lui poses la question ?

— Je pourrais, mais pourquoi ?

— Tu n'arrêtes pas de demander « pourquoi » !

— Je ne fais jamais rien sans demander pourquoi.

— Bon, eh bien, laisse tomber, répliqua vivement Fiona.

— Eh, non ! je n'ai pas dit que je ne le ferais pas !

— Oh ! laisse tomber, laisse tomber.

— D'accord, je lui demanderai. C'est à propos de ton Barry, non ? C'est ça ? Tu crois qu'il a une autre petite amie qui travaille chez *Quentin* ? questionna Brigid, sa curiosité éveillée.

— Pas exactement.

— Je pourrais le lui demander, évidemment.

— Non, tu poses trop de questions. Laissons tomber, tu vendrais la mèche.

— Oh ! Voyons, Fiona, depuis des siècles qu'on est amies ! Une fois tu nous dépannes, une fois on te dépanne. Je vais me renseigner : donne-moi juste le nom et je poserai la question à maman, mine de rien.

— Peut-être.

— Alors, comment elle s'appelle ?

— Je ne le sais pas encore, mais ça ne tardera pas, répondit Fiona, qui manifestement disait la vérité.

— Comment pourrait-on savoir son nom ? demanda Fiona à Mrs. Healy.

— Je ne sais pas. Je crois qu'il faut les confronter tous les deux.

— Non. Je suis sûre que le fait de savoir son nom nous donnerait un avantage. Ça éviterait peut-être d'avoir à l'affronter, elle.

— Je ne vois pas comment, dit Nessa Healy.

Elles réfléchirent un moment, silencieuses.

— Supposons que vous disiez à Mr. Healy qu'une dame a téléphoné de chez *Quentin* en demandant qu'il la rappelle, mais qu'elle n'a pas laissé de nom, disant qu'il saurait de qui il s'agissait. Alors, on pourrait tendre l'oreille pour écouter qui il demande.

— Fiona, vos talents sont gaspillés dans cet hôpital. Vous auriez dû être détective !

Le soir même, dès le retour de Dan, chaleureusement accueilli et invité à déguster du caramel aux cacahuètes, elles mirent leur plan à exécution. Mrs. Healy, feignant de s'en souvenir à l'instant, lui fit part du faux message de chez *Quentin*.

Il se dirigea vers le téléphone de l'entrée et Fiona s'employa à faire tourner le mixer à plein régime pendant que la mère de Barry partait à pas de loup écouter à la porte.

Elles paraissaient plongées dans leurs opérations culinaires quand Dan Healy revint à la cuisine.

— Tu es sûre qu'elle a dit « *Quentin* » ?

— C'est ce qu'elle a dit.

— Je viens de les appeler et ils m'ont dit que personne n'avait cherché à me joindre.

Sa femme haussa les épaules, avec l'air de dire : « C'est bien ça, les affaires. » Quant à lui, il ne tarda pas à monter dans sa chambre, l'air troublé.

— Vous l'avez entendu demander quelqu'un ? demanda alors Fiona.

Mrs. Healy opina du chef, les yeux brillants et le regard fiévreux.

— Oui, j'ai le nom. Il lui a même parlé.

— Et qui est-ce ? Quel est son prénom ? s'enquit Fiona, la respiration accélérée sous le coup de l'excitation et du sentiment d'un danger proche.

— Eh bien, quelqu'un a dû décrocher, et alors il a dit : « Bon Dieu, Nell, pourquoi tu m'as appelé à la maison ? » Voilà ce qu'il a dit. Elle s'appelle donc Nell !

— Quoi ?

— Nell. Petite salope, poufiasse égoïste et qui se fiche pas mal des autres. Eh bien, qu'elle n'aille pas s'imaginer qu'il l'aime : il avait l'air furieux contre elle.

— Oui.

— Alors, maintenant qu'on sait son nom, on est en position de supériorité, conclut Nessa Healy.

Fiona restait muette. Nell : c'était le prénom de la mère de Brigid et Grania ! C'était Nell Dunne qui travaillait à la réception chez *Quentin*, elle qui répondait au téléphone !...

« Ainsi, le père de Barry a une liaison avec la mère de mon amie ! songea-t-elle plus tard. Pas avec une petite minette écervelée, mais avec une femme de l'âge de Nessa Healy. Une femme qui a elle-même un mari et deux grandes filles. »

Allait-on jamais sortir de ces complications ?

— Fiona ? Ici Brigid.

— Ah ! oui... Écoute, en principe je ne dois pas recevoir d'appels au travail.

— Si tu avais passé ton certificat de fin d'études et pris un vrai boulot, on pourrait te téléphoner au travail, lui reprocha Brigid.

— Oui, mais bon, je ne l'ai pas fait. Qu'y a-t-il, Brigid ? J'ai là des tas de gens qui attendent d'être servis.

Il n'y avait personne, de fait, mais elle éprouvait un certain malaise à parler à son amie, maintenant qu'elle connaissait ce terrible secret concernant sa mère.

— Cette nana, celle que tu crois qui plaît à Barry, celle qui travaille chez *Quentin*... Tu devais me donner son nom pour que maman me mette au parfum pour elle.

— Ah non ! s'écria Fiona, hurlant presque.

— Dis donc, c'est toi qui l'as demandé !

— J'ai changé d'avis.

— Bon... Mais s'il s'offre des petits à-côtés, autant que tu sois au courant. Il vaut mieux être au courant, on a le droit de savoir.

— Tu crois ça, Brigid ? Vraiment ? demanda Fiona avec une véhémence dont elle était consciente.

— Bien sûr que oui. S'il te raconte qu'il t'aime et qu'il dit la même chose à une autre, alors pour l'amour du ciel...

— Il ne s'agit pas exactement de ça.

— Il ne te dit pas qu'il t'aime ?

— Si, bien sûr. Mais... oh ! et puis zut !

— Fiona ?

— Oui ?

— Tu es en train de devenir vraiment givrée, tu sais, mieux vaut que tu le saches.

— Bien sûr, Brigid, répondit Fiona.

C'était bien la première fois qu'elle remerciait le ciel qu'on l'eût toujours prise pour une fille qui « perd les pédales » à la moindre occasion...

— Qu'est-ce qui vous gênerait le plus : qu'elle soit jeune ou vieille ? avait demandé Fiona à la mère de Barry.

— Ça ne peut être qu'une jeunette, sinon pourquoi Dan se serait-il égaré ?

— Il ne faut pas chercher à comprendre les hommes, tout le monde le dit. Il se pourrait qu'elle ait un âge canonique, vous savez.

Nessa Healy était sereine :

— S'il a fauté, c'est parce qu'une jeunesse s'est jetée à son cou. Les hommes adorent la flatterie. Mais il m'aime, c'est une chose entendue. Quand on a dû m'hospitaliser, la fameuse fois dont je vous ai parlé, il est venu pendant que je dormais et il a laissé des fleurs pour moi. Quoiqu'il y ait à redire par ailleurs, c'est toujours ça.

Sur ces entrefaites arriva Barry, très excité.

— Vous ne croirez jamais toutes les réservations qu'on a pour la soirée de mardi. Ça va être fantastique. *Magnifico*. Mr. Dunne nous a annoncé qu'après un tel succès, il se pourrait qu'ils démarrent tout un nouveau programme d'éducation pour les adultes, l'an prochain.

— Mr. Dunne..., répéta Fiona d'une voix sans timbre.

— C'est lui qui a tout organisé, c'est un grand ami de Signora. Tu m'as dit d'ailleurs que tu connaissais ses filles.

— Oui, en effet, répondit-elle.

— Eh bien, il est ravi de tout ça. Il faut dire que ça le met bien en valeur, lui aussi.

— Et il sera à la fête ?

— Hé, Fiona, tu dors ou quoi ? Tu ne m'as pas dit qu'on ne pouvait pas vendre de billets à ses filles parce qu'elles y allaient avec lui ?

— J'ai dit ça ?

Elle avait dû le dire, en effet, mais c'était bien avant de savoir tout ce qu'elle savait maintenant...

— Et tu crois que sa femme viendra aussi ?

— Je pense que oui. Tous ceux qui ont une femme, un mari, une mère, un père... sans parler d'une tendre petite amie... on veillera à ce qu'ils les amènent.

— Alors ton père va y aller ?

— Aux dernières nouvelles, oui, affirma Barry alias Bartolomeo, content et fier d'avoir pu réunir une si bonne équipe...

Tout le monde attendait avec impatience la soirée de la *festa* à Mountainview College.

Signora avait pensé s'acheter une robe neuve, mais décida au dernier moment d'employer cet argent à l'achat de guirlandes lumineuses pour la salle d'école.

— Oh ! Voyons, Signora, protesta Suzi Sullivan. J'ai fait mettre de côté pour vous une robe formidable à la boutique *Comme neuf*. Laissez-les donc se débrouiller avec ce qu'ils ont comme lumières !

— Je veux qu'ils gardent un souvenir impérissable de cette soirée. Des guirlandes lumineuses ajouteront une tonalité romantique... Alors que si je dépense quarante livres pour m'acheter une robe, qui la remarquera ? Personne.

— Si j'arrive à vous procurer des guirlandes, vous vous achèterez la robe ?

— Vous ne voulez pas dire que Luigi... fit Signora, l'air dubitatif.

— Non, jamais je ne le laisserai reprendre contact avec le milieu, je vous le jure. Il m'a fallu suffisamment de temps pour l'en faire sortir ! Non... Je connais un électricien, vraiment, un type qui s'appelle Jacko. Quand j'ai eu besoin de faire refaire l'installation électrique dans mon appartement, Lou s'est renseigné auprès des autres et Laddy connaissait ce gars qui avait fait l'installation de l'hôtel où il travaille. Lui, il saura ce qu'il vous faut. Vous voulez que je vous l'envoie ?

— Eh bien, Suzi...

— Et s'il n'est pas cher, comme c'est certainement le cas, vous achèterez la robe ? fit-elle, pleine d'espoir.

— Naturellement, Suzi, répondit Signora, qui se demandait toujours pourquoi les gens font si grand cas de leur tenue.

Jacko vint inspecter la salle d'école.

— Bâtie comme une saloperie de grange, évidemment, pesta-t-il.

— Je sais, mais je me suis dit que si on avait trois ou quatre guirlandes lumineuses, vous savez, comme celles de Noël...

— Ça ferait minable, lâcha Jacko.

— Eh bien, on n'a pas assez d'argent pour acheter autre chose, capitula Signora qui semblait découragée, à présent.

— Mais qui vous a parlé d'acheter ? Moi, je vais vous éclairer cet endroit comme il faut.. Apporter un équipement correct, installer des lumières comme dans une discothèque. Je vous monte ça pour la soirée, je le retire le lendemain.

— Mais ce n'est pas possible, ça coûterait une fortune. Et il faudrait quelqu'un pour faire fonctionner le tout.

— Je viendrai pour m'assurer que rien ne saute. Et puisque c'est juste l'affaire d'un soir, je ne vous ferai rien payer.

— Mais on ne peut pas vous demander de faire tout ça !

— Une jolie pancarte pour faire un peu de publicité à mon entreprise, et ça suffira, répondit Jacko avec un sourire chaleureux.

— Je peux vous offrir deux billets, au cas où vous aimeriez amener une amie ou quelqu'un ? proposa Signora qui voulait montrer sa reconnaissance.

— Non... Vous savez, je voyage seul en ce moment, fit-il avec une expression un peu triste. Mais on ne sait jamais... Je ferai peut-être une rencontre intéressante à votre soirée : l'éclairage ne me prendra pas tout mon temps !

Bill Burke et Lizzie Duffy devaient trouver dix personnes à eux deux, et Bill avait du mal à vendre ses billets à la banque puisque Grania Dunne était arrivée la première sur le terrain. Or, il se trouvait que la mère de Lizzie devait passer la nuit à Dublin.

— Tu crois qu'on peut tenter le coup ? dit Bill.

Les inconvénients pourraient bien excéder les avantages : Mrs. Duffy était un élément incontrôlable.

Lizzie réfléchit sérieusement :

— Qu'est-ce qu'elle risque de faire, au pire ?

Bill considéra aussi la question :

— Se soûler et chanter avec l'orchestre ?

— Non, mais quand elle est éméchée, elle raconte à tout le monde que mon père est un salaud.

— Le groupe jouera si fort que personne ne l'entendra. Allez, invitons-la !

Constanza aurait bien pu acheter tous les billets sans remarquer de vide dans son compte en banque, mais il ne s'agissait pas de cela en l'occurrence. Il s'agissait d'inviter des gens.

Véronica viendrait, naturellement, et elle amènerait une amie, collègue de travail. C'était merveilleux d'avoir une fille. Constanza se sentit bien plus timide, en revanche, pour demander à son fils Richard s'il voulait venir avec sa petite amie. Mais elle eut la surprise de le voir enthousiaste.

Ses enfants lui avaient apporté un énorme soutien après le procès et le jugement. (Harry avait eu droit à la sentence minimale, comme elle l'avait prédit.) Chaque semaine, ils lui téléphonaient et venaient la voir dans son petit appartement du bord de mer. Elle n'avait pas dû se tromper sur toute la ligne...

— Tu ne vas pas me croire, lui annonça Richard au téléphone, deux ou trois jours plus tard. Tu sais, ton truc, ta *festa* italienne à Mountainview College ?... Eh bien, Mr. Malone, mon patron, y va ! Il vient justement de m'en parler aujourd'hui.

— Que le monde est petit ! remarqua Connie. Dans ce cas, j'inviterai son beau-père. Est-ce que Paul amène sa femme ?

— J'imagine, les gens d'un certain âge le font toujours.

Connie se creusa la tête : qui diable, dans leur cours d'italien, avait bien pu inviter Paul Malone ?

Gus et Maggie avaient accepté l'invitation de Laddy : mais bien sûr qu'ils viendraient à la *festa* ! Rien ne pourrait les en empêcher. Ils inviteraient leur ami de la boutique de *fish and chips* pour le remercier de ses services d'interprète ; et ils offriraient des repas gratuits à l'hôtel et des bouteilles de vin comme prix pour la tombola.

Dans la maison où logeait Signora, Jerry Sullivan voulait savoir quel était l'âge minimum pour participer à la fête.

— Seize ans, Jerry, je te l'ai déjà dit cent fois ! répondit Signora, consciente que les élèves de l'école s'intéressaient un peu trop à la soirée qui devait se tenir dans leur salle, et où il y aurait des éclairages de discothèque et des boissons alcoolisées.

Mr. O'Brien, le directeur, avait tenté de dissuader les élèves les plus âgés d'y assister.

— Vous ne passez donc pas assez de temps dans les murs de l'école ? Pourquoi n'allez-vous pas comme d'habitude vous faire défoncer les tympans dans vos affreux sous-sols enfumés ?

Tony O'Brien était intenable, en ce moment. Car il s'était arrêté de fumer, pour faire plaisir à Grania Dunne, l'amour de sa vie. Il faut dire qu'après le prodige que celle-ci avait réussi à accomplir, il lui devait bien ce petit sacrifice. Grania Dunne, en effet, avait réussi à mettre son père de leur côté.

O'Brien n'avait jamais su comment elle s'y était prise. Un matin, Aidan Dunne était entré dans son bureau et lui avait tendu la main :

— Je me suis conduit en père de mélodrame victorien, Tony. Ma fille est assez grande pour savoir ce qu'elle veut et si tu la rends heureuse, eh bien, c'est une bonne chose.

O'Brien avait failli tomber de son fauteuil, sous le choc.

— J'ai mené une vie de bâton de chaise, Aidan, et tu le sais. Mais, franchement, Grania marque un tournant dans mon existence. Grâce à ta fille, je me sens bien, je me sens jeune, plein d'espoir et de bonheur. Jamais je ne la décevrai. S'il y a une chose dont tu peux être sûr, c'est bien de celle-là.

Et ils s'étaient serré la main avec tant de vigueur que l'un et l'autre avaient gardé le bras douloureux pendant quelques jours.

La vie commune de Grania et Tony s'était trouvée par la suite considérablement simplifiée. Grania avait même cessé de prendre la pilule. O'Brien savait ce qu'il avait dû en coûter à Aidan de faire un tel geste. Quel drôle de bonhomme... S'il ne l'avait pas aussi bien connu, Tony aurait presque cru qu'il avait bel et bien une amourette avec Signora.

Mais là, vraiment, aucun risque de ce côté...

Brenda et Patrick Brennan, des amis de Signora, viendraient tous les deux à la *festa*. « À quoi sert la réussite, si on ne sait pas déléguer ? » avaient-ils déclaré. Avec le chef en second et l'autre hôtesse d'accueil, le restaurant pourrait très bien se passer d'eux un soir. Nell Dunne, qui tenait normalement la caisse, serait à la soirée elle aussi. Chez *Quentin* tournerait donc avec l'équipe de remplacement, se dirent-ils en riant.

— Je ne sais pas pourquoi on se croit tous obligés d'y aller... fit remarquer Nell Dunne.

— Mais, par solidarité et pour apporter notre soutien, voyons ! Quelle autre raison aurions-nous ? répondit Mrs. Brennan en regardant Nell d'un air bizarre.

Nell eut l'impression, si souvent éprouvée, que Mrs. Brennan ne l'aimait guère. Mais c'était tout de même légitime de se poser la question, non ? Des gens élégants, tels que les Brennan et même elle-même, Nell Dunne — une dame qui comptait à Dublin, trônant chez *Quentin* en robe noire et écharpe jaune — tous ces gens, donc, crapahutant jusque dans ces bâtiments de caserne de Mountainview College ?...

Elle sentit cependant qu'elle aurait dû s'abstenir de faire cette remarque qui semblait l'avoir fait baisser dans l'estime des Brennan. Bon, après tout, autant y aller. Dan n'était pas libre ce soir-là, il devait aller quelque part avec son fils, avait-il dit, et ses enfants à elle lui en voudraient si elle ne faisait pas l'effort de se rendre à cette fête.

Ce serait certainement ennuyeux, comme tout ce qui s'était toujours passé à l'école. Mais, au moins, ce n'était pas le genre de soirée où il fallait se mettre sur son trente et un. Cinq livres pour un morceau de pizza et un orchestre qui hurlerait des chansons italiennes ! Seigneur Jésus ! que ne fallait-il pas faire pour la famille !

Grania et Brigid s'habillaient pour la *festa*.

— J'espère que ça va bien se passer. Je l'espère surtout pour papa, dit Grania.

— Écoute, il peut tout encaisser s'il encaisse que tu couches avec son supérieur hiérarchique. Plus rien ne peut le décrocher de son perchoir, maintenant, commenta Brigid en peignant ses cheveux en arrière devant le miroir du salon.

Grania n'apprécia pas cette remarque :

— Dis donc, j'aimerais bien que tu arrêtes, avec tes histoires de sexe. Il y a autre chose que ça.

— Mais il va s'épuiser, à son âge, non ? lança Brigid en riant.

— Si j'avais envie de m'étendre sur le sujet, je te rendrais verte de jalousie, répliqua Grania en se mettant de l'ombre à paupières. Hé ! maman, s'écria-t-elle quand leur mère entra au salon, grouille-toi ! On part dans quelques minutes.

— Je suis prête.

Les deux sœurs regardèrent leur mère, les cheveux à peine coiffés, sans maquillage, en robe de tous les jours, un gros cardigan informe sur les épaules. À quoi bon dire quelque chose ? Elles échangèrent un regard, sans faire de commentaire.

— Allons-y, dit simplement Grania.

C'était la première soirée de Nessa Healy depuis son hospitalisation. La conseillère qui l'avait aidée à trouver ses couleurs avait joliment réussi.

Barry songeait qu'il y avait des années qu'il n'avait pas vu sa mère en pareille forme. Pas de doute, Fiona avait eu une merveilleuse influence sur elle. Fallait-il qu'il invite Fiona à l'accompagner pour le *viaggio* ? Cela supposait des tas de choses, comme de partager une chambre, et de ce côté-là leur relation n'avait guère évolué au cours des semaines passées ensemble... Non que l'envie en manquât à Barry, mais l'occasion ne s'était jamais présentée : pas le bon moment, pas le bon endroit...

Son père avait l'air mal à l'aise ce soir.

— Quel genre de gens il y aura là, fiston ?

— Tous les gens qui suivent le cours, papa, et tous ceux qu'ils auront pu traîner à la soirée, comme je le fais avec toi... Mais ça va être formidable, je t'assure.

— Oui, sûrement.

— Tu sais, miss Clarke m'a dit que je pouvais prendre la camionnette du supermarché, bien que ce soit pour une sortie privée. Ce qui veut dire que je peux te ramener, et maman aussi, si tu en as marre, ou si tu te sens fatigué.

Barry avait l'air si enthousiaste et si reconnaissant que son père eut un peu honte à cette idée.

— A-t-on jamais vu Dan Healy quitter une soirée tant qu'il restait à boire ? lança-t-il.

— Et Fiona nous retrouve là-bas ? demanda Mrs. Healy qui aurait bien aimé avoir le soutien moral de la jeune fille dynamique dont elle était devenue si proche.

Fiona lui avait fait promettre de remettre la confrontation avec Nell à plus tard. « Attendez une semaine, juste une petite semaine. » Et Nessa Healy y avait consenti, à regret.

— Oui, répondit Barry. Elle a bien insisté pour y aller seule et nous retrouver là-bas. Bon, on y va ?

Ils partirent aussitôt.

Signora était déjà dans la salle.

Elle s'était regardée dans la grande glace avant de partir de chez les Sullivan. Elle reconnaissait à peine aujourd'hui la Signora arrivée en Irlande un an auparavant. Cette veuve qui pleurait son défunt Mario — ainsi se voyait-elle —, avec ses longs cheveux pendant sur ses épaules, sa longue jupe au tomber inégal. Une femme timide, incapable de demander du travail ou un logement et qui avait peur de sa famille.

Maintenant elle se voyait grande et élégante dans sa robe beige et mauve qui allait parfaitement avec l'étrange couleur de ses cheveux. Suzi lui avait dit que le prix réel de cette robe était de 300 livres. Imaginez-vous ! Signora s'était laissé maquiller par Suzi.

— Mais personne ne me verra, avait-elle protesté.

— Cette soirée, c'est la vôtre, Signora ! avait affirmé Peggy Sullivan.

Et ce fut bien le cas. Elle survolait le décor du regard : la salle, toute tapissée de photos et d'affiches, vibrait sous la pulsation des lumières colorées et au son des chansons et des musiques italiennes que distillait une bande qui devait passer jusqu'à l'arrivée triomphante de l'orchestre. On entendrait alors de grands classiques comme *Nessun Dorma*, *Volare* et *Arrivederci Roma*, avait-on décidé. Rien de trop inhabituel.

C'est alors qu'Aidan Dunne arriva.

— Jamais je ne pourrai assez vous remercier, dit-il.

— C'est moi qui dois vous remercier, Aidan.

Il était le seul de leur groupe à qui elle n'eût pas donné un nom italianisé, ce qui ne le rendait que plus spécial.

— Vous avez le trac ? s'enquit-il.

— Un peu. Mais, à vrai dire, nous n'avons que des amis, ici, alors pourquoi aurais-je le trac ? Tout le monde est de notre côté, personne n'est contre nous, fit-elle, souriante, essayant de chasser de son esprit la pensée qu'il n'y aurait personne de sa famille pour la soutenir, ce soir.

Elle le leur avait pourtant demandé, avec beaucoup de délicatesse. Ç'aurait été si sympathique de pouvoir dire aux gens, ne serait-ce qu'une fois : je vous présente ma sœur, ma mère. Mais non...

— Vous êtes vraiment superbe, Nora, remarqua Aidan. Je veux dire vous, pas seulement la salle.

Il ne l'avait encore jamais appelée Nora. Elle n'eut pas le temps de s'attarder là-dessus parce que des gens arrivaient. À la porte, une amie de Constanza, une femme extrêmement efficace, prénommée Véra, prenait les billets.

Au vestiaire s'affairaient la jeune Caterina, du cours d'italien, et son amie, une jeune fille vive du nom d'Harriet, donnant des tickets de vestiaire aux arrivants et leur recommandant bien de ne pas les perdre.

Le directeur, Tony O'Brien, s'employait à transmettre à qui de droit les compliments qu'on lui adressait :

— Oh ! rien à voir avec moi, je le crains. C'est entièrement le mérite de Mr. Dunne, dont c'est l'initiative, et de Signora.

Ainsi mis en avant, Aidan et Signora avaient le sentiment vague d'être comme deux jeunes mariés recevant des félicitations.

Fiona vit Grania et Brigid qui arrivaient avec leur mère. Elle reconnut à peine Mrs. Dunne : elle ne l'avait jamais vue si négligée, elle lui trouva l'air d'une souillon. C'est à peine si elle semblait s'être lavé le visage.

Fiona se dit que c'était sans doute mieux ainsi. Elle éprouvait une horrible sensation dans la poitrine, comme si quelque chose de dur était resté coincé dans sa gorge, un morceau de pomme de terre trop dure ou une branche de céleri cru qui ne voudrait ni descendre ni remonter. C'était la peur, elle le savait. Fiona, la petite souris binoclarde, allait mettre son grain de sel dans la vie des autres, ce soir... Elle allait raconter des mensonges à certaines personnes et leur faire la peur de leur vie... En serait-elle capable ou bien renoncerait-elle au dernier moment, trop émue ?

Elle en serait capable. Il lui suffisait, pour s'en persuader, de se rappeler le jour où elle s'était trouvée avec Brigid dans la maison de Tony O'Brien, quand celui-ci était parti et que Grania était allée chercher un repas chinois à emporter. C'était ce soir-là que Fiona avait changé radicalement. Et il n'y avait qu'à voir tout le bien qui en avait découlé. Elle avait réussi, toute seule, à persuader Nessa Healy de s'habiller élégamment et de venir à la soirée. Pour une souris binoclarde, c'était du joli travail ! Maintenant, elle était allée si loin qu'il lui fallait franchir ce dernier obstacle : mettre un terme à une liaison qui brisait le cœur de trop de gens. Une fois cette chose faite, elle pourrait s'occuper de sa vie et de ses amours.

Fiona regarda autour d'elle, s'efforçant d'afficher un sourire confiant. Elle attendrait un peu que l'ambiance s'échauffe.

Ce qui ne prit pas très longtemps. Sur fond de bourdonnement de voix et de cliquetis de verres, l'orchestre arriva. Et les gens se mirent à danser sur une musique des sixties qui convenait à tous les âges.

Fiona s'approcha alors de Nell Dunne, qui se tenait debout dans un coin, affichant un air supérieur.

— Vous vous souvenez de moi, Mrs. Dunne ?

— Oui... Fiona ? répondit-elle, semblant retrouver le nom avec difficulté et un certain ennui.

— C'est bien cela... Vous avez toujours été très gentille avec moi quand j'étais petite, Mrs. Dunne, moi je m'en souviens.

— Ah bon ?

— Oui, quand je venais prendre le thé chez vous... C'est pourquoi j'aurais de la peine de vous voir ridiculisée, ce soir.

— Et pourquoi donc serais-je ridiculisée ?

— Dan... Le monsieur qui est là-bas, fit-elle en lui désignant l'endroit où se tenait le père de Barry.

— Quoi ? s'écria Nell.

— Vous savez, il raconte à qui veut l'entendre que sa femme est une vieille peau et qu'elle essaie de se suicider à tout bout de champ, et qu'il ne va pas tarder à la quitter. Mais il raconte ça à un certain nombre de femmes, étant donné qu'il collectionne les maîtresses...

— Je ne sais pas de quoi tu parles, se défendit Nell.

— Vous êtes sans doute — voyons un peu — ... celle du mercredi et aussi d'un autre jour. C'est comme ça qu'il fonctionne.

Nell Dunne regarda la femme élégante qui accompagnait Dan Healy et qui riait d'un air décontracté. Non, ça ne pouvait pas être l'épouse dont Dan lui avait parlé.

— Et qu'est-ce qui te donne l'impression que tu sais quoi que ce soit à son sujet ?

— Facile, répondit Fiona : ma mère aussi s'est fait avoir. Il venait en camionnette l'attendre à la sortie de son travail. Elle était drôlement entichée de lui. C'était terrible.

— Pourquoi me racontes-tu tout ça ? souffla Nell, affolée, regardant désespérément à droite et à gauche.

Fiona comprit qu'elle avait atteint son but.

— C'est que... il livre des fruits et légumes là où je travaille, et il est toujours à parler de « ses femmes », même de vous : il dit que vous adorez ça. Il vous appelle « la dame chic de chez *Quentin* ». Le jour où j'ai compris que c'était de la maman de Brigid et de Grania qu'il parlait, ça m'a donné la nausée.

— Je ne crois pas un mot de toute cette histoire. Tu es dérangée ! lui lança Mrs. Dunne avant de s'éloigner.

Ses yeux s'étaient rétrécis comme des fentes.

Luigi dansait comme un fou avec Caterina, sa condisciple du cours d'italien. Libérées de leur travail de vestiaire, Caterina et son amie Harriet rattrapaient le temps perdu.

— Excuse-moi, dit Fiona en interrompant la danse de Luigi.

— Qu'est-ce qui se passe ? Suzi n'y voit pas d'objection, elle veut bien que je danse, protesta-t-il, indigné.

— Rends-moi donc un grand service, supplia Fiona. Et sans me poser la moindre question.

— Tout à fait mon style, répondit Luigi.

— Tu peux aller trouver l'homme brun qui est là-bas, près de la porte, et lui dire que s'il sait ce qui est bon pour lui, il fichera la paix à sa dame du mercredi soir ?

— Mais ?...

— Tu m'as dit que tu ne poserais pas de questions !

— Je ne demande pas pourquoi, mais seulement s'il risque de me taper dessus !

— Non, pas de danger. Et... Luigi ?

— Quoi encore ?

— Deux choses : tu pourrais n'en rien dire à Suzi ni à Bartolomeo ?

— Pas de problème.

— Et tu peux prendre l'air un peu féroce quand tu lui parleras ?

— J'essaierai, fit Luigi, songeant que c'était là une chose pour laquelle il avait quelques dispositions.

Nell Dunne s'approcha de Dan qui parlait avec un homme râblé aux mâchoires lourdes et à l'air furieux. Elle comptait passer près de lui et lui glisser un mot au passage, du coin des lèvres. Lui dire qu'il fallait qu'elle lui parle, en lui désignant le couloir d'un signe de tête.

Pourquoi ne lui avait-il pas dit qu'il irait à cette soirée ? Toujours secret, toujours dissimulateur. Il y avait peut-être quantité d'autres choses qu'elle ignorait sur son compte. Elle arrivait près de lui quand il leva les yeux et la reconnut. Il esquissa un mouvement de recul et s'éloigna. Elle le vit attraper le bras de sa femme pour la faire danser.

L'orchestre jouait *Ciao ciao bambino*, un air que les musiciens détestaient mais jouaient par obligation. Le travail est le travail... L'important était qu'ils auraient leur photo dans le journal, demain soir.

Fiona s'était mise debout sur une chaise pour pouvoir observer ce qui se passait. Et s'en souvenir à jamais. Barry lui avait demandé si elle voulait venir avec lui pour le *viaggio*, et elle avait dit oui. Pour l'heure, son futur beau-père et sa future belle-mère dansaient ensemble.

La mère de Grania et Brigid tentait de se frayer un passage pour aller récupérer son manteau, exigeant que Caterina et son amie ouvrent le vestiaire pour elle. Seule Fiona l'avait vue partir. En tout cas, Barry ne l'avait pas remarquée. Peut-être n'aurait-il jamais besoin d'en savoir plus long sur son compte, pas plus qu'il n'en avait su sur les freesias.

— Tu danses avec moi ? demanda Barry.

L'orchestre jouait *Three Coins in the Fountain*, un air doucereux et sentimental à souhait. Barry attira Fiona contre lui.

— *Ti amo, Fiona, carissima Fiona.*

— *Anch'io*, répondit-elle.

— Comment ? s'exclama-t-il, n'en croyant pas ses oreilles.

— *Anch'io*, ça veut dire moi aussi. Je t'aime aussi. *Ti amo da morire.*

— Où as-tu appris ça ? fit-il, impressionné comme jamais.

— J'ai demandé à Signora. Et je me suis exercée. Juste au cas où...

— Au cas où ?...

— Au cas où tu me dirais ce que tu viens de me dire, pour que je sache quoi répondre...

Autour d'eux, des gens dansaient en fredonnant les paroles de la chanson. Le père de Grania et Brigid n'était pas parti à la recherche de sa femme, il parlait à Signora. Tous deux donnaient l'impression d'être sur le point de danser. Le père de Barry ne balayait pas la salle d'un regard anxieux ; il parlait à sa femme comme si elle avait retrouvé une réalité à ses yeux. Brigid n'était pas occupée à tirer sur une jupe trop serrée, mais portait superbement une robe écarlate au tomber souple et avait passé les bras autour du cou d'un homme qui n'avait pas du tout l'intention de fuir. Grania était au bras de Tony. Ils ne dansaient pas, mais ils allaient se marier et Fiona était invitée à la noce.

C'est merveilleux d'être enfin adulte, conclut Fiona. Tout ce qui arrivait n'arrivait pas uniquement grâce à elle, mais elle y avait tout de même été pour beaucoup. Vraiment beaucoup.

Viaggio

— Pourquoi inviter Mr. Dunne à notre mariage ? s'enquit Lou.

— Parce que ce sera plus sympathique pour Signora, elle n'a personne.

— Elle n'a personne d'autre qui peut venir ? Après tout, elle habite avec ta famille, non ?

— Oh, tu sais très bien ce que je veux dire, fit Suzi qui n'en démordait pas.

— Mais alors on est obligés d'inviter Mrs. Dunne aussi ? La liste s'allonge de minute en minute. Tu sais que ça coûte dix-sept livres par tête, avant même qu'ils aient avalé une goutte de vin ?

— Mais on ne va pas inviter la femme de Mr. Dunne ! lança Suzi dont le visage prit cette expression que Lou n'aimait pas : cet air de se demander pourquoi elle épousait un homme aussi bête.

— Mais bien sûr, pas sa femme, se hâta de rectifier Lou.

— Y a-t-il quelqu'un de ton côté que tu aimerais inviter ?

— Non, non. Nos copains du cours d'italien viennent de toute façon en voyage de noces avec nous, remarqua Lou, retrouvant sa gaieté.

— Oui, et la moitié de Dublin avec eux ! s'exclama Suzi en levant les yeux au ciel.

— Un mariage civil, je vois, fit Nell Dunne lorsque Grania lui en annonça la date.

— Ce serait hypocrite de se marier à l'église, vu qu'on ne la fréquente ni l'un ni l'autre. (Nell haussa les épaules.) Mais tu viendras, maman, n'est-ce pas ? s'inquiéta Grania.

— Bien sûr que oui ! Pourquoi me demandes-tu ça ?

— C'est juste que... juste que...

— Qu'est-ce qu'il y a donc, Grania ? Puisque j'ai dit que j'y serai.

— Eh bien, tu as quitté la soirée à l'école avant même qu'elle batte son plein. Pourtant, c'était une grande occasion pour papa. Et puis, tu ne l'accompagnes pas dans ce voyage en Italie.

— Figure-toi qu'il ne m'a pas conviée à son fameux voyage en Italie, répliqua Nell Dunne d'une voix dure et tendue.

— N'importe qui peut venir pour ces vacances à Rome et à Florence ? demanda Bernie Duffy à sa fille Lizzie.

— Non, maman, je suis désolée, mais c'est réservé aux gens du cours, répondit Lizzie sur le ton de l'excuse.

— Ils ne voudraient pas quelques personnes de plus pour compléter le groupe ? suggéra Bernie qui s'était amusée comme une folle à la *festa* et se disait que le *viaggio* promettait le même plaisir.

— Qu'est-ce qu'on va faire ? Elle revient sans cesse à la charge, dit plus tard Lizzie à Bill.

— Et si on l'emmenait plutôt à Galway voir ton père ? suggéra-t-il tout d'un coup.

— On ne peut pas faire ça, non ?

— Pourtant, ça arrangerait bien les choses, je crois. Ça lui changerait les idées, ça l'occuperait d'une manière ou d'une autre, comme ça elle ne se sentirait pas mise à l'écart.

— Fantastique, ton idée! s'écria Lizzie, pleine d'admiration.

— Sans compter qu'il faudrait tout de même que je fasse la connaissance de ton père, non?

— Pourquoi? On ne va pas se marier avant nos vingt-cinq ans.

— Je ne sais pas... Luigi se marie, et la fille de Mr. Dunne... Je crois qu'on devrait avancer un peu notre mariage, qu'est-ce que tu en penses?

— *Perché no?* répondit Lizzie avec un immense sourire.

— J'ai demandé à Signora d'écrire une lettre aux Garaldi de ma part, annonça Laddy. Elle m'a dit qu'elle leur expliquerait tout.

Maggie et Gus échangèrent un regard. Signora ne pouvait manquer de comprendre que cette invitation en Italie avait été lancée spontanément, à la faveur d'un élan de gratitude, par une famille au grand cœur, touchée par l'honnêteté d'un petit concierge irlandais. Ces gens ne se doutaient sûrement pas que Laddy avait pris l'invitation au sérieux, qu'il avait suivi des cours d'italien et qu'il s'attendait à être accueilli comme un prince.

Signora avait certainement assez de maturité pour comprendre la situation. Cela dit, il y avait comme un reste d'enfance chez cette femme qui dansait en robe beige et mauve le soir de la *festa*, si innocemment fière du succès de ses cours et du soutien qu'elle avait rencontré. Elle était de ces gens un peu détachés des réalités... Peut-être croirait-elle comme Laddy que les Garaldi attendraient à bras ouverts une personne qu'ils avaient, sans aucun doute, oubliée depuis longtemps.

Aucune des réserves de Gus et Maggie ne pourraient cependant diminuer l'enthousiasme de Laddy. Son passeport était dans le coffre de l'hôtel et il avait déjà changé son argent contre des lires. Ce voyage était tout pour lui, il ne fallait pas que la plus petite ombre vînt le ternir. Tout se passera bien, finirent par se dire Gus et Maggie, souhaitant sincèrement que la réalité soit conforme à leurs vœux.

— Moi qui ne suis jamais allée à l'étranger de ma vie, imaginez un peu, voilà que je vais y aller deux fois cet été, dit Fran à Connie.

— Deux fois ?

— Oui, parce que en plus du *viaggio*, Kathy a gagné deux billets pour les États-Unis. Vous ne le croirez pas, mais elle a fait un concours paru dans une revue d'affaires que son amie Harriet avait apportée à l'école, et elle a gagné deux billets pour New York ! Alors, on y va ensemble.

— C'est formidable ! Et vous avez un point de chute, là-bas ?

— Oui, j'y ai un ami, quelqu'un avec qui je sortais à une époque. Il va venir nous chercher en voiture. Ça lui fait plus de six cents kilomètres, mais ce n'est rien pour les gens de là-bas.

— Il doit toujours tenir à vous s'il est prêt à faire tout ce chemin !...

— J'espère bien, fit Fran en souriant. Moi aussi, je crois que je l'aime toujours. C'est un vrai miracle que Kathy ait gagné ces billets, non ?

— Ah, oui !

— Vous savez, lorsqu'elle me l'a annoncé, j'ai cru que c'était son père qui les lui avait donnés. Mais pas du tout : quand ils sont arrivés, j'ai vu qu'ils avaient bel et bien été payés par la revue, donc tout est parfaitement clair.

— Pourquoi son père lui aurait-il donné des billets sans vous en parler ?

— Il est marié à présent à l'une des femmes les plus riches d'Irlande, et je n'aurais pas accepté des billets venant de lui... J'aurais pris ça comme un geste de condescendance de sa part.

— Oui, bien sûr. Et vous éprouvez toujours quelque chose pour lui ?

— Non, pensez-vous, tout ça remonte à des années. Tout ce que je lui souhaite c'est d'être heureux, même s'il est le mari de Marianne Hayes et que le quart de Dublin lui appartient !

— Bartolomeo, partagerez-vous une chambre avec Fiona ? demanda Signora.

— *Si, grazie*, Signora, tout est réglé, répondit Barry, rougissant légèrement au souvenir de l'agréable façon dont la question avait été résolue.

— Parfait, ça simplifie les choses, car les chambres individuelles nous posent un gros problème.

Signora partagerait une chambre avec Constanza, Aidan Dunne avec Lorenzo. Tout le monde aurait un compagnon pour l'occasion.

Les gens de l'agence de voyages avaient été formidables — c'était là que travaillait Brigid Dunne. Ils leur avaient fait le meilleur tarif possible, une fois toutes les variables prises en compte. Brigid Dunne avait déclaré que ça lui donnait presque envie de les accompagner.

— Pourquoi tu n'y vas pas avec ton vieux loup de mer ? suggéra-t-elle à Grania.

Celle-ci se contentait maintenant de rire quand Brigid faisait de telles remarques.

— On ne veut pas gêner papa, Tony et moi, et puis, de toute façon, il faut qu'on se prépare pour le mariage du siècle !

Brigid sourit : Grania était si heureuse qu'on n'arrivait même plus à la vexer.

Les deux sœurs s'étonnaient tout de même que personne n'eût mentionné leur mère au cours des préparatifs du fameux *viaggio*. Mais c'était un sujet qu'on n'abordait pas. À la fois trop insignifiant et trop grave. Était-ce à dire que c'était terminé entre papa et maman ? Ce genre de chose pouvait-il vraiment arriver dans une famille comme la leur ?

Fiona avait invité Barry à dîner chez elle peu de temps avant le *viaggio*.

— Tu vis pratiquement chez nous, s'était-il plaint, mais moi je n'ai jamais le droit d'aller chez toi.

— Je ne tenais pas à ce que tu rencontres mes parents avant qu'il ne soit trop tard.

— Trop tard ? Qu'est-ce que tu veux dire ?

— Trop tard pour que tu m'abandonnes. Je voulais attendre qu'en plus d'aimer ce que je suis, tu sois devenu passionnément attaché à mon corps.

Elle parlait si gravement que Barry avait du mal à garder son sérieux.

— Eh bien, maintenant que c'est fait, présente-moi à tes parents ! Même s'ils sont pénibles, je suis prêt à les supporter.

Et pénibles, ils l'étaient plutôt. La mère de Fiona déclara que l'Irlande était très bien pour les vacances parce qu'on ne risquait pas d'attraper de coups de soleil, ni de se faire arracher son sac à main.

— Oh ! ça se pratique ici autant qu'ailleurs, fit remarquer Barry.

— Mais au moins, ici, on parle anglais ! dit le père.

Barry expliqua qu'il avait justement appris l'italien pour ça, et qu'il saurait commander à manger au restaurant, se débrouiller dans un commissariat, à l'hôpital ou en cas de panne d'autocar.

— Vous voyez bien ! s'exclama le père de Fiona, triomphant. Il faut que l'Italie soit un endroit bien dangereux pour qu'ils vous aient appris ça !

— À combien se monte le supplément pour les chambres individuelles ? demanda la mère.

— Cinq livres la nuit, dit Fiona.

— Neuf livres la nuit, répondit Barry exactement en même temps. (Ils se regardèrent, un peu affolés.) Euh... c'est que c'est un petit peu plus pour les hommes, vous voyez, ajouta le pauvre Barry en désespoir de cause.

— Et pourquoi ça ? interrogea le père de Fiona, soupçonneux.

— Cela à voir avec le caractère italien, en fait... Ils insistent pour que les hommes aient de plus grandes chambres, pour leurs vêtements et tout.

— On pourrait penser que ce sont les femmes qui ont le plus d'habits, non ? renchérit la mère de Fiona, elle-même gagnée par le soupçon.

Que faisait sa fille avec un paon si vaniteux qu'il lui fallait une chambre spéciale pour ranger toute sa garde-robe ?

— Je sais, c'est aussi ce qu'a dit ma mère... répondit Barry. Au fait, elle se réjouit beaucoup à l'idée de vous voir et de faire votre connaissance.

— Pourquoi ? demanda la mère de Fiona.

Barry ne savait plus quoi dire :

— Elle est comme ça, c'est tout. Elle aime les gens.

— Tant mieux pour elle, commenta le père de Fiona.

— Comment dit-on « Bonne chance, papa » en italien ? demanda Grania à son père, la veille du départ.

— *In bocca al lupo*, papa.

Elle répéta la phrase. Ils étaient installés dans le bureau d'Aidan. Il avait préparé ses cartes et ses guides pour les mettre dans une petite mallette à part, qu'il porterait en bagage à main. Ça n'avait pas d'importance que ses habits se perdent, expliqua-t-il, cela seul comptait.

— Maman travaille, ce soir ? demanda Grania d'un ton léger.

— Je suppose que oui, ma chérie.

— Et tu seras bronzé pour mon mariage ? fit-elle, bien décidée à ce que l'ambiance reste gaie.

— Oui, et tu sais qu'on serait tout à fait d'accord pour que ça se passe ici.

— On préfère faire ça dans un pub, papa, je t'assure.

— Moi qui m'étais toujours imaginé que tu te marierais ici et que ce serait moi qui régalerais !

— C'est toi qui offres la pièce montée et le champagne, ça ne suffit pas ?

— J'espère que si.

— C'est plus qu'assez. Et, dis-moi, tu as le trac, pour ce voyage ?

— Un peu, au cas où ça ne serait pas aussi bien qu'on se l'est tous promis, qu'on l'a tous espéré. Les cours se sont tellement bien passés, ça me ferait de la peine que ça soit décevant, après.

— Non, papa, impossible. Ça va être formidable, j'en suis sûre. J'aimerais assez être du voyage, finalement.

— Et j'aimerais assez que tu en sois, finalement !

Ils ne firent ni l'un ni l'autre de commentaire sur le fait que la femme d'Aidan, son épouse depuis vingt-cinq ans, n'y allait pas. Et que, selon elle, on ne le lui avait pas proposé.

Comme Jimmy Sullivan devait faire une course en voiture du côté de Northside, c'est lui qui emmena Signora à l'aéroport.

— Vous avez des heures d'avance, Signora.

— Je suis trop excitée. Je ne tenais plus en place à la maison, il fallait que je parte.

— Vous comptez aller voir la famille de votre mari, dans le village où vous avez vécu ?

— Non, non, Jimmy, je n'aurai pas le temps.

— C'est quand même dommage d'aller jusqu'en Italie sans les voir. Vos élèves vous laisseraient certainement un ou deux jours de liberté.

— Non, c'est trop loin, tout en bas de la péninsule, en Sicile.

— Dans ce cas ils ne seront pas au courant de votre visite, et ils ne pourront pas vous en vouloir.

— Non, non, ils ne seront pas au courant.

— Bon, eh bien, ça va ! Tant que personne n'est vexé...

— Non, non, rien de tel. Et en rentrant, nous vous raconterons tout en détail, Suzi et moi.

— Mon Dieu ! c'était quelque chose, son mariage, non, Signora ?

— J'ai passé un très bon moment et je sais que tous les autres ont pensé la même chose.

— Et moi, je vais passer le reste de ma vie à payer les frais...

— Pensez-vous, Jimmy ! Vous avez adoré ça. C'est votre fille unique et vous avez fêté ça merveilleusement. Les gens s'en souviendront pendant des années.

— Il leur a déjà fallu des jours pour se remettre de la gueule de bois ! releva-t-il, s'amusant à la pensée de sa légendaire hospitalité. J'espère que Suzi et Lou réussiront à sortir de leur lit pour aller à l'aéroport...

— Oh ! vous savez, les jeunes mariés... fit Signora qui se voulait diplomate.

— Ils n'ont pas attendu d'être jeunes mariés pour dormir dans le même lit, gronda Sullivan, le front plissé par la désapprobation. Il n'avait jamais toléré le fait que Suzi n'éprouve pas le moindre repentir pour sa conduite passée.

Une fois seule à l'aéroport, Signora se trouva un siège et sortit les badges qu'elle avait préparés. Ils portaient la mention *Vista del Monte*, traduction italienne de *Mountainview*, et le nom de chaque participant. Comme ça, personne ne se perdrait. S'il y avait un Dieu, Il serait sûrement ravi de voir tous ces gens visiter la

Ville éternelle et Il ne les laisserait pas se perdre, se faire tuer ou embarquer dans des rixes. Quarante personnes, en comptant Aidan Dunne et elle : juste assez pour remplir l'autobus qui devait venir les chercher. Elle se demandait qui allait arriver le premier. Lorenzo, peut-être ? Ou bien Aidan. Il avait dit qu'il l'aiderait à distribuer les badges.

Mais ce fut Constanza.

— Ma compagne de chambre ! dit celle-ci en saluant Signora avec entrain, avant d'accrocher son badge.

— Vous auriez facilement pu vous offrir une chambre individuelle, Constanza, dit Signora, relevant un détail qui n'avait encore jamais été évoqué.

— Oui, mais à qui aurais-je parlé... n'est-ce pas ce qui fait la moitié du plaisir des vacances ?

Signora n'eut pas le temps de répondre : les autres arrivaient. La plupart étaient venus par le bus de l'aéroport. Ils vinrent chercher leurs badges, visiblement ravis de constater que le nom de leur école sonnait si joliment.

— En Italie, personne ne saura que Mountainview College ressemble plutôt à une décharge publique, remarqua Lou.

— Hé ! Luigi, sois juste, ça s'est drôlement amélioré, cette année, protesta Aidan, pensant aux travaux de réfection et de peinture et aux nouveaux garages à vélos. (Tony O'Brien avait tenu toutes ses promesses.)

— Désolé, Aidan, je ne savais pas que vous pouviez entendre, fit Lou avec un sourire.

Aidan s'était montré très convivial à son mariage : il avait chanté *La Donna è mobile* dont il connaissait toutes les paroles.

Brenda Brennan était venue à l'aéroport leur dire au revoir. Signora était très touchée :

— C'est si gentil ! Tous les autres ont une famille normale...

— Non, pas tous, fit Brenda avec un signe de tête en direction d'Aidan qui parlait avec Luigi. À commencer par lui, ajouta-t-elle. J'ai demandé à sa femme pourquoi elle ne venait pas à Rome avec le reste de la bande, elle a haussé les épaules en disant qu'on ne le lui avait pas proposé, qu'elle n'était pas du genre à s'imposer si on ne voulait pas d'elle et que, de toute façon, ça ne lui aurait pas plu...

— Pauvre Aidan, dit Signora avec commisération.

Sur ces entrefaites, leur vol fut appelé.

Olive, la sœur de Guglielmo, agitait frénétiquement les bras pour dire adieu à tout le monde. Car pour elle, le simple fait d'aller à l'aéroport était déjà un plaisir.

— Mon frère est directeur de banque et il va voir le pape, disait-elle à qui voulait l'entendre.

— Dites donc, ils seront contents de lui, s'il arrive à mettre la main sur une partie de cet argent-là ! lança un passant.

Bill sourit et Lizzie et lui continuèrent à faire des gestes d'adieu à Olive aussi longtemps qu'elle leur restait visible.

— Quarante personnes ; nous en perdrons sûrement une ou deux, remarqua Aidan en comptant leurs ouailles dans la salle d'embarquement.

— Vous êtes optimiste, vous ! répondit Signora dans un sourire. Moi, je n'arrête pas de me dire que nous allons tous les perdre !

— Enfin, le système de comptage devrait marcher, fit Aidan, s'efforçant de prendre un air convaincu.

Il avait divisé le groupe en quatre sous-groupes de dix, comportant chacun un chef. Chaque fois qu'on arriverait quelque part ou qu'on quitterait un endroit, le chef de groupe devrait s'assurer qu'ils étaient bien dix. Ce genre de système marchait avec les enfants, certes, mais ça risquait de ne pas plaire à des adultes.

En fait, ça n'eut pas l'air de déranger qui que ce fût. Certains semblaient même très contents de cette organisation.

Suzi, pleine d'admiration, fit remarquer à Signora :

— Imaginez-vous, Lou est chef de groupe !

— Voyons, qui conviendrait mieux qu'un homme marié et responsable comme Luigi ! répondit Signora.

À la vérité, Aidan et elle l'avaient choisi à cause de son air redoutable : aucun membre de ce groupe ne se risquerait à être en retard s'il devait se présenter à Luigi.

Le chef en question s'apprêtait à faire embarquer son groupe dans l'avion du même pas martial que s'il l'emmenait à la guerre.

— Pouvez-vous lever vos passeports ? leur demanda-t-il, ajoutant, une fois qu'ils se furent docilement exécutés : Bon, maintenant rangez-les soigneusement et refermez bien vos sacs. Je ne veux plus les voir ressortir avant l'arrivée à Rome.

Dans l'avion, les annonces furent faites en italien et en anglais. Signora les avait préparés à cela. Quand l'hôtesse de l'air commença à parler, les membres du groupe se regardèrent en échangeant de petits signes de connivence, ravis de retrouver des mots et des phrases qui leur étaient familiers. Une hôtesse désigna les portes de sortie d'urgence situées à droite et à gauche de la carlingue. La classe entière répéta gaiement après elle : « *Destra, sinistra.* » Bien que toute l'explication leur eût été donnée aussi en anglais.

Lorsque l'hôtesse eut fini et conclu par un *grazie*, tous les membres de la classe lui répondirent par un *prego* retentissant. Aidan et Signora échangèrent un regard : Le rêve se réalisait, ils étaient vraiment en route pour Rome !

Signora était assise à côté de Laddy pour qui tout était nouveau et excitant, de la ceinture de sécurité au plateau-repas avec ses petites portions de mets divers.

— Est-ce que les Garaldi seront à l'aéroport ? s'enquit-il, tout joyeux.

— Non, Lorenzo. Les premiers jours, nous allons apprendre à connaître Rome... Nous visiterons tous les endroits dont on a parlé, vous vous souvenez ?

— Oui, mais supposez qu'ils veuillent que je vienne directement chez eux ? objecta-t-il, son gros visage plein d'inquiétude.

— Ils sont au courant de votre visite. Je leur ai écrit, ils savent qu'on les contactera jeudi.

— *Giovedi.*

— *Bene, Lorenzo, giovedi.*

— Vous ne mangez pas votre dessert, Signora ?

— Non, Lorenzo. Prenez-le, je vous en prie.

— Oh ! c'est juste que je ne voudrais pas le voir gaspillé.

Signora dit alors qu'elle aimerait bien faire un petit somme et ferma les yeux. « Ah ! souhaita-t-elle. Qu'ils trouvent tous un peu de magie, en Italie ! Que les Garaldi se souviennent de Lorenzo et soient gentils avec lui ! » Elle s'inquiétait car sa lettre était restée sans réponse ; elle y avait pourtant mis tout son cœur.

L'autocar était bien là. Bill demanda tout de même « *Dov'è l'autobus ?* » pour montrer qu'il se souvenait de la phrase.

— Il est là, devant nous, répondit Lizzie.

— Je sais, mais je voulais le dire, expliqua Bill.

— Tu ne trouves pas que les filles ont toutes des seins et des fesses énormes ? murmura Fiona, admirative, en regardant autour d'elle.

— Moi, je trouve ça plutôt joli, en fait, répondit Barry, légèrement sur la défensive.

C'était « son » Italie, il était expert en la matière depuis qu'il y était venu pour la Coupe du Monde, et il ne voulait pas entendre critiquer ce pays.

— Oh, mais je trouve ça superbe, reprit Fiona. J'aimerais juste que Brigid Dunne les voie... elle qui s'angoisse toujours à propos de sa silhouette.

— Je suppose que tu pourrais suggérer à son père de le lui dire, fit Barry qui doutait cependant que ce fût une bonne idée.

— Bien sûr que non, elle saurait tout de suite que j'ai parlé d'elle ! Elle a prévenu que l'hôtel ne cassait pas des briques, qu'il ne faudrait pas être trop déçus.

— Je ne serai pas déçu, affirma Barry, passant un bras autour des épaules de Fiona.

— Moi non plus. Je ne suis allée à l'hôtel qu'une seule fois, à Majorque. C'était si bruyant qu'aucun de nous ne pouvait fermer l'œil et qu'on s'est tous levés pour retourner à la plage.

— Il a fallu veiller à ne pas dépasser le budget, expliqua Barry, que la perspective de la moindre critique effrayait.

— Je sais, mais ce n'est vraiment pas cher. Brigid m'a raconté qu'une bonne femme à moitié cinglée était venue à l'agence demander où on allait loger. Ce qui veut dire que ça a dû se savoir, qu'on a eu un bon rapport qualité-prix.

— Elle voulait se joindre au groupe ?

— Brigid lui a dit qu'elle ne pouvait pas, qu'il y avait une éternité que les réservations avaient été faites à ce tarif-là. Mais l'autre a quand même insisté pour savoir le nom de l'hôtel.

— Nous y voilà, constata Barry avec plaisir, tandis qu'ils sortaient tous du Terminal sous un soleil éclatant et se dirigeaient vers leur autobus. Le comptage commençait.

Uno, due, tre. Les chefs de groupe prenaient très au sérieux le rôle que leur avait assigné Signora.

— Tu as déjà séjourné à l'hôtel, Fran ? demanda Kathy.

Il y avait beaucoup de circulation et les conducteurs semblaient très impatients, mais le car filait à vive allure.

— Deux fois, il y a une éternité, fit Fran, restant vague.

Mais Kathy poursuivit :

— Tu ne me l'avais jamais dit.

— C'était à Cork. Avec Ken, si tu veux tout savoir.

— Ah !... Quand tu as raconté que tu allais chez une amie d'école ?

— Oui. Je ne voulais pas qu'ils s'imaginent que j'allais fabriquer un enfant de plus dont ils devraient s'occuper... répondit Fran en lui donnant un coup de coude complice.

— Mais, tu serais bien trop vieille pour ce genre de choses, non ?

— Écoute-moi : maintenant que tu m'as gagné un billet d'avion, si je me remets avec Ken pendant notre séjour aux États-Unis... je risque bien de te faire une petite sœur ou un petit frère qu'on ramènera à la maison.

— Ou même avec qui on restera sur place ?

— On a des allers et retours, rappelle-toi.

— Les bébés, ça ne naît pas du jour au lendemain, fit remarquer Kathy.

Elles éclatèrent de rire, commentant ce qu'elles voyaient autour d'elles tandis que l'autocar se garait devant un bâtiment de la Via Giolitti.

Signora s'était levée : il y eut une discussion animée entre le chauffeur et elle.

— Elle lui dit qu'il doit nous déposer à l'hôtel et pas ici, au terminus, expliqua Suzi.

— Qu'est-ce que tu en sais ? Tu n'as même pas suivi les cours ! s'indigna Lou.

— Oh ! figure-toi qu'on apprend des tas de choses quand on travaille comme serveuse, répondit Suzi modestement, ajoutant après avoir vu l'air étonné de Lou : De toute façon, tu utilises toujours des tas de

mots d'italien à la maison, alors je retiens un mot par-
ci par-là.

Voilà qui semblait plus plausible. Et de fait, Suzi
disait vrai. Le car repartit et les déposa à l'*Albergo
Francobollo*.

— L'*Hôtel du Timbre*, traduisit Bill. Facile !

Vorrei un francobollo per l'Irlanda, claironnèrent-ils
tous en chœur, s'attirant un grand sourire de Signora.

Elle les avait amenés à Rome sans encombre, l'hôtel
avait bien leurs réservations et toute la classe avait le
moral au beau fixe. Ses inquiétudes étaient injustifiées,
elle pourrait bientôt se détendre et recommencer à goûter le plaisir d'être en Italie, goûter les couleurs, les
bruits, l'excitation dans l'air. Enfin, elle pouvait
souffler.

Si l'*Albergo Francobollo* ne comptait pas au rang des
hôtels chic de Rome, la qualité de son accueil était
cependant extraordinaire. Signor et Signora Buona
Sera ne tarissaient pas d'éloges et d'admiration : ah,
comme tous ces visiteurs parlaient bien italien !

— *Bene, bene, benissimo !* s'écriaient-ils tous en
empruntant l'escalier menant aux chambres.

— Doit-on vraiment dire « Bonsoir, Mr. Bonsoir » ?
demanda Fiona à Barry.

— Oui... Regarde certains noms qu'on trouve chez
nous, comme Ramsbottom... On a même un client du
supermarché qui s'appelle O'Looney [1].

— Mais on n'a personne qui s'appelle « Madame
Bonjour » ou « Monsieur Bonsoir » !

— Il y a bien un endroit en Irlande qui s'appelle « *Putain* [2] » et les gens disent toujours « la putain d'équipe

1. *Ramsbottom* peut se traduire : Derrière-de-bélier, *O'Looney* signifiant : Le Cinglé. *(N.d.T.)*
2. *Effin*, que nous traduisons ici par « putain », sonne comme « *ef-
fing* », version édulcorée (basée sur l'initiale) du mot vulgaire *fuc-
king*, souvent utilisé dans le sens qu'a « putain » en argot français.
(N.d.T.)

de football », ou « le putain de chœur chantera à la messe de onze heures »... Imagine ce que des étrangers iraient y comprendre, hein ?

— Oh ! je t'aime, Barry ! s'écria soudain Fiona.

Ils venaient d'arriver devant leur chambre et « Madame Bonsoir » entendit ce cri du cœur de Fiona.

— Amour... Très, très bien, dit la propriétaire de l'hôtel avant de redescendre l'escalier prestement pour mener le reste de ses clients à leurs chambres.

Connie suspendit soigneusement ses affaires dans la partie de la petite armoire qui lui revenait. La fenêtre de la chambre donnait sur les toits et les fenêtres des hautes maisons qui bordaient les petites rues adjacentes de la Piazza Quintacenta. Elle fit un brin de toilette au lavabo. Il y avait bien longtemps qu'elle n'avait pas séjourné à l'hôtel sans avoir sa propre salle de bains. Mais il y avait aussi des lustres qu'elle n'était pas partie en voyage le cœur si léger. Le fait d'avoir de l'argent ne lui inspirait aucun sentiment de supériorité vis-à-vis de ses compagnons. Elle n'était même pas tentée de louer une voiture, ce qu'elle eût facilement pu faire, ou de les inviter tous à dîner dans un cinq étoiles. Elle se réjouissait au contraire de participer au programme que Signora et Aidan Dunne avaient élaboré avec tellement de soin. Comme tous les autres élèves de la classe, Connie sentait bien que l'amitié qui unissait ces deux-là dépassait le domaine professionnel. Personne ne s'était étonné de voir que l'épouse d'Aidan ne s'était pas jointe au groupe.

— *Signor Dunne, telèfono !* cria signora Buona Sera dans l'escalier, en direction des chambres.

Aidan venait de conseiller à Laddy de ne pas suggérer trop vite à leurs hôtes de le laisser briquer le cuivre de la poignée et des pièces décoratives de la porte d'entrée. Il valait peut-être mieux attendre quelques jours, non ?

— C'est peut-être vos amis italiens, au téléphone, remarqua Laddy.

— Non, Lorenzo, je n'ai pas d'amis en Italie.

— Pourtant, vous êtes déjà venu ici.

— Il y a vingt-cinq ans. Personne ne se souvient de moi.

— Moi, j'ai des amis ici, déclara fièrement Laddy. Et Bartolomeo connaît des gens qu'il a rencontrés pendant la Coupe du Monde.

— Ah ! ça, c'est formidable ! Bon, je ferais mieux d'aller voir *qui* veut me parler.

— Papa ? fit la voix au bout du fil.

— Brigid ? Tout va bien ?

— Bien sûr ! Alors, tu es bien arrivé ?

— Absolument, et en un seul morceau. C'est une soirée délicieuse, on va faire un tour à la Piazza Navona et boire un verre.

— Formidable, je suis sûre que ça va être très chouette.

— Oui... Et à part ça ?

— C'est sûrement une bêtise, papa, mais il y a une femme un peu bizarre qui est venue deux fois à l'agence pour savoir dans quel hôtel vous étiez. Il se peut que ça ne soit rien, mais elle ne me plaît pas du tout, j'ai l'impression qu'elle a perdu la boule.

— Est-ce qu'elle a dit pourquoi elle voulait le nom de l'hôtel ?

— Elle a dit que c'était une simple question, que je n'avais qu'à me contenter d'y répondre, et de lui donner le nom de l'hôtel, sinon elle en parlerait à mon patron.

— Et qu'est-ce que tu as fait ?

— Je pensais vraiment qu'elle s'était échappée de l'asile, alors je lui ai dit non. Je lui ai dit que mon père était là-bas et que si elle avait besoin d'envoyer un message à quelqu'un, je le contacterais.

— Bien !... C'est réglé, alors.

— Non, pas du tout. Là-dessus elle est allée trouver le patron en disant qu'il fallait qu'elle joigne d'urgence Mr. Dunne, parti avec le groupe de Mountainview. Alors il lui a donné l'adresse et moi, j'ai eu droit à un savon.

— Mais, elle doit me connaître si elle sait mon nom.

— Non, je l'ai vue lire le nom sur mon badge... Écoute, en fait je voulais juste te dire...

— Me dire quoi, Brigid ?

— Qu'elle est un peu dingue et que tu devrais te méfier.

— Merci beaucoup, Brigid, ma chérie, conclut-il, s'apercevant qu'il y avait bien longtemps qu'il ne lui avait pas dit ces mots-là.

La soirée était douce quand ils partirent se promener dans Rome. Ils passèrent non loin de Santa Maria Maggiore.

— Ce soir, c'est juste une soirée pour se détendre tous ensemble... On va boire un pot sur la place, dit Signora. Demain, ceux qui le veulent pourront visiter des lieux sacrés ou culturels, mais ceux qui préfèrent rester tranquillement à siroter du café seront libres de le faire. (Elle tenait à leur rappeler qu'ils ne seraient pas dirigés comme un troupeau, mais lisait dans leurs yeux l'envie qu'on s'occupe encore un peu d'eux quand même.) Qu'est-ce que vous croyez qu'on va dire en voyant la superbe place, avec les fontaines et les statues de Piazza Navona ? demanda-t-elle en les regardant.

La réponse fusa, unanime :

— *In questa piazza ci sono molti belli edifici !*

— *Benissimo !* fit Signora. *Avanti*, allons donc voir ça.

Un peu plus tard, ils se retrouvèrent tous tranquillement installés pour voir la nuit tomber sur Rome. Signora était assise à côté d'Aidan.

— Pas de problèmes, au téléphone ? s'enquit-elle.

— Non, non. C'était Brigid qui téléphonait pour savoir si l'hôtel nous convenait. Je lui ai dit que c'était formidable.

— Elle nous a beaucoup aidés à organiser tout ça, elle tenait vraiment à ce que ce soit un succès. Pour vous, et pour nous tous.

— Et c'en sera un.

Ils sirotaient leur café. Certains membres du groupe buvaient de la bière, d'autres de la *grappa*. Signora les avait prévenus qu'on pratiquait des prix de touristes par ici, et leur avait recommandé de ne prendre qu'un verre, juste pour l'ambiance. Il fallait qu'ils gardent des *munitions* pour Florence et Sienne. Des sourires incrédules fleurissaient sur les visages tandis qu'elle mentionnait ces noms. Voilà, ils étaient bel et bien en Italie pour entreprendre leur *viaggio* ! Qu'ils étaient loin, ces mardis et ces jeudis de pluie où on en parlait en classe...

— Oui, ça va être un succès, Aidan, affirma Signora.

— Brigid m'a dit autre chose, aussi. Je ne voulais pas vous ennuyer avec ça, mais il paraît qu'une sorte de folle a débarqué à l'agence de voyages en demandant où on était descendus. Brigid pense qu'elle est du genre à faire des ennuis.

Signora eut un haussement d'épaules :

— Bah ! avec ce qu'on a déjà sur les bras avec nos ouailles, nous devrions être de taille à faire face à n'importe quoi, non ?

Les membres du cours d'italien posaient devant la fontaine des Quatre Rivières pour se photographier par petits groupes.

Aidan tendit le bras et prit la main de Signora :

— Oui, nous sommes de taille à faire face à n'importe quoi.

— Votre amie est arrivée, signor Dunne, annonça signora Buona Sera.

— Mon amie ?

— La dame d'Irlande. Elle voulait juste voir l'hôtel et s'assurer que votre groupe était là.

— Elle a laissé son nom ?

— Non, elle était juste intéressée de savoir si tout le monde logeait là. Je lui ai dit que vous partiez visiter la ville en car, demain matin. C'est bien ça, non ?

— Oui, c'est ça, confirma Aidan. Est-ce qu'elle avait l'air un peu folle ? demanda-t-il d'un ton détaché.

— « Folle », signor Dunne ?

— *Pazza*, traduisit Signora.

— Non, non, pas du tout *pazza*, protesta signora Buona Sera, apparemment vexée qu'on ait pu supposer que l'*Albergo Francobollo* recevait des fous.

— Ça alors ! s'exclama Aidan.

— Ça alors... répéta Signora en lui souriant.

Les plus jeunes du groupe auraient souri, eux aussi, s'ils avaient su toute la joie que ç'avait été pour ces deux-là de regarder, main dans la main, les étoiles s'allumer au ciel de la Piazza Navona.

La visite de Rome en car leur donnerait une impression générale de la ville, avait dit Signora, après quoi chacun pourrait retourner à sa guise visiter les endroits qui lui auraient particulièrement plu. Tout le monde n'avait pas forcément envie de passer des heures au musée du Vatican.

— Comme il y a du fromage au petit déjeuner, on pourrait faire comme font souvent les gens d'ici, suggéra Signora : se préparer un petit sandwich à grignoter plus tard. Et ce soir, on fera un bon repas dans le restaurant qui se trouve non loin de l'hôtel. Suffisamment près pour qu'on puisse tous rentrer à pied. Elle s'empressa de préciser, une fois de plus, que personne n'était *obligé* de venir. Mais elle savait que tout le monde serait là.

Signora et Aidan Dunne ne reparlèrent pas de la femme qui était passée à l'hôtel, bien trop occupés qu'ils étaient à discuter de l'itinéraire avec le chauffeur du bus.

Aurait-on le temps de descendre du car pour jeter une pièce dans la fameuse fontaine de Trevi ? Pourrait-on se garer près de la Bocca della Verità ? Ça amuserait sans doute les gens du groupe de mettre les mains dans la bouche de l'énorme visage de pierre qui tranchait, paraît-il, les doigts des menteurs. Le chauffeur les déposerait-il en haut de la Piazza di Spagna pour qu'ils descendent l'escalier, ou en bas pour qu'ils le montent ? Ils n'eurent pas le temps de penser à cette femme qui les cherchait. Qui qu'elle fût...

Et lorsque le groupe rentra de la visite, fourbu, tout le monde monta se reposer deux heures avant de se retrouver pour dîner. Laissant Connie endormie dans leur chambre, Signora fit un saut jusqu'au restaurant pour vérifier le menu et s'assurer que rien ne serait laissé au hasard. Le menu serait fixé d'avance.

C'est alors qu'elle avisa sur la porte une note drapée de crêpe noir : « *Chiuso : morte in famiglia.* » Elle en fut très contrariée : le défunt n'aurait-il pas pu s'arranger pour trépasser à un autre moment ?... Pourquoi fallait-il qu'il (ou elle) mourût juste le jour où quarante Irlandais devaient venir dîner ? Il restait moins d'une heure à Signora pour trouver un autre endroit. Incapable de ressentir autre chose que de la colère, elle n'éprouvait pas la moindre commisération pour cette famille endeuillée. Pourquoi ne lui avait-on pas téléphoné à l'hôtel, comme elle leur avait demandé de le faire s'il y avait le moindre problème ?

Elle arpenta les rues autour de Termini : des petits hôtels, des chambres bon marché pour les touristes que déversent les trains de l'énorme gare. Mais pas de petit restaurant sympathique comme celui qu'elle avait prévu. Se mordant la lèvre, elle se dirigea vers le *Catania*. Un nom sicilien... Et si c'était de bon augure ? Peut-être pourrait-elle en appeler au bon cœur de ces restaurateurs et leur expliquer que, dans une heure et demie, quarante Irlandais allaient s'attendre à se régaler d'un plantureux repas bon marché. Autant essayer, se dit-elle.

— *Buona sera.*

Un jeune homme brun et carré leva les yeux.

— *Signora ?* fit-il, avant de la regarder plus attentivement, incrédule : *Signora ?* répéta-t-il, son visage passant par toutes sortes d'expressions. *Non è possibile, Signora !* dit-il enfin en s'approchant d'elle, les bras ouverts.

Elle reconnut Alfredo, le fils aîné de Mario et Gabriella. Le hasard l'avait conduite dans son restaurant. Il l'embrassa sur les deux joues.

— *E un miracolo !* affirma-t-il en lui offrant une chaise.

Signora s'assit. Prise d'un vertige, elle se raccrocha à la table pour ne pas tomber.

— *Stock Ottanto Quattro*, annonça-t-il en lui versant un grand verre de cet alcool sucré qu'on boit en Italie.

— *No grazie...* dit-elle, portant le verre à ses lèvres et buvant une petite gorgée. C'est ton restaurant, Alfredo ?

— Non, non, Signora, j'y travaille seulement. Je travaille ici pour gagner ma vie.

— Mais, et votre hôtel ? L'hôtel de ta mère ? Pourquoi ne travailles-tu pas là-bas ?

— Ma mère est morte, Signora. Il y a six mois de ça. Ses frères, mes oncles, veulent se mêler des affaires, prendre les décisions... Ils n'y connaissent rien. Nous, on ne peut rien faire. Enrico est là-bas, mais ce n'est encore qu'un gamin, et mon frère qui est en Amérique ne veut pas rentrer au pays. Alors moi, je suis venu à Rome pour apprendre.

— Ta mère est morte ? Pauvre Gabriella, que lui est-il arrivé ?

— Un cancer. Fulgurant. Elle est allée consulter le médecin à peine un mois après la mort de mon père.

— Je suis tellement navrée, je ne peux pas te dire à quel point, déclara Signora.

C'en fut trop tout à coup : la mort de Gabriella, l'alcool qui lui brûlait la gorge, le souvenir de Mario et pas de restaurant où dîner ce soir... Elle éclata en sanglots tandis que le jeune homme tentait de l'apaiser, lui caressant doucement les cheveux.

Connie était dans sa chambre, étendue sur le lit, chaque pied enveloppé d'un gant de toilette préalablement trempé dans de l'eau froide. Pourquoi n'avait-elle pas apporté son baume pour les pieds, ou ces chaussures de marche en cuir souple qui étaient aussi confortables que des chaussons ? Sans doute parce qu'elle n'avait pas voulu étaler sous les yeux de Signora, aux goûts si simples, le contenu d'une trousse de toilette pleine de produits de luxe. Mais qui aurait su que ses chaussures de cuir souple coûtaient plus de trois semaines de salaire de ses compagnons de voyage ? Ah ! elle aurait dû les prendre, elle payait le prix de son erreur, maintenant. Demain, elle ferait peut-être une escapade à la Via Veneto pour se faire un petit plaisir et s'acheter de jolies chaussures italiennes. Personne ne les remarquerait. Et puis, même, qu'est-ce que cela ferait, s'ils s'en apercevaient ? Ces gens-là n'étaient pas obsédés par l'opulence et les différences de niveau de vie. Tout le monde n'était pas comme Harry Kane.

Bizarre, quand même, d'arriver à penser à lui sans émotion. Il sortirait de prison à la fin de l'année. Il avait l'intention de partir pour l'Angleterre, comme le vieux Mr. Murphy l'avait appris à Connie. Il avait des amis là-bas qui s'occuperaient de lui. Siobhan Casey l'accompagnerait-elle ? avait demandé Connie, presque comme on prend des nouvelles de gens qui ne vous sont rien, ou de personnages de séries télévisées. Oh ! non, avait rétorqué l'avocat, Mrs. Kane n'était-elle pas au courant que leurs rapports s'étaient considérablement refroidis ? Harry Kane avait refusé de voir miss Casey quand elle était venue lui rendre visite en prison. Apparemment, il la rendait responsable de tout ce qui était arrivé.

Connie n'avait guère éprouvé de satisfaction en apprenant cela. Dans un sens, il eût été plus facile de penser qu'il avait refait sa vie avec une femme avec qui il était lié depuis toujours. Connie se demanda si Harry et Siobhan avaient séjourné à Rome ensemble. Avaient-ils ressenti l'émotion que cette ville superbe inspire à tous les cœurs, amoureux ou pas ? Elle ne le saurait jamais, et, somme toute, ça n'avait guère d'importance.

Elle entendit frapper doucement à la porte. Sans doute Signora déjà de retour. Mais non, c'était la petite signora Buona Sera, toujours affairée.

— Une lettre pour vous, dit-elle en lui tendant une enveloppe.

Connie y trouva un message écrit sur une carte blanche : « Vous pourriez facilement vous faire tuer dans la circulation romaine et personne ne vous regretterait. »

Les chefs de groupe comptaient les têtes avant d'aller dîner. Tout le monde était présent à l'appel, à trois exceptions près : Connie, Laddy et Signora. Connie et Signora devaient être ensemble et arriveraient sans doute d'un instant à l'autre.

Mais où était passé Laddy ? Aidan n'était pas remonté dans la chambre qu'ils partageaient, trop occupé à

mettre de l'ordre dans ses notes pour la visite du lendemain au Forum et au Colisée. Peut-être que Laddy
s'était assoupi. Aidan grimpa l'escalier d'un pas agile
mais ne le trouva pas.

Sur ces entrefaites arriva Signora qui leur annonça,
toute pâle, qu'on avait changé de restaurant mais que
le prix restait le même. Elle avait pu leur réserver des
tables au *Catania*. Elle semblait si stressée et inquiète
qu'Aidan se refusa à lui parler des deux personnes manquantes. Mais c'est alors qu'apparut Connie, s'excusant
abondamment. Elle aussi était pâle et semblait
inquiète. Aidan se demanda si ce n'était pas trop pour
ces dames, la chaleur, le bruit, l'excitation. Mais non, il
se laissait sûrement emporter par son imagination. Il
ferait mieux de retrouver Laddy, c'était son devoir. Il
les rejoindrait plus tard. Signora lui tendit une carte du
restaurant : sa main tremblait.

— Tout va bien, Nora ? demanda-t-il.

— Très bien, Aidan, mentit-elle.

Une fois que les autres furent tous sortis dans la rue
en bavardant, Aidan se mit en quête de Laddy. Oui,
bien sûr, signor Buona Sera savait qui était signor
Lorenzo : le monsieur qui lui avait proposé de l'aider à
faire les vitres, et qui travaillait aussi dans un hôtel, en
Irlande. Ce monsieur avait d'ailleurs reçu de la visite.

— De la visite ? répéta Aidan.

— Eh bien, il y a quelqu'un qui est passé et qui a
laissé une lettre pour un membre du groupe irlandais.
Signor Lorenzo a dit que ça devait être le message qu'il
attendait et il était très content.

— Mais c'était bien pour lui ? Il a reçu un message,
ou pas ?

— Non, signor Dunne. Ma femme lui a bien dit
qu'elle avait porté la lettre à une des dames, mais le
signor Lorenza a affirmé que c'était une erreur, qu'elle

était pour lui. « Pas de problème, a-t-il ajouté, je connais l'adresse, je vais y aller. »

— Seigneur Dieu ! gémit Aidan. Je le laisse seul vingt petites minutes pour mettre mes notes en ordre, et le voilà qui s'imagine que cette famille l'a envoyé chercher ! Oh ! Laddy attends un peu que je te retrouve !

Il dut d'abord se rendre au restaurant, où il les trouva tous attablés puis bientôt debout pour se faire photographier sous une bannière qui proclamait : « *Benvenuto agli Irlandesi.* »

— Il me faut l'adresse des Garaldi, souffla-t-il à Signora.

— Non ! Ne me dites pas qu'il est là-bas !

— On dirait bien que si...

Signora le regarda, inquiète :

— Je ferais mieux d'y aller.

— Non, laissez-moi faire. Restez là et occupez-vous du dîner.

— Non, j'y vais, Aidan. Je parle leur langue, et je leur ai écrit.

— Eh bien, allons-y tous les deux, suggéra-t-il.

— Qui va-t-on nommer comme responsable ? Constanza ?

— Non, elle n'est pas bien aujourd'hui. Voyons... Francesca et Luigi, conjointement.

La nouvelle fit le tour des tables : Signora et Mr. Dunne devant partir à la recherche de Lorenzo, le commandement du groupe passait à Francesca et Luigi.

— Pourquoi eux ? marmonna une voix.

— Parce qu'on se trouvait le plus près d'eux, répondit Fran, conciliatrice née.

— Et qu'on était les meilleurs, ajouta Luigi, toujours battant.

Ils prirent un taxi qui les déposa devant une superbe maison.

— Encore plus élégante que je ne l'imaginais, murmura Signora.

— Je n'arrive pas à croire qu'il soit entré là-dedans, fit Aidan, impressionné par le grand hall d'entrée, tout de marbre, et la cour intérieure qu'on distinguait derrière.

— *Vorrei parlare con la famiglia Garaldi*, dit Signora avec une assurance qu'elle était loin de ressentir à un majordome de fort belle allure dans son uniforme.

Il lui demanda son nom et l'objet de sa visite, et Aidan admira la façon dont elle répondait, soulignant bien l'importance de leur démarche. L'homme en livrée grise et écarlate se dirigea vers un téléphone et parla avec un ton d'urgence. Ils eurent l'impression que ça n'en finissait pas.

— J'espère que tout va bien, au restaurant, dit Signora.

— Bien sûr que oui. Vous vous êtes merveilleusement débrouillée pour trouver une solution de repli. Ils avaient l'air vraiment accueillants.

— Oui, c'était extraordinaire, répondit-elle distraitement.

— Mais tout le monde ici est si gentil que, finalement, ce n'est peut-être pas aussi extraordinaire.

— Non... J'ai connu le père du garçon, le croiriez-vous ?

— Était-ce en Sicile ?

— Oui.

— Et vous connaissiez aussi le garçon ?

— Dès le jour de sa naissance... Je l'ai vu emmener à l'église pour le faire baptiser.

Le majordome revint :

— Signor Garaldi dit qu'il n'y comprend rien, qu'il veut vous parler — à vous, personnellement.

— Mais il faut qu'on entre, je ne peux pas lui expliquer ça par téléphone, répliqua Signora.

Aidan comprenait et admirait son audace. Il ne savait trop quoi penser, quant à lui, de la réapparition de ce passé sicilien.

Ils traversèrent une cour, et montèrent un autre escalier monumental menant à une fontaine et à de hautes portes. Les Garaldi devaient avoir une fortune considérable. Laddy était-il vraiment venu jusqu'ici ?

On les introduisit dans un hall d'entrée où arriva, tel un boulet de canon, un petit homme courroucé, en veste de brocart, exigeant des explications. Derrière suivait son épouse qui essayait de le calmer et, dans la pièce, assis sur un tabouret de piano, se trouvait le pauvre Laddy, à l'évidence malheureux comme les pierres et totalement déconcerté.

Son visage s'éclaira en les voyant arriver.

— Signora, Mr. Dunne ! s'écria-t-il. Vous allez pouvoir tout leur expliquer. Vous ne le croirez pas, mais j'ai oublié tout mon italien. Tout ce que j'ai pu leur dire, c'est les jours de la semaine et les saisons, et les plats à commander au restaurant. Ça s'est très mal passé.

— *Sta calma, Lorenzo*, dit Signora.

— Ils n'arrêtent pas de me demander si je suis O'Donoghue, ils ne cessent d'écrire ce nom-là sur un papier, expliqua Lorenzo qu'ils n'avaient jamais vu si troublé et inquiet.

— Je vous en prie, Laddy, c'est moi qui m'appelle O'Donoghue, c'est mon nom, dit Signora. C'est pour ça qu'ils ont cru que c'était vous. C'est le nom que j'ai écrit dans ma lettre.

— Mais vous n'êtes pas O'Donoghue, protesta Laddy, vous êtes Signora !

Aidan passa un bras autour des épaules tremblantes de Laddy pour qu'il laisse parler Signora qui expliqua alors la situation, clairement et sans embarras (Aidan réussit à suivre l'essentiel du récit). Elle leur rappela celui qui avait trouvé leur argent perdu en Irlande, un an plus tôt ; un homme qui travaillait dur comme concierge dans un hôtel et qui avait pris leurs chaleureuses paroles de gratitude pour une invitation à venir les voir en Italie. Elle parla du mal qu'il s'était donné pour apprendre l'italien. Elle se présenta ainsi qu'Aidan : en tant que responsables du cours du soir d'italien, ils s'étaient terriblement inquiétés pour leur ami Lorenzo qui, à la suite d'un malentendu, avait cru recevoir un message des Garaldi l'invitant à passer chez eux. Ils allaient repartir tous les trois mais signor Garaldi et les siens auraient peut-être la bonté de faire un geste d'amitié pour montrer à Laddy qu'ils se rappelaient sa gentillesse, pour ne pas dire son extraordinaire honnêteté : leur avoir ainsi rapporté un paquet de billets que beaucoup d'autres gens, à Dublin comme ailleurs, se seraient crus autorisés à garder.

« Quelles drôles de voies la vie emprunte parfois ! », songeait Aidan, sentant l'épaule de Laddy qui tremblait sous sa main. Et s'il était devenu le principal de Mountainview — son vœu le plus cher, il n'y avait pas si longtemps encore ? De fait, il aurait détesté ça, il s'en rendait compte maintenant. Tony O'Brien était bien plus indiqué pour ce poste : un homme qui n'était pas le mal incarné, comme Aidan l'imaginait à une époque, mais un véritable entrepreneur, acharné dans son combat contre la nicotine, et qui serait bientôt son gendre... Si la vie n'avait pas pris un tel cours, jamais Aidan ne se serait retrouvé là, la poche pleine de notes pour sa conférence au Forum, debout dans cette somptueuse demeure romaine à rassurer un concierge d'hôtel angoissé et à regarder, plein d'admiration et de fierté, cette étrange femme qui avait pris tant de place dans sa vie. Grâce à son intervention, le visage du maître de céans, tout à l'heure déformé par la colère et l'incompréhension, se détendait : les choses étaient claires, à présent, il comprenait.

— Lorenzo ! déclara soudain signor Garaldi, s'avançant vers Lorenzo qui se raidit, terrifié. *Lorenzo, mio amico !* dit-il en l'embrassant sur les deux joues.

Laddy était incapable d'en vouloir longtemps à quelqu'un.

— Signor Garaldi ! s'écria-t-il en le prenant par les épaules, *Mio amico !*

En quelques mots rapides, le reste de la famille fut au courant. On apporta du vin et des petits biscuits italiens.

Laddy souriait jusqu'aux oreilles.

— *Giovedi*, répétait-il avec bonheur.

— Pourquoi dit-il ça ? s'enquit signor Garaldi qui leva son verre pour boire à jeudi, lui aussi...

— Je lui avais dit que nous prendrions contact avec vous jeudi, ceci pour éviter qu'il ne vienne chez vous de sa propre initiative. J'avais mentionné dans ma lettre que nous passerions peut-être une dizaine de minutes, jeudi. Vous ne l'avez donc pas reçue ?

Le petit homme eut l'air embarrassé.

— Je dois vous avouer que je reçois tellement de demandes d'argent de toute sorte que j'ai cru qu'il s'agissait de quelque chose de ce genre-là, et qu'il venait chercher une sorte de récompense. Pardonnez-moi, mais je n'avais pas bien lu votre lettre et j'ai vraiment honte, maintenant.

— Non, je vous en prie. Mais croyez-vous qu'il pourrait venir vous voir jeudi ? Il en a tellement envie ! Je pourrais peut-être le photographier avec vous et, plus tard, il pourrait montrer la photo à ses amis.

Signor Garaldi et son épouse échangèrent un regard.

— Pourquoi ne venez-vous pas tous ici jeudi, pour boire un verre et faire la fête ?

— Mais nous sommes quarante·! précisa Signora.

— Ce genre de maison est fait pour de telles festivités, répondit-il avec un salut.

Il appela une voiture qui leur fit retraverser Rome pour rejoindre le *Catania*, empruntant une rue où cette auto-là ne s'était sans doute jamais aventurée auparavant. Signora et Aidan se regardèrent, tels des parents fiers d'avoir aidé leur enfant à se sortir d'un mauvais pas.

— Ah ! si ma sœur pouvait me voir ! s'écria tout à coup Laddy.

— Elle serait contente, affirma Signora, avec délicatesse.

— Bon, elle savait que ça devait arriver. On est allés voir une diseuse de bonne aventure, voyez-vous, et elle a dit à ma sœur qu'elle allait se marier, avoir un enfant et mourir jeune, et que moi, je serais fort dans un sport et que je voyagerais au-delà de la mer. Alors, ça n'aurait pas vraiment été une surprise pour elle, mais c'est dommage qu'elle n'ait pas vécu assez longtemps pour le voir.

— C'est vrai, mais peut-être qu'elle le voit quand même, fit Aidan qui se voulait réconfortant.

— Je ne suis pas du tout sûr qu'il y ait des gens au ciel, vous savez, Mr. Dunne, fit Laddy tandis que la grosse cylindrée pilotée par le chauffeur se faufilait à travers les rues de Rome.

— Vraiment, Laddy ? Eh bien, moi, j'en suis chaque jour un peu plus convaincu, déclara Aidan.

Au *Catania*, tout le monde chantait *Low Lie the Fields of Athenry*. Les garçons du restaurant, qui s'étaient regroupés pour écouter d'un air admiratif, applaudirent à tout rompre quand les voix se turent. Les autres convives qui avaient eu le courage de rester dîner au *Catania* malgré tout, ce soir-là, avaient été absorbés par le groupe et c'est une véritable ovation unanime qui salua l'entrée des trois retardataires.

Alfredo partit à toute allure leur chercher le potage.

— *Brodo !* lança Laddy.

— On peut passer directement au plat principal, si vous voulez, proposa Aidan.

— Excusez-moi, Mr. Dunne, objecta Luigi, mais c'est toujours moi qui commande, jusqu'à ce qu'on me relève de mes responsabilités, et je tiens à ce que Lorenzo ait son *brodo* !

Aidan battit en retraite : oui, bien sûr, c'était une erreur de sa part...

— Ça va, il n'y a pas de mal, concéda Luigi, grand prince.

Fran confia à Signora qu'elle se faisait du souci : un garçon, un des plus jeunes qui servaient à table, n'avait pas cessé de demander à Kathy de sortir avec lui, après. Signora pouvait-elle annoncer qu'ils devaient tous rentrer ensemble à l'hôtel à la fin de la soirée ?

— Mais certainement, Francesca, répondit Signora.

Elle songeait à cette chose incroyable : personne ne s'était inquiété de savoir ce qui était arrivé à Lorenzo. Ils avaient tout simplement considéré comme acquis qu'Aidan et elle le retrouveraient dans Rome...

— Lorenzo nous a tous fait inviter à une fête, jeudi, dans une splendide demeure, annonça-t-elle.

— *Giovedi*, répéta Laddy, au cas où quelqu'un risquerait de se tromper de jour.

Cela aussi, le groupe eut l'air de le trouver normal. Terminant rapidement sa soupe, Signora chercha Constanza du regard : loin d'être animée, comme à son habitude, celle-ci paraissait absente, les yeux dans le vague. Il lui était arrivé quelque chose, c'était certain, mais elle était si réservée qu'elle n'en parlerait pas. Signora étant du même tempérament, elle s'abstiendrait de lui poser des questions.

Alfredo annonça qu'on avait réservé une surprise aux *Irlandesi* : on allait leur servir un gâteau aux couleurs de l'Irlande. Le personnel l'avait décoré spécialement à leur intention, pour leur faire un souvenir de plus, après la bonne soirée qu'ils avaient passée là. On connaissait le drapeau irlandais, ici, depuis la Coupe du Monde.

— Je ne pourrai assez te remercier, Alfredo, de nous avoir offert une si belle soirée.

— Vous le pouvez, Signora : en venant me voir demain, car je voudrais parler un peu avec vous.

— Pas demain, Alfredo, signor Dunne doit faire sa conférence sur le Forum.

— Oh ! vous avez des quantités d'occasions d'écouter signor Dunne. Moi, je n'ai que quelques jours pour vous parler. S'il vous plaît, Signora, je vous en supplie !

— Bon, il comprendra peut-être, dit Signora, tournant son regard vers Aidan.

Cela la peinait de lui faire faux bond, elle savait tout le travail qu'il avait investi dans cette causerie, lui qui tenait tant à leur faire voir Rome telle qu'elle était du temps où les chars la parcouraient à grande allure. Cependant, le jeune homme semblait très préoccupé, il devait avoir vraiment quelque chose à lui dire. Il fallait l'écouter, en souvenir du passé et de ceux qui l'avaient partagé.

C'est sans aucune peine que Signora avait réussi à tirer Caterina des griffes du garçon et à la ramener à l'hôtel. Il avait suffi de demander à Alfredo de s'arranger pour faire appeler le jeune homme. Le beau regard du Romain disant ses espérances de la revoir un autre soir, il avait offert une rose à Caterina et lui avait baisé la main.

Connie, de son côté, n'était pas parvenue à élucider le mystère du message. Signora Buona Sera put seulement répéter qu'elle l'avait porté à signora Kane, mais ni son mari ni elle ne savaient si c'était un homme ou une femme qui l'avait déposé. Cela resterait un mystère, conclut-elle. Connie ne parvint pas à fermer l'œil, cette nuit-là : elle se faisait trop de souci. Pourquoi certaines choses restaient-elles si mystérieuses ? Elle mourait d'envie de s'en ouvrir à Signora, mais n'osait déranger cette femme réservée qui menait sa vie si discrètement.

— Je comprends que vous ayez des choses à régler. Sans doute en rapport avec la Sicile, dit Aidan le lendemain.

— Je regrette tant, Aidan, lui dit Signora, je m'en réjouissais d'avance.

— Oui, fit-il en se détournant brusquement.

Il ne voulait pas lui laisser voir qu'il était blessé et cruellement déçu, mais elle s'en aperçut.

— On n'a pas besoin d'aller à cette conférence, dit Lou, attrapant Suzi pour la faire se recoucher.

— Moi, je veux y aller, protesta-t-elle, se débattant pour se lever.

— Des dieux romains, des vieux temples... Tu ne vas quand même pas assister à ça !

— Ça fait des semaines que Mr. Dunne y travaille et puis, de toute façon, Signora aimerait bien qu'on y aille.

— Elle n'y sera même pas, annonça Lou du ton de l'homme informé.

— Comment diable sais-tu ça ?

— Je l'ai entendue le lui dire, hier soir. Il en était aussi amer qu'un citron...

— Mais ça ne ressemble pas à Signora !

— Tu vois bien qu'on n'est plus obligés d'y aller, conclut Lou en se réinstallant douillettement dans le lit.

— Au contraire, c'est d'autant plus important de lui apporter notre soutien.

Il ouvrit la bouche pour protester, mais Suzi avait déjà sauté hors du lit et enfilé sa robe de chambre. Il la rattrapa à mi-chemin du couloir qui menait à la salle de bains.

Lizzie et Bill préparaient soigneusement leurs sand-wiches. « Quelle bonne idée, non ? » s'écria Bill, enthousiaste. Une idée qu'il aurait bien aimé reprendre chez eux, lui qui priait toujours pour que Lizzie comprenne que tous les moyens sont bons pour écono-miser. Cela dit, elle avait été très raisonnable jusque-là, elle ne s'était même pas attardée devant les vitrines d'un magasin de chaussures. Ayant remarqué le prix d'une glace italienne en lires, elle l'avait converti en livres et déclaré que ce n'était peut-être pas une si bonne idée de l'acheter.

— Oh ! Bill, dit Lizzie, ne sois pas si bête ! S'il fallait qu'on achète du jambon, des œufs et de grosses tranches de pain comme celui-là pour se faire des sand-wiches, ça reviendrait plus cher que de prendre un bol de soupe au pub, comme on le fait.

— Peut-être.

— Mais on peut y repenser, quand tu travailleras ici dans la banque. Tu crois qu'on habitera à l'hôtel ou qu'on louera une villa ?

— Une villa, j'imagine, répondit Bill d'un ton morne. Tout cela lui semblait si improbable, tellement détaché de la réalité.

— Tu t'es déjà renseigné ?

— Pour une villa ? s'étonna Bill qui la regarda d'un air égaré.

— Non, sur les possibilités de te faire muter en Italie. Souviens-toi que c'est pour ça qu'on apprend l'italien, lui rappela Lizzie d'un ton compassé.

— C'était pour ça, au départ, admit Bill, mais main-tenant, c'est simplement parce que ça me plaît.

— Essayerais-tu de me faire comprendre que nous ne serons jamais riches ? fit Lizzie, une ombre dans ses beaux yeux immenses.

— Non, non, pas du tout. On sera riches un jour. Aujourd'hui même, je vais aller dans des banques me renseigner. Crois-moi, je vais le faire.

— Je te crois. Bon, nos sandwiches sont prêts et emballés, on pourra les manger au Forum après la conférence. On pourra même en profiter pour écrire nos cartes postales.

— Cette fois, tu pourras en envoyer une à ton père, remarqua Bill, toujours prêt à voir le côté positif des choses.

— Tu t'es bien entendu avec lui, non ?

Ils avaient fait une brève visite à Galway et leur tentative de réconciliation des parents de Lizzie avait assez bien réussi. Au moins ces deux-là se parlaient-ils de nouveau et acceptaient-ils de se revoir.

— Oui, il m'a bien plu, je l'ai trouvé plutôt marrant.

Tout de même, songea-t-il, quelle magistrale description je fais là d'un homme qui a failli me broyer la main dans sa grande patte et qui n'a pas attendu de me connaître depuis dix minutes pour m'emprunter un billet de dix livres !

— C'est un tel soulagement pour moi que tu aimes bien ma famille, souligna Lizzie.

— Et toi la mienne.

La sienne, justement, commençait à se faire aux manières de Lizzie qui, de son côté, portait des jupes un peu plus longues et des décolletés un peu moins plongeants. Elle interrogeait le père de Bill sur la coupe du lard, sur la différence entre le lard fumé et le « lard vert ». Elle passait des heures à jouer au morpion avec Olive et la laissait gagner à peu près la moitié du temps, ce qui donnait des parties endiablées. Leur couple ne semblait pas du tout aussi mal parti que Bill l'avait craint à un moment.

— Bon, allons écouter parler des vestales, dit-il en souriant jusqu'aux oreilles.

— Comment ça ?

— Lizzie ! Tu n'as donc pas lu les notes ? Mr. Dunne nous a donné une feuille en disant qu'on devrait pouvoir se souvenir de ça, au moins.

— Oh ! passe-la-moi vite !

Aidan Dunne avait dessiné un petit plan montrant les endroits qu'ils devaient visiter et qu'il leur décrirait. Elle se hâta de le consulter et le lui rendit.

— Tu crois qu'il avance, avec Signora ? fit-elle, les yeux brillants.

— Si c'est le cas, Lorenzo et Constanza vont bientôt se sentir de trop...

Constanza et Signora s'étaient habillées et allaient descendre pour le petit déjeuner. On sentait que le moment était venu de dire quelque chose.

— Constanza ?

— *Si, Signora ?*

— Puis-je vous demander de prendre des notes quand Aidan va parler, aujourd'hui ? Je ne peux pas y aller et ça me contrarie terriblement, et, euh, je crois que lui aussi, ça le contrarie. Après tout le mal qu'il s'est donné ! fit Signora, l'air triste.

— Et vous êtes obligée de manquer ça ?

— Oui.

— Je suis sûre qu'il comprendra... Je vais faire très attention, et je vous raconterai tout, promit Connie qui marqua un temps d'arrêt avant d'ajouter : Oh ! et... Signora ?

— *Si, Constanza ?*

— C'est juste que... Euh... avez-vous entendu quelqu'un du groupe dire du mal de moi ? Quelqu'un qui m'en voudrait, ou qui aurait peut-être perdu de l'argent à cause de mon mari ?

— Non, jamais. Je n'ai jamais entendu de remarques sur votre compte. Pourquoi me demandez-vous ça ?

— J'ai reçu un message plutôt horrible. C'est sans doute une blague, mais ça m'a retournée.

— Que disait ce message ? Je vous en prie, dites-le-moi.

Connie le déplia et le montra à sa compagne. Des larmes jaillirent des yeux de Signora pendant qu'elle le lisait.

— À quand cela remonte-t-il ?

— Quelqu'un l'a déposé à la réception, hier soir, avant qu'on ne sorte dîner. Personne ne sait qui l'a déposé. J'ai interrogé les Buona Sera, mais ils ne savent rien.

— Ça ne peut pas être quelqu'un du groupe, Constanza. Je peux vous l'assurer.

— Mais qui d'autre sait que nous sommes à Rome ?

Signora se souvint tout d'un coup :

— Aidan m'a parlé d'une folle à Dublin qui s'était renseignée sur l'hôtel où nous étions descendus. Et si c'était elle ? Qu'elle nous ait suivis jusqu'ici ?

— C'est difficile à croire, ce serait tellement tiré par les cheveux !

— Mais ça le serait encore plus de croire qu'il puisse s'agir d'une personne de notre groupe !

— Pourquoi moi ? Maintenant ? Et ici, à Rome ?

— Y a-t-il quelqu'un qui vous en veuille, croyez-vous ?

— Des centaines de gens, sûrement, à cause de ce que Harry a fait, mais il est en prison maintenant.

— Quelqu'un de fou, de dérangé ?

— Non, pas que je sache, répondit Connie qui décida de se ressaisir, de ne pas passer son temps en vaines hypothèses qui, de plus, inquiétaient Signora. Bon, je vais faire attention de ne pas marcher du côté de la circulation, déclara-t-elle, et je serai vigilante. Je prendrai des notes à la conférence de Mr. Dunne. Je vous promets que ce sera comme si vous y étiez.

— Alfredo, tu as intérêt à ce que ce soit important, ce que tu as à me dire. Tu ne peux pas savoir à quel point j'ai vexé quelqu'un, en étant obligée de manquer sa conférence.

— Des conférences, on en retrouve toujours, Signora.

— Celle-ci était bien spéciale, la personne s'y est beaucoup investie. Bon, alors ?

Ayant servi du café, il s'assit à côté d'elle.

— Signora, j'ai un grand service à vous demander.

Elle le regarda, angoissée. Il allait lui demander de l'argent. Il ne pouvait pas se douter qu'elle n'avait pas un sou vaillant. Il ne lui resterait plus rien en rentrant à Dublin. Elle serait obligée de demander aux Sullivan de la laisser habiter chez eux pour rien jusqu'à la rentrée de septembre, où l'école recommencerait à la payer. Elle avait même réuni ses dernières pièces pour tout changer en lires, afin de pouvoir payer son écot pendant le *viaggio*. Mais comment pouvait-il le savoir, ce gamin débarqué de son village, travaillant comme serveur dans un pauvre restaurant de Rome ? Il devait la prendre pour quelqu'un d'important, la responsable d'un groupe de quarante personnes. Une femme puissante, peut-être.

— Ce ne sera peut-être pas facile, répondit-elle à Alfredo. Il y a des tas de choses que tu ne sais pas.

— Je sais tout, Signora. Je sais que mon père vous aimait et que vous l'aimiez. Que vous avez passé des années à coudre devant votre fenêtre pendant que nous, les enfants, on grandissait. Je sais que vous vous êtes conduite de manière irréprochable envers ma mère et que, le jour où mes oncles et elle ont dit que vous deviez partir, vous l'avez fait, contre votre propre désir.

— Tu sais tout ça ? souffla-t-elle d'une voix à peine audible.

— Oui, nous le savions tous.

— Depuis combien de temps ?

— Aussi longtemps que je m'en souvienne.

— C'est si difficile à croire... Je croyais... Oh ! et puis qu'importe ce que je croyais...

— Et on a tous été si tristes quand vous êtes partie.

Elle releva le visage et lui sourit :

— Ah oui ? Vraiment ?

— Oui, tous autant que nous sommes. Vous nous avez tous aidés. On le sait.

— Comment le savez-vous ?

— Parce que mon père a fait des choses qu'il n'aurait pas pu faire autrement : le mariage de Maria, la boutique d'Annunziata, le départ de mon frère pour l'Amérique... Enfin, tout. Tout s'est fait grâce à vous.

— Non, pas tout. Il vous aimait, il voulait faire de son mieux pour vous. Et parfois on en parlait, c'est tout.

— On a voulu vous retrouver quand maman est morte. On voulait vous écrire pour vous le dire. Mais on ne connaissait même pas votre nom...

— C'était gentil de votre part.

— Et maintenant, voilà que Dieu vous a envoyée dans ce restaurant ! C'est Lui qui vous a envoyée, j'en suis convaincu. (Elle se taisait.) Et maintenant, je peux vous demander un grand, grand service.

Elle s'agrippait à la table. Pourquoi était-elle sans le sou ? La plupart des femmes de son âge avaient de l'argent de côté, ne fût-ce qu'un petit peu. Elle avait fait si peu de cas des biens matériels. S'il y avait quelque chose qu'elle pût vendre, pour dépanner ce garçon qui devait vraiment être dans une situation désespérée pour oser lui demander...

— Ce service, Signora...

— Oui, Alfredo ?

— Vous savez de quoi il s'agit ?

— Dis-le-moi donc, Alfredo, et si je peux, je le ferai.

— On voudrait que vous rentriez. Que vous rentriez à la maison, Signora. Cette maison qui est la vôtre.

Constanza sauta le petit déjeuner et partit directement faire des courses. Elle acheta les chaussures souples qui lui faisaient défaut et une longue écharpe en soie pour Signora, prenant soin de couper l'étiquette de la marque pour éviter qu'Elizabetta reconnaisse le nom et s'exclame sur le prix que cela avait dû coûter. Puis elle fit l'achat qui l'avait décidée à sortir et partit rejoindre le groupe pour aller visiter le Forum.

Tout le monde adora la conférence. Luigi déclara qu'on aurait carrément pu voir les pauvres chrétiens traînés au Colisée. Mr. Dunne avait commencé en s'excusant de n'être qu'une vieille baderne de professeur de latin et en promettant qu'il ne les retiendrait pas trop longtemps. Mais à la fin, tout le monde avait applaudi. Le sourire de Mr. Dunne exprimait sa surprise. Il avait répondu à toutes leurs questions, remarquant la présence de Constanza, près de lui elle ne cessait pas de manipuler une sorte d'appareil photo, sans pourtant prendre une seule photo.

Le groupe se défit pour déjeuner, chacun partant manger ses sandwiches avec les uns ou les autres. Connie Kane observait Aidan Dunne. Il n'avait pas apporté de sandwiches. Il alla juste s'asseoir sur un mur où il resta seul, les yeux dans le vide. Il avait expliqué à tout le monde l'itinéraire à suivre pour rentrer à l'hôtel, s'assurant que Laddy serait entre les mains de Bartolomeo et de son amusante petite amie, Fiona. Et il restait assis là, triste que la personne pour qui il avait préparé cette conférence n'eût pu y assister.

Connie se demanda si elle devait aller le rejoindre ou non. En réalité, elle ne pouvait pas dire grand-chose qui puisse l'aider. Alors, elle se dirigea vers un restaurant où elle se commanda du poisson grillé et du vin, appréciant le fait de pouvoir se débrouiller si facilement. Mais elle ne sentit guère le goût de son repas tant elle était préoccupée : qui avait pu la suivre depuis Dublin pour lui faire peur ? Harry avait-il envoyé quelqu'un ? C'était trop effrayant pour y penser. Ce serait ridicule d'essayer d'expliquer ça à la police italienne, comme il serait difficile de convaincre la police judiciaire irlandaise de la prendre au sérieux. Une lettre anonyme dans un hôtel romain... Qui croirait cette histoire ? Elle prit soin de marcher près des murs et des boutiques, en rentrant à l'hôtel.

Là, nerveuse, elle demanda à la réception s'il y avait eu d'autres messages pour elle.

— Non, signora Kane, rien du tout.

Barry et Fiona se rendaient au bar où Barry avait rencontré tous ces merveilleux Italiens pendant la Coupe du Monde. Il avait apporté les photos prises cet été-là : des drapeaux, des oriflammes et des casquettes portant le nom de Jacky Charlton[1].

— Tu leur as écrit pour leur dire que tu venais ? demanda Fiona.

— Non, ce n'est pas le genre des gars d'ici. Il suffit de se pointer, ils sont tout le temps là.

— Tous les soirs ?

— Non, mais, tu sais... la plupart du temps.

— Mais, suppose qu'ils viennent te voir à Dublin, tu pourrais très bien ne pas être au pub le soir de leur arrivée. Tu n'as aucun nom, aucune adresse ?

— Les noms et les adresses n'ont pas d'importance dans ce genre de choses.

1. Célèbre footballeur anglais, devenu entraîneur de l'équipe d'Irlande et qui l'amena jusqu'en demi-finale de la Coupe du Monde. (N.d.T.)

Fiona espérait qu'il avait raison. Depuis le temps qu'il se réjouissait à l'idée de les revoir et de revivre avec eux ces jours de gloire. Il serait terriblement déçu si jamais ses amis ne se trouvaient plus là. Ou pire encore : s'ils l'avaient oublié.

Ce soir-là, tout le monde avait quartier libre. Si la situation avait été autre, Connie serait peut-être allée faire du lèche-vitrine avec Fran et Kathy, après quoi elles auraient bu du café à une terrasse de bistrot. Mais, à présent, elle avait peur de sortir le soir au cas où quelqu'un chercherait vraiment à la pousser sous une des voitures qui fonçaient dans les rues de Rome.

En d'autres circonstances, Signora et Aidan auraient dîné ensemble et préparé la visite du Vatican, fixée au lendemain. Mais lui se sentait blessé et délaissé, et elle éprouvait le besoin d'être seule pour réfléchir à la renversante proposition qu'on venait de lui faire.

Ainsi, les enfants de Mario voulaient qu'elle rentre à Annunziata et qu'elle les aide à l'hôtel, qu'elle leur amène de la clientèle anglaise, qu'elle fasse partie de cette vie qu'elle avait dû regarder de l'extérieur pendant tant d'années. Cela donnerait un sens à toutes ces années d'attente, cela lui donnerait un avenir en lui rendant un passé. Alfredo l'avait suppliée de rentrer. Ne fût-ce que pour une visite, pour commencer, histoire de voir comment ça se passait. Elle pourrait se rendre compte de tout ce qui était possible pour elle là-bas, et mesurer l'admiration que tant de gens semblaient lui vouer. Voilà à quoi pensait Signora ce soir, assise toute seule dans un café.

Pendant ce temps, à quelques rues de là, Aidan lui aussi était assis seul, et il s'efforçait de penser à tous les aspects positifs de ce voyage. Il avait réussi à créer une classe qui avait duré déjà un an et qui, de plus, était partie en groupe à Rome à la fin de l'année. Ces gens-là n'auraient jamais rien fait de tel sans lui. Il avait partagé son amour de l'Italie avec eux, personne ne s'était ennuyé à sa conférence d'aujourd'hui. Il avait accompli tout ce qu'il s'était proposé de faire. En fait, ç'avait été une année de triomphe pour lui... Mais il était bien obligé d'écouter aussi une autre petite voix en lui, qui disait que tout cela s'était réalisé entièrement grâce à Signora. C'était elle qui avait su créer un véritable enthousiasme, avec ces petits jeux tout bêtes et ces boîtes censées représenter des hôpitaux, des gares ou des restaurants. C'était encore elle qui leur avait donné tous ces noms exotiques, qui avait cru qu'un jour ils l'entreprendraient, ce fameux *viaggio*. Et maintenant qu'elle se retrouvait en Italie, la magie des lieux avait trop d'effet sur elle...

Elle avait des choses à régler, lui avait-elle dit. Aidan ruminait ces paroles. Que pouvait-elle avoir à faire avec un garçon de café sicilien, même si elle l'avait connu tout gosse ? Il commanda sa troisième bière sans même s'en rendre compte. Il regardait déambuler les passants dans la chaude nuit romaine. Jamais de sa vie il ne s'était senti aussi seul.

Kathy et Fran déclarèrent qu'elles allaient se promener. Elles avaient préparé un itinéraire qui les amènerait à la Piazza Navona, où ils s'étaient tous rendus le premier soir. Laddy avait-il envie de se joindre à elles ?

Il regarda leur itinéraire : il passait par la rue où habitaient ses amis Garaldi.

— On ne rentrera pas, expliqua Laddy. Mais je pourrai vous montrer leur maison.

Fran et Kathy furent sidérées en voyant l'opulente demeure.

— On ne peut pas venir faire la fête dans un endroit pareil, se récria Kathy.

— *Giovedi*, déclara fièrement Laddy. Jeudi, vous verrez. Il veut qu'on vienne tous, même si on est quarante. Je lui ai bien dit « *quaranta* », mais il a répondu : « *Si, si, benissimo.* »

Après tout, ce n'était jamais qu'une chose extraordinaire de plus dans ce voyage.

Connie attendit un moment dans sa chambre que Signora rentre. Elle voulait lui raconter la conférence et lui donner la surprise qu'elle lui réservait. Mais à la nuit tombée, Signora n'était toujours pas là. Par la fenêtre montaient des bruits de voix, de saluts que les gens s'adressaient en passant et, en arrière-plan, la rumeur assourdie de la circulation et le cliquetis des couverts dans un restaurant voisin. Connie décida soudain qu'elle n'allait pas se laisser mettre en cage par le malfaisant auteur de cette lettre. De toute façon, celui-ci n'oserait pas s'attaquer à elle dans un lieu public, même s'il agissait pour le compte d'Harry.

— Au diable les menaces ! Si je reste enfermée ce soir, c'est lui qui gagne ! s'écria-t-elle.

Elle se rendit à une pizzéria, au coin de la rue. Sans se rendre compte que quelqu'un l'avait suivie, depuis la porte de l'*Albergo Francobollo*.

Lou et Suzi étaient à Trastevere, de l'autre côté du fleuve. Avec Bill et Lizzie, ils avaient fait le tour de la petite piazza pour s'apercevoir que les restaurants étaient trop chers pour eux, comme Signora les en avait avertis. Une chose était formidable : ils savaient ce qu'était le *piatto del giorno* et avaient appris à penser en lires, ce qui leur épargnait la peine d'avoir toujours à convertir les sommes en argent irlandais.

— On aurait peut-être dû garder nos sandwiches de midi, constata tristement Lizzie.

— On n'oserait même pas pousser la porte de ces endroits-là, fit Suzi, philosophe.

— Ce n'est pas juste, comme système, vous savez, déclara Lou. La plupart de ces gens-là ont trouvé un moyen de se remplir les poches, ils ont leur truc, leur petit monde qui tourne rond. Croyez-moi, je sais...

— Évidemment, Lou, mais peu importe, répondit Suzi qui ne tenait pas à ce qu'il évoque son passé louche.

Ils n'en parlaient jamais. Lou y faisait seulement quelques allusions voilées quand il lui disait d'un ton de regret qu'ils auraient pu avoir la vie bien plus facile si elle n'avait pas été si pointilleuse sur la morale.

— Tu veux dire, des choses comme des vols de cartes de crédit ? s'enquit Bill, intéressé.

— Non, rien de tel. Simplement rendre des petits services : tu fais une fleur à quelqu'un, il t'offre à dîner. Si c'est une très grosse fleur, ça te fait plusieurs dîners, ou même une voiture. Aussi simple que ça.

— Il faut tout de même avoir rendu pas mal de « services » pour qu'on vous donne une voiture, remarqua Lizzie.

— Oui et non. Ce n'est pas histoire de quantité, il s'agit plutôt d'être fiable. Je crois que c'est ce que les gens recherchent dans ces échanges.

Ils hochèrent tous la tête, sidérés. Suzi contemplait parfois l'énorme émeraude de sa bague de fiançailles et, à force d'entendre les gens lui dire que c'était une vraie, elle en arrivait à se demander si ce n'était pas la récompense d'un énorme « service » que Lou aurait rendu à quelqu'un... Il aurait suffi pour s'en assurer qu'elle fasse estimer la bague. Mais alors, elle serait définitivement fixée. Et peut-être valait-il mieux laisser planer un doute...

— Ah ! si seulement quelqu'un me demandait un service ! soupira Lizzie, admirant le restaurant avec les musiciens qui jouaient pour chaque table tour à tour, les fleuristes qui passaient entre les convives pour leur vendre des roses à longues tiges.

— Eh bien, garde les yeux grands ouverts, Elizabetta, suggéra Lou en riant.

C'est alors qu'un homme et une femme, installés à une table sur le trottoir, se levèrent. La femme gifla son compagnon qui lui arracha son sac à main, sauta par-dessus le petit mur qui délimitait le restaurant et s'enfuit.

En deux secondes, Lou l'avait rattrapé et lui avait fait une prise, lui bloquant un bras dans le dos dans une position visiblement très douloureuse. Et de sa main libre, Lou brandit le sac volé afin que tous puissent le voir. Puis, traversant le restaurant d'un pas triomphal, il le rendit à sa propriétaire.

À la suite d'explications volubiles, les *carabinieri* arrivèrent en camionnette. Le restaurant était en ébullition. À en croire des Américains qui dînaient là, la femme devait être accompagnée d'un gigolo ; des Anglais estimaient, eux, que l'homme était son petit ami et qu'il était en période de sevrage de drogue. Un couple français croyait plutôt à une simple querelle d'amoureux mais pensait qu'il serait tout de même bon d'emmener l'homme au poste de police.

Lou et ses amis étaient les héros du moment. La dame lui proposant une récompense, Lou s'empressa de suggérer un dîner pour eux quatre. Un arrangement qui convenait aux deux parties.

— *Con vino, si è possibile ?* précisa Lou.

Ils burent joyeusement et si abondamment qu'ils durent prendre un taxi pour rentrer.

— Je me chuis jamais autant amuchée ! lâcha une Lizzie titubante qui trébucha deux fois avant de monter dans le taxi.

— Il suffit d'avoir l'œil pour attirer la grâce quand elle passe, conclut Lou.

Connie jeta dans la pizzéria un regard circulaire. Il y avait là surtout des jeunes gens, de l'âge de ses enfants. Animés et riant à tout propos. Vifs et alertes. « Supposons que ce soit le dernier endroit que je voie vivante, songea-t-elle. Supposons que cette histoire de menaces soit vraie et que quelqu'un me traque après avoir déposé ce message à l'hôtel. » Mais on n'allait tout de même pas la tuer devant tous ces gens ? Elle jugea que c'était impossible. Et pourtant, quelle autre interprétation donner à ce message, qu'elle avait toujours dans son sac ? Pourquoi alors ne pas écrire une note qu'elle laisserait dans son sac à main, avec la lettre expliquant qu'elle craignait que cela vînt d'Harry ou d'un de ses « associés », comme il disait toujours ? Était-ce une idée folle ? Essayait-il donc de la rendre folle ? Connie avait vu des films où on faisait ça. Non, il ne fallait pas que ça puisse lui arriver.

Assise à une table, elle leva les yeux quand elle sentit que quelqu'un s'approchait. Elle s'attendait à voir le garçon ou un autre client demandant à prendre une des chaises inoccupées. Mais ses yeux rencontrèrent ceux de Siobhan Casey, maîtresse de son mari depuis tant d'années. Et qui avait aidé Harry à détourner des fonds. Pas une fois, mais deux.

Connie la trouva vieillie, les traits fatigués. Des rides marquaient ce visage jadis lisse. Siobhan avait les yeux brillants, le regard fou. Connie eut soudain vraiment peur : sa voix resta dans sa gorge, elle fut incapable d'articuler une seule parole.

— Tiens, vous êtes encore seule, ironisa Siobhan, l'air méprisant. (Connie ne pouvait toujours pas parler.) Qu'importe la ville où vous vous trouvez et le nombre de paumés qui vous y accompagnent, vous finissez toujours par devoir sortir seule ! lança-t-elle avec un petit rire sans humour qui ressemblait plutôt à un aboiement.

Connie luttait pour garder son calme. Il ne fallait pas laisser voir sa peur. Les années passées à faire semblant allaient lui servir, maintenant.

— Mais je ne suis plus toute seule, fit-elle en poussant une chaise vers Siobhan.

Siobhan se rembrunit encore plus.

— Toujours des airs de grande dame, mais sans rien derrière. Rien ! cracha-t-elle.

Les gens commençaient à les regarder, sentant l'orage qui couvait.

Connie parla à voix basse.

— Ce n'est guère le cadre qui convient à une grande dame, non ? remarqua-t-elle, espérant que sa voix ne tremblait pas.

— Ça fait partie du numéro de la grande dame qui veut faire peuple ! Comme vous n'avez pas de vrais amis, vous jouez les bonnes âmes condescendantes avec une bande de minables, et vous les accompagnez dans leur voyage au rabais, bien qu'ils ne veuillent pas de vous. Vous avez toujours été seule, autant vous y résigner.

Connie se détendait un peu : finalement, Siobhan Casey n'allait peut-être pas se jeter sur elle pour l'assassiner. Pourquoi lui aurait-elle prédit un avenir vide et solitaire si elle s'apprêtait à la tuer ? Connie y puisa un regain de courage.

— J'y suis résignée. Est-ce que ça ne fait pas des années que je suis seule ? répondit-elle simplement.

Siobhan la regarda, surprise.

— Vous êtes vraiment détachée, hein ?

— Non, pas vraiment.

— Vous saviez que la lettre était de moi ?

Était-elle déçue, ou satisfaite d'avoir suscité une telle peur ? Il y avait toujours cette lueur de folie dans ses yeux. Connie ne savait pas très bien ce qu'elle devait faire : valait-il mieux avouer qu'elle n'avait pas eu la moindre idée de l'auteur du message, ou serait-ce plus malin de prétendre qu'elle avait deviné dès le départ qu'il s'agissait de Siobhan ? Un vrai cauchemar d'avoir à décider ce qui convenait le mieux.

— J'ai pensé que ça devait être vous mais sans en être sûre, finit-elle par dire, s'étonnant de la fermeté de sa propre voix.

— Et pourquoi moi ?

— Vous êtes la seule personne qui puisse aimer suffisamment Harry pour avoir écrit ça.

Il y eut un silence. Siobhan était toujours debout, appuyée sur le dos de la chaise. Les conversations et les rires avaient repris naturellement autour d'elles. Finalement, ces deux étrangères n'allaient pas se crêper le chignon, comme on l'aurait cru au départ. Donc, plus rien d'intéressant de ce côté-là... Connie n'invita pas Siobhan à s'asseoir : pourquoi simuler la normalité entre elles, feindre qu'elles pouvaient passer un moment ensemble comme tout un chacun ? Après tout, Siobhan Casey l'avait menacée de mort, elle était réellement folle.

— Vous savez qu'il ne vous a jamais aimée, vous le savez, non ? attaqua Siobhan.

— À la vérité, il m'a peut-être aimée tout au début, avant qu'il s'aperçoive que je ne prenais pas de plaisir avec le sexe.

— Du plaisir ! persifla Siobhan. Il disait que vous étiez pathétique, couchée là à gémir, tendue comme une corde et morte de peur ! Pathétique, vous entendez ?

Les yeux de Connie se rétrécirent comme des fentes : c'était une démonstration de déloyauté de la plus basse espèce. Harry savait très bien qu'elle avait fait tout son possible, qu'elle aurait tellement voulu le satisfaire. C'était d'une incroyable cruauté d'avoir raconté tous ces détails à Siobhan.

— Ce n'est pourtant pas faute d'avoir essayé de faire quelque chose, vous savez.

566

— Ah oui ?

— Oui. Ç'a été bouleversant, pénible et douloureux, et, en fin de compte, ça n'a servi à rien.

— Ils vous ont dit que vous étiez une gouine, c'est ça ? lança Siobhan.

Elle vacillait tout en la couvrant d'insultes, ses cheveux raides tombant sur son visage. Siobhan n'avait plus grand-chose de l'efficace miss Casey du temps jadis...

— Non, répondit Connie. Je ne crois pas qu'il s'agissait de ça.

— Ah ! bon. Alors qu'est-ce qu'ils ont dit ? poursuivit Siobhan, apparemment intéressée malgré elle.

— Les médecins ont dit que je n'arrivais pas à faire confiance aux hommes parce que mon père avait perdu tout son argent au jeu.

— Foutaises ! s'exclama Siobhan.

— Oui, c'est bien ce que j'ai dit aussi. D'une manière un peu plus châtiée, mais le sens était le même, répondit Connie en esquissant un pâle sourire.

Contre toute attente, Siobhan tira alors la chaise vers elle et s'assit. Maintenant que Connie n'avait plus à lever les yeux, elle voyait clairement les effets ravageurs que les derniers mois avaient eu sur Siobhan Casey. Elle portait une blouse maculée sur une jupe qui ne lui allait pas, elle avait des ongles rongés et sales. Elle n'était pas maquillée et son visage n'arrêtait pas de grimacer en tous sens. Elle doit avoir deux ou trois ans de moins que moi, songea Connie, et elle fait des années de plus.

Était-ce vrai que Harry lui avait annoncé qu'il rompait avec elle ? Si oui, voilà ce qui avait dû la mettre dans cet état. Connie remarqua qu'elle jouait avec un couteau et une fourchette qu'elle ne cessait de faire repasser d'une main dans l'autre. Elle semblait profondément perturbée.

— Quel gâchis, toute cette histoire, quand on y repense ! fit Connie. Il aurait dû vous épouser.

— Je n'ai pas la classe qu'il faut, je n'aurais pas été le genre d'hôtesse qu'il souhaitait chez lui.

— Mais ce n'était qu'une toute petite partie superficielle de sa vie. En fait, il vivait pratiquement avec vous, reprit Connie, espérant que cette tactique marcherait.

Il fallait la flatter, lui dire qu'elle avait été essentielle dans la vie de Harry. Ne pas lui laisser le temps de s'appesantir sur ses idées noires et de se rendre compte que tout était bien fini, à présent.

— Il ne trouvait pas d'amour chez lui. Il fallait bien qu'il aille en chercher ailleurs, déclara Siobhan qui se mit à boire du chianti dans le verre de Connie.

D'un regard et d'un geste, Connie fit comprendre au garçon qu'elle voulait une autre bouteille et un autre verre. Le garçon avait également dû comprendre la situation à son expression, car il se borna à déposer la bouteille et le verre sur la table et à repartir sans les amabilités et les plaisanteries d'usage en pareil lieu.

— Je l'ai longtemps aimé, dit Connie.

— Drôle de façon de le montrer, en caftant et en le faisant jeter en prison !

— J'avais cessé de l'aimer, à ce moment-là.

— Moi, je n'ai jamais cessé.

— Je le sais. Et même si vous me haïssez, moi je ne vous ai jamais haïe.

— Ah ! ouais ?

— Oui. Je savais qu'il avait besoin de vous. Comme c'est sans doute toujours le cas, j'imagine.

— Non, plus maintenant. Ça aussi, vous l'avez bousillé. Il veut aller en Angleterre à sa sortie de prison. Tout ça est de votre faute. Vous avez fait en sorte qu'il ne puisse plus continuer à vivre dans son propre pays ! lui reprocha Siobhan, dont le visage malheureux commençait à se marquer de rougeurs.

— Je suppose que vous allez partir avec lui.

— Vos suppositions sont fausses, rétorqua-t-elle avec de nouveau son rictus ironique et son regard fou.

Cette fois-ci, il ne fallait plus se tromper. Connie le savait. Ce qui allait suivre serait d'une importance capitale.

— J'ai éprouvé de la jalousie envers vous, mais pas de haine, miss Casey. Vous avez tout donné à Harry : une vraie vie amoureuse, votre loyauté, une compréhension totale dans le travail. Il passait le plus clair de son temps avec vous, pour l'amour du ciel, comment aurais-je pu ne pas être jalouse ? fit-elle, ajoutant quand elle vit qu'elle avait capté l'attention de Siobhan : Mais je ne vous haïssais pas, croyez-moi.

Siobhan la regarda avec intérêt.

— Je suppose que vous vous disiez qu'il valait encore mieux qu'il soit avec moi plutôt qu'avec des tas de femmes, c'est ça ?

Connie sentit qu'il fallait jouer très serré, ici. Tout pouvait dépendre de sa réponse. Elle regarda le visage ravagé de Siobhan Casey qui avait toujours aimé Harry Kane et qui l'aimait encore. Se pouvait-il que Siobhan, pourtant si proche de lui, ne sût rien de l'hôtesse de l'air, de la propriétaire d'un petit hôtel de Galway, de la femme d'un de ses clients ?... Connie scruta encore son visage et, autant qu'elle pût s'en rendre compte, y lut que Siobhan Casey croyait bien avoir été la seule femme dans la vie d'Harry Kane.

Connie parla alors comme si elle réfléchissait au fur et à mesure :

— Je suppose que vous avez raison, ç'aurait été trop humiliant de penser qu'il courait après toutes les femmes... Et, bien que cela ne me plaise guère... je savais qu'il y avait quelque chose de spécial, entre vous et lui. Comme je l'ai dit, c'est vous qu'il aurait dû épouser dès le départ.

Siobhan écouta. Réfléchit. Elle avait vraiment une lueur de folie dans les yeux quand elle reprit la parole :

— Et pourquoi n'avez-vous pas eu peur quand vous vous êtes rendu compte que je vous avais suivie ici et envoyé ce message ?

En fait, Connie n'avait jamais cessé d'avoir peur...

— Je me suis sans doute dit que vous aviez dû comprendre que vous seule aviez compté pour Harry, en dépit des difficultés passées ou présentes, expliqua Connie qui ajouta, devant l'air intéressé de Siobhan : Et naturellement, je me suis donné une sorte d'assurance, pour que vous soyez poursuivie au cas où vous me feriez du mal.

— Quoi ?

— J'ai écrit une lettre à mon notaire, à ouvrir en cas de décès subit à Rome, ou ailleurs, et j'y ai joint une copie de votre message, disant que j'avais des raisons de suspecter que vous en étiez l'auteur.

Siobhan hocha la tête presque admirative. Quel soulagement aurait ressenti Connie de la voir entendre raison ! Mais elle était trop déstabilisée pour ça. Le moment n'était guère choisi pour une petite conversation entre femmes : lui conseiller de se ressaisir, de recommencer à soigner son apparence et de préparer un foyer pour Harry quand il arriverait en Angleterre. Car Connie était sûre qu'il devait rester de l'argent de la fraude. Mais ce n'était pas à elle de réorganiser la vie de Siobhan. À vrai dire, elle avait toujours les jambes en coton. Certes, elle était arrivée à rester calme et normale face à cette femme assez dangereuse pour la suivre et la menacer de mort, mais elle ne savait pas si elle serait capable d'en encaisser beaucoup plus. Elle aurait tant voulu se retrouver en sûreté à l'*Albergo Francobollo*.

— Je ne ferai rien contre vous, souffla Siobhan d'une toute petite voix.

— Bon ! c'est sûr que ce serait dommage de devoir entrer en prison au moment où Harry en sortira !

remarqua Connie d'un ton aussi naturel que si elles avaient parlé d'acheter des souvenirs de Rome.

— Comment avez-vous fait pour prendre une telle distance ? demanda Siobhan.

— Des années et des années de solitude ! répondit Connie qui essuya une larme inattendue — elle n'avait pas l'habitude de s'apitoyer sur son sort — et se dirigea d'un pas décidé vers le garçon en lui tendant l'argent nécessaire pour régler l'addition.

— *Grazie, tante grazie, Signora*, dit-il.

Signora ! Au fait, la Signora du groupe serait sûrement de retour à présent, et Connie voulait lui remettre sa surprise. Voilà qui avait autrement de réalité pour elle que la triste femme assise dans cette pizzéria, celle qui avait été la maîtresse de son mari pratiquement toute sa vie et qui était venue à Rome dans l'intention de la tuer. Elle lui jeta un dernier regard rapide et partit sans un au revoir. Il ne restait rien à ajouter.

Il régnait un fameux vacarme dans le bar où Barry et Fiona cherchaient les amis de la Coupe du Monde.

— Voilà le coin où on s'installait, dit Barry.

Des jeunes gens étaient réunis en masse devant un poste de télévision à écran géant qu'on avait placé au centre de la pièce. Il y avait un match, ce soir, et tout le monde était contre la Juventus. Le fait d'être supporter de tel ou tel club importait peu ; ce qui comptait, c'était d'être contre « la Juve ». Le jeu commença et Barry se laissa prendre par le match au point d'oublier la raison de sa venue. Fiona aussi s'intéressait au match et hurla de rage devant une décision qui allait contre l'avis unanime

— Vous aimez le football ? lui demanda un homme derrière elle.

Barry passa aussitôt un bras autour des épaules de Fiona et répondit :

— Elle s'y connaît un peu, mais moi j'étais ici même, dans ce café, pour la Coupe du Monde. Irlanda.

— Irlanda ! s'exclama l'homme, ravi.

Barry sortit alors ses photos qui montraient une foule de visages heureux, comme aujourd'hui, mais plus de monde encore. L'inconnu, qui déclara s'appeler Gino, fit passer les photos à la ronde et les gens vinrent congratuler Barry avec de grandes tapes amicales dans le dos. On échangea des noms de célébrités : Paul McGrath, Cascarino, Houghton, Charlton. Quelqu'un se risqua à mentionner l'A.C. Milan qui fut bien accueilli. Ah ! on était entre gens bien ! La bière coulait à flots.

Fiona, qui avait complètement perdu le fil de la conversation, commençait à avoir mal à la tête.

— Barry, si tu m'aimes, laisse-moi rentrer à l'hôtel. C'est tout droit, en suivant la Via Giovanni, et je sais où il faut tourner à gauche.

— Je ne veux pas...

— Oh ! s'il te plaît, Barry ! Ce n'est pas grand-chose, ce que je te demande.

— Bar-ry ! Bar-ry ! appelaient ses nouveaux amis.

— Fais très attention, recommanda-t-il à Fiona.

— Je laisserai la clé sur la porte, dit-elle, lui envoyant un baiser avant de partir.

Les rues étaient aussi sûres ici que dans son quartier de Dublin, songea Fiona en rentrant gaiement à l'hôtel, contente que Barry eût retrouvé ses amis. Les retrouvailles semblaient se faire sans cérémonie, ils ne se souvenaient même pas des noms des uns et des autres. Bah, les hommes sont peut-être ainsi, se dit-elle. Elle admirait les jardinières aux fenêtres, pleines de petits pots de géranium et d'impatientes. C'était tellement plus coloré qu'au pays ! Oh, bien sûr, le climat n'était pas le même. Tout était possible sous ce soleil.

Passant devant un bar, elle aperçut Mr. Dunne, tout seul face à son verre de bière, l'air triste et à mille lieues de tout. Impulsivement, Fiona fit demi-tour pour aller le rejoindre.

— Eh bien, Mr. Dunne... On se retrouve seuls, vous et moi !

— Fiona ! s'écria-t-il, faisant un effort pour revenir à lui. Et où est donc Bartolomeo ?

— Avec ses amis supporters de football. Et comme j'avais mal à la tête, il m'a laissé rentrer.

— Ah ! il les a retrouvés. Formidable, non ? commenta Mr. Dunne avec un gentil sourire las.

— Oui, et il est très content de lui. Et vous, vous passez un bon moment, Mr. Dunne ?

— Oh ! oui, excellent, affirma-t-il d'un ton peu convaincant.

— Mais vous ne devriez pas être ici tout seul, vous qui avez tout organisé avec Signora. Au fait, où est-elle ?

— Elle a retrouvé des amis de Sicile, là où elle habitait avant, voyez-vous, dit-il d'une voix altérée par l'amertume et la tristesse.

— Ah ! C'est bien, ça.

— Bien pour *elle*, fit remarquer Aidan. Elle passe la soirée avec eux.

— Mais c'est juste pour un soir, Mr. Dunne.

— Autant qu'on sache, rétorqua-t-il, visiblement révolté comme un adolescent.

Fiona le regarda, songeuse. Elle qui en savait si long... Qui savait par exemple que Nell, son épouse, avait eu une liaison avec le père de Barry. Terminée, maintenant, bien qu'il y eût toujours des lettres et des appels de Mrs. Dunne qui n'y comprenait rien et ne se doutait pas que Fiona était responsable de la rupture. Fiona avait appris aussi de Grania et Brigid que leur père n'était pas heureux, qu'il se réfugiait tout le temps dans son petit bureau italien dont il n'émergeait que rarement. Et elle savait, comme tous les participants au *viaggio*, que Mr Dunne était amoureux de Signora.

Fiona se souvint alors que le divorce était maintenant légal en Irlande.

Elle repensa à l'ancienne Fiona, la timide, qui aurait laissé les choses en l'état, qui ne s'en serait pas mêlée. Mais la nouvelle Fiona, la jeune femme heureuse, allait prendre le taureau par les cornes... Elle respira profondément avant de se lancer :

— Signora me disait l'autre jour que vous l'avez aidée à réaliser le rêve de sa vie. Elle m'a dit qu'elle n'avait jamais eu l'impression de compter pour grand-chose, avant que vous lui confiiez ce travail.

Mr. Dunne ne réagit pas, enfin pas comme Fiona l'eût souhaité.

— C'était avant qu'elle rencontre tous ces Siciliens.

— Pourtant elle l'a encore dit aujourd'hui, au déjeuner, mentit Fiona.

— Ah oui ? fit-il, content comme un gosse.

— Mr. Dunne, je peux vous parler en toute franchise et sous le sceau du secret ?

— Bien sûr que oui, Fiona.

— Et vous ne répéterez jamais à personne ce que je vais vous dire, surtout pas à Grania et Brigid ?

— Certainement pas.

Elle se sentit faiblir.

— Je crois qu'il va me falloir un verre, dit-elle.

— Un café, un verre d'eau ?

— Plutôt un cognac, je crois.

— Si c'est si grave que ça, je vais prendre la même chose, fit Aidan Dunne qui passa la commande au garçon dans son italien impeccable.

— Mr. Dunne, reprit Fiona, vous savez que Mrs. Dunne n'est pas là avec vous.

— J'avais remarqué !

— Euh.. Voyez-vous, il y a eu certains comportements regrettables... Mrs. Dunne est amie, un peu trop peut-être, avec le père de Barry. Et la mère de Barry l'a mal pris. Enfin, plutôt très mal Elle a fait une tentative de suicide.

— *Quoi !* s'écria Aidan Dunne, l'air profondément affecté par la nouvelle.

— Bon, de toute façon, tout ça est de l'histoire ancienne, maintenant : ça a cassé le soir de la *festa* à Mountainview. Vous vous souvenez peut-être du départ précipité de votre femme... Eh bien, maintenant, la mère de Barry a retrouvé le moral et son père n'a plus, euh, plus d'amitié excessive pour Mrs. Dunne.

— Fiona, rien de tout ça n'est vrai, non ?

— Si, Mr. Dunne, mais vous avez juré de ne rien dire à personne.

— Mais ça ne tient pas debout, Fiona !

— Si, si, tout est entièrement vrai. Vous pourrez demander à votre femme en rentrant. Elle est la seule qui puisse vous le dire. Quoique — c'est peut-être mieux de ne pas en parler du tout. Barry ne sait rien, Grania et Brigid non plus. Pas besoin de chambouler tout le monde avec ça.

Elle avait l'air si sincère, avec ses énormes lunettes où se reflétaient les lumières du bar, qu'Aidan la crut.

— Mais alors, pourquoi me racontes-tu ça si tu veux que personne ne le sache et n'en soit affecté ?

— Parce que... parce que, je suppose, je veux que vous soyez heureux, Signora et vous. Mr. Dunne, je ne veux pas que vous pensiez que c'est vous qui avez donné le premier coup de canif dans votre contrat de mariage. Je suppose que ce que je veux dire, c'est qu'il y a déjà eu tromperie et que la voie est en quelque sorte ouverte, expliqua Fiona qui se tut tout d'un coup.

— Tu es une fille étonnante, fit Aidan.

Il paya l'addition et ils rentrèrent à l'*Albergo Francobollo* en silence. Dans le hall de l'hôtel, il lui serra la main avec effusion :

— Étonnante ! répéta-t-il.

Et il monta dans sa chambre où Laddy préparait les objets qu'il ferait bénir par le pape le lendemain. L'audience publique avec le Saint-Père sur la place Saint-Pierre de Rome... Aidan mit la tête dans ses mains. Il avait complètement oublié. Laddy avait six chapelets à faire bénir par Sa Sainteté. Installé dans la petite antichambre, il les préparait pour demain. Il avait déjà ciré toutes les chaussures pour aider les Buona Sera, qui ne savaient vraiment pas quoi penser de ce drôle de bonhomme.

— *Domani mercoledi noi vedremo Il Papa !* lança-t-il joyeusement.

De retour dans leur chambre, Luigi dut confesser à Suzi qu'il était plein de désir pour elle, mais craignait que sa performance ne fût guère à la hauteur.

— Un peu trop de boisson... expliqua-t-il, comme s'il venait d'établir un diagnostic difficile.

— Laisse tomber, on aura besoin de toute notre énergie pour aller voir le pape, demain, répondit Suzi.

— Oh ! mon Dieu ! J'avais complètement oublié ! ce fichu pape, s'écria Lou qui s'endormit aussitôt comme une masse.

Bill Burke et Lizzie s'étaient endormis tout habillés sur leur lit. Ils se réveillèrent gelés, à cinq heures du matin.

— Est-ce qu'on a une journée tranquille, aujourd'hui, par hasard ? demanda Bill.

— Après l'audience chez le Saint-Père, oui, je suppose, fit Lizzie qui souffrait d'un mal de tête inexplicable.

Barry trébucha contre une chaise et réveilla Fiona.

— J'avais oublié où on logeait, dit-il.

— Oh ! Barry, tout droit depuis le bistrot, et puis tu tournes à gauche.

— Non, je voulais dire, où on logeait dans l'hôtel. J'ai ouvert les portes de plusieurs chambres avant la nôtre.

— Tu es soûl à ce point ! fit-elle, compréhensive. Tu as passé une bonne soirée ?

— Ouais, mais y a un mychtère.

— Sûrement... Mais bois donc un peu d'eau.

— Je vais faire pipi toute la nuit !

— Ça, tu le feras de toute façon, avec toute la bière que tu as bue !

— Et comment tu es rentrée, toi ? s'inquiéta-t-il tout d'un coup.

— Comme je te l'ai dit. C'était tout droit. Allez, bois donc.

— T'as parlé à quelqu'un ?

— Juste à Mr. Dunne que j'ai rencontré en route.

— Il est dans le lit de Signora, rapporta fièrement Barry.

— Non, c'est pas vrai ! Comment tu le sais ?

— Je les ai entendus parler en passant devant la porte.

— Que disait Mr. Dunne ?

— Il parlait du temple de Mars, le Vengeur.

— Comme dans sa conférence ?

— Oui, exactement. Je crois bien qu'il lui refaisait la conférence.

— Mon Dieu ! s'exclama Fiona. C'est bizarre, non ?

— Et je vais te dire quelque chose d'encore plus bizarre : tous ces gars, au bar... ils ne sont pas du tout d'ici. Ils viennent d'ailleurs...

— Qu'est-ce que tu veux dire ?

— Ils viennent d'un endroit qui s'appelle Messagne, tout à fait au sud de l'Italie, près de Brindisi, là où on prend le bateau. Il paraît qu'il y a plein de figues et d'olives, là-bas, fit-il, apparemment fort troublé.

— Et où est le problème ? Tout le monde vient bien de quelque part, remarqua Fiona en lui versant encore de l'eau.

— C'est la première fois qu'ils viennent à Rome, paraît-il, je n'ai donc pas pu les rencontrer la dernière fois.

— Mais tu étais si ami avec eux ! dit Fiona, triste pour lui.

— Je sais.

— Tu ne te serais pas trompé de bar, par hasard ?

— Je ne sais pas, répondit-il, assombri.

— Peut-être qu'ils ont oublié qu'ils étaient déjà venus à Rome ? suggéra-t-elle d'un ton enjoué.

— Comme si c'était le genre de chose qu'on oublie, hein !

— Pourtant, ils se souvenaient de toi.

— Et moi, j'ai cru me souvenir d'eux.

— Allons, viens te coucher. Il faut qu'on ait l'œil vif pour le pape.

— Mon Dieu ! le pape !

Connie, de retour dans la chambre, avait donné sa surprise à Signora : un enregistrement intégral de la conférence d'Aidan. Elle avait acheté un petit magnétophone et tout enregistré à son intention.

Signora était profondément touchée par ce geste.

— Je l'écouterai sous mon oreiller pour ne pas vous déranger, dit-elle après qu'elles eurent essayé la cassette.

— Non, je serais ravie de la réentendre.

Signora regarda sa compagne : elle avait les yeux brillants, les joues rouges.

— Tout va bien, Constanza ?

— Comment ? Ah ! oui, absolument, Signora.

Elles étaient assises là toutes les deux, au terme d'une soirée qui risquait de changer leurs vies du tout au tout.

Connie Kane courait-elle un vrai danger à cause de Siobhan la désaxée ? Nora O'Donoghue rentrerait-elle dans le village de Sicile qui avait été le centre de sa vie pendant vingt-trois ans ? Bien qu'elles aient échangé quelques confidences, elles avaient toutes deux la ferme habitude de garder le silence sur leurs ennuis. Connie s'interrogeait sur ce qui avait pu empêcher Signora d'assister à la conférence et la retenir dehors si tard. Signora, quant à elle, brûlait d'envie de demander à Constanza si l'auteur de la lettre malveillante s'était de nouveau manifesté.

Elles se couchèrent en discutant de l'heure à laquelle il fallait mettre le réveil à sonner.

— Demain, c'est l'audience chez le Saint-Père, se rappela soudain Signora.

— Mon Dieu, j'avais oublié ! avoua Connie.

— Moi aussi ! On devrait avoir honte, non ? lança Signora avec un rire heureux.

Tout le monde fut ravi d'avoir vu le pape. Il avait paru un peu fragile mais d'excellent moral. Et chacun était persuadé que le Saint-Père l'avait regardé droit dans les yeux. Ils avaient eu l'impression d'une rencontre très personnelle, bien qu'il y eût eu des centaines et des centaines de gens massés sur la place Saint-Pierre.

— Heureusement que ce n'était pas une audience privée, commenta Laddy le plus naturellement du monde. D'une certaine façon, c'est mieux, cette grande audience publique. Ça montre que la religion n'est pas morte, et en plus, on n'a pas besoin de se creuser la tête pour réfléchir à ce qu'il faudrait lui dire !

Lou et Bill Burke, bientôt rejoints par Barry quand il les eut aperçus, avalèrent chacun trois bières glacées avant de repartir. Suzi et Lizzie engloutirent chacune deux glaces. Tout le monde prit des photos. Un déjeuner facultatif leur étant proposé, ils le prirent tous. Ils

n'avaient pour la plupart pas pensé à se faire de sandwiches au petit déjeuner, pour cause de réveil difficile...

— J'espère qu'ils seront tous en meilleure forme pour
la soirée chez signor Garaldi, demain soir, dit Laddy à
Kathy et Fran.

Lou passait justement par là quand Laddy fit cette
remarque.

— Seigneur Jésus, la soirée ! gémit-il en tenant sa
tête douloureuse.

— Signora ? lui dit Aidan après le déjeuner.

— N'est-ce pas un peu formel, Aidan ? Vous aviez
plutôt l'habitude de m'appeler Nora, non ?

— Ah ! oui...

— Ah ! oui... quoi ?

— Comment s'est passée votre rencontre d'hier,
Nora ?

Elle marqua un temps d'arrêt.

— C'était intéressant et, bien qu'elle ait eu lieu dans
un restaurant, je suis parvenue à rester sobre, à la différence de la plupart de nos compagnons de voyage, me
semble-t-il... J'ai été étonnée de ne pas voir le Saint-
Père soulevé de son fauteuil par les vapeurs d'alcool qui
montaient de notre groupe !

Aidan sourit :

— Moi, je suis allé dans un bar et j'ai noyé mon
chagrin.

— Voyons, de quel chagrin s'agissait-il ?

Il s'efforça de conserver un ton léger :

— Le plus gros tenait au fait que vous n'étiez pas à
ma conférence.

Le visage de Signora s'illumina et elle plongea la
main dans son sac.

— Mais si, j'y étais ! Regardez ce que Constanza a
fait pour moi. Je l'ai entendue intégralement, votre
conférence. C'était merveilleux, Aidan, et ils ont

applaudi à tout rompre à la fin, ils ont adoré. C'était si clair, j'avais l'impression de voir ce que vous décriviez. En fait, je compte profiter d'un moment de liberté pour réécouter cette bande. Ce sera comme si j'avais eu droit à une visite organisée pour moi toute seule...

— Oh ! vous savez bien que je vous la referais volontiers, dit-il, le regard chaleureux.

Il esquissa le geste de lui prendre la main mais elle la retira.

— Non, Aidan, je vous en prie. Ce n'est pas juste de me faire penser à des choses auxquelles je ne devrais pas penser, comme par exemple que vous... euh... que vous vous souciez de moi et de mon avenir.

— Mais, Nora, vous savez bien que c'est le cas !

— Oui... Cela fait un an que nous éprouvons cette sorte de sentiment l'un pour l'autre, mais c'est impossible, Aidan. Vous avez une femme et des enfants.

— Plus pour longtemps.

— Oui, je sais, Grania va se marier. Mais rien d'autre n'a changé.

— Oh, si ! Il y a bien des choses qui ont changé.

— Je ne peux pas vous écouter, Aidan. J'ai une énorme décision à prendre.

— On vous attend en Sicile, c'est ça, hein ? lança-t-il, les traits rigides.

— Oui, c'est ça.

— Je ne vous ai jamais demandé pourquoi vous étiez partie.

— Non.

— Ni pourquoi vous y étiez restée si longtemps.

— Moi non plus, je ne vous interroge pas. Je ne pose pas de questions, et pourtant j'aimerais connaître les réponses.

— Je serais prêt à vous répondre, je vous le promets, et sans rien vous cacher.

— Attendons. L'ambiance de Rome est trop brûlante pour qu'on échange des questions et des réponses ici.

— Mais si on ne le fait pas, vous risquez de partir vivre en Sicile et alors...

— Et alors quoi ? fit-elle avec douceur.

— Alors j'aurai perdu le sens de ma vie, dit-il, les yeux pleins de larmes.

Les quarante invités arrivèrent à la résidence Garaldi à dix-sept heures, le jeudi. Ils s'étaient tous mis sur leur trente et un et munis d'appareils photo. Le bouche à oreille ayant fonctionné, ils avaient appris que c'était le genre de maison qu'on voyait dans les pages des magazines et ils voulaient en garder une trace.

— Vous croyez qu'on aura le droit de prendre des photos, Lorenzo ? demanda Kathy Clarke.

Laddy était l'autorité à consulter sur tout ce qui se rapportait à cette visite. Il réfléchit un instant :

— On pourra sûrement faire une photo officielle du groupe, en souvenir de cette soirée, et autant de photos d'extérieur qu'on voudra. Mais j'ai le sentiment qu'on ne devrait pas photographier les objets qui se trouvent dans la maison : quelqu'un pourrait les remarquer et venir les voler par la suite.

Tous lui signifièrent leur accord d'un signe de tête. À l'évidence, Laddy avait bien jugé. Quand la demeure se dressa devant eux, ils restèrent sans voix. Même Connie Kane, qui avait pourtant l'habitude de visiter des endroits superbes, était sidérée.

— On ne va jamais nous laisser entrer là-dedans, souffla Lou à Suzi, desserrant un peu son nœud de cravate qui commençait à l'étrangler.

— Oh ! tais-toi, Lou ! Comment veux-tu qu'on se fasse notre place au soleil si tu paniques à la vue de l'argent et de la classe ? l'admonesta Suzi.

— Voilà le genre de vie pour lequel je suis née, lâcha Lizzie Duffy avec un petit salut gracieux aux domestiques qui les escortaient dans l'escalier monumental.

— Ne sois pas ridicule, Lizzie, la rabroua Bill Burke. Il était nerveux. Il n'avait pas appris de vocabulaire concernant la banque susceptible de faire avancer sa carrière, et il allait décevoir Lizzie, il en était sûr.

Les Garaldi les attendaient, avec le photographe qu'ils avaient fait venir pour l'occasion. Si les invités n'y voyaient pas d'inconvénient, on prendrait des photos qui seraient développées aussitôt et qu'on leur remettrait à leur départ. Tout le monde en fut ravi. Lorenzo et signor Garaldi posèrent d'abord ensemble, puis Lorenzo avec toute la famille. Signora et Aidan s'ajoutèrent ensuite au tableau et, pour finir, le groupe au complet vint se ranger sur les marches de l'escalier. Cette maison avait déjà dû servir de cadre à bien des photos de groupe.

Les deux fils de la famille étaient nettement plus gais qu'à l'époque où ils s'ennuyaient ferme à Dublin et où Laddy les avait distraits en les emmenant dans des salles de snooker. Ils l'entraînèrent dans leur salle de jeux.

Il y avait des plateaux chargés de bouteilles de vin et de boissons non alcoolisées, de grands verres de bière de forme élégante, et des plats de *crostini*, de petits fours et de tartelettes.

— Puis-je prendre une photo de ces superbes plateaux ? demanda Fiona.

— Je vous en prie, faites, faites, répondit la femme de signor Garaldi, visiblement touchée.

— C'est pour ma future belle-mère. Elle m'apprend à faire la cuisine et j'aimerais qu'elle puisse voir un buffet de l'élégance de celui-ci.

— C'est quelqu'un de gentil, *la suòcera*... la belle-mère ? s'enquit aimablement signora Garaldi.

— Oui, elle est très gentille. Mais elle était un peu instable, elle a fait une tentative de suicide, voyez-vous, parce que son mari avait une liaison avec une autre femme. Qui est terminée, maintenant. À vrai dire, c'est moi qui y ai mis un terme. Oui, moi-même, en personne ! répéta Fiona, les yeux tout brillants sous l'effet de l'excitation et du marsala.

— *Dio mio !* s'exclama signora Garaldi, portant la main à sa gorge (pensez, tout ça dans la sainte Irlande catholique !).

— En fait, je l'ai connue à cause de son suicide, reprit Fiona. On l'a amenée à l'hôpital où je travaille. Je l'ai aidée à s'en sortir par toutes sortes de moyens et elle m'en est très reconnaissante, alors elle m'apprend à cuisiner comme un cordon-bleu.

— *Cordon-bleu !* répéta signora Garaldi.

Lizzie vint se joindre à elles et s'exclama admirative :

— *Che bella casa !*

— *Parla bene italiano*, remarqua signora Garaldi avec chaleur.

— Oui... c'est que j'en aurai besoin quand Guglielmo sera nommé à un poste de banquier international, vraisemblablement à Rome.

— Ah ! Il se peut vraiment qu'il soit envoyé à Rome ?

— On pourrait choisir Rome, ou n'importe quelle autre ville qui le tentera, mais c'est tellement beau, ici !

Arriva le moment du rassemblement : signor Garaldi allait faire un discours. Lorenzo revint de la salle de jeux, Connie de la galerie de tableaux, Barry du garage du sous-sol où se trouvaient les voitures et les motos.

Pendant que tout le monde se rassemblait, Signora prit le bras d'Aidan.

— Vous ne croirez jamais l'image que les Garaldi vont garder de tout ça : j'ai entendu la dame mentionner qu'un membre du groupe était un chirurgien de niveau international qui sauve des vies un peu partout, et qu'Elizabetta lui avait raconté que Guglielmo est un banquier connu qui envisage de s'installer à Rome...

Aidan sourit.

— Et ils y ont cru, à ces fariboles ?

— J'en doute. Ne serait-ce que parce que Guglielmo a demandé trois fois s'il pouvait se faire donner du liquide contre un chèque et quel était le taux de change d'aujourd'hui... Guère le genre d'attitude qui inspire confiance, non ?

Elle lui sourit à son tour. Quand ils parlaient ensemble, les propos qu'ils échangeaient leur semblaient toujours empreints de chaleur, de drôlerie ou de profondeur.

— Nora ?

— Non, pas tout de suite... Occupons-nous d'abord de ce qui se passe ici.

Signor Garaldi fit un discours extrêmement chaleureux. Jamais, dit-il, les Garaldi n'avaient trouvé d'accueil comparable à celui qu'ils avaient reçu en Irlande. Jamais ils n'avaient rencontré autant d'amitié et une telle honnêteté. La soirée d'aujourd'hui ne faisait qu'illustrer cela : ces gens arrivés chez eux en inconnus en repartiraient amis. « *Amici !* » répétèrent bon nombre de gens du groupe, en écho à ses propos.

— *Amici sempre*, affirma signor Garaldi.

Le maître de céans prit alors la main de Lorenzo et la leva : Laddy serait toujours le bienvenu chez eux, et ils reviendraient dans l'hôtel de son neveu.

— Comme ça, c'est nous qui pourrions organiser une fête en votre honneur à Dublin, proposa Connie Kane, approuvée par tous les autres qui promirent qu'ils en seraient.

Les photos arrivèrent : de magnifiques clichés pris sur les marches de l'escalier monumental, dans le jardin intérieur. Des photos qui trôneraient à la place d'honneur dans nombre de maisons de Dublin, à côté de tous les instantanés pris au cours du *viaggio*, montrant des visages grimaçant au soleil.

Dans un concert de *ciao*, d'*arrivederci*, et de *grazie*, le cours du soir de Mountainview se retrouva dans les rues de Rome. Il était onze heures passées, les gens commençaient leur *passeggiata*, leur petite promenade vespérale. Personne n'avait envie d'aller se coucher après cette soirée si excitante.

— Moi, je rentre à l'hôtel. Qui veut que je lui emporte ses photos ? déclara soudain Aidan, survolant le groupe des yeux et les posant sur « elle », attendant qu'elle dise quelque chose.

Signora parla lentement.

— Je vais rentrer, moi aussi. On peut prendre vos photos, comme ça, si vous buvez encore un peu trop, vous ne risquerez pas de les perdre...

Les gens du groupe échangèrent des sourires entendus : ce qu'ils pressentaient tous depuis un an était sur le point de se réaliser.

Ils marchèrent main dans la main jusqu'à ce qu'ils arrivent à un restaurant en terrasse où jouaient des musiciens ambulants

— Vous nous avez mis en garde contre ce genre de restaurants, rappela Aidan.

— J'ai seulement dit qu'ils coûtaient cher. Je n'ai pas dit qu'ils n'étaient pas merveilleux, répliqua Signora.

Ils s'installèrent et se mirent à discuter. Elle lui parla de Mario et de Gabriella, racontant comment elle avait si longtemps vécu heureuse dans leur ombre.

Lui évoqua Nell, disant qu'il n'avait jamais compris quand ni pourquoi le bonheur avait déserté leur couple. Mais il s'était bel et bien évanoui. Ils vivaient maintenant comme deux étrangers sous le même toit.

Signora lui raconta ensuite que Mario était mort le premier, suivi bientôt par Gabriella, et qu'aujourd'hui leurs enfants voulaient qu'elle revienne et les aide à gérer l'hôtel. Alfredo avait prononcé les paroles qu'elle avait toujours rêvé d'entendre : ils l'avaient de toute façon toujours considérée comme une sorte de mère.

À son tour Aidan dit qu'il savait maintenant que Nell avait eu une liaison, que ça ne l'avait pas choqué ni peiné de l'apprendre, seulement surpris. Une réaction bien masculine, il le reconnaissait, un rien arrogante et dénuée de sensibilité, mais c'était comme ça.

Signora expliqua qu'elle devait revoir Alfredo et qu'elle ne savait pas encore quelle serait sa réponse.

Aidan lui annonça qu'à son retour, il proposerait à Nell de vendre la maison et de partager le produit de la vente. Il ne savait pas encore où il irait habiter.

Ils repartirent lentement vers l'*Albergo Francobollo*. Ils étaient trop mûrs pour se jouer la scène du « où on va ? » des jeunes, et pourtant, c'était exactement le problème qui se posait à eux maintenant. Ils ne pouvaient pas chasser Laddy ou Constanza de leurs chambres pour la nuit... Arrivés dans le hall de l'hôtel, ils se regardèrent.

— *Buona sera, signor Buona Sera*, commença Nora O'Donoghue. *C'e un piccolo problema...*

Cela ne resta pas longtemps un problème. Signor Buona Sera était un homme qui connaissait la vie. Il s'empressa de leur trouver une chambre et ne posa aucune question.

Les derniers jours à Rome passèrent très vite. Ce fut bientôt le moment de se rendre à la gare de Termini pour prendre le train de Florence.

— *Firenze !* s'écrièrent-ils tous en chœur en voyant ce nom s'afficher sur le panneau des départs.

Ils n'étaient pas tristes de partir, sachant qu'ils reviendraient. N'avaient-ils pas tous jeté une pièce dans la fontaine de Trevi ? Et puis, il y aurait tant d'autres choses à faire une fois qu'ils auraient maîtrisé le cours d'italien de niveau moyen ou de perfectionnement — on n'avait pas encore décidé de l'appellation. Mais en tout cas, tout le monde voulait s'inscrire.

Ils s'installèrent dans le train avec leur pique-nique. Les Buona Sera leur avaient laissé des provisions à discrétion. Voilà un groupe qui avait été facile ! Et cette idylle inattendue entre les deux chefs ! Qui étaient bien trop vieux pour ça, évidemment, mais ça ne durerait pas, ils auraient bientôt retrouvé leurs conjoints respectifs. Après tout, ça faisait partie de la folie des vacances...

Pour le *viaggio* de l'an prochain, on partirait de Rome pour rejoindre le Sud, au lieu du Nord comme cette fois. Signora décréta qu'il fallait voir Naples et que, de là, on irait en Sicile, dans un hôtel qu'elle avait connu quand elle y vivait. Aidan et elle l'avaient promis à Alfredo, et s'étaient concertés avant de lui proposer que Brigid, la fille d'Aidan, ou l'une de ses collègues, vienne visiter l'hôtel pour voir si on pouvait y envoyer régulièrement des groupes de touristes.

Aidan avait téléphoné chez lui, sur la demande de Signora. La conversation qu'il avait eue avec Nell avait été plus facile et plus brève qu'il eût cru possible.

— Il fallait bien que tu saches un jour, constata Nell d'un ton sec.

— Veux-tu qu'on mette la maison en vente à mon retour et qu'on partage ?

— Si tu veux.

— Ça t'est égal, Nell ? Ça n'a donc aucune importance pour toi, toutes ces années ?

— Elles sont finies, non ? C'est bien ce que tu es en train de me dire ?

— Ce que je veux dire, c'est qu'on va devoir discuter du fait qu'elles vont finir.

— Mais qu'y a-t-il à discuter, Aidan ?

— Simplement je ne voulais pas que tu attendes mon retour et que tu t'y prépares... et qu'alors la nouvelle te tombe dessus comme une bombe.

Il était toujours trop courtois mais aussi trop égocentrique, il en était conscient.

— Je ne voudrais pas te faire de peine mais, à vrai dire, je ne sais même pas quel jour tu rentres... avoua Nell.

Aidan et Signora étaient assis ensemble dans le train, un peu à l'écart du groupe. Ils étaient dans leur monde à eux, avec leur avenir à organiser.

— On n'aura pas beaucoup d'argent, dit Aidan.

— Je n'ai jamais eu d'argent, ça ne me gênera pas, dit Signora avec la plus grande sincérité.

— Je prendrai tout ce qui se trouve dans mon bureau. Tu sais, la table, les livres, les rideaux et le canapé.

— Oui. Mieux vaut remettre des meubles dedans, pour vendre la maison. Tu pourras en emprunter, au besoin, suggéra Signora qui avait du sens pratique.

— On pourrait prendre un petit appartement dès notre retour, suggéra Aidan, soucieux de lui prouver qu'elle n'allait pas perdre au change après avoir refusé le retour en Sicile, où jusqu'à présent se trouvait son seul vrai foyer.

— Une chambre suffirait, répliqua Signora.

— Non, non ! il nous faut plus qu'une pièce ! protesta-t-il.

— Je t'aime, Aidan.

Le hasard voulut justement que ni les autres passagers ni le train ne fassent de bruit à ce moment-là : tout était si tranquille que chacun entendit ces mots. Il y eut des regards échangés entre les élèves de Mountainview et, en un instant, leur décision fut prise : au diable la discrétion ! Il fallait fêter ça ! Les autres passagers de ce train ignorent sans doute encore aujourd'hui pourquoi quarante personnes munies de badges marqués « *Vista del Monte* » se mirent alors à faire une ovation, puis à chanter tout un répertoire de chansons anglaises, dont *This is our lovely day*, pour terminer sur une version cacophonique de *Arrivederci Roma*...

Les mêmes passagers n'auront sans doute jamais compris non plus pourquoi tant de ces joyeux voyageurs écrasaient furtivement une larme au coin de leur œil...

ROMAN

Imprimé en France sur Presse Offset par

BRODARD & TAUPIN

GROUPE CPI

13963 – La Flèche (Sarthe), le 05-09-2002

Dépôt légal : septembre 2002

POCKET – 12, avenue d'Italie - 75627 Paris cedex 13
Tél. : 01.44.16.05.00